成人高等教育护理学专业教材

基 础 护 理 学
Jichu Hulixue

主　编　朱闻溪

副主编　李小寒

上海科学技术出版社

图书在版编目（CIP）数据

基础护理学／朱闻溪主编．—上海：上海科学技术出版社，2010.8
成人高等教育护理学专业教材
ISBN 978-7-5478-0414-8

Ⅰ．①基…　Ⅱ．①朱…　Ⅲ．①护理学-成人教育：高等教育-教材　Ⅳ．①R47

中国版本图书馆 CIP 数据核字（2010）第 139502 号

上海世纪出版股份有限公司
上 海 科 学 技 术 出 版 社　出版、发行
（上海钦州南路 71 号　邮政编码 200235）
新华书店上海发行所经销
常熟市华顺印刷有限公司印刷
开本 787×1092　1/16　印张 27.75
字数：678 千字
2010 年 8 月第 1 版　2010 年 8 月第 1 次印刷
ISBN 978-7-5478-0414-8/R·130
定价：56.00 元

成人高等教育护理学专业教材

编写委员会

成人高等教育护理学专业教材

基础护理学

编委会名单

■ 主　　编　朱闻溪

■ 副 主 编　李小寒

■ 编　　委（以姓氏笔画为序）

马　莉　朱闻溪　李　颖

李小寒　赵　牧　董彦琴

臧　爽　穆晓云

前　言

近年来,随着护理学专业的迅速发展,全日制护理学专业教材建设得到了长足的进步,教材体系日益完善,品种迅速增多,质量逐渐提高。然而,针对成人高等教育护理学专业,能够充分体现以教师为主导、以学生为主体,方便学生自学的教材,可供选择的并不多。根据教育部《关于普通高等教育教材建设与改革的意见》的精神,为了进一步提高成人高等教育护理学专业教材的质量,更好地把握21世纪成人高等教育护理学内容和课程体系的改革方向,以中国医科大学为主,聘请北京大学、复旦大学、中山大学和沈阳医学院等单位的专家编写本套教材,由上海科学技术出版社出版。

本套教材编排新颖,版式紧凑,层次清晰,结构合理。每章由三大部分组成:第一部分是导学,告知学生本章需要掌握的内容和重点难点,以方便教师教学和学生有目的地学习相关内容;第二部分是具体教学内容,力求体现科学性、适用性和易读性的特点;第三部分是复习题,便于学生课后复习,其中选择题和判断题的参考答案附于书后。

本套教材的使用对象主要为护理学专业的高起本、高起专和专升本三个层次的学生。其中,对高起本和专升本层次的学习要求相同,对高起专层次的学习要求在每章导学部分予以说明。本套教材中的一些基础课程也适用于其他相关医学专业。

除了教材外,我们还将通过中国医科大学网络教育平台(http://des.cmu.edu.cn)提供与教材配套的教学大纲、网络课件、电子教案、教学资源、网上练习、模拟测试等,为学生自主学习提供多种资源,建造一个立体化的学习环境。

为了很好地完成本套教材的编写任务,我们成立了教材编写委员会。编写委员会主任委员由中国医科大学校长赵群教授担任,副主任委员由中国医科大学网络教育学院常务副院长陈金宝教授担任。编写委员会下设教材编写办公室,由刘强和刘伟韬同志负责各分册协调和部分编务工作等。教材部分绘图工作由齐亚力同志完成。

由于时间仓促,任务繁重,在教材编写中难免存在一些不足,恳请广大教师、学生和读者惠予指正,使本套教材更臻完善,成为科学性更强、教学效果更好、更符合现代成人高等教育要求的教材。

成人高等教育护理学专业教材
编写委员会
2010 年 5 月

编 写 说 明

　　《基础护理学》教材的使用对象为成人高等教育护理学专业本科、专科层次的在职学生。因此，编写本教材的宗旨是以提高护士的职业素质及职业能力为核心，以培养临床实用型护理人才为目标，在整体护理的观念下，结合适应学科发展和知识更新的需要，使学生具有较强的实践技能、必要的护理理论知识，并能在此基础上培养临床实际分析问题、解决问题的能力。

　　本教材以"应用"为主旨，以"必需、够用"为度，在编写中重点强化3个基本思想：一是注重打牢基础，将护理专业必须掌握的"三基"知识依然列为教材的重点内容并予以充实；二是拓宽知识面，强化学科人文精神，有机融入人文学科的基本知识，力求在学科教学的同时培养学生良好的职业道德和职业情操；三是强化能力培养，及时引入学科发展最新成果。因为本教材的使用对象为在职学生，因此有关护理学的发展史、医院卫生体系等内容并未纳入教材中，但将护理伦理和法律、健康教育等能反映新世纪护理发展前沿的知识进行引入。

　　本教材共分18章，前5章主要阐述学科的基本理论，后13章主要阐述学科的基本技术。编写模式体现"以人为中心"的整体护理的理念，将护理技术操作与满足人的需要结合起来，理论结合实践，以使学生能用全面系统的观点认识患者的需要和护理理论及技术。为便于学生明确本章学习的内容及要求、重点和难点，以及对专科生的要求，本教材在每章前加入了"导学"，并将基础护理常用的操作以表格的形式描述，将操作步骤、注意事项及要点说明对应表述，一目了然，方便学生的学习。此外，本教材在每章后还配有复习题及参考答案，有助于学生课后自学。本教材的全部内容为本科学生使用，其中部分章节对专科学生不做要求。

　　本教材实行主编负责制，参编单位包括中国医科大学护理学院、中国医科大学高等职业技术学院、中国医科大学附属盛京医院、沈阳医学院护理学院、江南大学医药学院护理系。其中，第1、第4、第5章由马莉编写，第2、第6、第7、第10章由朱闻溪编写，第3、第11章由李颖编写，第8、第13章由穆晓云编写，第9、第14章由董彦琴编写，第12、第18章由赵牧编写，第15、第17章由李小寒编写，第16章由臧爽编写。

　　在教材编写中，各位编者以严谨、敬业的工作态度付出了辛苦的努力，并出色完成了编写任务，在此对所有编者表示深深的谢意；同样感谢中国医科大学领导的支持，感谢中国医科大学网络学院领导在本书的编写过程中具体的指导，以及为本书提出的建议和帮助。囿于编者水平和时间所限，书中如有错误和疏漏之处，恳请使用本教材的教师、学生及护理同仁惠予指正。

《基础护理学》编委会

2010 年 5 月

目　录

第一章

护理学的基本概念、任务、范畴及工作方式

导　学

内容及要求

本章包括 3 个部分的内容,护理学的基本概念、护理学的任务与范畴及护理学的工作方式。

第一节主要介绍人、健康、环境和护理 4 个基本概念。在学习中,应重点掌握人的自我概念的组成、护理的内涵;熟悉健康这一概念的要点;了解 4 个概念的相互关系。

第二节主要介绍护理学的任务与范畴。在学习中,应重点掌握护理学的任务及其含义;熟悉护理学的理论范畴及实践范畴。

第三节主要介绍护理学的工作方式。在学习中,应重点掌握各种工作方式的具体内容;熟悉不同工作方式的特点及适用情况。

重点、难点

本章的重点是第一节中护理学的 4 个基本概念(人、健康、环境、护理)、第二节中护理学的任务。其难点是对护理学的范畴的理解。

专科生的要求

专科层次的学生对护理学的范畴作一般了解即可。

- 护理学的基本概念
- 护理学的任务与范畴
- 护理工作方式

护理学(nursing)是一门以自然科学与社会科学为理论基础,研究维护、增进、恢复人类身心健康的护理理论、知识、技术及其发展规律的综合性应用科学。护理学的内容及范畴涉及影响人类健康的生物、社会、心理、文化及精神等各个方面因素,是运用科学的思维方法对各种护理学现象进行整体的研究,以揭示其本质及规律的科学。

■■ 第一节　护理学的基本概念

现代护理学的理论框架是由 4 个基本概念组成:人、健康、环境和护理。对这 4 个概念的理解和认识对护理实践具有重要影响。

一、人

护理学是研究人的健康、为人类健康服务的学科。这里指的人既指个体的人,又指群体的人,包括个人、家庭、社区和社会 4 个层面。"人"是护理学最关心的主体,对人的本质的认识是护理理论、护理实践的核心和基础。

(一) 人是一个统一的整体

人是一个整体,具有生物和社会双重属性。人是个生物体,由各个器官组成系统,由各个系统组成人这一整体。同时人又是一个有思维能力、劳动能力和人际交往能力,过着社会生活的人。因此,作为护理服务对象和护理学研究对象的人是生理、心理、社会相统一的整体人。

(二) 人是一个开放的系统

人是生活在复杂的自然环境和社会环境中的有机体,无时无刻不与周围环境发生着联系。人要维持自身的存在和健康,必须不断地调节自身的内环境以适应外界环境的变化,因此人体内各系统间不断进行着物质、能量、信息转换。同时,人作为一个整体,又不断与周围环境进行物质、能量、信息交换。譬如,人要从自然界中不断地获取氧气、水、食物和营养,不断地向外界环境排出二氧化碳、废物等。还有,人通过各种途径学习获取知识,形成自己的思想并向外界表达自己的观点、立场与态度,得到社会的认可,找到自己的位置。

(三) 人有其基本的需要

个体为了维持身心平衡及求得生存、成长与发展,在生理和心理上最低限度的需要被称为基本需要。著名心理学家马斯洛(Maslow AH)将人类的基本需要归纳为 5 个层次,即生理需要、安全需要、爱与归属的需要、尊重的需要、自我实现的需要,人可通过各种表达方式表达自己的需要。个体从出生到衰老、死亡,每个人都要经历不同的生长发育阶段,而每个阶段都有其不同层次的基本需要,当这种需要得不到满足时,个体就会因失衡而导致疾病。护理的功能是帮助护理对象满足其基本需要。

(四) 人有权利和责任拥有良好的健康状态

每个人都希望自己有健康的身体和健全的心理。人对自身的功能状态具有意识和监控能力;人有学习、思考、判断和调适能力,可以通过调节,利用内外环境资源以适应环境的变化;人又有自我决定的权利,具有维护自我健康的潜能。所以,充分调动人的主观能动性,对预防疾病、恢复健康、促进健康十分重要。

(五) 人的自我概念

自我概念(self concept)是指一个人对自己的看法,即个人对自己的认同感。自我概念不是与生俱来的,它是随着个体与环境的不断互动,综合环境中其他人对自己的看法与自身的自我觉察和自我认识而形成的。一些学者认为一个人的自我概念是基于自身对以下各方面情况的感知和评价而产生的,包括个人的工作表现、认知功能、自身形象和外在吸引力、是否受人喜欢、解决问题的能力、特别的天赋以及其他如性吸引力、自立情况、经济情况等。

北美护理诊断协会(NANDA)认为,自我概念由 4 个部分组成,即身体心像、角色表现、自我特征和自尊。

1. **身体心像**　是指个人对自己身体的看法和感觉。个体是通过认识自己的外表、身体结构和身体功能形成对身体心像的内在概念的。个人良好的身体心像有助于正性自我概念的建立。

2. **角色表现**　角色是对于一个人在特定社会关系中一个特定位置的行为要求和行为期待。一个人一生中有许多角色需要履行,有时在同一时间,个人要承担多种角色。如果个人因能力有限或对角色要求不明白等原因而不能很好地完成角色所规定的义务时,挫折与不适感便油然而生,其结果便是负向的自我概念。

3. **自我特征**　是个人对有关其个体性与独特性的认识。通常人们是以姓名、性别、年龄、种族、职业、婚姻状况及教育背景等来确定其身份和特征的。个体特征也包括个人的信念、价值观、个人的性格与兴趣等。可见,自我特征是以区别个人和他人为目的的。

4. **自尊**　是指个人对自我的评价。在个体与环境的互动中,若个人的行为表现达到了别人所期望的水平,受到了家人或对其重要影响的人的肯定和重视,其自尊自然会提高。而自尊的提高又有助于个人正性自我概念的发展。

自我概念是个人身心健康的必要因素,它可影响个人的所思所想、所作所为以及个人的抉择等。拥有良好自我概念者对自身的能力、天赋、健康、外貌等抱有足够的信心,因此他能更好地建立起良好的人际关系并能更好地面对人生,并能有效地抵御一些身心疾病的侵袭。而自我概念低下者则时常会流露出对自己的失望、不满意,甚至憎恨等。

二、健康

健康是人类的基本要求和权利,预防疾病、促进健康是护理人员神圣的职责。因此对健康和疾病的认识及理解直接影响护理人员的行为方式、服务方式和服务范畴。

(一)健康的概念

每个人都熟悉健康,然而为健康下定义却并非易事。因为健康是一个不断发展的概念,不同历史时期对健康的概念有不同的认识。

古代朴素健康观认为人是由血液、黏液、黄胆汁和黑胆汁组成,健康是4种液体协调的结果。古代中国医学则认为阴阳平衡时机体能保持健康。由于当时的生产力低下,科学技术和医学均较为落后,人们对健康与疾病状态的判断全凭主观感觉,带有一定的主观猜测性,只能用对自然界模糊的认识来解释人体的生理及病理变化。随着近代医学的形成,人们对健康的认识有了新的发展。认为人体各器官系统发育良好,体质健壮,功能正常,精力充沛,并且具有良好的劳动能力即为健康。这种健康观是生物医学模式的产物,忽视了人的社会特征和心理特征。

现在人们对健康仍存有许多不同的看法,但最具权威也最常被引用的健康定义是世界卫生组织(WHO)于1946年给健康所下的定义:"健康,不仅是没有疾病和身体缺陷,还要有完整的生理、心理状况与良好的社会适应能力。"这一定义将健康的领域拓展到生理、心理及社会3个层面,强调了人的心理状态和社会适应能力,也强调了人和环境的协调与和谐。WHO是从社会学角度给健康下定义的,这个定义从现代医学模式出发,包含了微观及宏观的健康观,既考虑了人的自然属性,又侧重于人的社会属性,把人看成既是生物的人,又是心理、社会的人。

(二)健康的模式

健康不是绝对存在的,患病也并非完全失去健康。健康和疾病是两个复杂概念,护理人员只有正确理解健康和疾病的概念及其关系,才能将正确的健康观体现在护理实践中。为了对其有更进一步的认识,下面将对健康-疾病连续体模式进行阐述。

健康-疾病连续体模式认为健康是相对概念,是指人们不断适应内外环境变化过程中,维持生理、心理、社会等诸方面动态平衡的状态;疾病则是人的某方面功能偏离正常状态的一种现象。由此可见健康和疾病为一连续过程,其活动范围可从完全丧失功能或死亡至最佳健康状态(图1-1)。健康是一个动态的过程,每个人的健康状况都处在这一连续体的某一点上,且在持续变化中。当人成功地保持内外环境的和谐稳定时,便处于健康完好状态;当人的健康完整性受到破坏,应对失败时,则健康受损而导致疾病,甚至死亡。个体的状态向完全丧失功能或死亡的一端移动时,患病的程度就会增加;反之向最佳健康一端移动时,健康的程度就会增加。

图1-1 健康-疾病连续体模式

健康和疾病在一定条件下可以相互转化,在个体从健康到疾病或从疾病回到健康的过程中,其间没有明显的界限。健康-疾病连续体模式说明了健康的相对性和动态性的本质。

由此可见,护理人员有责任促进人类向健康的完好状态发展,且护理的工作范围是包括健康的全过程,即从维护最佳健康状态到帮助濒临死亡的患者平静、安宁、有尊严地死去。

(三)影响健康的因素

人生活在自然和社会环境中,有着复杂的生理、心理活动,其健康受到生物、心理、环境等诸多因素的影响。其中有些因素是可以控制的,有些因素则难以控制,为了更有效地维持和促进健康,护理人员应对健康的影响因素有清楚的认识。影响健康的因素归纳起来主要有以下几点。

1. 生物因素 作为生物属性的人,其全部生命活动依附在生物躯体上。因此,生物因素是影响人类健康的主要因素。

(1)遗传因素:遗传因素不仅影响人的生物学特征、先天气质、活动水平和智力潜能,也是人类健康的重要决定因素。遗传疾病种类多,发病率高,且许多病目前尚无有效根治方法,常见的遗传病有色盲、血友病、白化病等。许多慢性病也与遗传因素密切相关,如肿瘤、高血压等均有较大的家族遗传倾向。

(2)年龄因素:个体的成长和发育水平是健康状态的主要影响因素,不同的疾病在不同的年龄段人群中分布不同,如婴儿因尚未发育成熟而对疾病的抵抗能力差,容易罹患疾病;老年人因机体老化、功能衰退,容易罹患高血压、冠心病等疾病。

(3)性别因素:性别因素也会影响某些疾病的分布,如对于癌症,男性比较容易患食管癌、鼻咽癌、口腔癌,而女性容易患宫颈癌、乳癌和胆囊癌。

(4)营养因素:营养对人的健康影响很大,营养过剩和营养不良都会对健康造成不良影响。

2. 心理因素 心理因素主要通过对情绪和情感发挥作用而影响人的健康。人的心理活动在生理活动的基础上产生,反过来,人的情绪和情感又通过其对神经系统的影响而对人体组织器官的生理和生化功能产生影响。

在情绪活动中,机体会出现或伴有一些生理反应,如血压的升高、心率和呼吸的变化、消化停滞等。良好的情绪会保持心态的平衡,提高机体的免疫力,促进健康,延缓衰老;而不良的情绪情感的长期作用会引起激素分泌失调,免疫系统功能下降,各器官和组织的代谢和功能发生变化,导致疾病或增加多种疾病的发病概率。如焦虑、忧郁、恐惧等情绪因素可引起人体各系统功能的失常,导致失眠、血压升高、食欲下降、心率加快、月经失调等症状并进一步影响疾病的发生、发展和转归。

3. 环境因素 环境是人类赖以生存和发展的社会和物质条件的总和。几乎所有的疾病或人类的健康问题都与环境因素有关,环境因素包括自然环境和社会环境。自然环境中存在着各种危害人体健康的成分,如空气、水质、土壤的污染、病原微生物、粮食蔬菜中残留的农药等。而社会的政治制度、经济水平、文化教育因素等则影响着人们的健康意识、健康需求的满足程度和满足方式等,从而直接或间接地影响人们的健康水平。

4. 生活方式   是指人们长期受一定文化、民族、经济、社会、风俗、规范、特别是家庭影响而形成的一系列生活习惯和生活意识。每个人会因环境及本身的意愿选择自己的生活方式,包括个人的饮食、作息及调适压力的方式等。个体的生活方式可对健康产生积极或消极的影响。良好的生活方式,如有规律适当地锻炼、节制饮食、控制体重、远离烟酒、家庭和谐等,有助于人们保持健康,免于疾病;而不良的生活方式,如不良的饮食习惯、吸烟、酗酒、吸毒、体育锻炼和体力活动过少、生活节奏紧张、家庭结构异常等,可导致机体内部失调而致病。

5. 获得保健设施的可能性   卫生保健设施因素包括医疗保健网络是否健全,医疗保障体系是否完善及群众是否容易获得及时有效的卫生保健和医护等方面的照顾,均对人类健康产生重大影响。

(四) 疾病的概念

与对健康的认识一样,人们对疾病的认识也经历了一个漫长而又不断发展的过程。现代医学将疾病定义为:疾病是机体身心在一定内外环境因素作用下所引起的一定部位功能、代谢和形态结构的变化,表现为损伤与抗损伤的整体病理过程,是机体内部及机体与外部环境平衡的破坏和正常状态的偏离或终结。从护理的角度讲,疾病是一个人的生理、心理、社会、精神、感情受损的综合表现,疾病不是一种原因的简单结果,而是人类无数生态因素和社会因素作用的复杂结果。

(五) 疾病的影响

疾病不是独立的事件,每个患者及其家属都必须面对疾病及其治疗所带来的变化与影响。通常疾病可对患者及其家属造成如下影响。

1. 个人行为与情绪方面的影响   一般来说,疾病所造成的个体行为与情绪改变可因疾病的性质、患者及他人对该病态度的不同而有所不同。通常,短期的、无生命危险的疾病不会引起患者与家属严重而持久的行为改变,而威胁生命的疾病则可引起患者与家属强烈的行为与情绪反应,诸如焦虑不安、震惊、否认、愤怒等。这些反应也可视为患者及家属对疾病的应激反应。

2. 个人自主性与生活方式的影响   疾病常可降低个人的自主性,而出现更多的依从性或遵医行为。如许多患者为了疾病的康复,愿意放弃自己原有的生活方式与生活习惯,在饮食、作息、卫生等方面采纳医护人员的建议。

3. 对个人和家庭经济的影响   疾病给家庭经济带来的影响是显而易见的,它可使家庭经济负担加重,家庭成员的精神、心理压力增加。

4. 对身体心像所产生的影响   一些疾病可引起患者身体外观的改变,从而导致患者与家属的一系列心理反应。反应的程度取决于:①外表改变的类型(如截肢,丧失某一感官或某一器官)。②患者与家人的适应能力。③外表改变的突然性。④支持系统是否健全。反应的过程一般包括震惊、否认、逐步承认与接受和配合康复4个阶段。因此,护士应积极帮助患者进行心理调整和适应。

5. 家庭角色的改变   无论是在家庭还是在工作中,每个人都有属于他自己的角色。然而当家庭成员患病之后,他被允许免于承担一些角色,因此疾病过程中,家庭角色的改变是显而易见的。如病情不重,这种角色改变只是暂时的,随着疾病的恢复,他又可很快重拾起原有的角色。

6. 对自我概念的影响   疾病可影响患者及其家人的自我概念,特别是一些久治不愈的疾病以及一些社会舆论存有一定偏见的疾病,如精神病、性传播疾病等。由于生活自理能力下降和依赖性的增强,常影响患者的自尊心或不再可能重新回到自己原来的角色。

7. 对社会的影响   患病时会由于不再承担原有的社会角色而降低社会生产力,消耗社会医疗资源,某些传染病还会造成疾病的传播。

三、环境

人的一切活动都离不开环境,并与环境相互作用,相互依存。

环境包括内环境和外环境,外环境又包括自然环境和社会环境。任何人都无法脱离环境而生存。环境是动态的、变化的、人必须不断调整机体内环境,以适应外环境的变化,同时仍有可以通过自身的力量来改造环境,以利于生存。

环境对人的健康产生重要影响,良好的环境可促进人类健康;不良环境可对健康造成危害。在人类所患的疾病中,有不少与环境的致病因素有关。护理活动本身既是维护和促进这种生命活动良好质量的外部环境因素,又受到环境因素的影响和制约。对环境的调控和改善是护理活动的重要内容和护理研究的主要范畴(详见第六章)。

四、护理

护理是护理人员与护理对象的互动过程。护理的概念是随着护理科学的不断进步而发展的。护理人员只有对护理的概念有所认识,才能不断塑造自己的专业特征,培养自己的专业素质,并在健康照顾体系中扮演好自己的角色。

(一) 护理

护理英文名 nursing,源于拉丁文,原意为抚育、保护、照料等意。1859 年护理学的创始人南丁格尔提出"护理是帮助患者利用环境获得恢复的行为"。南丁格尔认为一个清洁的、良好通风和安静的环境是恢复健康的基本条件。

美国护理学家韩德森(Henderson V)是现代界定护理概念的第一人。1966 年,她提出"护士的独特功能是协助患病或健康的人,实施有利于健康、健康的恢复或安详死亡等活动。这些活动在个人拥有体力、意愿与知识时,是可以独立完成的,护理也就是协助个人尽早不必依靠他人来执行这些活动。"1973 年,国际护士会(International Council of Nurse, ICN)接受韩德森对护理的界定,将护理定义为:"护理是帮助健康的人或患病的人保持或恢复健康(或平静地死去)。"此定义阐明护理以所有人类为对象,护理的目标是使健康的人更加健康并免于疾病,患病的人得到早日康复并免于疾病恶化,濒死者得以安详走向人生旅程终点。

1980 年美国护士协会(American Nurses Association, ANA)提出:"护理是诊断和处理人类对现存的或潜在的健康问题的反应。"此定义表明护理以处于各种健康水平的人为研究对象,护理人员必须收集护理对象的资料并评估其健康状况,采取适当的护理措施解决已存在的或潜在的健康问题,并评价其成效。

20 世纪后叶,许多护理理论家发展了她们自己对护理的理论界定,虽然侧重点和叙述方式各有不同,但这些定义中包含了以下共同观点。

(1) 护理是一门助人的专业,护理的服务对象是整体的、处于不同健康状态的人。

(2) 护理可促进无法自我照顾者发挥潜能并执行有益健康的活动。

(3) 护理的目的是协助个体促进健康、预防疾病、恢复健康、减轻痛苦。

(4) 护理能增强人的应对和适应能力,满足人的各种需要。

(5) 护理必须应用科学的护理程序满足个体和群体的健康需求。

(6) 护理是一门科学又是一门艺术。

(7) 护理学是一门综合性的应用科学。

(8) 护理将随着人类健康和社会需要的改变不断地丰富护理人员的角色和功能。

（二）护理学

护理学作为一门学科，首先应该确定它的研究对象和内容，明确它的学科性质。从这种认识出发，许多护理学学者对护理学提出不同的定义，但对护理学是一门独立的学科都达成了共识。1981年我国著名学者周培源说"护理学是一门独立的学科，与医疗有密切的联系，相辅相成，相得益彰"。护理专家林菊英说"护理学是一门新兴的独立学科，护理理论逐渐自成体系，有其独立的学说和理论，有明确的为人民服务的职责"。最近又有学者提出"护理学是研究维护人类身心健康的护理理论、知识、技能及发展规律的应用性学科。它以自然科学和社会科学为基础，是医学科学中的一门独立学科。"这个定义明确了护理学与医学的关系，即护理学是医学科学中的一门独立学科。护理学的研究目标是人类健康，不仅包括患者，也包括健康人；研究内容是维护人类健康的护理理论、知识及技能，包括促进正常人的健康，减轻患者痛苦，恢复健康，保护危重者生命及慰藉垂危患者的护理理论、知识及技能；也包括研究如何诊断和处理人类对现存的和潜在的健康问题的反应。护理学在卫生保健事业中，与临床医学、预防医学起着同等重要的作用。

（三）护理人员的角色与功能

护理，是护士和患者之间的互动过程。护士应用护理程序进行实践，与患者共同达到促进、恢复、保持健康的目的。随着护理专业的不断发展，护士的形象发生了根本的变化，成为富有专门知识的实践者，被赋予多元化角色。

（1）护理者：应用自己的专业知识及技能为人们在不能自行满足基本需要时，提供各种护理照顾，如生理、心理、社会、文化、感情、精神等方面的需要。

（2）决策者：护士应用护理专业知识及技能，收集患者有关的生理、心理、社会状况等资料，判断患者的健康状况，找出其健康问题，并根据患者的具体情况制定出护理计划，直到患者的健康问题全部解决为止。

（3）计划者：护士制定系统、全面、整体的护理计划，通过步骤与措施的落实，有效地满足患者的需要，以促进患者尽快恢复健康或正确面对终身伤残，甚至死亡。

（4）沟通者：包括收集资料及传递信息，为了提供适合患者情况的个体化的整体护理，护士必须与患者、家属、医生等有关人员及机构进行沟通，以便使诊断、治疗、救助与有关的卫生保健工作得以互相协调、配合，保证患者获得最适宜的整体性医护照顾。

（5）护理管理者：为了顺利开展护理工作，护士需对日常护理工作进行合理的组织、管理和整体的协调，以合理利用各种资源，满足患者需要，使患者得到优质服务。

（6）健康咨询者：护士应用沟通技巧，来解答患者及家属提出的有关信息，并向患者及家属讲授有关预防疾病、维持健康、减轻病痛及恢复健康的问题，最大限度地满足患者及家属的自理知识与技能的需要。

（7）促进康复者：患者由于疾病或意外伤害出现伤残或失去身体的某种功能时，护士应提供康复护理的专业技术及知识，帮助患者最大限度地恢复身体健康，做到最大限度的独立。

（8）患者代言人：护士是患者权益的维护者，有责任为患者提供一个安全的环境，并采取各种预防措施以保护患者免受伤害及威胁。在患者自己没有能力分辨或不能表达自己的意图时，如老年人、病危患者、心理疾病患者、无法与他人沟通的患者，护士应为其辩护。护士还具有评估有碍全民健康的问题和事件以及向有关机构提供健康报告和建议的责任、权利和义务。

（9）护理研究者：护士，特别是受过高等教育的护士应积极进行护理科学的研究，并且要通过研究来进行验证、扩展护理理论，发展护理新技术，改进护理工作，提高护理质量，促进护理学的发展。同时应将科研结果写成论文或专著，以利于专业知识的交流。

（10）权威者：在护理领域中，护士最具有权威性，因为护士有丰富的专业知识及技能，为患者进行全面护理,在有关护理的事务中,护士也最有发言权,因为她知道如何应用其专业知识去满足护理对象的需要。

五、4个基本概念的关系

作为护理学的基本概念,人、健康、环境、护理四者是密切相关、缺一不可的。4 个基本概念的核心是人,即人是护理服务的对象;护理是以人的健康为中心的实践活动;护理对象存在于环境之中并与环境相互影响;健康即为机体处于内外环境平衡、多层次需要得到满足的状态。护理的任务是创造良好的环境并帮助护理对象适应环境,从而达到最佳健康状态。

■■ 第二节 护理学的任务与范畴

一、护理学的任务

随着社会的发展和人类生活水平的提高,护理学的任务在逐渐扩大与变化,1965 年 6 月修订的《护士伦理国际法》中规定:护士的权利与义务是保护生命、减轻痛苦、促进健康。1978 年世界卫生组织(WHO)指出:"护士作为护理工作者,唯一的任务就是帮助患者恢复健康,帮助健康的人促进健康。"根据人们不同的健康状况,护理学的任务归纳为:"促进健康、预防疾病、恢复健康、减轻痛苦"。

1. 促进健康 主要针对尚未生病或健康状况良好者,是帮助个体、家庭和社区获取在维持或增强自身健康时所需要的资源,帮助人们维持最佳健康水平或健康状态。护理人员可通过健康教育活动,使人们对自己的健康负责,自觉建立健康的行为和生活方式以增进健康。这类实践活动包括:解释改善营养和加强锻炼的意义、鼓励戒烟、预防意外伤害等。

2. 预防疾病 主要是针对处在危险因素中有可能出现健康问题者,是帮助健康人群或易感人群保证健康的重要手段。这类护理实践活动包括:开展妇幼保健的健康教育、增加免疫力、预防各种传染病、提供疾病自我检测的技术等。

3. 恢复健康 主要是针对已经患病或出现健康问题者,是帮助人们在患病或有影响健康的问题后,改善其健康状况。这是护理人员的传统职责,帮助的是患病的人,并从疾病的早期一直延伸到康复期。这类护理实践活动包括:测量血压、执行药物治疗、留取标本做各类化验检查、协助患慢性病的老年患者或残疾人做一些力所能及的活动等。

4. 减轻痛苦 主要是针对病情危重或生命垂危者,是运用必要的知识和技能,帮助个体和群体减轻身心痛苦。这类护理实践活动包括:帮助患者尽可能舒适地带病生活;提供心理和精神的支持以帮助人们应对功能减退、丧失,直至安宁的死亡。

保护生命、促进健康是医务工作者神圣的职责,护士具有与医生共同作战、担负起保护人类健康的责任。从临床到社区,从急诊抢救的配合到慢性病的护理,处处都有护士的身影。护士应用扎实的理论、娴熟的技术、严谨的科学工作态度,为促进整个人类社会的健康,尽心尽职,努力做出自己的贡献。

二、护理学的范畴

护理学的范畴是随着护理实践的不断深入而不断发展的,包括理论范畴和实践范畴两部分。

(一)理论范畴

1. 护理学的研究对象、任务和目标 它们是护理学科建设的基础,随着护理学科的变化而不断变化发展。同时,它们是在一定历史条件下的护理实践基础上形成的,所以又具有相对的稳定性。就目前研究的对象,以从单纯的生物人向研究整体的人、社会的人转化。

2. 护理学专业知识体系与理论架构 专业知识体系是专业实践能力的基础。护理理论的架构或模式的建立,为护理教育、科研、管理提供依据,对提高护理质量、改善护理服务起到积极的作用。护理学的理论体系是在一定历史条件下建立和发展起来的,当在实践中发现旧理论无法解释的新问题、新现象时,就会建立新理论或发展原有的理论。随着护理实践新领域的开辟,将会建立和发展更多的护理理论,使护理理论体系日益丰富和完善。

3. 护理学与社会发展的关系 护理学与社会发展的关系理论是研究护理学在社会中的作用、地位和价值,研究社会对护理学的影响和社会发展对护理学的要求等。如疾病谱的变化,使健康教育在护理工作中广泛开展;社会老龄化及全球经济一体化趋势,影响了护理学的课程设置,开辟了新的护理研究领域,使老年护理、多元文化护理得到重视和发展;信息化社会改变了护理工作的实践形式,使护理工作效率得以提高,也使护理专业向着网络化、信息化发展。

4. 护理学分支学科及交叉学科 科学的高度分化和广泛综合的发展趋势,使护理学与伦理学、心理学、美学、教育学、管理学等多学科相互渗透,在理论上相互促进,在方法上相互启迪,在技术上相互借用,形成了护理伦理学、护理心理学、护理美学、护理教育学等交叉学科。同时护理学自身也在不断丰富、深化,从而形成了急救护理学、骨科护理学、老年护理学等分支学科,推动了护理学科体系的构建和完善。

(二)实践范畴

护理学的实践范畴很广,涵盖人类健康与疾病的各个领域,根据护理工作的内容可将其分为临床护理、社区保健、护理教育、护理管理和护理科研。

1. 临床护理 临床护理的对象是患者,其内容包括基础护理和专科护理。

(1)基础护理:是各专科护理的基础,是运用护理学的基本理论、基本知识和基本技能去满足患者的基本需要。其内容包括:膳食护理、清洁护理、实施基本护理技术操作、临终关怀及医疗文件的记录书写等。

(2)专科护理:是以护理学和各医学专科理论、知识、技能为技术,结合临床各专科患者的特点及诊疗要求,为患者进行的身心整体护理。主要包括各专科常规护理、实施专科护理技术,如心、肾、肺、脑功能的监护、脏器移植的护理、各种引流管的护理、急救护理、康复护理等。

2. 社区护理 社区护理的对象是一定范围的居民和社会团体。社区护理是借助有组织的社会力量,将公共卫生学和护理学的知识与技能相结合,以整体护理观为指导,深入到社区、家庭、工厂、学校和机关等开展疾病预防、妇幼保健、家庭护理、健康教育、健康咨询、预防接种及防疫灭菌等工作。社区护理是为整个社区人群实施连续、动态的健康服务。进入21世纪以来,以社区为基础的一体化的卫生保健服务系统正在形成,护理人员将在未来的卫生保健系统中做出更重要、更独特的贡献。

3. 护理教育 护理教育是以护理学和教育学理论为基础,培养适应医疗卫生服务和医学科学技术发展需要的护理人才。目前我国的护理教育分为基础护理教育、毕业后护理教育和继续护理教育三大类。基础护理教育包括中专教育、大专教育、本科教育;毕业后护理教育包括岗位培训教育及研究生教育(硕士、博士学位教育);继续护理学教育是向已完成基础护理学教育或毕业后护理学教育,并正在从事护理实践的在职人员提供以学习新理论、新知识、新技术、新方法为目的的终身教育。

4. 护理管理 护理管理是运用管理学的理论和方法,对护理工作的诸要素如人员、财务、设备、技术、时间、信息进行科学的计划、组织、指挥、协调和控制,以提高工作效率,确保护理质量。在各种护理岗位上的护理人员,必须具有相关的管理知识和技能,才能完成护理中的各种组织管理工作。

5. 护理科研 护理科研是用科学的方法探索、回答和解决护理领域的问题,具有直接或间接地指导护理实践的意义。护理科研的研究内容包括促进正常人健康、减轻患者痛苦、保护危重生命的护理理论、方法、技术与设备研究,对护理学学科的发展具有推动作用。护理学的研究方法有观察法、调查法、实验法、理论分析法等。

以上 5 个方面相辅相成,形成了护理学科的基本实践范畴,随着科学技术的发展和人民生活水平的提高,对护理工作的要求也越来越高,护理学实践的范畴将会逐渐扩大,并在发展中得到完善。

第三节　护理工作方式

护理工作的方式随着护理专业的发展及患者的需要不断地变化,不同的工作方式均具有各自的特点。为满足服务对象的护理需要,提供高质量和高效率的护理服务,在临床中常根据患者的病情,护理人员的数量和工作能力,以及护理服务的地点及场合不同,选择适合的护理工作方式。目前,临床上常用的护理工作方式有以下 5 种。

1. **功能制护理**　是以工作为导向,将患者所有的护理活动,按工作性质机械地分配给护理人员,其指导思想是以疾病护理为中心,以完成各项医嘱和常规的基础护理为主要工作内容。护理人员被分为"巡回护士"、"生活护理护士"、"治疗护士"、"办公室护士"等来完成护理服务。这是一种流水作业的工作方式,护理人员分工明确,便于组织管理,节省人力,在人员少、任务重的情况下,能有效、经济地到达目标。但护理人员仅按工作标准及操作程序工作,工作机械,缺少与患者交流的机会,较少考虑患者的心理及社会文化的需求,难以掌握患者的全面情况。

2. **小组制护理**　是以分组护理的方式对患者进行整体护理。其中心思想是责任到组。由不同层次的护理人员组成护理小组,由小组长制定护理计划和措施,安排小组成员去完成任务及实现确定的目标,一般每个小组负责 10～20 名患者的护理活动。这种护理方式有利于发挥各级护理人员的作用,便于了解患者的一般情况,但护理人员的个人责任感相对减弱,有时小组长的领导能力及技巧,也会影响到护理质量。

3. **责任制护理**　是由责任制护士和辅助护士按护理程序对患者进行全面、系统和连续的整体护理。这种工作方式强调以患者为中心,要求责任护士从患者入院到出院对其实行 8 小时在岗,24 小时负责制。责任制护士对患者的生理、心理、社会、文化、感情、精神等方面进行全面的评估,制定护理计划和实施护理措施;辅助护士则按照责任制护士制定的护理计划为患者提供护理。这种护理工作方式护理人员的责任明确,能全面了解患者情况,调动患者的主观能动性,使患者在生理、心理各方面都处于最佳状态。但责任制护理对护理人员的能力要求较高,文字记录书写任务较大,对护理人员数量要求较多。

4. **个案护理**　即由专人负责实施个体化护理,也就是一个患者的护理活动完全由一名护士来承担。这种护理方式,适用于抢救患者或某些特殊患者(如脏器移植术后病情危重的患者),也适用于临床教学。这种护理工作方式,护士责任明确,能及时了解患者的需求并能建立良好的护患关系,可对患者实施全面细致的护理,满足其各种需求;同时,可显示护士个人的才能,满足其成就感。但此方式耗费人力,且护理人员很难做到连续性的护理。

5. **系统化整体护理**　系统化整体护理是指以现代护理观为指导,以人的健康为中心,以护理程序为核心内容,将临床护理与护理管理的各个环节系统化的工作方式。其特点是首先建立指导护理实践的护理哲理;制定以护理程序为框架的护士职责和护士行为评价标准;确定病房护理人员的组织结构;建立以护理程序为核心的护理质控系统;编制标准化的护理计划和标准化的健康教育计划;设计贯彻护理程序的各种护理表格。在此基础上,以小组责任制的形式对患者实施连续的、系统的整体护理。此护理工作方式提出了新型的护理管理观,强调一切管理手段与护理行为均应以增进患者健康为目的,增强了护理人员的责任感;同时,标准化护理表格的使用,也减少了文字书写的负担,护士有更多的时间与患者交流,提供适合患者生理、心理、社会、文化等需要的最佳护理。但此护理方式,亦需较多的护理人员,且各种规范表格及标准计划的制定有一定难度。

　　不同的护理工作方式,各有利弊,而且各种护理工作方式是有继承性的,新的工作方式是在原有基础上改进和提高形成的。这几种护理工作方式在护理学的发展历程中都起着重要作用。在护理实践中应以整体护理观念为指导,择优选用适合的护理工作方式。

复 习 题

【A 型题】

1. 护理学的四个基本概念中核心的是: 　　　　　　　　　　(　)

　　A. 人　　　　　　　　　　B. 环境　　　　　　　　　　C. 护理

　　D. 健康　　　　　　　　　E. 环境与人的关系

2. 功能制护理的工作中心是围绕: 　　　　　　　　　　(　)

　　A. 医生的需要　　　　　　B. 患者的需要　　　　　　C. 健康的需要

　　D. 护士的需要　　　　　　E. 日常工作任务的需要

3. 护理基本技术是下列哪一项的重要组成部分: 　　　　　　　　(　)

　　A. 专科护理　　B. 护理教育　　C. 护理管理　　D. 基础护理　　E. 预防保健

4. 护士的基本职责不包括: 　　　　　　　　　　　　　(　)

　　A. 促进健康　　B. 预防疾病　　C. 恢复健康　　D. 减轻痛苦　　E. 协助治疗

5. 基础护理学定义不包括下列哪项: 　　　　　　　　　　(　)

　　A. 是各门学科的基础　　　　　　　　B. 应用护理学的基本理论知识

　　C. 基本实践技能　　　　　　　　　　D. 基本态度方法

　　E. 满足患者的基本需要

6. 医院内的临床护理工作主要包括: 　　　　　　　　　　(　)

　　A. 基础护理和护理科研　　　　　　　B. 基础护理和社区保健护理

　　C. 基础护理和护理管理　　　　　　　D. 基础护理和专科护理

　　E. 基础护理和护理教育

7. 不属于基础护理解决的问题是: 　　　　　　　　　　(　)

　　A. 饮食的护理　　　　　　B. 清洁护理　　　　　　C. 腹腔穿刺的护理

　　D. 口腔护理　　　　　　　E. 排尿护理

8. 护理工作的范畴不包括: 　　　　　　　　　　　　(　)

　　A. 护理管理　　B. 临床护理　　C. 护理教育　　D. 护理科研　　E. 护理方式

9. 以人为中心,以护理程序为基础,以现代护理观为指南,对人实施从生理、心理和社会各个方面的护理,从而使人达到最佳健康状况是: 　　　　　　　　(　)

　　A. 个案护理　　B. 功能制护理　　C. 小组护理　　D. 责任制护理　　E. 整体护理

【填空题】

1. 护理学的 4 个基本概念是_____、_____、_____、_____。

2. 环境包括_____和_____。

3. 护理学的任务是_____、_____、_____、_____。

【简答题】

1. 护理学是什么性质的学科? 护理学的范畴包括哪些?

2. 护理中人的概念有哪些特点？

3. 人的自我概念包括哪些内容？

4. 护理常见的工作方式有哪些？它们各自的特点是什么？

5. 护理人员的角色和功能有哪些(至少说出 6 个)？

第二章
护理学的基本理论

导 学

内容及要求

护理学的基本理论主要包括两部分内容,护理学的一般理论和护理理论或概念模式。

护理学的一般理论主要详细阐述了3个基本理论,系统理论、需要理论、压力和适应理论。系统理论主要包括系统理论的概念、分类、基本属性和在护理中的应用,应重点掌握系统的概念、分类和特征;熟悉开放系统的结构和功能的关系及系统理论在护理中的应用。需要理论包括马斯洛需要层次论、影响需要满足的因素、患者的基本需要及满足方式,应重点掌握马斯洛需要层次论的主要内容和基本观点及其对护理的意义;熟悉患者的基本需要;了解影响需要满足的因素和满足需要的方式。压力和适应力理论主要包括和压力有关的基本概念、塞里的压力学说、压力的防卫、压力的适应及该理论在护理中的应用,应重点掌握压力与适应的基本概念、常见的压力源和面对压力源的身心反应、塞里压力学说的基本内容和基本观点;熟悉压力的防卫和适应机制;了解协助患者适应压力的一般措施。

护理理论或概念模式主要对奥瑞姆的自护模式、罗伊的适应模式和纽曼的系统模式的基本内容进行概括性的阐述。在学习中,应熟悉这3个护理理论的主要概念和基本观点。

重点、难点

护理学的基本理论的重点是第一节系统理论、第二节需要理论和第三节压力和适应理论。其难点在于对贝塔朗菲一般系统论、马斯洛需要论、塞里压力学说这3个代表性理论的基本内容和主要观点的分析和理解上。

- 系统理论
- 需要理论
- 压力与适应理论
- 护理理论

护理学理论是在护理实践中产生并经过护理实践的检验和证明的理性认识体系,是对护理现象和护理活动的本质和规律性的正确反映。护理学理论用科学的方法解释护理现象及现象间的关系,阐明护理学的本质,揭示护理学的发展规律,确立以理论为基础的护理理念和价值观,指导护理专业不断发展、完善。

现代护理学的理论基础由两部分组成:一部分是将相关学科的理论应用于护理实践中,使该理论具有了应用于护理学科的普适性和实践环境,这部分理论又可称之为护理学的一般理论或相关理论。第二部分是由护理理论家自己创建的理论或学说,这些理论常常受到相关理论的影响,只是更具有对护理现象和护理规律的解释性,具有对护理实践的针对性和指导性,这部分理论又可称之为护理理论或护理概念模式。

本章着重阐述护理学的一般理论,而对护理理论和护理概念模式仅作概要性介绍。

第一节 系统理论

系统作为一种思想,古代就已萌芽,但系统作为一种科学术语使用,则源于现代。1925年,美籍奥地利生物学家贝塔朗菲(Bertalanffy LV)提出应把有机体当作一个整体或系统来考虑的观点。1968年,他发表了《一般系统论——基础、发展与应用》,全面总结了一般系统论的研究成果,为系统科学提供了纲领性的理论指导,被公认为一般系统论的经典性著作。在贝塔朗菲的倡导下,20世纪60年代以后,系统论得到了广泛的发展,其理论与方法渗透到自然和社会的许多科学领域和生产、技术领域,如工程、物理、管理及护理等,日益发挥着重大而深远的影响。

一、系统理论的基本概念

(一)系统的概念

系统(system)是指由若干相互联系、相互作用的要素所组成的具有一定结构和功能的有机整体。这个定义涵盖了双重意义:①指系统是要素的集合,这些要素间相互联系、相互作用。②指系统中的每个要素又具有自己独特的结构和功能,但这些要素集合起来构成一个系统后,它又具有各孤立要素所不具备的整体功能。

(二)系统的分类

自然界和人类社会中存在着千差万别的系统,人们可以从不同角度对它们进行分类。常见的系统如下。

1. **按组成系统的要素性质分类** 系统可分为自然系统和人造系统。自然系统是自然形成、客观存在的,不具有人为的目的性和组织性,如人体系统、生态系统。人造系统是指为达到某种目的而人为建立起来的系统,如计算机软件系统、机械系统。现实生活中,大多数系统是自然系统与人造系统的综合,称复合系统,如医疗系统、教育系统等。

2. 按系统与环境的关系分类   系统可分为开放系统和闭合系统。开放系统是指与周围环境不断进行物质、能量和信息交换的系统,如人体系统、医院系统。开放系统和环境的联系是通过输入、输出和反馈来完成的(图2-1)。物质、能量和信息由环境流入系统的过程称输入,而由系统进入环境的过程称输出,系统的输出反过来又进入系统并影响系统的功能称反馈。开放系统正是通过输入、输出及反馈与环境保持协调和平衡并维持自身的稳定的。闭合系统是指不与周围环境进行物质、能量和信息交换的系统。绝对的闭合系统是不存在的,只有相对的、暂时的闭合系统,只是为研究问题的方便,忽略了某些对研究问题影响不大的因素而把系统简化为闭合系统。

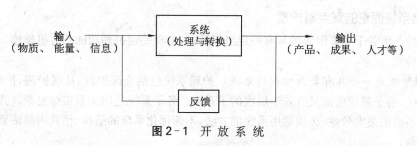

图2-1 开 放 系 统

3. 按组成系统的内容分类   系统可分为物质系统和概念系统。物质系统是指以物质实体构成的系统,如机械系统。概念系统则是由非物质实体构成的系统,如理论系统。大多数情况下,物质系统和概念系统是相互联系,密不可分的。物质系统是概念系统的基础,概念系统为物质系统提供指导服务,它们是以整合的形式出现的。

4. 按系统运动的状态分类   系统分为动态系统和静态系统。动态系统指系统的状态会随时间的变化而变化,如生物系统、生态系统。而静态系统则不随时间的变化而改变,具有相对稳定性,如一个建筑群。绝对的静态不变的系统是不存在的。

(三)系统的基本属性

系统尽管形式多样、类型各异,但都具有相同的基本属性。

1. 整体性   系统的整体性主要表现为系统的整体功能大于系统各要素功能之和。系统由要素组成,每一个要素都具有自己独特的功能,但系统功能不是各要素功能的简单相加。系统将其要素以一定方式组织起来构成一个整体后,各要素之间相互联系,要素、整体和环境间相互作用,就产生了孤立要素所不具备的特定功能。

2. 相关性   系统的各要素之间相互联系、相互制约,其中任何一个要素的性质或行为发生变化,都会影响其他要素,甚至造成系统整体的性质或行为的变化。

3. 动态性   系统随时间的变化而变化。系统要运动和发展,必须通过内部各要素的相互作用、内部结构的不断调整以达到最佳功能状态;同时,系统总存在于一定的环境之中,与环境进行着物质、能量和信息的交流,以适应环境,维持自身的生存与发展。

4. 层次性   对于一个系统来说,它既是由某些要素组成,同时,它自身又是组成更大系统的一个要素。如人是由器官组成的,但人又是家庭的组成部分。系统的各层次间存在着支配与服从的关系。高层次支配低层次,决定其系统的性质,起主导作用。低层次从属于高层次,往往是系统的基础结构。

5. 目的性   每个系统均有明确的目的。系统结构不是盲目建立的,而是根据系统的目的和功能需要,建立各次系统及各次系统之间的联系。

二、系统理论在护理中的应用

(一)用系统理论的观点看人

1. 人是一个整体   根据系统论的观点,人是一个由生理、心理、社会、精神、文化构成的统一体,是由多要素组成的自然的系统,这些要素相互依存、相互作用,每个要素的变化都会影响其他要素和整个系统的运作。因此,护理对象不是"疾病",而是整体的人。护理应提供包括生理、心理、社会等要素的照顾,促进其整体功能的恢复和发挥。

2. 人是一个开放的系统　人总是不断和周围环境进行着物质、能量和信息的交换,以维持生命和健康。人体系统活动的基本目标是保持机体的平衡,这种平衡不仅依赖于体内各要素结构和功能的正常及相互关系的协调,还依赖于自身对外部环境变化的适应性调整。因此护理的功能就是帮助个体调整内环境以适应外环境的不断变化,使机体与环境保持一种良性循环关系。

(二)用系统理论的观点看护理

护理系统是由若干要素组成的具有一定组织形式,实现一定护理功能的有机整体。护理系统具有以下基本特点。

1. 护理系统是一个具有复杂结构的系统　护理系统包括临床护理、社区护理、护理教育、护理科研等子系统,各子系统内部又有若干层次的子系统。各子系统之间关系错综复杂,功能相互影响。要发挥护理系统的最大效益,必须运用系统的方法,不断优化系统的结构,使其内部诸要素之间互相协调,高效运行。

2. 护理系统是一个开放的系统　护理系统是社会的组成部分,是国家医疗卫生系统的重要组成部分。护理系统从外部输入新的信息、人员、技术、设备,并与社会政治、经济、科技、特别是医疗等系统相互影响、相互制约。因此,在开展护理工作时,要注意与其他系统的协调与平衡,特别是与社会大系统的相互适应,以求得自身的稳定与发展。

3. 护理系统是一个动态的系统　随着科技的发展,社会对护理需求的不断变化,必然对护理的组织形式、工作方法、思维方式提出变革的要求。护理系统要适应变化,主动发展,就必须深入研究护理系统内部发展机制和运行规律,要善于学习,勤于思考,勇于创造。

4. 护理系统是一个具有决策与反馈功能的系统　在护理系统中,护士和患者构成系统的最基本要素,而护士又在基本要素中起支配、调控作用。患者的康复依赖于护理人员在全面收集资料、正确分析基础上的科学决策和及时评价与反馈,因此,护理系统要大力发展护理教育,开展整体护理实践,不断提高护理人员科学决策和独立解决问题的能力。

第二节　需要理论

需要(need)是人脑对生理与社会要求的反应。人是生物实体,又是社会成员,为了自身与社会的生存与发展,必然产生一定的需求,如食物、睡眠、交往等。这些需求反映在个体的头脑中,就形成了个体的需要。当个体的需要得到满足时,就处于一种平衡状态,有助于个体保持健康。反之,个体则可能陷入紧张、焦虑、愤怒等负性情绪中,并直接或间接影响个体的生理功能,造成对环境适应性下降,严重时可导致疾病。

一、需要层次理论

在诸多不同的需要理论中,以美国著名心理学家马斯洛所提出的需要层次论最为著名,并在许多领域得到广泛应用。

(一)需要层次论的主要内容

马斯洛认为人的基本需要具有共性,可以归纳为5个层次,即人的基本需要层次论。这5个层次包括生理需要、安全需要、爱与归属的需要、尊重需要、自我实现的需要(图2-2)。

1. 生理需要　是人类最基本的需要,包括食物、空气、睡眠、排泄等。生理需要是优先于其他需要产生的,因为这些需要是维持生命必须满足的。

2. 安全需要　人需要一个安全、有秩序、可预知、有组织的环境,不被意外、危险的事情所困扰,如避免危险、生活稳定、有保障等。

3. 爱与归属的需要　是指需要爱、亲密感、情感、归属感和有意义的人际关系,希望得到组织、团体的认同,希望得到他人的信任和友爱,包括被爱和给予他人爱、有所归属、免受孤独空虚及被遗弃的痛苦等。

4. 尊重需要　是指个体对尊严和价值的追求,包括自尊、被尊和尊重他人。尊重需要若能得到满足,个体就会表现出独立、坚强、自信、有成就感,否则就会使人感到自卑、无能、软弱等。

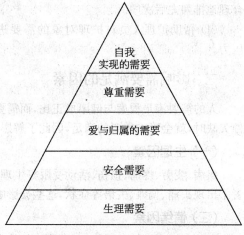

图 2-2　马斯洛基本需要层次论

5. 自我实现的需要　是指个人能力和潜能得到充分发挥,实现自己的理想和抱负,是最高层次的基本需要。如果自我实现的需要得到满足,个体的自主性会增强,能不断学习、追求知识,工作乐此不疲。

(二)需要层次论的基本观点

(1)人的需要从低到高有一定层次性,但不是绝对固定的。在不同的人、不同的条件下,需要的产生与满足可以出现层次超越、层次倒错等现象。

(2)需要的满足过程是逐级上升的。当较低层次需要满足后,就向高层次发展,但不是在完全满足低层次需要后才会出现更高层次的需要。满足是相对的,层次越高,越难满足。

(3)人的行为是由优势需要决定的。同一时期内,个体可存在多种层次的需要,但只有一种需要占支配地位,支配个体产生相应满足需要的行为。个体的优势需要是在不断变动的。

(4)各层次需要互相依赖,彼此重叠。低层次需要尚未满足时,可能已经出现了高层次的需要;而高层次需要发展后,低层次需要也并未消失,而只是对人的行为的影响降低。

(5)不同层次需要的发展与个体年龄增长相适应,也与社会的经济与文化教育程度有关。

(6)高级需要的满足比低级需要的满足要求更多的前提条件和外部条件,满足的愿望也更强烈。

(7)人的需要满足程度与健康成正比。在其他因素不变的情况下,需要满足的程度和层次越高,越有助于健康的维持与促进。

(8)在不同的文化中,满足每一种需要的方式是不同的。例如,在一种文化中,扶持行走的老人,不论他是否有独立行走能力,是表达对老人的尊重;而在另一种文化中,不扶持有独立行走能力的老人则是体现对老人的尊重。

(三)需要层次论对护理的意义

(1)帮助护理人员识别护理对象未满足的需要。在健康情况下,人能够自己满足各类需要,但健康出现问题,有些需要就无法自己满足。护理人员应能判断护理对象有哪些需要未被满足,并了解对其所造成的影响,以制定和实施相应的护理措施帮助护理对象解决健康问题。

(2)帮助护理人员观察、判断护理对象尚未表达的需要,给予满足,以达到对可能出现的问题采取预防措施的目的。

(3)帮助护理人员根据需要层次确定应优先解决的健康问题。需要层次理论是按照对人的生存和发展的重要程度排列的,护理人员可以据此识别护理问题的轻重缓急,以便在制定护理计划时合理地排列先后次序。

（4）帮助护理人员对护理对象的需要进行科学指导，合理调整需要之间的关系，消除焦虑与压力。

二、影响需要满足的因素

人的需要满足程度与健康成正比，而需要从产生、发展到满足是有一定的条件的。当某方面条件欠缺时，就会影响需要的满足，因此了解影响人的需要满足的因素非常必要。

（一）生理因素

疾病、疲劳、疼痛、损伤、活动受限等生理方面的变化，可导致若干需要不能满足。如脑出血的患者常出现头痛、偏瘫、失语等症状，这些会影响休息、安全、活动、沟通等需要的满足。

（二）情绪因素

人处于焦虑、恐惧、愤怒、兴奋或抑郁等状态时，会影响需要的满足。如过度的焦虑会引起食欲下降、失眠等，进而影响营养的摄入、睡眠及工作学习效率。

（三）个人因素

缺乏相关知识、资料或信息会影响个体正确的意识和识别自我需要，影响个体选择满足需要的途径。同时，个人的信仰、价值观、生活习惯与生活经验也会影响某些需要的满足。

（四）物质因素

需要的满足需要一定物质条件，如生理需要的满足需要食物、水，当这些物质条件不具备时，以这些条件为支撑的需要就无法满足。

（五）社会文化因素

社会的风俗、群体的行为倾向、人际关系等因素会影响爱与归属、尊重及自我实现等层次需要的满足。

（六）环境因素

空气污染、光线不足、通风不良、温度不适宜、噪声等都可造成机体不适，从而影响个体某些需要的满足。

三、患者的基本需要

个体在患病时，他的基本需要就会发生变化。一方面，疾病可导致个体某些需要增加；另一方面，个体满足自身需要的能力却明显下降。这就需要护理人员作为一种外在的支持力量，帮助患者满足需要。护理人员应首先了解个体在疾病条件下产生的特殊需要及这些需要对健康的影响，并设法满足患者的需要。

（一）生理的需要

疾病常使人的许多基本生理需要不能满足，甚至导致患者死亡。了解患者的基本生理需要，采取有效措施予以满足，是护理工作的重点。常见的生理需要缺失如下。

1. 氧气　缺氧、呼吸道阻塞、呼吸道感染等。
2. 水、电解质　脱水、水肿、酸碱平衡紊乱、电解质失衡等。
3. 营养　肥胖、消瘦、各种营养缺乏、不同疾病特殊饮食要求等。
4. 体温　发热、体温过低等。
5. 排泄　腹泻、便秘、大小便失禁等。
6. 休息和睡眠　疲劳、各种睡眠形态紊乱等。

7. 舒适　各种类型的疼痛、眩晕、活动障碍等。

（二）安全的需要

个体在患病期间，由于环境的变化、舒适感的改变，安全感会明显降低，会感到自己的生命受到威胁，前途黯淡而自己又无能为力。他们既寻求医护人员的保护、帮助，又担心会发生医疗失误。护理人员应加强对患者的入院介绍和健康教育，增强患者的自信心和安全感，避免各种损伤因素，提高诊疗护理水平，取得患者信任。

（三）爱和归属的需要

患者患病期间，特别是住院期间，由于与亲人的分离和生活方式的变化，爱与归属需要的满足会变得更加强烈，常常会产生许多疑虑和孤独感，希望亲人能对自己表现出更多的爱和理解，也为自己不能像健康时那样施爱于亲人而痛苦。护理人员要通过细微、周密、全面的护理，与患者建立良好的护患关系，使患者感受护理人员的关怀与爱心。同时，要加强同家属、亲友沟通，满足患者爱和归属的需要。

（四）尊重的需要

疾病可导致个体某些方面能力下降甚至丧失。这会严重地影响患者对自身价值的判断，担心自己成为别人的负担，担心被轻视等。护理人员在与患者交往中应始终保持尊重的态度、礼貌的举止。在进行护理操作时，应注意减少患者躯体暴露，维护患者的自尊。同时，应鼓励患者参与一些自身的护理活动以增强自尊感。

（五）自我实现的需要

疾病必然造成个体暂时甚至永久丧失某些能力，不得不离开自己的学习、工作岗位，导致个体陷入失落、沮丧，甚至悲观、绝望的情感状态中，这种不良情感反过来又会使个体健康状况进一步恶化。自我实现的需要是个体在患病期间最难满足的需要，而且自我实现需要的产生与满足在个体之间差异很大。护理人员应鼓励患者表达自己的个性和追求，帮助患者认识自己的能力和条件，战胜疾病，为达到自我实现而努力。

四、满足患者需要的方式

（一）直接满足患者的需要

对完全无法自行满足基本需要的患者，如昏迷者、瘫痪者、新生儿等，护理人员应采取有效的护理措施，满足其生理和心理的需要，以减轻痛苦，维持生存。

（二）协助患者满足需要

对于尚具有一定能力只能部分满足基本需要的患者，护理人员可根据具体情况，鼓励并指导患者完成力所能及的自理活动，同时有针对性地给予必要的协助和支持，帮助患者发挥最大潜能，早日康复。如协助卧床患者翻身、进食，指导术后患者进行功能锻炼等。

（三）间接满足患者需要

对基本能满足需要，但缺乏知识和技术的患者，护理人员可通过卫生宣教、健康咨询、科普讲座等多种形式为患者提供卫生保健知识，去除满足需要的障碍，避免新的健康问题的发生或健康问题恶化。如对孕产妇进行保健和育儿指导，协助糖尿病患者制定饮食计划等。

▓ 第三节　压力与适应理论

压力是一种跨越时间、空间、人格与文化的全人类经验，这种过程贯穿于人的一生。尤其在近代工业化、商业化、信息化的社会中,压力几乎无处不在,它会使人产生一系列生理或心理反应,甚至导致某些疾病的发生。护理人员学习压力的理论和知识,可以帮助观察和预测护理对象的压力反应,并采取相应的护理措施帮助护理对象提高适应能力,减轻由压力带来的各种影响,以避免身心疾病的出现。

一、基本概念

(一) 压力

压力(stress)又称为应激或紧张,是一个比较复杂的概念,在不同时期和不同学科中有不同的解释,如生理学家用血压升高、心跳加快等生理现象来描述压力;心理学家则用焦虑等情绪反应来描述压力。目前普遍认为,压力是个体对作用于自身的内外环境中刺激做出认知评价后而产生的一系列生理及心理紧张性状态的过程。

(二) 压力源

压力源又称应激源或紧张源,是指任何能使人体产生压力反应的内外环境中的刺激。根据压力源的性质,可分为以下几方面。

1. 一般性的压力源

(1) 生物性的:如各种细菌、病毒、寄生虫等。

(2) 物理性的:如温度、湿度、光线、声音、放射线、暴力等。

(3) 化学性的:如酸、碱、化学药品等。

2. 生理病理性压力源

(1) 正常生理功能变化:如月经期、妊娠期、更年期等的变化;基本需要未得到满足,如饥饿、口渴等。

(2) 病理性变化:各种疾病引起的改变,如缺氧、脱水、电解质紊乱、内分泌变化、外伤等。

3. 心理社会性压力源

(1) 灾难性社会因素:如地震、水灾、火灾、战争等。

(2) 一般性社会因素:如生死离别、搬迁、人际关系纠葛、角色改变(如结婚、生育、毕业)等。

(3) 心理社会因素:如考试、竞赛等。

(三) 压力反应

机体对压力源的反应可分为两方面,生理反应和心理反应。

1. 生理反应　如心率加快、血压升高、需氧量增加、免疫力降低、胃液分泌增加、括约肌失去控制等。

2. 心理反应　如焦虑、抑郁,或使用否认、压抑等心理防卫机制等。

一般说来,生理和心理反应经常同时发生,因为压力反应是心身持续相互作用下的整体反应。压力反应是一个动态过程,不可能与环境隔离而独立存在。

根据不同情况下对压力源和压力反应的研究,得出以下一般性规律:①多种压力源可以引起同一种压力反应,如大多数疾病虽各有特征,但都会出现疲乏、食欲不振、体重减轻等共同表现。②人们对同一压力源的反应可以是各种各样的。③大多数人都能设法避免外伤、疼痛、过冷或过热的温度等一般性压力源。④对极端的压力源和灾难性事件,大部分人都会以类似的方式反应。⑤压力反应的强度和持续的时间决定于下列因素:既往的经历、儿童时期所建立的社会交往型态以及该情境对个体的意义。⑥压力源的挑战,在某些情况下是有益的,缺少压力源的刺激会导致个体无聊、厌烦、甚至生长发展停滞。

二、压力学说

压力作为人类全面认识健康与疾病的一个重要概念,已成为医学、社会学、心理学、护理学等学科的研究重点,并先后出现了许多与压力有关的理论模式,如塞里的压力反应模式、霍姆斯与拉赫的生活变化适应模式与随后的疾病发作学说、拉扎勒斯的压力与应对模式。每一种模式强调压力的一个不同方面。塞里的压力学说,从基本的生理学观点说明压力,强调了人体神经内分泌系统与压力反应的关系;霍姆斯与拉赫的研究,专注于生活变化对健康与疾病所造成的影响;拉扎勒斯把研究重点放在对压力的认知与评估上。下面主要对塞里的压力学说作进一步说明。

该模式由塞里(Selye H)创建。1950 年,塞里的名著《压力》出版,他在论著中描述了压力的一般理论,影响了全世界的压力研究,因此被称为是 20 世纪的"压力之父"。

(一)塞里的压力一般理论

塞里从基本的生理学观点说明压力,他认为压力是身体对任何需求作出的非特异性反应。塞里认为所谓非特异性反应,是一种无选择性地影响了全部或大部分系统的反应,也就是整个身体对任何作用于他的特殊因素所进行的适应。例如,对严寒和酷暑这两种压力源,人们通常是以发抖和出汗这两种不同的反应(特异性反应)来适应的。虽然身体对严寒和酷暑的特异性反应是不同的,但在非特异性反应上却是相似的。换言之,这两种压力源都能迫使人体的神经系统、血管和皮肤做出适应,促使个体恢复平衡状态。

(二)塞里的适应综合征理论

塞里所进行的经典研究确定了对压力的两个生理反应:局部适应综合征(LAS)和整体适应综合征(GAS)。

1. **局部适应综合征** 局部适应综合征是身体组织、器官或部分对创伤、疾病或其他生理性改变的反应。身体对压力产生许多局部反应,包括血液凝集、创伤愈合、眼睛对光的适应性调节等。局部适应综合征反应是局部的,不涉及身体的全部系统,反应的时间短,有助于身体部位恢复平衡。尽管身体能够表现出诸多局部压力反应,但能够影响护理照顾的最常见的两个局部反应是反射性疼痛反应和炎症反应。

2. **整体适应综合征** 整体适应综合征是人的整体对于压力所做出的防御性的生理反应。他认为不论何种因素侵犯体内恒定系统时,都会引起一定的反应,但任何刺激,都无法产生完全特异的反应,只是产生相同的反应群,如大多数疾病虽然各有一些特征,但都有一些共同的症状和体征,例如,体重下降、疲乏、疼痛、失眠、颤抖或出汗、胃肠道症状等。这种反应涉及自主神经系统和内分泌系统,其中下丘脑、垂体以及肾上腺在反应中起重要作用。整体适应综合征包括警觉期、抵抗期和耗竭期。

(1)警觉期(第 1 期):人体感知到特定的压力源,激活各种防御机制,提示身体对压力源进行防御,这是压力源作用于身体的直接反应。压力源作用于机体,经由神经内分泌途径,引起机体各系统的变化,表现为肾上腺皮质增大、激素增加、心率加快、血压上升等。如果压力源过于强烈或者持续时间过长,就会对生命形成威胁。如果压力源在最开始的警觉期之后依然存在,人就会进入整体适应综合征的第二个阶段——抵抗期。

(2)抵抗期(第 2 期):当已经感知到了威胁并且调动了身体的资源之后,此时身体试图应对压力源并将其局限在身体的最小区域内。机体防御力量与压力源相互作用,形成动态平衡。若机体适应成功,压力可以被控制或者局限在一个小的区域里(局部适应综合征),则恢复内环境的稳定,激素水平、生命体征、能量的产生都恢复到正常水平,身体恢复平衡状态。如果对身体的损害太大或机体出现持续性损害,如严重损伤等重病,适应机制失效,将进入下一期——耗竭期。

（3）耗竭期（第3期）：机体在第二期所做出的适应不复存在，这表明体内适应资源已经耗尽。压力作用会扩散到整个身体，表现为体重减轻、肾上腺增大然后衰竭、淋巴系统功能紊乱，激素分泌先增加后耗竭，最后全身衰竭而危及生命。这一时期的结局主要取决于个体的适应能量资源、压力源的严重程度、所提供的外部适应资源，如氧气、能量等。

在这3个阶段中，警觉期比较短暂（从数分钟到数小时），抵抗期和耗竭期的持续时间则变化较大，主要受压力源的严重程度和持续时间、个人以往的健康情况、卫生保健干预的及时性和有效性等因素的影响。

尽管塞里的压力反应模式对人类健康与疾病的研究具有重要的意义，但由于受生物医学模式的限制，过分强调了压力状态下人的生理反应，而忽视了心理及其他方面的反应。

三、压力的防卫

每个人对压力做出的反应是不同的，其反应型态决定于个体对压力的感知以及应对能力和条件，也就是说，压力源并无绝对的强弱度。没有适当防卫能力的人，经受的压力严重，甚至会患病。反之，自然防卫能力较强的人，对多数压力源可以不感受，甚至认为是适当的。人们为了对抗压力源常采用以下防卫机制，主动应对压力，避免严重压力反应以保护自己。

（一）第一线防卫——生理与心理防卫

1. 生理防卫　生理防卫包括遗传素质、一般身体状况、营养状态、免疫功能等，如完好的皮肤和健全的免疫系统可抵抗病毒和细菌的侵袭，而营养不良者即使受轻伤也容易感染。

2. 心理防卫　心理防卫指心理上对压力做出适当反应的过程，它取决于个体对抗压力源的既往经验、智力、教育水平、生活方式、经济状况、出现焦虑的倾向、坚强度等因素。人们常常在潜意识的状态下运用一种或多种心理防卫机制，以解除情绪冲突、避免焦虑和解决问题。如当个体听说自己身患癌症时，可能予以否认。常见的心理防卫机制包括潜抑作用、退化、否定、隔离、转移、仿同、补偿、升华、幻想等，这些心理防卫如果运用适当，则有益于心理成长与发展，如果过度运用或运用不当，将导致不良后果。

（二）第二线防卫——自力救助

当一个人处于压力源较强，而第一线防卫相对较弱时，会出现一些身心压力反应。如果反应严重，就必须进行自力救助来对抗和控制压力反应，以减少疾病的发生。

1. 正确对待问题　首先进行自我评估，识别压力来源，然后针对发现问题采取相应的办法处理。如当你工作繁忙，家务负担太重时，您可安排家中其他成员共同分担家务，以减轻压力。

2. 正确对待情感　当人们遭受压力后常表现出焦虑、沮丧、生气等情绪。对付这些情感的方法是首先确定和承认正经历的情感，然后进行合理分析及排解，并采用适当的方法处理好自己的情绪，如与朋友交谈等。

3. 利用可能得到的支持　家庭和社会支持对缓和压力有重要作用。家庭和社会支持网中的重要成员可以是父母、配偶、子女和好友等，护士要了解患者生活中重要的支持网络，鼓励患者信任自己的亲友，多参加力所能及的社会活动。此外，寻求有关的信息也能减轻焦虑，如介绍肿瘤患者参加癌症俱乐部；介绍有心理障碍的人到心理健康中心去咨询等。

4. 减少压力的生理诱因　良好的身体状况是人们抵抗压力源的侵犯，减少不良反应的基础。因此，应提高人们的保健意识，如注意改善营养状况，控制和减少吸烟、酗酒等，有助于加强第一线防卫。此外，传统的气功疗法、松弛锻炼及一些娱乐活动，如听音乐、阅读、散步等也是帮助人们解脱压力的实用方法。

（三）第三线防卫——专业辅助

当强烈的压力源导致身心疾病时，就必须及时寻找医护人员帮助，由医护人员提供针对性的治疗和护理,如药物治疗、急救、心理治疗等,并给予必要的健康咨询和教育来提高患者的应对能力,以利于疾病痊愈。第三线防卫非常重要,若专业辅助不及时或不恰当,会使病情加重或演变成慢性疾病,如高血压、忧郁症等。这些疾病本身又可成为压力源,而加重患者负担。如果防卫失效,其结果将导致患者死亡。

四、压力的适应

(一) 概念

1. 应对　为了有效地处理压力,人们常常采用一些特定的策略来应对压力。应对是指处理问题和情境,或成功地与问题和情境抗争。应对机制是一种先天的或后天获得的对变化的环境或特定的问题或情境做出反应的方法。应对机制因人而异,它常常与个体对压力事件的认识有关。应对压力的方法有3种:改变压力源、适应压力源及避开压力源。应对可以是有效的,也可以是无效的。有效应对的结果是适应,而无效应对将导致适应不良。

2. 适应　适应是应对的最终目的。个体在遇到任何压力源时,都会试图去适应它,若适应成功,身心平衡得以维持和恢复;若适应失败,就会导致疾病。从广义上说,适应是所有生物的特性,是机体维持内稳态及对抗压力的基础。因而,适应是生物体用各种方式调整自己,以维持内环境及外环境的平衡,使自己更能适合生存的一种正在进行的过程。

(二) 适应的层次

适应是区别有生命机体和无生命物体的一个特征。人类作为一种社会生物体,其适应过程较其他生物更复杂,因为它包含的不只是单纯的生物过程,而是在躯体、智力、情绪等方面均对环境刺激做出反应。人类的适应可分为4个层次,即生理层次、心理层次、社会文化层次和技术层次。

1. 生理层次　生理适应是指当内外环境的刺激作用于机体,影响机体的内稳态时,人体以代偿性的生理变化来应对刺激的过程。这些变化都是由于外界对身体的需求增加或改变而引起的。如进行跑步锻炼时,最初会感到肌肉酸痛、心跳加快,但坚持一段时间后,体内器官的功能逐渐适应了跑步对身体所增加的需求,最初的不良感觉就会逐渐消失。

有时身体可通过感觉功能的降低来适应,如持续与香味或臭味接触后,对气味刺激的敏感性逐渐降低,人们很快就会习惯并适应这些气味。

2. 心理层次　心理适应是指人们经受心理刺激时,通过调整自己的态度去认识压力源,摆脱或消除压力,恢复心理平衡的过程。一般可运用心理防卫机制或学习新的行为(如松弛术)来应对压力源。

3. 社会文化层次　社会适应是指调整个人的行动,使之与各种不同的群体,如家庭、专业集体、社会集团等的信念、习俗及规范相协调。如刚参加工作的新护士,除了学习专业知识,掌握有关技能外,还必须熟悉环境、遵守医院的规章制度,才能应对自如。

文化适应是指将调整个体的行为以符合某一特殊文化环境(如种族、民族、宗教、思想、传统和习俗等)的要求,如入乡随俗就是一种社会文化的适应。

4. 技术层次　技术适应是指人们在使用文化遗产的基础上创造的科学工艺和革新。人们通过技术的掌握,来改变周围环境,控制自然环境中许多压力源。但是,现代技术又制造了不少需要我们应对的新的压力源,如水、空气和噪声污染等,这些新的压力源需进一步研究和适应。

(三) 适应的特性

所有的适应机制,无论是生理的、心理的、社会文化的或技术的,都有下列共同的特性。

1. 适应的目的是最大限度地维持机体的内稳态　在人体遭遇压力源的刺激时,机体会动员全身心的力量以适应压力源对人体所造成的不平衡,从而维持个体的最佳身心状态,即内环境的平衡。

2. 适应是一种主动的动态过程,是一种自我调节机制 如饥渴时,人们会主动地去寻找食物和饮水。

3. 适应是包括生理、心理、社会文化、技术等多层次的、全身性的反应过程 如作为护理人员,不但智力上要掌握专业知识,体力上能适应工作强度,心理上要承受责任感和各种问题,社会上要能有效沟通、保持良好的人际关系和适应各种规范,技术上也要娴熟,才能胜任护理工作。

4. 适应与个人的应对资源、时间等有关 适应能力存在个体差异,每个人的遗传素质、生理和心理状况、个性及经历不同,适应能力也就有所不同。如比较灵活和有经验的人,会应用多种防卫机制对压力做出及时的反应,因而比较容易适应环境而生存。同时,时间充足有利于个体调动更多资源对抗压力源,会适应得较好,否则难以适应。如亲人突然死亡者,心理上多难以接受;若已有长期思想准备,则能接受现实,容易适应。

5. 适应是有限度的 适应不能超过一个人的身体、社会心理及精神的稳定范围。适应的限度是由个体的遗传因素、身体条件、才智及情绪的稳定性决定的。一般来说,生理适应的范围较窄,如体温、血糖浓度等的正常范围都较局限,而心理适应的范围较广,可使用的应对方法较多。

6. 适应反应也可以是不恰当的、负性的 适应性反应通常是有利的,但有时可以是不足的、过度的或不适当的,适应本身也可能是有压力的。如炎症,作为一种适应性功能,可阻止危险的微生物散布到全身,倘若炎症反应不充分,身体就抵抗不了入侵的微生物;若炎症反应过分或不适当,不仅对机体没有帮助,反而会导致病理性变化;而炎症反应所产生的红、肿、热、痛等生理变化,会使个体产生不舒适感而有压力性。

五、压力与适应理论在护理中的应用

疾病作为一种压力在人的生命过程中是难以避免的,患者可能因此面临更多的压力源,适应不良会加重病情。护理人员可以根据每一个患者的身体和情绪特点、家庭和社会结构、以往所使用的应对机制,针对性运用各种干预措施帮助患者减轻压力,促进应对,维持身心平衡。

(一)患者在医院中常见的压力源

护理人员应能识别哪些情况可能成为医院中对患者有不良影响、甚至是具有威胁的压力源,以采取有效的措施加以预防。

1. 陌生的环境 患者对周围环境不熟悉,对饮食不习惯,对作息制度不适应,对负责自己的医生、护士不了解等。

2. 疾病的威胁 患者感受到严重疾病的威胁,如想到可能得了难治或不治之症,或即将手术、可能致残等。

3. 与外界的隔离 患者与家庭分离或与他人隔离,不能与亲友谈心,与病友无共同语言,感到自己不受医护人员的重视等。

4. 信息的缺乏 患者对自己所患疾病的诊断、治疗及护理不清楚,对医护人员说的一些医学词汇听不懂,自己提出的问题得不到答复等。

5. 自尊的丧失 患者因疾病而丧失自理能力,日常生活(如进食、入厕、洗澡、穿衣等)都需别人协助,且须卧床休息,不能按自己意志行事等。

(二)护理人员如何协助患者适应压力

1. 协助患者适应医院环境 护士应为患者创造一个整洁、安静、舒适、安全的住院环境,主动热情地接待患者,介绍医院的环境、规章制度及负责的医生、护士,使患者消除由于陌生和孤独带来的心理压力。

2. 为患者提供有关疾病的信息 护士应将疾病的诊断、治疗、护理及预后等方面的信息及时告知患者,以减少患者的焦虑和恐惧,增加其自我控制感及心理安全感,从而充分发挥自己的主观能动性,更好地配合治疗及护理工作。

3. 满足患者的各种需要　由于疾病的影响,患者多个层面的健康需要往往不能完全得到满足,从而出现紧张、抑郁、焦虑、恐惧等消极情绪。护士应及时评估和了解患者各方面的需要,并采取相应的措施满足患者未满足的需要,使患者情绪稳定。

4. 协助患者保持良好的自我形象　住院后,患者的衣着、饮食、活动受医院的限制,常常会感到失去原来的自我。同时由于疾病所致自理能力的降低,又会使患者感到自卑。护士应尊重患者,协助患者保持整洁的外表,改善患者自我形象,适当照顾患者原来的生活习惯和爱好,使患者获得自尊和自信。

5. 培养患者的自理能力　自理是维系患者自尊、自信、自我控制感、价值感及希望的重要因素。因此,在护理工作中,应尽可能地给患者机会,让其参与到自己的治疗和护理工作中来,不断培养和锻炼其自我护理的能力,进而减轻紧张和焦虑,保持心理健康。

6. 协助患者建立良好的人际关系　护士应鼓励患者与医护人员、同室病友融洽相处,并动员家庭及社会支持系统的关心和帮助,使患者感受到周围人对他的关爱,促进其身心健康的恢复。

■ 第四节　护理理论

任何一门独立的学科都有自己特定的理论作为实践的基础。护理作为一门独立的专业,在其形成过程中也建立和发展了自身的理论——护理理论。现代护理学的创始人南丁格尔早在19世纪中期曾对护理进行论述,开创了研究护理理论的先河。20世纪50年代后,护理学是一门科学的观点被普遍接受,护理学家开始尝试构建能解释护理现象、阐明护理本质、目标和功能的护理理论或概念模式,各种护理理论和学说应运而生。它们从不同角度,或多或少涉及了以下内容:护理对象、护理目标、护理环境、护理活动。本节我们仅对以下护理理论和护理概念模式作概要性阐述。

一、奥瑞姆的自护理论

奥瑞姆(Orem DE)是美国著名护理理论家。1971年,奥瑞姆首次发表了她的自护理论,该理论主要强调护理对象的自我照护需求。奥瑞姆把自护定义为个体为生命、健康、发展和安宁而进行的一种习得的、目标指向性的自我照顾活动。奥瑞姆的自护理论分为3个相关的概念:自护、自护缺陷和护理系统。

(一) 自护

自护指个体所独立完成的贯穿于生命全过程的,旨在维持和促进个体完好状态的活动。自护是人类的本能,受年龄、生活经历、健康等因素影响。奥瑞姆将个体进行自护的能力称之为自护力量。绝大多数成人都能进行自我护理,但婴儿、老年人或患者、残疾人则需要完全的照护或协助完成自护活动。奥瑞姆认为人有以下3种自护需求。

1. 一般性自护需求　指所有的人都具有的需求,包括空气、水、食物、排泄、活动和休息、独处和社会交往、避免危险、改善机体功能以维持生命、健康和安宁。

2. 发展性自护需求　指由成熟或与维持生命和人类发展有关的条件和事件而引发的需求,如怀孕期、儿童期、更年期的自护需求;个体对失业、丧偶的心理调整。

3. 健康偏离性自护需求　指个体在疾病、创伤或在诊断、治疗过程中产生的需求,如寻求卫生保健帮助、执行规定治疗等。

(二) 自护缺陷

当自护力量不能适当地满足自护需求时,就产生自护缺陷,此时个体就需要护理照顾和帮助。

（三）护理系统

为说明患者的自护需求如何被满足，奥瑞姆设计了护理系统结构。护士根据个体自护能力和自护需求的不同而分别采用 3 种护理系统。

1. 完全补偿系统　即由护士提供全部的护理来满足个体的所有需求，适用于不能控制和监控自己的环境和处理信息的个体，如昏迷、高位截瘫等。

2. 部分补偿系统　即由护士和护理对象共同实施护理措施，适用于只能执行部分自护活动的个体，如手术后的患者，能完成部分自护需求，但须护士提供不同程度的帮助，如协助如厕等。

3. 支持-教育系统　该类系统适用于在护理的帮助下能够学会进行自护活动的个体，如糖尿病患者的饮食自护活动。

综上所述，奥瑞姆自护学说将护理的任务确定为帮助护理对象进行自我护理。在护理对象不能满足自己的生理的、心理的、发展的或社会的需求时，给予必要的护理。护士应确定护理对象为什么不能满足这些需求，护理必须做些什么才能满足护理对象的这些需求，以及护理对象能完成多少自护活动。护理的目标是提高护理对象独立满足自护需求的能力。

二、罗伊的适应模式

罗伊（Roy SC）是美国著名护理学家，她在 20 世纪 70 年代创立的适应模式实质上是一个系统模式。罗伊的适应模式认为，人是一个适应系统，当内外环境中刺激作用于人体后，机体通过生理调节、认知调节系统做出应对，产生生理需求、自我概念、角色功能和相互依赖 4 个方面的变化，最后机体做出适应性反应或无效反应。护士在这一适应过程中的主要作用是用各种方式促进护理对象的适应性反应，使之成为一个适应良好的个体。罗伊的适应模式是基于以下假设。

（1）个体都是生物物理存在的整体，各系统平衡才能产生具有生物、心理和社会需要的功能的人。与现代社会变化的环境进行不断的相互作用，将会使人适应持续的变化和紧张性刺激。

（2）个体应用先天和后天获得的两种机制，以积极或消极反应两种形式来应对变化和达到个体适应。所达到的适应水平是机体对 3 类刺激反应的结果。

1）主要刺激：指立即直接作用于机体，引起机体做出行为反应的内外部刺激，如外伤、疾病等。

2）相关刺激：除主要刺激外，其他引起机体反应的内外部刺激，如遗传、年龄等。

3）固有刺激：指可能引起机体反应，但作用未被证实的刺激，如信念、态度和性格等。

（3）个体的适应系统由生理调节器和认知调节器组成。生理调节器通过神经-化学-内分泌途径进行应对，如对抗细菌入侵的白细胞防御系统；认知调节器通过认知途径进行应对，如感觉、信息处理、学习、判断等。

（4）个体以 4 种模式对刺激作出反应。

1）生理模式：涉及与机体的基本生理需求有关的适应方式，包括水和电解质、活动和休息、循环和氧合、营养和排泄、体温调节、感觉，以及神经和内分泌功能。

2）自我概念模式：由躯体自我和个性自我组成。躯体自我包括感觉和体像；个性自我包括自我理想化、自我一致性和道德-伦理自我。

3）角色功能模式：由社会整体性需求所决定，与个体既定的社会地位所承担的责任有关。

4）相互依赖模式：包括个体与对其有重要影响的人和支持系统之间的关系。

（5）个体在健康——疾病连续体中的位置的变化与个体有效地应对刺激，维持适应状态有关。所有的个体都必须适应以下需求：①满足基本的生理需求。②发展积极的自我概念。③履行社会角色。④达到依赖与独立之间的平衡。

在罗伊的适应模式中，所有的护理活动的目标都是为了提高个体对健康和疾病的适应性。适应模式可以指导护士应用观察和交谈技术对个体做出个性化评估，并为制定护理计划和实施护理活动提供指导。

三、纽曼的系统模式

作为一个社区卫生保健护士和临床心理学家,纽曼(Neuman B)在1972年首次发表了她的护理模式。纽曼的系统模式关注的是护理对象系统对压力的反应和影响压力重建或适应的因素。她的理论为护理学提供了一个包含完整的概念和系统方法的整体人的模式。

纽曼认为人是一个具有基本结构或能源的核心(包括生理、社会文化、发展、心理和精神)的开放的动态系统。围绕人这一开放系统,由3种防御机制构成一系列同心圆。抵抗线代表有助于护理对象抵御压力源的因素。抵抗线的外层有两层防御线:里层是一层正常防御线,它代表随着时间变化个体的平衡状态或适应状态的发展和维持;最外层是弹性防御线,它是一个保护性缓冲器和滤过器,常处于波动中,可以在很短的时间内受一定的变量影响而发生迅速变化,起着保护正常防御线免被压力源穿透的作用(图2-3)。人作为一个开放的系统与环境相互作用,调节环境并适应环境。

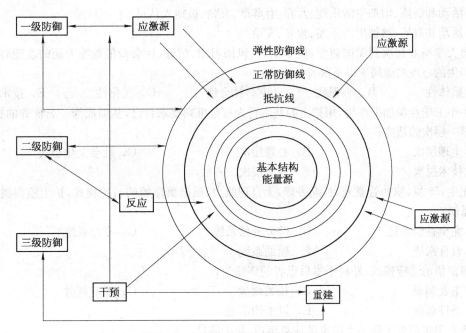

图2-3 纽曼人体结构及整体观示意

纽曼将压力源定义为可突破机体防线,引发紧张,威胁个体稳定和平衡的所有刺激。她将压力源分为3类:①个体内的压力源,来自个体内,与内环境有关,如疼痛、愤怒等。②人际间压力源,来自两个或多个个体间,如人际沟通障碍、护患关系紧张。③个体外压力源,来自体外,距离比人际间压力更远,如环境陌生、经济状况不佳等。当压力源作用于人体时,完整的防御线对其产生反应和抵御。

纽曼认为护理应该关注整体的人,护理的目标是协助个体、家庭和群体获得和保持最高水平的完满的健康。护士应根据个体对压力源的反应采取不同水平的干预,这些护理干预是按三级预防水平实施的:①一级预防,当怀疑或发现压力源存在而压力反应尚未发生时开始,重点是保护正常防御线和增强弹性防御线。②二级预防,当个体发生压力反应时开始,重点是增强内部抵抗机制,减少反应,同时增加抵抗因子。③三级预防,在积极治疗之后或个体达到相当程度的稳定时实施,重点是通过教育护理对象和协助预防压力反应重复产生使个体系统达到再适应和稳定,并保护重建的适应或重返健康。

复 习 题

【A 型题】

1. 按照与环境的关系分类,人体系统属于: （ ）

　　A. 开放系统　　　B. 封闭系统　　　C. 人造系统　　　D. 自然系统　　　E. 动态系统

2. 按照人类基本需要层次论排列护理计划的优先顺序,越排在前面的需要越及早给予满足,其中
　　正确的陈述是: （ ）

　　A. 水电解质平衡、感官刺激、发挥自我潜能、受到赞扬、友情

　　B. 氧和循环、活动和锻炼、良好的护患关系、有尊严

　　C. 尊重、活动和锻炼、营养、友谊、与家人关系和睦

　　D. 活动和锻炼、增加生活乐趣、营养、有尊严、友情、被他人认可

　　E. 活动和锻炼、增加生活乐趣、营养、友谊

3. 小明大学毕业初次到美国留学,由于语言、风俗习惯、信仰、社会价值观等方面的改变而对小明
　　所产生的心理刺激属于以下哪种压力源: （ ）

　　A. 躯体性　　　B. 心理性　　　C. 社会性　　　D. 文化性　　　E. 技术性

4. 护生小王毕业参加工作后,用护士的基本行为规范准则要求自己,从而成为一名优秀的护士,属
　　于哪一层次的适应: （ ）

　　A. 生理层次　　　　　　B. 心理层次　　　　　　C. 社会文化层次

　　D. 技术层次　　　　　　E. 专业层次

5. 刘先生,55 岁,脑血管意外,长期卧床,无自理能力,根据奥瑞姆的自护模式,护士应提供何种护
　　理系统: （ ）

　　A. 完全补偿系统　　　　B. 部分补偿系统　　　　C. 支持系统

　　D. 教育系统　　　　　　E. 辅助系统

6. 按照罗伊的适应模式,外科手术后患者的疼痛为: （ ）

　　A. 主要刺激　　　　　　B. 相关刺激　　　　　　C. 固有刺激

　　D. 条件刺激　　　　　　E. 以上均不是

7. 患者在手术前要了解手术的有关注意事项,属于满足: （ ）

　　A. 安全的需要　　　　　　B. 生理的需要　　　　　　C. 自尊的需要

　　D. 刺激的需要　　　　　　E. 自我实现的需要

8. 机体在压力作用下激活机体神经内分泌系统,使抵抗水平上升,此期为: （ ）

　　A. 抵抗期　　　B. 警觉期　　　C. 衰竭期　　　D. 恢复期　　　E. 潜伏期

9. 对诊断为高血压的患者,要求按医嘱坚持药物治疗和非药物治疗属于: （ ）

　　A. 初级预防　　　　　　B. 二级预防　　　　　　C. 三级预防

　　D. 四级预防　　　　　　E. 以上都不是

【填空题】

1. 对抗压力源的三线防卫分别是_____、_____和_____。

2. 系统的基本属性有_____、_____、_____、_____和_____。

【名词解释】

1. 系统　2. 压力　3. 适应　4. 自护

【简答题】

1. 简述马斯洛需要层次论对护理的应用意义。
2. 简述住院患者常见的压力源。
3. 说明开放系统是如何实现自己的功能的(用图表的形式表示)。

第三章
整体护理与护理程序

内容及要求

整体护理与护理程序主要包括两部分内容，整体护理和护理程序。

整体护理主要介绍了整体护理的概念、发展背景、思想内涵及实践特征。在学习中，应重点掌握整体护理的概念，熟悉整体护理的思想内涵和实践特征，了解其发展背景。

护理程序主要介绍了护理程序的概念、理论基础及基本步骤。护理程序涉及系统论、沟通理论、解决问题论、评判性思维、人类基本需要层次论等，由评估、诊断、计划、实施、评价5个步骤组成。在学习中，应重点掌握护理程序的概念、护理程序的基本步骤及每一步骤主要的护理工作，熟悉护理程序的特征及相关理论基础。

重点、难点

本章的重点是护理程序的基本组成步骤，包括各步骤的概念、主要护理工作。难点是在护理评估阶段如何能准确、全面地收集护理对象的健康资料，在护理诊断阶段找出问题的相关因素，以及在护理计划阶段为护理对象制定正确的护理目标和护理措施。

专科生的要求

专科层次的学生对整体护理的发展背景、实践特征，护理程序的特点、评估资料的分类、护理诊断和医疗诊断的区别、护理实施后 SOAPIE 记录方法仅作一般了解即可。

■ 整体护理
■ 护理程序

整体护理是随着健康定义的发展以及医学模式的转变，综合其他各学科的研究成果而形成的。它的产生引起了当代护理理念的重大变革，丰富和完善了护理学的理论体系。整体护理是以护理程序为核心，而护理程序是一种系统而科学地安排护理活动的工作方法。护理程序是护理专业独立性和科学性的体现，为护理学向科学化、系统化的方向发展奠定了一定的科学基础。因此，护理人员必须在深刻理解整体护理思想及熟练运用护理程序的基础上，才能适应现代护理的需要，更好地履行自己护理工作者的角色功能。

第一节　整体护理

一、整体护理的概念

整体护理（holistic nursing care）是一种以护理对象为中心，视护理对象为生物、心理、社会多因素构成的开放性有机整体，以满足其身心需要、恢复健康为目标，应用护理程序的理论和方法，实施全面、系统护理的护理思想和护理实践活动。广义的整体护理还包括以下含义。

1. **整体护理贯穿于人的整个生命过程**　护理应对人成长发展的各个阶段提供服务，护士不仅应注重成人的疾病护理，还应该重视母婴保健、新生儿护理、儿童护理、青少年的健康保健、老年护理、临终关怀等各方面。

2. **护理贯穿于健康-疾病的全过程**　护理是一门为人类健康服务的独立应用科学，肩负着维护、促进人类健康的重任。在新的医学模式下，护理需要帮人群解决减轻痛苦、维持健康、恢复健康以及促进健康等与健康相关的问题。因此，护理除应重视在个体患病后为其提供与疾病相关的护理服务外，更应注重预防保健、健康教育等。护理的对象不仅仅是患病的人，还包括健康的人。

3. **护理应对整个人群提供服务**　为达到"2000年人人享有卫生保健"的战略目标，护理人员不仅要对护理对象个体提供护理服务，更重要的是应将护理对象扩展到包括家庭、社区、社会的整个群体，护理的最终目标是提高全人类的健康水平。

二、整体护理的发展背景

（一）现代医学模式对护理的要求

随着人类历史的发展，医学也在不断地发展和演变。这种变化体现在不同时期人们用什么观点和方法研究处理健康和疾病问题，即医学模式的变化。医学模式是人类对健康和疾病本质与特点的抽象概括，反映了一定历史时期医学研究的对象、方法和范围。医学模式的演变标志着人类对生命、健康、疾病的认识水平的不断提高，因此医学模式具有鲜明的时代性和历史性。从历史上看，医学模式的演变主要经历了3个阶段：自然哲学医学模式（古代）、生物医学模式（近代）、生物-心理-社会医学模式（现代）。

自然哲学医学模式将人视为是有机统一的整体，强调形、神、环境三者间紧密联系，而疾病则是人体内外失调的结果，这种整体观具有自发性和笼统性的局限。而生物医学模式则建立在研究生物体本身结构和功能及其对各种内外环境因素的生物反应和疾病过程的基础上，虽然极大促进了医学科学的发展，但此模式仅将人看成是单一的生物，忽略了人的精神因素和社会环境对人的健康和疾病的影响，具有明显的局限性。

随着20世纪心理学、社会学的迅速发展及系统论的普遍应用，心理、社会因素与健康和疾病的关系日益受到人们的关注。1977年美国医学家恩格尔（G. L. Engle）提出生物-心理-社会医学模式。该模式的特点是认为人是一个统一的整体，人的健康不仅同生物因素有关，而且与人的心理、环境因素有密切关系,因此医学应将生物、心理、社会因素结合起来研究人类健康与疾病的发生、发展与变化的规律。

生物-心理-社会医学模式对护理的要求是以患者为中心的整体护理,重视心理护理和环境的调节,强调护患关系的和谐和患者的主观能动性。而生物医学模式对护理的基本要求是以疾病为中心,重视治疗操作和对患者症状和体征的观察及患者的生活护理,不注重心理护理与环境调节,护理工作的重点是执行医嘱和完成常规性护理工作。由此可见,旧的护理活动模式已不能适应新医学模式的需求,护理程序应运而生。

(二) 系统论的渗透

整体护理思想的形成在很大程度上是受系统论的影响。系统论最基本的原则就是整体性原则,它把人看成是一个整体,是一个开放系统,系统内部各部分相互作用的同时,又不断与外界环境进行着物质、能量、信息的交换。因此,当机体的某一部分发生病变时,不仅仅要提供疾病的护理,还要考虑到心理、社会等其他因素对机体的影响。这些系统论的观点构成了整体护理的理论核心。

(三) 现代护理学的发展

1. 护理学学科的发展 现代护理学经过一百多年的发展,已经形成了相对稳定的知识体系,护理学由医学附属学科已转变为以自然科学及社会科学为基础的一门独立的应用性学科,其研究内容、范畴涉及影响人类健康的生物、心理、社会、精神、文化等各个方面。护理学学科的发展必然要求新的思维方式和方法论与之相适应。

2. 护理思想的发展 随着社会的进步和医学模式的转变,护理思想由以"疾病为中心"发展到以"人的健康为中心",即把人看成是生理、心理、社会的统一体,并随着外环境不断发生变化。因此,要求护理工作必须是系统的、连续的、整体的,而且要具有评判性,新的护理思想必然要求新的护理工作方法与之相适应。

3. 护理实践的发展 社会价值观的改变、人类对生存质量的追求,使护理的工作范畴和护士的职能不断扩展。护理工作已从护理对象个体的疾病护理扩展到了对家庭、社区的整个人群提供护理服务。护士也从被动的执行者转变为提供照顾者、健康协调者、健康教育者、护理管理者、护理科研者等多种角色。护理实践的发展培养锻炼了一批具有实施整体护理能力的高素质的护理人员与之相适应。

三、整体护理的思想内涵

(一) 强调人的整体性

整体护理以护理对象是开放性整体为思考框架,将护理对象视为是生理、心理、社会、精神、文化等各方面相统一的人;是处于从出生、成长、发育、成熟、衰老直至死亡不断发展变化的动态过程中的人;是必须适应环境并与环境保持和谐关系的人;是具有主观能动性和自护能力的人。

(二) 强调护理的整体性

整体护理要求为护理对象提供全方位的护理,包括生理、心理、社会等各个方面,同时考虑人生长发育的不同阶段和不同层次的需要。

(三) 强调护理专业的整体性

护理是由一些相互关联和相互作用的要素组成的一个系统的整体,临床护理、社区护理、护理教育、护理管理、护理研究等各个环节,以及护理人员之间、护理人员与护理对象之间、护理人员与其他医务人员之间的关系都应紧密联系、协调一致,以使护理真正成为系统化、科学化的专业。

四、整体护理的实践特征

(一) 以现代护理观为指导思想

现代护理观认为护理是以人的健康为中心,护理对象不仅是患者,而且也包括健康人;护理服务范畴不仅在医院,而且还包括家庭和社区。

(二) 以护理程序为核心

护理程序是一种系统而科学地安排护理活动的工作方法,整体护理以护理程序为核心,为提高护理质量提供了保证。

(三) 实施主动的计划性护理

整体护理使护理工作摆脱了过去多年来执行医嘱和护理常规的被动工作的局面,代之以全面评估、明确诊断、详细计划、系统实施、正确评价的主动控制过程,使护理人员的主观能动性和评判性思维得到了充分的发挥,从而提高其自身价值。

(四) 体现护患合作过程

整体护理不仅重视护理对象的生理、心理、社会等方面,还十分重视护理对象的自护能力。在提供护理服务的过程中,提供机会让他们参与自身的护理活动,有利于促进护患关系的良好发展。

▓▓ 第二节　护　理　程　序

一、护理程序的概念及理论基础

(一) 概念

护理程序(nursing process)是一种有计划、系统而科学的护理工作方法,目的是确认和解决护理对象对现存或潜在健康问题的反应。护理程序是现代护理的核心,是一种科学地确认问题和解决问题的方法,是综合的、动态的、具有决策和反馈功能的过程。

护理程序一词最早是由赫尔(Hall)在1955年首先提出,她认为护理工作是"按程序进行的工作"。20世纪60年代,约翰逊(Johnson)、奥兰多(Orlando)等专家提出"护理程序是由一系列步骤组成的",并将护理程序分为评估、计划、评价3个步骤。1967年,尤拉和沃尔什(Yura & Walsh)出版了第一本权威性的教科书《护理程序》,将护理程序分为评估、计划、实施及评价4个步骤,使护理程序得到进一步的发展,当时护理诊断一直是护理程序第一步"评估"中的一个部分。直到1973年北美护理诊断协会第一次会议之后,许多专家提出应将护理诊断作为护理程序中一个独立的步骤。自此,护理程序才由以往的4个步骤成为目前的五步,即评估、诊断、计划、实施、评价。

(二) 护理程序的特征

1. **护理程序以人为中心,体现个体性**　按照程序提供护理服务,改变了护士以往被动执行医嘱的局面。护士在确认护理对象需要的基础上和护理对象参与的情况下进行护理,所做的一切是解决护理对象的问题、满足个体需要,由于同样的问题可以由不同原因引起,同样问题可针对护理对象不同需要而采用不同措施,充分体现了以护理对象为中心的整体护理,而不是单纯的疾病护理。

2. **护理程序是一个开放系统**　护理程序的5个步骤构成了一个系统,每个步骤发挥自己的功能使护理程序更有效地进行。

3. **工作具有计划性和次序性**　护理程序为护士工作提供了指南。按照程序要求,危及生命的问题先解决,使护理服务有重点、有层次、有计划、有次序,保证了护理工作紧张有序地进行。

4. **目标明确** 根据护理对象的需求采取相应护理措施,使护理服务更有针对性,为达到预期目标不断努力。

5. **提倡创造性** 护理程序为护理人员充分发挥自己的智慧和能力提供了用武之地。为了满足护理对象的需要,解除护理对象的痛苦,护理人员可以采用各种安全有效的措施来达到目的,改变了过去护理手段一成不变的现象。

6. **强调反馈** 在程序的计划和实施阶段连续不断的信息反馈是十分必要的,信息反馈将指导护士对计划和措施进行必要的调整和修改,避免了护理工作的盲目性,提高了有效性。

7. **循环持续性** 护理程序是一个持续循环的过程。在护理程序过程中护理对象原来的需要满足了,新的需要又可能产生。护理对象的健康状况和需求始终处于一个动态变化的过程中,因此,护理工作就要不断估计护理对象的需要并采取相应措施满足这些需求。

8. **强调合作性** 护理程序要求护士在工作中要随时与护理对象进行讨论,在制定计划和实施时取得护理对象的理解和参与,使护理对象从被动接受护理转变为主动参与配合护理,在参与过程中使护理对象的健康意识和自我照顾能力得到增强。

9. **以科学理论为依据** 护理程序不仅体现了现代护理学的观点,而且运用了其他学科的相关理论,如系统论、基本需要论等。

10. **广泛应用性** 护理程序是一个系统的科学的工作方法,因此它不仅适用于医院临床护理,同时它还适用于其他护理实践、如社区护理、家庭护理、大众健康教育等。

(三) 理论基础

护理程序是在多学科的理论基础上而形成的,如系统论、沟通理论、解决问题论、评判性思维、人类基本需要层次论、压力与适应理论等。

1. **系统论** 系统论是护理程序的基本理论框架。护理程序作为一个开放系统,不断与周围环境相互作用。输入护理对象的基本健康资料,经过系统的分析整理,确定护理诊断,制定护理计划,实施护理措施,输出护理后的护理对象的健康状况。经过评估,将结果与预期目标相比较,若未达到目标,则需要重新收集资料,修改计划及实施,直至达到目标,护理程序终止(图 3-1)。

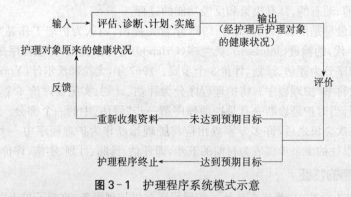

图 3-1 护理程序系统模式示意

2. **沟通理论** 沟通是人际交往的主要形式及方法,在社会生活中,人们通过沟通传递信息、交换意见、表达思想,建立各种人际交往关系,达在满足精神及物质需要的目的。护理人员在为护理对象提供护理时,需要与护理对象及其他有关人员进行有效沟通,以获得护理对象全面而准确的健康信息,解决健康问题,满足护理对象生理、社会心理、精神文化等多方面的需要,使护理对象获得最佳的健康状态。沟通理论用于护理程序的各个阶段,有助于提高护理人员与护理对象有效交流的能力和技巧。

3. **解决问题论** 解决问题论是护理活动的基本方法论,是护理人员系统地、科学地解决护理对象健康问题的主要思维方法和工作方法,它提出了解决问题的 5 个基本步骤:①发现问题。②确定需要解决的问题。③找出解决问题的多种方案。④在几个方案中确定最佳方案。⑤评价效果。

　　4. 评判性思维　评判性思维是指个体在复杂情景中,能灵活地应用已有的知识和经验对问题的解决方法进行选择,在反思的基础上加以分析、推理、作出合理判断,在面临各种复杂问题及选择的时候,能够正确进行取舍。在护理人员运用护理程序解决护理问题时,应对问题进行评判性地评估、分析、综合、推理、判断,才能做出更好的决策,有效地解决护理对象所面临的各种健康问题。

　　5. 其他　在运用护理程序过程中,还需要引用其他理论,如人类基本需要层次论,可用于收集或整理护理对象的资料,并按照需要层次的划分,排列护理诊断的顺序,确定护理的重点;压力与适应理论可以帮助护理人员观察和预测护理对象的心理反应,采取措施减轻应激原的作用,提高护理对象的适应能力。

二、护理程序的基本步骤

　　护理程序由评估、诊断、计划、实施和评价 5 个步骤组成,这 5 个步骤之间相互联系、相互依赖、相互影响,是一个不断循环的过程(图 3 - 2)。护理评估是护理程序的第一步,主要是收集护理对象生理、心理、社会等方面的健康资料,并对资料进行整理和分析;诊断是在评估的基础上确定健康问题,并找出问题的相关因素;计划是将所有健康问题根据其重要性和紧迫性进行排序,确定预期目标,制定护理措施,并书写护理计划;实施即按护理计划执行护理措施;评价是将经护理活动后护理对象的健康情况与预期目标相比较,判断目标的达到与否,评价护理计划实施后的效果。当护理程序的任何一个环节出现问题,都会影响其他步骤。例如,在评估阶段,如果资料收集的不全面或不准确,那么根据这些资料所确定的诊断也必然不能体现护理对象的真正问题,制定的护理计划也不具有针对性,结果导致预期目标不能实现;另一方面,评价虽然是护理程序的最后一步,如果预期目标完全实现,护理程序即可停止,若预期目标没有达到,则要对护理对象重新评估,护理程序进入一个新的循环。

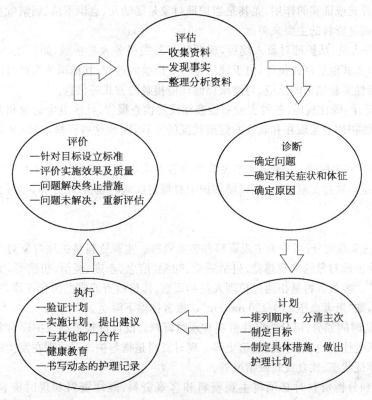

图 3 - 2　护理程序基本步骤

(一) 护理评估

护理评估(nursing assessment)是指有目的、有计划、系统地收集护理对象的资料,并对资料进行整理、分析的过程。护理评估是一个动态的、连续的过程,是护理程序的第一步,也始终贯穿于护理程序的各个步骤。

评估的主要目的是明确护理对象所要解决的护理问题或护理需要,为做出正确的护理诊断及制定护理计划提供依据,也是评价护理效果的参考,同时有助于为护理科研积累资料。

1. **资料内容** 主要包括一般资料、现在健康状况、既往健康状况、心理及社会状况等。

(1) 一般资料:包括姓名、性别、年龄、出生年月、民族、婚姻、职业、家庭住址、受教育程度、联系人等。

(2) 现在健康状况:包括此次发病情况、当前主要的不适、目前的饮食、营养、生活规律、自理程度等。

(3) 既往健康状况:包括既往病史、家族史、过敏史、用药史等,对于女性患者还应了解月经史和婚育史。

(4) 心理状况:包括情绪状态、自我感知、自我概念、角色关系、应激水平与应对能力、个性倾向性、性格特征、价值观和信念型态等。

(5) 社会状况:工作学习的环境、家庭成员及对患者患病后的态度、经济情况、医疗条件、社会支持系统等。

2. **资料来源**

(1) 护理对象本人:护理对象是资料的主要来源。只要护理对象本人意识清楚、精神稳定、又非婴幼儿,就可以作为资料的主要来源。从护理对象直接获得的资料,有时是其他途径所无法获得的。

(2) 护理对象的亲属及相关人员:护理对象的亲属及相关人员提供的资料往往对护理对象本人提供的资料起到补充或证实的作用,尤其是当护理对象是婴幼儿、意识不清、病情危重、语言障碍时,亲属及相关人员则是资料的主要来源。

(3) 其他医务人员:从护理对象入院后,就开始与各类医务人员接触,如医生、营养师、理疗师、药剂师、化验师以及其他护理人员等,由于评估是一个持续的过程,其他医务人员可以提供护理对象的资料,如对诊断性实验结果的反应、与健康保健环境接触的方式等信息。

(4) 病历及记录:既往病历、各种实验室检查和仪器检查报告、社区卫生记录和儿童的预防接种记录等都能够提供护理对象现在和既往的健康状况的资料,阅读这些资料,可以及时了解护理对象的动态健康状况。

(5) 文献资料:有关医学、护理学及相关学科的各种文献和参考书籍可以为护理对象的病情诊断和护理提供依据。通过文献回顾,可以增加护士对特定疾病的症状、治疗和预后的知识,并为实际治疗建立标准。

3. **资料种类**

(1) 按资料的来源划分:可分为主观资料和客观资料。主观资料是护理对象对自己健康问题的体验和认识,多为护理对象的主观感觉,包括感觉、知觉、信念、态度、经历、想法等,如"我头痛"、"我感觉喘不上气来"。客观资料是指通过护理人员的观察、体格检查或借助医疗仪器、实验室检查等方法所获得的资料,如"患者血压 170/120 mmHg","患者体温下降至 37.5℃"。

(2) 按资料的时间划分:可分为既往资料和现时资料。既往资料是指与护理对象过去健康状况有关的资料,包括既往病史、治疗史、过敏史等。现时资料是指与护理对象现在发生的疾病有关的状况,如现在生命体征状态、饮食及睡眠情况等。

护士在收集和分析资料时必须将主观资料和客观资料、既往资料和现时资料结合起来进行分析。

4. 评估的方法

（1）交谈：通过与护理对象和家属进行有计划、有目的的谈话来有效地收集与护理对象健康相关的资料和信息。在临床上，常分为正式交谈和非正式交谈。正式交谈通常事先通知护理对象，例如入院后询问病史，就是按照预先确定的项目和内容收集资料；而非正式交谈多用于日常的护理工作中，如日常的查房、治疗、护理过程中与患者之间的交谈。前者目的、计划性较强，后者能随时了解到护理对象的真实想法和心理感受。交谈时护士应根据护理对象不同的年龄、职业、文化程度等灵活地运用沟通技巧，控制好谈话的内容，防止偏离主题，语言清晰、避免使用专业词汇；同时应注意保护患者的隐私。

（2）观察：是护理人员通过运用感官或借助仪器获得的资料。从患者入院与护理人员第一次见面，就意味着观察的开始，而且在护士提供护理时应自始至终地对护理对象进行观察。在观察时应注意患者的外貌、体位、步态、个人卫生、精神状况等。观察能力的高低与护士的理论知识和临床经验密切相关，护士应当在实践中不断地培养和提高观察能力。

（3）体格检查：指运用望、触、叩、听、嗅等检查手段对护理对象的各个系统进行全面的体格检查而收集资料的方法。需要注意的是，护士进行体格检查是为了解决患者的护理问题，因此，护理体格检查应有别于医生所做的体格检查。

（4）阅读：包括阅读病历、医疗及护理记录、相关检查结果及文献资料等。

5. 护理评估的步骤　护理评估的步骤包括收集资料，整理和分析资料两部分内容。

（1）收集资料：收集资料是护士系统地、连续地收集服务对象健康状态信息的过程。可根据医院设计的入院资料评估表（见附1）进行。资料应包括服务对象生理、心理、社会等方面的整体资料，对所收集到的各种资料应进行详细客观的记录。

（2）整理分析资料：通过评估所得的资料涉及多个方面，内容多而且复杂，需要采取适当的方法对其进行整理、分析，以便于护理人员能够迅速地从中发现问题。

1）资料分类：资料分类的方法很多，常用的有按马斯洛需要层次论分类、按北美护理诊断协会（NANDA）的分类法分类、按 Gordon（戈登）的功能性健康型态分类。

按马斯洛需要层次论分类：①生理需要：如疲劳、大小便失禁、疼痛、呼吸困难等。②安全需要：如对医院环境的陌生、对各种检查的恐惧等。③爱与归属的需要：如想念亲人、害怕孤独、希望有人看望等。④尊重与被尊重的需要：如因疾病而产生的自卑感、尊重患者的宗教信仰等。⑤自我实现的需要：如担心住院会影响工作、学习，因截肢、瘫痪无法实现自己的理想等。

按北美护理诊断协会（NANDA）分类法 Ⅱ 的诊断性分类：①促进健康：对健康和功能状态的认识和利用信息获得健康的生活方式/最佳的健康状态的能力。②营养：维持摄入并应用营养素和液体以满足生理需要和健康的能力。③排泄：排除体内废物的能力。④活动/休息：进行必要的/需要的生活活动（工作和休闲）以及获得充分的睡眠/休息的能力。⑤感知/认知：对来自内部和外部的信息感觉、整合和反应的能力。⑥自我感知：对自我的认识和整合、调整自我的能力。⑦角色关系：建立和维持人际关系的方式和能力。⑧性：满足性别角色需求/特点的能力。⑨应对/应激耐受性：处理环境变化和生活事件的方式和能力。⑩生活准则：面对社会、生活中发生的事件的个人观点、行为方式和所遵循的原则。⑪安全/防御：避免危险，寻求安全的、促进生长的环境的能力。⑫舒适：控制内部/外部环境以使身心、社会安适的能力。⑬成长/发展：机体和器官的生长和功能系统的发展完善。

按 Gordon（戈登）的功能性健康型态分类：①健康感知-健康管理型态：健康知识、健康行为等。②营养-代谢型态：营养状态、组织完整性、生长发育需求等。③排泄型态：肠道、膀胱、皮肤的排泄情况。④活动-运动型态：日常活动能力、活动方式等。⑤睡眠-休息型态：睡眠、休息及精神放松状况。⑥认知-感知型态：认知能力及感官功能。⑦自我认识-自我概念型态：个人的感情、对自己的认识。

⑧角色-关系型态:角色适应、人际关系互动情况。⑨性-生殖型态:性态度、生殖器官功能。⑩应对-应激耐受型态:对压力的承受、应对及调节状况。⑪价值-信念型态:信念、理想、宗教信仰等。

2）复查核实:将资料分类之后,应仔细检查有无遗漏;对于模糊不清或有疑问的资料需要重新调查、确认。

3）筛选:将所收集的全部资料加以选择,剔除对患者健康无意义或无关的部分,以利于集中注意力于要解决的问题。

4）分析:分析的主要目的是发现健康问题,为护理诊断做准备。将收集到的资料与正常值进行比较,发现异常情况并找出相关因素。有些资料虽然目前仍在正常范围内,但是存在引起异常状况的危险因素,因此,护士不能忽视对危险因素的分析。

5）记录:目前资料的记录没有统一要求,但是在记录时应注意以下问题:①记录应及时、简洁、一目了然。②记录客观资料应使用专业术语。③能够正确地反映患者的健康问题,避免护士的主观判断。

(二) 护理诊断

护理诊断(nursing diagnosis)是关于个人、家庭、社区对现存或危险的健康问题及生命过程反应的一种临床判断,是护士为达到预期结果选择护理措施的基础,这些结果应能通过护理职能达到。

1. 护理诊断的类型

(1) 现存的护理诊断:对护理对象目前存在的健康问题的描述,如"清理呼吸道无效"、"腹泻"、"体温过高"。

(2) 危险的护理诊断:护理对象目前尚未发生,但有危险因素存在,若不采取护理措施,就一定会发生的问题。用"有……的危险"描述,如"有窒息的危险"、"有皮肤完整性受损的危险"。

(3) 健康的护理诊断:是对个人、家庭或社区具有能进一步提高健康水平的临床诊断的描述,如"母乳喂养有效"。

(4) 综合的护理诊断:是由特定的情境或事件而引起的一组现存的或是危险的护理诊断。

2. 护理诊断的组成

(1) 名称:是对护理对象健康问题概括性的描述。常用改变、受损、缺陷、无效等词语描述。目前,一般使用 NANDA 提出的护理诊断名称(附2)。

(2) 定义:对名称的一种清晰、准确的描述和解释,并以此与其他护理诊断相区别。一个护理诊断的确立必须符合其定义特征。虽然一些护理诊断的名称很相似,但仍可以从它们的定义中发现彼此的差异。例如,"压力性尿失禁"的定义是"个体在腹内压增加时立即无意识地排尿的一种状态","反射性尿失禁"的定义是"个体在没有要排泄或膀胱满胀的感觉下可以预见的不自觉地排尿的一种状态"。两者都是尿失禁,但是原因不同,所采取的护理措施也不同。因此,在确定诊断时应认真区别。

(3) 诊断依据:是做出该护理诊断的临床判断标准。诊断依据可以是现存的症状和体征、有关的病史,还可以是危险因素。诊断依据根据其重要性,可分为主要依据和次要依据。主要依据是在确定某一诊断时必须具有的症状和体征或有关病史;次要依据是在形成诊断时,多数情况下会出现的症状、体征或病史,对诊断的确立起辅助作用。例如"体温过高"的主要依据是体温高于正常范围;次要依据是皮肤发红、触之有热感、呼吸加快、心动过快等。

(4) 相关因素:是指引起护理对象产生健康问题的原因。常见的相关因素包括:①病理生理方面,如"活动无耐力"的相关因素可能是缺氧。②心理方面,如"营养失调:低于机体需要量"的相关因素可能是由于心理原因而产生厌食,造成长期营养不良。③治疗方面,如乳腺癌患者一侧乳房切除可能会引起"自我形象紊乱"。④情境方面,如"睡眠型态紊乱"与入院后环境改变有关。⑤年龄方面,如婴儿、青少年、中年、老年各有不同的生理、心理特征。

3. 护理诊断的陈述方式　护理诊断主要有 3 种陈述方式。

(1) 三部分陈述:即 PES 公式,具有 P、E、S 3 个部分,多用于现存的护理诊断。

P——健康问题(problem),即护理诊断的名称。

E——原因(etiology),即相关因素。

S——症状和体征(symptoms and signs),也包括实验室、仪器检查结果。

例如:营养失调:高于机体需要量(P):肥胖(S)　与摄入量过多有关(E)。

但目前临床上趋向于将护理诊断简化为两部分,即:P+E 或 S+E。例如,上述护理诊断可简化为:营养失调:高于机体需要量(P):与摄入量过多有关(E)/肥胖(S)　与摄入量过多有关(E)。

(2) 两部分陈述:即 PE 公式,只有健康问题和原因,没有症状和体征,常用于危险的护理诊断。例如:有皮肤完整性受损的危险(P)　与长期卧床有关(E)。

无论是三部分陈述还是两部分陈述,都有原因部分,对原因的陈述常用"与……有关"来连接。

(3) 一部分陈述:只有 P,用于健康的护理诊断。例如,执行治疗方案有效(P)。

4. 书写护理诊断的注意事项

(1) 护理诊断应简明、准确、规范,使用统一的护理诊断名称。

(2) 所列护理诊断应是护理职责范围能够予以解决或部分解决的。

(3) 一项护理诊断只能针对一个护理问题。

(4) 护理诊断应指明护理活动的方向,有利于制定护理计划,故必须列出原因,危险的护理诊断应列出危险因素。

(5) 避免与护理目标、措施、医疗诊断相混淆。

(6) 避免使用易引起法律纠纷的词语,并避免价值判断。如"皮肤完整性受损:与护士未及时给患者翻身有关","知识缺乏:与智商低有关"。

(7) 应贯彻整体护理的原则,应包含患者的生理、心理、社会各方面现存的和潜在的健康问题,并随病情发展而变化,故一个患者可有多个护理诊断,且护理诊断应及时调整。

5. 护理诊断与合作性问题及医疗诊断的区别

(1) 合作性问题:在临床护理实践中,护士常遇到一些无法完全包含在 NANDA 制定的护理诊断中的问题,而这些问题也确实需要护士提供护理措施,与其他健康保健人员尤其是医生共同合作解决,这就是合作性问题。合作性问题是指由于各种原因造成的或可能造成的生理上的并发症,是需要护理人员进行监测,并需要与其他医务人员共同处理以减少发生问题的描述。需要注意的是,并非所有的并发症都属于合作性问题。有些可以通过护理措施预防和处理的,属于护理诊断;只有护士不能预防和处理的,需要医生、护士共同干预解决的,才是合作性问题。严格地说,合作性问题不属于护理诊断的范畴。对这类问题,护理人员不需要确定预期结果,护士在解决问题的过程上主要承担监测职责,以及时发现服务对象身体并发症的发生和情况的变化。合作性问题的陈述方式是"潜在并发症:××××",如"潜在并发症:出血性休克"。常见的合作性问题详见附 3。

(2) 护理诊断与医疗诊断的区别:医疗诊断是对个体病理生理变化的一种临床判断,决策者是医生;护理诊断是对个体、家庭、社区的健康问题或生命反应过程的判断,决策者是护士。每名患者的医疗诊断数目较少,而且一旦确诊不会改变;而护理诊断的数目较多,并且随着病情的发展而不断发生变化。

(三) 护理计划

护理计划(nursing planning)是护理过程中的具体决策过程,是护士与护理对象合作,以护理诊断为依据,制定护理目标和护理措施,以预防、缓解和解决护理诊断中确定的健康问题的过程。

护理计划从护理人员与护理对象第一次接触开始到终止护患关系时结束,根据对象在不同时期的需要,可将护理计划分为入院护理计划、住院护理计划和出院护理计划。入院护理计划是患者入院后经护理人员的第一次评估而做出的初步护理计划。住院护理计划是当护士获得新的评估资料后，为患者制定较入院护理计划更具体、更个性化的护理计划。出院护理计划是根据出院患者的评估资料推测出院后的需要而制定的，随着平均住院期的缩短，出院护理计划成为提供全面健康服务中必不可少的组成部分。

制定护理计划包括4方面的内容：①排列护理诊断的优先次序。②确定预期目标。③制定护理计划。④护理计划成文。

1. 排列护理诊断的优先次序 一般情况下，多个护理诊断同时存在，在实际工作中需要根据问题的重要性和紧迫性进行优先排序，合理地安排护理工作。

（1）排序方法：一般将护理问题分为首优、中优、次优3类。

1）首优问题：指直接威胁患者生命、需要立即采取措施去解决的问题。如严重体液不足、气体交换受损、心输出量减少、清理呼吸道无效等。急、危、重患者在紧急情况下，常同时存在多个首优问题。

2）中优问题：指虽然不直接威胁患者的生命，但给其身心造成痛苦，严重影响其健康的问题。如体温过高、有受伤的危险、睡眠型态紊乱、急性疼痛、腹泻、皮肤完整性受损、完全性尿失禁等。

3）次优问题：指在应对发展和生活变化时所遇到的问题，是与特定的疾病或其预后不直接相关的问题。这些问题虽然不如首优、中优问题迫切，但并非不重要，同样需要护士予以解决，如父母不称职、角色冲突、家庭作用改变、社会孤立等。

（2）排列护理诊断顺序遵循的原则

1）优先解决危及患者生命的问题。

2）按照马斯洛需要层次论排列，先解决低层次的需要，再解决较高层次的需要。一般将对生理功能平衡状态威胁最大的问题排在最前面。

3）尊重护理对象的意愿，在与治疗、护理方案不冲突的情况下，可考虑患者的意愿，优先解决患者认为最迫切的问题。

4）一般认为现存问题应优先解决，但危险的护理问题虽然目前没有发生，并不意味着不重要，有时危险的护理诊断也属于首优问题，需要严密监测或立即采取措施。如大面积烧伤处于休克期的患者，危险的护理诊断有"有体液不足的危险"就属于首优问题。

（3）排序的注意事项

1）护理诊断的顺序是可变的：护理诊断的顺序并不是固定不变的，而是随着疾病的进展、患者病情的变化也随之发生变化。因此护士应根据患者的病情随时调整护理诊断的顺序，充分地运用评判性思维创造性地工作。

2）分析护理诊断之间的关系：确定护理诊断的顺序，要分析各护理诊断之间是否存在相互关系，从而根据解决问题论，先解决问题产生的原因，再考虑由此产生的结果。

3）其他：对护理诊断进行排序，并不意味着只有一个护理诊断完全解决后，才能解决下一个护理诊断。在实际工作中，护士可以根据具体情况，安排同时解决几个健康问题，但主要的精力还应放在需要优先解决的问题上。此外，患者的合作态度、可利用资料等也会影响护理诊断的顺序。

2. 确定预期目标 预期目标又称预期结果，是针对护理诊断提出的，期望护理对象在接受护理服务之后所能够达到的健康状态，也是护理评价的标准。

（1）目标的种类：根据实现目标所需要的时间可将预期目标分为短期目标和长期目标。①短期目标：在相对较短的时间内（一般指一周内）能够达到的目标，适用于住院时间短、病情变化快者，如"24小时后患者能下床活动"。②长期目标：需要相对较长时间（数周、数月）才能达到的目标，适应于住院时间长、病情发展慢者，如"住院期间患者不发生感染"。有些长期目标可划分为若干个短期目标来实现。值得注意的是，长期目标和短期目标在时间上没有明显的划分，所谓"长期"、"短期"只是一个相对概念。

（2）目标的陈述方式：主语＋谓语＋行为标准＋时间/条件状语。

主语：是护理对象或护理对象的一部分，护理对象在目标陈述中充当主语时，可以省略。

谓语：指护理对象将要完成的行为，也就是行为动词，这一行为应当是可以被观察到的。

行为标准：指护理对象完成该行为所要达到的程度，包括时间、距离、速度、次数等。

时间状语：指护理对象完成该行为所需要的时间。

条件状语：指护理对象完成该行为所必须具备的条件状况，如自行、借助支撑物等。

例如，<u>一周后</u>　<u>患者</u>　<u>在他人帮助下</u>　<u>行走</u>　<u>800 米</u>。

　　　　时间状语　主语　　条件状语　　谓语　行为标准

潜在并发症是合作性问题，护士只起到监测的作用。因此，潜在并发症的目标可以写成：并发症被及时发现并得到及时处理。

（3）目标陈述的原则

1）以护理对象为中心：目标的主语必须是护理对象或是护理对象的一部分，而不是描述护士的行为或护士采取的护理措施。例如"护士教会患者注射胰岛素"，反映的是护士的行为和护理活动的内容，因此是错误的。正确的陈述方式为"患者在护士帮助下学会自行注射胰岛素"。

2）可行性：目标应切实可行，不但要在护理工作范畴之内，还应该对护理对象、资源、环境进行全面的评估，以保证制定的目标能够达到。

3）可测量性：目标必须是可测量的，以便护士客观地评价护理对象状况的改变及改变的程度。避免使用含糊不清、不明确的词语，如体重减轻、活动适量等。

4）针对性：一个预期目标只能针对一个护理诊断，但一个护理诊断可以有多个预期目标。

5）时限性：制定的目标应该有时间限制。如"患者能自行行走 10 米"，在这一目标中没有时间限定，护士则无法确定患者的进步是否按合理的进程实现。

6）互动性：在制定预期目标时，应争取护理对象的意见，鼓励其积极参与到制定目标的过程中。这就意味着在实现预期目标的时候需要护理对象和护理人员共同配合，以最大限度地实现预期目标。

7）协调性：预期目标应与其他专业人员的治疗相一致。

3. 制定护理措施　护理措施是帮助护理对象实现预期目标所采取的具体方法和手段，规定了护理活动的方式和步骤。制定护理措施是一个决策的过程，护理人员应根据护理对象的健康状况，结合自己的专业知识及临床实践经验，运用评判性思维来选择最有利于预期目标实现的护理措施。

（1）护理措施的类型

1）独立性的护理措施：是护士运用理论知识和技能可独立提出并完成的护理活动，如吸痰、心理护理、协助患者完成自理活动、提供健康教育等。

2）合作性的护理措施：是护士与其他医务人员共同合作完成的护理活动，如与理疗师配合指导护理对象的康复训练。

3）依赖性的护理措施：即执行医嘱的护理活动，如遵医嘱给药。

（2）护理措施的内容：主要包括执行医嘱、观察病情、基础护理、症状护理、术前及术后护理、心理护理、健康教育、功能锻炼等。

（3）制定护理措施的注意事项

1）护理措施应以科学为依据：护理措施的前提是保障护理对象的安全，因此，每项护理措施都应有据可依，结合各学科理论知识及临床经验，制定正确的护理措施。

2）护理措施应有针对性：护理措施是针对护理诊断的相关因素提出的，目的是达到预期目标、解决护理问题。

3) 护理措施应切实可行:制定护理措施时不但要考虑护理对象的年龄、体力、病情、认知情况等,还要考虑医院现有的条件、设施及护理人员的数量、业务水平等。

4) 护理措施应与医疗工作协调一致:护理措施应与其他医务人员的措施相一致,因此,在制定护理措施时应与其他医护人员相互配合。

5) 护理措施应明确、具体、全面:护理措施必须具有可操作性,一项完整的护理措施应该包括时间、具体内容、用量、方法、次数等。

6) 护理措施应以患者的安全为前提:制定护理措施时应考虑患者的病情和承受能力,如肢体功能锻炼应循序渐进,避免损伤。

7) 应鼓励患者积极参与:预期目标的实现需要护理对象的良好配合,因此鼓励护理对象及其家属参与护理措施的制定,有助于他们理解护理措施的目的及意义,以便更好地接受、配合护理活动,从而获得最佳的护理效果。

4. 护理计划成文　护理计划成文是将护理诊断、预期目标,护理措施以一定的格式记录下来。护理计划的书写格式没有统一标准,但大致都包括日期、护理诊断、预期目标、护理措施、评价等,如表3-1。

表 3 - 1　护 理 计 划 单

姓名:　　　　床号:　　　　科别:　　　　病室:　　　　住院号:

开始日期	护理诊断	护理目标	护理措施	效果评价	停止日期	签名
2009 - 7 - 10	营养失调:高于机体需要量:肥胖,与摄入量过多有关	1 周内体重下降 0.5~1 kg	1. 控制每日摄入量在 6.8 MJ 内 2. 鼓励户外散步,每日至少 0.5 h 3. 进行 1 次合理饮食的健康教育	体重下降 0.7 kg	2009 - 7 - 17	赵爽

(四) 护理实施

护理实施(nursing implementation)是执行和完成护理计划的过程。通过实施,可以解决护理对象现存的或危险的健康问题,也可以验证护理计划是否切实可行。在实施的过程中,不仅要求护理人员有丰富的理论知识和熟练的操作技能,还要有良好的人际沟通能力,才能保证护理计划得到顺利执行。

1. 准备　护士在实施前应做好充分的准备,考虑好以下几个问题,才能为患者提供及时、全面的护理。

(1) 做什么(what):由于护理对象的病情是不断发生变化的,在实施前应再次评估,回顾已制定好的护理计划,注意所制定的护理计划是否适合护理对象现阶段的情况与临床情境,护理诊断是否改变,预期目标是否合适,以保证其计划内容符合患者目前情况,各项措施是合适的、科学的、安全的。如果发现计划与护理对象情况不符,需要立即修改护理计划,删除与当前无关的护理诊断,增加符合患者现状的新的护理诊断,同时修订护理计划使之与新的护理诊断相对应。然后,组织所要实施的护理措施,安排好工作的顺序,在一次接触患者时可以有次序地执行多个措施,才能提高护理工作的效率。

(2) 谁去做(who):明确哪些措施是由护士本人做,哪些由护工或患者及其家属做,哪些是需要其他医务人员完成;是需要护士单独执行,还是需要他人协助完成。例如,护士为昏迷患者或体形肥胖的患者更换体位时,就需要其他人员的帮助。

(3) 怎么做(how):在实施的过程中将会使用什么技术和技巧,哪些工具和设备,并熟悉和回顾护理操作过程、仪器的使用方法；遇到棘手的问题如何使措施得以顺利进行；一旦发生意外，应如何处理等。

(4) 何时做(when)：根据患者的情况、意愿、医疗上的需要等多方面的因素来选择执行护理措施的时间。如测量血压应该在患者情绪稳定、无剧烈活动后的 30 min 进行，若在患者刚爬完楼梯后马上测量则会影响测量值的准确性。

(5) 何地做(where)：确定护理措施实施的场所也是十分重要的，对于涉及患者隐私的操作，更应该注意环境的选择。如为女性患者导尿应该劝退无关人员，关闭门窗，屏风遮挡。

2. 实施

(1) 实施的过程：①将所计划护理活动加以组织，任务落实。②执行医嘱，保持医疗和护理有机结合。③解答护理对象及家属的问题。④及时评价实施的质量、效果，观察病情，处理突发急症。⑤继续收集资料，及时、准确地完成护理记录，不断补充和修正护理计划。⑥与其他医务人员保持良好关系，做好交接班工作。

(2) 实施的常用方法：①操作，即护士运用各种相应的护理技术来执行护理计划。②管理，将护理计划的先后次序进行安排，并委托其他护士、其他人员执行护理措施，使护理活动能够最大限度地发挥护士的作用，使患者最大限度地受益。③咨询，由护士本人或其他医务人员回答患者及其家属关于疾病和康复的问题。④教育，对患者及其家属进行疾病的预防、治疗、护理等方面的知识教育。⑤指导，指导患者进行自我护理或家属、辅助护士对患者的护理。⑥沟通，运用沟通技巧，评估患者的情况，并及时反映护理措施执行的情况。⑦记录，详细记录护理计划的执行情况。⑧报告，及时向医生报告患者出现的身心反应、病情的进展情况。

3. 记录　实施各项护理措施后应准确进行记录，亦称护理病程记录或护理记录。护理记录是护理实施阶段的重要内容，是交流护理活动的重要形式，便于其他医护人员了解患者的健康问题及进展情况。做好护理记录可以保存重要资料，为下一步治疗护理提供可靠依据，并可作为护理工作效果与质量检查的评价依据，为护理科研提供数据和资料，为处理医疗纠纷提供可靠证据。护理记录要求及时、准确、可靠地反映护理对象的健康问题及其进展状况；描述确切客观、简明扼要、重点突出；体现动态性和连续性。

(1) 记录的内容：患者的健康问题，所采取的护理措施，实施护理措施后患者和家属的反应及护士观察到的效果，患者出现的新的健康问题与病情变化，所采取的临时性治疗、护理措施，患者的心理状态、身心需要及满足情况。

(2) 记录的格式

1) PIO 格式(表 3-2)

P——问题(problem)，即护理诊断。

I——措施(intervention)，即护士针对患者的健康问题所实施的护理措施。

O——结果(outcome)，即经过护理实施后的结果。

表 3-2　护理记录单

姓名：　　　　床号：　　　　科别：　　　　病室：　　　　住院号：

日期	时间	护理记录	签名
2009-6-12	14:00	P:体温过高(39.5℃):与肺部感染有关 I: 1. 全身温水擦浴 　　2. 头枕冰袋 　　3. 多饮水	王丽
	16:00	O:体温降至 38℃	

2）以问题为中心的记录格式（SOAPIE）

S——主观资料（subjective data），患者的感觉。

O——客观资料（objective data），对患者进行观察、实验室或仪器检查的结果。

A——评估（assessment），护士对主观资料、客观资料进行整理、分析和判断。

P——计划（plan），为解决患者的问题所采取的护理措施。

I——干预（intervention），执行护理措施。

E——评价（evaluation），实施护理措施后，对效果及患者存在问题的评价。

（五）护理评价

护理评价（nursing evaluation）是将实施护理计划后的护理对象的健康情况与预期目标相比较，并做出评定的过程。评价是护理程序的最后一个步骤，但这并不意味着护理程序的结束，相反，通过评价可发现新问题、做出新诊断和计划，或对以往的方案进行修改，而使护理程序循环往复地进行下去。护理评价的过程包括以下几个步骤。

1. **建立评价标准**　护理计划阶段确定的预期目标可作为护理评价的标准。预期目标不但可以提供判断护理对象健康资料的标准，还可以确定评价阶段所需收集资料的类型。

2. **收集资料**　收集与护理对象目前的健康状况有关的资料，资料涉及的内容与评估所包含的内容一致。在这一阶段应确认主、客观资料的真实性。

3. **评价**

（1）评价的内容：评价的内容主要包括3个方面：①组织管理的评价：主要包括护理文件的规范性、护士分工形式、各类护理人员履行职责情况、病区环境等是否有效地保证了护理程序的贯彻执行。②护理过程的评价：检查护理人员进行护理活动的行为过程是否符合护理程序的要求，如护理病历质量、护理措施实施情况等。③护理效果的评价：是评价中最重要的部分，核心内容是评价患者的行为和身心健康的改善是否达到了预期目标。

（2）评价的方式：①医院质量控制委员会检查。②护理查房。③护士长与护理教师的检查评定。④护士自我评价。

4. **判断预期目标是否实现**　预期目标的实现程度可分为3种：①预期目标完全实现。②预期目标部分实现。③预期目标未实现。

例如：预期目标为"患者一个月内体重增加3千克"，两个月后的评价结果为：

患者体重增加4千克——目标完全实现

患者体重增加2千克——目标部分实现

患者体重减轻2千克——目标未实现

如果目标部分实现或未实现，应找出问题的所在，可从以下几个方面分析：

（1）所收集的资料是否全面、准确：评估是护理程序的第一步，其准确性影响着程序的每一个步骤，如果收集的资料片面，会导致护理措施针对性差，所定的目标也就无法实现。

（2）护理诊断是否正确：如寻找的相关因素不正确，混淆"危险的护理诊断"和"潜在并发症"等。

（3）预期目标是否合适：目标超出了患者的能力和条件或超出了护理范畴，都会使目标不能实现。

（4）护理计划是否恰当。

（5）执行是否有效。

（6）患者的态度是否积极，是否愿意配合。

（7）病情是否发生了改变。

5. **重审护理计划**　经评价后，需要不断地对护理计划进行修订。对护理计划的调整包括以下几种方式。

（1）停止：目标全部实现，问题全部解决时，应停止护理诊断及相应的护理措施。

（2）修订：目标部分实现或未实现，重新收集资料，对诊断、目标、措施中不适当之处加以修改。

（3）删除：针对不存在或判断错误的诊断。

（4）增加：针对未发现或新出现的护理诊断。

附1 入院患者护理评估表

一、一般资料

姓名：　　　　　　　　　　　入院日期：

性别：　　　　　　　　　　　入院方式：

年龄：　　　　　　　　　　　病历记录时间：

职业：　　　　　　　　　　　病史陈述者：

民族：　　　　　　　　　　　可靠程度：

籍贯：　　　　　　　　　　　入院医疗诊断：

婚姻：　　　　　　　　　　　主管医生：

文化程度：　　　　　　　　　主管护士：

住址：

二、现在健康状况

（一）入院原因

主诉：

现病史：

（二）日常生活型态及自理程度

1. 饮食型态

2. 休息、睡眠型态

3. 排泄型态

4. 个人穿着修饰与卫生情况

5. 日常活动与自理情况

6. 嗜好

7. 性生活型态（月经史、婚育史）

（三）体格检查

（四）特殊检查与实验室检查结果

三、既往健康状况

（一）既往史

（二）传染病史

（三）过敏史

（四）家族史

四、心理状况

（一）一般心理状态

表情、态度：

认知能力：

感知能力：

情绪状态：

行为状态：

（二）对健康与疾病的理解与认识

（三）应激水平与应对能力

（四）性格特征

（五）个性倾向性：包括信念、价值观

五、社会状况

（一）主要社会关系及相互依赖程度

（二）社会组织关系与支持程度

（三）工作或学习情况

（四）家庭及个人经济状况、医疗条件

（五）生活环境与生活方式

附2　155项护理诊断一览表（2001～2002）

领域1　健康促进

执行治疗方案有效

执行治疗方案无效

家庭执行治疗方案无效

社区执行治疗方案无效

寻求健康行为（具体说明）

保持健康无效

持家能力障碍

领域2　营养

无效性婴儿喂养型态

吞咽障碍

营养失调：低于机体需要量

营养失调：高于机体需要量

有营养失调的危险：高于机体需要量

体液不足

有体液不足的危险

体液过多

有体液失衡的危险

领域3　排泄

排尿障碍

尿潴留

完全性尿失禁

功能性尿失禁

压力性尿失禁

急迫性尿失禁

反射性尿失禁

有急迫性尿失禁的危险

排便失禁

腹泻

便秘

有便秘的危险

感知性便秘

气体交换受损

领域4　活动/休息

睡眠型态紊乱

睡眠剥夺

有废用综合征的危险

躯体活动障碍

床上活动障碍

借助轮椅活动障碍

转移能力障碍

行走障碍

缺乏娱乐活动

漫游状态

穿着/修饰自理缺陷

沐浴/卫生自理缺陷

进食自理缺陷

如厕自理缺陷

术后康复迟缓

能量场紊乱

疲乏

心排血量减少

自主呼吸受损

低效性呼吸型态

活动无耐力

有活动无耐力的危险

功能障碍性撤离呼吸机反应

组织灌注无效（具体说明类型：肾脏、大脑、心肺、胃肠道、外周）

领域5　感知/认知

单侧性忽视

认识环境障碍综合征

感觉紊乱（具体说明：视觉、听觉、运动觉、味觉、触觉、嗅觉）

知识缺乏（具体说明）

急性意识障碍

慢性意识障碍

记忆受损

思维过程紊乱

语言沟通障碍

领域6　我感知

自我认同紊乱

无能为力感

有无能为力感的危险

无望感

有孤独的危险

长期自尊低下

情境性自尊低下

有情境性自尊低下的危险

体像紊乱

领域7　角色关系

照顾者角色紧张

有照顾者角色紧张的危险

父母不称职

有父母不称职的危险

家庭运作中断

家庭运作功能不全：酗酒

有亲子依恋受损的危险

母乳喂养有效

母乳喂养无效

母乳喂养中断

无效性角色行为

父母角色冲突

社交障碍

领域8　性

性功能障碍

无效性性生活型态

领域9　应对/应激耐受性

迁居应激综合征

有迁居应激综合征的危险

强暴创伤综合征

强暴创伤综合征：隐匿性反应

强暴创伤综合征：复合性反应

创伤后反应

有创伤后反应的危险

恐惧

焦虑

对死亡的焦虑

长期悲伤

无效性否认

预感性悲哀

功能障碍性悲哀

调节障碍

应对无效

无能性家庭应对

妥协性家庭应对

防卫性应对

社区应对无效

有增强家庭应对的趋势

有增强社区应对的趋势

自主性反射失调

有自主性反射失调的危险

婴儿行为紊乱

有婴儿行为紊乱的危险

有增强调节婴儿行为的趋势

颅内适应能力低下

领域10　生活准则

有增强精神健康的趋势

精神困扰

有精神困扰的危险

抉择冲突（具体说明）

不依从行为（具体说明）

领域11　安全/防御

有感染的危险

口腔黏膜受损

有受伤的危险

有围手术期体位性损伤的危险

有摔倒的危险

有外伤的危险

皮肤完整性受损

有皮肤完整性受损的危险

组织完整性受损

牙齿受损

有窒息的危险

有误吸的危险

清理呼吸道无效

有外周神经血管功能障碍的危险　　　　　体温过低

防护无效　　　　　　　　　　　　　　　体温过高

自伤　　　　　　　　　　　　　　**领域12　舒适**

有自伤的危险　　　　　　　　　　　　　急性疼痛

有对他人施行暴力的危险　　　　　　　　慢性疼痛

有对自己施行暴力的危险　　　　　　　　恶心

有自杀的危险　　　　　　　　　　　　　社交孤立

有中毒的危险　　　　　　　　　　**领域13　成长/发展**

乳胶过敏反应　　　　　　　　　　　　　成长发展迟缓

有乳胶过敏反应的危险　　　　　　　　　成人心身衰竭

有体温失调的危险　　　　　　　　　　　有发展迟滞的危险

体温调节无效　　　　　　　　　　　　　有成长比例失调的危险

附3　常见的医护合作处理的问题

1. 潜在并发症:心/血管系统

局部缺血性溃疡

心排血量减少

心律失常

肺水肿

心源性休克

深静脉血栓形成

血容量减少性休克

外周血液灌注不足

高血压

先天性心脏病

心绞痛

心内膜炎

肺栓塞

脊髓休克

2. 潜在并发症:呼吸系统

低氧血症

肺不张/肺炎

支气管狭窄

胸腔积液

呼吸机依赖性呼吸

气胸

喉水肿

3. 潜在并发症:肾/泌尿系统

急性尿潴留

肾灌注不足

膀胱穿孔

肾结石

潜在并发症:肾肠-肝-胆系统

麻痹性肠梗阻/小肠阻塞

肝脾大

柯林溃疡

腹水

4. 潜在并发症:代谢/免疫/造血系统

低血糖/高血糖

负氮平衡

电解质紊乱

甲状腺功能障碍

体温过低(严重的)

体温过高(严重的)

败血症

酸中毒(代谢性、呼吸性)

碱中毒(代谢性、呼吸性)

甲状腺功能减退/甲状腺功能亢进

变态反应

供体组织排斥反应

肾上腺功能不全

贫血

血小板减少

免疫缺陷

红细胞增多症

链状细胞危象

弥漫性血管内凝血

5. 潜在并发症:神经/感觉系统

颅内压增高

卒中(中风)

癫痫

脊髓压迫症

重度抑郁症

脑膜炎

颅神经损伤(特定的)

瘫痪

外周神经损伤

眼压增高

角膜溃疡

神经系统疾病

6. **潜在并发症:肌肉/感觉系统**

骨质疏松

关节脱位

腔隙综合征

病理性骨折

7. **潜在并发症:生殖系统**

胎儿窘迫

产后出血

妊娠高血压

月经过多

月经频繁

梅毒

产前出血

早产

8. **潜在并发症:多系统**

9. **潜在并发症:药物治疗副作用**

肾上腺皮质激素治疗的副作用

抗焦虑治疗的副作用

抗心律失常治疗的副作用

抗凝治疗的副作用

抗惊厥治疗的副作用

抗抑郁治疗的副作用

抗高血压治疗的副作用

10. **潜在并发症:β肾上腺素能阻断治疗的副作用**

11. **潜在并发症:钙离子通道阻断治疗的副作用**

12. **潜在并发症:血管紧张肽转换酶治疗的副作用**

复 习 题

【A 型题】

1. 护理程序最基本的理论框架是: （　　）
   A. 系统论　　　　B. 方法论　　　　C. 信息交流论　　D. 解决问题论　　E. 基本需要论
2. 在护理诊断陈述的 PES 公式中,"P"表示的含义是: （　　）
   A. 健康问题　　　　　　B. 病因或相关因素　　　　　　C. 症状和体征
   D. 患者的心理状况　　　E. 实验室检查
3. "母乳喂养有效"的护理诊断属于: （　　）
   A. 现存的护理诊断　　　　B. 危险的护理诊断　　　　　C. 健康的护理诊断
   D. 可能的护理诊断　　　　E. 综合的护理诊断
4. 下列护理诊断中,属于首优问题的是: （　　）
   A. 气体交换受损　　B. 体温过高　　　C. 急性疼痛　　　D. 角色冲突　　　E. 营养失调
5. PIO 记录法中的 I 指的是: （　　）
   A. 分类　　　　　B. 诊断名称　　　C. 临床表现　　　D. 护理措施　　　E. 护理结果
6. 在护理评估中,除患者外资料最主要的来源是: （　　）
   A. 其他的护士　　　　　B. 和患者有重要关系的人　　　C. 患者个人的医疗文件
   D. 医生　　　　　　　　E. 参考资料
7. 有关护理诊断陈述正确的是: （　　）
   A. 一个患者首优的护理诊断只能有一个

B．护士可参照马斯洛需要层次论排序

C．首优问题完全解决后再解决中优问题

D．现存护理诊断必须排在危险护理诊断之前

E．对某个患者而言护理诊断的先后次序是固定不变的

8．下列收集的资料中,属于客观资料的是: （　）

 A．头晕5 d B．恶心 C．胸闷憋气 D．T39.5℃ E．腹痛

9．陈述健康的护理诊断常用的公式是: （　）

 A．PES公式 B．PE公式 C．ES公式 D．PS公式 E．P公式

10．护士根据患者病情进行压疮的预防与护理,此护理措施属于: （　）

 A．不属于护理措施   B．依赖性护理措施   C．辅助性护理措施

 D．合作性护理措施   E．独立性护理措施

11．关于整体护理的内涵叙述正确的是: （　）

 A．护理对象是指患病的个体   B．护理服务于人的生命全过程

 C．确定了以疾病为中心的护理观   D．其宗旨就是帮助患者恢复健康

 E．护理工作是满足患者的生理需要

12．以下除了哪项外,均是资料的来源: （　）

 A．患者   B．其他医务人员   C．查阅的文献

 D．护士的主观感觉 E．病案的各种资料

13．以下何项不属于患者资料的收集内容: （　）

 A．患者的民族、职业、文化程度   B．患者的生活方式及自理程度

 C．患者家庭成员的婚育史   D．患者的家庭关系、经济状况

 E．患者的家族史、过敏史

14．以下哪项护理诊断不妥: （　）

 A．营养失调高于机体需要量:与进食过多有关

 B．皮肤完整性受损:与长期卧床有关

 C．眼球突出:与甲亢有关

 D．便秘:与生活方式改变有关

 E．焦虑:与疾病诊断未明确有关

15．护理诊断中"潜在并发症"属于: （　）

 A．合作性问题   B．潜在性问题   C．现存性问题

 D．护士单独处理的问题 E．医生处理的问题

16．设定护理目标的陈述对象是: （　）

 A．护士   B．医生   C．家属   D．患者   E．对象不限

17．下列护理目标陈述正确的是: （　）

 A．患者的免疫能力增强   B．患者了解糖尿病饮食的知识

 C．护士教会患者注射胰岛素的正确方法 D．患者学会测尿糖

 E．患者的糖尿病彻底痊愈

18．学生小田因下肢腓骨骨折须进行功能锻炼,护士为其制定的远期目标是: （　）

 A．患者患肢恢复行走功能   B．3周后护士可帮助患者拄拐杖行走

 C．患者3个月后能独立行走   D．在护士的帮助下,逐渐达到自主行走

 E．3个月后能重返工作岗位

19．患者程某,70岁,因右下肢股骨颈骨折入院,给予患者持续牵引复位,患者情绪紧张,主诉疼痛难

忍,评估患者后,护士应先解决的护理问题是: （ ）

  A．焦虑   B．生活自理缺陷   C．疼痛

  D．躯体移动障碍   E．有皮肤完整性受损的可能

20． 某癌症患者进行化疗后出现口腔溃疡,护士为其进行口腔护理前首先: （ ）

  A．准备用物   B．解释目的   C．评估患者

  D．检查漱口溶液   E．安置患者体位

【填空题】

1． 护理程序由_____、_____、_____、_____和_____5个步骤组成。

2． 护理诊断4个组成部分是:名称、_____、诊断依据以及_____。

3． 护理措施分为3类,分别是_____护理措施、_____护理措施和_____护理措施。

4． 护理评价按实现程度分:目标_____、目标_____、目标_____。

5． 护士在执行护理计划前,应考虑5个W,即_____、_____、_____、_____和_____。

【名词解释】

1． 整体护理   **2．** 护理程序   **3．** 护理评估   **4．** 护理诊断   **5．** 护理计划   **6．** 预期目标

7． 护理评价

【简答题】

1． 简述整体护理的思想内涵。

2． 护理程序包括哪5个步骤?各阶段的护理工作是什么?

3． 为护理诊断排序的原则是什么?

【病例分析题】

    王先生,68岁,因肺炎链球菌性肺炎入院:T 39℃,P 92次/min,R 24次/min。神志清楚、面色潮红、口角疱疹,痰液黏稠,不易咳出,情绪烦躁,生活不能自理,医嘱给予抗生素静脉滴注,根据上述资料,请针对患者存在的健康问题列出护理诊断,并制定一份护理计划。

第四章
护理实践中的伦理和法律

- 护理实践中的伦理
- 护理实践中的法律
- 护理实践中的伦理和法律问题
- 医疗护理差错事故的预防与处理

导　学

内容及要求

护理实践中的伦理和法律包括 4 个部分的内容,护理实践中的伦理、护理实践中的法律、护理实践中的伦理和法律问题、医疗护理差错事故的预防和处理。

护理实践中的伦理主要包括概述部分、护理伦理学的理论基础、护理伦理学的基本原则、护理伦理守则、护理实践中伦理问题的处理。在学习中,应掌握伦理的概念、护理伦理学的基本原则;熟悉护理伦理学的理论基础和护理伦理守则;了解护理实践中伦理问题的处理方法。

护理实践中的法律部分主要包括概述、护理行为的法律限定、护理实践中的法律责任。在学习中,应重点掌握法律的概念、知情同意的概念、护理实践中护士及护生的法律责任;熟悉护理行为的法律限定;了解护理立法的历史、现状和原则。

护理实践中的伦理和法律问题主要包括护理工作中的伦理和法律问题、护理专业中的伦理和法律问题。在学习中,应熟悉不同伦理和法律问题的处理原则和办法。

医疗护理差错事故的预防与处理主要包括医疗事故和护理差错。在学习中,应掌握医疗事故和护理差错的概念;熟悉医疗事故的特征、护理差错的报告、处理和登记;了解医疗事故的法律责任和护理差错的分类及评定标准。

重点、难点

护理实践中的伦理和法律的重点是护理伦理学的基本原则、护理实践中的法律责任。其难点是对护理伦理学的理论基础的理解及护理实践中伦理法律问题的处理。

专科生的要求

专科层次的学生对护理伦理学的理论基础、护理行为的法律限定、护理实践中伦理和法律问题作一般了解即可。

护理是为人类健康服务的职业。护理从本质上说就是尊重人的生命、尊重人的权利和尊重人的尊严，因此在为护理对象提供最佳身心护理，解决其健康问题的同时，护士应充分考虑到在护理过程中涉及的伦理与法律问题。因此，掌握与护理相关的伦理与法律知识，可以帮助护士正确认识和处理在护理实践中常见的伦理与法律问题，时刻用护理伦理守则和法律规范来约束自己，避免差错事故的发生，保持良好的职业道德、专业素养及执业质量。

■■ 第一节　护理实践中的伦理

护理伦理是研究护理行为对与错的准则。护理伦理阐述了护士对患者，对其他医务人员，对专业和社会的责任与义务，为护理专业行为提供了标准。学习和研究护理伦理，不仅是培养德才兼备的护理人才的需要，更是护理事业和人类卫生事业健康发展的必要要求。

一、概述

（一）伦理及伦理学

"伦"在中国词源中表示类、辈、关系、次序，"理"为道德、条理、法则。这样，伦理（ethics）一词被引申为处理人与人之间关系的道理和原则。研究伦理的学科被称为伦理学。一般认为，道德和利益的关系问题是伦理学的基本问题。

（二）护理伦理学概念

护理伦理学是以一般的伦理学的基本原理为指导，研究护理人员在为服务对象、为社会提供服务过程中应当遵循的道德原则和规范的一门新的独立学科。

二、护理伦理学的理论基础

（一）道义论

道义论又称义务论，是基于理性主义观念发展而来的，强调动机的纯洁性和至善性。它认为对一个人行为的正误的评价不在于行为结果的价值，而在于行为本身所具有的特性。道义论的伦理倾向在于考察一切能从道德上进行评价的行为，对他们都附加某种底线约束——即不能逾越某个界限。它关注的不是行为要达到的目的，而是行为的方式，行为对他人的影响，善恶的价值判断最终要归结为行为的正当与否，而行为的正当与否，则要看该行为本身所固有的特性或者行为规则的性质是什么。

（二）后果论

后果论又称目的论、效果论或功利主义，是以道德行为后果作为确定道德规范的最终依据的伦理学理论，认为人们的行为本身并无对错之分，只有行为所导致的价值才使行为具有道德性。它以最大化利益作为道德标准,强调一个行为能否给最大多数人带来最大幸福为评价行为的依据。

(三) 美德论

美德论又称德性论。它所讨论的主要问题是:道德上完美的人是什么样子,人如何实现道德完美的理想。它的理论出发点是人性、人格或人的本质。

(四) 人道论

人道论是研究人道主义的一种道德理论,"人道"作为与"天道"、"神道"相对应的伦理学范畴,是指人事、人伦、为人之道的社会行为规范。人道论强调人的地位、肯定人的价值,维护人的尊严和幸福,满足人的需要和利益。

(五) 生命论

生命论是关于人的生命本质和意义的理论。随着社会的进步和发展,对生命的认识和看法,形成了生命神圣论、生命质量论及生命价值论的不同伦理观点。生命神圣论认为生的权利是人的基本权利,人的生命是神圣的、至高无上的、不可侵犯的;生命质量论则通过对生命质量评价、衡量生命价值,认为有价值的生命是神圣的;生命价值论则是以人具有内在的与外在的价值来衡量生命意义的道德观念。

(六) 公益论

公益来自公正,公正要求公平、合理地对待每一个社会成员,使社会性事业中的利益分配更合理,更符合大多数人的利益。医疗卫生事业是一种公益性事业,存在着收益和负担的分配以及分配是否公正的问题。

三、护理伦理学的基本原则

(一) 自主原则

自主原则强调每个人都有不受外界干扰,自由地选择自己行为的权利。尊重他人的自主权是健康实践的基础。在所有的治疗和护理过程中,应尊重患者的医护问题和患者经过思考所做出的理性的决定和据此采取的行动。在护理实践中,护士尊重患者自主决定意愿的权利具体体现为患者的知情同意。这要求护理人员在为服务对象提供护理活动之前,事先向服务对象说明护理活动的目的、优点以及可能的结果,然后征求服务对象的意见,由服务对象自主选择。

需要指出的是,每个人都不可能拥有完全的自主权,个人的行为不能只满足个人的目的,考虑与尊重他人的权力也是尊重自主原则中的一部分。在护理工作中,自主原则的应用常受到一些客观环境的制约,比如有的患者可能难以到达自主,如婴幼儿、精神疾病患者、意识丧失的患者等。在另外一些情况下,如经济条件的制约、缺乏必要的信息及由于文化方面的原因等,也使患者难以做到自主。因此,护理人员在临床上应灵活应用自主原则,对于自主能力减弱或没有自主能力的患者,不但不应该授予自主权,反而需要加以保护、监督与协助,做出有利于患者的护理决定。

(二) 有利原则

有利原则又叫行善原则,强调一切为服务对象的利益着想,避免或消除对服务对象的伤害。护理人员与患者在掌握医学、护理知识上处于信息不对称状态,患者处于脆弱和依赖的地位,所以要求护理人员在护理活动中权衡为患者带来的益处和伤害的危险,考虑怎样做对患者最有帮助,为患者提供最大的益处。例如,任何一个外科手术都会给身体带来创伤,但它会给患者带来长远的益处,如挽救生命、消除疼痛或增加自主活动度。在这样的情况下,即使手术将给患者造成暂时的伤害,但却是必须实施的,因为它能给患者带来长期受益的结果。

（三）不伤害原则

不伤害原则即避免伤害，不伤害原则是护理人员在护理实践中需要遵循的最低标准原则，要求护理人员避免故意伤害，避免引起伤害的危险，或使护理过程中不可避免的伤害减低到最低限度。例如，根据不伤害原则，护理人员不能使用污染的注射器给患者抽血。

（四）公正原则

公正原则即公正或正义的意思。公正原则是指面对不同种族、肤色、年龄、职业、社会地位、经济状况、文化水平的人，都要给予公正的护理。要按照患者的需求来进行卫生资源分配，如护理人数的分配、不同级别护士的搭配、实施护理的先后，特别对老年患者、精神病患者、残疾患者、年幼患者要照顾他们的特殊需求。

（五）诚实守信的原则

是指信守承诺。诚实守信是建立良好的护患关系的基础。在护理实践中，诚实守信的原则要求护士对所护理的患者诚实善意，讲究信用。作为专业护士，诚实守信的标准包括始终按计划实施护理。护士应对患者、工作单位、国家、社会及自身做到诚实守信。

四、护理伦理守则

护理专业制定伦理守则的目的是规定专业的行为标准，描述专业的目标和价值及作为专业人员满足社会需求、提高质量护理的指南。护理伦理守则反映了护理专业人员普遍接受的准则，是护理专业人员对公众的承诺。

（一）国际护士协会伦理守则

国际护士协会制定了《国际护士伦理守则》(The International Council of Nurses Code)。该守则于 1965 年和 1973 年做了两次修改。该守则包含 4 个方面的内容：①护士的权利和责任。②护理的本质是尊重人的生命、人的尊严和人的权利，而不论其国籍、信仰、肤色、年龄、性别、政治和社会地位。③护士的基本任务有增进健康、预防疾病、恢复健康和减轻痛苦 4 个方面。④护士在护理实践中，个人行为必须符合职业标准。

（二）美国护理协会伦理守则

美国护士学会于 1950 年通过了所制定的《美国护士伦理守则》(American Nurses Association Code for Nursing)，并于 1976 年与 1985 年将该章程加以修改和扩充。其特点包括以下几个方面：①强调护士在疾病预防和健康促进中的广泛作用。②鼓励护士参与终身教育。③强调护患关系。④原患者(patient)一词由更赋有内涵的服务对象(client)一词取代。⑤强调违反守则所带来的后果。⑥更强调尊重患者的权利。

（三）我国的护士守则

中华护理学会 2008 年制定了《护士守则》，为全国护理工作者提供护理伦理及执业行为的基本规范。该守则的主要内容如下：①职业道德方面，坚持人道主义宗旨，公正对待患者，注意保护患者隐私。②专业职责方面，强调护士不仅为患者提供医学照顾，还应该开展健康指导，提供心理支持，并且有义务参与突发事件的医疗救护。③专业态度方面，倡导严谨、慎独的工作作风。④执业能力方面，督促护理工作者不断学习、锐意进取，用科学严谨、踏实求真的实际行动为人类健康服务。⑤从业环境方面，强调团结协作，创造和谐的医护关系及良好的从业环境。

五、护理实践中伦理问题的处理

在护理实践中，往往会遇到许多涉及伦理的两难选择的问题，如何恰当地解决这些伦理问题，要求护士运用评判性思维,通过系统全面地考察,进行谨慎的利弊权衡。一般说来,处理护理中伦理问题有以下基本步骤。

(一)确认现存的问题是否是伦理范畴的问题

事实上,并非所有的问题都与伦理有关。护士应学会把操作程序、法律和医疗诊断中出现的问题与伦理问题相区别。

(二)收集大量相关客观资料

收集的客观资料应包括患者的爱好(如患者不能表达则包括家庭的偏好)、家庭系统、日常生活、社会因素、计划执行的医护措施、社区环境、医护人员的信息和在解决伦理问题中医护人员预期的理想效果,同时考虑所涉及的相关法律、行政和人员素质方面的问题。

(三)检查和确认在该伦理问题中自身的价值取向

这一步对于所有参与讨论某个伦理问题的人员来说是至关重要的。护士与健康保健队伍的其他人员都应澄清和区别自身价值取向与患者的取向的不同。

(四)描述问题

在讨论中应清楚地陈述伦理问题,然后针对问题进行有的放矢的讨论。

(五)考虑所有可能解决问题的行动方案并作决定

讨论所有可能解决问题的行动方案,并确定哪种方案最适用于问题情境和患者的价值观,以及该方案对患者产生的近期效果和对机构产生的远期效果。

(六)实施与评价方案

护士实施被大家所认可的方案,并将实际结果与先前预期的结果进行比较,思考下次如何改进处理过程。

■■ 第二节　护理实践中的法律

护理人员在实践工作中,运用所掌握的知识以及技能为患者服务,由于服务对象的特殊性和复杂性,有时很难分辨行为或事件的正确与错误,合法或非法。此外,随着我国社会经济文化迅速发展,人们自身健康需求和法律维权意识不断增强,护理人员在实践工作中所涉及的法律问题日益增多。因此护理人员应认真学习与自身工作密切相关的各种法律、法规,学会处理护理过程中存在的法律问题,避免法律纠纷,提高护理质量,以法律的手段有效维护服务对象及自身的权利。

一、概述

(一)法律的概念与分类

1. **法律的概念**　法律(law)一词来源于拉丁语,指调整人类行为的社会规范。狭义的法律是指国家立法机关制定的规范性文件;广义的法律是指国家制定或认可并由国家强制力保证执行的行为规则。

2. **法律的分类**

依据不同的标准,法律可有不同的分类体系。在我国,法律的分类方法常见的有两种:一种是根据法律的调节手段不同,分为民事法、行政法和刑事法;另一种是根据法律所调节的社会关系不同,分为经济法、劳动法、教育法和卫生法等。其中,民事法、刑事法及卫生法与护理实践关系密切。

民事法是调节公民之间人身和财产关系的法律规范。护理人员在工作中的疏忽大意、侵犯隐私、攻击和殴打等属于民法处理的范畴。

刑事法是处理侵犯公共安全和利益行为的法律规范,如处理盗窃和杀人等。

卫生法是调节人们在卫生活动中形成的各种社会关系的法律法规。

(二) 护理中法律的功能

法律在护理实践中的功能表现为以下几个方面。

(1) 保障护理行为的合法性。

(2) 将护理专业人员的责任与其他医药卫生人员的责任相区别。

(3) 界定自主性护理措施的范围。

(4) 保证护理标准并帮助护士在法律范围内对其护理行为负责。

(三) 护理立法的历史与现状

护理法是由国家规定或认可的关于护理人员的资格、权利、责任和行为规范的法律法规,是以法律的形式对护理人员在教育培训和服务实践方面所涉及的问题予以限制。

护理立法起始于 20 世纪初。1919 年英国率先颁布了《英国护理法》,1921 年荷兰颁布了护理法,随后,芬兰、意大利、波兰等许多国家也相继颁布了护理法律、法规。1947 年国际护士委员会发表了一系列有关护理立法的专著。1953 年 WHO 发表了第一份有关护理立法的研究报告。1968 年国际护士委员会成立了护理立法委员会,制定了第一个护理立法的纲领性文件《系统制定护理法规的参考指导大纲》,为各国护理立法中涉及的许多问题提供了指导。近年来,许多国家反复修改完善了本国的护理法,对促进本国的护理工作法制化起到了重要作用。各国的护理法主要内容包括总纲、护理教育、护士注册、护理服务 4 大部分。

我国护理法隶属于卫生法规系统,国务院颁布了一系列法令、指示、暂行规定、办法等,其中有些内容是护理的。如 1993 年 3 月 26 日卫生部颁布了《中华人民共和国护士管理办法》(以下简称《护士管理办法》),确立了护士执业资格考试和护士执业许可两个制度,该办法对保证公民就医安全有着重要意义。2008 年 1 月 23 日国务院颁布了《护士条例》,对维护护士的合法权益,规范护理行为,促进护理事业发展,保障医疗安全和人体健康具有重要的促进作用。2008 年 5 月 4 日经卫生部部务会议讨论通过,发布了《护士执业注册管理办法》,进一步规范护士执业注册管理制度。

(四) 护理立法的基本原则

为保证护理立法的准确性,需要遵循以下基本原则:

1. 国家宪法是护理立法的最高守则 宪法是国家的根本大法,在法律方面有其至高无上的权威,护理法的制定必须在宪法的总则下进行,不允许有任何与其相抵触之处,不能与国家已经颁布的其他任何法律条款有任何冲突。

2. 符合本国护理专业的实际情况 护理法的规定,一方面要借鉴和吸收发达国家的护理立法经验,确立一些先进目标;另一方面,也要从本国的文化背景,经济水平和政治制度出发,兼顾不同地区发展水平的护理教育和护理服务实际,确立更加切实可行的条款。

3. 反映科学的现代护理观 近几十年来,护理学已发展为一门独立的学科,护理学从护理教育到护理服务,从护理道德到护理行为,从护理诊断到护理计划的实施、评价,均已形成较为完整的理论体系。只有通过正规培训且通过执业考试和注册的护理人员,才有资格从事护理专业工作。护理法应能反映护理工作的专业性、技术性、安全性和公益性特点,以增强护理人员的责任感,提高护理服务的合法性。

4. 护理条款要显示法律特征 护理法与其他法律一样,应具有权威性、强制性的特征,故制定的条款措辞必须准确精辟、科学且通俗易懂。

5. 护理立法要注意国际化趋势 当今世界,科学、文化、经济的飞速发展势必导致法制上的共通,一国法律已不可能在本国法律中孤立的长期存在。所以,制定护理法必须站在世界法治文明的高峰,注意国际化趋势,使各条款尽量同国际上的要求相适应,以使我国护理专业的发展与国际接轨。

二、护理行为的法律限定

作为专业护士,要为患者的健康和生命负责,因此要学习和掌握护理实践中有关法律界定方面的知识,通过合理的判断和决定来保证安全、恰当的护理。

(一)侵权行为

侵权行为一般指侵害他人的财产或人身权利并造成损害的行为。侵权行为分为有意侵权行为和无意侵权行为。有意侵权行为表现为当事人具有相关的法律知识,但仍故意侵犯他人的权益,在护理实践中,有意侵权行为包括威胁、侵犯患者身体,侵犯患者隐私和诽谤,无意侵权行为包括疏忽大意、渎职。

1. **有意侵权行为** 有意侵权行为包括以下4类。

(1)威胁他人身体:未经他人的知情同意,企图接触他人身体或造成他人身体接触的威胁,但没有实际的身体接触的行为,如紧握拳头对着他人。

(2)侵犯他人身体:未经他人的知情同意,有意接触他人身体,并造成困窘或伤害的行为。侵犯他人身体与威胁他人身体可以交替出现。在护理工作中如患者拒绝签署知情同意书,护士仍用接触他人身体的行为,如用注射器相威胁,即是威胁他人身体,如果护士对这位患者进行注射就属于侵犯他人身体。是否属于侵犯他人身体,知情同意与否是最基本的界限。

知情同意是指在医疗护理过程中,患者在获得关于自己疾病治疗和护理措施利弊等信息的前提下做出同意接受或拒绝该项治疗和护理的书面承诺。如果患者同意,通常会在医疗机构提供的书面知情同意书上签字。知情同意必须符合3个条件:①患者必须对所接受的判断、治疗或护理完全知情,即了解其原因、方法、优点及缺点,可能出现的反应或副作用等。②同意必须建立在完全自愿的基础上,任何强迫患者同意或患者由于害怕报复而同意的均不属于知情同意。③患者或家属是在完全清楚、有能力做出判断及决定的情况下同意的。

(3)侵犯隐私权:隐私权指公民隐私不受非法侵害的权利。侵犯隐私权即非法侵入他人私生活,伤害他人的感情,不考虑所带来的社会影响。在护理实践中侵犯隐私权表现为4个方面:①未经患者知情同意,随意使用患者的姓名获取利润,如利用患者的照片或姓名资料做广告。②不正当的侵入,如未经患者同意让护生观察治疗护理过程或将治疗护理过程拍摄照片、录音。③扩散患者的资料,如把患者的资料随意给与该患者治疗和护理无关的医务人员或者与之讨论患者的资料。④发表攻击性的虚假信息。

一个公民的隐私权可能与其他权利相冲突。如果护士不能确定有关患者的哪些信息可以公开或保密,应咨询上级护士和相关部门。在临床实践中,既要考虑患者资料的保密性,又要保证给患者提供治疗和护理的医护人员的信息需求。医疗护理人员之间对患者的病情、治疗和护理信息进行交流和讨论是必要的、合法的。

许多国家的司法部门都颁布各种法令法规要求医务人员必须上报有关患者的以下信息:①出生和死亡资料。②虐待妇女、儿童、老人。③传染病和传播性疾病,如艾滋病、非典型肺炎、白喉等。④暴力事件如枪伤或刀伤。

(4)诽谤:诽谤是一种散布虚假信息并对他人名誉造成损害的行为。诽谤包括口头诽谤和书面诽谤。

2. **无意侵权行为** 疏忽大意和渎职是卫生保健场所中两种无意侵权行为的表现。

(1)疏忽大意:是指行为人应当预见自己的行为可能发生危害社会的后果,但因疏忽大意而没有预见,因不专心履行职责而造成客观上的过失行为。它是临床护理过程中最常见的过失。例如,护士由于不专心细致工作,给药错误、热水袋过热而烫伤患者等,但未造成严重的后果。

（2）渎职:行为人在履行专业职责的过程中的失职行为导致当事人受到伤害称之为渎职。在护理实践中,渎职的认定取决于以下 4 个指标:①护士有义务提供恰当的护理给患者。②护士未履行职责。③患者受到伤害。④护士没有履行职责而造成患者的伤害。尽管护士并不是有意伤害患者。但由于其没有尽职尽责,所提供的护理没有达到应有的护理标准,他仍然需为渎职负责。

（二）收礼与受贿

受贿罪是指国家工作人员利用职务之便,为行贿人谋取私利,而非法索取、接受其财物或不正当利益的行为。救死扶伤是医护人员的神圣职责,医护人员不得借工作之便谋取额外报酬。但患者康复或得到护理人员的精心护理后,由于感激的心理而自愿向护理人员馈赠少量纪念性礼品,原则上不属于贿赂范畴,如果护理人员主动向患者及其家属索要钱款、物品等,则是犯了索贿、受贿罪。

三、护理实践中的法律责任

护理实践中可能会遇到各种各样的法律问题,作为护理人员,不仅应熟知国家的法律条文,更应准确地了解自己在护理实践中的法律责任、义务和范围,熟悉专业的规范要求,以便识别潜在的法律问题,自觉地遵纪守法,运用法律的手段来维护自己和服务对象的合法权益。

（一）护理实践中的法律法规

1. 护理法规　由国家或地方政府制定的护理法规,对不合理或违反法规的行为,公众有权根据法律条例追究护理人员的法律责任。

2. 专业团体的规范要求　由护理专业团体(如中华护理学会)根据法律规定的各种护理标准和操作规范,使护理人员清楚地明白在护理实践中哪些该做,该怎样做等等,如护士守则。

3. 工作机构的有关要求、政策和制度　各级医疗机构对护理工作制定详细的工作要求和规范,护士应熟知这些要求和规范,并严格执行。

（二）执业考试和执业注册制度

护理工作必须由具有护士资格的人员来承担,实行护士执业资格统一管理,建立护士执业考试制度和护士执业许可制度,是通过法律手段来保证护理质量和公众的就医安全。

根据《护士管理办法》,我国从 1994 年开始实行全国护士执业水平考试,个人只有取得《中华人民共和国护士执业证书》,即取得护士执业资格,经过护士执业注册后,才能成为法律意义上的护士,享有护士的权利,并履行护士的义务。

随着时代的进步和发展,对护理服务的专业化、法制化也提出了更高的需求,2008 年国务院颁布了《护士条例》,并于 2008 年 5 月 12 日开始实施。条例规定具备 4 个条件就可以申请护士执业注册:①具有完全民事行为能力。②在中等职业学校、高等学校完成教育部和卫生部规定的普通全日制 3 年以上的护理、助产专业课程学习,包括在教学、综合医院完成 8 个月以上护理临床实习,并取得相应学历证书。③通过卫生部组织的护士执业资格考试。④符合卫生部规定的健康标准。护士注册有效期由原来的 2 年变为 5 年。为了贯彻《护士条例》中对护士执业的具体规定,卫生部于 2008 年 5 月 4 日颁布《护士执业注册管理办法》,对护士的执业注册作了更为详细的说明,以促进护士执业注册的规范化。

（三）护士的法律责任

1. 处理及执行医嘱　医嘱是护士对患者施行治疗措施的重要依据,具有法律效应。执行医嘱时,护士应熟知各项医疗护理程序、药物的作用、不良反应及使用方法,经仔细核查,确信无误后,及时准确地执行。随意篡改医嘱或无故不执行医嘱均属于违法行为。如果护士对医嘱有疑问,应向医生询问以证实医嘱的准确性。如果发现医嘱有明显的错误,护士有权拒绝执行,并向医生提出质疑或申辩。护士向医生指出了医嘱中的错误，医生仍执意要求护士执行医嘱，护士应报告护士长或上级主管部门。明知医嘱有错误却不提出质疑，或由于疏忽大意护士对医嘱中的错误仍旧执行，由此造成的后果，护士与医生共同承担法律责任。

因此，为了保护自己和患者，护士在执行医嘱时应注意以下几点：①质疑任何患者提出疑问的医嘱：当患者对医嘱提出疑问时，护士应证实医嘱的准确性。②质疑病情变化的患者的医嘱：当患者病情发生变化时，护士应及时通知医生，并根据专业知识及临床经验判断是否应暂停医嘱。③质疑和记录口头遗嘱以避免转达错误：在抢救患者时如医生给予口头医嘱，护士需向医生复述一遍，证实准确无误后方可执行，执行完医嘱后应尽快记录口头医嘱内容，给予的日期、时间、当时患者的情况等，并让医生及时补上书面医嘱。④质疑难辨认、不清楚、不完整的医嘱：药物名称、剂量在书写过程中容易发生错误，护士有责任确认医嘱中的药物名称、应用途径是否正确，是否安全适当。

2. 护理文书　护理记录作为病历的一个部分，是严肃的法律性文件。文书记录的准确性、一致性和真实性对于司法正确、公正具有非常重要的意义。护士应根据所在医疗机构文件书写格式，记录自己为患者所做的每项护理工作，如在值班期间所做的常规护理，包括生命体征的测量、体位变换、患者的反应观察等。此外，还必须完整地记录患者病情的突然变化、通知医生的时间、医生处理的时间及护理的应对措施。当涉及法律纠纷时，完整的护理记录可以为护士免于渎职的法律诉讼提供充分的依据。因此，护士应保证护理文书书写的及时、客观、准确和完整。

3. 药品器材管理　药品应根据种类与性质妥善放置，设专人负责。定期检查药品质量，如发现变质、过期，药瓶的标签与瓶内药品不符，标签污染模糊等，不得使用。血清制品、疫苗、某些抗生素和胰岛素应置于冰箱保存。对控制使用的药品，如麻醉、镇静和抗精神病药品按特殊药品管理规定保管和使用，防止个别护士因工作之便而挪用药品。此外，护士在工作中还接触各种医疗用品和设备，负责保管病房的生活用品、办公用品。如护士利用职务之便，将这些物品据为己有，情节严重者，将受到法律制裁。

(四) 护生的法律责任

护生是正在学习护理专业的学生。护生只能在注册护士的严密监督和指导下，严格按照护理操作规程对患者实施护理。护生的法律责任如下。

（1）为临床实习做好充分的准备。

（2）对操作不熟悉或尚未做好准备时应告诉带教护士。

（3）熟悉所在实习医院的医疗护理政策和操作规程。

（4）及时向带教护士或其他相关护士汇报患者的病情变化，即使并不能确定这些变化的临床意义。

在临床实践过程中，护生要为自己的行为和被认定的渎职负责任。带教护士对护生负有指导和监督的责任。如对护生所派遣的工作超出其能力，或带教护士没有给予合理、审慎的临床指导下发生了护理差错或事故，其带教护士也要负法律责任。护生如发生护理差错或事故，其所在的医院也要负法律责任。因为医院为护生提供实习场所，护生被视为医院的一员。因此，护生进入临床实习前，应明确自己的法定职责范围，认真执行护理法规和操作规程。

■■ 第三节　护理实践中的伦理和法律问题

护理实践中的伦理和法律问题反映了当代社会人们生活方式的变化趋势，以下几方面问题是护理实践中最常见的伦理和法律问题。护理人员必须依据有关法律和专业伦理守则妥善处理这些问题，以确保自己的专业行为合法、合理，保障患者的合法权益，也保证自己的执业安全。

一、护理工作中的伦理和法律问题

(一) 残疾人

残疾人即由于身体和精神的损伤而造成一种及一种以上日常活动明显受限的人。残疾人由于可能在就业、住房、接受教育、交通、沟通和保健服务等方面受到不公平的待遇而产生抑郁。当残疾人到医院就医时,应像对待其他普通患者一样对待他们,提供护理服务时应体现对他们的尊重,同时应指导他们使用医院和病区的公共设施。

(二) 艾滋病

自 1981 年美国发现第一例艾滋病患者至今,这一致命性疾病已成为全球性的疾病。我国也于1985 年发现首例艾滋病患者,至今 31 个省市均发现了艾滋病病毒感染者。1988 年经国务院批准,卫生部等部委联合发布了《艾滋病监测管理的若干规定》;1995 年经国务院批准下发了《关于加强预防和控制艾滋病工作的意见》;1999 年卫生部颁布了《关于对艾滋病病毒感染者和艾滋病患者的管理意见》。上述法规为在护理艾滋病病毒感染者和艾滋病患者过程中所涉及的隐私权、合理的公开与保密等方面提供了标准和指南。

医疗机构和医护人员不得拒绝为艾滋病病毒感染者、艾滋病患者提供服务和护理。护士应尊重艾滋病病毒感染者和艾滋病患者的权利,像对待其他普通患者一样提供其所需的医疗和护理服务,同时保护自己避免受感染。对检测发现艾滋病病毒抗体阳性结果的报告不得泄露给与该患者无关的医护人员,但需向传染性疾病控制中心报告。

(三) 生殖技术和生育控制

1. 生殖技术　生殖技术又称人类辅助生殖技术,是指运用医学技术和方法对配子、合子、胚胎进行人工操作,以达到受孕目的的技术。生殖技术应用、推广于社会,在一定程度上取代了自然生殖的环节,必然会引发一系列的伦理道德问题,如果利用得当,可造福人类,利用不当则危害人类。通过立法,可以促进生殖技术的健康发展,造福人类,防止其异化对社会造成的危害;可以克服社会的某些障碍作用,促进生殖技术与社会的协调;可以保障生殖技术的安全,并禁止生殖技术商业化,保证其纯洁性;可以明确有关婴儿的法律地位、父母子女身份,使生殖技术产生的复杂人际关系得到理顺,有助于家庭的和睦、社会的稳定,有助于充分保障公民的生育权利。

2. 生育控制　计划生育是指依据人口与社会经济发展的客观要求,在全社会范围内,实行人类自身生产的计划化。公民有依法实行计划生育的义务,夫妻双方在实行计划生育中负有共同的责任。国家鼓励公民晚婚晚育,提倡一对夫妻生育一个子女。同时依照法律法规合理安排确有困难的、要求生育第二个孩子的夫妇生育第二个孩子。我国实行计划生育,以避孕为主。国家鼓励有生育能力的已婚夫妇在国家指导下自愿选择适宜的避孕措施和方法。国家创造条件,保障公民对避孕措施享有知情权、选择权和安全保障权。实施避孕节育手术,应当征得受术者及其配偶的同意,并保证受术者的安全。

(四) 人体试验

医学上任何一项新成就,不论通过动物试验创立了多少假说,也不管在动物身上重复了多少次试验,在广泛应用到临床之前,为了确定其疗效和安全性,必须在人体(患者或健康志愿者身上)进行系统性试验研究。可以说,医学的发展和进步,离不开人体试验。如在新药的研制开发过程中,人体试验(临床研究)可以对新药的安全性和有效性进行客观、科学的评价,是必不可少的过程,使更多患者在今后真正受益。在以人体为对象进行试验时,必须考虑到伦理学的问题,保障受试者的权益,使试验符合道德标准,保证其合理性、合法性。

在进行临床试验以前,必须具备一系列有关非临床试验的结果和文献资料为进入临床研究提供充分的理由和依据。临床试验方案应由研究者和申办者共同商定并签字,在临床试验开始前报伦理委员会审批后实施。受试者参加试验应是自愿的,而且在试验的任何阶段有权随时退出试验而不会遭到歧视或报复,其医疗权益不受影响。研究者或其指定的代表必须向受试者说明有关临床试验的详细情况,受试者自愿确认同意参加该项临床试验的过程后,须以签名和注明日期的知情同意书作为文件证明,保证进入临床试验时,将可能遇到的风险降到最低限度,从最大限度上保护受试者的权益。

(五) 死亡、濒死和安乐死

死亡的基本定义是围绕死亡引发的很多法律问题中的一个。目前有两个死亡定义。传统死亡标准是以个体的循环和呼吸功能不可逆转的停止为标志。现代死亡标准是以个体的包括脑干在内的全部脑功能不可逆转的停止为标志。然而,医学界对脑死亡的标准仍存有争议。在护理实践中护士应熟悉两种死亡定义,做好病危患者病情变化的记录,为死亡的诊断提供法律依据。

现代人工维持心肺功能的技术和药物的应用使得做出是促进生命质量还是不必要地延长死亡过程的决定变得复杂了。当患者和家属在做出终止生命与否决定的思想斗争中,往往会向护士寻求信息、建议和支持。护士面对如何处理死亡和濒死的最困惑的伦理问题是安乐死的实施。

安乐死是指患不治之症的患者在危重濒死状态时,由于精神和躯体的极端痛苦,在患者及其亲友的要求下,经医生认可,停止无望的救治或用人为的方法使患者在无痛苦的状态下渡过死亡阶段而终结生命的过程。根据采取的方式不同,安乐死可分为主动安乐死和被动安乐死两种形式。主动安乐死是指无论患者有无知情同意,医务人员或其他人采取措施主动帮助患者结束生命或加速患者死亡的过程。被动安乐死是指对患者停止一切治疗和抢救,终止维持其生命的支持,任凭其自行死亡,如撤除呼吸机、停止维持生命的治疗措施、停止胃管输入食物和水等基础生命支持、治疗抢救设施。

安乐死涉及社会经济、伦理道德、传统习俗、哲学法律、宗教信仰、人的价值观等一系列问题,因此在世界范围内引起普遍的关注和讨论,也是社会上一直争论的一个伦理和法律难题。尽管我国目前没有颁布相关的法律,但护士关注和理解有关主动安乐死和被动安乐死的争议是非常重要的。在患者死亡后,护士要做好尸体料理,体现医务人员对死者的尊敬和对亲属的安慰。

(六) 确立遗嘱

患者通过确立遗嘱表达一旦当他们病重不能说话时,他们被他人对待的方式。遗嘱包括生前意愿,是由患者选择列出的在其不能做决定或疾病到达终末期时,撤除或停止医疗措施的文件。由遗嘱或指定的代理人(亲属或朋友)来表达患者临终时同意或拒绝某种治疗或抢救措施;或逐渐停止或撤除一些支持生命治疗措施;或仅给患者提供减轻痛苦的治疗和护理;或不进行心肺复苏等决定。

在法律上,护士应熟悉所在医疗机构的确立遗嘱(或生前意愿)等表格,并有责任给有需求的患者提供该表。患者在书写及签署"遗嘱或生前意愿"时需要有至少两个目击证人在场(亲属,或律师,或医生,或护士)。如果医务人员是按规定的程序让患者完成生前意愿的签署,在患者临终前停止抢救措施就不负法律责任。

(七) 器官捐赠

18岁以上的个人可以在死后捐赠他身体的全部或一部分如心脏、角膜、肝脏、肺和肾等,用于教学、研究、治疗或移植的目的。已故患者的亲属也有权做出捐赠的决定,除非他们知道已故者反对。患者的捐赠决定不能被其亲属取消。

捐赠意愿必须由捐赠者书写和签名,如果捐赠者不能签署,则必须在有两个见证人的情况下由其他人签署。护士应了解有关器官捐赠的观点,为有捐赠意愿的患者或亲属提供捐赠表。如果护士被请求作为希望获得捐赠许可的个体的见证人时,必须知晓所在医疗机构的政策和有关捐赠的法律程序。

二、护理专业领域中的伦理和法律问题

（一）儿童护理

在护理实践的所有范围都可能发生涉及儿童患者的疏忽大意。护士有责任监护患儿,防范意外伤害事件的发生。所有有毒物质、尖锐物品都应置于患儿接触不到的地方。任何时候都要密切看护好幼儿,避免意外伤害。作为卫生保健专业成员的护士有权力和义务报告可疑的虐待或忽视儿童事件。

（二）精神病护理

精神疾病患者的人身权利也应和正常人一样受到尊重和保护,不得予以歧视和非法利用。在精神科护理中,可能发生的问题是精神病患者悄悄溜走或私自出走,如果护士未能防止患者私自出走而致患者受到意外伤害,护士和医院均要承担法律责任。另一个可能发生的问题是精神病患者自杀。如果患者的病史与医疗记录都提示该患者有自杀的倾向,护士必须加强监护并做记录,如果医护人员没有提供完善的监护和安全的设施,则可能受到法律诉讼。

（三）约束装置的使用

对于无判断力、意识不清的成年患者需要采取某种约束装置来预防意外自伤的发生。护士应严格掌握应用约束的指征,注意维护患者自尊,对患者采取约束的最常用的指标包括：①有自我伤害（如坠床）或伤害他人的倾向。②干扰治疗。③有暴力行为。护士必须正确使用约束器械,并且在对患者使用约束措施后,经常评估患者并定时松懈约束装置。无论是患者因坠床或因不恰当的约束而受伤都将导致护士和医疗机构面临法律诉讼。

（四）重症监护

在重症监护病房工作的护士对实施的各项护理和抢救措施负有法律责任,因此,重症监护病房的护士需要接受专门的训练和持续的在职教育,以获取重症监护和管理的新知识和技能信息。对重症监护病房的患者,通常需要仔细的观察和经常的评估,以及治疗和护理。重症监护病房的护患比例应达到 $1:1$,或者根据患者的病情,护患比例最多为 $1:2.5$ 。重症监护病房常常大量使用电子监护设备,在使用过程中护士不能完全依赖监护仪器,而是要持续地进行人工测量以确认仪器所得数据的准确性,并定期检查所有监护和抢救器械,使其保持功能状态,以避免设备可能出现的故障对患者造成的伤害。

（五）手术室护理

手术室护士对在手术过程中每一件器械和物品都必须小心使用,以免伤害患者,同时必须认真清点核对手术器械、敷料和针头,如果由于未仔细清点核对手术器械和敷料,导致器械或敷料遗留于患者体内或由于体位不当、防护垫放置不当而造成对患者的伤害,将被追究法律责任。

（六）社区保健护理

社区保健护理是一项综合性卫生保健服务,其工作内容是为社区成员提供预防工作和开展初级保健,以及提供连续性的护理,主要提供给社区机构,如工厂、学校和社区保健机构。在社区保健护理中,护士应对自主性判断负责任,与其他社区保健服务人员合作,确认提供的信息及时准确,提供的护理规范合法。

很多国家都颁布了公共卫生法,其目的是保护公众健康,调节社区保健及其资源,确保提供保健护理的专业责任。对于在社区保健机构工作的护士而言,了解公共卫生法是非常有必要的。护士负有维护公共卫生法的效力、保护公民健康的责任。

(七) 家庭保健护理

与医院护理相比,在家庭护理中,护士负有更大责任和拥有更多的自主性,因而所涉及的法律问题也多于医院护理。护士应严格按照家庭卫生保健指南和标准提供合理的护理服务,应熟悉所在医疗保健机构的政策、操作程序,知道什么时候召唤主管者或医师。最重要的是护士必须确实记录自己评估资料和采取的护理措施,实施规范的护理,以避免家庭保健护理中的法律纠纷。

■■ 第四节 医疗护理差错事故的预防与处理

随着我国法制化建设的推进,国务院和卫生部相继分别颁布了新的《医疗事故处理条例》和《医疗事故分级标准》(试行),对我国医疗事故的认定标准、有效预防和正确处置做出了明确的法律规定,以保护患者和医疗机构以及医护人员的合法权益,维护医疗秩序,保障医疗安全,促进医学科学发展。护理人员应熟悉和了解有关内容,以预防医疗护理差错事故的发生。

一、医疗事故

(一) 医疗事故的概念

医疗事故是指医疗机构及其医务人员在医疗活动中,违反医疗卫生管理法律、行政法规、部门规章和诊疗护理规范、常规,过失造成患者人身损害的事故。

(二) 医疗事故的特征

(1) 责任主体必须是经过考核及卫生行政部门批准或承认取得相应资格的各级各类医务人员。

(2) 医务人员在主观上必须有过失,行为人由于疏忽大意和过于自信而不负责任或违反操作规程等造成了患者人身损害。

(3) 产生了严重的危害结果,包括患者死亡、残废、组织器官损伤导致功能障碍等。

(4) 危害行为和危害结果之间必须有直接的因果关系。

在诊疗、护理工作中有下列情形之一的,不属于医疗事故:①在紧急情况下为抢救垂危患者生命而采取紧急医学措施造成不良后果的。②由于患者病情异常或者患者体质特殊而发生医疗意外的。③在现有医学科学技术条件下,发生无法预料或者不能防范的不良后果的。④无过错输血感染造成不良后果的。⑤因为患方原因延误诊疗导致不良后果。⑥因不可抗力造成不良后果的。⑦虽有诊疗、护理错误,但未造成患者死亡、残废、功能障碍。

(三) 医疗事故的法律责任

1. 行政责任 医疗机构发生医疗事故,由卫生行政部门根据医疗事故等级和情节,给予警告、责令限期停业整顿直至由原发证部门吊销执业许可证。对负有责任的医务人员依法给予行政处分或纪律处分,情节严重的吊销其执业证书。

2. 民事责任 医疗机构及其医护人员在执行业务过程中发生医疗事故,根据民法的规定,应该承担损害赔偿责任。

3. 刑事责任 根据医疗事故罪的规定,构成犯罪行为的医务人员,依法追究刑事责任。根据《刑法》第335条规定,医务人员由于严重不负责任,造成就诊人死亡或者严重损害就诊人健康的,处3年以下有期徒刑或者拘役。

二、护理差错

(一) 护理差错的概念

凡在护理工作中因责任心不强,粗心大意,不按规章制度办事或技术水平低而对患者产生直接或间接影响,但未造成严重不良后果的过失行为,称为护理差错。凡影响治疗效果并给患者带来痛苦,以及延长住院时间的过失行为,称严重差错。

(二)护理差错的分类及评定标准

以下在护理活动过程中发生的过失行为属于护理差错。

(1)错抄、漏抄医嘱,而影响患者治疗。

(2)错服、多服、漏服药(包括未服药到口),按给药时间延迟或提前超过2 h。

(3)漏做药物过敏试验或做过过敏试验后,未及时观察结果,导致重做;错做或漏做滴眼药、滴鼻药,冷、热敷等临床处置。

(4)发生Ⅱ度压疮、Ⅱ度烫伤,经短期治疗痊愈,未造成不良后果。

(5)误发或漏发各种治疗饮食,对病情有一定影响;手术患者应禁食而未禁食,以致拖延手术时间。

(6)各种检查、手术因漏做皮肤准备或备皮划破多处,而影响手术及检查。

(7)抢救时执行医嘱不及时,以致影响治疗而未造成不良后果。

(8)损坏血液、脑脊液、胸水、腹水等重要标本或未按要求留取、未及时送检,以致影响检查结果。

(9)由于手术器械、敷料等准备不全,以致延误手术时间,但未造成不良后果者;手术标本丢失或未及时送检,增加患者痛苦,影响诊断。

(10)供应室发错器械包或包内遗漏主要器械,影响检查、治疗;发放灭菌已过期的器械或器械清洗、灭菌不彻底,培养有细菌生长,但未造成严重后果。

(三)护理差错的预防和处理

为预防护理差错的发生,各医疗机构应建立严格的护理差错登记报告制度。一旦发生护理差错事故,应根据差错的性质给予当事人处罚。

(1)各科室应建立差错登记本,由本人及时登记发生差错的经过、原因、后果,护士长及时组织讨论与总结。

(2)发生差错后,要积极采取补救措施,以减少或消除由于差错造成的不良后果。

(3)发生严重差错的各种有关记录、检验报告及造成差错的药品、器械等均应妥善保管,不得擅自涂改、销毁,并保留患者的标本,以备鉴定。

(4)差错发生后,按其性质与情节,给予当事人行政或经济处罚,并分别组织全科有关人员进行讨论,以提高认识,吸取教训,改进工作,并提出处理意见。

(5)发生差错的单位或个人,如不按规定报告,有意隐瞒,事后经领导或他人发现时,须按情节轻重给予处分。

(6)为了弄清事实真相,应注意倾听当事人的意见。讨论差错时吸收本人参加,允许个人发表意见。决定处分时,应进行思想工作,以达到教育的目的。

(7)护理部应定期组织护士长分析差错发生的原因,并提出防范措施。

复 习 题

【A 型题】

1. 国际护士委员会制定了护理法史上划时代的文件:《系统制定护理法规的参考性指导大纲》,其制定年份是: (   )

A．1970 年 　　　B．1954 年 　　　C．1962 年 　　　D．1968 年 　　　E．1976 年

2．我国卫生部颁布了《中华人民共和国护士管理办法》,确立了护士执业资格考试制度和护士执业
许可两个制度其颁布时间是: 　　　　　　　　　　　　　　　　　　　　　　　　（　　）

A．1990 年 　　　B．1991 年 　　　C．1992 年 　　　D．1993 年 　　　E．1994 年

3．下列属于医疗事故的是: 　　　　　　　　　　　　　　　　　　　　　　　　　　（　　）

A．输错血型,导致患者发生严重溶血反应而死亡

B．在紧急情况下为抢救垂危患者生命而采取紧急医学措施造成不良后果的

C．在医疗活动中由于患者病情异常或者患者体质特殊而发生医疗意外的

D．无过错输血感染造成不良后果的

E．在现有医学科学技术条件下,发生无法预料或者不能防范的不良后果的

【填空题】

1．护理伦理学的基本原则有＿＿＿＿、＿＿＿＿、＿＿＿＿、＿＿＿＿、＿＿＿＿。

2．根据调节手段的不同,法律分为＿＿＿＿、＿＿＿＿、＿＿＿＿。

3．医疗事故的法律责任分三类,分别是＿＿＿＿、＿＿＿＿、＿＿＿＿。

4．国务院于＿＿＿＿年颁布了《护士条例》。

5．有意侵权行为包括的 4 类是＿＿＿＿、＿＿＿＿、＿＿＿＿、＿＿＿＿。

【名词解释】

1．伦理 　　2．医疗事故 　　3．护理差错 　　4．法律 　　5．知情同意

【简答题】

1．你认为在我国护理立法有何意义? 应遵循哪些原则?

2．护生有哪些法律责任?

3．护士在执行医嘱时需要注意哪些问题以避免法律纠纷?

4．讨论在护理实践中预防护理差错发生应注意的问题。

5．讨论在处理护理中伦理问题时应采取的基本步骤。

【病例分析题】

请分析下列案例,护士的行为是否构成违法? 若是违法,属于哪种性质的违法? 合理的处理方
法是什么?

李某,男,8 岁,麻痹性肠梗阻,收入院后给予插胃管和输液治疗。医嘱:见尿后,氯化钾 10 ml 注
入管内。护士见患儿有尿后,将 10％氯化钾 10 ml 由输液管注入,致患儿心脏骤停,死亡。

第五章
健 康 教 育

导　学

内容及要求

健康教育包括3个部分的内容，概述、健康教育的原则、内容及影响因素、健康教育的程序和方法。

概述部分主要介绍健康教育基本概念、发展史、健康教育的目的、健康行为的形成和影响因素以及护士在健康教育中的作用。在学习中，应重点掌握健康教育和健康促进的概念及关系、健康教育的目的；熟悉健康行为的形成和影响因素、护士在健康教育中的作用；了解健康教育的发展过程。

健康教育的原则、内容及影响因素主要介绍健康教育需要遵循的原则、健康教育的内容以及影响健康教育的因素。在学习中，应重点掌握健康教育需要遵循的原则；熟悉影响健康教育的因素；了解健康教育的内容。

健康教育的程序和方法主要介绍进行健康教育的主要步骤和在健康教育中常用的教学方法。在学习中，应重点掌握运用健康教育程序的每个步骤；熟悉各种教学方法的适用范围及优缺点。

重点、难点

健康教育的重点是健康教育的基本概念（包括健康教育、健康促进）、健康教育的原则和程序。其难点是对健康教育、健康促进的关系的理解。

专科生的要求

专科层次的学生对健康教育的发展史、健康行为的形成和影响因素、健康教育的内容作一般了解即可。

- 概述
- 健康教育的原则、内容及影响因素
- 健康教育的程序和方法

健康是人类永恒的话题，是人的基本权利。随着社会经济、科学技术的发展和人民生活水平的提高，对健康的认识也不断深化。近年来，健康被认为是社会发展的资源，是人类社会经济发展的基础。世界卫生组织将实现"人人享有健康保健"作为长期的重要战略目标,为了实现这个战略目标,要求各国政府根据本国的国情制定长期的健康政策,而健康教育是各国健康政策中的重要内容。护理工作者的重要职责之一是通过健康教育唤起公众的健康意识,提高全民族的健康素质及生活质量。因此,学习健康教育的有关知识,有助于指导护士进行有效的健康教育和健康促进实践,促进个体和人群的健康。

■■ 第一节 概 述

一、基本概念

(一)健康教育

各国的学者或组织在不同时期对健康教育(health education)作过许多定义,虽然至今尚无一个公认的标准定义,但基本含义相同或相似。如伍德(Wood)认为"健康教育是一切影响个人、民族、社会的健康习惯、态度及知识的经验总和";葛特(Grout)认为"健康教育是通过教育,将健康和知识转变为个人及社会所需要的行为模式"。1988年第13次世界健康教育大会提出:"健康教育是研究传播保健知识和技能,影响个体和群体行为,预防疾病,消除危险因素,促进健康的一门学科。"

综上所述,健康教育是指通过有计划、有组织、有系统的社会教育活动,促使人们自觉地采纳有益于健康的行为和生活方式,消除或减轻影响健康的危险因素,预防疾病、促进健康和提高生活质量。

(二)健康教育学

健康教育学(science of health education)是研究健康教育的理论、方法和实践的科学,是健康学与教育学交叉综合所形成的一门新兴的学科。

(三)健康促进及卫生宣传

1. 健康促进 美国学者劳伦斯·格林(Lawrence Green)指出:"健康促进是包括健康教育及能促使行为与环境向有益于健康方面改变的相关政策、法规、组织的综合。"1995年WHO发表的重要文献《健康新地平线》中指出:"健康促进是指个人与家庭、社区和国家一起采取措施,鼓励健康的行为,增强人们改进和处理自身健康问题的能力。"健康促进的基本内容包含了个人行为改变、政府行为(社会环境)改变两个方面,并重视发挥个人、家庭、社会的健康潜能。从上述概念表明,健康促进(health promotion)的概念比健康教育更为广义。健康教育在健康促进中起主导作用,健康教育不仅在促使个体行为改变中起重要作用,而且对激发领导者加强健康教育的意愿,促进公众积极参与,寻求社会的全面支持,促成健康促进氛围形成的过程中起着不可替代的作用。可以这样说,没有健康教育就没有健康促进,健康教育是健康促进的必要条件;健康促进是健康教育发展的结果,是健康教育发展的最高阶段。

2. 卫生宣传 卫生宣传在于向民众普及卫生知识,是健康教育活动中一个重要的组成部分,是实现特定的健康教育目的的一种手段。健康教育是以健康为中心的全民教育,通过社会人群的参与,改变其认知态度和价值观念,使其自觉采取有益于健康的行为和生活方式,它的最终目标是从"普及卫生知识"延伸到"建立健康行为"上来,是一种干预措施。因此,卫生宣传仅仅是卫生知识的传播,因此不能等同于健康教育。

二、健康教育的发展史

健康教育事业的发展与社会和医学的进步密切相关。随着时代的进步和经济的发展,人们对健康和疾病的认识逐步深化,形成了现代的健康观,新的健康观使得健康教育的重要地位得到肯定。1978 年 9 月 WHO 和联合国儿童基金会发表了具有里程碑意义的《阿拉木图宣言》,宣言中不但对健康有了更为完整的定义,并且把健康教育列为实现初级卫生保健目标的八大策略之首。健康教育随着健康观的发展而发展,大体经历了 3 个阶段。

(一) 医学阶段(20 世纪 70 年代以前)

此阶段的特征是对疾病重治轻防,强调以疾病为中心的生物医学模式,一般的卫生知识宣传是健康教育的主要内容及手段。由于此阶段人们对疾病的认识具有一定的片面性和局限性,医疗实践和健康教育活动从人的生物学特征出发,未重视心理、社会与环境因素,忽视公众自我维护健康的能力。

(二) 行为阶段(20 世纪 70~80 年代)

此阶段的特征是在新的医学模式下开展针对不良生活方式的健康教育。20 世纪 70 年代,随着生活水平的提高,疾病谱开始发生改变,新的医学模式(即生物-心理-社会医学模式)的引入,使人们认识到了行为(或生活方式)危险因素的观点,大大拓宽了健康教育的视野,超越了生物学预防的领域。健康教育追求的是使教育对象实现知识、信念和行为改变的统一,其核心是提倡有益的健康行为和生活方式。

(三) 社会环境阶段(20 世纪 80 年代以后)

此阶段的特征是从宏观的角度认识健康教育。因为人们注意到行为与生活方式的改善在很大程度上取决于社会和自然环境因素的制约,健康教育从单纯改变个体的生活方式逐渐扩大到重视生态环境及社会文化因素对健康的影响,因而健康促进的概念得到长足发展,要求整个国家,而不只是卫生部门承担义务,重视社会、团体和个人的参与,将个人的自我保健行为与健康教育、政府政策等环境支持有机结合起来,提高社区和社会的健康水平。健康教育的概念进一步地延伸,不仅包括健康教育的教育和传播的全过程,还包括以促进社会和社区健康为目标的预防性服务、行政干预措施和社会支持体系等。

三、健康教育的目的

健康教育的目的是帮助个体、家庭和社区积极获得最佳的健康水平。全面的健康教育主要包括 4 个方面的目标,即保持健康、预防疾病或外伤、恢复健康和适应机体功能障碍。

(一) 保持健康

通过健康教育可以使公众了解和掌握自我保健知识,培养人们的健康责任感,促使个人主动维护健康,改变不良的行为方式及生活习惯,建立良好的生活方式,提高个人的自我保健能力。

(二) 预防疾病或外伤

越来越多的研究证明了环境因素、生活方式对健康的影响,人类疾病谱也发生了很大的变化,以心脑血管疾病、肿瘤、糖尿病为代表的慢性非传染性疾病已成为威胁我国人民健康的主要问题。有效预防及控制上述疾病,就要求人们改变不良的行为和生活方式,而健康教育是帮助人们改变行为的最佳手段。

(三) 恢复健康

为了重新获得健康,患者常需要掌握相关的信息和技能,应用现有的卫生资源,以改善其生活环境及健康状况。护士应认识护理对象的学习愿望,并激发他们的学习兴趣。同时因为家庭是患者恢复健康的重要支柱,对患者重获独立功能有重要影响,在教育中应将家庭纳入计划中。

(四) 适应机体功能障碍

并非所有的患者都能从病痛中或伤害中完全康复,有些患者必须面对和学会处理永久性的健康或功能改变,学习维持日常生活活动的新知识和新技能,护士的职责是指导患者及其家庭成员应用健康保健手段使患者适应机体功能障碍和伴随而产生的一系列心理反应。

四、健康行为的形成和影响因素

健康行为是指个体为保持或恢复健康所采取的一切受思想支配而表现出来的活动。一个人如果要保持或恢复健康必须要有健康的行为。事实上,许多疾病的发生都和人类的行为密切相关,如吸烟可以导致呼吸系统的疾病,不合理的膳食或过少的运动可能导致肥胖、营养不良、心血管疾病。

社会心理学家贝克(M. H. Becker)认为,信念是产生行为的最重要的成分,他在 20 世纪 50 年代初所创立的健康信念模式(图 5-1)是迄今用来解释个人信念如何影响健康行为改变的最常用的模式。

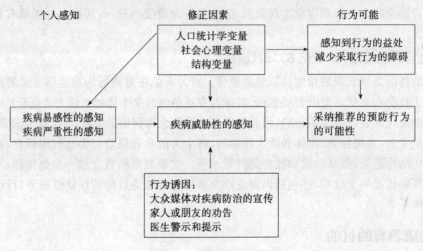

图 5-1　健康信念模式

该模式阐明了有 4 个方面的信念可以引起人们的健康行为的改变:①相信自己容易得某种病。②相信一旦自己染病其后果将严重影响自己的生活。③注意到某些特定的活动并相信进行这些活动可以减少疾病的发生或减轻疾病的严重程度。④相信进行某些特定的活动所带来的威胁要小于疾病。

Becker 的健康信念模式让我们知道,健康行为的形成不是一蹴而就的,而是依循一定的步骤,即:先获得健康知识,然后引起健康态度的改变(即产生健康的信念),最后形成健康行为。健康教育所起的作用实质上是为护理对象提供健康知识,从而促进个体养成健康行为,而不是让护理对象突然形成健康行为。健康信念模式可以指导护士从影响公众的健康信念入手,利用卫生宣传手册、电视、报纸杂志等媒体宣传促进健康、预防疾病的知识及方法,也可以用家庭访视的方法以达到教育公众、增强健康信念的目的,帮助他们采取预防性措施,防止疾病的发生,促进健康。

五、护士在健康教育中的作用

随着科学技术的发展,生活水平的提高,人们对健康保健的需求日益增强。护士是初级卫生保健工作的主要力量,是健康教育的主要实施者。护士在健康教育中的作用主要包括:①为服务对象提供有关预防疾病、促进健康的信息,将健康知识传播给公众,唤起人们对自己及社会的健康责任感,使其投入到卫生保健活动。②帮助服务对象认识影响健康的因素,有针对性地教育人们保护环境,鼓励他们保持健康的生活方式和行为,提高人群的健康素质。③帮助服务对象确定存在的健康问题,通过健康教育,帮助服务对象解决问题,恢复和保持健康。④指导服务对象采纳健康行为,提供有关卫生保健的知识和技能,帮助他们解决自身的健康问题,从而提高人群自我保健能力。⑤开展健康教育的研究,不断完善及提高。

第二节　健康教育的原则、内容及影响因素

一、健康教育的基本原则

(一)科学性原则

健康教育内容的科学、正确、详实是达到健康教育目的的首要环节。教育的内容必须有科学依据,并注意应用新的科学研究结果,及时摒弃陈旧过时的内容,引用数据可靠无误,举例应实事求是。缺乏科学性的教学内容和方法往往起到适得其反的效果。

(二)可行性原则

健康教育必须建立在符合当地的经济、社会、文化及风俗习惯的基础上,否则难以达到预期的目的。改变人的行为和生活方式不能依靠简单说教或个人良好愿望实现。许多不良行为或生活方式受社会习俗、文化背景、经济条件、卫生服务等影响,如居住条件、饮食习惯、工作条件、市场供应、社会规范、环境状况等,因此,健康教育必须考虑到以上的制约因素,以促进健康教育目的的实现。

(三)针对性原则

健康教育对象的年龄、性别、健康状况、个性、嗜好、学习能力等千差万别,对卫生保健知识的需求也不尽相同。因此,在实施监控教育计划之前,应全面评估学习对象的学习需求,了解学习对象需要了解和掌握的知识,并在此基础上制定出有效可行的健康教育计划。在实施健康教育时,除了根据教育目标选择不同的教育策略外,还应根据不同人群的特点,采用不同的教育方法,设计与年龄、性别、爱好、文化背景相适宜的教学活动。如老年人由于记忆力减退,听力、视力也有不同程度降低,所以在教学时应注意加强重复、强化。此外,注意及时收集健康教育的反馈信息,根据反馈及时调整教学目标和方法。

(四)启发性原则

健康教育不能靠强制手段,而是通过启发教育,鼓励与肯定行为的改变,让人们理解不健康行为的危害性,形成自觉的健康意识和习惯。为了提高健康教育效果,可采取多种启发教育方式,如用生动的案例,组织同类患者或人群交流经验与教训,其示范和启发作用往往比单纯的说教效果更好。此外由于受兴趣、动机、求知欲影响,学习态度和学习效果不尽相同。对健康教育有浓厚兴趣、有明确的动机和良好的求知欲者,其学习行为一定是积极的、主动的、自觉自愿的。可利用激励手段激发学习者的学习动机,提高他们的学习兴趣和求知欲;利用反馈机制对学习者以往学习经历和目前学习过程中的每一点进步作出及时评价,肯定他们的学习成效,激发他们的学习动机,形成良好的学习机制。

(五)规律性原则

健康教育要按照不同人群的认知、思维和记忆规律,由简到繁、由浅入深、从具体到抽象地进行。在安排教育活动时,注意每次学习活动应该建立在上一次学习的基础之上,一次的教学内容不宜安

排过多,逐渐累积才能达到良好的教育效果。

(六) 通俗性原则

开展健康教育工作时,尽量使用公众化语言,避免过多地使用医学术语,采用学习者易于接受的教育形式和通俗易懂的语言是保证教学效果不容忽视的因素。如在讲解健康知识时,对于儿童可使用形象生动的比喻和儿化语言,对于文化层次较低的群体用一些当地的俗语,可以帮助其更好地理解。

(七) 直观性原则

许多健康知识较为抽象,形象直观的教学是提高教学效果的有效手段。运用现代技术手段,如影像、动画、照片等可以生动的图示和表现教学内容,有利于提高人群的学习兴趣和对知识的理解,也是现代健康教育的标志之一。

(八) 合作性原则

在卫生保健服务中要求个人、家庭、社区组织、卫生专业人员、卫生服务机构和政府共同承担健康促进的责任才能成功地实现健康教育的目标。因此,健康教育活动不仅需要教学对象、教学者以及其他健康服务者的共同参与,也需要动员社会和家庭等支持系统的参与,如父母、子女、同事、朋友等的支持参与,以帮助学习者达到健康的行为。合作与支持系统运用的越好,健康教育的目标越容易实现。

(九) 行政性原则

健康行为并非完全属于个人的责任,政府部门的领导与支持是推动全民健康促进活动最重要的力量,医疗卫生部门的作用也已经不仅仅是提供临床与治疗服务,开展健康教育和健康促进活动也应包含在整个医疗卫生计划内,应有专人、专项经费支持以推动健康教育的开展。

二、健康教育的内容

健康教育的内容是广泛的,主要涉及两个方面:患者及家属教育、社区居民教育。

(一) 患者及家属教育

此类教育是以医院为基地,以患者及其家属为对象。为了使患者尽快恢复健康,护士利用医院的特殊环境有针对性地对他们进行健康教育,容易取得明显的效果。健康教育的基本内容如下。

1. 卫生保健常识　包括人体卫生知识、心理卫生知识、健康生活方式知识、食品营养卫生知识、家庭急救与防止意外伤害知识等。

2. 疾病防治知识　包括常见病、多发病、慢性病、传染病等疾病的病因、发病机制、临床表现、预防措施、治疗原则、护理要点等。

3. 就诊知识　包括医院性质、服务对象、医疗范围、医院就诊区分布、病区环境及各种规章制度等。

4. 各种检查治疗知识　包括各种检查治疗的禁忌证、适应证、检查治疗方法、配合要点、并发症预防等。

5. 合理用药知识　各类药物的适应证、禁忌证、服用方法、剂量、副作用、保存等。

6. 有利于健康的行为指导与行为训练知识　包括适应手术行为训练、自我护理技巧训练、放松技术训练、家庭护理技巧训练、早期康复训练等。

(二) 社区居民教育

社区居民教育是指以社区为单位,以促进该社区居民健康为目的的教育。此类教育主要用于社区、学校、企业、团体的社会人群。护理人员直接到基层开展健康教育工作,具体内容如下。

（1）开展卫生宣传教育：如介绍合理的生活方式、科学的锻炼方法、环境的保护、心理卫生保健等有关卫生常识。

（2）常见病、多发病防治知识的宣传教育。

（3）对特殊人群提供有关卫生保健知识：如婴儿时期的护理、儿童时期的健康教育、青少年的健康教育、老年人的健康教育、孕妇的健康教育、残疾人的健康教育等。

（4）对精神病患者的家属给予支持及指导。

（5）对出院回家的患者及其家属进行康复指导。

（6）指导传染病的预防和管理，定期进行预防接种。

（7）定期进行健康检查和对疾病高危人群的观察，以利于早期发现疾病。

（8）计划生育技术指导。

（9）健康咨询。

（10）卫生法规的教育：旨在帮助个人、家庭及社区了解有关的卫生政策及法规，促使人们建立良好的卫生及健康道德，提高居民的健康责任心及自觉性，使他们自觉地遵守卫生法规。

三、影响健康教育的因素

健康教育是护理人员与护理对象在一定环境下的互动过程。因此，影响健康教育的因素主要来自护理人员、护理对象和环境。

（一）护理人员方面

1. 缺乏教育意识　护士对教育角色的认识不够明确，没有把健康教育看作是自己应尽的义务，在履行教育职责上缺乏主动意识，这无疑会对健康教育活动产生不良影响。

2. 教育能力不足　很多护理人员在开展健康教育时会感觉缺乏知识和技能，归纳起来可以有3个方面的表现：缺乏与疾病护理相关的知识和技能，如各种疾病护理、心理护理、康复护理、疾病预防、卫生保健、营养学、药物学、医学新进展和家庭护理等；缺乏与健康教育有关的知识和技能，如健康教育程序、健康教育需求评估、教育计划制定、健康行为指导、教育效果评价、交流技巧等；缺乏相关学科知识，包括行为科学、预防医学、保健医学、社会学、心理学和伦理学等。因此，护理人员应按照时代的需要，及时更新知识。

3. 护患关系　良好的护患关系是健康教育实施的基础，如果护患关系紧张或相互排斥，患者对护理人员不信任，甚至产生抵触情绪，他们对护理人员所教的内容就会缺乏兴趣和学习热情，影响教育效果。

4. 沟通技巧　健康教育主要靠语言和非语言的沟通形式进行，护士如果缺乏沟通技巧，就会直接影响教育效果。

（二）护理对象方面

1. 社会文化背景　宗教信仰、人生态度、受教育程度、经济状况等会影响人们对健康和疾病的认识。一般而言，教育程度高、保健意识强、经济条件好的人，患病后能够积极主动地寻找与疾病相关信息和知识，并学习。

2. 学习动机　学习动机是推动护理对象学习的一种内在力量，护理人员在进行健康教育时，要注重激发学习者的学习动机，注意选择一些对方感兴趣的教育内容和方法。

3. 学习的准备程度　是指护理对象在体能、智能和心理等方面对学习的适应能力。当学习者对学习具有良好的身心准备时，其学习效果则佳，反之则差。如重度焦虑、严重的疾病会分散学习者的注意力，从而妨碍学习。

4. 学习方式　护理人员在教育时能否了解并采用患者喜爱的教育方式，将理论知识与实践结合,对健康教育有直接影响。

5. 学习反馈 良好的学习效果,可以强化学习者的学习动机。即便学习不见进步,应能为修改教育计划和方式提供参考。因此在进行健康教育时,把学习结果及时提供给学习者,对健康教育起着调节和促进作用。

(三) 环境方面

1. 适当和充足的教育时间 护理人员在安排健康教育时应根据教育对象的需要安排在最佳时间内,如休息以后心情愉快之时、病情稳定或恢复期等,甚至在进行任何临床护理操作的同时,都可以适时地进行一些适当的教育,以达到事半功倍的效果。

2. 合适的教育环境 应根据教育的内容和方式选择合适的环境。如果是集体指导的项目,最好有专门的健康教育室,室内布置应与教育内容相关,以渲染气氛,调动学习积极性。个别指导应重视环境的安静、舒适和私密性。

3. 积极发挥职能作用的支持条件 健康教育既然已作为护士职能被确定下来,在政策上就应有与发挥其作用相配套的支持条件,如完善护理健康教育学的学科体系,加强护理健康教育的科学研究,推动健康教育向科学化、规范化、制度化发展。

▉▉ 第三节 健康教育的程序和方法

一、健康教育的程序

健康教育是有计划的活动,必须通过周密设计和计划才能达到应有的效果。实施健康教育是一个连续不断的过程,包括评估学习者的学习需要,设立教育目标,拟定教育计划,实施教育计划及评价教育效果 5 个步骤。

(一) 评估需求

评估是健康教育程序的第一步,是其他步骤的前提和基础。护士对不同的教育对象应采用不同的评估方式,评估的重点内容为:什么是教育对象想知道的和需要学习的? 教育对象对所学的内容是否有充分的主客观上的准备? 教育对象满足其学习需要的能力和资源如何?

1. 学习需要的评估 在实施健康教育前,评估教育对象想要学习什么和需要学习什么是非常重要的。根据这些资料可以确定教育内容,选择教育方法。一般情况下,教育对象想要学习的应该是他们真正所需要的。但有时由于各种主客观条件的限制造成愿望与真正的需要之间存在差距。健康教育者的责任是从专业角度在帮助他们确定什么是真正的健康需要,发现他们所意识不到的、潜在的并对健康有很大影响的问题,激发教育对象的学习愿望。如有的高血压患者会认为降压药物是非常重要的,是自己最需要的,但对于高血压的饮食、运动、情绪、休息、环境影响等缺乏认识,以致造成脑卒中等非常严重的并发症而危及生命。

2. 学习能力的评估 护士应评估教育对象的生理病理状况,如语言、视力、听力及活动状况,有无疼痛,以及心功能及呼吸系统状况等;评估教育对象的文化水平、智能水平、阅读能力、判断能力及动手能力;评估教育对象学习的态度、观念及学习方法与所教的内容有无冲突。

3. 准备状况的评估 教育对象的准备情况包括两个方面:①主观条件或动机,即情感上的准备状况,是否树立了为学习而付出必要努力的信心。②客观条件,即个体经历的准备状况,包括一个人的经历背景、技能、学习能力等。人的主、客观两方面的准备状况是密切相关的。

4. 学习资源的评估 对学习资源的评估主要是了解教育对象信息的来源、可采用的教育方法、可利用的支持力量及为达到教育目标所需要的时间。

（二）设立目标

确定教育目标是健康教育中的一项重要内容,既是护理对象接受健康教育后所要达到的预期结果,又是制定教育计划的行为导向,同时可以作为以后评价教育效果的依据。一般临床患者的健康教育目标主要是帮助他们学习有关自己健康与疾病方面的知识,正视自己目前的健康状况,根据健康的需要做出理智的选择,有效地参与自己的治疗、护理及康复活动。对社区护理而言,是使社区群体了解有关健康的信息及知识,识别有害健康的因素及行为,培养良好的生活方式。

健康教育目标的设立应该以学习者为中心,清楚表明教育的具体对象、需要改变的行为、要达到目标的程度及预期时间等因素。根据教育内容,可将教育目标分为以下 3 种。

1. 认知目标　指护理对象通过对知识的学习和理解等认知过程,所能达到的目标。一般用"护理对象能说出……""护理对象能描述……""护理对象能区别……"来描述。

2. 情感目标　指护理对象通过对价值的自我认识,而产生态度改变的行为目标,如"护理对象能接受……""护理对象能配合……"

3. 技能目标　指患者通过护士的示范和指导而达到掌握某种技能的目标。如"护理对象能操作……""护理对象能示范……"

设立目标时,护士应该根据每个人或社区群体的不同情况、学习的动机及愿望、学习条件等,有针对性地制定。目标应具体、明确、可测、切合实际。目标应以学习者为中心,充分发挥学习者在制定目标时的参与性。

（三）制定计划

计划是为了实现健康教育目标而事前对措施和步骤做出的部署。教育计划既是护士有效地组织实施教育活动的依据,又是实现健康教育目标的保证。在制定教育计划时,应注意考虑:什么时候教? 在哪里教? 应该教哪些内容? 由什么人来教? 用什么方法来教? 整个健康教育计划要有详细的进度安排,列出参加的人员、教学地点、教学环境、教学内容、时间安排、教育方法、教育所需的设备及教学资料等。健康教育计划必须有护理对象的参与才能完成,因此,在制定教育计划时,应邀请有关组织成员及护理对象共同参与。制定计划时需要注意以下几点。

（1）将基本的教学原则运用到健康教育中,以促进教学效果。

（2）根据护理对象学习需要的迫切性、学习目标、身体状况、时间等,确定教学先后顺序。

（3）将计划书面化、具体化。整个健康教育计划应有具体、详细的安排,如每次教育活动哪些人员参加,教育地点及教育环境、内容、时间、方法、进度、教育所需的设备和教学资料等都应有详细的计划。

（4）基于患者已有的认识和知识水平进行学习,以获得良好的学习效果。

（5）保持护理对象的学习注意力和学习参与性。

（6）不断完善、修订计划,提出多种可供选择的方案,最好邀请有关组织和学习者参与修订、比较,确定最优或最满意的方案,使计划更加切实可行。

（四）实施计划

在实施计划前,应对实施健康教育的人员做相应的培训,使之详细了解目标、计划和具体的任务。在实施教育计划时,护士应注意灵活性,因为学习者学习需要的改变、情绪的变化及外界环境的干扰等因素都可能影响护理人员按部就班地实施教育计划。在实施计划的过程中,及时了解教育效果,定期进行阶段性的小结和评价,重视与各部门及组织之间的密切配合与沟通,根据需要对计划进行必要的调整,以保证计划的顺利进行。计划完成后,应及时进行总结。

（五）效果评价

评价是整个教育活动中不可或缺的一环,它应该贯穿活动的全过程,评价的目的在于根据评价结果及时修改和调整教育计划、改进教学方法、完善教学手段，以取得最佳的教学效果。

健康教育效果评价可以是阶段性的、过程性的或结果性的。评价内容包括：是否到达教学目标，所提供的健康教育是否为公众所需要，教学目标计划是否切实可行，执行教育计划的效率和效果如何，是否需要修订教育计划等。

二、健康教育的方法

由于健康教育的内容广泛，场所各异，教育对象又有不同的社会特征、心理特点、健康状况以及行为所处的不同阶段等特点，因此，教育的方式多种多样。教育者应根据健康教育的目标，并针对不同的学习者，选择相应的方法。为增加学习者的知识，可应用个别会谈、专题讲座、讨论等方法；为改变学习者的态度，可使用角色扮演、辩论等方法；为帮助学习者获得某种技能，则可采用教育者示范、角色扮演等方法。

（一）专题讲座法

专题讲座法是针对某个健康方面的问题以课堂讲授的形式，采用口头配合书面的方式，向学习者传递健康教育知识的方法。专题讲座是一种传统的、正式的，也是最常用的健康教育方法。通过课堂教授的方式传递健康知识，帮助学习者掌握健康知识、采纳正确的健康行为。这种教学方法适用于各种团体、社区，它的特点是能在有限的时间内讲授较多的知识，利于教学活动有计划地进行。但是，这一方法不利于学习者主动学习，同时，当学习者人数较多时，无法达到预期的效果。由于是单向沟通，讲授者无法了解学习者对讲授内容的反应。因此，应注意以提问等方式及时取得听众对内容的反馈，在演讲结束后鼓励他们发问，形成双向沟通。

（二）讨论法

讨论法是以学习者为主体，让学习者主动学习教学内容，教育者加以引导，在教学活动中以交流形式进行从而达到教学目标的方法。讨论法主要针对学习者的需要，以小组或团体学习的形式进行健康信息的沟通和经验交流。这一方法使学习者成为教学的主体，既有利于提高学习者的学习兴趣，也有利于学习者态度或行为的改变。使用讨论法时，对学习者人数有一定的要求，一般来说，学习者人数在5～20人时较适合使用此方法。护理人员在讨论性的健康教育中，充当组织及引导者，选择年龄、健康状况、教育程度等背景相似的人组成同一小组。讨论前通知讨论的主题，并拟出讨论的基本内容。一般在开始时先介绍参加人员及讨论主题，在讨论过程中注意调节讨论气氛，在结束时对讨论结果进行简短的归纳及总结。讨论法的不足是小组讨论，一般会消耗较多的时间，因此，教育者必须适时地给予引导和控制，否则可能出现"跑题"或一人为主导的现象。

（三）角色扮演法

角色扮演法是一种通过行为模仿或行为替代来影响个体心理过程的方法。教育者通过让学习者模拟现实生活片段并扮演其中的角色，使教学内容剧情化，帮助他们在观察和体验的过程中对学习内容加深理解。角色扮演法的特点是向学习者提供了具体而有趣的学习环境，所有人员都可以参与到学习过程中来。但有些学习者在角色扮演时可能会感觉羞怯、有压力，导致教育者希望表现的内容可能无法完全表现出来。

（四）示范法

示范法是指健康教育工作者通过动作范例，使学习者直接领会所学动作的顺序和要领的一种教学方法，即通过观察他人行为，学习或改变行为的过程。使用示范法时，施教者会以一连串的动作使学习者理解教学现象或原理，帮助学习者有机会将理论知识应用于实际，以学会某项技巧。示范的内容通常包括动作、技巧等。教学时教育者应先对该技术或技巧进行示范，并详细讲解该项技能的操作步骤与要领，然后指导学习者反复练习此项技术直至掌握该技术，在结束时让学习者回示，以使教学人员评价学习者是否获得了此项技巧。示范时，注意动作不要太快，应将动作分解，且让所有参加者能清楚地看到，在示范的同时，应配合口头说明。如所示范的内容较复杂，则可事先利用视听教具，如用录像带，说明此项操作的步骤及原理，然后再示范。示范法的不足是容易受场地、设备等教学条件的限制。

（五）个别会谈法

个别会谈法是由健康教育工作中根据学习者已有的知识经验，借助启发性问题，通过口头问答的方式，引导学习者通过比较、分析、判断等思维活动以获取知识的方法。个别会谈法常用于家庭访视前后，是一种简单易行的健康教育方法。会谈时教育者应注意与学习者建立良好的关系，及时了解其存在的困难及问题，并注意尊重对方的想法及判断。

（六）视听教学法

视听教学法是以图表、模型、标本或录像、电视、电影等视听材料向人们讲解健康知识与技能的教学方法。视听教学法能直观、生动地展示健康教育的教学内容，容易激发学习者的学习兴趣，使学习者在没有压力的气氛中学习并掌握健康知识。这种方法既可以针对个体进行教学，亦可针对群体，但是成本较高，需要一定的设备和经费保障。

（七）实地参观法

实地参观法是带领学习者实际参观某一健康场所，以配合教学内容，使学习者获得第一手的资料。如实地参观产房，以降低初产妇对分娩的恐惧。为确保效果，参观前告知参观者参观的目的、重点及注意事项。参观时间要充分，允许参观者有时间提问。参观后应组织讨论，以减少疑虑或恐惧。

健康教育除了上述教育方式外，还可采用其他多种方式，如展览法、计算机辅助教学法（CAI）等。选择教学方法的时候，应该按照目的性、经济性、实用性、配合性的原则。

复 习 题

【A 型题】

1. 初级卫生保健的八大要素之首是： （　　）
　　A．卫生宣传　　　B．健康教育　　　C．健康促进　　　D．保健服务　　　E．信念干预

2. 下面哪一个模式是迄今用来解释个人信念如何影响健康行为改变的最常用的模式： （　　）
　　A．健康促进模式　　　　　B．健康信念模式　　　　　C．保健系统模式
　　D．自我调节模式　　　　　E．保健教育过程模式

3. 下面说法正确的是： （　　）
　　A．健康促进是实现健康教育的一种手段
　　B．健康教育是健康促进发展的结果
　　C．健康教育就是普及卫生知识
　　D．健康教育是健康促进的必要条件
　　E．健康教育比健康促进的概念更广泛

4. 以课堂讲授的形式，采用口头配合书面的方式，向学习者传递健康教育知识的方法是： （　　）
　　A．专题讲座法　　B．个别会谈法　　C．示范法　　　D．讨论法　　　E．角色扮演法

5. 为帮助糖尿病患者学会注射胰岛素，下列最适合采用的教学方法是： （　　）
　　A．专题讲座法　　B．个别会谈法　　C．示范法　　　D．讨论法　　　E．实地参观法

6. 护理健康教育程序中的初始步骤是： （　　）

A．护理健康教育评估   B．设立护理健康教育目标

C．制定护理健康教育计划   D．实施护理健康教育计划

E．护理健康教育效果评价

7. 下列关于护理健康教育原则的叙述，哪项欠妥：   （   ）

A．直观性原则   B．可行性原则   C．针对性原则

D．规律性原则   E．以患者为中心的原则

8. 医院住院患者护理健康教育的内容不包括：   （   ）

A．自我护理技巧训练   B．合理用药知识   C．病区环境及各种规章制度

D．继续护理教育   E．心理卫生知识

9. 有关健康教育的解释，错误的是：   （   ）

A．健康教育是一种卫生宣传

B．健康教育是一门研究传播知识和技术的科学

C．健康教育是一个"知、信、行"的过程

D．健康教育是一个连续不断的学习活动

E．健康教育既是教育活动也是社会活动

10. 在现代疾病的致病因素中，占据首位的是：   （   ）

A．自然环境因素   B．社会环境因素   C．不良行为和生活方式

D．遗传因素   E．卫生服务因素

【填空题】

1. 健康教育的程序分为 5 个步骤：_____、_____、_____、_____、_____。

2. 健康教育的目的是_____、_____、_____、_____。

【名词解释】

1. 健康教育   **2.** 健康促进

【简答题】

1. 说明健康教育与健康促进的关系。

2. 叙述健康教育的目的和意义。

3. 健康教育的基本原则有哪些？

4. 阐述如何运用健康教育程序开展健康教育工作。

第六章
环 境

导 学

内容及要求

环境这章包括 3 个部分内容,环境与健康、医院环境和患者的安全环境。

环境与健康主要介绍环境的定义与范畴、影响健康的一般环境因素和护理与环境的关系。在学习中应重点掌握影响健康的一般环境因素;熟悉环境的定义与范畴;了解护理和环境的关系。

医院环境主要介绍了医院的物理环境和社会环境的设置与安排。医院的物理环境的设置包括空间、温度、湿度、通风、音响、光线和装饰,医院的社会环境的设置包括护患关系、患者与其他人的关系和医院规则。在学习中应重点掌握医院环境调节和控制的有关要素、其要求和调节方法;了解医院环境中各要素对患者健康的影响。

患者的安全环境主要介绍了影响患者安全的因素和医院常见的不安全因素及防护措施。医院常见的不安全因素分为物理性损伤(包括机械性、温度性、压力性、放射性)、化学性损伤、生物性损伤、心理性损伤和医源性损伤。在学习中,应重点掌握医院环境中常见的损伤和相应的预防对策;了解影响患者安全的因素有哪些。

重点、难点

环境这一章的重点是第二节医院环境和第三节患者的安全环境。其难点在于医院物理环境各要素调节控制的要求和方法;医院环境中常见的损伤和相应的预防对策。

专科生的要求

专科层次的学生对影响健康的一般环境因素、护理与环境的关系及影响患者安全的因素作一般了解即可。

- 环境与健康
- 医院环境
- 患者的安全环境

人类的生存、生活和发展及其他一切活动都离不开环境,并与环境相互作用、相互依存。环境对健康的影响越来越被人类所重视,良好的环境能够帮助患者康复,促进人的健康,不良的环境能够给人带来危害。护理工作者是以保护生命、维护健康为目的而服务于人类的,应该掌握有关环境与健康的知识,协助人们识别和消除环境中不利于健康的因素,充分利用环境中有利于健康的因素,努力为患者创造一个有利于身心治疗和休养的环境,从而促进康复、维护健康。

▓ 第一节 环 境 与 健 康

一、环境的概念

环境是指围绕着人群的空间及其中可以直接、间接影响人类生活和发展的各种自然因素、社会因素的总体。在护理学中,环境作为护理学四个基本概念之一,被赋予了更广义、更深刻的含义。环境不仅是影响机体生命和生长的全部外界条件的总和,而且还包括影响生命和生长的机体内部因素。所有的生命系统都有一个内在环境和围绕在其周围的外在环境,外在环境又可分为自然环境和社会环境。我们通常所说的环境一般指的是外在环境。

(一) 内环境

内环境包括人的生理和心理两方面。人体的呼吸系统、循环系统、消化系统、神经系统等,对人的健康有很大影响。不良的心理状态,如抑郁、沮丧会导致机体各器官产生一系列病理生理变化,造成不健康的状态,同时心理因素也影响着患者配合治疗的程度、疗效、疾病的进程及预后等方面。

(二) 外环境

1. 自然环境 是指环绕于人类周围的各种自然因素的总和,包括生物环境和物理环境。生物环境包括各种有生命的物体,如植物、动物、微生物等。物理环境包含自然界中的各种元素,如日光、水、空气、食物等生物体赖以生存发展的各种元素,也包括人类所建立于地球表面的结构,如房屋、设备等。稳定的物理环境可提供一个安全舒适的生活空间。

2. 社会环境 是指个人的社会与心理需要状态,包括人类在生产、生活和社会活动相互形成的生产关系、阶级关系、社会关系的总和,如社会交往、宗教信仰、风俗习惯、经济、法律和政治制度、教育、文化生活等。社会环境影响个体和群体的心理行为,与人类的精神需要密切相关。

二、影响健康的一般环境因素

人是一个开放的系统,通过内环境与外环境不断进行物质、能量和信息交换,并保持着动态平衡。这种平衡状态随环境变化而变化。如果环境因素的变化超过了人体的调节范围和适应能力,就会引起疾病,这些变化的因素称为影响健康的危险因素,可概括地分为自然环境因素和社会环境因素。

(一) 自然环境因素对健康的影响

良好的自然环境为人类的生存和发展提供了物质条件,如清洁的、具有正常理化构成的空气、水、土壤,适宜的太阳辐射和气候等。如果自然环境发生某些改变,致使这种良好的生态平衡遭到破坏,就会对人类健康造成直接或间接的影响。常见的影响如下。

1. 地区地质的影响 自然环境中各种化学元素含量的多少会影响人体的生理功能,也可能对人体健康造成不同程度的影响。如环境中缺碘,会导致该环境中生活的人患地方性甲状腺肿;而环境中氟过多,就会使该地区的人患氟骨症。此外,地方性砷中毒、克山病等的发生均与当地某种元素的缺乏或过多有关。

2. **自然气候的影响** 自然气候的异常改变对人体的健康可造成影响,甚至与某些疾病的发生与流行有关,如气温过高容易导致中暑,气温过低容易发生冻伤和呼吸道疾病。高寒与热带地区的发病,也常因气候不同而有明显的区别。而诸如地震、台风、干旱、洪水、沙尘暴等自然灾害更会引起生态系统的严重破坏,对人类健康造成极大威胁。

3. **环境污染的影响** 随着科技的进步,人类利用自然、控制环境的能力不断增强。但同时,人类活动也给环境带来污染,如人工合成的化学物质(农药、化肥、塑料、橡胶等)与日俱增,大量工业三废(废气、废水、废渣)和生活废弃物的排放等,使空气、水、土壤等自然环境的生态平衡遭到破坏,威胁到人类健康。

(1) 空气污染:当污染物的量超过了空气的自净能力,污染物的浓度超过空气卫生标准的要求,对人的身心健康产生直接和间接的危害,即可称为空气污染。空气污染物的产生主要来自于燃料燃烧时排出的烟尘、工业生产中排放的废气和粉尘、汽车尾气和吸烟等,而生态环境的破坏进一步加重了空气污染。空气污染对人体健康的危害是多方面的,主要是引起呼吸疾病、生理功能障碍以及眼、鼻黏膜及组织的刺激和损伤。其中有的是短时间接触高浓度空气污染物,造成急性中毒,如一氧化碳中毒;有的是长时间吸入低浓度的空气污染物如二氧化硫而受到危害,引起慢性支气管炎、支气管哮喘、肺气肿及肺癌等。

近年来,室内空气污染也逐渐被重视。人有80%以上的时间在室内度过,与室内空气污染物的接触时间多于室外,因此室内空气质量的优劣直接关系到每个人的健康。室内空气污染物的来源和种类繁多,如烹调油烟,大量的能够挥发有害物质的各种建筑材料、装饰材料、人造板家具等日用化工产品等,这些都会严重影响室内人群的健康,导致头痛、疲劳、皮肤刺激、呼吸不畅等症状产生,甚至会诱发并加重某些呼吸系统疾病。

(2) 水污染:水污染是指排入水体的污染物质超过了水的自净能力,使水的成分及理化性质变化,从而降低水的使用价值,使人类生活和健康受到影响。造成水污染主要是人为原因,人类的生活及生产活动会产生大量废弃物,如城市生活污水、工业生产废水、农药、化肥等。水污染对人体的危害主要有两方面:①水中含有某些病原微生物,可引起疾病,使传染病蔓延。②水中含有害、有毒物质,可直接或间接危害人体,导致急、慢性中毒、诱发癌症等。

(3) 噪音污染:噪音是指人们不需要的和讨厌的声音,如车辆的发动声、高音喇叭声、人为的吵闹声等。噪音污染环境,使人产生不愉快的情绪,导致心烦意乱,降低工作和学习效率,影响休息和睡眠。人长时间受噪音干扰,可引起头痛、头晕、耳鸣、失眠等症状,严重者损害听力并引起神经系统、心血管系统、消化系统、内分泌系统的病变。

(4) 辐射污染:辐射源有天然的和人工的两大类,天然的辐射源来自宇宙、矿床中的射线;人工的辐射源主要是医用射线源、工业排放的各种放射性废物、各种家用电器如电脑、电话、无线通讯设备等形成的电磁辐射等。暴露在这些辐射下可直接损伤皮肤和组织,还可诱发癌症,引起遗传基因突变及一些潜在伤害,如机体免疫力下降、心血管系统及生殖系统受损等。在妊娠期内,辐射可致胚胎畸形或死胎。大剂量辐射甚至可使人和生物在短时间内死亡。

(二)社会环境因素对健康的影响

人生活在社会群体之中,有生理、心理、社会各层次的需要。社会制度、经济状况、风俗习惯、文化背景及劳动条件等社会环境因素及其存在的差异,均可导致人们产生不同的社会心理反应,从而影响身心健康。

1. **社会制度** 不同的社会制度反映了不同的社会所有制和阶级关系,对健康的影响也不同。如旧中国的私有制社会,被压迫阶级的政治、经济地位得不到尊重,生活贫困,劳动条件恶劣,致使他们的发病率和死亡率较高。在新中国,劳动人民是国家的主人,政府建立和实施了一系列为人民服务的卫生保健制度,开展防病治病,消灭了天花,其他诸如麻疹、肺结核、重症营养不良等疾病也大大减少,人民的健康水平提高,平均寿命延长。

2. 经济状况　物质条件对人体健康有重要作用。如经济状况好,人们就有一定的经济实力来改善生活、居住和卫生条件,使健康的需求得以保证;而经济状况差,物质条件有限,生活只能求得温饱,健康需求则难以得到满足。

3. 文化背景　人类的卫生习惯和民族习俗与其文化背景有关,也是影响健康的一个因素。如某些地区人群喜食腌制的酸菜,这种不健康的饮食习惯易导致消化道肿瘤的发生。

4. 劳动条件　生产环境与人的健康关系密切。生产环境的安全、劳动强度的大小、工作程序安排的合理性以及劳动保护条件等,对人体的身心健康都有一定的影响。

5. 人际关系　人类群居于社会,良好的人际关系、和谐团结的群体氛围,有利于人们保持一个健康的心理状态;而不良的人际关系、互相猜疑、嫉妒的气氛,常使人感到压抑、厌倦、苦闷,久之不利于健康。在任何社会群体中,人与人之间的相互关心、爱护和支持常使人精力充沛、勇于克服困难、身心处于良好状态而提高健康质量。特别是当人们感到健康受到威胁,或者心理上承受压力时,周围人能否予以同情或支持,常能决定其有无勇气去和疾病或困难作斗争。

三、护理与环境的关系

保护和改善环境是人类为生存和健康而奋斗的一个重要目标。自护理专业化开始,护理专业就以保护生命、减轻病痛、预防疾病、促进健康为己任,而环境又是影响人类健康的一个重要因素,因此护理和环境的关系密不可分,护理人员必须掌握有关环境与健康的知识,为保护环境、维护和促进健康发挥应有的作用。

1975 年国际护士会的政策声明中明确了护理专业与环境的关系。护士在环境保护方面的职责是:①帮助发现环境对人类的不良影响及有利影响。②护士在与个人、家庭和社会集体接触的日常工作中,应告知他们关于有隐害的化学制品类物品、有放射线的废物污染问题、最近的健康威胁情况,并应用知识指导其预防和减轻伤害。③采取措施预防环境因素对健康所造成的威胁,同时教育个人、家庭及社会集体如何保护环境资源。④与当地卫生部门共同协作,提出住宅的污染对健康的威胁和解决方案。⑤帮助社区处理环境卫生问题。⑥参加研究和提供措施,以早期预防各种有害于环境的因素,研究如何改善生活和工作条件。

■■ 第二节　医院环境

医院是为患者提供医疗卫生保健服务的机构,医院环境的布置与安排都要以服务对象——患者为中心,满足患者的需要,有利于患者治疗、休养和康复,因此创建与维护一个适宜的医院环境是护理人员的主要职责。

一、医院的物理环境

医院的物理环境是影响患者身心舒适的重要因素,从而影响治疗效果及转归。病室的温度、湿度、安静、通风等这些因素非患者本身能够控制,且与日常生活的要求有所不同,因此,护理人员应努力为患者创造一个安全、舒适、整洁、安静的疗养环境。

(一) 空间

每一个人都需要一个适合其成长、发展和活动的空间。医院病区的设置应充分考虑到年龄、病情等因素的影响,如幼儿需要游戏活动的空间;成人需要休息室或会客室等场所;有的患者根据其病情需要安排单间。此外,为方便操作和护理以及保证患者有适当的空间,患者床单位的设置不能过密,保留适当的床间距,一般不得少于 1 m。在为患者安排空间时,应考虑这些因素,在医院条件许可的情况下,尽可能满足患者的需要,让他们对周围的环境拥有一定的控制力。

(二) 温度

适宜的病室温度为 18～22℃。温度适宜有利于患者休息和医疗护理工作的进行。在适宜的室温中,患者感到轻松、舒适、安宁,并减少消耗。室温过高时,不利于体热的散发,干扰消化及呼吸功能,抑制神经系统,使人烦躁,影响体力的恢复。室温过低则使人畏缩,肌肉紧张而产生不安,缺乏活力,并容易着凉。新生儿、老年科病室以及在擦浴时,室温应略高,以 22～24℃ 为宜。

病室应备有室温计,以便随时观察和调节室温变化。寒冷的冬季,病室应采用取暖设备,如暖气;炎热的夏季,可使用电扇或空调。此外,应根据气温变化及时为患者增减衣服及被褥。

(三) 湿度

湿度是空气中含水分的程度。病室湿度一般指相对湿度,即在一定温度下,单位体积的空气中所含有水蒸气的量与其达到饱和时含量的百分比。适宜的病室湿度为 50%～60%。湿度过高,蒸发减少,抑制出汗,使患者感到气闷不适,尿液排出量增加,加重心脏及肾脏负担,同时空气潮湿使细菌容易繁殖。湿度过低,室内空气干燥,使人体水分蒸发增加,可引起口干舌燥、咽痛、鼻出血等症状,对呼吸道疾患或气管切开的患者尤为不利。

病室应备有湿度计,以便随时观察和调节。当室内湿度过高时,可打开门窗通风换气或使用去湿器。湿度过低时,可在地上洒水,冬季可在暖气或火炉上放水槽、水壶等蒸发水汽提高湿度。

(四) 通风

通风可调节室内温湿度,又可使空气新鲜而增加患者的舒适感。同时,通风又是减低室内空气污染,减少呼吸道疾病传播的有效措施。通风不良会导致空气污浊,氧气不足,会使人产生烦躁、疲乏、头晕和食欲不振等症状,因此,病室应定时通风换气,或安装空气调节器,有条件者可设立生物净化室(层流室)。通风的效果随通风面积(门窗大小)、室内外温差、通风时间及室外气流速度而异。通风时间可根据温差和风力适当掌握,一般开窗 30 min 即可达到置换室内空气的目的。通风时,注意保护患者,不使对流风直吹患者,以免着凉。

(五) 音响

音响是指声音存在的情况。凡与环境不协调、患者不需要并感到不愉快的声音都是噪音。医院噪音主要包括各种医疗仪器使用时所发出的机械摩擦声和人为的噪音,如在病区大声喧哗、重步行走、开关门窗、洗涤物品和车、椅、床轴处锈涩而发出响声等。医院是特别安静区,对声源要加以控制,保持安静,避免噪音。根据 WHO 规定的噪音标准,白天医院病区较理想的噪音强度应在 35～45 dB。

病室应建立安静制度,工作人员要做到"四轻":说话轻、走路轻、操作轻、关门轻。病室的门窗及桌椅脚应加橡皮垫,推车轮轴定时滴注润滑油,以减少噪音的发生。同时,护士还应向患者及家属宣传保持病室安静的重要性,以取得配合,共同创造一个安静的休养环境。

在减少噪音的同时,也应避免绝对寂静,因为那会使人产生意识模糊或寂寞的感觉。音乐通过心理作用有助于治疗,悦耳动听的乐曲对大脑是良好的刺激,它能协调心血管、内分泌、消化等系统的功能。患者床头可设有耳机装置,供病情较轻及恢复期的患者根据自己的喜好,选择性地收听新闻、音乐,以便及时接受各种信息,活跃疗养生活,提高治疗效果。

(六) 光线

病室的光线有自然光源及人工光源两种。自然的光照给患者在视觉上带来舒适、愉快和明朗的感觉,减少患者与外界的隔离感,对康复有利。适当的日光照射可使照射部位温度升高,血管扩张,血流增加,改善皮肤和组织的营养状况,使人食欲增加。日光中紫外线可促进机体内部合成维生素

D,并有强大的杀菌作用。因此,病室应经常开启门窗,使日光直接射入,或协助患者到户外接受日光直接照射,以增进身心舒适感,但应避免日光直接照射患者的眼睛引起目眩。

人工光源主要用于夜间照明及保证特殊诊疗和护理操作的需要,护理人员应根据不同需要对光线进行调节。楼梯间、治疗室、抢救室、监护室内的灯光要明亮;普通病室除一般吊灯外,夜间还应有壁灯或地灯,既可保证夜间巡视病情,又不至于影响患者睡眠;床头灯最好是光线可调节型,开关应放置在患者易接触的地方;病室还应备一定数量的鹅颈灯,以适用于不同角度的照明,为特殊诊疗提高方便。护士应熟悉不同患者对光线的需要,使患者获得最适宜的光线,如先兆子痫、破伤风或畏光的患者,应采取避光措施。

(七)装饰

医院中的装饰应包括整体和局部的装饰,绿化、色彩、建筑结构、室内装饰等都应从人与健康的和谐关系的角度进行人性化设计。病室布置应以简洁美观为主,桌椅摆放整齐划一,物品陈设以根据需要及使用方便为原则。医院的颜色要选择适当,过去医院多采用白色,给人以单调、冷漠的感觉,同时反光强,易刺激眼睛产生疲劳,对小儿则增加了恐惧心理。合理的色彩环境可使患者身心舒适,有利于恢复健康,如病室墙壁用米黄色,使人感到温暖亲切;儿科病房可采用粉色,增加温馨甜蜜的感觉;手术室选用绿色或蓝色,给人安宁、舒适、信任的感觉。病室内和走廊应适当摆设一些花卉盆景,美化环境,增添生机,提高患者与疾病斗争的信心和勇气。

二、医院的社会环境

医院是社会的一个特殊组成部分。人在患病时通常会伴有情绪及行为上的起伏变化,如感到恐惧、焦虑、烦躁不安、抑郁、沮丧、孤独、依赖、缺乏自尊等。同时因为疾病,患者常不能完成患病前的一些日常生活活动,从而产生挫折感、无力感、社交隔离等不良心理反应。特别是当患者住入医院后,对接触的人、环境、规则等产生陌生感和不习惯,会加重这些不良的心理反应。护理人员有责任帮助患者尽快适应医院的社会环境,建立融洽的护患关系及和谐的群体气氛,消除患者不良心理反应,恢复其正常心理状态。

(一)护患关系

护患关系是一种服务者与服务对象之间特殊的人际关系。护士在履行职责时,在具体的医疗护理活动中,无论患者的年龄、性别、民族、信仰、职业、职位高低、亲疏远近、过去的经历如何,都应认真负责、一视同仁,一切从患者的利益出发,满足患者的身心需求,尊重患者的权利与人格。在护患关系中,护士和患者之间不断通过各种方式表达自己的身心感受并感觉对方表达的感受,彼此产生具有反馈作用的相互影响。但护患之间相互影响的力量是不平衡的,护士的影响力明显高于患者。在护患关系中,护理人员始终处于主导地位。要建立良好的护患关系,护理人员应注意自己的语言、行为举止、工作态度和情绪等。

1. 语言 在护患之间,语言是特别敏感的刺激物。它能影响人的心理及整个机体的状况,是心理护理的重要手段。因此,在与患者接触时,护士应善于正确运用治疗性语言,发挥语言的积极作用,让患者感到护士的热情、诚恳与友善,消除患者的陌生感、孤独感,赢得患者的信任,鼓励患者的治疗信心。

2. 行为举止 行为是人在思想支配下的活动,是思想的外在表现,也是人际间沟通交流的另一种方式。不同患者的不同行为表现是护理人员认识疾病、进行诊疗护理的重要依据。在护理活动中,护理人员的技术操作及其行为常受到患者的关注。因此,护理人员在行为举止上要端庄稳重、机敏果断,操作时应稳、准、轻、快,以增加患者的信赖感,消除患者的疑虑,带给患者心理安慰。

3. 情绪 护理人员的工作情绪对患者有很大的感染力。护士在患者面前要注意控制自己的情绪,始终以乐观、开朗、饱满的情绪去感染患者,激发患者良好的心理反应。

4. 工作态度　严肃认真、一丝不苟的工作态度可使患者获得安全感。治疗和护理效果的好坏,与患者对医护人员的信任程度有很大的关系。所以,护理人员应注意通过自己的工作态度来取得患者的信任,并在与患者的接触中尊重其民族、信仰、文化背景、价值观、过往的经历等。

(二) 患者与其他人的关系

除护患关系外,患者还需与病区内其他医务人员及同室的病友之间建立和睦的人际关系。护士应主动将其他医务人员和病友介绍给患者,鼓励患者与他们进行接触和沟通,提倡病友之间互相帮助、互相照顾,引导病室内的群体气氛向积极的方向发展,从而调动患者的乐观情绪,更好地配合医疗护理工作的开展。另外,家属是患者的重要社会支持系统,家属对患者病情的理解及对患者的支持可有助于患者的康复,因此护理人员也应注意调整患者与家属之间的关系,充分发挥支持系统的积极作用。

(三) 医院规则

每个医院都根据各自的具体情况制定院规,如入院须知、探视规则、陪护制度等,以保证医疗、护理工作的正常进行,为患者创造良好的休息、疗养环境,预防和控制医院感染的发生,使患者的住院生活安全、充实,从而达到尽快康复的目的。医院规则既是对患者行为的指导,也是对患者的一种约束,难免对患者产生一定的影响,如患者须遵从医生和护士的指导,不能完全按自己的意愿进行活动,因而产生压抑感;或与外界接触减少,信息闭塞,只能在探视时间看到亲友,从而产生孤寂、焦虑感;需他人照顾的患者,由于缺少家属的陪伴,生活不便而加重心理负担等。护理人员应根据患者的不同情况和适应能力,主动热情地给予帮助和指导。对新入院的患者应亲切热情,及时介绍医院规则,使其尽快熟悉环境。对患者广泛宣传医院规章制度对疾病康复的积极意义,取得患者的理解和配合。对自理能力缺陷,需要他人照顾的患者,应多巡视多问询,及时为其解决实际困难,在病情允许的条件下,创造条件并鼓励患者参与自我照顾。同时,在维护院规的前提下,尽可能让患者拥有其个人环境,尊重患者隐私权,如进入病室先敲门、整理患者物品时先征求患者同意、治疗护理时适当遮挡患者等。在满足患者需求的同时,也要尊重前来探视的患者的亲友。

■■ 第三节　患者的安全环境

安全是个体生理需要满足后最急迫的第二层次需要。安全环境是指平安、无危险、无伤害的环境。安全对所有人都很重要,对患者来说尤为重要。因为疾病使人虚弱,因此住院患者在日常生活中特别容易出现意外伤害,如跌倒、自伤、感染等。而且陌生的环境会使人日常生活受到干扰,对周围人和事物的不熟悉,也会使人感到安全受到威胁。住院患者面对生活改变,极易产生安全危机,进而引发一系列不良反应。护理人员必须懂得安全护理的重要性,具有评估影响个体及环境安全的知识和能力,避免意外伤害的出现,使医院成为能满足患者需要的一个安全的生物、物理及心理社会环境。同时还应对患者进行安全健康指导,提高他们自我保护的意识和能力。

一、影响患者安全的因素

(一) 年龄

年龄可影响个人对周围环境的感知和理解,因而也影响个人采取适当的行动来保护自己。如新生儿、婴幼儿需依赖他人保护;儿童在成长期,由于好奇、不懂事,容易发生意外事件;老年人器官功能逐渐老化,感觉功能减退,也容易发生意外伤害。

(二)感觉功能

良好的感觉可以帮助人们了解周围环境,以判断和决定自己行动的安全性。任何一种感觉障碍,都会使人因无法辨清周围环境中存在或潜在的危险因素而易受伤害。如视觉障碍的患者由于视物不清,可能发生撞伤、跌倒等伤害;肢体感觉障碍的患者,可能因为对过高的温度不敏感发生烫伤。

(三)目前健康状态

患病使人容易发生意外和受伤害,如身体虚弱、行动不便时,容易跌倒;免疫功能下降时,容易遭受感染。任何意识程度的改变,都会影响个人的认知及反应能力,如昏迷患者无法进行自我保护;精神障碍的患者容易发生自伤。此外焦虑或有其他情绪障碍者,由于注意力的分散而无法警觉环境中的危机,容易出现意外事故。

(四)对环境的熟悉度

不熟悉的环境容易使人产生陌生、恐惧、焦虑等心理反应,缺乏安全感,只有了解周围情况、熟悉周围环境的人与事物,才能较好地与之沟通和交流,从中获得信息和帮助而增强安全感。

(五)诊疗方法

诊疗方法在帮助诊断和治疗患者的疾病、促进患者康复的过程中,有时也可能给患者造成一定伤害。如药物治疗的副作用或给药不当引起的毒性反应等;一些侵入性诊断检查、外科手术治疗所造成的创口、损伤以及潜在的感染等,也都可能给患者带来危害。

二、医院常见的不安全因素及防护措施

在医院环境中,可能存在各种影响安全的物质,包括物理性、生物性、化学性物质,这些物质都有其潜在的危险性。护理人员应及时评估医院环境中是否存在或有潜在影响安全的因素,并采取有效的措施进行防护。

(一)物理性损伤及防护

物理性损伤包括机械性、温度性、压力性、放射性损伤等。

1. **机械性损伤**　常见的机械性损伤有跌伤、撞伤等,跌倒和坠床是医院最常见的机械性损伤的原因。昏迷、神志不清、躁动的患者及婴幼儿易发生坠床意外,可用床栏保护,必要时可用约束带限制其肢体活动;年老体弱、活动不便的患者,行动时容易失去平衡而跌倒,可使用辅助器具或给予扶助;患者常用的物品应放在方便其拿取处,避免患者移动取物品时跌倒;病室的地面应保持干燥、整洁,室内物品放置稳固,移开不必要的器械,减少障碍;病室的走廊、浴室、厕所应设置扶手,供患者活动不便时使用;浴室和厕所应设置呼叫系统,便于患者必要时呼唤援助;在精神科病房,应注意将刀片、剪刀等能造成危险的器具妥善收藏好,避免患者自伤、伤人。

2. **温度性损伤**　常见的温度性损伤有热水袋、热水瓶所致的烫伤;易燃易爆物品,如氧气、煤气、乙醇等所致的烧伤;各种电器如烤灯、高频电刀等所致的灼伤;应用冰袋所致的冻伤等。护理人员应用冷、热治疗时,应严格遵循操作要求,注意观察局部皮肤的变化,随时关注患者反映的不适;对容易受伤的患者,如小儿、意识不清、使用镇静剂者,热疗时应有专人看护;对易燃易爆物品应妥善保管,并设有防火措施;对各种电器设备应经常检查,及时维修。

3. **压力性损伤**　常见的压力性损伤有因长期受压所致的骨突处压疮;因打石膏或用夹板固定过紧形成的局部压疮;因高压氧舱治疗不当所致气压伤、输液不当所致肺水肿等。护理人员在工作中须加强对危重、长期卧床患者的护理,定时翻身、按摩;注意观察用石膏、夹板固定的患者局部皮肤的变化,如皮肤的颜色、皮温等有无异常;应用高压氧舱治疗时,应掌握适应证,治疗时逐渐加压或减压,并注意观察不良反应;输液时根据病情,掌握输液速度及输液的量,密切观察输液反应等。

4. 放射性损伤　在进行各种放射性诊断和治疗过程中,如果处理不当,可导致放射性皮炎、皮肤溃疡坏死,甚至导致死亡。在使用放射性物质进行诊断治疗时,在场人员要正确使用防护设备,如穿戴铅衣外套、手套等;对接受放射性诊断和治疗的患者,要尽量减少不必要的身体暴露,保持照射野标记,以便照射时取位准确无误,同时要正确掌握照射剂量和时间;患者接受照射部位的皮肤应保持清洁干燥,禁忌一切物理性刺激(摩擦、曝晒、搔抓等)和化学性刺激(外用刺激性药物、肥皂擦洗等)。

(二)化学性损伤及防护

化学性损伤多数都是因为应用各种化学药物时,药性过强、剂量或浓度过大、用药的次数过多、药物配伍不当、甚至用错药等引起。护理人员应熟悉各种药物应用知识,掌握药物保管制度和药疗原则;用药时严格执行"三查七对",药物应新鲜配制,注意配伍禁忌;用药后,注意观察药物反应等;特别是对所用的新药,应特别注意,在了解其性能的基础上,正确安全地应用。

(三)生物性损伤及防护

生物性损伤包括微生物及昆虫等对患者造成的损害。微生物可引起各类医院感染,如切口感染、呼吸道感染、肠道感染等。其预防原则为控制感染源,切断传播途径,保护易感人群。具体措施为在实施各项医疗护理技术中应严格执行消毒隔离制度,遵守无菌技术操作原则,加强危重患者的护理,增强患者的抵抗力等。

昆虫损害在医院也较多见,如蚊、蝇、虱、蚤、蟑螂等。昆虫叮咬,不仅严重影响患者的休息和睡眠,还可导致过敏性伤害,更危险的是传播疾病,应采取有力措施予以消灭并加强防范。

(四)心理性损伤及防护

心理性损伤是由神经系统受到损害或精神受到打击,遇到不愉快而引起的。患者对疾病的认识和态度、患者与周围人群的情感交流、医护人员对患者的行为和态度等,均可影响患者的心理,甚至导致心理性损伤的发生。护理人员应重视对患者的心理护理,对患者进行有关疾病知识的教育,引导患者对疾病采取正确乐观的态度。同时要注意自己的言行举止,避免传递不准确的信息,造成患者对疾病治疗等方面的误解而引起情绪波动,以高质量的护理取得患者的信任,建立良好的护患关系。尤其对精神障碍、病情危重失去自信心的患者,应加强监护,防止各种意外发生。

(五)医源性损伤及防护

无论是物理性、化学性、生物性还是心理性损伤,如果是由于医护人员言谈及行为上的不慎或操作上的不当、失误而造成患者心理或生理上的损害,均为"医源性损害"。如有些医护人员对患者不够尊重,缺乏耐心,语言欠妥当,使患者心理上难以承受而造成痛苦;还有个别医护人员因工作粗疏,导致医疗事故、差错的发生,轻者使病情加重,重者甚至危及生命。对此,医院要加强思想教育,培养医护人员良好的医德医风,提高素质,严格执行各项规章制度和操作规程,做到有效防范,保障患者的安全。

复 习 题

【A 型题】

1. 不属于医院社会环境调控范畴的是：　　　　　　　　　　　　　　　　　　　(　　)

A. 人际关系　　　　　B. 工作态度　　　　　C. 病友关系

D. 医院规则　　　　　E. 病室装饰

2. 合理的病室环境是： （ ）

    A．婴儿室室温宜在 22～24℃   B．室内相对湿度在 30％～40％为宜

    C．破伤风患者室内光线应明亮   D．产休室应保暖不宜开窗

    E．气管切开者室内相对湿度为 40％

3. 下列哪种疾病的患者需要病室空气湿度较高： （ ）

    A．急性喉炎   B．急性胃炎   C．心肌梗死

    D．心绞痛   E．风湿性心肌病

4. 为了保证患者有适当的空间,病床之间的距离不得少于： （ ）

    A．1 m   B．0.9 m   C．0.8 m   D．0.6 m   E．1.5 m

5. 保持病室安静的措施不包括： （ ）

    A．建立健全的安静制度   B．医护人员进行各种操作时做到"四轻"

    C．病室办公桌、椅脚安装橡胶垫   D．治疗车车轴、门轴应经常润滑

    E．关好门窗,避免噪音

6. 以下哪项不影响通风的效果： （ ）

    A．室内的湿度、温度   B．室外气流速度   C．通风时间

    D．室内外的温差   E．门窗的大小

7. 病房内最适宜的温度是： （ ）

    A．18～22℃   B．22～24℃   C．24～26℃

    D．18～20℃   E．20～22℃

8. 病室适宜的相对湿度为： （ ）

    A．10％～20％   B．25％～30％   C．35％～40％

    D．50％～60％   E．70％～80％

9. 方奶奶,72 岁,诊断为"肺源性心脏病"而住院,某日因输液速度过快而引起肺水肿,此种损伤属于： （ ）

    A．温度性损伤   B．压力性损伤   C．化学性损伤

    D．生物性损伤   E．机械性损伤

【填空题】

1. 为控制噪音,病室内的工作人员要做到"四轻":即＿＿＿＿轻,＿＿＿＿轻,＿＿＿＿轻,＿＿＿＿轻。

2. 根据 WHO 规定的噪音标准,白天病区较理想的噪声强度在＿＿＿＿dB。

【名词解释】

1. 相对湿度   **2.** 医源性损伤

【简答题】

1. 简述环境中有哪些因素影响健康。

2. 阐述如何创建良好的医院环境。

3. 医院环境中哪些情况容易对患者造成意外损伤? 在工作中护士应采取哪些措施保护患者安全?

导　学

内容及要求

入院和出院护理包括 3 个部分内容，入院护理、出院护理、搬运及运送患者的技术。

入院护理主要介绍入院程序、患者入病区后的初步护理、分级护理和患者床单位的准备。在学习中，应重点掌握分级护理适用的对象和护理要点、各种铺床法的目的和操作方法；熟悉患者入院和入病区护理工作的主要内容。

出院护理主要介绍出院方式、出院护理。在学习中，应熟悉出院前、出院时的护理工作内容以及床单位的处理方法；了解患者出院的方式。

搬运及运送患者技术主要介绍人体力学在护理工作中的运用、轮椅运送术、平车运送术。在学习中，应重点掌握轮椅运送术、平车运送术（包括挪动法、单人、两人、三人、四人搬运法）的适用对象及操作方法；熟悉常用的人体力学原理及其在护理上的运用原则。

重点、难点

入院和出院护理这一章的重点是第一节入院护理和第二节出院护理。其难点是各级别护理适用的对象和护理要点，各种铺床法的实践操作，及对人体力学原理在护理中如何应用的理解。

专科生的要求

专科层次的学生对卧有患者床的扫床术、更换床单术、常用力学原理作一般了解即可。

- 入院护理
- 出院护理
- 搬运及运送患者的技术

经过医生诊查，需要住院治疗的患者都要经历入院和出院的过程。医护人员必须掌握入院和出院的程序，根据整体护理的要求，对患者进行评估，为其提供个性化的护理，满足其身心需要，建立愉快的人际关系。做好入院和出院的护理工作,不仅能帮助患者尽快适应医院环境,积极配合医疗护理工作,加速康复进程,而且还能提高患者自护能力,使疗效得到巩固,从而达到保持健康、促进健康的目的。

第一节　入院护理

入院护理是指患者入院后,护理人员对其进行的一系列护理活动。目的是促进患者尽快适应医院环境,消除紧张、焦虑等不良情绪;观察和评估患者的情况,满足患者合理要求;做好健康教育,满足患者对疾病知识的需求;使患者和家属感到受欢迎与被尊重,调动其配合诊疗护理工作的积极性。

一、入院程序

(一)办理入院手续

当患者在门诊或急诊经医生初步诊断确定需住院检查或治疗时,应持医生签发的住院证到住院处办理入院手续,包括填写登记表格、缴纳住院保证金等。住院处接受患者后,根据患者病情和病区收治情况为患者安排床位,并立即通知病区值班护士根据病情做好接纳新患者的准备。在病区没有空余床位时,护士可协助门诊患者办理待床手续。对于急诊患者,应与病房经管医师联系,设法调整床位安排患者入院。对于病情危重或需急诊手术的患者,应先收入病房或先手术,后办理入院手续。

(二)实施卫生处置

根据入院患者的病情,在卫生处置室进行卫生处理,如沐浴、更衣、修剪指(趾)甲、理发等。危、急、重症患者可酌情免浴。有虱、虮者,先进行灭虱处理,再行上述卫生处置。传染病或疑有传染病的患者应送隔离室处理。患者换下的衣服或不需要的物品,可以交给家属带回或按手续暂时存放在住院处。

(三)护送患者入病区

住院处护理人员携病历送患者入病区,根据病情可选择步行、轮椅、平车或担架护送。护送时注意安全和保暖,不应停止必要的治疗,如输液、给氧等。护送患者至病区后,与值班护士就患者病情、所采取或需继续治疗护理的措施、个人卫生情况、物品等进行交接。

二、患者入病区后的初步护理

(一)一般患者入院后的护理

1. 准备床单位　接到住院处通知后,病区值班护士应立即根据病情需要安排床位,将备用床改为暂空床,备齐患者所需用物,如脸盆、热水瓶等,若为传染病患者,应安置在隔离病室。

2. 迎接新患者　护理人员应以热情的态度、亲切的语言接待患者,迎送患者到指定床位,妥善安置。向患者进行自我介绍,说明自己将为患者提供的服务和职责,并为患者介绍同室病友,消除患者的不安情绪,增强患者的安全感和对护士的信任感。

3. 执行入院护理常规

(1)进行入院指导,向患者及家属介绍病房环境、规章制度、床单位及其设备的使用方法等。

(2)测量体温、脉搏、呼吸、血压及体重,需要时测量身高。

(3)填写有关表格,用蓝色钢笔逐页填写住院病案眉栏及各种护理表格,用红色钢笔在体温单40～42℃的相应时间栏内纵写入院时间,将首次测得的体温、脉搏、呼吸、血压、体重、身高值记录在体温单上。填写入院登记本、诊断卡(挂于患者住院一览表上)和床尾卡(插入床尾牌夹内)。

(4)通知主管医生,诊视患者。

(5)通知营养室为患者准备膳食,按医嘱执行各项治疗护理措施,指导患者常规标本的留取方法、时间及注意事项。

（6）按护理程序对患者进行入院评估，了解患者的基本情况和身心需要，拟定初步护理计划。一般应在 24 小时内完成护理病历。

（二）急诊及危重患者的入院护理

病区接收的急诊及危重患者多从急诊室直接送入或由急诊室经手术室手术后转入，护士接到住院通知后，应立即做好入院准备。

（1）准备床单位，将患者安置在危重病房或抢救室，并在床上加橡胶中单和中单，若是急诊手术的患者需要铺麻醉床。医生做好抢救准备。

（2）密切观察患者病情变化，积极配合医生进行抢救，并做好护理记录。

（3）对意识不清的患者和婴幼儿，暂留陪送人员，以便询问病史等相关情况。

三、分级护理

分级护理是根据对患者病情的轻、重、缓、急及患者自理能力的评估，给予不同级别的护理(表7－1)。

表7－1 分级护理

护理级别	适用对象	护理内容
特级护理	患者病情危重，需随时观察，以便进行抢救。如严重创伤、器官移植、大面积烧伤、复杂大手术后以及某些严重内科疾患等	①安排专人 24 h 护理，严密观察病情及生命体征变化。②制定护理计划，严格执行各项诊疗及护理措施，及时准确填写特别护理记录。③备好急救所需药品和用物。④做好基础护理，严防并发症，确保患者安全
一级护理	患者病情危重，需要绝对卧床休息。如各种大手术后、休克、昏迷、瘫痪、高热、大出血、肝肾功能衰竭及早产儿等	①每 15～30 min 巡视患者一次，观察病情及生命体征变化。②制定护理计划，严格执行各项诊疗及护理措施，及时准确填写特别护理记录。③做好基础护理，严防并发症，确保患者身心需要
二级护理	患者病情较重，生活不能自理。如大手术后病情稳定者、年老体弱、慢性病不宜多活动者、幼儿等	①每 1～2 h 巡视患者一次，观察病情。②按护理常规护理。③给予必要的生活和心理协助，满足患者身心需要
三级护理	患者病情较稳定，生活能基本自理。如一般慢性病、疾病恢复期及选择手术前的准备阶段等	①每日巡视患者 2 次，观察病情。②按护理常规护理。③给予卫生保健指导，督促患者遵守院规，满足患者身心需要

四、患者床单位的准备

（一）床单位的设备

患者的床单位是医疗机构提供给患者使用的家具和设备，是患者住院时用以进行休息、睡眠、治疗等活动的基本生活单位。床单位的设备和管理要以患者的舒适、安全和有利健康为前提。每个床单位应配备固定的设施，包括病床、全套卧具、床旁桌和椅、呼叫装置、照明灯、供氧装置、负压吸引管道等设施(图 7－1)。

1. 病床 一般为钢丝床，长 200 cm、宽90 cm、高 60 cm。床头、床尾可支起，以调节体位。床脚下装有小轮，便于移动。骨科患者多选用木板床，

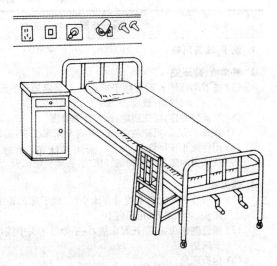

图 7－1 床单位的设施

以利于骨折断端的固定。电动控制多功能床,患者可通过按钮自行控制升降或改变体位。

2. 被服类的规格要求

(1) 床垫:长宽与床规格相同,厚 9～10 cm,以棕丝或海绵作垫芯,垫面选择牢固的布料制作。

(2) 床褥:放于床垫上面,长宽与床垫规格相同,一般用棉花作褥芯,棉布作褥面。

(3) 棉胎:长 210 cm,宽 160 cm。

(4) 枕芯:长 60 cm,宽 40 cm,内装木棉、蒲绒、人造棉等,以棉布作枕面。

(5) 大单:长 250 cm,宽 180 cm。

(6) 被套:长 230 cm,宽 170 cm,尾端开口处钉有布带。

(7) 枕套:长 65 cm,宽 45 cm。

(8) 橡皮中单:长 85 cm,宽 65 cm,两端各加白布 40 cm。

(9) 中单:长 85 cm,宽 170 cm。

(二) 被服的折叠法

在铺床前应将床单、被套等按正确的方法折叠,既可节省时间,又可节省体力。具体折叠法如下。

1. 大单　正面在内(上),纵向对折 2 次后,边与中心线对齐,再横向对折 2 次。

2. 橡皮中单　正面在内,纵向对折 2 次后,再横折 1 次。

3. 布中单　同橡皮中单。

4. 被套　反面在内,折叠法同大单。

5. 棉胎　纵向 3 折,横向 S 形 3 折。

6. 枕套　纵向对折,再横折。

7. 床褥　纵向对折 1 次,再横向 S 形 3 折。

(三) 铺床术

床单位要保持整洁,床上用物需定期更换,病床应符合实用、耐用、舒适、安全的原则。

1. 备用床

(1) 目的:保持病室整洁、舒适、美观,准备迎接新患者。

(2) 用物:床、床垫、床褥、大单、被套、棉胎、枕套、枕芯、护理车。

(3) 实施:见表 7-2。

表 7-2　备用床铺床操作步骤

操作步骤	注意事项与说明
1. 洗手、准备用物	● 患者进餐或接受治疗时暂停铺床
2. 移桌椅、翻床垫 (1) 按取用顺序放置用物于护理车上至床边(由下而上放置枕芯、枕套、棉胎、被套、大单) (2) 有脚轮的床,应先固定,调整床的高度 (3) 移开床旁桌,离床约 20 cm;移椅至床尾正中,离床约 15 cm (4) 用物放于床尾椅上 (5) 从床头向床尾或反向翻转床垫,齐床头铺床褥于床垫上	● 方便操作,避免多次走动,提高效率并省力 ● 以免床移动,方便操作并省力 ● 便于操作 ● 便于取用 ● 避免床垫局部经常受压而凹陷,使患者不适
3. 铺大单 (1) 取折叠好的大单中线对齐床中线,放于床的正中处,分别向床头、床尾展开,正面向上 (2) 铺近侧床头,一手托起床垫,一手伸过床头中线,将大单包塞于床垫下 (3) 包折床角	● 铺床时,身体应靠近床,两脚分开,稍屈膝,以扩大支撑面,降低重心 ● 应用臀部肌肉力量,手和臂动作协调连续,注意节力 ● 先铺近侧,再铺对侧,先铺床头,后铺床尾,再铺中部,减少走动

（续表）

操作步骤	注意事项与说明
◆ 斜角法　在距床头 30 cm 处，向上提起大单边缘，使其同床边垂直，呈一等边三角形，以床沿为界，将三角形分为两半，上半三角覆盖于床上，下半三角平整塞于床垫下，再将上半三角翻下塞于床垫下，使之成为一斜角(图 7 - 2) ◆ 直角法　将上半三角底边直角部分拉出，拉出部分的边缘与地面垂直，将拉出部分塞于垫下 （4）同法铺近侧床尾 （5）将中部下垂的大单拉紧，双手掌心向上，将大单平塞于床垫下 （6）绕至对侧，以同法铺妥大单	● 床角整齐、美观，不易松散，产生皱褶 ● 铺床或拆单时动作不宜过大，以免病菌随空气流动传播
4. 套被套 　◆ "S"式　取已折叠好的被套，齐床头放置，开口端朝床尾，中线与床中线对齐，正面向外展开，平铺于床上，开口端上层向上翻约 1/3，将折好的"S"形棉胎置于被套开口处，底边与被套开口边平齐；将棉胎上缘中点拉至被套封口处，将竖折的棉胎向两边展开，与被套平齐，对好两上角；至床尾，逐层拉平盖被，系带；盖被的上缘平齐床头，左右侧向内折和床沿平齐，铺成被筒，尾端向内折叠于床尾上或塞于床垫下(图 7 - 3) 　◆ 卷筒式　被套正面向内，平铺于床上，开口端向床尾；棉胎平铺于被套上，上缘与被套封口边齐，将棉胎与被套一并自床尾卷至床头，自开口处翻转，至床尾，拉平各层，系带；余同"S"式铺好盖被(图 7 - 4)	● 棉胎应与被套紧贴，盖被表面平整，床面整齐、美观
5. 套枕芯 （1）在床尾处套枕套于枕芯上，系带 （2）轻拍枕头，平放于床头，枕套开口处背门(图 7 - 5)	● 枕头平整，四角充实 ● 开口背门利于病室整齐美观
6. 移回桌椅　将床旁桌椅返回原处，使床单位与同室其他床、床旁桌、椅整齐划一	● 保持病室整洁美观
7. 消毒双手　用消毒小毛巾擦拭双手	● 防止交叉感染

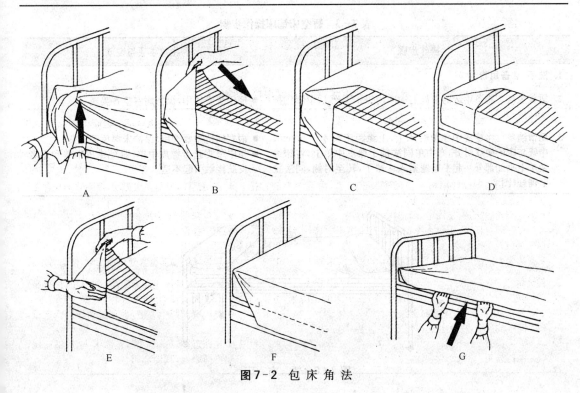

图 7 - 2　包 床 角 法

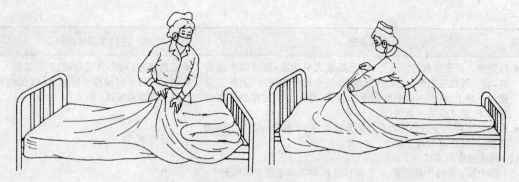

图7-3 "S"式套被套法

图7-4 卷筒式套被套法

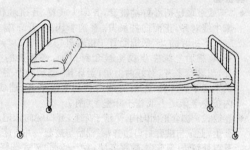

图7-5 备用床(被套式)

2. 暂空床

(1) 目的:保持病室整洁、舒适、美观,迎接新患者入院或供暂离床活动的患者使用。

(2) 用物:同备用床,必要时另备橡皮中单和布中单。

(3) 实施:见表7-3。

表7-3 暂空床铺床操作步骤

操作步骤	注意事项与说明
1. 洗手、准备用物	
2. 重整盖被 将备用床的盖被上端向内折1/4,然后扇形三折于床尾,并使之平齐	● 便于患者使用,保持病室整齐美观
3. 酌情铺单 将橡皮中单放在床上,上缘距床头 45~50 cm,中线与床的中线对齐,布中单同法铺于橡皮中单上,将床缘两单下垂的部分一起平整地塞入床垫下,转至对侧,同法拉紧铺好(图7-6)	● 根据病情需要选用,保护床褥免受污染 ● 布中单要遮盖橡皮中单,避免橡皮中单和患者皮肤接触引起不适

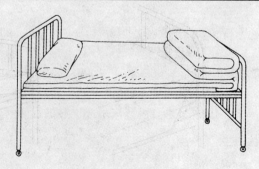

图7-6 暂 空 床

3. 麻醉床

（1）目的：便于接受和护理麻醉手术后的患者；保护被褥不被污染，便于更换；使患者安全、舒适，预防并发症。

（2）用物：①床上用物同备用床，另加橡皮中单和布中单各两条。②麻醉护理盘（铺治疗巾）：治疗巾内置开口器、压舌板、舌钳、牙垫、治疗碗、镊子、输氧管、吸痰导管、纱布数块；治疗巾外置血压计、听诊器、护理记录单、弯盘、棉签、胶布、手电筒。③另备输液架，必要时备胃肠减压器、吸引器、热水袋。

（3）实施：见表7-4。

表7-4 麻醉床铺床操作步骤

操作步骤	注意事项与说明
1. 拆除各单 同铺备用床移开床旁桌椅，拆除床上原有各单，置于污衣袋内	● 降低手术后感染的危险性
2. 洗手、准备用物	
3. 铺大单、橡胶单、中单 （1）按暂空床铺法，铺妥一侧大单及中段的橡皮中单、布中单 （2）然后将另一橡皮中单、布中单铺于床头，使上端平齐床头，下端压在中部橡皮单及布中单上，下垂边缘部分一并塞于床垫下 （3）至对侧，同法依次铺妥各单	● 橡皮中单可保护床褥及床单免受污染 ● 颈胸手术可铺在床头；下肢手术可铺在床尾；非全麻手术只铺在床中部即可
4. 铺盖被 （1）套好被套，两侧铺法同备用床，尾端系带后，向里或向外横向折叠与床尾齐 （2）将盖被纵向三折叠于一侧床边，开口处向门	● 便于患者术后由平车移至床上
5. 套枕套 同备用床法套好枕套，将枕头横立床头	● 以防患者躁动时头部碰撞床栏而受伤
6. 放置桌椅、护理盘 （1）移回床旁桌，椅子放于盖被折叠侧 （2）麻醉护理盘置于床旁桌上，其他用物放于妥善处（图7-7）	● 便于将患者移至床上 ● 便于取用

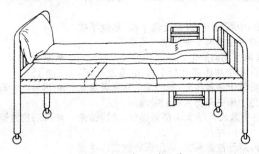

图7-7 麻 醉 床

4. 卧有患者床

（1）目的：更换或整理卧有患者床，使病床整洁，患者睡卧舒适，预防压疮及其他并发症，保持病室整洁美观。

（2）用物：护理车、清洁大单、中单、被套、枕套、床刷或浸有消毒液的微湿扫床巾、污衣袋、必要时备清洁衣裤和便器（上盖便器巾）。

（3）实施：见表7-5。

表 7-5 卧有患者床铺床操作步骤

操作步骤	注意事项与说明
1. 核对解释 (1) 评估病室环境及患者病情 (2) 核对床号姓名,向患者解释操作的目的、方法及配合事项 (3) 询问患者是否需使用便器,需要时协助患者床上排便	● 判断此时操作是否适宜 ● 确认患者,取得合作 ● 满足患者需要,防止操作中断
2. 洗手,准备用物	
3. 移开桌椅,松开盖被 (1) 备齐用物,推至患者床边 (2) 移开床旁桌、椅,松开床尾端盖被	 ● 病情许可者,暂时放平床头和床尾支架
◆ 扫床术 (1) 协助患者翻身侧卧,背向护士,枕头移向对侧 (2) 松开近侧各层床单,取扫床巾扫净中单、橡皮中单后搭在患者身上,自床头至床尾扫净大单上碎屑,最后将各单逐层拉平铺好 (3) 协助患者翻身侧卧于扫净一侧,枕头也随之移向近侧;转至对侧,同上法逐层扫净各单,拉平铺好 (4) 帮助患者平卧,整理盖被,将棉胎与被套拉平,折成被筒,为患者盖好,被尾塞于床垫下或折叠于床尾 (5) 取出枕头,轻轻拍松后协助患者枕好,取舒适卧位 (6) 移回床旁桌、椅,整理床单 (7) 整理用物,洗手,必要时作记录	● 随时观察患者的面色、脉搏、呼吸情况,并注意保暖,意识不清者应设有床栏以防坠床 ● 注意扫净枕下及患者身下的碎屑 ● 盖被头端无空虚,避免患者受凉 ● 在操作中应与患者交流,了解其心理状况及需要,增进护患关系,取得患者的配合
◆ 更换床单术 方法一 侧卧更单术 (1) 协助患者翻身侧卧,背向护士,枕头移向对侧,各清洁单按更换顺序放于床尾椅上 (2) 松开近侧各单,将布中单向上卷塞于患者身下,用扫床巾扫净橡皮中单上的碎屑后搭在患者身上,将大单也向上卷至患者身下,扫净床上碎屑 (3) 将清洁大单的中线和床中线对齐,展开近侧半幅,将另半幅卷紧塞于患者身下;近侧半幅按床头、床尾、中部顺序先后展开,拉紧铺好 (4) 放下橡皮中单,铺布中单,中线对齐,展开近侧半幅,远侧半幅卷至患者身下近侧下垂的两中单展平一并塞于床垫下 (5) 移枕头至近侧,协助患者翻身面向护士 (6) 转至对侧,松开各单,将污布中单由患者身下取出,卷至床尾,扫净橡皮中单上的碎屑后搭于患者身上,将污大单从患者身下取出,由床头卷至床尾,与中单一并扔入污衣袋内 (7) 扫净床上碎屑,从患者身下取出清洁大单展开铺好,然后铺橡皮中单、布中单 (8) 更换被套,协助患者平卧,解开被套系带,取出棉胎铺在污被套上,并展平;取清洁被套内面向外,铺于棉胎上;一手伸入清洁被套内,抓住棉胎及被套上端一角,翻转清洁被套;同法翻转另一个角后,整理被头;一手抓住盖被上端,一手将清洁被套向下拉平,同时撤出污被套,丢入污衣袋内 (9) 整理盖被,折成被筒,为患者盖好 (10) 取出枕头,更换枕套,置于患者头下,取舒适卧位 (11) 余同扫床术 方法二 平卧更单术 (1) 一人托起患者头颈部,一人迅速取出枕头,放于床尾椅上,分别松开大单、中单、橡皮中单并横卷成筒状	● 适用于卧床不起,病情允许翻身者 ● 大单由远侧向近侧卷至中线,再塞于患者身下 ● 观察患者面色、脉搏、呼吸,询问有无不适 ● 污单不可随意扔在地上 ● 各层拉紧铺好 ● 被筒不可太紧使患者足部受压,以防足下垂 ● 适用于病情不允许翻身侧卧的患者 ● 两人分工合作,配合协调

（续表）

操作步骤	注意事项与说明
（2）一人将床头污大单横卷至患者肩下，一人将清洁大单也横卷成筒式铺于床头，两人共同铺好床头大单	● 大单中线与床中线对齐
（3）一人抬起患者上半身，一人将污大单、橡皮中单、布中单一并从患者肩下卷至患者臀下，同时将清洁大单随之拉平至臀部	● 骨科患者可利用牵引架上拉手自己抬起身躯
（4）放平患者，一人抬起臀部，一人迅速撤出污单，同时将清洁大单拉至床尾，橡皮中单放在床尾椅背上；污单丢入污衣袋内，展平铺好清洁大单	
（5）一人套枕套为患者枕好，一人备橡皮中单、布中单，并先铺一侧，余半幅塞于患者身下至对侧，另一人展开铺好	
（6）余步骤同侧卧更单术	

▓▓ 第二节　出院护理

出院护理是指患者出院时护理人员对其进行的一系列护理工作。目的是帮助患者尽快适应原有的工作和生活，重返社会；巩固疗效，指导患者和家属出院后仍须继续执行的治疗护理活动；清洁消毒出院患者使用过的物品，重新布置床单位，以备迎接新患者。

一、出院方式

（一）准予出院

患者经治疗，病情好转，已痊愈或可回家休养，基本好转，医生告知患者出院或由患者建议，经医生同意并开具出院医嘱。

（二）自动出院

患者的疾病未痊愈，尚需住院治疗，但因经济、家庭等因素，患者或家属向医生要求出院。在这种情况下，需患者或家属填写"自动出院"字据，再由医生开具"自动出院"医嘱。

（三）转院

患者需转往其他医院继续就诊，在这种情况下，医生需告知患者及家属，并开具出院医嘱。

（四）死亡

患者因病情过重抢救无效而死亡，需由医生开具"死亡"医嘱，并办理出院手续。

二、出院护理

（一）出院前护理

（1）在医生决定出院日期，开具"出院"医嘱后，通知患者或家属做好出院准备。

（2）处理有关文件，签好出院证，写完病历记录。在体温单、医嘱记录单的相应记录栏内记录出院日期和时间，通知营养室停止出院者膳食，整理病历，并与出院证一并送至出院处结算。

（3）根据病情，向患者或家属进行有关的健康教育，指导其出院后自我调养和康复方面应注意的事项。

（4）注意患者情绪变化，给予安慰和鼓励，增进其信心，减轻因离开医院所产生的恐惧与焦虑。

（5）征求患者对医院工作的意见，以便不断提高医疗护理工作的质量。

（二）出院时护理

（1）执行出院医嘱

1）停止一切医嘱,用红笔在各种执行卡片(服药卡、治疗卡、饮食卡、护理卡等)或有关表格单上写"出院"字样,注明日期并签名。

2）撤去"患者一览表"上的诊断卡及床尾卡。

3）填写出院患者登记本。

4）患者出院后需继续服药时,按医嘱处方到药房领取药物,交患者或家属带回,并给予用药知识指导。

5）在体温单40～42℃横线之间相应出院日和时间栏内,用红钢笔纵行填写出院时间。

(2）填写患者出院护理记录。

(3）协助患者清理用物,归还寄存的物品,收回患者住院期间所借的物品,并消毒处理。

(4）协助患者或家属办完出院手续,护士收到住院收费处签写的出院通知单后,根据患者病情用平车、轮椅或步行护送患者出院。

(三) 床单位的处理

出院患者的床单位必须进行消毒、清洁,以备新患者使用,防止发生医院感染。

(1）撤去病床上污被服,丢入污衣袋,送洗衣房清洗。

(2）床垫、床褥、棉胎、枕芯等可用紫外线消毒或日光曝晒6 h后,按要求折叠。

(3）用消毒液擦拭床旁桌椅,痰杯、脸盆用消毒液浸泡。

(4）病室开门窗通风。

(5）铺备用床,准备迎接新患者。

(6）传染性病床单位及病室均按传染病终末消毒法处理。

■■ 第三节　搬运及运送患者的技术

在患者入院、出院、接受检查或治疗护理时,凡不能自行移动者均需护理人员根据病情选用不同搬运和运送方式。在搬运和运送患者的过程中,护士应将人体力学原理正确运用于操作中,以减轻疲劳,提高工作效率,使患者安全舒适。

一、人体力学在护理工作中的运用

人体力学是运用物理学中的力学原理和有关的定律以及相关的机械运动原理来研究人体发生的各种活动的科学。在医疗保健活动中,人体力学应用十分广泛。护理人员在工作中应用人体力学原理,不仅可以帮助患者采取正确的姿势和体位,避免肌肉过度紧张,使其舒适安全,而且还可以减轻自身疲劳和肌肉紧张,提高工作效率。

(一) 常用力学原理

1. 杠杆原理　人体的运动基本是符合杠杆原理的。在运动中骨骼好比杠杆,关节是运动的支点,骨骼肌舒缩所产生的力是运动的动力。它们在神经系统的调节下,对身体起着保护、支持和运动的作用。人体运动时运用的杠杆分为3类,平衡杠杆、省力杠杆及速度杠杆。

(1）平衡杠杆:支点在阻力作用点和动力作用点之间。例如,头部在寰枕关节上进行仰头和低头的动作。寰椎为支点,前后两组肌群产生作用力,当前部肌群产生的力与重力的力矩之和与后部肌群产生的力的力矩相等时,头部趋于平衡。

(2）省力杠杆:阻力作用点位于动力作用点和支点之间。例如,人用脚尖走路时,脚尖是支点,脚跟后的肌肉产生的力是作用力,体重落在中间,由于动力力臂较长,用较小的力就足以支持体重。

(3）速度杠杆:动力作用点位于支点和阻力作用点之间,是人体最常见的杠杆运动。例如,用手臂举起重物时的肘关节运动,肘关节是支点,手臂前肌群的力作用于支点和重物重心之间,由于力臂较短,就得用较大的力。这种杠杆虽费力,但却赢得了速度和运动范围。

2. 平衡与稳定　人体的平衡与稳定是与人或物体的重心、支撑面、重力密切相关的。

(1) 重心的高度与稳定度成反比:重心是物体总量的中心,人或物体的重心越低,稳定度越大。

(2) 支撑面大小与稳定度成正比:支撑面是人或物体与地面接触的支撑面积。支撑面越大,人或物体越稳定。如老年人行走时,用手杖起到扩大支撑面的作用,从而增加稳定度。

(3) 重力线通过支撑面才能保持稳定:重力线是一条通过重心垂直于地面的线。人体只有在重力线通过支撑面时,才能保持平衡。如当人从坐椅上站起时,最好身体前倾,两脚一前一后,使重力线落在支撑面内,这样可以平稳地站起来。

(二) 人体力学的运用原则

1. 扩大支撑面　护士在站立或操作中,根据实际需要两脚前后或左右分开,以扩大支撑面。给患者摆放体位时,也应尽量扩大支撑面,如侧卧位时,应两臂屈肘,一手放在枕旁,一手放在胸前,两腿前后分开。

2. 降低重心　护士在取位置低的物体或进行低平面操作时,应两脚分开,同时屈膝曲髋,这样比弯腰去操作及取物更省力,而且还可减少腰背部损伤。

3. 减少重力线的偏移　护士在提、端物品时应尽量将物体靠近身体;移动患者时,应与患者接近,这样保证重力线落在支撑面内。

4. 利用杠杆作用　护士在提物时使物体靠近躯干,同时将肘部尽可能地贴近躯干,这样就减少了物体的力臂,可用较小的力来提取重物,增加了操作的有效性。在举高物品时,也可利用杠杆作用,或用推拉代替举高,这样只要克服摩擦力就可以了。

5. 使用大肌肉群　护士进行护理操作时,在能使用整只手时,绝不只用手指;在能使用手臂力量时,绝不只用手腕部力量;在能使用躯干部和下肢肌肉的力量时,绝不只使用上肢。如提取重物时,两脚前后分开就是使用腿部的肌肉群,而不只是使用背部的肌肉群,可避免损伤背部或腰部。

6. 操作平稳、有节律　根据惯性原理,物体一旦移动后容易继续保持这种状态,此时用平稳、有节律的移动比快速、急拉的方式做功小。

以上原则是否能真正有效地落实在各项护理操作中,还需要护理人员经常有意识地去实践体会,使之成为自己自觉的习惯动作。

二、轮椅运送术

(一) 目的
用于运送不能行走的患者,移动患者,增加活动范围。

(二) 用物
轮椅、患者的拖鞋或布鞋、按季节备患者外穿衣。

(三) 实施
见表7-6。

表7-6　轮椅运送操作步骤

操作步骤	注意事项与说明
1. **核对解释**　核对床号、姓名,并向患者或家属说明将要进行的护理操作	● 确认并评估患者,以取得合作

（续表）

操作步骤	注意事项与说明
2. **固定轮椅** 检查轮椅性能是否良好,将轮椅推至床边,椅背与床尾平齐,面向床头,翻起踏脚板,拉起车闸制动	● 检查轮椅性能,保证安全,以利使用 ● 翻起踏脚板便于患者入坐;固定车轮,防止患者滑脱跌伤
3. **协助坐起** （1）协助患者面向轮椅侧卧,护理人员站于患者旁,面向床尾,近床侧脚置前,另一脚置后 （2）协助患者坐起、穿衣及鞋	● 身体虚弱者,坐起后应适应片刻,无特殊情况方可下地,以免发生直立性低血压
4. **坐入轮椅** （1）请患者双手置于护士肩上,护士双手抱患者腰部,协助其慢慢下床,并一起转向轮椅,使患者坐入轮椅 （2）放下踏脚板,让患者双脚置于其上,两手臂放于扶手上	● 病情允许者,护理人员可站在车轮后面固定轮椅,患者自行坐入轮椅 ● 嘱患者尽量向后坐,勿向前倾斜或自行下车,以防跌倒 ● 使患者舒适
5. **推轮椅** 松闸后推患者至目的地,推行时随时观察病情	● 推行时下坡应减速;上坡或过门槛时,应翘起前轮,使患者头、背部后倾,并抓住扶手,以免发生意外
6. **下轮椅** （1）推轮椅至床边,拉车闸固定,翻起脚踏板,扶患者下轮椅（与上轮椅方法逆行）,协助患者慢慢转向床缘,坐于床缘,脱去保暖外衣及鞋子 （2）协助患者取舒适卧位,盖好被子 （3）整理床单位,观察病情,轮椅推回原处放置,必要时作记录	

三、平车运送术

（一）目的

用于运送不能起床的患者出入院、作检查、治疗或手术。

（二）用物

平车上置布单和橡胶单包好的垫子和枕头、毛毯或棉被,需要时备中单。

（三）实施

见表7-7。

表7-7 平车运送操作步骤

操作步骤	注意事项与说明
1. **核对解释** 核对床号、姓名,并向患者或家属说明将要进行的护理操作	● 确认并评估患者,以取得合作
2. **准备** （1）准备用物,检查平车性能是否良好 （2）安置患者身上导管	● 以确保安全 ● 避免脱落、受压或液体反流
3. **搬运患者** ◆ 挪动术 （1）移开床旁桌椅,松开盖被,嘱患者自行移至床边	● 适于病情许可、能适当配合的患者

（续表）

操作步骤	注意事项与说明
（2）使平车紧靠床边，并抵住平车或闸住平车的轮子 （3）协助患者按上半身、臀部、下肢的顺序向平车挪动，让患者头部卧于大轮端，并根据病情需要给患者安置舒适卧位	● 防止平车滑动，确保患者安全 ● 自平车移回床上时，先助其移动下半身，再移动上半身 ● 平车小轮转动灵活，大轮转动次数少，以大轮端为头端可减轻患者在搬运过程中的不适
◆ 单人搬运术（图7-8） （1）将床旁椅移至对侧床尾，松开盖被 （2）推平车至床尾，平车头端与床尾呈钝角 （3）搬运者站于床边，两脚一前一后，稍屈膝；一手自患者腋下插入至对侧肩外侧，一手插至对侧大腿下，嘱患者双臂交叉依附于搬运者颈部 （4）抱起患者，移步转向平车，放低前臂置患者于平车上，使患者平卧	● 适于病情允许不能自行挪动的小儿或体重较轻者 ● 缩短搬运距离 ● 扩大支撑面，降低重心，便于转身，并使操作者手臂与床面相平 ● 借助腿部强有力的肌群，抱起患者，搬运时应将患者重心移在支撑面内；同时嘱患者向搬运者倾斜，缩短力臂，省力
◆ 两人或三人搬运术 （1）同单人搬运法移床旁椅、松开盖被、放妥平车 （2）两人或三人站于床同侧，姿势同单人法 　① 两人法：甲一手臂托住患者头、颈及肩部，一手托住腰部；乙一手托住患者臀部，一手托住腘窝处（图7-9） 　② 三人法：甲托住患者的头、肩胛部；乙托住患者的背、臀部；丙托住患者的腘窝和小腿处（图7-10） （3）合力抬起患者，同时移步转向平车，使其平卧	● 适用于病情较轻，但不能自理者 ● 身高者托患者上半身，使患者头位于高处，减少不适；能承重者托下半身 ● 搬运者用力一致，合力抬起时，应有一人叫口令，保持患者身体平直，免受伤害
◆ 四人搬运法 （1）移开床旁桌椅，在患者身下铺一布中单或大单 （2）使平车与病床纵向紧靠在一起 （3）甲站于床头托住患者的头、颈及肩部；乙站于床尾托住患者的两腿；另外两人分别站于平车及病床的两侧，抓住中单四角（图7-11） （4）由一人喊口令，四人合力同时抬起患者，轻轻放于平车中央，取合适卧位	● 适用于颈、腰部骨折或病情较重者 ● 便于抬患者 ● 对颈椎损伤或怀疑有颈椎损伤者，搬运时一定要保持头部中立位，并沿身体纵轴向上略牵引 ● 患者取仰卧位，并在颈下垫小枕，头颈两侧用沙袋固定，保持头颈中立位
4. 整理 （1）盖好大单或盖被，边缘部分向内折叠 （2）整理床单位，铺暂空床	● 保持病室整齐、美观
5. 推车　推平车护送患者去目的地	● 推车时，车速适宜，确保患者安全、舒适 ● 护士应站在患者头侧，注意观察患者面色、呼吸及脉搏 ● 上下坡时，患者头部应在高处 ● 冬季注意保暖，避免受凉 ● 骨折患者车上垫木板，并固定好骨折部位；有输液及引流管，须保持通畅 ● 推车进出门时，应先将门打开，不可用车撞门

图7-8 单人搬运法

图7-9 两人搬运法

图7-10 三人搬运法

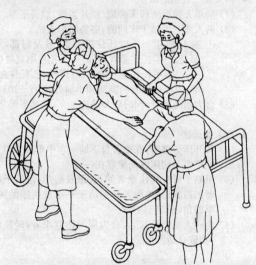

图7-11 四人搬运法

复习题

【A型题】

1. 办理入院手续后,应进行卫生处置的患者是: ( )

   A. 高血压危象　　　　　　B. 脑外伤　　　　　　　C. 择期手术患者

   D. 即将分娩的患者　　　　E. 休克患者

2. 病区护士接到住院处通知有新患者住院,首先应: ( )

   A. 安排床位,将备用床变为暂空床　　　B. 到门口迎接新患者

   C. 向患者做入院指导　　　　　　　　　D. 填写有关表格

   E. 收集病史及作护理体检

3. 下列患者中,需要特别护理的是: ( )

　　A. 年老体弱者　　　　　　　　　　　　　　B. 需严格卧床休息,生活不能自理者

　　C. 高热患者　　　　　　　　　　　　　　　D. 肾脏移植手术后的脑出血患者

　　E. 瘫痪患者

4. 特别护理的主要工作要点不包括：　　　　　　　　　　　　　　　　（　　）

　　A. 给予卫生保健指导及功能锻炼　　　　　B. 专人护理,制定护理计划

　　C. 严密观察病情及生命体征　　　　　　　D. 备好急救药品、器材、以备抢救

　　E. 准确记录出入液量,做好护理记录

5. 出院指导不包括的内容是：　　　　　　　　　　　　　　　　　　　（　　）

　　A. 功能锻炼　　　B. 复诊　　　　　C. 服药　　　　　D. 饮食　　　　　E. 院规

6. 出院护理过程中错误的是：　　　　　　　　　　　　　　　　　　　（　　）

　　A. 办理出院手续　　　　　　　　　　　　B. 停止注射给药,口服药继续服用

　　C. 介绍出院后有关注意事项　　　　　　　D. 征求患者意见

　　E. 热情护送出院

7. 关于轮椅运送法叙述错误的是：　　　　　　　　　　　　　　　　　（　　）

　　A. 接患者时椅背与床尾平齐　　　　　　　B. 闸应制动

　　C. 上车前应提前将踏脚板翻下　　　　　　D. 患者应抬头后靠避免身体前倾

　　E. 推行时下坡应减速

8. 平车运送患者时,下列哪项是错误的：　　　　　　　　　　　　　　　（　　）

　　A. 上下坡时患者头部位于车前端　　　　　B. 动作轻稳、安全、舒适

　　C. 骨折患者车上垫木板　　　　　　　　　D. 继续输液防止针头阻塞或脱落

　　E. 意识障碍者须有护士在旁守护

9. 需要准备麻醉床的患者是：　　　　　　　　　　　　　　　　　　　（　　）

　　A. 外科新入院的患者　　　　　　　　　　B. 行口服法胆囊造影的患者

　　C. 腰椎穿刺术后的患者　　　　　　　　　D. 肠梗阻待手术的患者

　　E. 腹腔镜术后的患者

10. 铺备用床(被套式)操作中,以下错误的一项是：　　　　　　　　　　（　　）

　　A. 移开床旁桌距床约 20 cm　　　　　　　B. 移座椅距床尾约 15 cm

　　C. 翻转床垫　　　　　　　　　　　　　　D. 铺大单铺床角,先床尾,后床头

　　E. 套上被套,折被筒齐床沿

11. 全身麻醉护理盘内不需准备的物品是：　　　　　　　　　　　　　　（　　）

　　A. 血压计　　　　　　　B. 压舌板　　　　　　　C. 吸痰导管

　　D. 导尿管　　　　　　　E. 输氧导管

12. 患者,张某,急性心肌梗死,需住院治疗,住院处护理人员首先应给患者：　　（　　）

　　A. 卫生处置　　　　　　　　　　　　　　B. 进行护理诊断

　　C. 介绍医院规章制度　　　　　　　　　　D. 氧气吸入,立即用平车送入病区

　　E. 留尿便标本检查

13. 陶先生,45 岁,因颈椎骨折住院,现需送 CT 室检查,护士应采用何种方法搬运患者：　（　　）

　　A. 单人搬运法　　　　B. 二人搬运法　　　　　C. 三人搬运法

　　D. 四人搬运法　　　　E. 挪动法

14. 患者,男,55 岁,因胃癌行胃大部切除术,术后 24 小时内应给予：　　　　（　　）

　　A. 三级护理　　　B. 二级护理　　　C. 一级护理　　　D. 特别护理　　　E. 监护

【填空题】

1. 护士在工作中,应运用_____原理,帮助患者采取正确的姿势和体位,避免肌肉过度紧张,使其舒适、安全。

2. 应用节力原则:铺床时护士身体_____床边,上身保持_____,两腿间距离与_____同宽,两膝_____,两腿根据活动情况分开。

【简答题】

1. 刘先生,男,35岁,农民。腹胀、乏力半年,近一周加重。诊断为肝硬化,腹水,收入院。作为一名值班护士,你应如何接待他?

2. 患者刘某,男,55岁,诊断为"多发性骨折伴创伤性休克"需立即手术,现给予双侧鼻导管吸氧,静脉输液,在用平车送往手术途中,护士应注意什么?

3. 铺床法有几种? 各有何用途?

4. 什么是分级护理? 阐述各级别护理适用的对象和护理要点。

第八章
舒　适

导　学

内容及要求

本章主要包括 4 个部分的内容，概述、卧位与舒适、清洁与舒适及疼痛患者的护理。

概述主要介绍了舒适的相关概念、不舒适的原因及不舒适患者的护理原则。在学习中，应熟悉舒适与不舒适的概念、引起不舒适的常见原因；了解不舒适患者的护理原则。

卧位与舒适主要介绍了卧位的分类、舒适卧位的基本要求、常用的卧位、变换卧位术及保护具的应用。在学习中，应重点掌握卧位的分类、各种卧位适用范围、临床意义及应用、保护具适用的对象；熟悉协助患者变换卧位的方法及其注意事项；了解各种保护具的使用方法及注意事项。

清洁与舒适主要介绍了口腔护理、头发护理、皮肤护理、会阴部的护理及晨晚间护理。每部分主要包含评估及相关的清洁护理技术。在学习中，应重点掌握特殊口腔护理及背部按摩操作的目的、操作步骤及注意事项；熟悉头发护理、床上擦浴的目的、操作步骤及注意事项；了解协助患者淋浴和盆浴、会阴部护理及晨晚间护理的相关内容。

疼痛患者的护理主要介绍了疼痛的概念、机制、原因及影响因素、疼痛患者的评估及护理。在学习中，应重点掌握疼痛患者的评估及护理；熟悉疼痛的概念、原因及影响因素；了解疼痛的机制。

重点、难点

本章重点为第二节卧位与舒适、第三节清洁与舒适。其难点为各种卧位的适用范围及临床意义、各项清洁护理技术相关的知识与操作。

舒适作为人类最基本的需要,范围广泛,包括个体的生理、心理、精神以及其所处的社会环境等方面。正常情况下,个体会通过自身不断的调节,进而满足其自身对舒适的需要;一旦健康受损,个体平衡状态受到破坏,舒适程度就会逐渐下降直至被不舒适取代,此时,个体需依赖于其他人的帮助以恢复和维持舒适。护理与舒适有着极其密切的关联,护理人员在护理患者时,应通过密切观察,发现影响患者舒适的相关因素,有针对性地为患者制定合理的护理计划,实施有效的护理措施,增进患者的舒适,以达到促进康复的效果。

▦ 第一节 概 述

一、概念

(一) 舒适

舒适(comfort)是指处在轻松、安宁的环境状态下,个体所具有的一种身心健康、满意、无疼痛、无焦虑、轻松、自在的自我感觉。当人们处于最佳健康状态、各种基本生理需要得到满足时,常常能体验到舒适的感觉。最高水平的舒适是一种健康状态,其生理心理需要均能得到满足,表现为情绪稳定,心情舒畅,感到安全并完全放松。

舒适由以下几方面构成:①生理舒适:个体身体上的舒适感觉。②心理舒适:个体内在的自我意识,如信仰、信念、自尊、生命的意义等精神需求得到满足。③环境舒适:个体所依赖生存的外界事物,如声音、光线、温度、湿度、空气、色彩等影响个体舒适感觉的相关因素适宜。④社会舒适:个体、家庭和社会的相互关系,如人际关系、家庭成员之间及社会关系的和谐。

4个方面彼此之间互为因果,互相联系,互相影响,其中任何一方面出现问题都必将使个体感觉不舒适。作为护士正是要充分认识和理解与舒适相关的4个方面的因素,适时地采取恰当有效的护理措施促进患者的舒适。

(二) 不舒适

不舒适是指个体身心不健全或有缺陷,生理、心理需求不能全部得到满足,或周围环境有不良刺激,身体出现病理改变,身心负荷过重的一种自我感觉。不舒适的表现多种多样,如紧张焦虑、烦躁不安、消极失望、精神不振、疲乏无力、失眠、疼痛,难以坚持日常工作和生活等,其中疼痛是不舒适中最为严重的形式。

舒适与不舒适没有截然的分界线,个体每时每刻都位于舒适与不舒适之间的某一个点上,并不断变化着。同时,舒适是患者的主观感觉和体验,个体的生理、心理、生活环境、文化背景以及各自的经历、习惯的不同,使个体对于舒适的理解、要求同样会有所区别。因此,想要准确判断患者舒适与不舒适的程度,不能单凭患者的主诉,护士需要在日常的工作过程中,注意不同患者间的个体差异,认真仔细地观察和评估,注意收集客观资料,进行科学分析。

二、不舒适的原因

满足患者对舒适的要求,消除导致患者不舒适的原因是护理的最终目标。造成患者不舒适的原因很多,要想使患者真正得到舒适,则需要找到导致不舒适的原因,采取有效的护理措施。导致患者不舒适的原因主要包括以下 3 个方面:身体因素、心理因素、环境因素,这些因素相互关联、相互影响。

(一)身体因素

1. 疾病 机体由于患病导致出现疼痛、咳嗽、呼吸困难、恶心、呕吐、口渴、饥饿、腹胀、腹泻等症状,患者由于受到这些疾病症状的折磨而产生不适感,通常比较严重。

2. 个人卫生不良 当患者由于疾病原因致使日常活动受限、自理程度受到影响,又无人照顾时,个人卫生清洁状况下降,常因头发油腻、头屑、皮肤污垢、瘙痒、口臭等引起不适,甚至影响其自尊。

3. 姿势或体位不当 由于疾病导致患者采取强迫体位、肢体缺乏适当支撑、关节过度屈曲或伸展、身体局部组织长期受压等可导致局部肌肉组织及关节疲劳、麻木、疼痛等,引起患者不适,进而影响其他生理功能。同时在移动骨折、石膏或夹板固定等活动受限的患者时,若方法不正确,也可引起患者疼痛或意外。

4. 保护具及矫形器械使用不当 过紧的约束带、绷带、石膏、夹板的固定,影响局部血液循环,引起疼痛、肿胀等不适。

(二)心理因素

1. 恐惧或焦虑 担心疾病可能带来的危害,惧怕面对死亡,缺乏安全感。疾病对个体的家庭、经济、工作学习等日常生活所造成的影响也会给患者带来不同程度的心理压力,或对康复缺乏自信,患者出现紧张、烦躁、失眠、易激惹、情绪无法自控等不舒适表现。

2. 环境和生活习惯改变 住院后由于环境陌生、不熟悉,生活习惯如作息、饮食等诸多变化,使患者出现适应不良,缺乏安全感,易产生压抑等不适表现。

3. 角色适应不良 患者由于对工作、家人、家庭生活的担心而使其不能很好地尽快对自己患者角色做出适应和相应改变,导致出现角色适应不良,患者无法安心养病,影响康复进程。

4. 缺乏支持系统 患者住院后与家人分隔,被亲友忽视,经济支持缺乏等。

5. 自尊受损 未得到医护人员足够的关心与照料,或是由于医护人员的疏忽而被冷落,使患者感到自己不被重视。以及进行某些操作时未及时充分遮挡,身体暴露过多等,均可使患者自尊心受挫。

(三)环境因素

病室和床单位杂乱无章,温度、湿度、光线不适宜,通风不良,环境嘈杂,被褥不洁等均会给患者带来不同程度的不适。

三、不舒适患者的护理原则

患者由于受疾病、心理、环境等因素的影响,常常处于不舒适的状态之中,从而导致个体出现焦虑、紧张等情绪而影响健康。护理人员在临床护理过程中需要通过仔细观察、认真询问、耐心听取患者及家属的叙述,并结合患者的表情、行为等,对引起患者不舒适的原因做出准确的评估与判断,及时实施有效的护理措施,满足患者对舒适的需求。

(一)积极预防,促进患者舒适

护理人员在促进患者舒适的过程中具有举足轻重的作用。一方面,良好的服务态度,礼貌亲切的言行举止可以很大程度影响到患者的心理舒适,如细心倾听患者及其家属对治疗及护理的意见、适时地鼓励患者主动参与护理活动、对不同患者的尊敬的称呼;另一方面,护理人员应掌握舒适的构成因素,以及影响舒适的各方面原因,对患者的身心做出全面准确的评估,提前为促进患者的舒适做出有效的预防,如创造良好整洁的病室环境,协助患者维持良好的个人卫生,加强生活护理,帮助患者维持良好的姿势与体位等。

(二)加强观察,及时去除诱因

不舒适与舒适一样,同为患者的主观感觉,难以用单纯的客观估计做出准确评估,尤其当患者的语言存在障碍或是危重症患者,难以顺利表达自身的感受时,则直接影响到护患沟通的效果。此时护理人员则更需要通过加强巡视,细心观察,仔细思考分析患者的表情、姿势、体态、手势、活动能力、面色、皮肤有无出汗等非语言行为,判断患者的舒适程度,及时发现并去除影响舒适的相关因素。

(三)采取有效措施,减轻或消除不适

若患者已经出现身体的不适,护理人员应在准确评估后及时采取有效的护理措施,减轻或解除患者的不适。如便秘者,可指导适当的饮食搭配、种类,必要时可采取大量不保留灌肠,解除患者由于便秘引起的不舒适。

(四)建立信任感,给予心理支持

护理人员与患者及其家属之间的相互信任是对患者进行心理护理的前提和基础。由于心理因素导致不适的患者,护理人员可以通过耐心的倾听,使患者将郁积于内心的苦闷和压抑宣泄出来,通过有效的护患沟通,正确指导患者调节情绪,联系患者家属及单位并使其积极配合医务人员做好患者的心理护理。

■■ 第二节　卧　位　与　舒　适

卧位是患者休息和配合医院治疗及护理的需要时所采取的卧床姿势。姿势和体位的不当能够导致不舒适的发生,同样根据患者病情的需要采取合适的卧位,就能够减轻患者的疲劳,促进患者的舒适,治疗疾病,预防并减少并发症。护理人员在临床护理工作中应熟知各种卧位的安置方法和要求,指导并协助患者卧于舒适、安全而正确的位置,保证诊疗护理工作的顺利完成。

一、卧位的分类

根据卧位的自主性,通常分为主动卧位、被动卧位和被迫卧位3种。

1. 主动卧位　即患者根据自己的意愿和习惯而采取的最舒适、随意的卧位,患者可以根据自己的感觉随时变换卧床姿势。主动卧位主要见于轻症患者、术前及处于恢复期的患者。

2. 被动卧位　患者自身无力变换卧位,躺在被他人安置的卧位,如昏迷、瘫痪、极度虚弱的患者。

3. 被迫卧位　患者意识存在,也有变换卧位的能力,但因疾病原因或因治疗需要被迫采取的卧位,如肺心病患者由于呼吸困难而采取的端坐卧位。

此外,根据卧位的平衡性,还可分为稳定性卧位和不稳定性卧位。卧位的平衡性与人体的重量、支撑面成正比,与重心高度成反比。稳定性卧位状态下,患者感到舒适、轻松;而不稳定性卧位状态下,机体处于紧张状态,容易疲劳,患者感到不舒适。

二、舒适卧位的基本要求

舒适卧位是指患者卧床时,身体的各部分处于轻松或合适的位置。要想协助患者维持舒适而正确的卧位,护士必须了解舒适卧位的基本要求,并根据患者的实际需要有针对性地实施。

(1)卧床的姿势应尽量符合人体力学要求,将体重平均分配至身体各部分,维持关节处于正常

功能位置,体内脏器在体腔拥有最大空间。

(2) 经常更换体位,至少每间隔 2 小时更换一次,避免局部皮肤和组织长期受压而导致压疮。

(3) 保证患者身体各部位每天都可以得到适量的活动,尤其是各个关节部位,在患者更换卧位时作关节活动范围练习,但应除外特殊禁忌证,如关节扭伤、骨折早期等。

(4) 加强受压部位皮肤的观察与护理,有效预防压疮。

(5) 保护隐私,对患者进行护理操作时应注意根据需要适当遮挡身体,保护患者隐私,促进患者身心舒适。

三、常用卧位

(一) 仰卧位

又可称为平卧位,是一种自然的休息姿势。患者仰卧,头下枕枕头,两臂放在身体两侧,两腿伸直自然放置。根据病情或诊疗的需要,仰卧位也可变化为以下几种卧位。

1. 去枕仰卧位

(1) 适用范围:①全身麻醉未清醒或昏迷的患者,可防止呕吐物误入气管而引起窒息或肺部并发症。②椎管内麻醉或脊髓腔穿刺后的患者,可预防颅内压降低而引起的头疼。

(2) 姿势:患者去枕仰卧,头偏向一侧,两臂放于身体两侧,双腿自然放平,枕头横立于床头(图 8-1)。

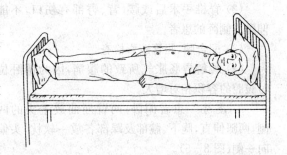

图 8-1　去枕仰卧位

2. 中凹卧位(休克卧位)

(1) 适用范围:适用于休克患者。抬高头胸部,有利于保持气道的通畅,改善呼吸困难及缺氧症状;抬高下肢,可促进静脉回流,增加心输出量而缓解休克症状。

(2) 姿势:患者头胸部抬高 10°～20°,下肢抬高 20°～30°,可利用垫枕抬高(图 8-2)。

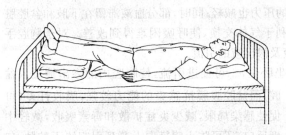

图 8-2　中凹卧位

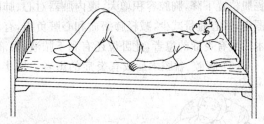

图 8-3　屈膝仰卧位

3. 屈膝仰卧位

(1) 适用范围:腹部检查的患者,可放松腹肌,便于检查进行;患者接受导尿、会阴冲洗等操作时,便于暴露操作部位。

(2) 姿势:患者仰卧,头下垫枕,双臂放于身体的两侧,两膝屈起,两脚平踏于床上,稍向外分开(图 8-3)。

(二) 侧卧位

1. 适用范围

(1) 灌肠、肛门检查、臀部肌内注射以及配合胃镜、肠镜检查等。

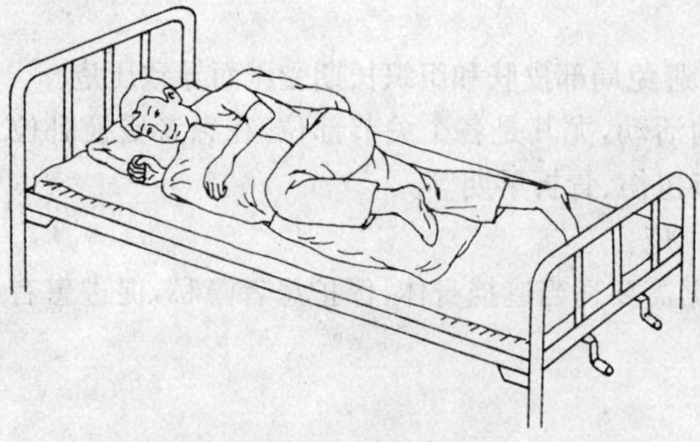

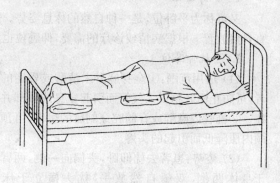

图8-4 侧卧位

（2）与仰卧位相互交替，预防压疮，并可便于护理局部受压部位，如擦洗、按摩、实施背部护理以及为卧床患者更换床单。

（3）帮助对不能坐姿进食的患者进行喂食。

2. 姿势　患者侧卧，两臂屈肘，一手放于枕旁，一手放于胸，下腿稍伸直，上腿弯曲（臀部肌内注射时应上腿伸直，下腿弯曲，以放松注射部位的肌肉）。必要时可在患者两膝间、胸腹部、背部放置软枕，扩大支撑面积，加强稳定性，增进舒适及安全感（图8-4）。

（三）俯卧位

1. 适用范围

（1）腰背部手术或检查的患者。

（2）脊椎手术后或腰、背、臀部有伤口，不能仰卧或侧卧的患者。

（3）配合胰、胆管造影检查。

（4）缓解胃肠胀气所致的腹痛，因为俯卧位时腹腔的容积相对增大。

2. 姿势　患者俯卧，两臂屈曲放于头的两侧，两腿伸直，胸下、髋部及踝部各放一软枕，头偏向一侧（图8-5）。

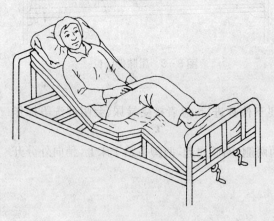

图8-5 俯卧位

（四）半坐卧位

1. 适用范围

（1）某些面部及颈部手术后的患者，采取半坐卧位可减轻局部出血。

（2）胸腔疾病、胸腔手术后或心肺疾病引起呼吸困难的患者。取半坐卧位，借助重力的作用使膈肌位置下降，胸腔容积增大，腹内脏器对心、肺的压力也减轻；同时，部分血液滞留在下肢和盆腔脏器内，回心血量减少，减轻肺瘀血和心脏负担，有利于气体交换，使呼吸困难得到改善。对于胸腔手术后或有炎症的患者，此卧位还有利于脓液、血液及渗出液的引流。

（3）腹腔、盆腔术后或有炎症的患者。取半坐卧位，一可促进引流，使腹腔内的渗出液流入盆腔，而盆腔腹膜抗感染的能力较强，吸收性差，可促使感染局限，减少炎症扩散和毒素吸收，减轻中毒反应，还可防止感染向上蔓延引起膈下脓肿；二可松弛腹肌，减轻腹部切口缝合处的张力，缓解疼痛，有利于切口愈合。

（4）疾病恢复期体质虚弱的患者。取半坐卧位，可以使其逐渐适应体位的改变，有利于向站立位的过渡。

2. 姿势　患者仰卧，用床头支架或靠背架抬高患者上半身，呈30°～50°，再稍摇起床尾支架或用大单包裹膝枕垫于患者膝下，使下肢屈曲，防止患者身体下滑（图8-6）。床尾可放一软枕，垫于

图8-6 半坐卧位

患者足底,避免患者足底直接与床档接触。放平时,先放平膝下支架,再放平床头支架。

(五)端坐位

1. 适用范围 适用于心力衰竭、心包积液、支气管哮喘发作的患者。由于呼吸极度困难,患者被迫端坐。

2. 姿势 患者坐于床上,用床头支架或靠背架将床头抬高70°～80°,使患者背部向后倚靠,膝下支架抬高15°～20°(图8-7)。床上放一跨床小桌,桌上放一软枕,患者身体稍前倾,可伏桌休息。必要时加用床档,保证患者的安全。

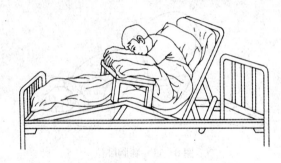

图8-7 端坐位

(六)头高足低位

1. 适用范围

(1)颈椎骨折的患者行颅骨牵引时,利用人体重力作反牵引力。

(2)减轻颅内压,预防脑水肿。

(3)颅脑术后患者。

2. 姿势 患者采取仰卧,用支托物垫高床头15～30 cm或根据病情而定,横立一软枕于床尾(图8-8)。

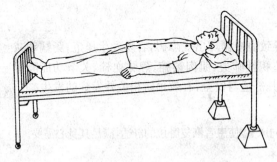

图8-8 头高足低位

(七)头低足高位

1. 适用范围

(1)肺部分泌物引流,使痰液易于咳出。

(2)十二指肠引流,利于胆汁的引流。

(3)妊娠时胎膜早破,可防止脐带脱垂。

(4)下肢骨折时行跟骨牵引或胫骨结节牵引时,利用人体重力作为反牵引力,防止身体下滑。

2. 姿势 患者仰卧,头偏于一侧,用支托物垫高床尾15～30 cm,床头横立一软枕,以防碰伤头部(图8-9)。这种体位容易使患者感到不适,所以不可长期使用,尤其对于颅内高压者禁用。

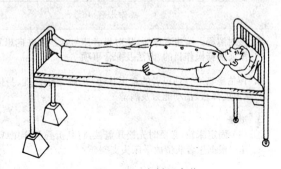

图8-9 头低足高位

(八)截石位

1. 适用范围

(1)产妇分娩时的卧姿。

(2)患者接受会阴、肛门部位的检查、治疗、护理或手术时,如妇科检查、膀胱镜检查等。

2. 姿势 患者仰卧于检查台上,两腿分开,放于支腿架上(支腿架上放软垫),臀部齐检查台边,两手放于胸前或身体两侧(图8-10)。注意患者的遮挡和保暖。

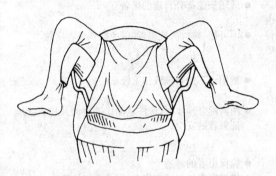

图8-10 截石位

图 8-11　膝胸卧位

（九）膝胸卧位

1. 适用范围

（1）做肛门、直肠、乙状结肠镜检查及治疗。

（2）矫正子宫后倾或胎位不正。

（3）促进产后子宫复原。

2. 姿势　患者跪卧于床面，两腿稍分开，大腿与床面垂直，小腿伸直平放于床上，头转向一侧，两臂屈肘放于头的两侧，胸贴床面，腹部悬空，背部伸直，臀部抬高（图 8-11）。女性患者胸部下可放一小垫枕，以防乳房受摩擦。

四、变换卧位术

长期卧床的患者，身体局部组织由于持续受压导致血液循环出现障碍，容易发生压疮；肠蠕动减慢，易发生消化不良、便秘；此外长期卧床还易出现坠积性肺炎、肌肉萎缩、静脉血栓、关节功能障碍等。因此，护理人员应帮助患者定时更换体位，增进其舒适与安全，有效预防相关并发症的发生。

（一）协助患者移向床头

1. 目的　协助滑向床尾而无法自行移动的患者移向床头，使患者恢复卧位的舒适，满足其身心需要。

2. 实施　见表 8-1。

表 8-1　协助患者移向床头操作步骤

操作步骤	注意事项与说明
1. 核对解释　至患者床旁，核对患者床号、姓名，并向患者及其家属解释操作目的、方法及配合事项	● 确认患者，取得合作
2. 评估患者　评估患者的意识状态、理解合作程度、身体下移程度、体重、活动能力及病情	● 如有夹板、石膏固定或是患者身上带有各种导管，操作时应注意妥善安置
3. 准备 （1）固定床轮，必要时先松开盖被，将其折叠至床尾或一侧，根据患者病情放平床头支架 （2）将枕头横立于床头	● 便于操作 ● 有导管及输液的患者应先将各种导管及输液装置安置妥当，避免脱落及发生意外 ● 移动患者时保护头部
4. 移动患者 ◆ 一人协助患者移向床头术（图 8-12） 　患者仰卧，下肢屈曲，双手握住床头栏杆或两侧的床缘，也可搭在护士肩部；护士一手托在患者的肩部，另一手托臀部，在托起患者的同时，嘱患者用脚蹬床面，挺身上移，顺势向床头移动患者 ◆ 两人协助患者移向床头术 　患者仰卧屈膝，两名操作者分别站在床的两侧，交叉托住患者的颈肩部及臀部；或者两人同侧，一人托住颈、肩和腰部，另一人托住臀部及腘窝处，两人同时用力抬起患者移向床头	● 适用于能部分自理的患者 ● 不可拖、拉、推、拽患者，以免擦伤患者皮肤 ● 适用于不能自理或体重较重的患者 ● 两人配合操作时，应注意动作的协调及稳定，保证患者的安全
5. 操作后处理 （1）协助患者取舒适卧位，将枕头移于患者头下 （2）根据病情需要抬高床头或支起靠背架，整理床单位 （3）洗手，记录	● 确保患者的舒适 ● 增进患者的舒适与安全，保持病室的整洁 ● 保持床单平整，无皱褶，降低皮肤受损的可能性 ● 防止病原体的传播

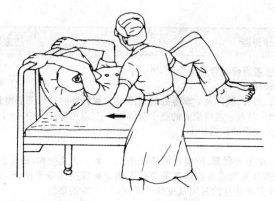

图 8-12　一人协助患者移向床头术

（二）协助患者翻身侧卧

1．目的

（1）协助不能起床的患者变换姿势，促进舒适。

（2）预防及减少并发症的发生，如坠积性肺炎、压疮等。

（3）适应和配合治疗及护理的需要，如更换或整理床单位，进行背部皮肤护理等。

2．实施　见表 8-2。

表 8-2　协助患者翻身侧卧操作步骤

操作步骤	注意事项与说明
1．核对解释　备齐用物携至患者床旁，核对患者的床号、姓名，向患者及其家属解释操作的目的、过程、相关注意事项	● 确认患者，取得理解与合作
2．评估患者　评估患者的体重及肢体活动情况、意识状态及认知理解配合程度、有无身体创伤、骨折固定、牵引及各种导管、受压部位皮肤情况、病情及治疗的需求	● 特殊患者操作时应遵医嘱 ● 如患者有夹板、石膏固定或身上带有各种导管，操作时应注意妥善安置
3．准备　固定床的脚轮，拉起患者欲侧卧一侧的床档；患者仰卧，两手放于腹部，两腿屈曲，妥善安置好各种导管及输液装置，必要时将盖被折叠至床尾或一侧后再行翻身	● 拉起床档可保证患者安全，避免翻身时坠床 ● 以防操作时导管扭曲受压或连接处脱落 ● 便于操作
4．协助患者翻身 ◆ 一人协助患者翻身术（图 8-13） 　（1）将一臂放于患者颈肩下，另一臂放于臀下，将患者上半身及臀部移向护士侧床缘；再将一臂放于患者臀下，另一臂放于患者双脚踝下，将患者双下肢移近并屈膝 　（2）一手托肩，一手扶膝，轻轻推患者转向对侧，背向护士 ◆ 两人协助患者翻身术（图 8-14） 　（1）两人站在床的同一侧，一人托住患者的颈肩部和腰部，另一人托住患者的臀部和腘窝部，两人同时将患者抬起，移向近侧 　（2）分别托扶患者的肩、腰、臀及膝部，轻推患者使其转向对侧 ◆ 轴式翻身术 　（1）患者去枕仰卧，将大单铺于患者身体下 　（2）两名护士站在床的同一侧，分别抓紧靠近患者肩、腰背、髋部及大腿等处的大单，同时发力将患者拉至近侧，拉起床档	● 适用于体重较轻的患者 ● 使患者尽量靠近护士，以缩短重力臂，达到省力 ● 不可拖、拉、推、拽患者，以免擦伤皮肤 ● 对体重较重的患者可分 3 次移动 ● 操作时护士双脚分开，扩大支撑面，降低重心，以保持平衡，增强稳定性，有利于节力 ● 适用于体重较重或病情较重的患者 ● 注意对患者的头部予以托持 ● 两人配合操作时，应注意动作的协调及稳定，保证患者的安全 ● 适用于脊椎受损或脊椎手术后患者改变卧位，可避免因翻身导致脊椎错位而损伤脊髓

（续表）

操作步骤	注意事项与说明
（3）绕至床的另一侧，将患者近侧手臂移至头侧，另一手放于胸前，两膝间放一软枕 （4）两人分别抓紧患者肩、腰背、髋部及大腿等处的远侧大单，由其中一人发口令，两人一起将患者的整个身体以圆滚轴式翻转至侧卧，使患者面向护士	●翻转时动作务必做到一致，勿让患者身体屈曲，以免脊柱错位
5. **安置体位**　按侧卧位要求，在患者背部、胸前及两膝间垫上软枕，必要时使用床档，检查并安置患者肢体各关节处于功能位置；整理床单位，洗手，记录翻身的时间及皮肤的情况，做好交班	●扩大支撑面，确保卧位稳定、安全、舒适 ●保持床单平整，无皱褶，避免皮肤受损，保持病室的整洁 ●手术后患者，先检查敷料是否脱落、干燥，如脱落或被分泌物浸湿，应先换药再翻身；颈椎、颅骨牵引的患者，翻身时不可放松牵引，保持头颈躯干在同一水平上；颅脑手术后的患者应取健侧卧位或平卧，头部不可翻转过剧，以免引起脑疝，压迫脑干，导致突然死亡；石膏固定和伤口较大的患者，翻身后应将患处放于适当位置，防止受压

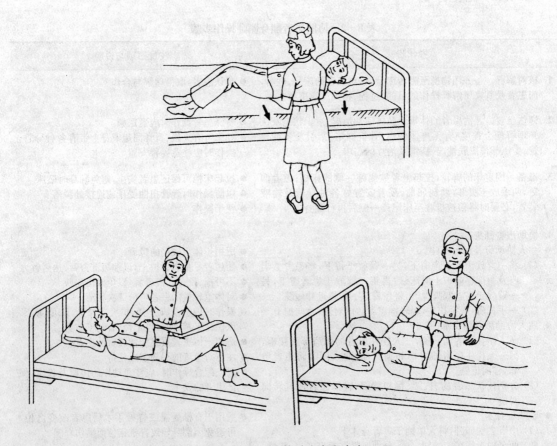

图 8-13　一人协助患者翻身术

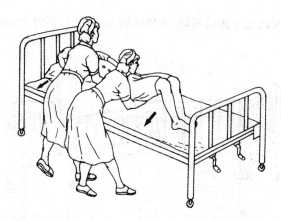

图 8-14　两人协助患者翻身术

五、保护具的应用

保护具是指用以限制患者身体或者身体某个部位的活动,确保患者安全及治疗和护理效果的各种器具。

(一) 适用范围

在临床护理中,保护具主要用于容易发生坠床、撞伤、抓伤、自伤、伤人等意外的患者,如小儿、谵妄、躁动不安、意识不清、麻醉未醒、失明、躁狂症等患者,以保证患者安全和治疗、护理的顺利进行。此外对于长期卧床、极度消瘦、虚弱等患者使用保护具,可以保护受压部位,避免压疮的出现。

(二) 常用保护具

1. 床档　也称床栏,主要用于预防患者坠床。医院常用的床档有以下3种。

(1) 多功能床档:不用时插于床尾,使用时可插入两边床缘,必要时可垫于患者的背部,帮助患者进行胸外心脏按压术(图8-15)。

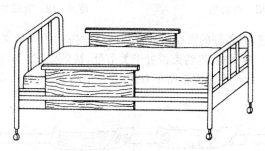

图 8-15　多功能床档

(2) 半自动床档:位于床缘两侧,使用时拉起,不用时放下,按需升降(图8-16)。

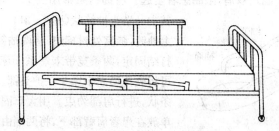

图 8-16　半自动床档

（3）木杆床档：需要时固定于床的两侧，床档中间为活动门，平时为关闭状态，操作时可将门打开（图8-17）。

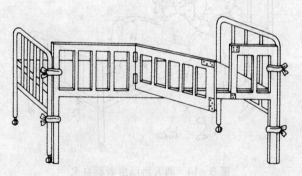

图8-17 木杆床档

2. 约束带 主要用于保护躁动的患者，限制其身体或肢体活动，以防患者自伤、坠床或妨碍治疗及护理。根据使用的部位不同，可分为以下几种。

（1）宽绷带：用于固定手腕及踝部。先用棉垫将手腕或踝部包裹住，再将宽绷带打成双套结（图8-18），套于棉垫外，稍拉紧，以保证肢体不脱出，松紧度以不影响血液循环为宜，最后将绷带系于床缘上（图8-19）。

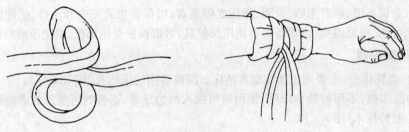

图8-18 双套结　　　　　图8-19 宽绷带约束法

随着材料和设计的改进，有条件的医院目前常使用尼龙搭扣约束带来代替宽绷带固定手腕、上臂、膝部和踝部（图8-20）。操作时，将约束带置于关节处，被约束部位衬棉垫，松紧度适宜，对合尼龙搭扣后将带子系于床缘。此约束带操作简单方便，易于更换、清洗和消毒，而且有利于分散局部的约束压力，更加安全。

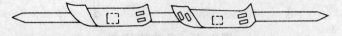

图8-20 尼龙搭扣约束带

（2）肩部约束带：用于固定双肩，限制患者坐起。肩部约束带用长120 cm、宽80 cm的宽布制成，其中一端为袖筒状（图8-21）。操作时，患者两侧肩部套上袖筒，腋窝处衬棉垫，将两袖筒上的细带在患者的胸前打结固定，两条宽带末端系于床头的横栏上（图8-22），可将软枕横立于床头保护头部。亦可选用大单折成斜长条状，进行肩部约束。用大单固定时，将斜折成长条的大单放在患者肩背部下，将两端由腋下经肩前绕至肩后，从横在肩下的大单下穿出，再将两端系在床头（图8-23）。

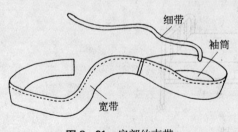

细带
袖筒
宽带

图8-21 肩部约束带

图 8-22　肩部约束带约束法

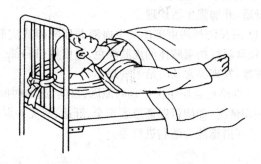

图 8-23　肩部大单约束法

（3）膝部约束带：用于固定膝部，限制患者下肢活动。膝部约束带用长 250 cm、宽 10 cm 的宽布制成，中间部位分别钉两条相距 15 cm 的双头带（图 8-24）。操作时，两膝、腘窝处衬棉垫，将约束带横放于两膝上，宽带下的双头带分别固定一侧的膝关节，然后将宽带两端系于床缘上（图 8-25）。若无特制约束带，也可用大单代替固定。将大单斜折成 30 cm 宽的长条，横放于两膝下，拉着宽带的两端向内侧压盖在膝上，并穿过膝下的横带，拉向外侧使之压住膝部，将两端系于床缘（图 8-26）。

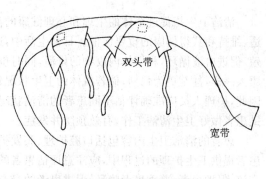

图 8-24　膝部约束带

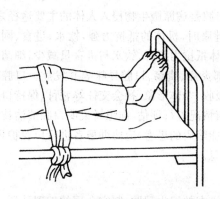

图 8-25　膝部约束带约束法

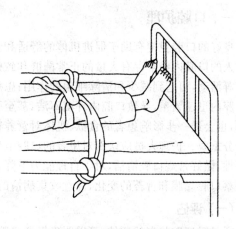

图 8-26　膝部大单约束法

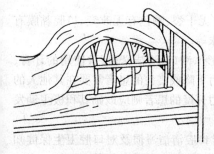

图 8-27　支被架

3. 支被架　用于肢体瘫痪的患者，防止由于盖被压迫肢体，导致患者的不舒适或出现足下垂及足尖压疮；也可用于为烧伤患者采用暴露疗法时的保暖。使用时，直接将支被架罩在需要防止受压的部位之上，然后将盖被盖好（图 8-27）。

（三）注意事项

（1）维护患者的自尊，严格掌握保护具的应用指征，若非必须使用，尽量不要使用。

（2）使用前，向患者及其家属做好解释，说明使用目的、操作要点和相关注意事项,取得患者及家属的理解及配合,做好心理护理。

(3) 保护具只能短期使用,使用时要使患者的肢体及关节处于功能位置,经常协助其更换卧位,促进舒适,并加强生活护理。

(4) 应预防被约束部位发生血液循环障碍或皮肤破损。使用约束带时,其下应放衬垫,松紧度适宜,经常观察约束肢体的皮肤颜色、温度等(15 min 一次),定时放松约束带(2 h 一次),必要时进行局部按摩,发现异常及时给予处理。

(5) 准确记录应用保护具的原因、目的、起始时间、观察结果及相应的护理措施。随时评价保护具的使用情况,如能否保证患者安全、舒适、有无并发症发生、患者及其家属能否积极主动配合、各项诊疗、护理措施能否顺利进行等。

■■ 第三节　清　洁　与　舒　适

清洁卫生指促进个体的生理和心理健康的清洁措施。清洁是人的基本需要之一,是确保个体舒适、维持和获得健康的重要保证。日常生活中,通过清洁可清除身体上的微生物、污垢,防止细菌繁殖,促进血液循环,利于体内废物的排泄,同时也可使人感到愉快。当机体患病时,清洁的需要与健康人一样,甚至更为强烈,倘若机体的卫生状况较差,则会对患者的生理和心理方面造成不良影响,因此,护理人员应准确评估不同患者的清洁状况、自我护理能力,找出适合患者病情的清洁方法,协助患者做好卫生清洁工作,有效预防并发症。

患者的清洁卫生内容包括口腔护理、头发护理、皮肤护理、会阴护理及晨晚间护理。护理人员为患者提供卫生护理的过程中,应注意评估患者的自理能力,尽量确保患者的独立性,注意良好的沟通交流,保护患者,尊重患者隐私,促进患者的身心舒适。

一、口腔护理

良好的口腔卫生有助于促进机体的舒适和健康。口腔是病原微生物侵入人体的主要途径之一,正常人的口腔内经常存有大量的正常菌群和致病菌。健康时,机体的抵抗力强,饮水、进食、刷牙和漱口等活动,可起到减少和清除细菌的作用;患病时,机体抵抗力下降,饮水与进食量减少,细菌容易在口腔内迅速繁殖,导致口腔内环境不洁,甚至引发局部炎症、溃疡、口腔异味等并发症。口腔出现问题,也会进一步影响患者的食欲、机体对营养物质的吸收、个体形象、社会交往等,所以保持口腔清洁十分重要。护理人员应认真对患者的口腔卫生及健康情况进行评估,向患者说明口腔清洁技术的重要性,做好常规口腔清洁,对于自理能力下降、存在功能障碍的患者,应协助患者进行口腔护理,同时观察口腔黏膜和舌苔的变化,注意收集病情的动态信息。

(一) 评估

通过对口腔状态的评估,可以明确患者口腔现存及潜在的卫生问题,制定合理的护理计划,实施有效的护理措施以减少口腔疾患的发生。

1. **口腔卫生状况**　口腔卫生状况的评估包括:观察口唇有无干裂、颜色有无改变,口腔黏膜有无感染、溃疡,舌苔是否厚腻,有无牙齿、牙龈疾患,口腔有无异味等。

2. **自理能力**　了解患者的日常口腔清洁情况及习惯,如刷牙、漱口、清洁义齿、常用的牙膏、牙具等。了解患者在进行口腔清洁过程中的自理程度,如记忆力下降或丧失的患者需要在其他人的提醒或指导下完成口腔清洁活动,而对于那些存在自我照顾能力怀疑的患者则应鼓励其积极主动发挥自我潜能,减少依赖性,不断增进自我照顾的能力。

3. **患者对口腔卫生保健知识的了解程度**　评估患者的日常口腔清洁习惯及对口腔卫生保健知识的了解,如日常刷牙的方法、习惯、口腔清洁用具的选择及其使用方法的正确与否等。

4. 佩戴义齿的情况　取下义齿之前,应注意观察义齿佩戴是否合适,义齿是否连接过紧,说话时义齿是否容易滑下;义齿取下后,注意观察义齿的内套有无食物残渣、结石、牙斑等,检查义齿表面是否有破损、裂痕等。

(二) 一般口腔护理

1. 口腔卫生习惯指导　与患者讨论口腔卫生的重要性,定时检查患者口腔的卫生情况。指导患者养成每日晨起、晚间临睡前刷牙及餐后漱口的良好习惯,此外,睡前应注意避免进食对牙齿有刺激或腐蚀性的食物,减少含精制糖类及含糖量较高的食物的摄入。口腔出现过度干燥时,鼓励患者多饮水。

2. 刷牙　刷牙不仅可以去除口腔内利于细菌繁殖和藏匿的食物残渣,同时通过刷牙活动还可以对牙龈部位的血液循环起到促进作用,进而使牙龈健康稳固,一般在每日晨起和晚上临睡前进行。

(1) 刷牙用具的选择:主要有牙刷、牙膏等。牙刷应尽量选用外形较小、刷毛软硬适中、表面光滑的尼龙毛刷。柔软的牙刷可以刺激牙龈,且不会损伤牙龈,已磨损的或硬毛牙刷清洁效果不佳,易致牙齿的磨损和牙龈的损伤,不应使用。牙刷在使用期间应注意保持清洁干燥,每3个月更换1次。牙膏应选择不具腐蚀性的,牙膏的品种繁多,有含氟牙膏、药物牙膏等,可根据需要选用。牙膏不宜固定一种,应轮换使用。

(2) 刷牙方法:正确的刷牙方法是上下颤动刷牙法。刷牙时将牙刷毛面轻轻放于牙齿及牙龈沟上,刷毛与牙齿成45°,以快速环形来回震颤刷动,每次只刷2～3颗牙齿,刷完一处后再刷相邻部位。前排牙齿的内面,可用牙刷毛面的顶端环形刷洗。牙齿的咬合面,可使刷毛与牙齿平行来回刷洗。刷完牙齿后,再进行舌面的刷洗,方向为由里向外。另一种简便的方法是上下竖刷法,沿牙齿纵向刷,各面均刷到即可。

对于不能起床需要协助刷牙的患者,可抬高床头支架,使患者取半坐卧位,也可侧卧或头偏向一侧,用治疗巾或患者自己的干毛巾围于颌下,脸盆放在旁边接吐出的污水,备好牙刷、牙膏、漱口水,让患者自己刷牙。病情需要时,可由护士协助。刷牙后帮助患者擦干口角及面部,整理用物,用清水洗净牙刷,甩去多余水分后控干。

3. 牙线的使用　刷牙并不能完全彻底的清除牙齿周围的食物碎屑和牙菌斑,尤其是齿缝处的清洁。使用牙线则可清除齿间的牙菌斑、食物碎屑等,有效预防牙周疾病,弥补刷牙的不足。尼龙线、丝线、涤纶线均可作为牙线材料,每日剔牙两次,餐后立即进行更好,特别是晚间刷牙以后应用则更为有效。

将牙线两端略松地缠绕在左右手的中指上,两手拇指和示指夹住牙线,将牙线以轻锯式动作穿过每一牙缝的接触面,前后移动。操作过程中,注意用力轻柔,掌握正确的方法,以防损伤牙龈。使用牙线后,应彻底漱口,清除口腔内的碎屑。

4. 义齿的清洁与护理　义齿在使用后也会积聚一些食物的碎屑,出现牙菌斑、牙石等,同样需要每日进行清洁护理,避免牙龈感染和刺激。其刷洗方法与真牙的刷法相同。佩戴义齿者日间应持续佩戴,以增进咀嚼功能,维持良好的口腔外观及个人形象。晚间睡前应取下义齿,按摩牙龈,使牙床得到充分休息,同时防止细菌繁殖。

当患者不能自行对口腔进行清洁时,护理人员应协助其完成义齿的护理。操作时,护理人员应带好手套,取下义齿清洁,并帮助患者进行口腔护理。义齿清洁后用清水冲洗干净。患者配戴前,应对口腔进行清洁。义齿取下后应泡于有标记的冷水杯中加盖,以防丢失和损伤,每日换水一次。不可将义齿放入热水及乙醇等消毒液内浸泡,以免发生变色、变形和老化。

(三) 特殊口腔护理

特殊口腔护理主要用于高热、禁食、昏迷、术后、危重、鼻饲、口腔有疾患以及其他生活不能自理的患者,每日 2~3 次,根据患者病情的需要可酌情增加护理次数。

1. 目的

(1) 保持口腔的清洁、湿润,有效预防口腔感染等并发症的发生。

(2) 预防或减轻口腔内的异味,清除食物残渣、牙垢,增进患者食欲,促进舒适。

(3) 观察口腔内的变化,收集提供病情变化的信息。

2. 用物

(1) 治疗盘内准备:治疗碗 2 个(一个盛漱口溶液、一个盛浸湿的无菌棉球)、弯止血钳、镊子、镊子缸、压舌板、弯盘、吸水管、棉签、纱布、液体石蜡、杯子、治疗巾、手电筒,需要时备张口器。

(2) 外用药:如液状石蜡、冰硼散、锡类散、维生素 B_2 粉末、西瓜霜等,按需准备。

(3) 常用漱口溶液(表 8-3)。

表 8-3　口腔护理常用漱口溶液

名　称	浓度	作　用
生理盐水		清洁口腔、预防感染
氯已定(洗必泰)	0.01%	清洁口腔,广谱抗菌
呋喃西林溶液	0.02%	清洁口腔,广谱抗菌
硼酸溶液	2%~3%	酸性防腐剂、抑菌
复方硼砂溶液(朵贝尔氏液)		轻度抑菌、除臭
过氧化氢溶液	1%~3%	遇有机物时,放出新生氧,抗菌除臭
碳酸氢钠溶液	1%~4%	用于真菌感染
醋酸溶液	0.1%	用于铜绿假单胞菌感染
甲硝唑溶液	0.08%	适用于厌氧菌感染

3. 实施　见表 8-4。

表 8-4　特殊口腔护理操作步骤

操作步骤	注意事项与说明
1. 洗手、准备用物	
2. 核对解释　核对患者的床号、姓名,向患者及家属解释操作的目的、方法及配合事项	● 确认患者,取得合作
3. 安置体位　协助患者取侧卧位或者仰卧位,头偏向一侧,面向操作者,将治疗巾铺于患者颌下及枕上,置弯盘于患者口角旁	● 利于口腔分泌物及多余的水分沿口角流出,防止反流导致误吸、呛咳 ● 保护床单、枕头以及患者的衣服不被浸湿
4. 口腔评估　先湿润口唇,嘱患者张口,一手持手电筒,一手用压舌板轻轻撑开颊部,观察口腔内情况,昏迷患者或牙关紧闭者可使用开口器协助其张口	● 湿润口唇,防止直接张口导致口唇破裂出血 ● 观察顺序:唇、齿、颊、腭、舌、咽 ● 对长期使用抗生素、激素的患者应注意观察有无真菌感染 ● 有活动性义齿应将义齿取下,清洁后再给患者佩戴 ● 开口器应从患者的白齿处放入,牙关紧闭者不可强行用暴力使其张口,以防造成损伤
5. 漱口　协助患者使用吸水管从水杯中吸水漱口,漱口液吐于口角弯盘内	● 昏迷患者禁忌漱口,以免引起误吸;但如果口腔分泌物较多,可先行抽吸再擦洗

（续表）

操作步骤	注意事项与说明
6. 按顺序擦洗　嘱患者咬合上、下齿，用压舌板轻轻撑开患者一侧颊部，以弯止血钳夹含有漱口液的棉球，由内向外纵向擦洗牙齿外侧面，同法擦洗对侧牙齿的外侧面。嘱患者张口，依次擦洗一侧牙齿上内侧面、上咬合面、下内侧面、下咬合面，再以弧形擦洗颊部，同法擦洗对侧。擦洗硬腭部、舌面及舌下	● 棉球应包裹住止血钳的前端，每擦洗一个部位更换一个棉球 ● 每次只能夹取一个棉球，应夹紧，防止遗留在口腔内 ● 棉球不可过湿，以不能挤出液体为宜，以防水分过多导致误吸 ● 擦洗过程中动作应轻柔，对于有出血倾向及凝血功能差的患者，须注意防止碰伤牙龈及口腔黏膜 ● 动作切勿过深，以免触及咽部引起患者恶心
7. 用药　擦洗完毕，协助患者漱口，用治疗巾拭去患者口角处的水渍，清点棉球。口腔如有溃疡，酌情涂药于患处；口唇干裂可涂液体石蜡	● 勿使棉球遗留口腔内
8. 操作后处理　撤去治疗巾，帮助患者取舒适卧位，整理床单位，清理用物，洗手，记录	● 记录口腔护理的状况，观察护理效果，利于评价 ● 传染病患者的用物按消毒隔离原则处理

二、头发护理

头发的清洁是患者每日卫生清洁活动中的一项重要内容。当头部的皮脂、汗液伴灰尘黏附于头发和头皮上，就会形成污垢，散发难闻的气味，不仅使患者感到不舒适，更有可能诱发脱发、感染、寄生虫等疾患。由此可见，清洁、整齐、外观良好的头发与个人的健康、自尊及自信密切相关，人们要经常梳理及清洁头发，保持头发健康，维持良好的个人形象。当患者病情较重，自我完成头发护理受限时，护理人员应根据实际情况予以协助。

（一）评估

1. 头发及头皮的状况　观察头发的分布、浓密程度、长度、卫生状况，注意头发有无光泽、尾端有无分叉、发质是否粗糙。注意询问患者头皮有无瘙痒、有无头皮屑、有无虮虱寄生，观察头皮有无损伤、感染、皮疹。健康人的头发应是清洁、分布均匀、浓密适度、富有光泽和弹性的，头皮清洁、无头屑、无损伤。个体头发的生长和脱落与机体的遗传因素、营养状况、内分泌因素、某些药物的使用、心理压力等诸多因素有关。

2. 自理能力及健康指导的需要　包括洗发或梳发的需要、个人卫生习惯、患者对自身仪表的重视程度、心理反应和合作程度；患者是否卧床、有无关节活动受限、有无肌肉张力减弱或共济失调等妨碍患者头发清洁的疾病；患者及其家属对有关头发清洁护理知识的了解程度等。

（二）床上梳发及洗发术

机体患病或身体衰弱时会妨碍个体常规头发清洁的进行，导致头发的清洁度降低。大多数患者可以自行梳理并清洗头发，但长期卧床、关节活动受限、肌肉张力降低或共济失调的患者，应由护理人员协助其完成头发的清洁与梳理。进行头发护理的过程中，护理人员应注意询问患者的个人习惯，调整护理方法，以满足患者的需要。

1. 目的

（1）去除头皮屑及污物，防止头发损伤，减少头发异味，维持患者的清洁和舒适，减少感染。

（2）按摩头皮，刺激局部血液循环，促进头发的生长及代谢，使头发健康。

（3）保持患者良好的形象，维护自尊，增强自信，促进患者心身健康，并有助于建立良好的护患关系。

2. 用物

(1) 床上梳发:治疗盘内备治疗巾、梳子(患者自备)、30%乙醇、纸袋(放脱落头发)、橡皮圈、必要时备发夹。

(2) 床上洗发:①治疗盘内备橡胶中单、毛巾、浴巾、洗发液、纱布或眼罩、别针、棉球2只(不吸水棉球为宜)、纸袋、梳子、镜子、量杯、需要时可备电吹风。②治疗盘外备:橡胶或自制马蹄形垫、水壶(内盛43～45℃热水或依据患者习惯调节水温)、污水桶或脸盆、按需备吹风机。

3. 实施

(1) 床上梳发:见表8-5。

表8-5 床上梳发操作步骤

操作步骤	注意事项与说明
1. **准备** 洗手,备齐用物携至患者床旁	
2. **核对解释** 核对患者的床号、姓名,向患者及家属解释操作的目的、方法及配合事项	● 确认患者,取得合作
3. **摆体位** 协助患者取坐位或半坐卧位,将治疗巾铺于患者肩部;对卧床不能坐起者,取仰卧位,头偏向一侧,将治疗巾铺于枕上	● 保持患者衣物及床单位清洁,防止碎发和头皮屑污染
4. **梳头** 将头发从中间梳向两边,左手握住一股头发,由发梢逐渐梳到发根,同法梳理另一边;如为长发,可依据患者的喜好酌情编辫或扎成束	● 宜选择梳齿圆钝的梳子,防止划伤头皮;患者发质较粗或为卷发时,则宜选择齿间距较宽的梳子 ● 为患者梳理头发的过程中,注意配合使用手指指腹做头皮按摩,促进血液循环 ● 梳理长发或遇头发打结时,可将头发绕在示指上慢慢梳理;如头发已经纠结成团,可选用30%乙醇将打结处湿润后,再小心梳顺,避免用力梳拉,造成患者疼痛 ● 发辫不可扎得过紧,以免引起患者不适及阻碍血液循环,每天至少将发辫松开重新梳理一次
5. **操作后处理** 将梳理过程中脱落的头发置于纸袋中,撤下治疗巾,协助患者取舒适卧位,整理床单位,整理用物,洗手,记录	● 防止病原体的传播 ● 确保患者的舒适、安全,保持病室的整洁

(2) 床上洗发:患者洗头的间隔时间可依据不同个体头部的卫生情况与日常习惯而定,对于皮脂腺分泌较多、头发沾有较多污渍的患者,可适当增加洗发的次数,长期卧床的患者应每周至少洗发一次。

根据不同患者的病情、年龄、体力等可选择不同的方法为患者洗发,身体状况较好的患者可以选择在浴室淋浴的方式进行,不能进行淋浴的患者可酌情选择坐在床旁椅上进行或是床上洗发。操作过程中应注意确保患者的安全、舒适,以不影响患者的正常治疗为原则。对于患有头虱者,应经灭虱处理后再行洗发护理(表8-6)。

表8-6 床上洗发操作步骤

操作步骤	注意事项与说明
1. **准备** 洗手,备齐用物携至患者床旁,调节室温至22～26℃,冬季关闭门窗,必要时使用屏风	● 过于虚弱的患者不宜洗发 ● 防止患者着凉
2. **核对解释** 核对患者的床号、姓名,向患者及家属解释操作的目的、方法及配合事项	● 确认患者,取得合作

（续表）

操作步骤	注意事项与说明
3. **摆体位、铺巾** 摇平床头，移去枕头，垫橡胶中单及浴巾于患者头及肩下；松开患者衣领向内反折，将毛巾围于颈部，用别针固定；协助患者取斜角仰卧位，将枕移至肩下，患者屈膝，可垫枕于两膝下	● 保持床单位清洁，避免沾湿床单、枕头及患者的衣服；浴巾可用于擦干患者洗净的头发 ● 保证患者体位安全
4. **置头部于水槽中** 将马蹄形垫置于床头或床头侧边，协助患者将颈部置枕于马蹄形垫的突起处，使头部位于水槽中，马蹄形垫的开口处即大单下端接污水桶或污水盆，盛接污水（图 8-28）；用不吸水棉球塞好患者的两耳，眼罩或纱布盖在双眼上	● 在实际工作中，护理人员可根据患者的实际需要及操作条件，选择不同的洗头方法，如扣杯法、洗头车法等 ● 使用扣杯法洗发具体方法：取脸盆一只，盆底放一块毛巾，倒扣一只搪瓷杯，杯上垫一块折叠成四折的毛巾，外裹一隔水薄膜固定（图 8-29）。使患者头部枕于其上，两盆内放一橡胶管，利用虹吸原理，将污水引至下面的污水桶中（图 8-30） ● 防止操作过程中，水流进入眼部或耳部
5. **洗发** 梳顺头发，将水壶中的热水倒入量杯中；试水温，沾湿患者头发，询问患者感觉，确定水温合适后，用量杯中的热水，充分湿润头发；倒洗发液适量于手掌，均匀涂遍头发，用指腹由发际向头顶部揉搓头发、按摩头皮；用梳子梳去脱落的头发，置于纸袋中；用热水冲洗头发，直至洗净为止	● 为患者洗头的过程中，护理人员应注意应用人体力学原理，使身体尽量靠近床缘，保持良好的姿势，避免疲劳 ● 通过头皮按摩，促进头部的血液循环，注意揉搓力度适中，勿用指甲抓挠，以免抓伤头皮 ● 操作过程中，注意观察患者的病情变化，如面色、呼吸、脉搏等出现异常改变，则应立即停止操作
6. **擦干头发、整理患者** 将颈部的毛巾解下，包住头发，一手托住患者头部，一手撤去马蹄形垫；除去耳内棉花及眼罩或纱布，擦干患者的面部，酌情使用护肤霜；协助患者卧于床正中，将枕头、橡胶中单、浴巾一起自患者肩下移至头部，将包头的毛巾解下揉搓头发，再用浴巾将头发擦干或用电吹风吹干，用梳子将头发梳理整齐，梳理成型，协助患者取舒适卧位	● 及时擦干患者的头发及面部，防止受凉感冒
7. **操作后处理** 整理床单位，整理用物，洗手，记录	● 保持病室的整洁，防止病原体的传播

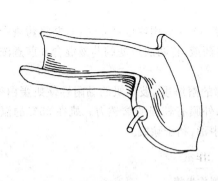

图 8-28 马蹄形垫洗发

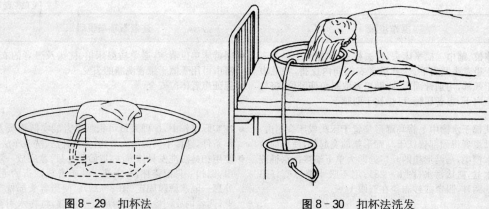

图 8-29 扣杯法 　　　　　　　　　　　　图 8-30 扣杯法洗发

(三) 灭头虱、虮术

虱子为一类体形很小的寄生虫,寄生在人体的虱子有体虱,头虱和阴虱 3 种,分别生长于人的身体、头部和阴部。虱虮的产生主要与个体卫生不良、接触有虱患者有关。头虱生长于头发及头皮上,体形小,浅灰色,卵圆形,其卵(虮)为白色固态颗粒,貌似头皮屑,紧紧地黏附于发丝上,不易去掉;体虱存于衣物之中;阴虱则存在于外阴阴毛处。此疾病可通过有虱者使用过的衣服、床单、梳子等进行传播,同时可引起传染性疾病的传播,如回归热、流行性斑疹伤寒等。虱叮咬患者时可引起皮肤瘙痒,搔抓后易发生抓伤导致感染。若发现患者有虱、虮,应立即采取有效灭虱、虮的措施。有体虱、阴虱者应剃去腋毛、阴毛,用纸包裹后焚烧,并换下衣服进行消毒处理,对于头虱者,行灭头虱、虮术。

1. 目的　灭除头虱、虮,预防患者间相互传染和疾病的传播。

2. 用物

(1) 治疗盘内备:洗头用物、2 或 3 块治疗巾、篦子(齿内嵌入少许棉花)、纸袋、纱布数块、手套、塑料帽子、治疗碗内盛放灭虱药液、

(2) 治疗盘外备:隔离衣、布口袋或枕套、清洁的衣裤、清洁的大单、被套、枕套。

3. 常用的灭虱、虮药液的配制

(1) 30%含酸百部酊:百部 30 g 加 50%乙醇 100 ml 或 65°白酒 100 ml,再加 100%乙酸 1 ml,装瓶中盖严,48 h 后即制得此药。

(2) 30%百部含酸煎剂:百部 30 g 加水 500 ml 煎煮 30 min,用双层纱布过滤,并将药渣中的药液挤出,将药渣再次加 500 ml 水煎煮 30 min,过滤,挤出药液,将两次过滤的药液混合并煎煮浓缩至 100 ml,冷却后加入纯乙酸 1 ml(或食醋 30 ml)即可。

将乙酸或醋加入百部酊剂或煎剂中,可以提高百部的溶解度,破坏虮的黏附性使虮蛋白变性。50%的乙醇可增强百部中有效成分的提取,而且对虮的外膜有较强的渗透力。虮在 35℃的温度条件下发育最快,所以用 35℃的药液处理,可以加速虮的中毒,利于除虮。

4. 实施　见表 8-7。

表 8-7　灭头虱、虮操作步骤

操作步骤	注意事项与说明
1. 核对解释　核对患者的床号、姓名,向患者及家属解释操作的目的、方法及配合事项	● 确认患者,取得合作

（续表）

操作步骤	注意事项与说明
2. 准备 （1）洗手，备齐用物携至患者床旁，如病情允许可将患者带至治疗室 （2）护士穿隔离衣，戴手套	● 因有头虱的患者不愿为人所知，应注意维护患者的自尊 ● 保护自身免受虱、虮的传染 ● 必要时，可劝说患者将头发剪短或剃去头发，并将剪下的头发装入纸袋中焚烧，以便彻底消灭虱虮，防止传播
3. 擦拭药液 按洗头法作好准备，将头发分为若干小股，用纱布蘸药液，按顺序擦遍头发，同时用手揉搓 10 min 左右，使药液浸透全部头发；戴帽子，将头发全部包住	● 为患者涂药时，注意避免药液溅入患者的眼部和沾染患者面部 ● 反复揉搓，以使药液充分发挥其作用 ● 戴帽子可避免挥发，保证药效 ● 用药后观察患者局部及全身反应
4. 箆除虱虮 包裹24小时后，将帽子取下，用箆子箆除死虱和虮卵，并清洗头发	● 若发现灭除不够彻底，仍有活虱，则需重复用药
5. 操作后处理 （1）灭虱完毕，为患者更换衣裤、被服，将污衣裤和被服放入布口袋内扎好，送去消毒 （2）整理床单位，整理用物 （3）凡患者用过的布类和接触过的隔离衣均应装入袋中，扎好袋口送压力蒸汽灭菌；除下箆子上的棉花，用纸包好焚烧，梳子和箆子消毒后用刷子刷净 （4）洗手，记录，对患者及其家属进行健康教育	 ● 以防虱虮的传播 ● 指导患者及家属注意经常检查头部的卫生情况，注意观察有无虱虮的寄生，并且应经常洗头，注意个人的卫生清洁，如发现应及时采取灭虱、虮法；使患者了解应尽量避免与有虱、虮者接触，避免传播；已有虱、虮寄生者，其用物则应单独使用，与他人用物分开，注意清洁消毒

三、皮肤护理

皮肤及其附属物共同构成皮肤系统。皮肤是人体最大的器官，由表皮、真皮、皮下组织及由表皮衍生而来的附属器（如毛发、指甲、皮脂腺、汗腺等）构成。完整的皮肤具有保护机体、调节体温、吸收、分泌、排泄等功能，皮肤的健康和完整是使其功能处于最佳状态的前提。

皮肤的新陈代谢较快，皮脂、汗液及表皮碎屑等皮肤的代谢产物容易与外界环境中的尘埃、细菌等结合形成污垢黏附于皮肤表面，如果未及时清除，可对皮肤产生刺激，使皮肤的抵抗力降低，破坏皮肤的屏障作用，引发各种感染。对皮肤进行清洁与护理，有利于维持机体皮肤的完整性，促进舒适，预防感染及其他并发症的发生，同时也有助于维持患者良好的个人形象，促进康复。

（一）皮肤评估

1. **皮肤的情况** 健康的皮肤应该是温暖、柔嫩、不干燥、不油腻，且没有潮红和破损，无肿块及其他疾病的征象，机体自我感觉清爽、舒适，无任何刺激感，对冷、热、针刺和触摸感觉良好。护理人员应注意观察患者皮肤的颜色、温湿度、柔软性、厚度、弹性及感觉功能，皮肤的清洁程度，有无水肿、水疱、斑点、丘疹、破损和硬结等改变及其范围。评估过程中应特别注意不易触及的隐匿部位的皮肤的观察，如男性阴囊处、女性乳房下及会阴部。

2. **自理能力及健康指导的需要** 包括患者的意识状况，是否有瘫痪或软弱无力，有无关节活动受限，是否需要协助以及需要协助的程度，患者的清洁习惯和使用的清洁用品，患者对保持皮肤清洁、健康的相关知识的了解程度及要求等。

(二)皮肤的清洁护理指导

1. 清洁方法　沐浴可以使人产生健康清新的感觉,改善外表,增进自尊。更重要的是可以通过沐浴清除聚集于皮肤表面的油脂、汗液及死亡的表皮细胞和一些细菌,因此护理人员应指导患者经常沐浴。皮肤清洁和沐浴还可以促进机体皮肤的血液循环,热水浴效果更佳。鼓励患者自行沐浴,以预防由于长期不活动所引发的并发症。但是患者沐浴范围、方法的选择及其需要协助的程度,主要还是取决于患者的活动能力、健康状况及个人喜好。全身状况良好者,一般可以选择淋浴或盆浴,衰弱、创伤和患心脏病须卧床休息的患者不宜盆浴或淋浴。妊娠 7 个月以上的孕妇,禁用盆浴。传染病患者,依据病种、病情按隔离原则进行。活动受限的患者,则可以采用床上擦浴为患者进行皮肤的护理。

患者无论采取何种洗浴方式,护理人员都应遵循以下原则。

(1)为患者提供私密的空间:关好门或是将浴区浴帘拉好;为患者擦浴时,仅暴露正进行擦洗的部位。

(2)保证患者的安全:需要离开患者时,应确保呼叫器放在患者便于取用的地方。

(3)注意保暖:调节室内温度,使之适宜;关闭门窗,防止形成空气对流,导致患者受凉。

(4)增进患者的自理能力:鼓励患者尽量参与沐浴过程,在其需要时提供必要协助。

(5)预期患者的需求:将清洁的衣物及卫生用品事先放于患者的床边或浴室内。

2. 清洁用物　沐浴时可根据患者皮肤的具体情况,如清洁度、干燥或油性等,个人对清洁用品选择的喜好及其清洁和保护的效果进行选择。

(1)浴皂:能够有效清洁皮肤。易产生皮肤过敏者,应选择使用低过敏性浴皂。皮肤破损或特别干燥者,只可用温水进行清洗。

(2)润肤剂:于体表形成油脂面,起到防止水分蒸发,软化皮肤的作用。如凡士林、羊毛脂等。

(3)爽身粉:减轻皮肤的摩擦,吸收多余的水分,阻碍细菌的生长。

护理人员应根据清洁用品的性质和使用目的进行物品选择。一般选择一或两种浴皂或浴液和润肤剂即可对患者进行皮肤的清洁护理。在考虑患者个人喜好的基础上,对不适宜患者使用的,应劝阻其不要使用,如有些患者喜欢使用质地粗糙、容易导致皮肤干燥粗糙的去垢肥皂,应劝其使用中性、无刺激性的浴皂。

(三)淋浴或盆浴

用于可以自行完成沐浴过程的患者,护理人员应提供的协助程度取决于患者自理能力。

1. 目的

(1)提供观察患者一般情况及增加与患者沟通的机会。

(2)去除污垢,保持皮肤的清洁,帮助患者获得心理及生理上的舒适。

(3)促进皮肤血液循环,增强皮肤的排泄功能,预防皮肤感染、压疮等并发症的发生。

(4)促进患者身体的放松,增加其活动的机会。

2. 用物　毛巾 2 条、浴巾、浴皂或浴液(依据肤质选择适宜的酸碱度)、脸盆、洗发液、清洁衣裤、拖鞋。

3. 实施　见表 8-8。

表 8-8　淋浴或盆浴操作步骤

操作步骤	注意事项与说明
1. **核对解释**　核对患者的床号、姓名,向患者及家属解释操作的目的、方法及配合事项,评估病情,确定沐浴方式	● 确认患者,取得合作 ● 患者饭后需经过 1 h 后才可进行沐浴,以免影响消化功能

（续表）

操作步骤	注意事项与说明
2. 准备 (1) 将室温调节至 22～26℃,水温以 40～45℃为宜,或按患者个人习惯进行调节 (2) 检查浴室及浴盆是否清洁,协助患者将洗浴用品及润肤用品准备好,并放于浴盆或浴室内方便取用处	● 防止患者受凉或烫伤 ● 防止患者沐浴过程中因取物而跌倒致伤
3. 告知有关事项 (1) 送患者进入浴室,嘱患者将浴衣拖鞋穿好 (2) 向患者交代相关事项,如信号铃的使用方法、如何调节水温,勿用湿手接触电源开关等,嘱患者出入浴室扶好安全把手 (3) 浴室不应闩门,可在门外挂牌示意"正在使用"	● 贵重物品如手机、钱包等应妥善存放 ● 确保患者的需求可及时得到满足 ● 防止患者出现意外跌倒或滑倒而致伤 ● 确保患者出现意外时,护理人员可及时进入,但在保证安全的前提下,仍应注意保护患者的隐私
4. 沐浴 (1) 患者沐浴过程中,护理人员应在可随时呼唤到的地方,每 5 min 检查一次患者的情况,可在门外呼唤患者,注意观察患者的反应 (2) 注意患者入浴的时间,时间过久应予询问,防止晕厥、滑跌等意外发生,当患者使用信号铃时,护理人员应敲门后进入 (3) 使用浴盆的患者,护理人员可根据患者自理情况协助其进入和移出浴盆,帮助其将皮肤擦干。	● 如需要帮助沐浴的患者,护士应进入浴室,协助患者脱衣、沐浴及穿衣等,并在其旁守候 ● 如患者发生晕厥,护士应迅速到位进行抢救和护理 ● 注意隐私的保护 ● 患者在浴盆内的时间不得超过 20 min,以防浸泡过久导致患者疲倦
5. 操作后处理 (1) 患者沐浴后,应再次观察患者的一般情况,必要时作记录 (2) 按需协助患者将清洁的衣裤、拖鞋穿好,协助患者回到病房,取舒适卧位 (3) 清洁患者使用过的浴室或浴盆,将用物归位,浴室门口挂好"未用"标记	 ● 注意保暖,防止患者受凉,促进患者身体的放松 ● 防止病原体经潮湿物品传播

（四）床上擦浴

适用于活动受限、制动及身体极度虚弱无法自行沐浴或不能耐受淋浴及盆浴的患者,如必须卧床者、有石膏固定的患者等。

1. 目的　同淋浴和盆浴,此外床上擦浴还可以配合肢体的主动或被动运动,防止肌肉痉挛、关节僵硬等并发症的出现。

2. 用物

(1) 治疗盘内置:毛巾 2 条、浴巾 2 条、浴毯、浴皂、梳子、小剪刀、50%乙醇、爽身粉、润肤乳。

(2) 治疗盘外置:面盆 2 个、水桶 2 个(一桶盛热水,水温 50～52℃,按季节、患者年龄及个人习惯上下调节水温;另一桶用于盛接污水)、清洁衣裤、被服,另备便器、便器巾及屏风。

3. 实施　见表 8-9。

表 8-9　床上擦浴操作步骤

操作步骤	注意事项与说明
1. 核对解释　核对患者的床号、姓名,向患者及家属解释操作的目的、方法及配合事项,评估病情,确定擦浴时间	● 确认患者,取得合作 ● 饭后不宜马上擦浴,以免影响消化功能

（续表）

操作步骤	注意事项与说明
2. 准备 （1）洗手，备齐用物携至患者床旁 （2）关闭门窗，屏风遮挡，将室温调节至22~26℃ （3）按需要协助患者使用便器	 ● 防止室内空气对流，以免患者受凉，并保护患者隐私 ● 温水擦浴易引起患者的排尿、排便反射
3. 安置体位，备水 （1）协助患者移至操作者近侧，取舒适卧位，根据病情放平床头及床尾支架，松开床尾盖被，将浴毯盖于患者身上 （2）将脸盆放于床旁桌上，倒入热水2/3满，测试水温	● 确保患者的舒适，避免操作过程中操作者身体过度伸展，减轻肌肉的紧张与疲劳 ● 保持床单位清洁的同时注意患者的保暖 ● 温水有助于促进肌肉放松，促进舒适，避免患者受凉
4. 擦洗脸部、颈部 （1）分别将两条浴巾覆盖于患者的枕上及胸前，将小毛巾放入温水中浸透，拧出多余的水分，将微湿小毛巾包在右手上，使用毛巾的不同部位，为患者擦洗 （2）左手扶患者头顶部，擦洗眼部，轻轻地由内眦向外眦擦拭 （3）询问患者是否需要使用浴皂清洁面部，然后依次擦洗一侧额部、颊部、鼻翼、人中、耳后、下颌，直至颈部；同法擦洗另一侧 （4）最后用较干毛巾依次将上述位置再擦洗一遍	● 避免弄湿床单、盖被及患者的衣服 ● 将毛巾包在手上，利于保持毛巾内部的温度，避免边缘过凉，产生不良刺激，同时也利于擦浴时摩擦患者的皮肤 ● 避免使用浴皂，对患者的双眼产生刺激 ● 防止眼部的分泌物进入鼻泪管 ● 面部皮肤较身体其他部位更易于暴露于外界环境，使用浴皂容易使面部皮肤变得干燥 ● 注意洗净耳后、耳郭处 ● 眼部以外的部位擦洗顺序一般为：清水-浴皂-清水，最后用大浴巾擦干
5. 擦洗上肢 （1）为患者脱下上衣，将浴毯盖好。 （2）移开覆盖在近侧上肢上的浴毯，在擦洗部位下面铺上浴巾 （3）用涂好浴皂的小毛巾擦洗患者的上肢，方向由远心端至近心端，达腋窝，再反复用湿毛巾擦净皂液，最后用浴巾边按摩边擦干 （4）将浴巾对折后放在患者的床边，将浴盆放于浴巾上，协助患者浸泡并洗净双手并擦干，按需修剪指甲 （5）同法擦洗对侧	● 充分暴露需擦洗的部位，利于操作 ● 先脱近侧，后脱对侧；如患者有肢体外伤，先脱健侧肢体，后脱患侧，避免患侧关节的过度活动 ● 擦洗力度以能够刺激肌肉组织、促进局部血液循环为宜 ● 碱性皂液残留容易刺激皮肤，导致皮肤表面正常菌群的生长 ● 浸泡可软化皮肤表面的角质，利于指甲下面污垢的清除，增进清洁程度
6. 擦洗胸腹部 （1）将浴巾覆盖于患者的胸部，浴毯向下折至脐部，护理人员一手掀起浴巾的一边，另一手用包好的小毛巾擦洗患者的胸部，擦洗过程中注意保持浴巾覆盖患者的胸部；女性患者乳房部位应环形擦洗，注意擦净乳房下的皮肤皱褶处，必要时可将乳房抬起，方便擦洗；最后将胸部皮肤擦干，同法擦洗另一侧 （2）将浴巾覆盖于患者的胸、腹部，浴毯向下折至患者的会阴部，护理人员一手掀起浴巾的一边，另一手用包好的小毛巾擦洗患者的腹部，擦洗过程中注意保持浴巾覆盖患者的腹部，最后将腹部皮肤擦干，同法擦洗另一侧	● 减少不必要的身体暴露，防止患者受凉，保护患者的隐私 ● 皮肤皱褶处容易形成分泌物及污物沉积，乳房下垂，皮肤摩擦后容易出现破损 ● 腹部擦洗以脐为中心，顺结肠走向 ● 注意清洁腹股沟、脐部的皮肤皱褶处，由于分泌物聚集、潮湿的刺激，容易使皮肤出现破溃 ● 擦洗过程中应根据情况更换热水、脸盆及毛巾 ● 擦洗过程中应注意观察患者的病情的变化，如患者出现面色苍白、脉速、寒战等征象时，应立即停止擦浴，及时给予适当的处理

（续表）

操作步骤	注意事项与说明
7. 擦洗背部 （1）协助患者取侧卧位,背向操作者,将浴巾纵向铺于患者的身下 （2）用浴毯将患者的肩部及腿部盖好,由颈部开始擦洗直至臀部 （3）进行背部的按摩(具体操作方法见本章背部按摩的护理) （4）协助患者将清洁的上衣穿好,将浴毯盖于患者的胸腹部,换水	● 暴露背部及臀部,方便擦洗 ● 注意保暖,减少暴露 ● 注意擦净臀部及肛门处的皱褶部位,由于肛门与臀部周围的皱褶处易于存留粪便,细菌容易滋生 ● 先穿远侧,后穿近侧;如患者有肢体外伤或是活动障碍,则应先穿患侧,再穿健侧,避免患侧关节过度活动 ● 换水以防止肛门处的微生物向会阴部传播
8. 擦洗下肢、会阴部 （1）患者取平卧位,协助其脱裤,用浴毯将会阴部及远侧下肢盖好,将浴巾铺于近侧下肢下,擦洗腿部;顺序为由踝部擦洗至膝关节处,再至大腿处,擦净后擦干 （2）托起患者的小腿部,将患者足部浸入水盆中,足底接触盆底,浸泡足部。浸泡期间可擦洗腿部。擦洗足部,注意洗净足趾间的缝隙,按需修剪趾甲,彻底擦干足部。足部干燥者,可按需涂抹润肤乳。同法擦洗对侧,换水 （3）用浴巾将患者的上肢及胸部盖好,用浴毯盖好下肢,只将会阴部暴露在外。再洗净并擦干会阴部(具体操作方法见本章会阴部的护理),协助患者换上清洁裤子	● 由远心端向近心端擦洗,利于促进静脉的回流 ● 足部的位置的稳定利于增强小腿的稳定性,浸泡可软化皮肤表面的角质 ● 脚趾之间较为潮湿,存有分泌物,利于致病菌的滋生 ● 注意保护患者的隐私
9. 按摩 擦洗结束后,可在骨突处用 50% 乙醇作按摩,按需为患者使用润肤用品或扑上爽身粉,帮助患者梳理头发	● 保护骨隆突处的皮肤,促进血液循环 ● 防止皮肤的干燥、粗糙
10. 操作后处理 整理床单位,更换床单,清理用物,洗手,记录	● 提供舒适清洁的环境,减少致病菌的传播 ● 擦浴时间应控制在 15~30 min

（五）背部按摩

背部按摩通常在患者沐浴或床上擦浴后进行。可以通过对背部皮肤及肌肉组织的按摩达到促进患者皮肤的血液循环,同时可以在护理的过程中观察患者皮肤的健康状况,如有无破损的迹象,也可增进护患之间的沟通与交流。进行背部按摩之前,应注意了解患者的病情及有无背部按摩的禁忌证,如背部手术、肋骨骨折的患者则应禁忌背部按摩。

1. 目的

（1）观察患者的一般情况,皮肤有无破损,增加与患者沟通的机会,满足患者的身心需要。

（2）促进皮肤血液循环,预防皮肤感染、压疮等并发症的发生。

2. 用物 毛巾、浴巾、脸盆(内盛 40~45℃ 的热水)、50% 乙醇、润滑剂、清洁衣裤、清洁被套及大单、屏风、便器及便巾(必要时)。

3. 实施 见表 8-10。

表 8-10 背部按摩操作步骤

操作步骤	注意事项与说明
1. 核对解释 核对患者的床号、姓名,向患者及家属解释操作的目的、方法及配合事项,评估病情	● 确认患者,取得合作

（续表）

操作步骤	注意事项与说明
2. 准备 （1）洗手，备齐用物携至患者床旁 （2）关闭门窗，屏风遮挡，将室温调节至22～26℃ （3）按需要协助患者使用便器	● 防止室内空气对流，以免患者受凉，并保护患者隐私
3. 安置体位、备水　将盛有1/2～2/3满热水的脸盆放于床旁桌或床旁椅上；移去枕头，使其立于床头或床尾，协助患者取侧卧位或俯卧位，使背部靠近并朝向操作者；浴巾一半铺于患者身下，一半盖在患者上半身	● 方便操作，利于背部按摩，并有助于护士操作时节力 ● 避免床单位污湿，并可防止受凉及保护患者隐私
4. 清洁背部　将患者的背部、肩部、上肢及臀部充分暴露，将毛巾包于手上成手套状（图8-31），依次将患者的颈部、肩部、背部、臀部擦洗干净	
5. 按摩背部 （1）全背按摩：将双手手掌蘸取少许50%的乙醇（或润滑剂），用手掌为患者作按摩；按摩者斜站在患者右侧，左腿弯曲在前，右腿伸直在后，双手放于骶尾部，由此开始以环形动作沿脊柱旁向上，按摩至肩部时手法稍轻，转向下至腰部（图8-32）；按摩后，手再轻轻滑至臀部及尾骨处，此时左腿伸直，右腿弯曲，如此有节奏地按摩数次；再用双手拇指指腹由患者骶尾部开始沿脊柱向上按摩至颈部第7颈椎处，再继续向下按摩至骶尾部 （2）受压部位局部按摩：以手掌的大小鱼际蘸取少许50%的乙醇，紧贴身体其他的受压部位的皮肤，做压力均匀的环形向心性按摩，由轻到重，由重到轻，每次3～5 min	● 扩大支撑面，有助于护理人员操作时节力 ● 按摩的力量大小要足够刺激肌肉组织，确保达到促进血液循环的作用 ● 若局部出现压疮的早期症状，按摩时不可在该处加重压力，可用大拇指的指腹以环形动作在近压疮处向外按摩
6. 更换衣服　用浴巾将背部残余的乙醇（或润滑剂），撤去浴巾，协助患者将清洁的衣服穿好	● 残余的乙醇可对皮肤产生不良刺激
7. 操作后处理　协助患者取舒适的卧位，整理床单位，撤去屏风，整理并清洁用物，洗手，记录	● 舒适卧位可增强背部按摩的效果，预防感染的发生

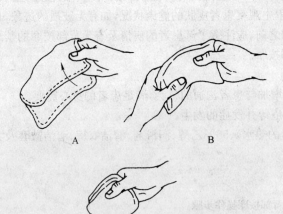

图8-31　包小毛巾法

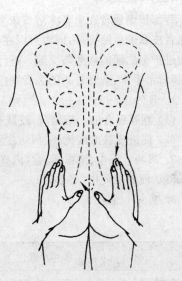

图8-32　全背按摩法

四、会阴部的护理

（一）便器的使用方法

（1）选择清洁、无破损的便器，用便器巾覆盖于便器边缘，携至患者床旁。金属便器使用前应先用热水将便器温热，以免太凉引起患者的不适。向患者解释，取得合作，用屏风遮挡患者。

（2）根据患者的病情和习惯可抬高床头，将橡胶单、中单平铺与患者臀下，帮助患者脱裤并屈膝。

（3）操作者一手托患者的腰骶部，对于能配合者，同时嘱患者抬高臀部，另一手将便器最扁平的部位置于患者臀下，便器开口端朝向患者足部放置（图8-33）。对于不能自主抬高臀部的患者，可先帮助患者侧卧，便器放置妥当后，一手扶好便器，另一手帮助患者恢复平卧（图8-34）。或两名操作者分别站于床的两侧，协力抬起患者的臀部，放置便器。检查患者是否刚好坐于便器中央，避免弄湿床面，确认患者感到舒适。放置便器时不可硬塞或硬拉便器，以免损伤骶尾部皮肤。

图8-33　能自主抬高臀部者给便器法

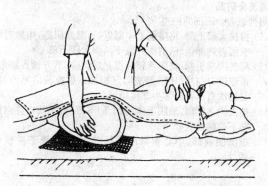

图8-34　不能自主抬高臀部者给便器法

（4）根据患者意愿，操作者可守候在患者床旁，也可将卫生纸及呼叫器放在患者身旁易于取用的地方，然后离开。

（5）排便完毕，协助患者擦净肛门，嘱患者双腿用力，将臀部抬起，操作者一手抬高患者腰及骶尾部，另一手取出便器。遮上便器巾，及时处理并清洁便器，注意观察患者大、小便的情况，以协助疾病的诊断和治疗。

（二）会阴部的清洁护理

泌尿生殖系统感染、大小便失禁、会阴部分泌物过多、会阴部手术、有留置导尿管、产后及尿液浓度过高导致皮肤刺激或破损的患者，应进行会阴部的清洁护理。

会阴部各孔道彼此较为接近，易发生交叉感染，应注意进行会阴部的清洁护理顺序为先清洁相对洁净的尿道口周围，最后擦洗相对最不清洁的肛门部位。

1. 目的

（1）去除会阴部异味，预防及减少感染。

（2）防止发生皮肤的破损，促进伤口的愈合。

（3）增进患者的舒适，指导患者清洁的原则。

2. 用物

（1）治疗盘内备：毛巾、浴巾、清洁棉球、无菌溶液、大量杯、镊子、橡胶单、中单、一次性手套、浴毯、卫生纸。

（2）治疗盘外备：水壶（内盛50～52℃的热水）、脸盆、便器及便巾、屏风。

3. 实施　见表8-11。

表 8 - 11　会阴部的清洁护理操作步骤

操作步骤	注意事项与说明
1. 核对解释　核对患者的床号、姓名,向患者及家属解释操作的目的、方法及配合事项,评估病情	● 确认患者,取得合作
2. 准备 (1) 洗手,备齐用物携至患者床旁 (2) 关闭门窗,屏风遮挡,将室温调节至 22～26℃	● 防止室内空气对流,以免患者受凉,并保护患者隐私
3. 安置体位　协助患者取仰卧位,将盖被折于患者的会阴部以下,用浴毯将患者胸部盖好,协助患者脱裤,暴露会阴部;脸盆内倒入温水,将脸盆和卫生纸一同放于床旁小桌上,毛巾放于脸盆内;戴好一次性手套	● 方便暴露会阴部,利于操作;保护患者的隐私;保暖、舒适 ● 放于易取用处,防止操作过程中水的溢出 ● 预防交叉性感染
4. 擦洗会阴部 ◆ 男性患者会阴部的护理 　(1) 擦洗大腿上部:将浴毯上半部返折,暴露阴茎,用患者的衣服将胸部盖好,清洗并擦干两侧大腿上部 　(2) 擦洗阴茎头部:将阴茎轻轻提起后,在其下方铺好浴巾。由尿道口向外,环形擦洗阴茎头部。更换清洁毛巾,反复擦洗直至将阴茎头部擦净 　(3) 擦洗阴茎体部:沿阴茎体,由上向下擦洗,尤其应注意阴茎下面的皮肤处 　(4) 擦洗阴囊部:小心地将阴囊托起,擦洗阴囊下皮肤皱褶处	● 注意保暖,保护患者隐私 ● 浴巾可避免多余的水分流入腹股沟处 ● 防止细菌向尿道口处的传播 ● 动作轻柔、适度,避免过度刺激 ● 动作轻柔,防止阴囊部位受压引起患者疼痛 ● 皮肤皱褶处容易蓄积分泌物 ● 会阴或直肠术后的患者,注意应选择无菌棉球擦净手术部位及会阴部的皮肤,动作要轻柔
◆ 女性患者会阴部的护理 　(1) 协助患者取仰卧位,两腿屈膝并分开 　(2) 擦洗大腿上部:将浴毯上半部返折,暴露会阴,用患者的衣服将胸部盖好,清洗并擦干两侧大腿上部 　(3) 擦洗阴唇部位:左手轻轻地将阴唇部位合上,用右手擦洗阴唇外黏膜的部分,方向为由会阴部向肛门方向擦洗(由前至后) 　(4) 擦洗尿道口及阴道口:左手将阴唇分开,暴露尿道口及阴道口。用右手从会阴部向肛门方向轻轻的擦洗各个部位,彻底将阴唇、阴蒂、阴道口周围擦净	● 方便暴露会阴部,利于操作 ● 注意保暖,保护患者隐私 ● 皮肤皱褶处易蓄积分泌物,造成致病菌繁殖 ● 防止细菌向尿道口处的传播 ● 减少致病菌向尿道口处的传播(女性月经期或有留置导尿管时,可用棉球进行清洁)。 ● 每擦洗一个部位,应注意更换毛巾的不同部位 ● 若患者有需要进行会阴冲洗,护士先放置便器,然后一手持盛有温水的大量杯,一手持夹有棉球的大镊子,边向下冲水,边擦洗会阴部,方向由会阴部向肛门部冲洗,冲洗后彻底擦干会阴部
5. 擦洗肛门 　(1) 将浴毯放回原位,盖于会阴部,协助患者取侧卧位,擦洗肛门 　(2) 若大、小便失禁的患者,可在肛门及会阴部涂凡士林或氧化锌软膏	● 侧卧位便于肛部皮肤的护理 ● 注意观察肛部皮肤的情况,必要时擦洗前可先用卫生纸擦净肛门 ● 保护皮肤,以防受到尿液及粪便中刺激物质的浸润
6. 穿衣　脱去一次性手套,协助患者穿好衣裤	● 手套置于指定容器内
7. 操作后处理 　(1) 协助患者取舒适卧位,撤去浴毯,整理床单位,撤去屏风,整理并清洁用物 　(2) 洗手,记录	● 促进患者的舒适,保持病室的整洁 ● 减少病原体的传播

五、晨晚间护理

（一）晨间护理

一般于清晨诊疗工作前完成。晨起后患者需要进行必要的清洁护理，晨间护理可以使患者感到清洁舒适，促进夜间睡眠过程中身体受压部位的血液循环，预防压疮及肺炎等并发症的发生；利于保持病床及病室整洁、舒适和美观；护理人员还可以在晨间护理的过程中对患者病情进行观察和了解，增进护患间的交流，及时发现患者潜在及现存的问题，做好心理护理和卫生指导。晨间护理主要包括以下内容。

（1）病情较轻、可以离床活动的患者，鼓励患者自行洗漱，内容包括刷牙、漱口、洗脸、洗手、梳头。通过完成这些活动，不仅可以增强患者对疾病康复的信心，更重要的是可以促进患者的离床活动，使全身肌肉及关节得到相应运动。护理人员可使用消毒毛巾进行湿式扫床，根据床单位的清洁程度，更换床单，整理床单位。

（2）病情较重，不能离床活动的患者，如高热、昏迷、危重、年老体弱或大手术后的患者，护理人员应协助患者完成晨间护理。

1）协助患者刷牙、漱口（或对其进行口腔护理）、洗脸、洗手、梳头。

2）协助患者翻身，检查皮肤的受压情况，如有无出现受压变红，使用湿热毛巾进行背部擦洗，并进行骨隆突处的按摩。

3）整理床单位，必要时可更换衣服和床单。

4）通过交谈，增进护患间的沟通，了解患者的病情，进行必要的心理护理和健康教育。

5）根据室温，酌情开窗通风，保持病室内空气新鲜。

（二）晚间护理

晚间护理利于保持病室安静和清洁，为患者提供良好的睡眠条件，使患者清洁、舒适，易于入睡；同时可进行病情的观察，了解并满足患者的心身需要。晚间护理的内容如下。

（1）协助患者梳发、刷牙、漱口（或做口腔护理）、洗脸、洗手、洗脚，为女患者进行会阴冲洗。

（2）协助患者翻身，检查身体受压部位的皮肤，用热水擦洗背部，进行背部和骨隆突部位的按摩。

（3）睡前协助患者排便，整理床单位，必要时更换衣服和床单，根据气温为患者增减盖被。

（4）保持病室安静，为患者创造良好的睡眠环境，保持空气流通，调节室内的温度和光亮，协助患者处于舒适卧位。

（5）经常巡视，观察患者的病情，了解患者的睡眠情况，睡眠障碍的患者按失眠给予相应护理。

▓ 第四节　疼痛患者的护理

疼痛是临床常见的症状之一，是患者最痛苦、最苦恼的感受，是不舒适的最严重表现。疼痛不仅会给患者带来痛苦，不利于疾病的治疗，降低患者的生活质量，而且它的出现往往是人体健康受到威胁的信号，与疾病的发生、发展和转归密切相关，是疾病诊断、鉴别的重要指征，也是治疗与护理效果评价的重要标准。护理人员应掌握观察、评估、护理疼痛患者的相关知识，更好地帮助患者避免、减轻或解除疼痛。

一、疼痛的概念

疼痛是伴随着现存的或潜在的组织损伤而产生的主观感受，是机体对有害刺激的一种保护性防御反应。1978年北美护理诊断协会提出了疼痛的定义:疼痛是个体经受或感觉有严重不适或不舒适的感受。疼痛是一种主观感受,且具有高度的个体化,很难加以评估。在人类所有感觉经验中,疼痛是最具有特点的一个。它具有以下特征。

(一)疼痛是个体身心受到侵害的危险警告

疼痛是一种身体保护机制,常表示机体存在着组织损伤,提醒人们采取措施去避免,甚至提示有治疗的必要。一旦有害刺激出现,如遇到烫、热,经神经传导到大脑形成痛觉,使人体在确定疼痛刺激的同时辨别刺激的来源,并依照过去的经验决定该如何应对。因此失去或缺少痛觉反应的人,则比较容易受伤。

(二)疼痛是一种身心不舒适的感觉

疼痛分为身体疼痛和心理疼痛,是个体身体与心理同时经历的感受。身体的疼痛是指身体某一部位感觉不舒适,心理疼痛是指精神方面的防御功能被破坏,个体的情绪完整性受到损害。身体和心理的疼痛提示个体的防御功能或人的整体性受到侵害。

(三)疼痛常常伴有生理、行为和情绪的反应

疼痛是痛觉和痛反应两个成分的结合。痛觉属于个人的主观知觉体验;而痛反应是个体对疼痛刺激所产生的一系列生理、病理的变化。受个体的心理、情绪、性格、文化背景及经验等方面的影响,每个人对疼痛的体验不同,对痛的反应也各式各样,如生理反应:面色苍白、出汗、肌肉紧张、呼吸急促、血压升高、瞳孔扩大、恶心呕吐、休克等;行为反应:烦躁不安、皱眉、咬唇、呻吟、哭闹等;情绪反应:紧张、恐惧、焦虑等。

二、疼痛的机制

疼痛发生的机制非常复杂。迄今为止,尚无一种学说能全面合理地解释疼痛发生的机制。研究认为痛觉感受器是游离的神经末梢。当各种伤害性刺激作用于机体达一定程度时,机体组织受损,释放致痛物质,如组胺、缓激肽、5-羟色胺、乙酰胆碱、H^+等,作用于痛觉感受器,产生痛觉冲动,沿传入神经传导至脊髓,通过脊髓丘脑束和脊髓网状束传入大脑皮质的某一区域,引起痛觉。

人体的多数组织都有痛觉感受器,由于痛觉感受器在身体各部位的分布密度不同,对疼痛刺激的反应以及敏感度也有所不同。可分为:①表层痛觉感受器:分布于皮肤、角膜及口腔上皮,是皮肤与体表黏膜的游离神经末梢,痛点往往与游离神经末梢分布对应,容易定位。②深层痛觉感受器:分布于牙、肌膜、关节囊、肌层、肌腱、韧带等处,密度比表层稀疏,因此受到伤害性刺激造成的疼痛为深部疼痛,不易定位。③内脏疼痛感受器:分布在内脏器官的被膜、腔壁、组织间及内脏器官组织的脉管壁上,分布密度稀疏,对缺血缺氧、痉挛、机械牵拉及炎症的感受敏感,对烧灼、切割等刺激不敏感。

牵涉痛是疼痛的一种类型,表现为患者感到身体体表某处有明显痛感,而该处并无实际损伤。这是由于病变的内脏神经纤维与体表某处的神经纤维会合于同一脊髓段。来自内脏的传入神经纤维除经脊髓上达大脑皮质,反应内脏疼痛外,还会影响同一脊髓段的体表神经纤维,传导和扩散到相应的体表部位而引起疼痛。这些疼痛多发生于内脏缺血缺氧、机械牵拉、痉挛和炎症。如心肌梗死的疼痛发生在心前区,但可放射至左肩及左上臂。

目前关于疼痛产生机制的理论中常用的是闸门控制理论。该理论认为疼痛的存在及其强度有赖于神经活动,中枢神经系统的闸门装置可对疼痛冲动进行调控甚至阻断。闸门装置位于脊髓后角、丘脑和边缘叶系统的实体浆细胞中。疼痛冲动在闸门敞开时可顺利穿行,而当闸门关闭时就会被阻断。因此如何关闭闸门是疼痛干预的重点。当有信号经小直径纤维如痛觉A-δ纤维或C纤维输入时,有助于冲动通过闸门装置,个体就会感觉到疼痛;反之会关闭闸门装置,个体就不觉得疼痛。

而大直径神经纤维活动度有使闸门关闭的倾向,阻断小直径纤维所传送的冲动。皮肤有许多粗神经纤维,利用刺激皮肤的措施,如按摩、冷热敷、触摸、针灸、经皮神经电刺激等,增加大纤维活动量,可减少疼痛的感觉。此外,脑干可调节感觉的输入。如个体接受适量或过量的感觉刺激,脑干会传出冲动关闭闸门且抑制疼痛冲动的传送。反之,缺乏感觉的输入,脑干就不会抑制疼痛冲动,闸门打开,疼痛即可被传送。应用此原理,可以用某些方式输入感觉,如分散注意力、引导幻想及想象,从而达到减轻疼痛的目的。

当人意识到疼痛时,一个复杂的反应就启动了。因此对疼痛的感知是心理因素、认知因素和神经生理因素相互作用的结果。它可使个体意识和了解疼痛,从而做出反应。

三、疼痛的原因及影响因素

(一) 疼痛的原因

1. 温度刺激　身体体表接触过高或过低的温度,均会引起组织的损伤,受伤组织释放组胺等化学物质,对神经末梢产生刺激,导致疼痛。如过高温度导致的烫伤及由于温度过低所致的冻伤的发生。

2. 化学刺激　强酸、强碱等化学物质,可直接刺激神经末梢,导致疼痛。此外,化学灼伤导致受损组织细胞释放的化学物质,对痛觉感受器的再次作用,令疼痛进一步加剧。

3. 物理损伤　刀切割、针刺、碰撞、身体组织受牵拉、肌肉痉缩、受压等,均可使局部组织受损,对神经末梢产生刺激,引起疼痛。物理损伤引起的缺血、淤血、炎症等均可促使组织释放化学物质,导致疼痛程度加剧、疼痛的时间延长。

4. 病理改变　疾病造成体内某些管腔堵塞,导致组织发生缺血缺氧,空腔脏器过度扩张,平滑肌痉挛或过度收缩,局部炎性浸润等,均可引起疼痛。

5. 心理因素　心理状态不佳、情绪紧张、愤怒、悲痛、恐惧等不良情绪,都可引起局部血管收缩或扩张导致疼痛。如心理因素引起的神经性疼痛,疲劳、睡眠不足和用脑过度亦可引起功能性疼痛。

(二) 疼痛的影响因素

个体所能感觉到的最小疼痛称为疼痛阈。个体所能忍受的疼痛强度及持续时间称为疼痛耐受力。不同个体对疼痛的耐受力有很大差异,即使是同样性质及强度的刺激,对于不同个体所引发的疼痛反应也会不同。疼痛是直觉、生理、感觉、情绪和其他反应的相互作用,与一连串的体验有关,因此影响疼痛的因素有很多。

1. 年龄　疼痛的敏感程度,存在年龄差异。婴儿对疼痛不敏感;随着年龄的增长,对疼痛的敏感性也随之增长,而老年人的敏感度又相对下降,所以对于不同年龄组的患者应采取不同的疼痛护理措施,尤其在对老年患者和婴幼儿进行护理时应注意其特殊性和个体差异。

2. 注意力　个体对疼痛感的注意程度可以直接影响其对疼痛的感受。个体对疼痛的注意力分散,疼痛的感觉就会减轻,因此可帮助患者将注意力转移并高度集中于其他事物之上时,疼痛就会相对减轻甚至消失,如松弛疗法、愉快交谈、听音乐、看电视等方法都可以分散注意力以减轻疼痛。

3. 情绪　积极的情绪可以使疼痛感减轻,消极的情绪则会加剧疼痛的感觉。如焦虑、恐惧等情绪可使疼痛加剧,而愉快满足的情绪下,疼痛感则会相对减轻。

4. 疲劳　疲劳可提高对疼痛的感知,降低对疼痛的耐受力,这种情况在慢性疾病患者中表现尤其明显。当个体得到充分的休息、良好的睡眠时,疼痛感也会相应下降,反之则会加剧。

5. 个体差异　疼痛的耐受程度及表达方式往往与个体性格、所处环境的不同有关。自控力以及自尊心较强的患者对疼痛的耐受力较强,善于表达感情的患者对疼痛的耐受力较弱。当个体独自一人时,常可以对疼痛有较大的忍受能力,而当其周围有他人陪伴时,尤其是医务人员在其身旁时,个体对疼痛的耐受性明显下降。

6. 社会文化背景 患者所生活的社会环境和多元文化的背景对患者在疼痛的忍受和意义认识上有很大的影响。人生观、价值观不同的个体对于疼痛的反应也大不相同。如生活在鼓励忍耐、推崇勇敢的文化背景中,个体对疼痛的耐受能力较高。而个体的文化教养也同样会影响个体对疼痛的反应及表达方式,如有较高知识素养,能意识到疼痛与疾病的密切关系的人,会及时寻求专业帮助。

7. 个人经历 包括个体对于疼痛的原因的理解、对疼痛的态度及个人以往的疼痛的经验等。个体对于任何单独刺激所产生的疼痛感受,都可受到以前类似经验的影响,如有过手术经历的患者,面对再次手术时的不安情绪可以使其对疼痛的感觉变得更加敏感。儿童对疼痛的体验主要取决于其父母对于疼痛的态度。

8. 患者的社会支持系统 疼痛患者对家属的依赖性增强,因此疼痛时有家人及亲属的陪伴,可以不同程度地减轻患者的孤独与恐惧,从而减轻疼痛感。

9. 治疗及护理因素 许多治疗及护理操作本身可造成患者出现疼痛感,如注射、输液等;护理人员对有关疼痛知识的掌握及实践的经验不够,影响对疼痛的判断,使患者的疼痛得不到及时有效的处理;护理人员对药理知识的缺乏,对药物的成瘾性及毒副作用的过分担心,未能及时使用止痛剂等均可造成患者疼痛加剧。

四、疼痛患者的护理评估

护理疼痛患者时,首先应信任患者并确定疼痛存在,从患者的疼痛表现及影响因素等多方面评估疼痛,以此为基础才能做出相应的护理计划,采取有效的措施减轻患者的疼痛。影响疼痛的因素较多,个体间差异也较大,不同个体对于疼痛的描述也不尽相同,因此,护理人员应以整体观点对患者进行个体化评估。

(一)评估内容

除患者的一般情况外,主要对下列内容进行重点评估。

1. 疼痛的部位 了解身体的哪些部位疼痛,疼痛的部位是否明确而固定,是局限于某一部位,还是逐渐或突然扩大到很大范围。如有多处疼痛,应了解它们是否同时发生,有无联系。

2. 疼痛的时间 疼痛是间歇性或持续性的,持续多久,有无周期性或规律性,是急性疼痛还是慢性疼痛。

3. 疼痛的性质 常见的疼痛性质有刺痛、灼痛、钝痛、触痛、酸痛、压痛、胀痛、隐痛、绞痛和锐痛等。描述疼痛性质时,让患者用自己的话表达。

4. 疼痛的程度 疼痛可分为轻度、中度和重度疼痛等,可用疼痛评估工具判定患者疼痛的程度。

5. 疼痛时的反应 如面部表情、身体活动、有无哭泣、呻吟等。

6. 疼痛的影响 疼痛是否伴有呕吐、头晕、发热、虚脱等症状;是否影响睡眠、食欲、活动等;是否出现恐惧、紧张、抑郁、焦虑等情绪改变。

7. 影响疼痛的因素 了解引起或加重疼痛的各种因素及减轻疼痛的各种办法、患者自身控制疼痛的方式、对疼痛的耐受性等。

(二)疼痛程度的评估工具

对疼痛的评估除了通过询问病史、观察、体格检查等常规方法外,还可以根据患者的年龄和认知水平选择疼痛的评估工具。常用的工具有以下几种。

1. 文字描述评定法 把一条直线分成5等份,每个点均配有相应描述疼痛程度的文字。其中的一端代表无痛,另一端代表无法忍受的疼痛,中间各点依次为微痛、中度疼痛、重度疼痛、非常严重的疼痛(图8-35)。患者按照自身疼痛的程度选择合适描述。

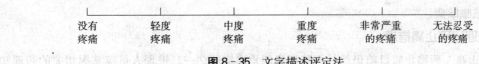

图8-35　文字描述评定法

2. **数字评分法**　用数字替代文字来表示疼痛的程度。在一条直线上分段,按0~10分次序评估疼痛程度,0分代表无痛,10分代表剧痛,中间的次序代表疼痛的程度(图8-36),让患者自己评分。数字评分法适用于疼痛治疗前后效果测定的对比。

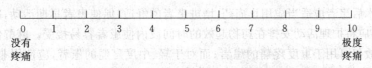

图8-36　数字评分法

3. **视觉模拟评分法**　划一条直线,其上不做任何的划分,仅在直线两端分别注明"无痛"和"剧痛",让患者依据自己疼痛的实际感觉在直线上进行疼痛程度的标记,护士根据划线位置判定。此方法比上述两个方法更敏感,因为它可以使患者完全自由地表达疼痛的严重程度,灵活方便,患者选择自由度大。适用于任何年龄段的患者,对患者的文化背景及性别无特定要求,易于掌握。适用于急性疼痛的患者、老年人、儿童以及表达能力丧失者,利于护理人员较为准确地掌握患者的疼痛程度及评估控制疼痛的效果。

4. **面部表情图**　它由6个卡通脸谱组成,从微笑(代表不痛)到最后痛苦地哭泣(代表无法忍受的疼痛),以此对疼痛的程度进行表达(图8-37)。适用于3岁以上的儿童,儿童可以从中选择代表自己的疼痛感受的面孔。

图8-37　面部表情疼痛测量图

5. **WHO的疼痛分级标准**　疼痛可分为4级。

0级:无痛。

1级(轻度疼痛):有疼痛但不严重,尚可忍受,睡眠不受影响。

2级(中度疼痛):疼痛明显,不能忍受,睡眠受干扰,要求用镇痛剂。

3级(重度疼痛):疼痛剧烈,不能忍受,睡眠严重受干扰,需要用镇痛剂。

五、疼痛患者的护理

治疗疼痛的原则是尽早、适当地解除疼痛。早期的疼痛比较容易控制,疼痛时间越长,患者对疼痛的感受越深,最后越难以用药物解除。因此一旦确定患者存在疼痛,应及时做出护理计划,采取措施减轻疼痛。

(一)减少或消除引起疼痛的原因

首先应设法减少或消除引起疼痛的原因,解除疼痛的刺激源。如外伤引起的疼痛,应酌情给予及时止血、包扎、固定、伤口处理等措施。胸腹部术后的患者,会由于咳嗽、呼吸引起伤口的疼痛,应于术前做好患者的健康教育,指导患者掌握正确有效的咳嗽方法,可协助术后患者按压伤口后再进行深呼吸和咳嗽咳痰。

（二）合理运用止痛措施

1. **药物止痛** 药物止痛目前仍然是解除疼痛的重要措施之一。护理人员应掌握相关的药理知识，了解患者身体状况及关于疼痛治疗的情况，正确使用镇痛药物。

在用药过程中，护士应注意观察患者的病情变化，把握用药的时机，严格掌握用药的时间和剂量，防止药物的副作用、耐药性及成瘾性。一般在诊断未明确前不应随意使用镇痛药，以免掩盖症状，延误病情。而对于慢性疼痛的患者，应掌握疼痛发作的规律，最好在疼痛发生前给药，此时用药量小，效果佳。术后患者应适当应用止痛药，增进患者的舒适，促使患者早期活动，减少相关并发症的发生。同时还应将护理活动安排在药物起效的时间段内使患者容易接受。麻醉性镇痛药具有成瘾性和耐受性，故仅可用于重度疼痛的患者；而对于轻、中度疼痛的患者，应使用非麻醉性镇痛药。给药 20～30 min 后应评估记录镇痛药的效果及副作用。当疼痛缓解或停止时应立即停药，以减少和防止副作用和耐药性的产生。对于那些长期应用可致成瘾性的药物，更应慎重使用。

对于癌性疼痛的药物治疗，目前临床上普遍采用 WHO 推荐的三阶梯疗法。应用的基本原则为：按药效的强弱以阶梯顺序使用；用药剂量个体化；按时、联合用药；尽量口服给药。大多数患者的疼痛依据此法接受治疗后疼痛可以得到有效缓解。具体方法为：①第一阶段：选择非阿片类、解热镇痛和抗炎类药物，如阿司匹林、布洛芬、对乙酰氨基酚等，适用于轻度疼痛患者。②第二阶段：选择弱阿片类药物，如氨酚待因、可待因、曲马朵、布桂嗪等，适用于中度疼痛患者。③第三阶段：选择强阿片类药物，如吗啡、哌替啶、美沙酮、二氢埃托啡等，适用于重度及剧烈癌痛患者。由此可见，采用三阶梯疗法可以根据疼痛程度，合理使用不同级别的止痛药物，由于强调从非阿片类用起，逐渐升级，增加了用药的选择机会，同时也最大限度地达到缓解疼痛和减少药物副作用的目的。

此外在癌痛治疗过程中，经常采取联合用药的方法，即在使用主药的同时加用一些辅助药物的方法，以减少主药的用量及副作用。常选的辅助用药有弱安定药，如艾司唑仑、地西泮等；强安定药，如氯丙嗪、氟哌啶醇等；抗抑郁药，如阿米替林。

2. **物理止痛** 可以使用冷、热疗法，如冰袋、冷敷或湿热敷、热水袋、温水浴等，可以有效地减轻局部疼痛。此外按摩、推拿、理疗等也是常用的物理止痛措施。

3. **患者自控镇痛泵的运用** 患者自控镇痛泵是指患者出现疼痛时，可以主动地通过计算机控制微量泵，向体内注射设定剂量的药物，以达到减轻疼痛、减少患者自身心理负担的作用。既符合按需镇痛原则，也减少了医护人员的操作。

4. **中医针灸止痛** 根据疼痛的部位，选择相应的穴位进行针刺，使人体经脉得以疏通、气血调和，进而达到止痛的目的。

5. **经皮神经电刺激疗法** 用于慢性疼痛的患者。主要原理为采用脉冲刺激仪，用微量电流通过在疼痛部位放置的 2～4 个电极，对疼痛部位的皮肤进行温和的刺激，患者可感觉有颤动、刺痛和蜂鸣，起到提高患者的痛阈、缓解疼痛的作用。

（三）选择恰当的心理护理方法

1. **减轻患者的心理压力** 害怕、紧张、焦虑、恐惧及对康复丧失信心等均可加重疼痛的程度，疼痛的加剧又可反作用于患者，使不良情绪加剧，导致不良循环。护士应设法减轻患者的心理压力，要以同情、安慰、鼓励的态度支持患者，尊重患者疼痛时的行为反应。加强护患之间的沟通，建立友好的护患关系，鼓励患者表达疼痛时的感受及其为适应疼痛所做出的努力，促进患者的心理舒适。

2. **分散注意力** 通过向患者提供愉快的刺激，可以使患者的注意力转向其他事物，从而减轻对疼痛的意识，甚至增加对疼痛的耐受性。可采用组织患者参加其感兴趣的活动、愉快的交谈、唱歌、下棋和做游戏等，都是分散注意力的方法。

3. 音乐疗法　音乐是一种有效的分散注意力的方法,优美的旋律对降低心率、减轻焦虑和抑郁、缓解疼痛、降低血压等都有很好的效果。通常应根据患者喜好进行选择,如古典音乐或流行音乐。

4. 松弛术　松弛可以使身心解除紧张或应激,带来许多生理和行为的改变,如血压下降、脉搏和呼吸减慢、肌肉紧张度减轻、感觉平静和安宁、促进睡眠等。可通过自我调节、集中注意力,使全身各部分肌肉放松,以减轻疼痛的强度,增加对疼痛的耐受力。此外也可进行冥想、瑜伽、渐进性放松等活动进行松弛。

5. 引导想像　通过引导患者对某特定事物(如令人愉快的情景或经历)的想像以达到正向效果来逐渐降低患者对疼痛的意识。例如,护士可引导患者集中注意力想像自己置身于一个美好的意境或一处优美的风景中,能起到松弛和减轻对疼痛关注的作用。在作引导想像之前,先作规律性的深呼吸运动和渐进性的松弛运动效果更好。

(四)积极采取促进舒适的措施

通过护理活动促进舒适是减轻和解除疼痛的重要措施。如帮助患者采取正确的姿势、提供舒适整洁的病室环境、适宜的室内温、湿度以及良好的采光和通风设备是促进舒适的必要条件。此外,一些简单的技巧的应用,如在各项治疗前给予清楚、准确的解释,帮助患者进行适当活动,将用物放于患者方便取用的地方等,都可以使患者感到身心舒适,减轻焦虑等不良情绪,利于减轻疼痛。

(五)健康教育

根据患者的具体情况,选择健康教育的内容。一般应包括:疼痛的原因、发生机制、如何面对疼痛、减轻或解除疼痛的各种自理技巧等。

1. 准确描述　指导患者掌握正确描述疼痛的方法,包括疼痛的性质、部位、持续时间、发作规律等。表达受限时,可采取动作、表情、眼神或身体其他部位示意,利于医护人员进行及时准确地判断。

2. 客观叙述　教育患者应正确客观地向医护人员描述疼痛的感受,不可过分夸大更不可以强忍疼痛,以防导致用药不当。

3. 用药指导　指导患者掌握正确使用镇痛药物的方法,如用药的最佳时间、剂量、注意事项等,避免药物成瘾,减轻药物的副作用。

4. 效果评价指导　指导患者正确评价接受治疗护理后的效果。

(1)一些疼痛的征象是否减轻或消失,如面色苍白、出冷汗等。

(2)患者疼痛感觉是否减轻,身体状态和功能是否改善,自我感觉是否舒适。

(3)患者对于疼痛的适应能力是否增强。

(4)患者的焦虑情绪是否减轻,休息睡眠质量是否良好。

(5)患者能否重新建立行为方式,轻松参与日常的活动,与他人正常交往。

复 习 题

【A 型题】

1. 腰椎穿刺、抽取脑脊液后的患者采用去枕仰卧位的目的是:　　　　　(　　)

　　A. 预防脑压过低　　　　　B. 预防脑出血　　　　　C. 预防呼吸道并发症

　　D. 减轻肺部淤血　　　　　E. 增加大脑的血液循环

2. 应采取中凹卧位的患者是:　　　　　　　　　　　　　　　　　　(　　)

　　A. 腹部检查患者　　　　　B. 休克患者　　　　　　C. 心肺疾病患者

　　D. 胃镜检查患者　　　　　E. 脊髓穿刺术后患者

3. 全麻手术后患者采取的体位是： （ ）
   A. 半坐卧位   B. 侧卧位
   C. 中凹卧位   D. 去枕仰卧位，头偏一侧
   E. 屈膝仰卧位

4. 甲状腺手术后患者采取半坐卧位的主要目的是： （ ）
   A. 防止腹部粘连   B. 减少局部出血
   C. 使静脉回流减少   D. 利于腹腔引流，使感染局限化
   E. 减轻伤口缝合处的张力

5. 颅骨牵引患者应采取的卧位是： （ ）
   A. 头低足高位   B. 中凹位   C. 头高足低位
   D. 半坐卧位   E. 去枕平卧位

6. 协助患者移向床头时，错误的做法是： （ ）
   A. 护士靠近床侧   B. 将枕头横立于床头
   C. 护士双腿伸直，腰稍屈   D. 护士稳住患者的双腿，并在臀部提供助力
   E. 患者屈膝，双脚用力蹬床

7. 约束带约束法的主要作用是： （ ）
   A. 约束头部活动   B. 约束躯体活动   C. 约束上肢活动
   D. 约束下肢活动   E. 约束四肢活动

8. 刘先生，50岁，行胃次全切除手术治疗，术后采取半坐卧位的主要目的是： （ ）
   A. 防止腹部粘连   B. 减少局部出血   C. 使静脉回流减少
   D. 改善呼吸困难   E. 减轻伤口缝合处张力

9. 为手术后患者翻身不正确的方法是： （ ）
   A. 敷料脱落者应先换药后翻身   B. 翻身前要检查各种管道是否通畅
   C. 颈椎牵引者翻身时不可放松牵引   D. 伤口渗出较多者，应先翻身后换药
   E. 石膏固定者翻身后将患处安置适当位置

10. 帮助术后带有引流管的患者翻身侧卧时，下列方法正确的是： （ ）
    A. 翻身前夹闭引流管
    B. 两人翻身时着力点分别位于颈、肩、腰、臀部
    C. 翻身后再更换伤口敷料
    D. 翻身后将患者上腿稍伸直，下腿弯曲
    E. 翻身后可在患者两膝之间垫上软枕

11. 患者王某，入院诊断为慢性细菌性痢疾，需灌肠治疗，护士应指导患者采取： （ ）
    A. 去枕仰卧位   B. 俯卧位   C. 侧卧位   D. 膝胸位   E. 屈膝仰卧位

12. 行颅骨牵引治疗的患者，所采取的卧位姿势为： （ ）
    A. 床头用支托物垫高15～30 cm，床尾不变
    B. 床头不变，床尾用支托物垫高15～30 cm
    C. 床头与床尾各用支托物垫高15～30 cm
    D. 床头用支托物垫高15～30 cm，床尾垫高15～20 cm
    E. 床头用支托物垫高10～20 cm，床尾垫高15～30 cm

13. 患病时口腔内微生物易大量繁殖的原因是： （ ）
    A. 消化功能减退   B. 口腔内湿度改变   C. 口腔内温度改变
    D. 机体抵抗力降低   E. 致病菌大于非致病菌

14. 患者的活动义齿取下后,应浸泡在: （ ）

A. 清水 　　　 B. 热水 　　　 C. 碘伏 　　　 D. 75%乙醇 　　　 E. 生理盐水

15. 为昏迷患者做口腔护理正确的操作是: （ ）

A. 用温开水漱口 　　　　　　　　　 B. 患者取仰卧位

C. 不必取下活动义齿 　　　　　　　 D. 棉球应多蘸些漱口水进行擦洗

E. 用血管钳夹紧棉球擦洗

16. 为昏迷患者做口腔护理需要使用张口器时,应从: （ ）

A. 门齿放入 　　 B. 舌下放入 　　 C. 臼齿放入 　　 D. 尖切牙放入 　　 E. 切牙放入

17. 梳发的目的不包括: （ ）

A. 按摩头皮 　　　　　 B. 保持头发湿润 　　　　　 C. 使患者美观

D. 促进头皮血液循环 　　 E. 除去脱落的头皮碎屑

18. 常用灭头虱的药液是: （ ）

A. 乙醇 　　　 B. 乙酸 　　　 C. 食醋 　　　 D. 百部酊 　　　 E. 过氧乙酸

19. 沐浴的目的不包括: （ ）

A. 去除皮肤污垢 　　　　 B. 保持皮肤清洁 　　　　 C. 促进血液循环

D. 预防压疮 　　　　　　 E. 消除皮炎

20. 患者饭后沐浴可在: （ ）

A. 0.5 h 后 　　 B. 1 h 内 　　 C. 1 h 后 　　 D. 2 h 后 　　 E. 3 h 后

21. 患者自行沐浴时,不妥的一项护理是: （ ）

A. 用物准备齐全 　　　 B. 地面应防滑 　　　 C. 调节室温 22~24℃

D. 浴室应闩门 　　　　 E. 浴室门外挂牌以示有人

22. 王女士,23 岁,诊断为血小板减少性紫癜,检查唇和口腔有散在瘀点,轻触牙龈出血,口腔护理时应特别注意: （ ）

A. 动作轻稳,勿损伤黏膜 　　　　　 B. 夹紧棉球防止遗留在口腔

C. 擦拭时勿触咽部以免恶心 　　　　 D. 先取下假牙,避免操作中脱落

E. 棉球蘸水不可过湿,以防呛咳

23. 用于真菌感染的漱口溶液是: （ ）

A. 复方硼酸溶液 　　　　 B. 2%~3%硼酸溶液 　　　　 C. 0.1%醋酸溶液

D. 0.02%呋喃西林溶液 　　 E. 1%~4%碳酸氢钠

24. 为心衰卧床患者做好皮肤清洁护理可选用: （ ）

A. 盆浴 　　　 B. 淋浴 　　　 C. 床上擦浴 　　　 D. 足浴 　　　 E. 清洁头面部

25. 为患者做背部按摩时可用: （ ）

A. 50%乙醇 　　 B. 70%乙醇 　　 C. 90%乙醇 　　 D. 松节油 　　 E. 温水

【填空题】

1. 使用保护具应松紧适宜,要密切观察约束部位的皮肤_____、_____等,以不影响_____为宜。

2. 保护性制动措施只宜 _____使用,要使患者肢体处于 _____。

3. 对不能自行翻身的患者,护士应每_____h 协助患者翻身一次。

4. 口腔护理中,患者的义齿取下后用_____冲洗刷净,不可浸于_____或_____中。

5. 对长期应用抗生素、激素者,应注意有无_____。

6. 患者沐浴应在饭后_____h 后才能进行,以免影响消化。

【名词解释】

1. 舒适　　2. 主动卧位　　3. 被动卧位　　4. 被迫卧位　　5. 疼痛

【简答题】

1. 哪些患者需要使用保护用具?

2. 给患者更换卧位时应注意什么?

3. 为昏迷患者进行口腔护理的操作应注意什么?

4. 说出晨间护理的内容。

5. 患者,张某,晚期胃癌,时常叙述疼痛难忍,如何对其疼痛进行评估? 可采取哪些措施缓解疼痛?

6. 简述疼痛患者的健康教育内容。

第九章
休 息 与 活 动

导　学

内容及要求

本章主要包括两个部分的内容,休息和活动。

休息主要介绍休息的意义、条件及睡眠。睡眠包括的内容有睡眠的生理、影响睡眠的因素、各种睡眠失调及促进睡眠的护理。在学习过程中,应重点掌握促进睡眠的护理措施;熟悉睡眠各周期的构成及各阶段主要特征、影响睡眠的因素、各种睡眠失调的临床表现;了解休息的意义及条件。

活动主要介绍活动的意义、活动受限的原因、活动受限对机体的影响、满足患者活动需要的护理、压疮的预防和护理。在学习过程中,应重点掌握压疮的预防和护理;熟悉活动受限对机体的影响、活动受限的原因、满足患者活动需要的护理措施;了解活动的意义。

重点、难点

本章的重点是第一节的第三部分促进睡眠的护理措施和第二节的第五部分压疮的预防和护理。其难点是第一节中睡眠的发生机制以及睡眠的时相和周期。

专科生的要求

专科层次的学生对睡眠的发生机制、睡眠的时相和周期以及睡眠失调作一般了解即可。

- 休息
- 活动

　　休息与活动是维持人体健康的必备条件,是人类生存和发展的基本需要之一。适当的休息与活动对于健康人来说可以消除疲劳、促进身心健康;对患者来说,是减轻病痛、促进康复的基本条件。因此,护理人员应努力为患者创造一个良好的休息环境,并在实际工作中根据患者的具体情况,协助和指导患者进行适当活动,帮助患者维持休息与活动的动态平衡,以预防各种并发症的发生,更好地满足患者的需要。

■■ 第一节 休 息

休息(rest)是指通过改变当前的活动方式,使身心放松,处于一种没有紧张和焦虑的松弛状态。休息包括身体和心理两方面的放松,通过休息,可以减轻疲劳和缓解精神紧张,使个体的智力、体力和精神处于一种更新、恢复的状态。

休息并不像人们通常认为的那样,只有坐下来或躺下来才是休息。休息的方式很多,包括运动后的静止或从工作中暂时解脱。针对不同的人,休息的含义不同,这取决于个体的年龄、健康状况、工作性质和生活方式等因素。无论采取何种方式,只要达到缓解疲劳、减轻压力、促进身心舒适和精力恢复的目的。就是有效的休息。

一、休息的意义

休息对维持人体健康非常重要,有效的休息不仅可以使身体放松,恢复精力和体力,还可以减轻心理压力,使人感到轻松愉快。休息不足会导致人体出现一系列躯体和精神反应,如疲乏、困倦、注意力分散,甚至出现紧张、焦虑、急躁、易怒等情绪体验,严重时造成机体免疫力下降,导致身心疾病的出现。

对于患者来说,疾病本身就是一种压力,更需要动员全身心来维护其生理和心理的完善。一方面疾病本身造成患者生理和心理状态的失衡和能量的消耗,另一方面由于住院带来的环境变化和角色变化导致患者精神压力和负担加重,患者往往感到身心疲惫不堪,需要长时间适当的休息。休息能促进组织修复和器官功能恢复,缩短病程,促进疾病痊愈。

总之,良好的休息无论对健康人还是患者都具有重要意义,具体表现为:①消除疲劳,缓解精神紧张和压力。②维持机体生理调节的规律性。③减少能量的消耗。④促进机体正常的生长发育。⑤促进机体蛋白质的合成及组织修复。因此,护士应充分认识休息的作用和意义,协助患者得到充分、适当和有效的休息,恢复并促进健康。

二、休息的条件

不论什么形式的休息,都必须具备下列条件,才能保证休息的质量。

(一) 生理的舒适

生理上的舒适,对于促进放松有重要的作用,是保证有效休息的重要条件。对患者而言,保持皮肤完整,无破损;维持其关节肌肉的活动正常;控制各种因素引起的疼痛;满足个体的卫生需求,保持身体各部位清洁,无异味;协助患者取恰当的体位和姿势等,对提高休息的质量有相当重要的作用。只要其中任何一方面出现不适或异常,都会直接影响休息的质量。

(二) 心理的放松

个体的心理情绪状态直接影响到休息的质量。只有减少紧张和焦虑,心理上才能得到放松。患者常因多种原因(如对自身疾病的担忧、对医院环境及医护人员感到陌生等)而产生焦虑、烦躁、忧郁、沮丧等情绪,护理人员应通过与患者的良好沟通和交流,增进彼此理解,帮助其达到心境平和、安宁的状态。

(三) 和谐的环境

医院的物理环境是影响患者休息的重要因素之一。环境中的空间、温度、湿度、光线、色彩、装饰、空气、声音等对患者的休息、疾病的康复均有不同程度的影响。此外,患者置身于医院的社会环境之中,护士的言谈举止、工作态度以及工作情绪对患者的休息也会产生重要的影响。因此,护士应努力为患者创造一个安静、整洁、温度、湿度、通风和光线适宜、美观而安全的环境,并通过与患者的良好沟通与交流,建立融洽的护患关系,创造和谐的气氛,从而有利于保证休息的质量。

(四) 充足的睡眠

得到休息的最基本先决条件是充足的睡眠。在休息的各种形式中,睡眠是最为常见也是最为重要的一种。充足的睡眠可以促进个体精神和体力的恢复,对患者康复具有重要意义。睡眠的时间和质量是影响休息的重要因素。虽然每个人所需的睡眠时间因人而异,但都有最低限度的睡眠时数,如不能保证,常会出现精神紧张、全身疲劳等不适,难以达到休息的目的。因此,护士应了解睡眠的生理,应用多种措施解决患者的睡眠问题,以促进患者的康复。

三、睡眠

睡眠是与觉醒交替循环的生理过程,两者均为人类生存的必要条件。睡眠是一种周期发生的知觉的特殊状态,由不同时相组成,对周围环境可相对地不做出反应。一个人在睡眠时,并非绝对失去意识,只是身体的活动、对周围环境的知觉及反应明显地减少而已。睡眠是休息的一种重要形式,任何人都需要睡眠,通过睡眠可以使人的精力和体力得到恢复,对于维持人类健康、促进疾病康复具有十分重要的意义。

(一) 睡眠的生理

1. 睡眠的发生机制　睡眠不是脑活动的简单抑制,而是一个主动的过程。目前认为,睡眠由睡眠中枢控制,睡眠中枢位于脑干尾端,向上传导冲动作用于大脑皮质(也称为上行抑制系统),使人入睡;而位于脑干网状结构上行激动系统(RAS)则控制觉醒。这两个大脑机制共同调节睡眠与觉醒的相互转化。

2. 睡眠时相　根据睡眠发展过程中脑电波变化和机体活动功能的表现,将睡眠分为两种不同的时相状态:慢波睡眠(slow wave sleep, SWS)和快波睡眠(fast wave sleep, FWS)。慢波睡眠又称正相睡眠(orthodox sleep, OS)或非快速眼球运动睡眠(non rapid eye movement sleep, NREM sleep);快波睡眠又称异相睡眠(paradoxical sleep, PS)或快速眼球运动睡眠(rapid eye movement sleep, REM sleep)。

(1) 慢波睡眠:慢波睡眠可分为以下 4 期。

入睡期(Ⅰ期):此期为清醒和睡眠之间的过渡期,仅持续数分钟,是所有睡眠期中最浅的一期,个体容易被感觉刺激(如噪音)唤醒。在这一期中,机体的生理活动减少,同时生命体征和新陈代谢逐渐减慢,全身肌肉开始松弛。

浅睡期(Ⅱ期):此期睡眠程度逐渐加深,但仍然能听到声音,因此仍然容易被唤醒,持续 10～20 min。身体功能继续变慢,肌肉进一步放松。

熟睡期(Ⅲ期):是沉睡的起始阶段。此期肌肉完全放松,生命体征下降但仍保持规则,身体很少移动,必须有巨响才能唤醒。此阶段持续 15～30 min。

深睡期(Ⅳ期):是睡眠最深的阶段。此期身体完全松弛,且无任何活动,极难被唤醒。基础代谢率进一步下降,垂体前叶分泌生长激素增多,人体受损组织愈合加快,可以出现梦游和遗尿,此期持续 15～30 min。

慢波睡眠为正常人所必需的睡眠阶段。在慢波睡眠中,机体的耗氧量下降,但脑的耗氧量不变;同时垂体前叶分泌生长激素增多,有利于促进生长和体力恢复。

(2) 快波睡眠:此阶段大约在入睡 90 min 后开始。此期的睡眠特点是眼球快速转动、心率和呼吸频率波动、血压升高、脑电波活跃,与觉醒时很难区分。与慢波睡眠相比,此期各种感觉进一步减退,以致唤醒阈值提高,骨骼肌反射活动和肌紧张进一步减弱,肌肉几乎完全松弛,可以有间断的阵发性表现,例如出现眼球快速运动、部分躯体抽动,同时有心输出量增加、血压升高、心率加快、呼吸加快而不规则等交感神经兴奋的表现。

做梦是快波睡眠的特征之一。在快波睡眠期,常出现生动、充满感情色彩的梦境,可以疏缓精神压力,对精神和情绪上的平衡十分重要。在快波睡眠期,生长激素分泌减少,但脑的耗氧量增加,脑血流量增多且脑内蛋白质合成加快,故认为它与幼儿神经系统的成熟有密切的关系,而且快波睡眠期还有利于建立新的突触联系而促进学习记忆活动。由此可见,快波睡眠也是正常人所必需的,对促进个体的精力恢复是有利的,一旦剥夺,会破坏个体的智力与知觉。但是某些疾病容易在夜间发作,如心绞痛、哮喘、阻塞性肺气肿缺氧发作等,可能与快波睡眠出现间断的阵发性表现有关。睡眠各阶段的表现见表 9-1。

表 9-1 睡眠各阶段表现

睡眠分期	特 点	生理表现	脑电图特点
NREM 期			
第 I 期	可被外界的声响或说话声惊醒	全身肌肉松弛,呼吸均匀,脉搏减慢	低电压 α 节律,频率为 8~12 次/s
第 II 期	进入睡眠状态,但仍容易被惊醒	全身肌肉松弛,呼吸均匀,脉搏减慢,血压、体温下降	快速、宽大的梭状波,频率为 14~16 次/s
第 III 期	睡眠逐渐加深,需要巨大的声响才能使之觉醒	肌肉十分松弛,呼吸均匀,心跳缓慢,血压、体温继续下降	梭状波与 δ 波交替出现
第 IV 期	沉睡期,很难被唤醒,可出现梦游和遗尿	全身松弛,无任何活动,脉搏、体温继续下降,呼吸缓慢均匀,体内分泌大量的生长激素	缓慢而高的 δ 波,频率为 1 或 2 次/s
REM 期	眼肌活跃,眼球迅速转动,梦境在此期出现	心率、血压、呼吸大幅度波动,肾上腺大量分泌,除眼肌外,全身肌肉松弛很难唤醒	呈不规则低电压波形,与 NREM 第 I 期相似

3. **睡眠周期** 对大多数的成人而言,睡眠是每 24 h 循环一次的周期性程序。在正常情况下,睡眠周期是慢波睡眠与快波睡眠不断重复的形态。每一个睡眠周期都含有 60~120 min 不等的(平均 90 min)有顺序的睡眠时相,由慢波睡眠的 4 个时相和快波睡眠组成。通常,成人睡眠前有入睡阶段,此时人只感到越来越困,这个阶段一般持续 10~30 min。而入睡困难者,此阶段可能需要 1 h 或更长的时间。一旦入睡,在成人每晚 6~8 h 的睡眠中,个体平均经历 4~6 个完整的睡眠时相周期。循环的模式见图 9-1。

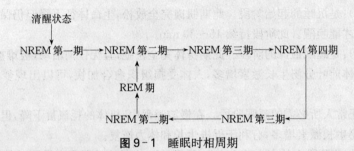

图 9-1 睡眠时相周期

在每一个睡眠周期中,每一个时相所占的比例会随着睡眠的进行而有所改变。刚入睡时,慢波睡眠的第 III 期和第 IV 期占睡眠周期的绝大部分,约 90 min,快波睡眠则较短暂,持续不超过 30 min;

随着睡眠的进行，慢波睡眠的第Ⅲ期和第Ⅳ期会相应缩短，快波睡眠会延长到 60 min。越接近睡眠后期，快波睡眠持续时间越长。睡眠周期在白天小睡时也会出现，但各期睡眠时间长短依小睡的时间而定。上午小睡，是后半夜睡眠的延续，快波睡眠所占的比例较大；下午小睡，慢波睡眠所占的比例增大，会影响晚上睡眠时慢波睡眠时间的长短。但是并不是所有的个体都经历同样的睡眠阶段，有的人进入快波睡眠阶段前，在慢波睡眠的第Ⅱ期、第Ⅲ期和第Ⅳ期有短期的波动。此外，睡眠各阶段所占的比例随年龄也有变化。

在睡眠周期的交替过程中，如果在任何一期将患者唤醒，再继续睡眠时不会回到将其唤醒的那个睡眠时相中，而是从睡眠最初状态开始。因此，在夜间，如果患者的睡眠被经常中断，将整夜无法获得深度睡眠和快波睡眠，患者正常的休息形态受到干扰，睡眠质量会大大下降，患者就不得不通过增加睡眠总时数来补充缺乏的深度睡眠和快波睡眠，以至于造成睡眠形态发生紊乱。因此，为了帮助患者获得最佳的睡眠，护士应在了解睡眠的规律和特点，在日常工作中加以应用，从而保证患者睡眠的质量和连续性。

4. 睡眠的需求　对睡眠的需求因人而异，受年龄、个体健康状况、职业等因素的影响。

通常个体睡眠的需要量与年龄成反比。新生儿睡眠时间最长，可达每天 16 h，以后逐渐减少，至青春期后保持稳定并持续到老年。疲劳、患病或不愿活动的人，睡眠时间会延长；体力劳动者比脑力劳动者需要的睡眠时间长；劳动强度大、工作时间长的人需要的睡眠时间也长；肥胖者对睡眠的需要多于瘦者。

除了睡眠时间外，各个睡眠时相所占时间的百分比也随年龄变化。快波睡眠的比例在婴儿期大于儿童期，青年期和老年期逐渐减少。深度睡眠的时间随年龄增长而减少，入睡期和浅睡期的时间随年龄的增长而增加。老年人睡眠的特点是早睡、早醒且中途觉醒较多，与年龄增长睡眠深度逐渐降低有关。

（二）影响睡眠的因素

1. 年龄　年龄对睡眠的影响主要表现为，随着年龄的增长，总的睡眠时间减少；快波睡眠减少；夜间觉醒次数增多；慢波睡眠的第Ⅲ、Ⅳ期时相进行性减少，第Ⅰ、Ⅱ期时相增多。

2. 生理因素

（1）昼夜节律：人体的生理活动通常都是以一昼夜作为一个周期循环进行的，这就是昼夜性节律。昼夜性节律影响着人体主要生理和行为功能，如体温、心率、血压、激素分泌、感觉敏锐程度及情绪的变化等。睡眠是一种周期性现象，一般发生在昼夜性节律的最低期。如果人的睡眠不能与昼夜性节律协同一致，如试图在已习惯的清醒和活动的时间内睡眠，或在习惯的睡眠时间内活动，就会造成"昼夜性节律去同步化"或称为"节律移位"。节律移位的睡眠是品质不良的睡眠，觉醒阈值明显降低，容易被惊醒，可造成疲劳、焦虑、不安及判断力、反应力降低。当睡眠时间表改变时，人体就必须进行"再同步化"。获得再同步化的时间因人而异，一般认为至少需要 3 天，常见的为 5～12 天，此时常伴有慢性的疲倦和不适，因而降低了维持正常生活品质的能力。

（2）疲劳：适度的疲劳有助于入睡，但过度疲劳则会导致无法入睡。

（3）内分泌变化：如妇女月经期常有嗜睡的现象；绝经期女性由于内分泌变化会引起睡眠紊乱，补充激素可以改善睡眠质量。

（4）食物因素：晚餐吃得过多、过于油腻或辛辣会导致消化不良继而影响睡眠。睡前喝咖啡、浓茶或可乐，会使人兴奋导致失眠。少量饮酒可以促进放松和睡眠，但大量饮酒会抑制脑干维持睡眠的功能，干扰睡眠结构，使睡眠变浅。此外，食物过敏也会引起失眠。牛奶、干酪和肉类食物中存在一种天然蛋白质—L-色胺酸，是天然的催眠剂，能促进入睡，缩短入睡时间，有助于人们的睡眠。

（5）寝前习惯：不少人在睡前会有些例行的习惯，如洗热水澡、听音乐、阅读书报等，如果这些习惯被改变，就有可能影响睡眠。此外，任何影响睡眠的不健康的睡前习惯，如饥饿、饱食、饮水过多等状态都会影响睡眠的质量。睡前任何身心强烈刺激,如看恐怖电影、剧烈的活动、过度的兴奋等也会影响睡眠。

(6) 生活方式:长期处于紧张忙碌的工作状态,生活无规律,缺乏适当的运动和休息,或者长期处于单调乏味的生活环境中,缺少必要的刺激,都会影响睡眠的质量。

3. 病理因素　患病的人需要更多的睡眠时间,但是几乎所有的疾病都会影响原有的睡眠形态,患者可能在入睡或维持睡眠上都会出现问题。伴有失眠的疾病有高血压、心脏病、哮喘、睡眠呼吸暂停综合征、甲状腺功能亢进、癌症及过度肥胖等。此外,80%的失眠与精神障碍、精神疾病有关,如神经衰弱、精神分裂症、焦虑症、抑郁症等。

4. 心理因素　任何强烈的情绪变化及不良的心理反应,如恐惧、焦虑、喜悦、悲哀、激动、紧张、兴奋等情绪状态都会影响睡眠。患者由于生病及住院产生对疾病的担忧、经济压力、角色转变等不良的情绪和心理变化都可能造成睡眠障碍。患者可能努力想睡却无法入睡、或出现睡眠周期中经常觉醒或睡眠过多的现象。

5. 环境因素　良好的通风、柔和的光线、适宜的温湿度和安静的环境通常是高品质睡眠所必需的。床的大小、软硬度、稳定性和位置也会影响睡眠的质量。此外环境的改变会直接影响人的睡眠状况,大多数人在陌生的环境下难以入睡,因此住院期间,患者的睡眠会受影响,并因为医院工作性质的昼夜连续性、环境的复杂性和特殊性的影响,常常整夜无法入睡、频繁醒来,在入院的第一个夜晚最为明显。

6. 药物　某些神经系统用药、抗高血压药、平喘药、镇痛药、镇静药、激素等会对睡眠有一定的影响。如利尿剂可能会因为引起夜尿增多而影响睡眠;安眠药能加速睡眠,但是只能在短时间内增加睡眠量,长期使用会产生白天嗜睡、疲乏、精神混乱等不良反应。长期不适当地使用安眠药,可产生药物依赖或出现戒断反应,加重原有的睡眠障碍。

(三) 睡眠失调

睡眠失调是指如不治疗可导致夜间睡眠受到干扰的状况,并造成失眠、睡眠中或夜间被唤醒后运动或感觉异常及白天过度睡眠的结果。临床常见的睡眠失调包括以下几种。

1. 失眠　失眠(insomnia)是一种个体长期存在入睡和维持睡眠困难或低质量睡眠的症状。失眠是临床上最常见的睡眠失调,主要表现为入睡困难、多梦、易醒、早醒或通宵不眠,总的睡眠时间减少而且醒后仍觉疲乏,同时还会伴有多种不适症状,如心悸气短、急躁易怒、注意力不集中、健忘、学习和工作效率下降等。

依据诱发因素的有无,失眠可分为原发性失眠和继发性失眠。原发性失眠是一种慢性综合征。继发性失眠常因精神紧张、焦虑,各种躯体不适,环境不良或改变,某些药物及脑部疾病等引起。大多数患者的失眠症并非一种原因所致,而是由生理、心理、社会等多方面因素共同作用形成的。

2. 睡眠性呼吸暂停　睡眠性呼吸暂停(sleep apnea)是以睡眠中呼吸反复停顿为特征的一组综合征,每次停顿10秒以上,每小时停顿次数大于20次,临床表现为时醒时睡,并伴有动脉血氧饱和度降低、低氧血症、高血压及肺动脉高压。

睡眠性呼吸暂停有3种类型:中枢性、阻塞性和混合性,混合性睡眠呼吸暂停包含了前两者所具有的特征。中枢性睡眠呼吸暂停由中枢神经系统功能紊乱造成,可见于脑干损伤、肌营养不良和脑炎患者。阻塞性睡眠呼吸暂停最常见,发生在严重、频繁、用力打鼾或喘息之后,多由某些局部解剖结构的异常诱发,如鼻中隔异常、鼻息肉、下颌结构异常或扁桃体肥大等。

3. 发作性睡眠　发作性睡眠(narcolepsy)是一种比较少见的特殊的睡眠失调,反映睡眠与觉醒调节机制功能的不良。患者表现为日间突发的不可控制的嗜睡和入睡,且在睡眠后15 min内就发生快波睡眠。一般睡眠程度不深,易唤醒,但醒后又入睡。一天可发作数次至数十次不等,持续时间一般为十余分钟。单调的工作、安静的环境以及餐后更易发作。发作时局部肌张力突然丧失,上睑下垂,垂头,不能说话,情况严重时,可因肌张力全部丧失而猝倒,导致严重跌伤,是发作性睡眠最危险的并发症。此外患者还会出现睡眠麻痹,即醒着和睡眠前意识仍存在而感觉全身麻痹的现象。约25%的患者会出现生动逼真的梦,很难和现实区分,被称为催眠样幻觉。

4. 睡眠过多　睡眠过多(hypersomnia)是指睡眠时间过长,难以唤醒。睡眠过多的患者虽然睡眠的总时数过多,但睡眠的周期仍然是正常的。可发生在多种脑疾病,如脑外伤、脑炎等,也可见于镇静药过量、糖尿病等患者。还有一些心理疾病,如严重抑郁、焦虑患者,常通过睡眠来逃避日常生活的压力,也可出现睡眠过多。

5. 睡眠剥夺　睡眠剥夺(sleep deprivation)是许多睡眠障碍患者共同经历的问题,是指当睡眠受到干扰或被打断时,睡眠时间和睡眠时相的减少和损失。其原因包括疾病(如发热、呼吸困难或疼痛)、情绪应激、药物、环境干扰(如频繁的护理)及因轮班制而改变睡眠时间。睡眠剥夺可以引起睡眠不足综合征,出现心理、认知、行为等方面的异常表现,如反应能力及判断能力下降、心律不齐、焦虑、易怒、不安等,症状的严重性常与睡眠剥夺的持续时间有关,且个体对睡眠剥夺的反应差别也很大。对睡眠剥夺的最有效的治疗措施是去除或纠正干扰睡眠模式的因素。

6. 类睡状态　类睡状态是儿童多见的睡眠问题,是指主要发生于睡眠期间的意外行为,包括梦游症、夜惊、梦魇、夜间遗尿和夜间磨牙。如果成年人发生这些问题,则提示睡眠失调比较严重。护理这类患者,最重要的是支持患者,保证其安全。

(四) 促进睡眠的护理

1. 评估患者睡眠情况　为了促进患者的正常睡眠,护士应全面运用休息和睡眠的知识,对患者的睡眠状态随时进行评估,以便了解患者的睡眠问题的特征和患者的睡眠习惯,这样才能在护理过程中有效运用促进睡眠的措施。包括患者一天通常睡几小时、通常何时入睡、有无午睡;睡眠前的习惯;入睡需要多长时间、入睡持续的时间、睡着后是否容易被惊醒;晨起后觉得体力和精力是否恢复等,并询问以往是否有过睡眠失调的健康问题、是否使用药物。此外还应了解患者的情绪状态如何以及患者对睡眠的期望。护士应在详尽收集和分析患者睡眠资料的基础上,制定适合患者需要的护理计划,指导和帮助患者达到休息和睡眠的目的。

2. 满足患者身体舒适的需要　人只有在舒适和放松的前提下才能保持正常的睡眠,因此,护士应积极采取措施增进患者的舒适感。在睡前,护士应帮助患者完成个人卫生护理(如排泄、洗漱),避免衣服对患者身体的束缚和刺激,选择合适的卧位,放松关节和肌肉。对一些遭受病痛折磨的患者则需要特殊的促进舒适的措施,如按摩、热敷、支撑性包扎或变换体位等,并通过控制干扰睡眠的症状来改善睡眠,如疼痛、恶心或有其他反复发作症状的患者应按时应用相应的缓解症状的药物,以便药物在就寝时生效。此外,注意检查患者身体各部位的引流管、伤口、敷料等容易引起患者不舒适的情况,并及时给予处理。

3. 减轻或解除心理压力　轻松愉快的心情有助于睡眠,而焦虑、恐惧、不安、忧愁等情绪会影响睡眠。护士要随时掌握患者的心理变化,找出影响其睡眠的心理因素,通过有效沟通、正确引导,帮助患者消除恐惧、焦虑的情绪状态,恢复平静、稳定的心态,建立对治疗的信心,从而提高睡眠质量。当患者入睡困难时,不可强迫其入睡,可针对不同年龄患者的心理特点,指导其进行一些放松活动和特殊技术(如呼吸放松术、肌肉放松术等)来转移注意力,促进放松,帮助其逐渐进入睡眠状态。

4. 创造良好的睡眠环境　应尽可能根据患者的习惯,为之创造清洁、通风、安静、温湿度适宜、光线幽暗、没有噪音的良好睡眠环境。尽量减少打扰患者睡眠的情况,有计划地安排护理工作,常规护理工作应安排在白天,并避免在患者午睡时进行;夜间执行护理措施时,应尽量间隔 90 min,以避免患者在一个睡眠周期中发生睡眠中断的现象。危重、夜间需进行治疗处置、严密观察、严重打鼾的患者应与其他患者分开,在查房时做到走路轻、开关房门轻,电光源不要直接对着患者,并尽量减少晚间交谈以降低对睡眠的影响。

5. 建立良好的睡眠习惯 良好的睡眠习惯包括：①根据人体生物节律性调整作息时间，合理安排日间活动，白天应适当锻炼，避免在非睡眠时间卧床，晚间固定就寝时间和卧室，保证人体需要的睡眠时间，不要熬夜。②睡前可以进食少量易消化的食物或热饮料，防止饥饿影响睡眠，但应避免引用咖啡等刺激性饮料。③睡前可以根据个人爱好选择短时间的阅读、听音乐等方式促进睡眠，视听内容要柔和、轻松，避免身心由于强烈的刺激而影响睡眠。

6. 药物治疗的护理 药物可以用来改善睡眠，但是长期应用可能引起耐受和药效减退，且停药后可能发生反弹性失眠。所以住院患者主诉无法入睡时，不应立即给予安眠药物，而应首先考虑其他可促进睡眠的方法，必要时再采用药物治疗，并避免长时间连续用药。对使用安眠药的患者，护士必须掌握安眠药的种类、性能、应用方法、对睡眠的影响及不良反应，并注意观察患者在服药期间的睡眠情况和身心反应，尤其须注意防止患者产生药物依赖性和抗药性，发现异常及时报告医生予以处理。目前常用的安眠药有下列几种。

(1) 苯二氮䓬类：此类药可通过促进中枢神经系统中抑制对刺激产生反应的神经元的活动而产生松弛、抗焦虑和催眠的效果，从而降低觉醒的水平。最常用的是地西泮。由于其催眠作用较近似生理性睡眠，且毒性较小、安全范围大，短期小剂量应用不良反应少，因而广泛应用于失眠症的临床治疗。但长期服用此类药物可产生耐药性和依赖性，一旦停药会出现反跳和戒断症状（失眠、焦虑、激动、震颤等），故不宜长期使用。苯二氮䓬类药物用于未满12岁儿童时应慎重，6个月以下的婴儿禁用。孕妇和哺乳期妇女应避免使用这类药物，因其有导致畸胎的危险并可通过乳汁排泄。老年人因新陈代谢的变化容易受到抗焦虑与（或）催眠药的不良反应影响，应慎用，避免出现共济失调、意识模糊、反常运动、幻觉、呼吸抑制等情况。

用药时初始剂量应很小，然后根据患者的反应，在一个限定的时间段内逐渐加量，但时间应较局限。应告诫患者服药量不要擅自超过处方剂量，尤其在初始剂量疗效不明显的时候。服用此类药物的过程中，患者不宜同时应用吗啡或其他中枢抑制药，也不宜饮酒，否则会导致中枢抑制加重。吸烟、喝茶及咖啡会降低疗效。

(2) 巴比妥类：如苯巴比妥（鲁米那）、戊巴比妥等，可以缩短入睡时间，减少觉醒次数，延长睡眠持续时间。但是这类药物可以缩短快波睡眠时间，改变正常的睡眠时相，久用停药后，快波睡眠时相可"反跳性"地显著延长，伴有多梦，引起睡眠障碍。故临床上已不作为镇静催眠药首选。

(3) 其他类：如水合氯醛，口服或直肠给药均能迅速吸收，临床上主要用于顽固性失眠或用其他催眠效果不佳的患者。由于水合氯醛对胃有刺激性，应用时必须稀释，与水或食物同服可以避免胃部不适，直肠炎或结肠炎患者不可直肠给药。

7. 其他睡眠失调患者的护理 对于睡眠性呼吸暂停的患者，护士应指导其采取侧卧位，保证呼吸道通畅，加强夜间巡视，随时消除呼吸道梗阻。对发作性睡眠的患者，应选择药物治疗，指导患者学会自我保护，注意发作前兆，减少意外发生，告诫患者禁止从事高空、驾车、水上作业等工作，避免发生危险。对睡眠过多的患者，应指导其控制饮食，减轻体重，并限制其睡眠时间，增加有益和有趣的活动。对梦游症的患者，应采取各种防护措施，将室内危险物品移开，锁门，防止意外发生。

第二节 活 动

一、活动的意义

凡是具有生命的生物体均需要活动，并都有着与生俱来的活动能力。活动是人的基本需要之一，人们通过饮水、进食、排泄等活动来满足基本的生理需要；通过身体活动来维持呼吸、消化、循环及骨骼肌的正常功能；通过学习和工作满足其自我实现的需要。

活动对维持健康非常重要。适当的活动可以保持良好的肌力,保持关节的弹性和灵活性,增强全身活动的协调性和耐力,控制体重,避免肥胖;适当的运动可以加速血液循环,提高机体氧和能力,增强心肺功能,促进消化,预防便秘;适当的活动还有助于缓解心理压力,促进身心放松,有助于睡眠,并能减慢老化过程和慢性疾病的发生。此外,活动还影响人的自尊和身体心像。自尊的建立是由于人们感觉自己独立、有价值,这需要通过活动来实现。如果一个人的活动能力因疾病的影响而发生改变,不仅直接影响机体各系统的生理功能,还会影响其心理状态。例如,被迫卧床不能活动的患者会产生关节僵硬、便秘、压疮等问题;肢体残缺的患者会导致个体的自我概念发生变化,产生自卑、抑郁、敏感等心理问题。

由此可见,护士除了要帮助患者很好地休息之外,还要从患者身心需要出发,协助患者适当合理地活动,以预防各种并发症,促进早日康复。

二、活动受限的原因

生理、精神心理、环境因素、文化及家庭和社会支持等因素都可影响人体的活动。对患者而言,由任何原因引起的生理和心理方面的不适,一旦超过了机体自身的耐受范围,都会影响正常的活动功能。活动受限的常见原因有以下几方面。

1. 疼痛 疼痛往往会限制患者的活动。例如,手术后,患者因刀口疼痛而主动或被动地限制活动以减轻疼痛;类风湿性关节炎的患者,常因疼痛造成关节活动范围缩小。

2. 损伤 肌肉、骨骼和关节的器质性损伤,如扭伤、挫伤、脱臼、骨折等,都伴有身体活动能力不同程度的下降。

3. 神经功能受损 可造成暂时的或永久的运动功能障碍,如脑血管意外、脊髓损伤造成的中枢性神经损伤,导致受损神经支配部分的身体出现运动障碍;重症肌无力的患者,以及脊髓损伤和脑中风的患者,常由于运动神经无法支配相应肌肉而造成躯体的活动受限。

4. 无力 因严重疾病、缺氧和营养不良等引起全身无力而致活动受限。

5. 残障 肢体的先天性畸形或其他残障及失明等,均可造成机体活动受限。

6. 治疗需要 为了治疗某些疾病而采取的医护措施也会限制患者的活动。如骨折患者打石膏后被固定的躯干或肢体活动受到限制;心衰或大面积心肌梗死患者须严格卧床;躁动患者会伤害自己及他人者,均须使用约束用具。

7. 精神心理因素 精神或情绪的紊乱如抑郁、持续应激等可影响人体活动的意愿。抑郁的患者可对任何活动缺乏兴趣,甚至连自身的清洁卫生活动都缺乏精力去完成。另外,极度抑郁或某些精神疾病的患者,会有活动能力的下降,如木僵患者,正常活动明显减少。长期慢性应激可耗竭机体的能力而出现疲劳,使人体缺乏锻炼的兴趣。

三、活动受限对机体的影响

活动受限对身体正常功能的影响取决于活动受限的程度、时间、患者的健康状况以及患者的感觉功能。主要包括几方面,护士必须清楚地了解活动受限对人体的潜在危害,尽可能地鼓励患者活动。

(一) 对骨骼肌肉系统的影响

骨骼肌肉系统结构的稳定和新陈代谢有赖于运动,日常活动产生的机械压力有助于维持肌肉强度、耐力和协调,维持骨骼的坚固及其支持体重的能力,并有利于维持肌肉收缩以促进静脉血液回流,保证细胞营养。如果骨骼、关节和肌肉组织长期处于活动受限的状态,会导致骨骼肌肉退变,主要表现为:①肌张力减弱、肌肉萎缩,机体活动完全受限后48 h就开始出现肌肉萎缩,每周肌张力下降(10%～15%)。②骨质疏松、骨骼变形,严重时会发生病理性骨折。③关节僵硬、挛缩、变形,出现垂足、垂腕、髋关节外旋及关节活动范围缩小。

（二）对心血管系统的影响

活动受限对心血管系统的影响主要包括体位性低血压和深静脉血栓形成。

1. 体位性低血压 是患者从卧位到坐位或直立位时，或长时间站立出现血压突然下降超过20 mmHg，并伴有头昏、头晕、视力模糊、乏力、恶心等表现。长期卧床的患者第一次起床时往往会感到虚弱、眩晕，甚至发生晕倒等脑缺血的现象，其主要原因为：①长期卧床造成的全身肌肉张力下降，骨骼肌肉收缩时促进静脉血回流的能力降低，静脉血液滞留在下半身，使得循环血量减少。②由于神经血管反射能力降低，患者直立时，血管不能及时收缩维持血压，机体会出现交感神经兴奋症状，从而出现冷汗、苍白、烦躁不安等低血压的表现。

2. 深静脉血栓形成 静脉血栓形成是静脉的一种急性非化脓性炎症，并伴有继发性血管腔内血栓形成的疾病。病变主要累及四肢浅静脉或下肢深静脉。静脉血液淤积、血液凝固性增加和静脉壁的损伤是引起静脉血栓的 3 个主要因素。长期卧床时，由于机体活动量减少，腿部肌肉收缩减少导致下肢静脉血液的淤积；卧床患者通常有不同程度的脱水，这会引起血液凝固性增加；因为缺少肢体活动，引起下肢深静脉血流缓慢，影响了深静脉的血液循环，如果血液循环不良的时间超过机体组织受损的代偿时间，就会发生血管内膜受损，血小板就会聚集在损伤部位，而形成血栓。血栓形成后，肢体会出现疼痛、肿胀、肢端冰冷苍白，严重时会造成坏疽。深静脉血栓最主要的危险是血栓脱落栓塞于肺部血管，导致肺栓塞。患者卧床的时间越长，发生深静脉血栓的危险性越高。

因此，对大手术后、产后或慢性疾病需长期卧床者，应鼓励患者在床上进行下肢的主动活动，并作深呼吸和咳嗽动作。术后能起床者尽可能早期下床活动，促进下肢静脉回流。已有静脉血栓形成时，也应尽早处理，以防血栓向近心端延伸或脱落。

（三）对呼吸系统的影响

长期卧床对呼吸系统的影响主要表现为限制有效通气和影响呼吸道分泌物的排除，最终导致坠积性肺炎的发生。患者长期卧床，胸廓的扩张受阻，呼吸运动减弱，分泌物排出受阻，造成肺通气不足，进而影响肺泡与毛细血管间气体的弥散，心血管功能的变化更加影响氧气和二氧化碳的交换。这种变化不断地持续，机体就会出现缺氧和二氧化碳潴留，严重时会出现呼吸性酸中毒。

另外长期卧床的患者大多数处于衰竭状态，全身肌肉无力，呼吸肌运动能力减弱，胸廓与横膈运动受限，无力进行有效的深呼吸，加之患者咳嗽、改变体位等功能下降，呼吸道分泌物清除功能下降，脱水也会使患者呼吸道的分泌物变得黏稠而不易咳出，因此很容易产生分泌物的蓄积。大量堆积的分泌物因重力作用流向肺底，如果不及时处理，将会造成肺部感染，导致坠积性肺炎。坠积性肺炎是活动受限患者的常见并发症，可严重影响患者肺的功能，是导致患者死亡的常见原因之一。因此，对长期卧床的患者，要定时翻身、拍背，保持呼吸道通畅和肺正常的通气功能，避免坠积性肺炎的发生。

（四）对皮肤的影响

长期卧床或活动受限的患者，对皮肤最主要的影响是形成压疮。有关压疮的内容详见本节第五部分。

（五）对消化系统的影响

由于活动量的减少和疾病的消耗，患者常出现食欲下降、厌食、营养摄入不足、蛋白质代谢紊乱出现负氮平衡、消化和吸收不良。患者长期卧床使得胃肠道蠕动减慢，加之纤维素和水的摄入减少，辅助排便的腹部和会阴肌肉张力下降，患者经常会出现便秘，严重者甚至可以出现粪便嵌塞。

（六）对泌尿系统的影响

正常情况下，当处于站姿或坐姿时，能使会阴部肌肉放松，同时肌肉下压刺激排尿，加之重力引流作用也有助于膀胱排空。长期卧床的患者,由于其排尿姿势的改变,重力引流作用的消失,加上膀胱逼尿肌张力下降,卧床时会阴部肌肉无法放松,使膀胱排空受阻,出现排尿困难。如排尿困难长期存在,膀胱膨胀可引起逼尿肌过度伸展,机体对膀胱膨胀变得不敏感,从而抑制了尿意,逐渐形成尿潴留。由于机体活动量减少,尿液中的钙和磷酸盐增多,因同时伴有尿液潴留,进而形成尿结石。此外,由于尿液潴留,正常排尿对尿道的冲洗作用减少,大量细菌繁殖,致病菌可由尿道口进入,上行到膀胱、输尿管和肾,造成泌尿系统感染。

(七)对心理状态的影响

活动受限可使患者产生情感、行为、感觉和应对方面的变化,以及家庭和社会功能的困难。因为不能进行随意活动,需要依赖他人照顾,患者常出现焦虑、恐惧、失眠、自尊的改变、愤怒、挫折感等。患者的社会交往机会减少,缺乏对感官的刺激,常常对事物缺乏兴趣,出现消极和社会退化的态度。

四、满足患者活动需要的护理

(一)评估患者活动情况

指导患者进行适当的活动,对促进疾病的康复,减少长期卧床出现的并发症是非常重要的。在指导活动前,护士需通过沟通交流了解患者日常活动的相关资料,以便为患者制定合理的护理计划。评估主要包括以下几方面内容。

1. **一般资料** 如患者的年龄、性别、文化程度等,了解这些有助于有针对性地制定适合其年龄、性别及其兴趣的活动计划。

2. **心肺、骨骼肌肉及关节功能状态** 活动会给呼吸及循环系统带来压力和负担,并且需要健康的骨骼、良好的肌力和灵活的关节做基础,评估心肺、骨骼肌肉及关节功能状态有助于帮助患者制定能够耐受的活动计划。因此,活动前应评估血压、脉搏、呼吸等指标,观察关节的活动范围有无受限、是否僵硬、变形,并通过机体收缩特定肌肉群的能力来判断肌力。肌力一般分为以下6级。

0级:完全瘫痪、肌力完全丧失。

1级:可见肌肉轻微收缩但无肢体活动。

2级:肢体可移动位置但不能抬起。

3级:肢体能抬离但不能对抗阻力。

4级:能作对抗阻力的运动,但肌力减弱。

5级:肌力正常。

3. **活动能力** 评估患者目前的实际活动能力,包括活动的耐力和身体独立活动的能力等。机体活动功能可分为以下5级。

0级:完全能独立,可自由活动。

1级:需要使用辅助器械。

2级:需要他人的协助、监护或指导。

3级:既需要他人的协助,也需要辅助器械。

4级:完全不能活动,全部依赖他人。

4. **患病情况** 疾病的性质和严重程度决定机体活动受限的程度。评估疾病的程度有助于合理安排患者的活动量和活动方式,同时也有助于治疗需要。

5. **社会心理状况** 心理状况对活动的完成具有重要影响。因此,评估患者的心理状况,帮助患者保持愉快的心情以及对活动的兴趣,是完成高质量活动的必要条件。另外,患者家属的态度和行为也会影响患者的心理状态,因此,护士还应教育家属给予患者充分的理解和支持,帮助患者建立广泛的社会支持系统,共同完成护理计划。

(二) 协助患者活动

1. **选择合适卧位** 患者卧床时,体位应舒适、稳定、全身尽可能放松,减少肌肉和关节的紧张,并应经常为患者变换体位。有关卧位详见第八章第二节。

2. **保持脊柱生理弯曲** 长期卧床的患者,由于缺乏活动,或长时间采取不适当的被动体位或强迫体位,会引起脊柱及周围肌肉组织的变形,失去正常的生理弯曲及功能,患者出现局部疼痛、肌肉僵硬等症状。因此,卧床患者应注意保护颈部及腰部,以软枕支托,如病情允许,应经常变换体位,并给予背部护理,按摩受压肌肉,促进局部血液循环,帮助放松,减轻疼痛,同时要指导患者进行增强腰背肌的锻炼,保持脊柱的正常的生理功能和活动范围。

3. **关节活动范围练习** 关节活动范围(range of motion, ROM)是指关节运动时所通过的运动弧,常以度数表示,亦称关节活动度。关节活动范围练习简称 ROM 练习,是指根据每一特定关节可活动的范围,通过应用主动或被动的练习方法,维持关节正常的活动度,恢复和改善关节功能的锻炼方法。由个体独立完成的称为主动性 ROM 练习;依靠护理人员完成的称为被动性 ROM 练习。主动和被动练习均可改善关节的活动度,增加活动部位的血液循环,但只有主动练习时,才能增加肌肉的张力和强度,改善心肺功能。因此,只要患者情况许可,应尽可能让患者进行主动练习。

关节活动范围练习可以维持关节活动度,维持或增强肌肉的张力,预防关节僵硬、粘连及和肌肉、肌腱、韧带和关节囊挛缩;有助于促进机体血液循环及刺激神经末梢,有利于关节营养的供给。通过练习,还能增强心、肺的功能,增加机体的耐力,避免因卧床不动而导致的虚弱、无力,并能减少患者因活动受限产生的一系列生理和心理问题。如患者有急性关节炎、骨折、肌腱断裂、脱臼等情况,则禁止进行练习,防止损伤加剧。如果患者有心血管疾病,应慎重进行。

本节主要介绍被动性关节活动范围练习。首先帮助患者采取自然放松的姿势,面向操作者,并尽量靠近操作者。护士在协助患者进行关节活动范围练习时,可依次对患者的颈、肩、肘、腕、手指、髋、膝、踝关节作屈曲、伸展、内收、外展、内旋、外旋等关节活动的练习(表9-2)。活动关节时,操作者的手应作环状或支架支撑关节远端的身体(图9-2),每个关节每次作5~10次完整的 ROM 练习。各关节的活动形式和范围见表9-3。

表9-2 关节活动范围练习各动作的定义

动作	定义	动作	定义
外展	移离身体中心	内旋	转向中心
内收	移向身体中心	外旋	自中心向外转
伸展	关节伸直或头向后弯	伸展过度	超出一般范围
屈曲	关节弯曲或头向前弯		

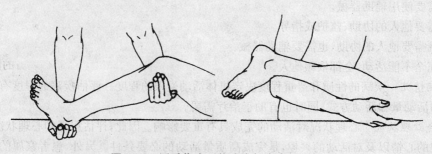

图9-2 用手作成环状或支架来支托腿部

表9-3 各关节的活动形式和范围

部位	屈曲	伸展	过伸	外展	内收	内旋	外旋
脊柱	颈段前曲 35° 腰段前曲 45°	后伸 35° 后伸 20°			左右侧屈 30°		
肩部	前屈 135°	后伸 45°		90°	左右侧屈 30°	135°	45°
肘关节	150°	0°	5°～10°		45°		
前臂						旋前 80°	旋后 100°
腕关节	掌屈 80°	背伸 70°		桡侧偏屈 50°	尺侧偏屈 35°		
手	掌指关节 90° 近侧之间关节 120° 远侧指间关节 60°～80°			拇指屈曲 50°		过伸 45° 屈曲 80° 外展 70°	
髋	150°	0°	15°	45°		40°	60°
膝	135°	0°	10°		30°		
踝关节	背屈 25°	跖屈 45°					

在练习过程中,要注意观察患者对活动的反应性及耐受性,一旦患者出现疼痛、疲劳、痉挛及抵抗反应时,应停止操作。对心脏病患者,要特别注意观察患者有无胸痛及心率、心律、血压等方面的变化,避免因剧烈活动诱发心脏病的发作。练习结束后,及时、准确地记录练习的时间、内容、次数、关节的活动变化及患者的反应,为制定下一步护理计划提供依据。同时护士应根据患者的病情,鼓励患者积极配合锻炼,并最终达到由被动练习向主动练习的转化。

4. 进行肌肉运动 肌肉运动主要包括两种形式,等长运动和等张运动。等长运动可增加肌肉的长度而不改变肌肉的长度,因不伴有明显的关节运动,又称为静力运动。如膝关节完全伸直固定后,做股四头肌的收缩松弛运动。等长运动不引起关节运动,因此常常用于损伤后肢体被固定的早期,以加强肌肉力量,防止肌肉萎缩;也可在关节内损伤、积液、炎症时应用。进行等长运动时,肌肉的收缩维持时间应在 6 s 以上,所增加的静力负荷视锻炼者的具体情况而定。

等张运动是指对抗一定负荷作关节的活动锻炼,同时也锻炼肌肉收缩。因伴有大幅度关节运动,又称动力运动。此运动可增加肌肉力量,并促进关节功能,同时有利于改善肌肉的神经控制。等张运动应遵循大负荷、少重复次数、快速引起疲劳的原则进行,也可采用"渐进抗阻练习法",逐渐增加肌肉阻力进行练习。

进行肌肉锻炼时应注意以下几点。

(1) 运动效果和运动者的主观努力密切相关,应帮助患者认识活动与疾病康复的关系,使患者能够充分理解,积极配合,掌握运动要领,达到运动的目的。

(2) 肌肉锻炼前后应作充分的准备及放松运动,避免出现肌肉损伤。

(3) 严格掌握运动的量与频率,使每次运动达到肌肉适度疲劳,每次运动后有适当的间歇让肌肉得到放松和复原,一般每日一次或隔日练习一次。

(4) 运动不应引起明显疼痛,如锻炼中出现严重疼痛、不适,或伴有血压、脉搏、心律、呼吸、意识等方面的变化,应及时停止锻炼,并报告医生给予必要的处理。

(5) 注意肌肉等长收缩引起的升压反应及增加心血管负荷的作用。高血压、冠心病及其他心血管疾病的患者慎用肌力练习,严重者禁作肌力练习。

五、压疮的预防和护理

压疮(pressure sore)是由于局部组织长时间受压,血液循环障碍,局部持续缺血、缺氧、营养不良而致的软组织溃烂和坏死。压疮也称褥疮(bed sore, decubitus ulcer),源于拉丁文"decub"意为"躺下",易被误解为"由于躺卧引起的溃疡"。实际上,压疮不仅仅发生于长期卧床的患者,也可见于长期坐位(如坐轮椅)的患者,即并非仅由躺卧引起。因为压疮发生的最重要、最基本的原因主要由于压力的作用而导致局部组织的缺血、缺氧,故目前倾向于称之为压力性溃疡(pressure ulcer),强调了溃疡形成的主要原因。

压疮本身不是原发疾病,大多是由于其他原发疾病未能很好地护理而造成的皮肤损伤。压疮一旦发生,不仅仅给患者带来痛苦,加重病情,影响疾病的康复,严重时甚至会由于继发感染引起败血症,危及患者的生命。因此,必须加强对患者的皮肤护理,预防和减少压疮的发生。

(一) 压疮发生的机制

造成压疮的主要因素是压力、剪切力和摩擦力,多种力联合作用是压疮发生的直接原因(图9-3)。

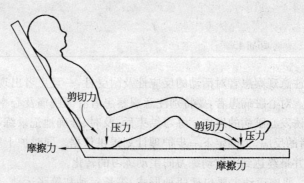

剪切力

压力 剪切力 压力

摩擦力

摩擦力

图9-3 压疮发生的力学因素

1. **垂直压力** 对局部组织的垂直压力是引起压疮的最重要的原因。一般情况下,皮肤和皮下组织可以在短时间内耐受一定的压强而不发生组织坏死,研究提示,若外界施于局部的压强超过终末毛细血管压的两倍,且持续在1~2 h,即可阻断毛细血管对组织的灌流,引起组织的缺氧。但如及时解除压力,局部组织所受影响很小。若受压超过2 h以上,组织就会发生缺氧,血管塌陷,形成血栓,出现压疮。压疮的形成与压力的大小和持续的时间有密切关系。压力越大,压力持续时间越长,发生压疮的概率就越高。

2. **摩擦力** 是指相互接触的两物体在接触面上发生的阻碍相对运动的力。它可直接损伤皮肤角质层,使皮肤抵抗力下降。皮肤被擦伤后受到汗、尿、粪等浸渍时,易发生压疮。

3. **剪切力** 由于两层物质相邻表面间的滑行,产生进行性的相对移位时所产生的一种力,称为剪切力。人在半卧位时,骨骼及深层组织由于重力作用会向下滑行,而皮肤及表层组织由于摩擦力的缘故仍停留在原位,使两层组织产生相对性移位,就会产生剪切力。剪切力是压力与摩擦力相加而成的。两层组织间发生剪切力时,血管被拉长发生扭曲撕裂,导致深层组织的坏死。剪切力与体位的关系最为密切,当患者从床上起来或躺下时以及半卧位时,背部、尾骶部、足踝部均可受到该力的作用。

(二) 压疮发生危险性的评估

通过科学精心的护理,绝大多数的压疮是能够预防的,或者可将其发生率降低到最低程度。预防压疮发生的关键在于消除其发生的原因,全面、准确、动态地评估压疮的危险因素、高危患者及易患的部位是非常重要的。

1. 危险因素

(1) 活动受限：正常人皮肤经受一定的压力时，会有不适的感觉，会采取适当的措施缓解或避免压力。但麻痹、无力、活动障碍及躁动被约束的患者即使能感觉到压力也无法改变自己的体位来缓解压力。一些因病情（如疼痛）采取强迫卧位的患者，身体活动减少，也可能造成局部的长期受压。压力一旦超过皮肤和皮下组织的耐受范围，组织就会发生缺氧，继而会形成压疮

(2) 意识状态改变或感觉障碍：意识模糊、混乱或昏迷的患者自理能力下降，感觉功能障碍可使人体敏感性丧失或降低，因而造成患者不会及时移动身体以缓解压力，发生压疮的概率升高。

(3) 皮肤受潮湿或排泄物的刺激：皮肤经常受汗液、各种引流液、排泄物的刺激，变得潮湿，酸碱度改变，使皮肤的抵抗力降低，表皮角质层的保护能力下降，皮肤极易破损，容易继发感染。

(4) 营养不良或水肿：营养状况是影响压疮形成的重要因素之一。全身营养不良和水肿的患者皮肤都较薄，皮肤的弹性、顺应性下降，抵抗力弱，皮下脂肪减少，肌肉逐渐萎缩。一旦受压，骨隆突处缺乏肌肉及脂肪组织的保护，容易出现血液循环障碍，导致压疮的发生。此外，过度肥胖的患者，由于卧床时体重对皮肤产生的压力较大，也容易导致压疮的发生。

(5) 矫形器械使用不当：使用石膏绷带、夹板或牵引固定时，可限制患者的活动，如果出现松紧不适宜，石膏内不平整、衬垫放置不当及肢体发生水肿时，容易导致局部血液循环不良，造成组织缺血坏死。

(6) 高热：体温升高时，机体新陈代谢率增高，细胞对氧的需求增加，加之局部组织受压，使已有的组织缺氧更加严重。此外高热可导致人的活动能力下降，特别是出现谵妄的患者，同时体温升高可致排汗增多，皮肤受潮湿刺激，因而容易出现压疮。

(7) 药物影响：镇静、催眠药使患者嗜睡，机体活动减少；镇痛药物的应用使患者对压力刺激不敏感，患者不会及时移动身体缓解压力；血管收缩药可使周围血管收缩，容易造成组织缺血、缺氧，这些药物均可使局部组织形成压疮的危险性增加。

(8) 年龄：老年人皮肤松弛、干燥、缺乏弹性，皮下脂肪萎缩，皮肤易损性增加。

护士还可用压疮危险因素评估工具对患者发生压疮的危险程度进行评估，常用的方法为Norton评分法（表9-4）。该量表是公认有效的预防压疮发生的评估工具。分值越少，表示发生压疮的危险性越高；分值≤14分，提示容易发生压疮。

表9-4 Norton压疮危险因素评分表

项目/分值	4	3	2	1
活动	经常步行	偶尔步行	局限在床上	卧床不起
运动	运动自如不受限	轻度受限	严重限制	运动障碍
意识状态	清醒	淡漠	模糊	昏迷
循环	毛细血管再灌注迅速	毛细血管再灌注减慢	轻度水肿	中度至重度水肿
体温	36.6～37.2℃	37.2～37.7℃	37.7～38.3℃	＞38.3℃
排泄控制	很少发生	偶尔发生	非常潮湿	持久潮湿
药物使用	未使用镇静药和类固醇类药物	使用镇静药	使用类固醇类药物	使用镇静药和类固醇类药物
营养状况	好	一般	差	极差

2. 高危人群 易发生压疮的高危人群包括：①老年人。②身体瘦弱者、营养不良、糖尿病、贫血患者。③肥胖者。④意识不清者、瘫痪者。⑤服用镇静剂者。⑥水肿患者。⑦发热、大小便失禁患者。⑧烦躁不安而被约束的患者；使用牵引、石膏、绷带者。⑨疼痛患者。

3. 易患部位　多发生于受压和缺乏脂肪组织保护、无肌肉包裹或肌层较薄的骨隆突处,与卧位有密切关联。采取不同的卧位,受压及压疮好发的部位也有所不同(图9-4)。

仰卧位:好发于枕骨粗隆、肩胛、肘部、脊椎体隆突处、骶尾部、足跟部。骶尾部尤其常见。

侧卧位:好发于耳郭、肩峰、肘部、髋部、膝关节内外侧、内外踝处。

俯卧位:好发于面颊部、耳廓、肩部、女性乳房、男性生殖器、肋缘突出部、髂前上棘、膝部和足趾处。

坐位:好发于坐骨结节处。

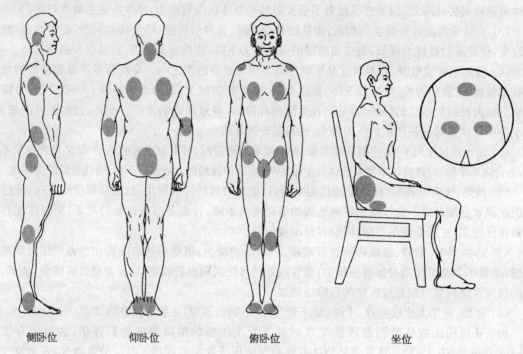

| 侧卧位 | 仰卧位 | 俯卧位 | 坐位 |

图9-4　压疮好发部位

(三)压疮的预防

预防压疮的关键在于消除其发生的危险因素,因此,要求护士在工作中做到七勤:勤观察、勤翻身、勤按摩、勤擦洗、勤更换、勤整理、勤交班。

1. 避免局部组织长期受压

(1)定时翻身:鼓励和协助卧床患者经常更换卧位,使骨骼突出部位交替受压,间歇性解除局部皮肤肌肉组织所承受的压力。翻身间隔的时间应根据病情及局部受压情况而定,一般每间隔2 h翻身一次,必要时也可30 min翻身一次,并建立床头翻身记录卡(表9-5)。有条件的话,可以使用电动转床帮助患者翻身。每次翻身时,应注意观察患者皮肤有无发热、发红等。

表9-5　翻身记录卡

床号:		姓名:	
日期/时间	卧位	皮肤情况及备注	执行者

（2）保护骨隆突处和支持身体空隙处：处于各种卧位的患者，体位安置妥当后，应采用软枕或其他设施垫于骨隆突处，以减少皮肤所受的压力。对长期卧床的患者可以使用海绵垫褥、气垫褥、水褥等，并在身体空隙处垫软枕、海绵垫，以增加支持体重的面积，从而降低隆突部位的皮肤所受到的压强。但是不管采取何种措施，仍不能代替定时翻身，因为即使是较小的压力，压迫的时间过长也可使局部血液循环障碍，导致患者皮肤肌肉组织受损。

（3）正确使用石膏、绷带及夹板固定：对使用石膏、绷带、夹板、牵引的患者，衬垫应平整、松软适度，发现石膏绷带凹凸不平或是固定过紧，则应及时通知医生，给予适当处理。此外，要随时观察局部和肢端皮肤颜色、温度的变化，认真听取患者的反映，适当给予调节。

2. 避免摩擦力和剪切力　长期卧床的患者，注意保持卧位的稳定，床头抬高一般不应高于 30°，以减少剪切力的发生；半卧位时，应适当给予约束，防止身体下滑，可在患者足底部放一垫枕，并摇起膝下支架或在腘窝下垫软枕。协助患者翻身，搬运患者时，应将患者的身体抬离床面，注意避免拖、拉、拽等动作，以减少皮肤与床面间产生的摩擦力与剪力对皮肤造成损伤。不可使用破损的便盆，或可在便器边缘垫以布垫，使用时抬高臀部，防止擦伤皮肤。

3. 保持皮肤清洁干燥　保持患者皮肤和床单的清洁干燥是预防压疮的重要措施。可以根据需要每日用温水清洁患者皮肤。在清洁过程中，动作应轻柔，尤其注意易出汗及皮肤皱褶处，如腋窝、腘窝、腹股沟等处，避免使用肥皂或含酒精的清洁用品，以免引起皮肤干燥或皮肤残留碱性残余物，清洁后可适当使用润肤品或爽身粉，保持皮肤滋润干爽。对于大小便失禁、出汗及分泌物多的患者应及时擦洗皮肤，更换床单和衣服，以减少对皮肤的刺激。床单和被服应保持清洁、干燥、平整、无皱褶、无碎屑，并定期更换。不可以让患者直接卧于橡胶单（或塑料布）上，应将其放在中单或软棉垫之下，避免和患者的皮肤直接接触。

4. 促进皮肤血液循环　对长期卧床的患者，应每日进行主动和被动的关节活动范围练习，以此促进肢体血液循环，减少压疮发生。还可给患者施行温水浴，不仅能清洁皮肤，还能刺激皮肤血液循环。对患者的局部受压部位进行按摩，也可以促进血液循环，预防压疮的发生。但应注意不恰当的按摩可能造成深部组织的损伤，所以应避免对骨隆突处皮肤和已发红皮肤的按摩，以免加重皮肤损伤。

5. 增进全身营养　营养不良是导致压疮的内因，也是直接影响压疮的愈合的因素之一。合理的膳食是改进患者营养状况，促进创面愈合的重要措施。对易发生压疮的患者应在病情允许的情况下，给予高蛋白质、高热量和富含维生素的饮食，以改善患者的营养状态，保证正氮平衡，促进创面愈合。维生素 C 及锌在伤口的愈合中也起重要作用，对易发生压疮的患者也应给予补充。

6. 健康教育　为了让患者及其家属有效地参与或独立地采取预防压疮的措施，就必须让他们了解压疮的基本知识，包括压疮的发生、发展及预防的护理知识，使其能够检查易发部位的皮肤状况并做出正确判断，能够利用简便可行的方法来减轻皮肤受压程度（如枕头、软垫等），并能够按计划进行身体的活动。

（四）压疮的分期和临床表现

依据压疮发生的严重程度和侵害深度，压疮可分为 4 期。

1. 瘀血红润期（第 I 期）　此期为压疮初期。受压部位出现暂时性血液循环障碍，皮肤出现红、肿、热、痛或麻木。解除对该部的压力 30 min 后，皮肤颜色不能恢复正常。此期皮肤完整性未破坏，为可逆性改变，如及时去除致病原因，则可阻止压疮的进一步发展。

2. 炎性浸润期（第 II 期）　红肿的部位如果继续受压，血液循环仍然得不到有效的改善，静脉回流受阻，局部静脉淤血，皮肤的表皮层、真皮层发生损伤或坏死。受损皮肤呈紫红色，皮下有硬结。皮肤因水肿而变薄，并有炎性渗出，常形成大小不一的水泡，极易发生破溃。患者有痛感。

3. 浅度溃疡期（第 III 期）　皮肤各层均被破坏，可深达皮下组织及深层组织。表皮水泡逐渐扩大,破溃后可显露出潮湿红润的疮面,真皮层疮面有黄色渗出液流出,感染后表面有脓液覆盖,致使浅层组织坏死,溃疡形成,疼痛感加剧。

4. 坏死溃疡期(第Ⅳ期) 为压疮的严重期。感染向周边及更深层组织扩展,坏死组织侵入真皮下层和肌肉层,溃疡可深达骨面。坏死组织发黑,脓性分泌物增多,有臭味。若细菌及毒素侵入血液循环还可并发败血症和脓毒血症,引发全身感染,危及患者的生命。

(五)压疮的治疗和护理

1. 瘀血红润期 此期护理的关键在于及时去除致病原因,避免压疮继续进展。加强预防措施,如增加翻身次数、避免摩擦、防止局部组织继续受到刺激等。注意加强营养的摄入,增强机体抵抗力。此期可采取湿热敷、红外线、紫外线照射,促进血液循环,杀菌消毒,但不提倡局部按摩,以免造成深层损伤。

2. 炎性浸润期 此期治疗护理重点在于保护疮面,预防感染。除继续加强上述措施避免损伤继续发展之外,还须加强对出现水泡的皮肤的护理,未破的小水泡要减少摩擦,防止破裂感染,加盖厚滑石粉包扎,以减少摩擦,促进水泡自行吸收;较大水泡可使用无菌注射器依照无菌操作的方法抽出泡内液体,局部消毒后,用无菌敷料包扎,注意不可剪去表皮。已经破溃,露出疮面的水泡,则应消毒疮面及周围皮肤后,用无菌敷料包扎。此外,还可以按需继续配合采用红外线或紫外线照射。

3. 浅度溃疡期 此期主要是尽量保持局部疮面清洁干燥。可采用物理疗法,如用鹅颈灯照射疮面,距离 25 cm,每日 1~2 次,每次 10~15 min。保湿敷料可为疮面愈合创造一个适宜的环境,便于新生上皮细胞覆盖在伤口上,逐渐使疮面愈合。理想的保湿敷料应注意选择透气性好的,如透明膜、水胶体、水凝胶等,也可选择新鲜鸡蛋内膜、纤维蛋白膜、骨胶原膜等贴于疮面治疗,再以无菌敷料覆盖其上,1~2 天更换一次,直至疮面愈合为止。感染的疮面应进行药物治疗,局部可涂擦 3%~5%碘酊。

4. 坏死溃疡期 此期治疗护理原则为清洁疮面,去除坏死组织,保持引流通畅,促进肉芽组织生长。

当疮面发生感染时,可用无菌生理盐水或 1∶5 000 呋喃西林溶液清洗疮面,能起到去除坏死组织,抑制细菌生长的作用。清洁伤口时动作要轻柔,避免损伤新生肉芽组织。之后再用无菌凡士林纱布及敷料进行包扎,每 1~2 天更换敷料一次。也可选择甲硝唑湿敷或用生理盐水清洗疮面后涂以磺胺嘧啶银、呋喃西林治疗。对于溃疡较深,引流不畅者,可以用 3%的过氧化氢溶液冲洗,以抑制厌氧菌生长。发生感染的疮面,需定期采集分泌物作细菌培养及药物敏感试验,每周一次,依据检查结果选用治疗药物。此外,一些溃疡专用型的抗菌贴还带有特殊的抗菌颗粒,可起到杀菌消炎、镇痛和修复作用。

还可采用空气隔绝后局部持续吹氧法,利用纯氧抑制疮面厌氧菌的生长,提高对疮面组织的氧气供给,改善局部组织的有氧代谢,同时由于氧气流的作用可以使疮面干燥,促进结痂,加速疮面的愈合。操作方法为用塑料袋或纸袋罩住疮面并固定四周,通过一小孔向内吹入氧气,氧流量为 5~6 L/min,每天 2 次,每次 15 min。治疗结束后,暴露或用无菌纱布覆盖疮面。对分泌物较多的疮面,可先清除脓性分泌物,在湿化瓶内加 75%的乙醇,使氧气通过湿化瓶时带部分乙醇,可抑制细菌生长,减少分泌物,起到加速疮面愈合的作用。

此外,一些清热解毒、活血化瘀、去腐生肌并具有收敛作用的中草药有促进局部疮面血液循环,促进组织生长的作用,也能应用于压疮的治疗。大面积深达骨骼的压疮或久治不愈者可考虑手术清除坏死组织,以促使伤口愈合,缩短压疮病程,必要时可行皮瓣移植修补大面积的缺损。

压疮是全身、局部因素综合作用所引起的皮肤组织变性、坏死的病理过程,应采取局部治疗为主,全身治疗(如积极治疗原发病、增强营养、全身抗感染治疗)为辅的综合防治措施。

复 习 题

【A 型题】

1. 梦境多出现在睡眠的哪一期：　　　　　　　　　　　　　　（　　）
   A．NREM 第一期　　　　　　B．NREM 第二期　　　　　C．NREM 第三期
   D．NREM 第四期　　　　　　E．REM 期

2. 对人体生长发育有积极意义的睡眠阶段是：　　　　　　　　（　　）
   A．NREM 第一期　　　　　　B．NREM 第二期　　　　　C．NREM 第三期
   D．NREM 第四期　　　　　　E．REM 期

3. 服用安眠药物最常见的不良反应是：　　　　　　　　　　　（　　）
   A．睡眠过多　　　B．血压下降　　　C．恶心、呕吐　　　D．出现抗药性　　　E．头晕

4. NREM 睡眠的第四期，体内分泌大量的生长激素，其生理作用是：　（　　）
   A．维持睡眠状态　　　　　　B．维持基础代谢率　　　　C．加速受损组织的愈合
   D．缓解精神压力　　　　　　E．延长睡眠时间

5. REM 睡眠的生理作用是：　　　　　　　　　　　　　　　　（　　）
   A．维持较深的睡眠　　　　　B．延长睡眠时间　　　　　C．加速伤口愈合
   D．缓解精神压力　　　　　　E．减少蛋白质分解

6. REM 期睡眠，以下哪种生理表现是错误的：　　　　　　　　（　　）
   A．肌张力增加　　　　　　　B．心率加快　　　　　　　C．呼吸加快
   D．血压波动幅度较大　　　　E．眼肌活跃

7. 睡眠过度常见于以下患者，不包括的是：　　　　　　　　　（　　）
   A．头部受伤患者　　　　　　B．脑血管病变患者　　　　C．停用安眠药者
   D．忧郁症患者　　　　　　　E．脑瘤患者

8. 每个睡眠时相周期平均时间为：　　　　　　　　　　　　　（　　）
   A．30 min　　　B．60 min　　　C．90 min　　　D．120 min　　　E．150 min

9. 肢体能抬离床面但不能对抗阻力，为肌力中的哪一级：　　　（　　）
   A．1 级　　　B．2 级　　　C．3 级　　　D．4 级　　　E．5 级

10. 活动受限时机体最常出现的并发症是：　　　　　　　　　　（　　）
    A．压疮　　　B．肺不张　　　C．高血压　　　D．消化道溃疡　　　E．营养不良

11. 肌肉等长收缩练习指肌肉收缩时：　　　　　　　　　　　　（　　）
    A．长度、张力均不变　　　　B．长度不变张力增加　　　C．长度改变张力不变
    D．长度、张力均改变　　　　E．伴有关节活动长度改变

12. 每个关节每次最好作几次完整的 ROM 练习：　　　　　　　（　　）
    A．1～2 次　　　B．2～3 次　　　C．3～5 次　　　D．4～6 次　　　E．5～10 次

13. 下列哪一项不是活动减少对机体造成的影响：　　　　　　　（　　）
    A．压疮　　　B．心绞痛　　　C．坠积性肺炎　　　D．便秘　　　E．泌尿道结石

14. 发生压疮最主要的原因是：　　　　　　　　　　　　　　　（　　）
    A．皮肤水肿　　　　　　　　B．皮肤破损　　　　　　　C．皮肤营养不良
    D．局部组织受压过久　　　　E．皮肤受潮湿摩擦刺激

15. 瘀血红润期的压疮，主要特点是：　　　　　　　　　　　　（　　）
    A．皮肤出现红、肿、热、痛　　B．浅表组织有脓汁流出　　C．皮下产生硬结

D．局部组织坏死　　　　　　E．表皮形成水疱

16．如病情允许,压疮患者可以食用:　　　　　　　　　　　　　　　　（　　）

A．高蛋白、高膳食纤维的食物　　　　　　B．高蛋白、低膳食纤维的食物

C．低蛋白、高膳食纤维的食物　　　　　　D．高蛋白、高维生素的食物

E．高蛋白、低维生素的食物

17．压疮瘀血红润期的护理措施,下列哪项是不正确的:　　　　　　　　（　　）

A．定时翻身　　　　　B．近压疮处向外皮肤按摩　　C．用红外线灯照射

D．加强营养　　　　　E．将小水泡用厚滑石粉包扎

18．预防压疮时,为缓解对局部的压迫不宜使用:　　　　　　　　　　　（　　）

A．海绵垫　　　B．气垫褥　　　C．橡皮气圈　　　D．水褥　　　E．羊皮垫

19．林老先生,因脑中风右侧肢体瘫痪,为预防患压疮,最好的护理方法是:（　　）

A．每2 h为他翻身按摩一次　　　　　B．每天请家属看他皮肤是否有破损

C．给他用气垫褥　　　　　　　　　　D．让其保持左侧卧位

E．鼓励他做肢体功能锻炼

20．陈先生,48 岁,截瘫,骶尾部有一创面,面积2 cm×1.5 cm,深达肌层,有脓性分泌物,创面周围有黑色坏死组织,该创面应如何处理:　　　　　　　　　　（　　）

A．用50％乙醇按摩创面及周围皮肤

B．用生理盐水冲洗并敷盖无菌纱布

C．暴露创面,紫外线每日照射一次

D．剪去坏死组织,用双氧水冲洗,置引流纱条

E．涂厚层滑石粉包扎

【填空题】

1．夜尿和梦游发生在睡眠的＿＿＿＿期,梦境出现在＿＿＿＿期。

2．压疮的临床分期为＿＿＿＿、＿＿＿＿、＿＿＿＿、＿＿＿＿。

3．造成压疮的3个力学因素是＿＿＿＿、＿＿＿＿和＿＿＿＿。

【名词解释】

1．关节活动范围练习　　2．压疮

【简答题】

1．人类一个完整的睡眠周期通常为多少时间? 整个睡眠周期是如何进行的?

2．睡眠时相有哪两种? 两者有何区别?

3．常见的睡眠失调有哪些? 主要的特点是什么?

4．阐述促进患者睡眠的护理措施有哪些。

5．长期卧床对患者的呼吸系统、心血管系统、肌肉骨骼系统及排泄系统将产生什么样的影响?

6．说明患者在仰卧位、侧卧位和俯卧时,各有哪些部位易发生压疮?

7．阐述预防压疮发生的护理措施有哪些。

【病例分析题】

患者,张某,60 岁。一周前突发脑出血急诊入院。入院后右侧肢体活动功能丧失,患者意识不

清。护士查房时发现其骶尾部有一 4 cm×4 cm 大小的皮肤破溃区,已达肌肉层,有脓液分泌。同时发现其右侧足跟部有一 2 cm×2 cm 大小的皮肤发红处,皮肤未破,触之皮下有硬结。请问患者骶尾部和足跟部发生了什么问题,应采取何种措施进行护理?

第十章
医院感染的预防与控制

导　学

内容及要求

医院感染的预防与控制包括4个部分内容，医院感染、清洁、消毒、灭菌、无菌技术和隔离。

医院感染主要介绍医院感染的有关概念、引发医院感染的主要因素、医院感染的预防和控制措施。在学习中，应重点掌握医院感染的概念、分类和感染链的形成；熟悉引发医院感染的主要因素；了解医院感染的预防和控制措施。

清洁、消毒、灭菌主要介绍清洁、消毒、灭菌的概念、常用物理消毒灭菌法和化学消毒灭菌法。常用的物理消毒灭菌法有自然净化、机械除菌、热力消毒灭菌、紫外线消毒、微波消毒、电离辐射灭菌、等离子体灭菌等方法；常用的化学消毒灭菌法包括浸泡法、喷雾法、擦拭法、熏蒸法。在学习中，应重点掌握清洁、消毒、灭菌的概念、各种常用的物理及化学消毒灭菌法适用的范围、方法和注意事项；熟悉常用化学消毒剂的效力、使用范围和注意事项；了解其作用原理。

无菌技术主要介绍与无菌技术相关的概念、无菌技术操作原则和常用的无菌技术基本操作方法。常用的无菌技术包括无菌持物钳（镊）的使用、无菌容器的使用、取用无菌溶液、无菌包的使用、铺无菌盘和戴脱无菌手套。在学习中应重点掌握与无菌技术相关的基本概念、无菌技术的操作原则；熟悉各种无菌技术的操作方法和注意事项。

隔离主要介绍隔离的基本知识、隔离原则、隔离的种类及措施和隔离技术。隔离的基本知识主要讲解传染病区隔离单位的设置和隔离区域的划分及要求。隔离原则包括一般消毒隔离和终末消毒处理。隔离的种类主要有严密隔离、呼吸道隔离、肠道隔离、接触隔离、血液-体液隔离、昆虫隔离、保护性隔离。常用的隔离技术有工作帽、口罩的应用、手的清洁和消毒、穿脱隔离衣、避污纸的使用。在学习中应重点掌握一般消毒隔离原则、常用的隔离技术的操作方法和注意事项；熟悉隔离区域的划分及要求、终末消毒处理、常见的隔离种类和措施；了解传染病区隔离单位的设置。

重点、难点

医院感染的预防与控制的重点是第二节清洁、消毒、灭菌和第三节无菌技术。其难点是对医院中常见物品、设备能正确选择并使用清洁、消毒、灭菌的方法，以及熟练进行各项无菌技术的操作。

专科生的要求

专科层次的学生对下列内容作一般了解即可：第一节中引发医院感染的主要因素、医院感染的预防和控制措施；第二节中常见的物理消毒灭菌法中的自然净化、机械除菌、电离辐射灭菌、等离子体灭菌等方法；第三节中传染病区隔离单位的设置。

■ 医院感染
■ 清洁、消毒、灭菌
■ 无菌技术
■ 隔离

医院是各种患者集中的场所，也是各种致病菌集中的场所。在医院环境中，大部分患者的免疫功能因疾病的影响及接受各种检查和治疗都有不同程度的下降，对各种传染病菌和条件致病菌普遍易感，且部分患者本身就是带有致病菌的感染源。如果没有严格控制感染的管理制度及有效的预防措施，极易发生医院感染和传染性疾病的传播。为了减少医院感染的发生，使患者和所有工作人员免受传染，医院必须建立监控体系，健全有关制度，采取预防措施并严格管理、督促落实，以确保医院环境的安全性。

■■ 第一节　医院感染

一、医院感染的有关概念

（一）医院感染的概念

医院感染又称医院获得性感染，是指患者、探视者、医院工作人员等在医院活动期间遭受病原体侵袭而引起的任何诊断明确的感染或疾病，均称为医院感染。医院感染包括患者住院期间发生的感染和在医院内获得出院后发生的感染，但不包括入院前已开始或入院时已处于潜伏期的感染。

（二）医院感染的分类

医院感染可分为两类：内源性感染和外源性感染。

1. 内源性感染　又称自身感染，是指患者自身携带的病原体引起的感染。寄居在患者体内的正常菌群或条件致病菌通常是不致病的，但当患者机体免疫能力低下时，或正常菌群发生移位时，就可引起感染。

2. 外源性感染　又称为交叉感染,是指病原体来自患者体外,通过直接或间接感染途径,病原体由一个人传播给另一个人而形成的感染。微生物可能来自患者周围的环境、其他患者、家属、访客,或患者所使用的未经彻底消毒灭菌的医疗器械,或医护人员在救护患者时未遵守无菌技术操作原则而发生交叉感染。因此,通过对医院生物环境的调节与控制能有效地预防外源性感染的发生。

(三) 感染链

感染链由感染源、传播途径和易感宿主3个环节组成,当三者同时存在并相互联系,就会形成感染,这是医院感染发生必须具备的3个基本条件。

二、引发医院感染的主要因素

发生医院感染的主要因素有以下几种:①医务人员对医院感染的严重性认识不足。②控制医院感染的管理制度不健全。③感染链的存在。④医院布局不合理和隔离设施不健全。⑤消毒灭菌不严格和无菌技术操作不当。⑥有其他危险因素的存在,如侵入性操作以及抗生素的广泛应用等。

三、医院感染的预防和控制措施

如果感染链中3个环节同时存在,就容易引发医院感染,因此预防与控制医院感染发生的关键在于利用各种医疗护理措施阻断感染链的形成。医护人员应严格遵守和落实以下各项有关制度。

(一) 建立三级监控体系

在医院感染管理委员会领导下,建立由专职医生、护士为主体的医院内感染监控办公室及层次分明的三级护理管理体系(一级管理——病区护士长和兼职监控护士;二级管理——专科护士长;三级管理——护理部主任,为医院内感染委员会副主任),负责评估医院感染发生的危险性,及时发现,及时处理。

(二) 健全各项制度,认真贯彻落实

1. 管理制度　包括清洁卫生制度、消毒隔离制度、供应室物品消毒制度、患者入院、住院及出院3个阶段的随时、终末和预防性消毒制度,以及感染管理报告制度等的健全与落实。

2. 监测制度　即定期监测医院内空气及各种物体表面的细菌总数、种类及其动态变化,包括对灭菌效果、消毒剂使用效果、一次性医疗器材及门、急诊常用器械的监测;对感染高发科室如手术室、供应室、分娩室、换药室、监护室、血透室等消毒卫生标准的监测。

3. 消毒质控标准　应符合国家卫生行政部门所规定的《医院消毒技术规范》,如医护人员手的消毒、空气消毒、物体表面消毒、各种管道装置的消毒、医院污水污物的处理与消毒等,都应符合有关标准。

(三) 医院建筑布局合理,设施有利于消毒隔离

医院门诊部中各功能部门的设置符合患者就诊的流程,使就诊人流呈单向流动,避免患者之间来回交错;病区中应设置足够数量的洗手设备,便于医护人员和患者及时洗手;凡是与患者直接接触的科室均应设置物品处置室,将患者接触过的物品先消毒达到无害化后再进一步处理;处置室的设施有自来水、浸泡、熏蒸、紫外线等装置和暂时贮存消毒后物品的贮存柜等。

(四) 阻断感染链

根据感染链的构成,可相应地采取控制感染源的播菌作用、切断传播途径以及消除患者易感因素等三方面措施阻断感染链,控制医院感染的发生。采取清洁、消毒、灭菌技术消除或杀灭环境中病原体;利用隔离技术预防病原体在患者、工作人员与访客之间的播散;通过鼓励患者进行适当的活

动、增强营养、足够的休息与睡眠,以及适当的护理等增加易感患者的抵抗力等。

(五) 加强医院感染学的教育

加强医院感染监控知识和技术的宣传与教育,增强医护人员、患者和家属等预防和控制医院感染的自觉性,在各个环节上把好关。

■■ 第二节 清洁、消毒、灭菌

清洁、消毒、灭菌是预防和控制医院感染的重要措施,它包括医院的室内外环境的清洁、消毒,诊疗用具、器械、药物的消毒和灭菌等。消毒灭菌的方法主要分为两大类,物理消毒灭菌法和化学消毒灭菌法,每种方法都有其优点和局限性,使用中应遵循一定原则。各种消毒、灭菌方法的正确运用是调节和控制医院感染发生的关键。

一、概念

(一) 清洁

清洁是指用物理方法清除物体表面的污垢、尘埃和有机物的过程。其目的是去除和减少部分微生物,但并非杀灭微生物。常用的清洁方法有水洗、机械去污及去污剂去污,常用于医院地面、墙壁、家具等物体表面的处理、餐具、杂物等物品的清洗、或物品在消毒、灭菌前的准备。

(二) 消毒

消毒是指用物理或化学方法清除或杀灭除芽胞以外的所有病原微生物,使其数量减少到无害程度的过程。

(三) 灭菌

灭菌是指用物理或化学方法清除或杀灭一切微生物,包括致病和非致病微生物繁殖体和芽胞的过程。

二、常用物理消毒灭菌法

物理消毒灭菌法是用物理因素作用于微生物,将之清除或杀灭。在医院中,常用的物理消毒灭菌方法有自然净化、机械除菌、热力消毒灭菌、紫外线消毒、微波消毒和电离辐射灭菌等。

(一) 自然净化和机械除菌

随着对人类活动与环境污染相互关系的深入认识,人们已经开始根据不同的污染情况理性地选择消毒方法,自然净化和机械除菌作为对环境影响小的消毒方法日益受到重视。

污染于大气、地表、物体表面和水中的病原微生物,常无需经人工消毒就可逐步达到无害,这是大自然的净化作用。日晒、风吹、干燥、温度、湿度、空气中的化合物、水的稀释、pH 值的变化、水中生物的拮抗作用等,这些都可能成为消毒的因素。例如,在医院环境中,因为日光有热、干燥和紫外线的作用,常用于消毒患者的床垫、被褥、衣物、书籍等物品,可将物品放在直射阳光下曝晒 6 h,定时翻动,使物体各面均受日光照射。此外,也可用通风换气的方法来减少环境中的病原微生物,使之达到无害化。

机械除菌是用机械方法除掉物体表面、水、空气、人畜体表污染的有害微生物。虽然机械除菌不能杀灭病原体,但可大大减少其数量和感染的机会。常用的方法有冲洗、刷、擦、扫、抹、铲除、通风和过滤等,它们具有简单、方便、实用而花费少的优点。水和空气的除菌常用过滤的方法,通过水流阻挡、重力沉降、惯性碰撞、扩散粘留、静电吸附等作用机制的综合作用来达到过滤除菌的效果。在现代化医院的手术室、ICU、产房、婴儿室、保护性隔离室及制剂室等,选用不同的气流方式,通过三级空气过滤器,可除掉空气中 0.5～5 μm 的尘埃,达到空气洁净的目的。

(二)热力消毒灭菌法

热力消毒灭菌法是利用热力作用破坏微生物的蛋白质、核酸、细胞壁和细胞膜,从而导致其死亡。热力消毒灭菌法分为干热法(烧灼、焚烧、干烤等)和湿热法(煮沸、流通蒸汽、压力蒸汽等)两种,前者由空气导热,传热较慢;后者由空气和水蒸汽导热,传热快,穿透力强。

1. 燃烧灭菌法　是一种简单、迅速、彻底的灭菌法。包括以下两种使用方法。

(1)焚烧:直接将物品放在焚烧炉内焚烧,燃至灰烬。适用于无保留价值的污染物品,如污纸、某些特殊感染(如破伤风、气性坏疽、铜绿假单胞菌)的敷料的处理。

(2)烧灼:直接用火焰灭菌,适用于某些不怕热的金属器械和搪瓷类物品,在紧急情况下或无条件用其他方法灭菌时使用。烧灼灭菌温度高,效果可靠,但对物品破坏性大,贵重器械和锐利刀剪不可用此法灭菌,以免器械损伤或锋刃变钝。

方法:器械可放在火焰上烧灼 20 s;培养用的试管或烧瓶在开启或关闭塞子时,将试管(瓶)口和塞子在火焰上来回旋转 2～3 次,避免污染;搪瓷容器,倒入少量 95％乙醇后轻轻转动,使乙醇分布均匀,然后点火燃烧至熄灭。

注意事项:①远离易燃、易爆物品,如氧气、乙醇、汽油等。②在燃烧过程中不得添加乙醇等燃料,以免火焰上窜导致烧伤或火灾。

2. 干烤灭菌法　干烤灭菌法是利用特制烤箱,通电升温后进行灭菌。其热力传播和穿透主要靠空气对流和介质传导,灭菌效果可靠。适用于在高温下不损坏、不变质、不蒸发的物品的灭菌,如油剂、粉剂、玻璃、金属、搪瓷类制品等。干烤灭菌的温度和维持时间应根据灭菌对象及烤箱类型来确定。一般情况下,消毒:箱温 120～140℃,时间 10～20 min;灭菌:箱温 180℃,时间 20～30 min。

使用干烤箱灭菌时,应注意下述事项:①器械应洗净后再干烤。②玻璃器皿干烤前应洗净并完全干燥,灭菌时勿与烤箱底和烤箱壁直接接触,灭菌后应待温度降至 40℃以下再打开烤箱,以防炸裂。③物品包装不宜过大,勿超过烤箱高度的 2/3,物品之间应留有空隙,以利于热空气对流;粉剂和油脂不宜太厚,以利热的穿透。④灭菌时不宜中途打开烤箱放入新的物品。⑤棉织品、合成纤维、塑料制品、橡胶制品、导热性差的物品以及其他在高温下容易损坏的物品,不可采用干烤方式灭菌。⑥灭菌维持的时间应从烤箱内温度达到要求时开始计算。

3. 煮沸消毒法　是一种简单、经济、方便的消毒方法,效果亦比较可靠,是家庭及基层医疗单位常用的消毒方法。煮沸消毒法适用于耐湿、耐高温的物品,如金属、搪瓷、玻璃、橡胶类物品。对于一般细菌繁殖体和病毒污染的物品,将水煮沸,经 5～10 min 即可达到消毒效果。但对细菌芽胞和真菌污染的物品,煮沸时间应延长到 15 min 至数小时。煮沸消毒时,可在水中加入增效剂以提高消毒效果,如煮沸消毒金属器皿时,加入碳酸氢钠配制成 1％～2％的浓度时,其沸点可达 105℃,既能增强杀菌作用又能起到防锈和去污作用。

方法:将物品刷洗干净,完全浸没在水中,然后加热煮沸,从水煮沸后开始计时。如中途另外加入物品,则应从第二次水沸后重新开始计算时间。消毒后,及时取出物品,放置于无菌容器内。

注意事项:①煮沸消毒前,应将物品洗净,带有轴节的器械或带盖的容器应将轴节或盖打开后再放入水中,空腔导管须先在腔内灌水。②物品不宜放置太多,大小相同的碗、盆不能重叠,保证物品各面与水充分接触,水面应至少高于物品最高处 3 cm,煮锅加盖煮沸。③玻璃类物品用纱布包好,在冷水或温水时放入,以免突然高热或碰撞而破损;橡胶类物品也要用纱布包好,待水沸后放入,3～5 min 取出,以免橡胶变软粘连。④刀、剪等锐器应用纱布包裹,以免锐器在水中相互碰撞而变钝;针头、缝针等较小物品在煮沸消毒时也应用纱布包好,以便放、取;棉织品在水沸后应适当搅拌。⑤紧急情况下,煮沸法也可用作诊疗器材灭菌,但煮沸时间应不少于 60 min。⑥海拔高的地区气压低,水的沸点也随之降低,因此高海拔地区使用煮沸消毒法时需适当延长煮沸时间以保证消毒效果,一般而言,海拔每增高 300 m,煮沸消毒的时间应延长 2 min。

4. 流通蒸汽消毒法 又称为常压蒸汽消毒法,是采用蒸汽发生器、蒸锅等对消毒物品进行持续或间歇蒸汽消毒的方法。它是在 1 个大气压下,用 100℃左右的水蒸气进行消毒,具有较强的杀菌作用。此方法常用于食品和一些不耐高热的物品。流通蒸汽消毒的作用时间应从水沸腾后有蒸汽冒出时算起,维持 10～15 min,可杀死细菌繁殖体,但不能杀死芽胞。消毒物品宜垂直放置,包装不宜过大过紧,吸水物品不要浸湿后放入。

5. 压力蒸汽灭菌法 是利用高压下的高温饱和蒸汽灭菌的方法。因其灭菌效果可靠,是物理灭菌法最有效的方法,在临床灭菌中最为常用。当压力为 103～137 kPa(15～20 磅/平方吋)时,蒸汽温度可达 121～126℃,经 20～30 min 后,可杀灭包括芽胞在内的一切微生物。该法适用于耐高温、耐高压、耐潮湿物品的灭菌,如敷料、手术器械、搪瓷类物品、细菌培养基等,不同物品达到灭菌效果所需的压力、温度和时间不同。

(1)方法:目前使用的压力灭菌器可分为下排气式压力灭菌器和预真空压力灭菌器两类。下排气式压力灭菌器又包括手提式和卧式两种。

手提式压力蒸汽灭菌器是一个金属圆筒,分为内外两层,盖上有排气阀、安全阀和压力表。它具有携带、使用方便、效果可靠等优点,多用于基层医疗单位。使用方法如下:①在隔层内加一定量的水,放入需灭菌的物品后加盖旋紧,锅下加热。②开放排气阀,排尽锅内冷空气,再关闭排气阀,继续加热。③待压力升至所需数值(一般为 103 kPa),维持 20～30 min 后,关闭热源。④打开排气阀进行排气,待压力降至"0"时,慢慢打开盖子,取出物品。切勿突然开盖,以免冷空气大量进入,蒸汽凝成水滴,使物品受潮,而玻璃物品突然遇到大量冷气则易发生炸裂。

卧式压力蒸汽灭菌器的结构原理同手提式压力蒸汽灭菌器,但其由输入蒸汽供给热源。灭菌器容积较大,可供医院批量物品的灭菌,操作人员也需经专业培训合格才能上岗。

预真空压力蒸汽灭菌器的结构除同压力蒸汽灭菌器的装置外,另设有真空泵。其工作原理是在灭菌前先将灭菌器内部抽成真空,形成 2.0～2.67 kPa 的负压,再输入蒸汽,在负压吸引下蒸汽迅速穿透至物品内。蒸汽压力可达 105 kPa,温度达 132℃,经过 4～5 min 即能达到灭菌目的。瓶装液体不宜使用此法灭菌。

(2)注意事项:①输入蒸汽时应注意排尽柜室内的空气及冷凝水,使蒸汽充满而达到饱和,因为蒸汽的温度不仅和压力有关,还与蒸汽的饱和度有关。②灭菌包裹不宜过大、包扎过紧,使用下排气压力蒸汽灭菌器时,灭菌包应小于 30 cm×30 cm×25 cm;使用预真空压力蒸汽灭菌器时,灭菌包应不超过 30 cm×30 cm×30 cm;敷料重量不得超过 5 kg,金属重量不得超过 7 kg。③放置时各包之间应留有空隙,以免影响蒸汽的流通渗透及灭菌后的干燥,下排气式灭菌器的装载量不得超过柜室总容积的 80%;预真空灭菌器的装载量不得超过柜室总容积的 90%;预真空灭菌器的装载量也不能过小,不得小于柜室容积的 10%,以防止"小装量效应",残留空气会影响灭菌效果。④盛装消毒物品的容器应有通气孔,灭菌时打开通气孔,如无通气孔,应将容器盖打开,以利蒸汽进入。⑤物品包装时应分类包装,金属类与布类不可混合在一起,布类物品放在金属、搪瓷类物品之上,以免蒸汽遇冷凝成水珠,使包布受潮,影响灭菌效果。⑥被灭菌的物品应待干燥后才能取出备用。⑦重视灭菌效果监测。

(3)灭菌效果监测:对压力蒸汽灭菌器及经灭菌的各类器械、敷料及消毒液等,要定期检验灭菌效果,以确保达到灭菌标准。常用的监测方法有 3 种:物理监测法、化学监测法、生物监测法。

物理监测法:用 150℃或 200℃的留点温度计进行灭菌温度监测。使用时先将留点温度计的水银柱甩到 50℃以下,然后放入物品内最难灭菌处,待灭菌结束后,检视其读数,所指的数值就是在灭菌过程中所达到的最高温度,以此来判断是否已达到灭菌要求的温度。

化学监测法:通过化学试剂的化学反应,灭菌后呈现的颜色改变来判断是否达到灭菌效果。包括两种方法:①化学指示管(卡)监测:将化学指示管(卡)放入每一个待灭菌的物品包的中央部位,待一个灭菌周期结束后,取出指示管(卡),根据其颜色及性状改变的情况判断是否已达到灭菌效果。②化学指示胶带监测:将化学指示胶带粘贴于每一待灭菌物品包外,经一个灭菌周期结束后,根据其颜色的改变判断是否已达到灭菌效果(图 10-1)。

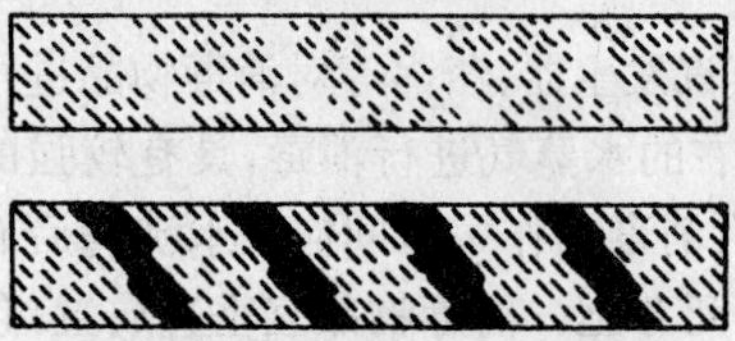

消毒前

消毒后

图 10-1 化学指示胶带

微生物测试法:是监测灭菌效果最可靠的方法。一般利用对热耐受较强的非致病性嗜热脂肪杆菌芽胞作为检测菌株,制成细菌纸片或芽胞指示管。细菌纸片用无菌技术封入纸袋内,放于包裹中央,灭菌结束,将细菌纸片取出,放入培养基,置于 $55\sim60℃$ 孵箱中培养 48 h,观察培养基颜色的变化,若培养基保持原色泽不变,判定为灭菌合格,反之为灭菌不合格。如果使用的是软塑芽胞指示管检测,指示管内置干燥的芽胞菌片与贮有培养基的小玻璃安瓿。测试时,将指示管置于包内,灭菌后取出,压碎安瓿就可使培养基与细菌菌片混合在一起。和使用细菌纸片监测同样的原理和程序,培养后,根据培养基颜色的变化来判断灭菌效果。

(三) 紫外线消毒法

紫外线属于一种低能电磁辐射,其波长在 $210\sim328$ nm,一般认为具有最大杀菌作用的波长为 253.7 nm。由于紫外线消毒法具有经济、安全、方便的优点,被广泛用于空气、物体表面等的消毒处理。

1. 杀菌机制 紫外线照射对杆菌杀菌力强,对球菌较弱,对真菌更弱,对生长期的细菌敏感,对芽胞敏感性差。紫外线杀菌机制主要体现在以下几方面。

(1) 破坏菌体蛋白质中的氨基酸,使菌体蛋白光解变性。

(2) 促使微生物的 DNA 失去转化能力而死亡。

(3) 降低菌体内氧化酶的活性,使氧化能力丧失。

(4) 使空气中的氧电离而产生具有杀菌作用的臭氧。

2. 使用方法 紫外线穿透力极弱,只能杀灭直接照射的微生物,因此在医院内多用于空气、物体表面的消毒。常用的紫外线灯管有 4 种:15 W、25 W、30 W 和 40 W,可采用悬吊式、移动式灯架照射或放置在紫外线消毒柜内照射等形式进行消毒。

(1) 空气消毒:消毒前应先清扫室内(紫外线易被灰尘微粒吸收),关闭门窗,人员停止走动,每 10 m^2 安装 30 W 紫外线灯管一支,有效距离不超过 2 m,照射时间不少于 30 min,从灯亮 $5\sim7$ min 后计时。如需再次使用,关灯后待灯管冷却 $3\sim4$ min 再开灯或移动灯管,以免灯管损坏。

(2) 物品消毒:用于物品消毒时,应选用 30 W 的紫外线灯管。消毒时应将物品摊开或挂起以减少遮挡,有效距离为 $25\sim60$ cm。消毒过程中应定时翻动物品,使物体的各个表面均能被紫外线直接照射,每个表面均应照射 $20\sim30$ min。

3. 注意事项

(1) 消毒时房间内应保持清洁、干燥,空气中不应有过多灰尘或水雾,以减少对紫外线的影响。环境温度和湿度影响紫外线杀菌效果,一般以室温条件 $27\sim40℃$ 时紫外线输出强度最大,相对湿度 $40\%\sim60\%$ 时紫外线杀灭微生物效果最好。若温度过低或相对湿度过高,应适当延长照射时间。

(2) 保持紫外线灯管外表洁净,紫外线灯管表面应经常用乙醇棉球轻轻擦拭,除去上面的灰尘与油垢,以免影响照射效果。

(3) 消毒时应注意有效防护。由于紫外线对人的眼睛、皮肤均有强烈的刺激,而且紫外线照射时产生的臭氧也对人体不利,故紫外线照射时人应尽量离开房间,必要时戴防护镜和穿防护衣或用纱布遮盖双眼、用被单遮盖暴露的肢体,照射后应开窗通风 3～4 min。

（4）定期检测紫外线灯管照射强度,保证消毒效果。紫外线灯在使用过程中输出强度会逐渐降低,应定期(一般 3～6 个月测定一次)用紫外线消毒剂量指示卡或紫外线测强仪测量灯管强度,灯管强度低于 70 W/cm² 时应予以更换。也可以建立使用时间记录卡,凡使用时间超过 1 000 h 应予以更换。

（5）定期进行空气培养,以监测灭菌效果。

（四）微波消毒灭菌法

微波是一种可穿透布、纸、塑料、陶瓷、玻璃等物质的高频率电磁波。在电磁波的高频交流电场中,细菌体内的蛋白质、核酸等分子极性集团高速旋转振动、相互摩擦,使温度迅速升高,从而达到消毒灭菌作用。微波消毒具有节能、无污染、作用快速、作用温度低等特点,适用于食品、餐具的处理,医疗文件、票证、药品及耐热非金属材料器械的消毒灭菌。一般物品在 5～10 kW 功率的微波炉中,持续 3～15 min 即可达到灭菌要求。

使用微波消毒应注意:①由于微波只在有偶极子(如水分子)情况下才能产生热效应,而且水是微波的强吸收介质,可提高消毒效果,故对于干燥的物品应事先做加湿处理。②不要空载操作,以免对微波炉本身造成损坏。③微波碰到金属物品时会被反射回来,通常不能用金属或带金属饰物的器皿盛装消毒物品,应使用微波能穿透的玻璃、陶瓷、塑料等物质制造的器皿盛装消毒物品。④应经常用柔软湿布和中性洗涤剂把炉壁和炉门擦洗干净,以免污物阻挡微波作用,或因炉门关闭不严造成微波泄漏。⑤掌握适宜消毒时间,以免消毒物品被烧焦,或因温度过低达不到消毒目的。⑥微波对人体有一定的伤害,使用时必须关好微波器具的门后才能开始操作。

（五）电离辐射灭菌法

利用 γ 射线、伦琴射线和其他电子辐射的穿透性来杀死有害微生物的低温灭菌方法,统称为电离辐射灭菌,又称为冷灭菌。其机制主要是通过干扰微生物 DNA 的合成,破坏细胞膜,引起酶系统的紊乱等来达到杀灭作用。电离辐射对微生物具有广谱杀灭作用,细菌的耐受性最差,芽胞与真菌次之,病毒则颗粒越大对辐射越敏感。因为电离辐射灭菌法具有穿透力强、灭菌均匀、彻底、可靠的优点,且不使物品升温,能节约能源又价格便宜,特别适合不耐热物品的灭菌,如橡胶、塑料、高分子集合物(如一次性注射器、输液、输血器、人工瓣膜等)、精密医疗仪器(如人工心肺机、吸引器等)、生物医学制品及节育避孕工具等。

电离辐射也存在一定的缺点,所需的基本建设费用高、一次性投资大、射线对人体有害而需要特别防护,且必须由经过专门训练的技术人员才能进行操作管理,因此辐射灭菌不适合在医院环境内应用,而适用于大规模生产的工厂一次性物品的消毒灭菌。

电离辐射灭菌可应用短小杆菌芽胞 E_{601} 作为生物指示来检测灭菌质量。在使用电离辐射灭菌的医疗用品前,必须核查包装是否完整、辐照灭菌的期限、辐射变色指示卡、有效日期、灭菌操作负责人签名和辐照灭菌单位质量检测印章等,以确保所用器物的安全、可靠。

（六）等离子体灭菌

等离子体灭菌是近几年发展起来的引人注目的一种灭菌方法。其作用原理是用氧化氮气或氧、氮、氩等混合气体,在特制的容器内进行辉光放电,产生低温等离子体进行灭菌。一般低温等离子体作用于菌体,维持 3～6 min,就可以杀灭所有菌体及病毒。等离子体灭菌的优点是无毒性残留,灭菌时间短,低热不损坏灭菌材料,因此适用于注射器、导管等一次性使用的医疗用品的灭菌。

三、常用化学消毒灭菌法

使用化学药物抑制微生物的生长、繁殖或杀灭微生物的方法称为化学消毒灭菌法。不同的化学药物消毒灭菌的机制不完全相同,或通过渗透入菌体,使菌体蛋白凝固变性;或通过干扰细菌的酶活性,抑制细菌代谢和生长;或通过破坏细胞膜结构,改变其通透性,使细胞破裂溶解等。用于杀灭繁殖体微生物的化学药品称消毒剂;用于杀灭包括芽胞在内的一切微生物的化学药品称灭菌剂。不适合于热力消毒灭菌的物品,一般可选用化学消毒灭菌法,如光学仪器、金属锐器和某些塑料制品等,此外该法还适合对患者皮肤、黏膜、排泄物及周围环境的消毒灭菌。

(一) 方法

1. 浸泡法 浸泡法是将物品浸没于消毒液内,在标准的浓度与时间内达到消毒灭菌的作用。用于耐湿不耐热的物品及器械的消毒,如锐利器械、化学纤维制品、精密仪器、人的体表等。浸泡时间由被浸泡的物品及消毒剂性质、浓度等因素决定。

2. 喷雾法 喷雾法是用喷雾器将化学消毒灭菌剂均匀地喷洒于空间或物体表面以达到消毒灭菌的方法,该法常用于空气和物体表面(如地面、墙壁等)的消毒。须注意的是,喷洒消毒灭菌剂时,必须使物体表面完全湿透才能起到消毒作用。

3. 擦拭法 擦拭法是用化学消毒灭菌剂擦拭被污染物体表面或进行皮肤消毒灭菌的方法,宜选用易溶于水或其他溶剂、渗透性强、无显著刺激性的消毒灭菌剂。

4. 熏蒸法 熏蒸法是利用化学消毒灭菌药品所产生的气体进行消毒的方法,临床常用甲醛气体或环氧乙烷气体进行熏蒸消毒。熏蒸法常用于手术室、换药室、病室的空气消毒,在消毒间或密闭的容器内也可用熏蒸法对被污染的物品进行消毒灭菌。

(二) 化学消毒灭菌剂的使用原则

(1) 应根据物品的性能及各种病原微生物的特性,选择合适的消毒灭菌剂。

(2) 严格掌握所用消毒灭菌剂的有效浓度、消毒时间及使用方法。

(3) 消毒液应贮放于无菌容器中,挥发性的消毒液要加盖封存。应使用新鲜配制的消毒灭菌液,并注意定期检测更换,以免因消毒灭菌剂的性质不稳定而引起浓度逐渐降低,影响消毒效果。消毒液中不能放置可吸附消毒剂的纱布、棉花等物,以免降低消毒液的效力。

(4) 物品必须在消毒前先清洗干净,去除油脂及血、脓等有机物。

(5) 浸泡时物品要全部浸没在消毒液中,物品的轴节和套盖要打开,管腔内要灌满药液,使物品各部位始终保持与药液的充分接触。浸泡中途如另加入新的待消毒的物品,则应重新计算消毒时间。

(6) 由于消毒灭菌药液多具有毒性或刺激性,消毒灭菌后的器械在使用前须用无菌生理盐水冲洗干净方可使用。气体消毒后的物品,应待气体散发后再使用。

(三) 常用化学消毒剂的使用方法(表 10-1)

表 10-1 常用化学消毒剂的使用方法

消毒剂名称	消毒效力	作用原理	使用范围	注意事项
碘酊	高效	使细菌蛋白质氧化、变性;能杀灭大部分细菌、真菌、芽胞和原虫	① 2%溶液用于皮肤消毒,擦后待干,再以 70%乙醇脱碘 ② 2.5%溶液用于脐带断端消毒,擦后待干,再用 70%乙醇脱碘	① 对皮肤有较强的刺激作用,不能用于黏膜消毒 ② 碘过敏者禁用 ③ 对金属有腐蚀,不可用于金属器械的消毒 ④ 可挥发,密闭保存
戊二醛	高效	与菌体蛋白质反应,使之灭活;能杀灭细菌、真菌、病毒和芽胞	2% 戊二醛溶液中加入 0.3%碳酸氢钠,成为 2%碱性戊二醛,用于浸泡器械、内镜等,消毒需 10~30 min,灭菌需 7~10 h	① 浸泡金属类物品时,加入 0.5%亚硝酸钠防锈 ② 每周过滤 1 次,每 2~3 周更换消毒剂 1 次 ③ 对皮肤、黏膜、眼睛有刺

（续表）

消毒剂名称	消毒效力	作用原理	使用范围	注意事项
				激性,灭菌后的物品在使用前用无菌蒸馏水冲洗 ④ 内镜连续使用需间隔消毒 10 min,每天使用前后各消毒 30 min,消毒后用冷开水冲洗
过氧乙酸	高效	能产生新生态氧,将菌体蛋白质氧化,使细菌死亡;能杀灭细菌、芽胞、真菌、病毒	① 0.2%溶液用于手部消毒,浸泡 1～2 min ② 0.5%溶液用于餐具消毒,浸泡 30～60 min ③ 0.2%～0.5%溶液用于物体表面消毒,擦拭或浸泡 10 min ④ 1%～2%溶液用于室内空气消毒,8 ml/m³,加热熏蒸,密闭门窗 30～60 min	① 对金属有腐蚀性 ② 易氧化分解而降低杀菌力,故需现用现配 ③ 浓溶液有刺激性及腐蚀性,配制时要戴口罩及橡胶手套 ④ 存于阴凉避光处,防止高温引起爆炸
福尔马林 (37%～40% 的甲醛溶液)	高效	使菌体蛋白变性,酶活性消失;能杀灭细菌、真菌、芽胞和病毒	① 福尔马林 2～10 ml/m³加水 4～20 ml,加热熏蒸,密闭门窗 6 h 以上,作室内物品和空气消毒 ② 福尔马林 2～10 ml/m³加高锰酸钾 1～5 g,先将高锰酸钾倒入盆内,加等量水拌成糊状,再将福尔马林倒入,密闭门窗,熏蒸 6 h 以上,消毒室内物品和空气 ③ 福尔马林 40～60 ml/m³加高锰酸钾 20～40 g,柜内熏蒸,密封 6～12 h,消毒物品	① 熏蒸穿透力弱,衣物最好悬挂消毒 ② 消毒效果易受温度、湿度影响,要求室温在 18℃以上,相对湿度在 70%～90% ③ 对人有一定毒性和刺激性,使用时注意防护
环氧乙烷	高效	与菌体蛋白结合,使酶代谢受阻而导致细菌死亡;能杀灭细菌、真菌、病毒、立克次体和芽胞	① 少量物品可放入丁基橡胶袋中消毒;大量物品可放入环氧乙烷灭菌柜内,可自动调节温度、相对湿度和投药量进行消毒灭菌 ② 精密仪器、化纤、器械的消毒灭菌剂量为 800～1 200 mg/L,温度为 54±2℃,相对湿度为 60%±10%,时间为 2.5～4 h	① 易燃易爆,且有一定毒性,必须严格执行安全操作程序 ② 放置阴凉通风、无火源处,严禁放入电冰箱 ③ 贮存温度不可超过 40℃,防止爆炸 ④ 灭菌后的物品,在清除环氧乙烷残留量后方可使用 ⑤ 每次消毒灭菌后,均应进行效果检测
含氯消毒剂(常用的有漂白粉、漂白粉精、氯胺T、二氯异氰脲酸钠等)	中、高效	在水溶液中可放出有效氯,破坏细菌酶的活性而致其死亡;能杀灭各种致病菌、病毒、芽胞	① 0.5%漂白粉溶液、0.5%～1%氯胺溶液用于浸泡餐具、便具等,浸泡时间为 30 min ② 1%～3%的漂白粉溶液、0.5%～3%的氯胺溶液用于喷洒或擦拭地面、墙壁及物品表面 ③ 排泄物消毒:干粪 5 份加漂白粉 1 份搅拌后放置 2 h;尿液 100 ml 加漂白粉 1 g,放置 1 h	① 消毒剂保存在密闭容器内,置于阴凉、干燥、通风处,以减少有效氯的丧失 ② 配制的溶液性质不稳定,应现用现配 ③ 有腐蚀及漂白作用,不宜用于金属制品、有色衣服及油漆家具的消毒 ④ 定期更换消毒液

（续表）

消毒剂名称	消毒效力	作用原理	使用范围	注意事项
乙醇	中效	使菌体蛋白凝固变性，但对肝炎病毒及芽胞无效	① 70%～75%溶液多用于消毒皮肤 ② 95%溶液可用于燃烧灭菌	① 有刺激性，不宜用于黏膜及创面的消毒 ② 易挥发需加盖保存，定期测量调整浓度 ③ 易燃，存放于阴凉、避火处
碘伏	中效	是碘与表面活性剂结合物；破坏细菌胞膜的通透性屏障，使蛋白质漏出或与细菌酶蛋白起碘化反应而使之失活；能杀灭细菌、病毒等	① 0.5%～1.0%有效碘溶液用于外科手术及注射部位皮肤消毒，涂擦2次 ② 0.1%有效碘溶液用于消毒体温计 ③ 0.05%有效碘溶液用于黏膜、创面消毒	① 碘伏稀释后稳定性差，宜现用现配 ② 避光密闭保存 ③ 皮肤消毒后不用乙醇脱碘，可能留色素，可用水洗净
苯扎溴铵（新洁尔灭）	低效	是阳离子表面活性剂，能吸附带阴电的细菌，破坏细胞膜，导致菌体自溶死亡，又可使菌体蛋白变性而沉淀；对细菌繁殖体有杀灭作用，但不能杀灭结核杆菌、芽孢和亲水性病毒	① 0.01%～0.05%溶液用于黏膜消毒 ② 0.1%～0.2%溶液用于皮肤消毒 ③ 0.1%～0.2%溶液用于金属器械消毒，浸泡15～30 min（加入0.5%亚硝酸钠以防锈）	① 对肥皂、碘、高锰酸钾等阴离子表面活性剂有拮抗作用 ② 有吸附作用，会降低药效，故溶液内不可投入纱布、棉花等物 ③ 对铝制品有破坏作用，故不可用铝制品容器盛装
双氯苯双胍乙烷（洗必泰）	低效	破坏细胞膜的酶活性，使细胞的胞浆膜破裂；对细菌繁殖体有较强杀菌作用，但不能杀灭芽孢、分枝杆菌和病毒	① 0.02%溶液用于手部消毒，浸泡3 min ② 0.05%溶液用于创面消毒 ③ 0.1%溶液用于物体表面的消毒	同苯扎溴铵（新洁尔灭）①、②

注：高效：能杀灭一切微生物，包括芽胞。中效：杀灭细菌繁殖体、结核杆菌、病毒，不能杀灭芽胞。低效：杀灭细菌繁殖体、部分真菌和亲脂性病毒，不能杀灭结核杆菌、亲水性病毒和芽胞。
碘、含氯消毒剂在高浓度时属高效消毒剂；低浓度时属中效消毒剂。

■■ 第三节 无 菌 技 术

　　无菌技术是预防医院感染的一项重要而基础的技术，其操作规程是根据相关科学原则制定的，任何一个环节都不能违反。每个医护人员必须熟练掌握无菌技术的相关理论知识，并正确运用无菌技术，严格遵守相关规程，以保证患者的安全。

一、概念

　　1. 无菌技术　是指在医疗、护理操作中，防止一切微生物侵入人体和防止无菌物品、无菌区域被污染的操作技术。
　　2. 无菌区　是指经过灭菌处理且未被污染的区域。
　　3. 非无菌区　是指未经灭菌处理，或虽经灭菌处理但又被污染的区域。

4．无菌物品　是指经过物理或化学方法灭菌后保持无菌状态的物品。

二、无菌技术操作原则

（一）操作前准备

（1）保持无菌操作环境的清洁，在进行无菌技术操作前 30 min，应停止清扫工作，并减少走动，以防尘埃飞扬导致污染，操作区域要清洁、宽敞。

（2）工作人员进行无菌操作前应着装整齐、戴好口罩、帽子，剪短指甲，洗手，必要时穿无菌衣、戴无菌手套。

（二）操作中保持无菌

（1）无菌操作时，操作者应面向无菌区域，身体与无菌区域保持一定距离，手臂应保持在腰部水平以上，不可面对无菌区域讲话、打喷嚏、咳嗽。

（2）取用无菌物品须使用无菌持物钳，未经消毒的用物、手、臂不可触及无菌物品，不可跨越无菌区。

（3）一切无菌操作均应使用无菌物品，禁用未经灭菌或疑有污染的物品。一份无菌物品仅供一位患者使用一次，以防止交叉感染。

（三）无菌物品保管

（1）无菌物品与非无菌物品应分开放置。

（2）无菌物品必须存放在无菌容器内，或无菌包内，一经取出，即使未经使用，亦不可再放回无菌容器内。

（3）无菌包外应标明包内无菌物品的名称及灭菌日期，物品按日期先后顺序放置。

（4）无菌包应放在清洁、干燥、固定的地方，在未污染的情况下，其保存期一般以 7 天为宜，过期或包布受潮均应重新灭菌。

三、无菌技术基本操作方法

无菌技术操作的目的是保持无菌区域不被污染，防止病原微生物侵入或传播给他人。

（一）无菌持物钳（镊）的使用

取用无菌物品必须使用无菌持物钳或无菌镊，临床常用的持物钳（镊）有卵圆钳、三叉钳和长、短镊子。卵圆钳用于夹取镊、剪、弯盘等无菌物品；三叉钳用于夹取盆、罐等较重物品；镊子用于夹取针头、注射器、棉球、纱布等无菌物品。

无菌持物钳应浸泡在盛有消毒液的大口有盖容器内，消毒液液面高度应浸没持物钳轴节以上 2～3 cm 或镊子长度的 1/2，每个容器内只能放置一把无菌持物钳（表 10 - 2）。

表 10 - 2　湿式保存的无菌持物钳操作方法

操作步骤	注意事项与说明
1. **工作人员准备**　洗手，并擦干双手，戴口罩，检查有效日期	● 贯彻无菌操作原则
2. **取钳**　将浸泡无菌持物钳的容器盖打开，手持无菌持物钳上 1/3 处，将钳移至容器中央，使钳端闭合，垂直取出（图10-2）	● 容器盖闭合时不可从盖孔中取、放无菌持物钳，以免污染钳端；取钳时钳端不可触及容器口缘及液面以上的容器内壁，以免污染

（续表）

操作步骤	注意事项与说明
3. **使用** 使用时应保持钳端一直向下	● 钳端不可倒转向上,防止消毒液倒流而污染钳端 ● 无菌持物钳只能夹取无菌物品,不得夹取未经消毒灭菌的物品 ● 不能用无菌持物钳夹取油纱布,防止油粘于钳端而影响消毒效果 ● 不能用无菌持物钳换药或消毒皮肤,防止持物钳被污染 ● 如需取远处的无菌物品,应将持物钳连同容器一起搬移,就地使用,防止持物钳在空气中暴露过久污染
4. **放回** 用后闭合钳端,立即垂直放回容器,浸泡时将轴节松开,盖好容器盖	● 避免触及容器口周围 ● 松开轴节,使轴节与消毒液充分接触
5. **更换** 无菌持物钳及浸泡容器每周清洁、消毒一次,同时应更换消毒液	● 手术室、门诊、换药室、注射室等使用较多的部门每日清洁、消毒

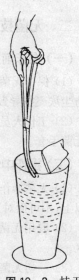

图 10-2 持无菌持物钳法

随着对医院感染链的监测,发现将无菌持物钳浸泡的传统方法存在消毒液易被污染、消毒液的浓度及微生物学检测手续繁杂等缺陷。故目前正积极宣传、推广无菌持物钳(镊)的干式存放法,即运用无菌干罐保存无菌持物钳(镊),在进行集中治疗前开包,取出无菌持物钳(镊)使用,一般 4～8 h 更换一次。无菌持物钳(镊)的干式存放法能减少污染,节约医疗费用,并能大大减少化学消毒剂对人体的毒性作用,在手术室、ICU 等较多需要集中使用无菌持物钳(镊)的病区较适用。此外也提倡使用一次性无菌持物钳和无菌持物钳的单个包装化。

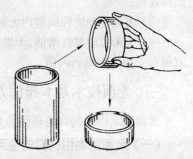

图 10-3 打开无菌容器法

(二)无菌容器的使用

经灭菌处理的盛放无菌物品的器具称无菌容器,如无菌盒、贮槽、罐等。操作方法如表 10-3。

表 10-3 无菌容器使用操作步骤

操作步骤	注意事项与说明
1. **工作人员准备** 洗手并擦干双手,戴口罩,检查无菌容器的标记、灭菌日期	
2. **开容器盖** 从无菌容器内取物时,先拿起容器盖平移离开容器,内面向上置于桌面上,或内面向下拿在手中(图 10-3)	● 防止容器盖盖口污染或灰尘落入容器盖内 ● 防止盖内面触及任何非无菌区域 ● 手拿盖时,手勿触及盖的内面及边缘
3. **关容器盖** 取物完毕后,立即将容器盖内面向下,移至容器口上,小心盖严	● 避免容器内无菌物品在空气中暴露过久
4. **持容器** 手持无菌容器(如无菌碗)时,应托住容器底部(图 10-4)	● 手指不可触及容器边缘及内面

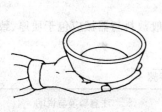

图 10-4　手持无菌容器法

(三) 取用无菌溶液

取用无菌溶液时要保持无菌溶液的无菌状态。操作方法如表 10-4。

表 10-4　取用无菌溶液操作步骤

操作步骤	注意事项与说明
1. 工作人员准备　洗手并擦干双手,戴口罩	
2. 核对药物　取盛有无菌溶液的密封瓶,擦净瓶外灰尘,查对瓶签上的药名、剂量、浓度、有效期,检查瓶盖有无松动、瓶口有无裂缝、溶液的澄清度	● 核对无误,溶液无变色、混浊、沉淀,确信质量可靠后,方可使用
3. 打开瓶盖 (1) 用启瓶器撬开铝盖,用拇指与示指或双手拇指将橡胶盖边缘向上翻起 (2) 一手示指和中指套住橡胶塞并将其拉出瓶口,置于手中 (3) 如自烧瓶内倒取无菌溶液,解开系带,手拿瓶口盖布外部,取出瓶塞	● 手不可触及瓶口及瓶塞内面 ● 防止瓶塞被污染 ● 手不可触及盖布内面及瓶口
4. 倾倒溶液　另一手拿起无菌瓶,标签面朝向掌心,倒出少量溶液冲洗瓶口,再从已经冲洗的瓶口处倒出所需溶液至无菌容器中(图 10-5)	● 倒液时,勿将标签沾湿,瓶口不能接触任何物体 ● 不可将无菌物品或非无菌物品伸入无菌溶液瓶内蘸取溶液,已倒出的溶液不可再倒回瓶内
5. 盖瓶塞　完毕后立即塞好瓶塞,消毒边缘后翻下	● 以防污染
6. 记录　记录开瓶日期、时间	● 已开启的溶液瓶内的溶液,可保存 24 h

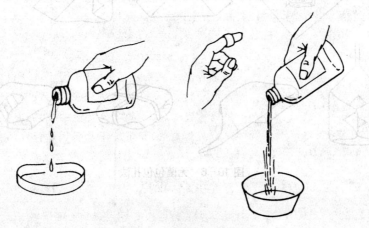

图 10-5　倾倒无菌溶液法

(四) 使用无菌包

无菌包可保持包内物品在一定时间内处于无菌状态。一般敷料与器械应包于质厚、致密、未脱脂的双层包布内,高压灭菌后备用。操作方法如表10-5。

表10-5　使用无菌包操作步骤

操作步骤	注意事项与说明
1. **工作人员准备**　洗手并擦干双手,戴口罩	
2. **包扎法**　将物品放在包布中央,用包布的一角盖住物品,然后遮盖左右两角,并将角尖向外翻折,盖上最后一角后,将带以"十"字形包扎,或用化学指示胶带贴妥(图10-6),贴上注明物品名称及灭菌日期的标签,送灭菌处理	● 包玻璃物品时,应先用棉垫包裹后再用包布包扎
3. **开包法**	
(1) 查看无菌包名称、灭菌日期和化学指示胶带	● 无菌包有效期为7~14天,超过有效期则不能使用
(2) 将无菌包放在清洁、干燥、平坦处,解开系带,卷放于包布下	● 如无菌包放在潮湿处,可能会因毛细现象而导致无菌包的污染
(3) 按原折顺序逐层打开无菌包	● 打开无菌包时仅能以手接触包布四角的外面,不可触及包布内侧
(4) 用无菌持物钳取出所需物品,放在事先备好的无菌区域内	
(5) 如包内物品未用完,将包布按原折痕包起,将系带以"一"字形包扎,并注明开包日期、时间	● 表示此包已开过,所剩物品24 h内可使用 ● 如不慎污染包内物品或包布被浸湿,应重新灭菌处理
4. **手上开包**　如果需将包内无菌物品一次取完时,可在手上打开包布,使物品显露在无菌包布上,一手托住包布,另一手抓住包布四角及系带,将包内无菌物品全部投入无菌区域内(图10-7)	● 开包时,手不可触及包布内面及无菌物品 ● 投放时,包布之无菌面朝向无菌区域

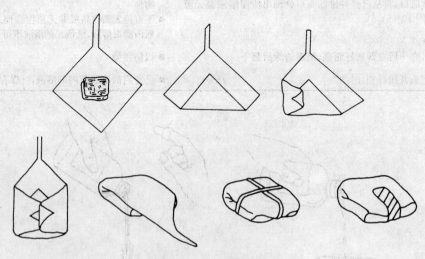

图10-6　无菌包包扎法

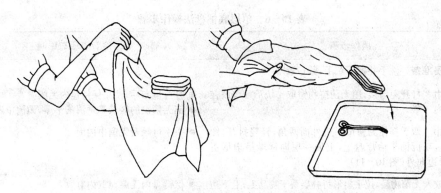

图 10-7　无菌物品放入无菌区域内

（五）铺无菌盘

无菌盘是将无菌巾铺在清洁干燥的治疗盘内,形成一无菌区,以放置无菌物品,供治疗之用。

1. 无菌治疗巾折叠法

（1）纵折法:将治疗巾纵折两次成 4 折,再横折两次,开口边向外（图 10-8）。

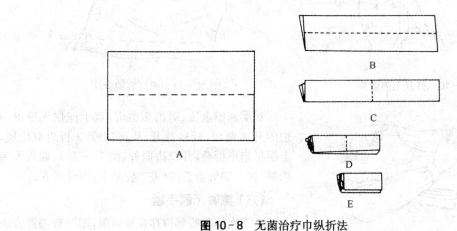

图 10-8　无菌治疗巾纵折法

（2）横折法:将治疗巾横折后再纵折,成为 4 折,再重复一次（图 10-9）。

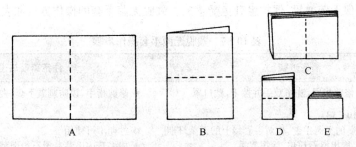

图 10-9　无菌治疗巾横折法

2. 操作方法

有两种铺盘法,单层底铺盘法和双层底铺盘法。单层底铺盘法操作方法如表 10-6。

表 10-6　单层底铺盘法操作步骤

操作步骤	注意事项与说明
1. 工作人员准备　洗手并擦干双手,戴口罩	
2. 取无菌巾　打开无菌包,用无菌持物钳取一块治疗巾放在治疗盘内	● 打开包布后,注意保持包内无菌 ● 铺无菌盘的区域必须清洁干燥,无菌巾避免潮湿
3. 铺无菌巾　双手捏住无菌巾一边外面两角,轻轻抖开(图 10-10),双折铺于治疗盘上,上面一层向远端呈扇形折叠,开口边向外(图 10-11)	● 手不可触及无菌巾内面
4. 覆盖　放入无菌物品,拉平扇形折叠层盖于物品上,上下边缘对齐,将开口处向上翻折两次,两侧边缘向下翻折一次	● 保持盘内无菌,4 h 内有效

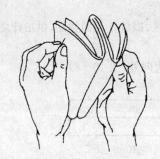

图 10-10　打开无菌巾法

图 10-11　单层底铺盘法

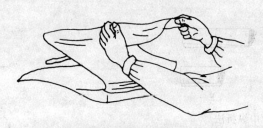

图 10-12　双层底铺盘法

双层底铺盘法:取出无菌巾,双手捏住无菌巾一边的外面两角,轻轻抖开,从远到近,3 折成双层底,上层呈扇形折叠,开口边向外(图 10-12),放入无菌物品,拉平扇形折叠层,盖于物品上,边缘对齐。

(六)戴脱无菌手套

由于人体某些部位存在常居菌,用一般消毒方法很难使手达到绝对无菌,因此执行某些无菌操作(如手术、穿刺、导尿等),或接触无菌物品时,需要戴上无菌乳胶手套,以确保无菌效果,保护患者免受感染。戴脱无菌手套的操作方法如表 10-7。

表 10-7　戴脱无菌手套操作步骤

操作步骤	注意事项与说明
1. 工作人员准备　修剪指甲,洗净双手并擦干,戴口罩	● 修剪指甲,以防刺破手套;去除手上污垢
2. 戴无菌手套(图 10-13) (1) 选择尺码合适的无菌手套,核对手套袋上的灭菌日期 (2) 打开手套袋,取出滑石粉包,涂擦双手 (3) 右手掀起手套袋开口处外层,左手捏住右手套翻折部分(手套内面),取出右手套,将右手伸入手套内,小心戴好 (4) 左手掀起手套袋开口处外层,将已戴手套的右手指插入左手套翻边内面(手套外面),取出左手套,将左手伸入手套内,小心戴好 (5) 双手调整手套位置,将手套的翻边扣套在工作衣袖外面	● 过期不可使用 ● 如手套内已装有滑石粉则戴手套前不必擦粉 ● 戴手套时,防止手套外面(无菌面)触及任何非无菌物品 ● 两手套外面可互相触碰,已戴手套的手不可触及另一手套的内面(非无菌面) ● 如发现手套有破损,立即更换 ● 操作中确保手套外面已污染部分不接触到皮肤

（续表）

操作步骤	注意事项与说明

3. 脱手套
　（1）用戴手套的右手捏住左手套腕部外面翻转脱下
　（2）用已脱下手套的左手插入右手套内，将其翻转脱下
　（3）将已脱下的手套放入消毒液内浸泡，洗手

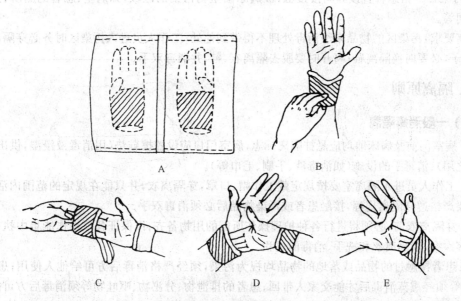

图 10-13　戴 手 套 法

第四节　隔　　离

　　隔离是将传染病患者或高度易感人群安置在指定地方，以暂时避免与周围人群接触，对传染病患者采取的是传染源隔离，防止病原体向外传播；对易感人群采取的是保护性隔离，保护高度易感人群免受感染。

一、隔离的基本知识

（一）传染病区隔离单位的设置

　　传染病区与普通病区分开，并远离食堂、水源和其他公共场所，相邻病区楼房相隔大约 30 m，侧面防护距离为 10 m，以防止空气对流传播。传染病区应由隔离室和其他辅助房间构成，设有多个出入口，以便工作人员与患者分道进出。病区配置必要的卫生消毒设备。

　　患者的安置可以以患者为隔离单位，即每个患者应有独立的环境与用具，与其他患者及不同病种间进行隔离；或以病室为隔离单位，即同种传染病的患者安排在同一病室内，但病原体不同者应分室收治；凡未确诊，或发生混合感染及重、危症患者并且有强烈传染性者，应安排住单间隔离室。

（二）清洁区与污染区的划分及隔离要求

　　隔离区域按传染患者接触的环境分为清洁区、半污染区、污染区，以便执行隔离技术。

1. 清洁区　指未被病原微生物污染的区域，如医护办公室、治疗室、配餐室、更衣室、库房等工

作人员使用的场所,以及病区以外的地区,如食堂、药房等。

隔离要求:患者和患者接触过的物品不得进入清洁区;工作人员接触患者后需刷手、脱去隔离衣、换鞋方可进入清洁区。

2. 半污染区 指有可能被病原微生物污染的区域,如化验室、走廊、消毒室等。

隔离要求:患者或穿隔离衣的工作人员通过走廊时,不得接触墙壁、家具等物体;各类检验标本要有一定的存放盘和架,检验完的标本及容器等应严格按要求分别处理。

3. 污染区 指患者直接和间接接触、被病原微生物污染的区域,如病室、患者的厕所、浴室、污物处理间等。

隔离要求:污染区的物品未经消毒处理不得带到他处;工作人员进入污染区时务必穿隔离衣、戴口罩、帽子,必要时换隔离鞋;离开时要脱去隔离衣、鞋,并消毒双手。

二、隔离原则

(一) 一般消毒隔离

(1) 病室门前及病床前均应悬挂隔离标志,病室门口应设置擦鞋垫(用消毒液浸湿,供出入时消毒鞋底之用)、消毒手的设施(如消毒液、手刷、毛巾等)。

(2) 工作人员进入隔离室要按规定戴工作帽、口罩,穿隔离衣,并只能在规定的范围内活动。一切操作要严格遵守隔离规程,接触患者或污染物品后必须消毒双手。

(3) 穿隔离衣前,必须将进行各种护理操作所需的用物备齐,以保证各项操作能集中执行,以省却反复多次穿、脱隔离衣和洗手、消毒的过程。

(4) 患者接触过的物品或落地的物品均视为污染,须经严格消毒后方可给他人使用;患者的衣物、票证等须经熏蒸消毒后才能交家人带回;患者的排泄物、分泌物、呕吐物等须消毒后方可排放;必须送出进行处理的物品,置于污物袋内,袋外应有明显的标志。

(5) 病室每日进行空气消毒,可用紫外线照射或消毒液喷雾;每日晨间护理后,用消毒液擦拭床、床旁桌椅。

(6) 严格执行陪伴和探视制度,尽量减少陪伴,如必须陪伴或探视时,应事先向患者及陪伴、探视者进行相关隔离防护知识的教育、解释,使其能严格遵守各种制度。

(7) 满足患者的心理需要,尽力解除患者因被隔离而产生的恐惧、孤独、悲观等不良心理反应。

(8) 传染性分泌物 3 次培养结果均为阴性,或已度过隔离期,须经医生下达医嘱后,方可解除隔离。

(二) 终末消毒处理

终末消毒处理是指对转科、出院或死亡的患者及其所住过的病室、用物、医疗器械等进行的消毒处理。

1. 患者的终末处理 患者在转科或出院前应洗澡、更换清洁衣服,个人用物按规定消毒处理后方可带出。若患者已死亡,需用消毒液擦拭尸体,并用消毒液浸湿的棉球填塞口、鼻、耳、肛门、阴道等孔道及瘘管,更换伤口处敷料,然后用一次性尸体单包裹尸体。

2. 病室的终末处理 关闭病室的门、窗,打开床旁桌,摊开棉被,竖起床垫,按规定用消毒液进行熏蒸消毒。室内家具和地面用消毒液擦洗,被服类放入标明"隔离"字样的污物袋内,消毒后再行清洗,床垫、棉被和枕芯等可用日光曝晒处理。

三、隔离的种类及措施

隔离可按病原体传播途径的不同分为以下几种,并按不同种类实施相应的隔离措施。

(一) 严密隔离

严密隔离适用于对经飞沫、分泌物、排泄物直接或间接传播的烈性传染病的隔离,如霍乱、鼠疫等。传染性强、感染后死亡率高的传染病必须严密隔离,以严格控制其病原体的播散。主要的隔离措施如下。

(1) 患者应住单间病室,通向走廊的门、窗必须关闭。病室内的物品力求简单并耐消毒,室外挂有醒目的隔离标志。禁止患者出病室,禁止陪护和探访。

(2) 接触患者时,必须戴口罩、帽子,穿隔离衣、隔离鞋,必要时戴手套,消毒措施必须严格。

(3) 室内空气及地面用消毒液喷洒或紫外线照射消毒,每天一次。

(4) 患者的排泄物、分泌物、呕吐物须经严格消毒处理后方可排放。

(5) 污染敷料装袋标记后送焚烧处理。

(二) 呼吸道隔离

呼吸道隔离适用于防止通过空气中的飞沫传播的感染性疾病,如流感、流脑、麻疹、肺结核、百日咳等。主要的隔离措施如下。

(1) 同一病原菌感染者可同住一室,有条件时应尽量使隔离病室远离其他病室。

(2) 通向走廊的门、窗必须关闭,以防病原体随空气向外传播。

(3) 工作人员进入病室时需戴口罩,并随时保持口罩干燥,必要时穿隔离衣。

(4) 用紫外线照射或过氧乙酸喷雾消毒室内空气,每天 1 次。

(5) 为患者准备痰杯,患者的口、鼻分泌物须经严格消毒处理后方可排放。

(三) 肠道隔离

肠道隔离适用于由患者的消化道分泌物及粪便直接或间接污染了食物或水源而传播的疾病,如伤寒、细菌性痢疾、甲型肝炎等。主要的隔离措施包括:

(1) 不同病种的患者最好分室隔离,无条件者可在病室一角安置需隔离的患者,床间距保持 1 m以上,床边应有明显隔离标志,患者之间禁止交换物品、书报或互赠食物,以防交叉感染。

(2) 接触不同病种的肠道隔离患者时需分别更换隔离衣,消毒双手并更换手套。

(3) 病室内应有防蝇、灭蟑螂的设备,并注意灭鼠。

(4) 患者的食具、便器应各自专用并严格消毒,剩下的食物或排泄物均应按规定消毒处理后再排放。

(5) 被患者粪便污染的物品要随时装袋,做好标记后消毒或焚烧处理。

(四) 接触隔离

接触隔离适用于经体表或伤口直接或间接接触而感染的疾病,如破伤风、气性坏疽等。主要的隔离措施如下。

(1) 患者应住单间病室隔离,不与他人接触。

(2) 接触患者或进行医护操作时,需带帽子、口罩,穿隔离衣,戴手套,医护人员的手或皮肤有破损时不宜对此类患者进行医护操作,应避免接触。

(3) 凡患者接触过的一切物品,如被单、衣物、换药器械等,均应先行灭菌处理,再行清洁、消毒、灭菌。

(4) 被患者伤口分泌物污染的敷料应装袋标记后焚烧处理。

(五) 血液-体液隔离

血液-体液隔离适用于预防通过直接或间接接触具有传染性的血液或体液而传播的感染性疾病,如乙型肝炎、艾滋病、梅毒等。主要的隔离措施如下。

（1）同种病原体感染者可同室进行隔离，但在患者生活自理能力低下或出血不能控制易造成环境污染的情况下则应单人隔离。

（2）为防止因血液、体液飞溅而引发感染，医护人员应戴口罩及护目镜。

（3）若血液或体液可能污染衣服时，需要穿隔离衣。

（4）可能接触血液或体液时应戴手套。

（5）操作时若手已被血液、体液污染或可能发生污染时，应立即用消毒液洗手。对另一患者进行医护操作前也应严格洗手。

（6）被血液或体液污染或高度怀疑被污染的物品，应装入有标记的污染袋，送出销毁或进行消毒处理。患者用过的针头、尖锐物品应放入防水、防刺破并有标记的容器内，送消毒处理。

（7）血液污染的室内物品表面，应立即用 5.25％氯酸钠溶液擦拭消毒。

（六）昆虫隔离

昆虫隔离适用于以昆虫为媒介而传播的疾病，如乙型脑炎、疟疾、流行性出血热、斑疹伤寒等。

应根据昆虫类型确定隔离措施。由蚊子传播的疾病，如疟疾、乙型脑炎，病室应有蚊帐及其他防蚊设施，并定期采用灭蚊措施；由虱类传播的疾病，如斑疹伤寒、回归热，应经灭虱处理后，才能住进同病种病室。

（七）保护性隔离

保护性隔离也称反向隔离，适用于抵抗力低或极易感染的患者，如严重烧伤、早产儿、白血病、器官移植、免疫缺陷等。主要的隔离措施如下。

（1）设专用隔离室，患者应住单间病室隔离。

（2）凡进入病室内，医护人员应穿戴经灭菌处理的帽子、口罩、隔离衣（外面为清洁面，内面为污染面）和消毒后的拖鞋，以防医护人员携带的病原体造成患者感染。

（3）接触患者前、后或护理另一患者前均应洗手。

（4）患呼吸道疾病或咽部携带病原菌者，包括工作人员，应避免接触患者。

（5）未经消毒处理的物品不得带入隔离区。

（6）病室内空气、地面、家具等均应按规定严格消毒。

（7）探视者应采取相应隔离措施，必要时谢绝探视。

四、隔离技术

采用隔离技术的目的是保护患者和工作人员，避免病原微生物互相传播，减少感染和交叉感染的发生。

（一）工作帽、口罩的应用

戴工作帽可防止工作人员头发上的灰尘及微生物落下造成污染，护理传染病患者时也可保护自己的头发不被污染。工作帽应大小适宜，头发全部塞入帽内，不得外露。每周更换两次，手术室或严密隔离单位，应每次更换。

使用口罩是为了保护患者和工作人员，避免互相传染，防止飞沫污染无菌物品、伤口或清洁食品等。一般医用口罩用 6～8 层纱布制成，或用过氯乙烯纤维滤纸制成，宽 14 cm，长 16～18 cm，带长 30 cm，两侧打褶 3 cm。使用时，先洗手并擦干，取出清洁口罩，拿起口罩上方 2 根带子，罩住鼻和口，在头顶打活结，下方 2 根带子在颈后打活结，系带松紧度要合适。口罩使用时应遮住口鼻，不可用污染的手接触口罩；口罩污染或潮湿时，应立即更换。口罩不用时，先洗手，再解开口罩带子，取下口罩，将已污染的口罩丢入污物桶内，取下口罩时手不可接触污染面。口罩用后要立即取下，不可将口罩挂在胸前。一般情况下，口罩使用 4～8 h 后应更换；每次接触严密隔离的传染病患者后，应立即更换;使用一次性口罩的时间不得超过 4 h。

(二) 手的清洁和消毒

护理人员在接触传染源后或为患者进行护理操作前,均应洗手或消毒双手,以除去手上的污垢及沾染的致病菌,避免或减少感染和交叉感染的发生率。手的清洁和消毒方法见表 10-8。

表 10-8 手的清洁和消毒的操作步骤

操作步骤	注意事项与说明
1. 卫生洗手(图 10-14)	● 用于各种操作前后清洁双手
(1) 取适量皂液或肥皂于手掌表面,以环形动作,双手相互揉搓,产生泡沫	
(2) 双手手指交叉摩擦,并将右手手掌覆盖于左手手背揉搓,然后双手交换	
(3) 手指掌面与手掌揉搓	
(4) 左手手指屈于右手手掌中进行揉搓,然后交换	
(5) 右手拇指置于握拳状的左手手掌中揉搓,然后交换	
(6) 右手指尖置于左手掌中摩擦,然后交换	● 彻底清洗,不要遗漏拇指、小指侧面、指关节、指甲下面等部位;每处至少揉搓 15 s
(7) 用脚踏开关或手肘开关开启水源,从上到下彻底冲洗双手,擦干	● 让污水从前臂流向指尖,防止水溅到身上或地上;操作中保持水龙头清洁
2. 刷手	
(1) 将衣袖塞至肘关节上	
(2) 用刷子蘸洗手液,按前臂、腕部、手背、手掌、手指、指缝、指甲处顺序刷洗,刷 30 s,用流水冲净泡沫;换刷另一手,反复 2 次(共刷 2 min)	● 如用肥皂液,应每日更换,手刷也应每日消毒 ● 按顺序刷洗,避免遗漏
(3) 用清水洗净双手	
(4) 用小毛巾自上而下擦干双手,或用烘干机吹干	
3. 浸泡消毒手 将双手浸泡于盛消毒液的盆中,用小毛巾或手刷反复擦洗 2 min,再在清水盆内洗净,用小毛巾擦干	● 消毒液泡手能有效地去除手上的微生物。常用泡手的消毒液有 0.2% 过氧乙酸、碘伏、洗必泰等 ● 手不可触及桶口

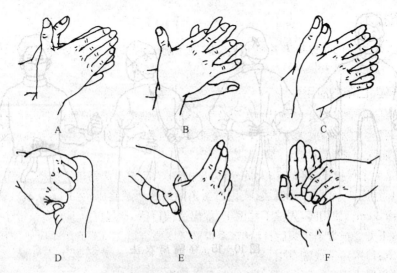

图 10-14 卫生洗手法

（三）穿脱隔离衣

为保护患者和医护人员,避免相互感染,在护理隔离患者时,需按规定穿脱隔离衣。

1. 穿隔离衣　穿隔离衣操作方法如图 10-15、表 10-9。

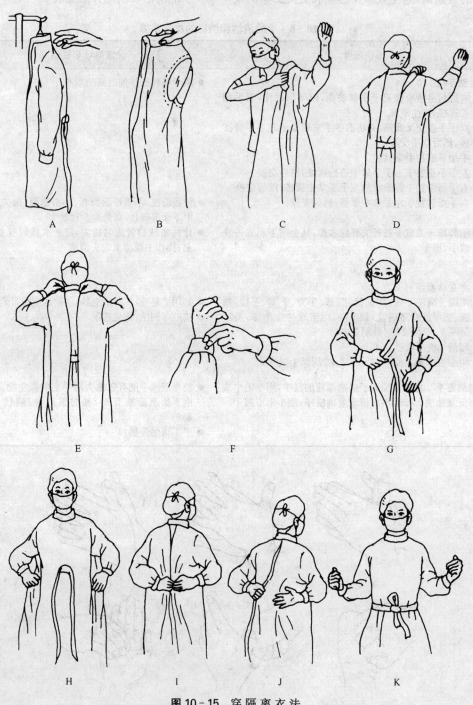

图 10-15　穿隔离衣法

表 10 - 9　穿隔离衣操作步骤

操作步骤	注意事项与说明
1. 准备工作　戴好口罩、帽子,取下手表,卷袖过肘(冬季卷过前臂中段)	● 避免污染
2. 穿衣袖 (1) 手持衣领取下隔离衣,使清洁面面向自己,将衣领两端向外折齐,露出肩袖内口 (2) 一手持衣领,另一手伸入袖内,举起手臂将衣袖抖上,换手持衣领,依上法穿好另一袖	● 衣领及隔离衣内侧为清洁面 ● 衣袖勿触及面部
3. 系衣领袖扣 (1) 两手持衣领,由领子中央顺着边缘向后将领扣(带)扣(系)好 (2) 扣(系)袖扣(带)	● 保持衣领清洁,扣领扣时污染的衣袖勿触及衣领、帽子 ● 此时手已污染
4. 系腰带 (1) 解开腰带活结,将隔离衣一边(约在腰下 5 cm 处)渐向前拉,见到边缘,捏住衣服外面边缘 (2) 同法捏住另一侧边缘,双手在背后将边缘对齐,向一侧折叠 (3) 以手按住折叠处,另一手将腰带拉至背后,压住折叠处,将腰带在背后交叉,回到前面打一活结	● 手不触及隔离衣内面 ● 勿使折叠处松散 ● 隔离衣长短要合适,应将工作服全部遮盖,有破损时不可使用 ● 穿隔离衣后不得进入清洁区

2. **脱隔离衣**　脱隔离衣操作方法如图 10 - 16、表 10 - 10。

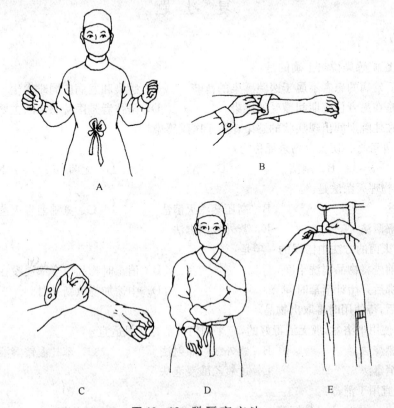

图 10 - 16　脱隔离衣法

表 10－10　脱隔离衣的操作步骤

操作步骤	注意事项与说明
1. 松腰带　解开腰带，在前面打一活结	
2. 解袖口，消毒手　解开袖口的扣子（系带），在肘部将部分衣袖塞入工作服袖下，消毒双手	
3. 解领口、脱衣袖　解开领口，一手伸入另一侧袖口内，拉下衣袖过手，用衣袖遮盖着的手握住另一手隔离衣袖的外面，将袖子拉下，双手交替渐从袖管中退出至衣肩	● 解领扣时注意保持衣领清洁
4. 挂隔离衣　两手持领，将隔离衣两边对齐。挂在衣钩上；挂在半污染区，隔离衣的清洁面应向外；挂在污染区，则清洁面向内；不再穿的隔离衣，脱下后清洁面向外，卷好后置于污衣袋中	● 双手不可触及隔离衣外面 ● 隔离衣应每天更换，如有潮湿或污染，应立即更换

（四）避污纸的使用

避污纸即备用的清洁纸片。用避污纸垫着拿取物品或做简单操作，可保持双手或物品不被污染，以省略消毒手续，如用清洁的手拿取污染物品或用污染的手拿取清洁物品均可使用避污纸。一般在病室门口备避污纸，病室内备污物桶。取避污纸时，应从页面抓取，不可掀页撕取。避污纸用后丢入污物桶，定时焚烧。

复 习 题

【A 型题】

1. 以下关于医院感染说法正确的是：　　　　　　　　　　　　　　　（　）
　　A. 出院后发病的患者不属于医院感染的范畴　　B. 感染和发病应同时发生
　　C. 一定是在患者住院期间遭受的感染　　D. 陪住者是医院感染的主要对象
　　E. 只要在住院期间出现症状的感染才属于医院感染

2. 除芽胞以外可将一切微生物杀死称为：　　　　　　　　　　　　　（　）
　　A. 灭菌　　　B. 制菌　　　C. 消毒　　　D. 无菌　　　E. 清洁

3. 最有效的物理灭菌法是：　　　　　　　　　　　　　　　　　　　（　）
　　A. 燃烧法　　　B. 高压蒸汽灭菌法　　　C. 煮沸消毒灭菌法
　　D. 日光曝晒法　　　E. 紫外线消毒法

4. 煮沸消毒灭菌的方法中错误的一项是：　　　　　　　　　　　　　（　）
　　A. 消毒前先将物品刷洗干净　　B. 消毒时物品应全部浸没在水中
　　C. 从水沸后开始计消毒时间　　D. 中途加物重新计时
　　E. 消毒后，待使用时再取出物品

5. 患者急需使用坐浴盆，现无消毒好的，应采用何种消毒法最适宜：　　（　）
　　A. 酒精燃烧法　　　B. 紫外线灯照射法　　　C. 苯扎溴铵溶液擦拭法
　　D. 煮沸消毒法　　　E. 过氧乙酸浸泡法

6. 煮沸法不宜用于消毒：　　　　　　　　　　　　　　　　　　　　（　）
　　A. 肛管　　B. 鼻饲管　　C. 手术刀　　D. 持物钳　　E. 治疗碗

7. 用紫外线灯消毒病室错误的一项是：（　　）
   A．卧床患者应遮盖皮肤、眼睛　　　　　B．应先将病室打扫干净
   C．用酒精擦净灯管表面灰尘　　　　　　D．灯亮开始计时
   E．照射 30 min

8. 对芽胞无效的化学消毒剂是：（　　）
   A．环氧乙烷　　　　B．碘伏　　　　C．过氧乙酸　　　　D．甲醛　　　　E．碘酊

9. 列化学消毒剂的使用中错误的是：（　　）
   A．过氧乙酸可用于浸泡金属器械
   B．碘酊不能用于黏膜消毒
   C．苯扎溴铵不能与肥皂合用
   D．体温计可用 70％乙醇浸泡消毒，时间为 30 分钟
   E．戊二醛可用于浸泡内镜

10. 现有 95％乙醇 500 ml，要配制 70％乙醇需加入灭菌蒸馏水：（　　）
   A．155 ml　　　　B．169 ml　　　　C．179 ml　　　　D．185 ml　　　　E．195 ml

11. 用戊二醛浸泡金属类用物时，为了防锈，可加入：（　　）
   A．0.5％碳酸氢钠　　　　　　B．5％亚硝酸钠　　　　　　C．2％碳酸氢钠
   D．0.5％亚硝酸钠　　　　　　E．5％碳酸氢钠

12. 下列不属于化学消毒剂使用方法的是：（　　）
   A．擦拭法　　　　B．燃烧法　　　　C．浸泡法　　　　D．熏蒸法　　　　E．喷雾法

13. 内镜的消毒灭菌宜用：（　　）
   A．紫外线照射法　　　　　　B．煮沸消毒法　　　　　　C．日光曝晒法
   D．戊二醛浸泡法　　　　　　E．高压蒸汽灭菌法

14. 进行无菌操作时，下列哪一项做法不对：（　　）
   A．工作人员要面向无菌区域　　　　　　B．用无菌持物钳夹取无菌用物
   C．操作时手臂须保持在治疗台面以上　　D．不可面对无菌区讲话、咳嗽、打喷嚏
   E．没有用完的用物放回原无菌容器内

15. 使用无菌容器时，不正确的方法是：（　　）
   A．打开容器盖时立即将盖内面翻转向上　　B．手不可触及容器的内面
   C．取出用物后立即将容器盖盖严　　　　　D．手持无菌容器时，应托住其底部
   E．无菌容器应每周消毒一次

16. 取无菌溶液时，错误的做法是：（　　）
   A．倒无菌溶液前应先冲洗瓶口　　　　　B．不可将有菌用物伸入无菌溶液瓶内蘸取
   C．将无菌用物直接接触瓶口倒液　　　　D．已倒出的溶液不可再倒回瓶内
   E．在瓶签上注明开瓶日期和时间

17. 无菌持物钳的正确使用方法是：（　　）
   A．保持钳端向上，不可跨越无菌区域
   B．持钳到远端夹取用物要速去速回
   C．门诊换药室的无菌持物钳应该每周消毒一次
   D．取、放无菌持物钳时，钳端均需闭合
   E．可以夹取任何无菌物品

18. 铺无菌巾时，不正确的步骤是：（　　）
   A．擦干治疗盘　　　　　　　　　　　　B．用无菌持物钳夹取无菌治疗巾

C. 双折铺于治疗盘上　　　　　　　　　　D. 上面一层向远端呈扇形折叠

E. 开口边向内

19. 无菌包被无菌生理盐水浸湿后,应立即: （　　）

A. 将包内物品使用完　　　B. 烘干后使用　　　　C. 晾干后使用

D. 当天内用完　　　　　　E. 重新消毒

20. 传染病区区域的划分依据是: （　　）

A. 病情的轻重　　　　　　B. 患者接触的环境　　　C. 微生物种类

D. 医务人员接触的环境　　E. 传播途径

21. 以下关于半污染区的隔离要求正确的是: （　　）

A. 患者不得进入半污染区

B. 医护人员只有脱去隔离衣方能进入半污染区

C. 患者的物品不得放入半污染区

D. 患者通过走廊时不得接触墙面

E. 患者盥洗间属于半污染区

22. 以下隔离原则正确的是: （　　）

A. 帽子、口罩及隔离衣穿戴齐全的工作人员可在任何场所活动

B. 患者用过的物品应分为已被污染和未被污染两类

C. 护理人员穿隔离衣后必须尽快备齐用物

D. 已经落在地上的物品均视为污染物品

E. 传染源离开后所进行的消毒属随时消毒

23. 穿脱隔离衣时,要避免污染: （　　）

A. 腰带以上的部位　　　　B. 胸前、背后　　　　　C. 腰带以下的部位

D. 衣领　　　　　　　　　E. 袖子后面

24. 卫生洗手法,每次搓揉时间至少: （　　）

A. 15 s　　　　B. 20 s　　　　C. 30 s　　　　D. 1 min　　　　E. 2 min

25. 下面属于终末消毒的是: （　　）

A. 病房每日一次清扫和消毒

B. 已消毒过的物品可疑污染后再重新消毒

C. 对传染患者每日物品的消毒处理

D. 对传染患者用过的器械进行消毒

E. 传染患者转院后对其接触过的物品消毒处理

26. 取避污纸的正确方法是: （　　）

A. 由别人传递　　　　　　B. 掀开页面抓取第2页　　C. 污染的手可以随便抓取

D. 在页面上抓取　　　　　E. 掀页撕取

27. 患者吴某,因化疗后白细胞 2.0×10^9 /L,对该患者进行: （　　）

A. 严格隔离　　　　　　　B. 血液隔离　　　　　　C. 呼吸道隔离

D. 消化道隔离　　　　　　E. 保护性隔离

28. 患者赵某,患乙型肝炎,遵医嘱执行血液-体液隔离,下列隔离措施正确的是: （　　）

A. 每名患者都应施行单间隔离

B. 废弃的血标本应及时倒入水池内冲刷掉

C. 被患者血液污染的针头应及时送回处置室内进行消毒

D. 必要时应戴手套采血

E. 血液若溅出应立即用无菌纱布擦拭掉

29. 患者李某,伤口感染铜绿假胞菌,伤口换下的敷料,正确的处理方法是: （　　）

A. 清洗后再消毒 　　　　B. 清洗后置日光下晒 　　　C. 灭菌后再清洗

D. 扔入污物桶 　　　　　E. 焚烧

【填空题】

1. 感染链由_____、_____和_____3个环节组成。

2. 煮沸消毒法时,在水中加入_____,沸点可达105℃,除具有增强_____作用外,还有_____作用。

3. 化学消毒灭菌法有_____、_____、_____和_____4种。

4. 无菌持物钳浸泡在消毒液中,液面应该浸没持物钳轴节以上_____cm或镊子的_____长为宜。

【名词解释】

1. 医院感染　　2. 清洁　　3. 消毒　　4. 灭菌　　5. 无菌技术　　6. 无菌物品　　7. 无菌区域　　8. 隔离　　9. 终末消毒处理

【简答题】

1. 说出下列物品适合哪种消毒灭菌法?消毒过程中应注意什么?
①持物钳。②手术刀剪。③肛管。④体温计。⑤胃镜。⑥破伤风患者污染的敷料。

2. 使用紫外线消毒应注意什么?

3. 患者出院时,应进行哪些方面的终末消毒处理?

4. 阐述无菌技术的操作原则有哪些。

5. 化学消毒灭菌药物的使用原则是什么?

6. 下列疾病应采取何种隔离?
①乙型肝炎。②乙型脑炎。③伤寒。④破伤风。⑤白血病。

第十一章
生命体征的评估与护理

导　学

内容及要求

生命体征的评估与护理包括4个部分内容,体温、脉搏、血压和呼吸。

体温主要介绍正常体温及生理变化、异常体温的评估和护理、测量体温的技术和冷热疗法的应用。在学习中,应重点掌握正常体温的范围、异常体温的评估及护理、测量体温的方法、冷热疗法的作用、禁忌;熟悉体温的生理变化、体温计的消毒及检查方法、冷热疗法的效应及各种应用方法;了解散热与产热的过程及体温的调节方式、体温计的种类及构造。

脉搏主要介绍正常脉搏及生理变化、异常脉搏的评估和测量脉搏的技术。在学习中,应重点掌握正常脉搏的表现、异常脉搏的评估、测量脉搏的部位及方法;熟悉影响脉搏的生理变化;了解脉搏的形成。

血压主要介绍正常血压及生理变化、异常血压的评估和测量血压的技术。在学习中,应重点掌握正常血压的范围、异常血压的表现、测量血压的部位和方法;熟悉影响血压形成的因素、血压的生理变化;了解血压的形成、血压计的分类及构造。

呼吸主要介绍正常呼吸及生理变化、异常呼吸的评估、测量呼吸的技术、改善呼吸功能的技术、痰及咽拭子标本采集术。在学习中,应掌握正常呼吸的表现、异常呼吸的评估、测量呼吸的方法、吸痰术、氧气吸入术;熟悉呼吸的生理变化、改善呼吸功能的技术(有效咳嗽、叩击、体位引流的方法)和采集痰及咽拭子标本的技术;了解呼吸的过程、呼吸运动及其调节、呼吸训练的技术。

重点、难点

本章的重点是各生命体征正常的表现、异常的评估、测量方法、对体温异常的护理措施、冷热疗法的应用、吸痰术及氧气吸入术。其难点是对各生命体征异常的评估,并能正确熟练地为患者实施吸痰术和氧气吸入术。

专科生的要求

专科层次的学生对各生命体征形成、调节等生理机制,在各种生命体征测量技术、吸痰术、氧气吸入术中使用的仪器设备(如体温计、血压计、电动吸引器、氧气筒等)的种类、构造等方面的知识仅作一般了解即可。

■ 体温
■ 脉搏
■ 血压
■ 呼吸

生命体征(vital signs)是体温、脉搏、呼吸和血压的总称。生命体征是机体内在活动的一种客观反应,是衡量机体身心状况的可靠指标。正常情况下,生命体征在一定范围内相对稳定,变化很小。而在病理情况下,其变化却极其敏感,发生着不同程度的改变。护士通过对患者生命体征的评估,收集相关资料,可以发现现存或潜在的健康问题,同时还可以了解疾病的发生、发展及转归,为预防、诊断、治疗及护理提供依据。因此,生命体征的评估与护理是临床护理工作的重要内容之一。

■■ 第一节 体 温

人体具有一定的温度,这就是体温(body temperature)。体温分为体核温度和体表温度。体核温度是指机体核心部分,即胸腔、腹腔、脏器和脑的温度,其特点是温度相对稳定,且较皮肤温度高。体表温度是指机体表层部分,即皮肤、皮下组织和肌肉的温度,常受外界环境的影响而不太稳定,会在一定范围发生变化,且低于体核温度。临床上所说的体温,是指机体核心部分的平均温度。保持正常的体温是机体进行新陈代谢和生命活动的必要条件,因此体温是观察生命活动的重要生命体征之一。

一、正常体温及生理变化

(一) 产热与散热

人体之所以能维持相对稳定的体温,就是因为在体温调节机构的控制下,产热和散热两个生理过程能取得动态平衡的结果。

1. 产热 人体不断进行着糖、脂肪、蛋白质物质的代谢,这三大营养物质经过氧化分解而产生能量,其中 50% 左右的能量转化为热能以维持体温,并不断地散发到体外;其余的能量储存于三磷酸腺苷(ATP)的高能磷酸键中,供机体利用,最后仍转化为热能散发到体外。

机体的产热过程是细胞新陈代谢的过程。人体以化学方式产热,其中对体温影响较大的主要产热器官是肝和骨骼肌。机体在安静时主要由内脏产热,占总产热量的 56%,其中肝的产热量最高。当机体在活动时,主要由骨骼肌的收缩产热,占总产热量的 90%。

机体产热形式主要分为无寒战性产热和寒战性产热。无寒战性产热与人体基础代谢有关,基础代谢率越高,体内产热就越多。而当机体突然暴露于寒冷的环境中时,局部或全身的骨骼肌可发生不随意的、节律性的收缩,即寒战,这是机体遇冷时的一种不自主的反射性产热,是维持体温恒定的调节性活动。

2. 散热 散热使人的体温不至于无限地升高。人体以物理方式散热。人体的主要散热部位是皮肤,机体的绝大部分热量是经皮肤散失到周围环境中去的,其余的一小部分热量则随着呼吸、排泄等生理活动而散失。人体通过皮肤散热有以下几种方式。

(1) 辐射:是指人体以热射线的形式将体热传给外界较冷物质的一种散热方式,是人体安静状态下处于气温较低环境中的主要散热形式。辐射散热量的多少主要取决于皮肤与外界环境的温差及机体的有效散热面积,温度差越大、有效散热面积越大,散热量就越多;反之,散热就越少,如果环境温度高于皮肤温度,机体不仅不能散热,反而吸收周围环境中的热量。

(2) 传导:是指机体的热量直接传给与之接触的温度较低物体的一种散热方式。这种散热方式必须有导热物体的参与。传导散热量取决于皮肤与接触物之间的温差大小、接触面积以及接触物的导热性能等。由于水的导热性能较好,在临床治疗中常利用水的热传导作用进行局部加温处理或利用冰帽、冰袋等给高热患者降温。

(3) 对流:是指通过空气或液体的流动来交换热量的一种散热方式,也可以把对流看作是传导散热的特殊形式。对流的散热量受气体或液体流动速度、温差大小的影响,与之是成正比的关系。

(4) 蒸发:是指水分由身体表面和呼吸道蒸发时吸收热量而散发体热的一种方式。在正常体温条件下,蒸发 1 g 水可以带走机体 2.43 kJ 的热量。蒸发散热有不感蒸发和可感蒸发两种形式。不感蒸发与汗腺活动无关,且不被察觉,又称不显汗。人体 24 h 的不感蒸发量为 400~600 ml,其中一半是呼吸道蒸发,另一半是由皮肤的组织间隙直接渗出而蒸发的。可感蒸发是通过汗液蒸发而散发大量体热的方式,又称为发汗或显性出汗,一般在外界环境温度超过 30℃以上时出现。

在人体的 4 种散热方式中,前 3 种方式的散热,只有在环境温度低于体温的情况下才能发挥作用;当环境温度等于或高于体温时,蒸发是散热的唯一方式。

(二)体温的调节

人体的体温调节有自主性体温调节和行为性体温调节两种方式。自主性体温调节是在体温调节中枢的控制下,通过增减皮肤的血流量、发汗或寒战等生理调节反应,维持产热和散热过程的动态平衡,使体温保持相对稳定的水平。行为性体温调节是指有意识地调节体热平衡的活动,即通过在不同环境中采取的姿势和发生的行为来调节体热的平衡。对于人体而言,自主性体温调节是基础,行为性体温调节则是对自主性体温调节的补充。通常意义上的体温调节是指自主神经性体温调节。主要方式如下。

1. 温度感受器 分为外周温度感受器和中枢温度感受器两种。外周温度感受器是存在于皮肤、黏膜和内脏中的对温度变化敏感的游离神经末梢,包括热感受器和冷感受器;中枢温度感受器则是存在于脊髓、延髓、脑干网状结构及下丘脑对温度变化敏感的神经元,包括热敏神经元和冷敏神经元。它们都能感受冷热温度的变化,并将所接受的冷热信息传送到大脑皮层和体温调节中枢,前者使人产生温度变化的感觉,后者对这些信息作出相应的调节反应。

2. 体温调节中枢 体温调节中枢主要位于下丘脑,视前区-下丘脑前部是体温调节中枢整合的关键部位。当调节中枢将各种温度变化的信息整合后,分别通过自主神经系统控制皮肤血流量、竖毛肌和汗腺活动,影响散热过程;通过躯体神经调节骨骼肌的活动(如寒战)及通过内分泌(如甲状腺、肾上腺髓质的分泌活动)的改变调节机体代谢率,影响产热过程,从而使机体在外界环境温度发生变化时,能维持体温的相对恒定。

3. 体温调定点学说 体温调节中枢如何将人的体温维持在 37℃左右,这可以用调定点学说来解释。该学说认为,体温的调节类似于恒温器的调节,下丘脑的体温调节中枢可通过某种机制决定体温调定点水平,即规定数值(如 37℃)。体温调节中枢就按照这个设定温度进行体温调节,即当体温与调定点的水平一致时,机体的产热与散热取得平衡;当体温高于调定点的水平时,中枢的调节活动会使产热活动降低,散热活动加强;反之,当体温稍低于调定点水平时,产热活动加强,散热活动降低,直到体温回到调定点水平。

(三)体温的生理变化

1. 正常体温 正常体温是一个温度范围,而不是一个具体的体温点。由于机体核心温度不易测量,所以临床上通常用直肠、口腔和腋窝等部位测量的温度来代表体温。这3个部位测得的温度略有不同,其中直肠温度最接近机体核心温度,也最高;口腔温度居中,腋窝温度则最低,两者测量都比较方便。正常体温的范围见表11-1。

表11-1 成人正常体温范围

部位	平均温度	正常范围
口温	37.0℃	36.3～37.2℃(97.3～99.0℉)
肛温	37.5℃	36.5～37.7℃(97.7～99.9℉)
腋温	36.5℃	36.0～37.0℃(96.8～98.6℉)

温度可用摄氏温度(℃)和华氏温度(℉)来表示,两者之间的换算公式为:

$$℉=℃×9/5+32$$
$$℃=(℉-32)×5/9$$

2. 生理变化　在生理情况下,体温可随昼夜、年龄、性别等因素而变化,但这种体温的变化,往往是在正常范围内或是暂时的,变化幅度很小,一般不会超过0.5～1℃。

(1)昼夜变化:体温在一昼夜之间有周期性的波动,在清晨2:00～6:00时体温最低,午后14:00～20:00时最高。机体功能活动的周期节律性变化的特性,称为生物节律。人体体温的这种昼夜周期性波动,称为体温的昼夜节律,与下丘脑的生物钟有关。

(2)年龄:因为基础代谢水平不同,不同年龄的体温也有差异。儿童和青少年的基础代谢率较高,体温较高;而老年人基础代谢率低,则体温较低。新生儿特别是早产儿,由于其体温调节机构的发育不完善,调节体温的能力差,因此,体温易受环境因素的影响而变动,需要加强护理。

(3)性别:在相同状态下,男性和女性体温略有差别。成年女性与同年龄、体型差不多的男性相比,体温平均高出0.3℃,可能与女性的皮下脂肪较厚、散热减少有关。此外,成年女子的基础体温随月经周期呈现规律性变化,即在月经期和月经后的前半期较低,排卵前日最低,排卵日升高0.3～0.6℃,排卵后体温升高,这与体内孕激素水平的周期变化有关。因此,可通过连续测量基础体温了解有无排卵和排卵的日期。绝经期妇女体温也会发生一些变化。停经后妇女可经历明显的身体发热、出汗,一般持续30 s到5 min,此时皮肤温度可增加4℃,这种现象被称为潮热,主要是由于对血管舒缩功能不能有效控制引起。

(4)运动:激烈运动时,骨骼肌紧张并强烈收缩,产热量增加,导致体温升高。因此,临床上测量体温时应让受试者保持安静状态一段时间后再进行。

(5)饮食:饥饿、禁食时,体温会下降;进食后体温可升高。

(6)情绪:情绪激动、精神紧张都可使交感神经兴奋,促使肾上腺素和甲状腺素释放增多,加快代谢速度,增加产热量,从而使体温升高。

(7)药物:麻醉药可抑制体温调节中枢,并产生扩血管的作用,使体温下降,因此对手术患者及应用强效镇静的患者应注意保暖。

此外,环境温度、冷热疗法的应用都会对体温产生影响,在测量体温时,应予以充分考虑。

二、异常体温的评估和护理

(一)体温过高

1. 定义　体温过高(hyperthermia)又称发热,是指各种原因引起体温调节中枢的调定点上移,产热增加、散热减少,导致体温升高超出正常范围。

体温过高是临床的常见症状,引起体温过高的原因很多,临床上可分为感染性与非感染性。感染性发热较多见,主要由各种病原体如病毒、细菌、支原体、立克次体、螺旋体、真菌、寄生虫等引起的感染;非感染性发热可由无菌性坏死物质的吸收、抗原-抗体反应、内分泌与代谢疾病、皮肤散热减少、体温调节中枢功能失常、自主神经功能紊乱等引起。

2. 发热程度 以口腔温度为例,按发热的高低可分为:

低热:37.5～37.9℃

中等热:38.0～38.9℃

高热:39.0～40.9℃

超高热:41℃以上

3. 发热过程及表现 一般发热的过程分为以下 3 个阶段。

(1)体温上升期:此阶段特点是产热大于散热,体温上升。主要表现为疲乏无力、肌肉酸痛、皮肤苍白、干燥无汗、畏寒或寒战等现象。体温上升有两种方式:骤升和渐升。骤升指体温突然升高,常伴有寒战,常见于肺炎球菌肺炎、疟疾等。渐升指体温逐渐上升,在数日内达高峰,多无明显寒战,常见于伤寒等。

(2)发热持续期:此阶段特点为体温达到新的调定点水平时,散热与产热在较高水平上保持相对平衡,体温维持在比正常高的水平上。患者主要表现为面色潮红、皮肤灼热、口唇干燥、呼吸和脉搏加快、全身乏力、头痛头晕、食欲不振等。小儿易出现惊厥,超高热时可出现大脑功能损害。发热持续数小时、数天,甚至数周,可因疾病及治疗效果而异。

(3)退热期:此阶段特点是体温调定点逐渐下降至正常水平,散热大于产热,体温恢复正常。此期患者主要表现为大量出汗、皮肤潮湿、皮肤温度降低。体温下降可有骤退和渐退两种方式。骤降指体温突然下降,在数小时内降至正常水平,常伴有大汗淋漓,可见于疟疾等。由于大量出汗,丧失较多体液,年老体弱及患有心血管疾病者,易出现血压下降、脉搏细数、四肢冰冷等虚脱现象,护理中应加强观察。渐降指体温逐渐下降,在 2～3 日内恢复正常水平。体温下降后,疾病症状也随之消退。

另外,发热常有一些伴随症状,如关节肿痛、结膜充血、淋巴结肿大、单纯疱疹、出血倾向等。

4. 常见热型 将发热患者在不同时间测得的体温数值记录在体温单上,将这些测得的体温数值点连接起来就形成体温曲线,该曲线形状称为热型(fever type)。不同的发热性疾病各具有相应的热型,根据热型的不同有助于对疾病的诊断和鉴别诊断。临床上常见的热型有以下几种。

(1)稽留热:稽留热(continued fever)是指体温恒定地维持在 39～40℃以上的高水平,达数天或数周,24 h 内波动范围不超过 1℃(图 11-1)。常见于大叶性肺炎、伤寒等。

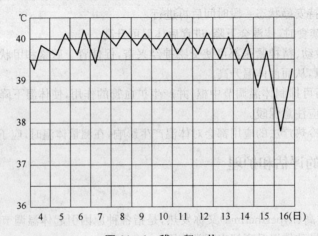

图 11-1 稽 留 热

（2）弛张热：弛张热（remittent fever）是指体温在 39℃以上，24 h 内波动范围超过 1℃，但都在正常水平以上（图 11-2）。常见于败血症、风湿热及化脓性感染等。

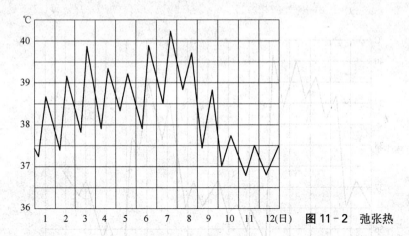

图 11-2　弛张热

（3）间歇热：间歇热（intermittent fever）是指体温骤然升高至 39℃以上，持续数小时后又迅速降至正常，经过一天或数天间歇后体温又升高，如此高热期与无热期有规律的反复交替出现（图 11-3）。常见于疟疾、急性肾盂肾炎等。

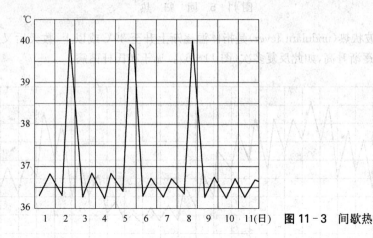

图 11-3　间歇热

（4）不规则热：不规则热（irregular fever）是指发热的体温曲线无一定规律，且持续时间不定（图 11-4）。可见于流行性感冒、癌性发热等。

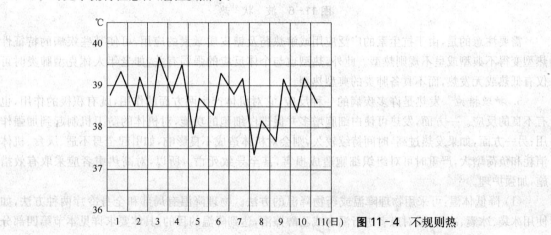

图 11-4　不规则热

（5）回归热：回归热（relapsing fever）是指体温急剧上升至 39℃ 或以上，持续数天后又骤然下降至正常水平，高热期与无热期各持续若干天后规律性交替一次（图 11 - 5）。可见于回归热、霍奇金病等。

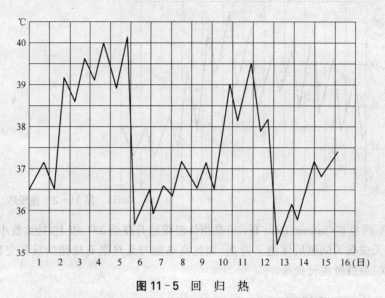

图 11 - 5　回 归 热

（6）波状热：波状热（undulant fever）是指体温逐渐上升至 39℃ 或以上，数天后又逐渐下降至正常水平，数天后又逐渐升高，如此反复多次（图 11 - 6）。见于布氏杆菌病。

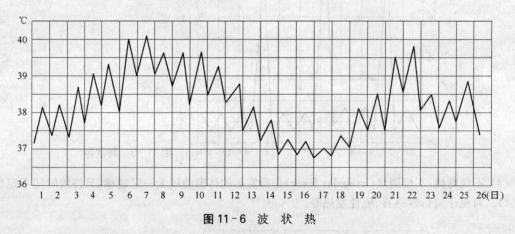

图 11 - 6　波 状 热

需要注意的是，由于抗生素的广泛应用或解热药及糖皮质激素的应用，可使某些疾病的特征性热型变得不典型或呈不规则热型。此外，热型也与个体反应的强弱有关，如老年人休克型肺炎时可仅有低热或无发热，而不具备肺炎的典型热型。

5. 护理措施　发热是许多疾病的一种反应，它对机体产生两方面的作用，既有积极的作用，也有不良的反应。一方面，发热可使白细胞增多并促进白细胞的功能，对机体的防卫机制起到加强作用；另一方面，如果发热过高，时间持续较久，则会对机体造成不良影响，如引起全身不适、厌食、机体消耗和负荷增大，严重时可对组织细胞造成损害，甚至导致死亡。所以，对高热患者应采取有效措施，加强护理。

（1）降低体温：可采用物理降温或药物降温的方法。物理降温有局部和全身冷疗两种方法，如使用冰袋、冰囊、冰帽，或对患者进行温水或乙醇擦浴，达到降温的目的，具体要求详见本节第四部分冷热疗法的应用的相关内容。药物降温主要指应用退热药,通过体温调节,减少产热,加速散热而达到降温的目的。使用时应注意药物的剂量及副作用,并须防止退热时大量出汗发生虚脱,对于年老体弱及心血管疾病的患者应尤其注意。采取降温措施 30 min 后应测量体温 1 次,做好记录与交班。

(2) 密切观察病情:定时测量体温,一般每日测体温 4 次,高热时应每 4 h 测量 1 次,待体温恢复正常 3 d 后,改为每日 1~2 次。在测量体温的同时,注意观察其热型及临床过程,注意呼吸、脉搏和血压的变化,如有异常,应立即与医生联系。观察有无寒战、淋巴结肿大、出血、肝脾肿大、疱疹及意识障碍等伴随症状的出现,同时对发热的原因及诱因进行分析,以便针对原因并对症提供治疗护理措施。随时监测病程进展,观察治疗效果及有无副作用的出现。

(3) 补充营养及水分:高热时,机体的分解代谢加强,能量消耗增多,但机体因迷走神经兴奋性降低,使胃肠蠕动减弱,消化液分泌减少,影响消化和吸收,因此容易导致患者消瘦、衰弱和营养不良,使身体的抵抗能力及恢复能力受损,不利于疾病康复。应给予患者高热量、高蛋白、高维生素、营养丰富、易消化的流质或半流质食物,以补充高热的消耗,提高机体的抵抗力。鼓励患者少量多餐,注意食物的色香味,口味应清淡,少油腻。

高热患者呼吸加快,出汗增多,体内水分大量丢失,应及时补充水分。鼓励患者多饮水,每日摄入 2 500~3 000 ml 的水为宜,以补充高热消耗的大量水分,并促进毒素和代谢产物的排出,并有助于散热。特别是药物降温后会大量出汗,更应及时补充水分和电解质,以免患者出现虚脱,必要时可通过静脉补充。

(4) 休息:高热患者新陈代谢增快,摄入少而消耗多,因此应卧床休息,低热者酌情减少活动,适当休息,以减少能量的消耗。同时为患者提供适宜的环境,温、湿度适宜,安静,空气流通,并根据患者发热程度及病程进展,适当增减衣物和盖被。

(5) 保持清洁和舒适:①口腔护理,发热时由于唾液分泌减少,口腔黏膜干燥,且抵抗力下降,有利于口腔内细菌生长繁殖,易出现口腔感染及溃疡,因此应协助患者在晨起、餐后、睡前漱口或用生理盐水棉球清洁口腔。②皮肤护理,对于长期持续高热卧床者,要协助其经常更换卧位,防止压疮及坠积性肺炎的发生;退热期大量出汗,皮肤潮湿,应随时擦干汗液,更换衣服和床单,保持皮肤的清洁干燥。

(6) 保证安全:高热者有时会出现躁动不安、谵妄,应防止患者坠床、舌咬伤,必要时加床档或用约束带固定患者。

(7) 心理护理:在发热期间患者会出现紧张、恐惧等心理,护士应对发热的各种临床症状做出合理的解释,以缓解患者的紧张心理。经常巡视患者,及时解答患者的各种问题,尽量满足患者的各种需求。

(8) 健康教育:教会患者及家属正确监测体温及物理降温的方法;介绍休息、饮食、饮水的重要性。

(二) 体温过低

1. 定义　体温过低(hypothermia)是指各种原因引起产热减少和(或)散热增加,导致机体深部温度持续低于正常范围。当体温低于 35℃ 时,称为体温不升。体温过低可使细胞和组织的代谢降低,损害脑细胞,甚至造成心跳减慢和心律失常。体温过低往往是一种危险的信号,提示疾病的严重程度和不良预后,有时临床也可将之用于某些疾病的治疗手段。

2. 原因

(1) 散热过多:长期暴露于寒冷环境中,采取保暖措施不够,机体散热大于产热,易造成体温下降。

(2) 产热减少:全身衰竭、重度营养不良的患者,因机体代谢降低,不能产生足够的热量,致使产热减少,体温过低。

(3) 体温调节中枢不完善或受损:新生儿尤其是早产儿因体温调节中枢发育尚未完善,对外界温度变化不能自行调节,加上体表面积相对较大,散热较多,导致体温过低;脑出血、颅脑外伤以及某些药物中毒(使用麻醉剂、镇静剂过量)均可使体温调节中枢受损或受到抑制,而导致体温调节障碍,引起体温过低。

3. 临床分级

轻度:32～35℃

中度:30～32℃

重度:＜30℃,瞳孔散大,对光反射消失

致死温度:23～25℃

4. 临床表现　患者体温不升,发抖,皮肤苍白冰冷、血压下降、呼吸减慢、脉搏细弱、心律不齐,可出现不同程度的意识障碍,嗜睡、意识模糊,重者可出现昏迷。

5. 护理措施

(1) 去除病因:及时解除引起患者体温过低的原因,使体温恢复正常。

(2) 加强监测:密切观察病情的变化,至少每小时测量 1 次体温,直至体温回复至正常且稳定,同时注意呼吸、脉搏、血压的变化。

(3) 采取保暖措施:增添衣服,给予毛毯、棉被、热水袋等,加温时注意防止烫伤;室内温度提高至 24～26℃,并避免对流的冷空气;经常活动按摩。

(4) 饮食:多吃高热量的蛋白质、脂肪类的食物,多喝热饮,禁忌饮酒。饮酒虽然暂时可以造成身体发热的感觉,但实际上酒精使血管扩张,反而增加了身体的散热。

(5) 健康教育:告诉患者引起体温过低的原因,指导患者及家属如何采取保暖措施,如热水袋的使用等。

三、测量体温的技术

(一) 体温计的种类及构造

1. 水银体温计　水银体温计又称玻璃体温计,是国内最常见的体温计。它是一种真空毛细管外带有刻度的玻璃管,玻璃管一端是水银槽,受热后,水银膨胀沿毛细管上升,其上升的高度与受热程度成正比。在毛细管下端和水银槽之间有一狭窄部分,当体温计遇冷时,水银变冷收缩,在狭窄处断开而不能下降。

根据测量部位的不同,可分为口表、肛表、腋表。口表和肛表的玻璃管呈三棱柱状,腋表的玻璃管则呈扁平状;口表和腋表水银槽较细长,有助于测温时扩大接触面积;肛表的水银槽较粗短,有利于插入肛门(图 11-7)。

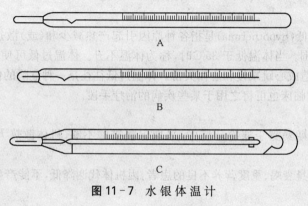

图 11-7　水银体温计

A. 口表　B. 肛表　C. 腋表

水银体温计有摄氏体温计和华氏体温计两种,摄氏体温计的刻度为 35～42℃,每一大格代表 1℃,每一个小格代表 0.1℃,在 0.5℃和 1℃的刻度处用较长的线标记,便于辨认体温度数。华氏体温计的刻度为 94～108℉,每一大格代表 2℉,每一小格代表 0.2℉。

水银体温计具有示值准确、稳定性高的特点,但缺陷也比较明显,易破碎,测量时间比较长,对急重病患者、老人、婴幼儿等使用不方便,读数比较费事等。

2. 电子体温计　电子体温计是利用某些物质的物理参数(如电阻、电压、电流等)与环境温度之间存在的确定关系,将体温以数字的形式显示出来(图 11-8)。其特点是读数清晰,携带方便。不足之处在于示值准确度因受电子元件及电池供电状况等因素影响不如玻璃体温计。

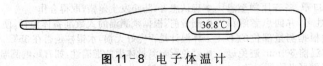

图 11-8　电子体温计

3. 片式体温计　片式体温计又称点阵式体温计或可弃式体温计量。这种体温计上面布满了一些附有数字的排列整齐的圆点。在进行体温测试后,某一数值以下的圆点会全都变暗,而其余圆点颜色不变,使用者即可根据上述变化确定体温。这种温度计价格不高,体积较小,便于携带和储存,本身污染非常小,特别适用于医疗机构,可以一次性使用,避免交叉感染(图 11-9)。

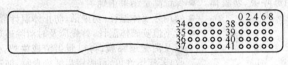

图 11-9　可弃式体温计

4. 耳式体温计　耳式体温计是通过测量耳朵鼓膜的辐射亮度,非接触地实现对人体温度的测量。只需将探头对准内耳道,按下测量钮,仅有几秒钟就可得到测量数据,非常适合急重病患者、老人、婴幼儿等使用。

5. 感温胶片　感温胶片为对温度敏感的胶片,可贴在前额或腹部,根据胶片颜色改变而知体温的变化,但不能显示具体的温度数值,只能用于判断体温是否在正常范围内。适用于新生儿及幼儿。

(二) 体温计的消毒与检查

1. 体温计的消毒　为防止交叉感染,保证体温计的清洁,应对用过的体温计进行消毒处理。常用的消毒液有 1‰消毒灵、70%乙醇、1%过氧乙酸、碘伏等。具体方法如下:将使用过的体温计放入盛有消毒液的容器里浸泡消毒,以避免致病微生物污染环境,5 min 后取出,用清水冲洗干净,将体温计的水银柱甩到 35℃以下,再放入另一装有消毒液的容器浸泡,30 min 后取出,再浸泡于冷开水中,略等片刻,取出,用消毒纱布擦干,整齐排列放入有盖的清洁容器中备用。消毒液及冷开水每日更换一次,浸泡容器每周消毒一次。切忌用 40℃以上的热水浸泡体温计,以免水银过度膨胀,引起爆裂。

2. 体温计的检查　在体温计使用前或消毒后应经常进行检查,以保证体温测量的准确性。方法:将全部体温计的水银柱甩至 35℃以下,于同一时间放入已测好的 40℃以下的水中,3 min 后取出检查,若有数值相差在 0.2℃以上、玻璃管破裂、水银柱自行下降的体温计取出不用,将检查合格的体温计擦干后放入清洁容器中备用。

(三) 测量体温的方法

1. 目的

(1) 判断体温有无异常。

（2）动态监测体温变化，分析热型及伴随症状。

（3）协助诊断，为预防、治疗、康复及护理提供依据。

2. 用物　容器两个（一为清洁容器内放已消毒的体温计，另一容器内放测温后的体温计）、消毒液纱布、表（有秒针）、笔、记录本，若测肛温还需准备润滑油、棉签、卫生纸。

3. 实施　见表 11-2。

表 11-2　测量体温的操作步骤

操作步骤	注意事项与说明
1. 核对解释　洗手，戴口罩，备齐用物至患者床旁，核对床号、姓名，并向患者解释操作的目的和方法；根据测量部位的不同，请患者在测量体温前 30 min 避免进食、喝水、热敷、洗澡、灌肠及剧烈运动	● 确认患者，防止发生差错，取得合作 ● 测量前，根据须测温的人数准备体温计，便于回收时复核，并检查体温计是否完好无损，水银柱是否在 35℃ ● 避免影响测量体温的准确性，如有影响测温的情况，应休息 30 min 后再测量 ● 体温计水银槽玻璃薄脆，易致破碎，应轻拿轻放
2. 选择测量体温的方法 ◆ 口温 （1）将口表水银端斜放于舌下热袋（图 11-10） （2）嘱患者紧闭口唇，用鼻呼吸，勿咬体温计 （3）测量时间 3 min ◆ 腋温 （1）协助患者取舒适卧位并暴露腋下，擦干腋下汗液 （2）将体温计放在腋窝处，紧贴皮肤，屈臂过胸，夹紧（图 11-11） （3）测量时间 10 min ◆ 肛温 （1）协助患者取侧卧、俯卧或屈膝仰卧位，暴露测量部位 （2）润滑肛表水银端，插入肛门 3~4 cm；婴幼儿可取仰卧位，操作者一手握住患儿脚踝，提起双腿，另一手将已润滑的肛表插入肛门（婴儿 1.25 cm，幼儿 2.5 cm）并握住肛表用手掌根部和手指将双臀轻轻捏拢、固定（图 11-12） （3）测量时间 3 min	● 婴幼儿、精神异常、昏迷、口腔疾患、口鼻手术、张口呼吸者禁忌 ● 舌下热袋靠近舌动脉，是口腔中温度最高的部位，在舌系带两侧，左右各一 ● 保证测量结果正确 ● 勿用牙咬体温计，勿说话，防止体温计滑落或咬断 ● 若不慎咬破体温计，首先应及时清除玻璃碎屑，以免损伤唇、舌、口腔及消化道黏膜；再口服蛋清或牛奶，保护胃黏膜并延缓汞的吸收；若病情许可，可服用粗纤维食物，加速汞的排出 ● 用于婴儿或其他无法测量口温者 ● 腋下有创伤、手术、炎症、腋下出汗较多者、肩关节受伤或消瘦夹不紧体温计者禁忌 ● 腋下有汗液，有助于散热，影响结果的准确性；勿用力擦拭，以免摩擦生热，也不可用冷或热的湿毛巾擦，以免测量温度不准确 ● 形成人工体腔，反映体内温度 ● 夹紧腋窝防止体温计滑落 ● 需较长时间，才能使腋下人工体腔的温度接近机体内部温度 ● 适用于婴幼儿、昏迷、精神异常者 ● 禁忌证：直肠或肛门手术；腹泻；心肌梗死（刺激肛门可引起迷走神经反射导致心动过缓） ● 成人应用屏风遮挡，保护隐私 ● 润滑可以使肛表容易插入及避免擦伤或损伤肛门及直肠黏膜
3. 取表　取出体温计，用消毒纱布擦拭（肛表用卫生纸擦拭）	● 擦去口表上的唾液或肛表上的污物和润滑剂，便于看清体温值 ● 测肛温应用卫生纸擦净患者肛门处
4. 读数　检视读数后，将体温计水银柱甩至 35℃ 以下，放入容器内	● 用腕部的力量甩体温计，注意不要碰触其他物品 ● 若与病情不符应重新测量，若有异常应及时处理

（续表）

操作步骤	注意事项与说明

5. 操作后处理
　(1) 记录
　(2) 协助患者穿衣、裤,取舒适体位,整理
　　好床单位
　(3) 消毒体温计
　(4) 洗手,绘制体温单

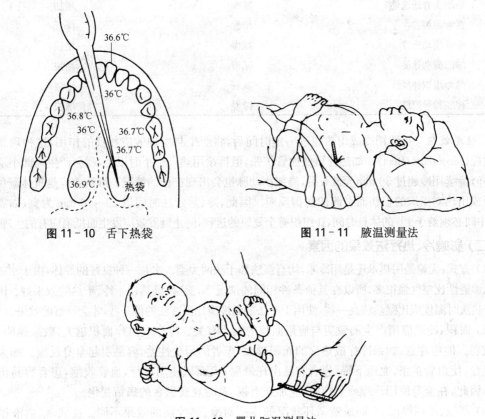

图 11-10　舌下热袋　　　　　　图 11-11　腋温测量法

图 11-12　婴儿肛温测量法

四、冷热疗法的应用

　　冷热疗法(cold and heat therapy)是利用低于或高于人体温度的物质作用于皮肤表面,通过神经传导引起皮肤和内脏器官血管的收缩和舒张,改善机体各系统体液循环和新陈代谢,从而达到治疗目的的方法。冷热疗法是临床常用的物理治疗方法,护士在实施冷热疗法时,应了解冷热疗法的相关知识,掌握正确的使用方法,确保患者安全。

（一）冷热疗法的效应

　　皮肤上存在着冷觉感受器(冷点)和温觉感受器(热点),分别感受冷热温度变化的刺激。将冷与热作用在人体表面,通过皮肤的感受和体温调节活动,可引起局部与全身血液分布的变化及局部与全身温度的变化。

　　1. 生理效应　冷、热应用可使机体产生一系列的生理反应,而且冷、热疗法产生的效应是相反的(表11-3)。

表 11 - 3　冷、热疗法的生理效应

生理指标	生理效应	
	冷疗法	热疗法
体温	下降	上升
细胞代谢率	减少	增加
需氧量	减少	增加
血管	收缩	舒张
毛细血管通透性	减少	增加
血液黏稠度	增加	降低
血液流动速度	减慢	增快
淋巴流动速度	减慢	增快
结缔组织伸展性	减弱	增强
神经传导速度	减慢	增快

2. 继发效应　持续用冷或用热超过一定时间后,将产生与生理效应相反的作用,这种现象称为继发效应(secondary effect)。如热疗可使血管扩张,但持续用热一个小时以上,就会产生局部小动脉收缩;同样,持续用冷超过 30 min 至 1 h 后,局部小动脉也会出现扩张的情况。继发效应是机体避免长时间用冷或用热对组织的损伤而引起的防御反应。因此,冷、热疗法时间以 20～30 min 为宜,如需反复使用,中间必须给予 1 h 的休息时间,让组织有个复原的过程,防止继发效应发生而抵消应有的生理效应。

(二)影响冷、热疗法效果的因素

(1) 方式:无论是用热术还是用冷术,均有湿法和干法两大类。水是一种良好的导体,由于水的传导能力和渗透性比空气强很多,所以在其他条件相同的情况下,湿冷、湿热比干冷、干热的效果好。因此在使用干热法时温度应比湿热法高一些,使用干冷法的温度应比湿冷法的低一些,才会有好的效果。

(2) 面积:冷热应用产生的效应与应用面积的大小有关。冷疗或热疗面积越大,效果越明显;反之则较弱。但应注意,如果冷疗或热疗的面积过大,患者的耐受性差,容易引起全身反应。如大面积应用热疗,使血管扩张,血压下降,患者容易出现晕厥;大面积使用冷疗,血管收缩,患者容易出现高血压。因此,在全身使用冷疗或热疗时,应加强巡视,及时观察患者的病情变化。

(3) 部位:不同厚度、不同血液循环状况的皮肤对冷、热疗法的效果不同。皮肤薄、血液循环良好的部位,如前臂内侧、颈部、腋下等,对冷、热敏感性强,冷、热疗法的效果好;皮肤厚、血液循环少的部位,如足底、手心对冷、热的耐受性强,冷、热疗法的效果则较差。因此,临床上为高热的患者物理降温,将冰袋置于皮肤薄且有大血管分布的颈部、腋下、腹股沟等处,以增加效果。此外,浅层皮肤冷感受器比热感受器多,因此浅层皮肤对冷较敏感。

(4) 时间:冷热应用需要有一定的时间才能产生效应,且在一定时间内,冷、热疗法的效果随着时间的增加而增强。但如果应用的时间过长,则会引起继发效应而抵消治疗效应,甚至还可以引起不良反应,如疼痛、面色苍白、烫伤、冻伤等。

(5) 温度:用冷或用热的温度与体表的温度相差越大,机体对冷热的刺激反应愈强烈;反之则对冷热刺激反应愈小。其次,环境温度也会影响冷、热疗法的治疗效果,如环境温度高于或等于机体温度时用热,传导散热受抑制,热效应会增强;而在干燥的冷环境中用冷,散热会增加,冷效应会增强。

(6) 个体差异:年龄、性别、身体及精神状况、生活习惯、肤色等因素使机体对冷热刺激的调节功能、耐受力等均有所差异,所以,同一强度的温度刺激,作用在不同个体产生的效应也有很大差异。婴幼儿因体温调节中枢发育尚不完善,对冷、热的适应能力有限;老年人由于各系统功能减退,对冷、热刺激的反应比较迟钝。女性比男性对冷、热的刺激敏感。昏迷、血液循环障碍、感觉迟钝等患者，对冷、热刺激不敏感，要特别注意冻伤和烫伤的发生。长期居住在寒冷地区的人对冷的耐受性较高，而在热带地区居住的人群则对热的耐受性较高。浅肤色者比深肤色者对冷、热的反应强烈。

（三）冷疗法

1. 作用

（1）减轻局部充血或出血：用冷可以使局部血管收缩，降低血管通透性，减轻局部组织充血；用冷还可以增加血液黏稠度，减慢血流速度，有利于血液凝固而控制出血。适用于局部软组织损伤早期、鼻出血、扁桃体摘除术后等。

（2）控制炎症扩散：用冷后局部血液减少，细胞的新陈代谢和细菌的活力降低，从而控制炎症的扩散。适用于炎症的早期。

（3）减轻疼痛：冷疗可以使细胞的活动降低，减慢神经传导的速度，降低神经末梢的敏感性，而减轻疼痛；同时，还可以使血管收缩，毛细血管的通透性降低，渗出减少，从而减轻由于组织肿胀压迫神经末梢而引起的疼痛。适用于急性扭伤 48 小时内、牙痛、烫伤等。

（4）降低体温：冷直接与皮肤接触，通过传导和蒸发的方式散热，降低体温，适用于中暑、高热患者。头部降温，还可以降低脑细胞的代谢，提高脑组织对缺氧的耐受性，减少脑细胞损害，对于脑水肿的患者适用。

2. 禁忌

（1）血液循环障碍：大面积组织损伤、全身微循环障碍、休克、动脉硬化、皮肤颜色青紫者不宜用冷。因为循环不良，血流灌注不足，组织营养不良，用冷后会进一步加重血液循环障碍，导致组织变性坏死。

（2）组织损伤、破裂：用冷可使局部血管收缩，血流减少，降低血液循环，增加组织损伤，影响伤口愈合。尤其是大范围的组织损伤，一定要禁止用冷。

（3）水肿部位：用冷使血管收缩，毛细血管的通透性降低，影响细胞组织液的吸收。

（4）慢性炎症或深部化脓病灶：冷可使血管收缩，血流减少，影响炎症的吸收。

（5）冷过敏者：患者用冷后会出现过敏症状，如荨麻疹、关节疼痛、肌肉痉挛等。

（6）冷疗禁忌部位：①枕后、耳廓、阴囊处，因皮肤薄，用冷易导致冻伤。②心前区，用冷可导致反射性心率减慢、心房纤颤、心室纤颤及房室传导阻滞。③腹部，易引起腹痛、腹泻。④足底，用冷可导致反射性末梢血管收缩影响散热或引起一过性冠状动脉收缩。

此外，昏迷、感觉异常、心脏病、年老体弱者应慎用冷疗法。

3. 方法　根据用冷的面积和方式，冷疗法可分为局部冷疗法和全身冷疗法。局部冷疗法包括冰袋、冰囊、冰帽、冰槽和冷湿敷法等；全身冷疗法包括温水擦浴和乙醇擦浴等。

（1）冰袋的使用：①目的：降温、止血、镇痛、消炎。②用物：冰袋或冰囊、布套、毛巾、冰块、帆布袋、木槌、盆及冷水、勺。③实施：见表 11-4。

表 11-4　冰袋使用的操作步骤

操作步骤	注意事项与说明
1. 准备冰袋 （1）检查冰袋有无破损，冰袋夹子是否能夹紧	● 以防冰融化后漏水
（2）将冰块装入帆布袋内，用木槌敲碎成核桃大小，放入盆中用冷水冲去棱角	● 避免棱角损坏冰袋
（3）用勺将冰块装入冰袋内至 1/2～2/3 满，排气后扎紧袋口，用毛巾擦干冰袋外壁	● 空气可加速冰的融化
（4）倒提冰袋，检查有无漏水，装入布套	● 避免冰袋直接与患者皮肤接触，也可吸收冷凝水汽

(续表)

操作步骤	注意事项与说明
2. 核对解释　携用物至患者床旁,核对床号、姓名,并向患者解释操作的目的和方法	● 确认患者,取得合作
3. 放置 (1) 高热降温者将冰袋置于前额、头顶部和体表皮肤薄且有大血管分布处,如颈部、腋下、腹股沟;扁桃体摘除术后将冰袋置于颈前颌下(图 11-13) (2) 时间不超过 30 min,如为降温,使用后 30 min 测体温,体温降至 39℃以下时,取出冰袋	● 放置前额时,应将冰袋悬吊在支架上,以减轻局部压力,但冰袋必须与前额皮肤接触(图 11-14) ● 防止发生继发效应
4. 观察　观察冷疗的效果及患者的反应	● 注意冰袋有无漏水等,布套潮湿或冰块融化应及时更换 ● 局部皮肤发紫或有麻木感时,应停止使用,防止冻伤
5. 操作后处理 (1) 用毕,将冰袋内冰水倒空,倒挂晾干,吹入少量空气,夹紧袋口备用,布套送洗 (2) 洗手,记录使用的部位、时间、效果及反应	

图 11-13　颈部冷敷

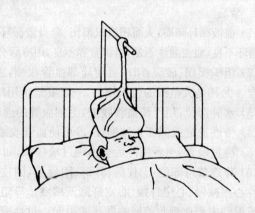
图 11-14　冰袋的使用

　　(2) 冰帽的使用:①目的:降低脑温,防治脑水肿,减轻脑细胞损害。②用物:冰帽或冰槽(图 11-15)、冰块、帆布袋、木槌、盆及冷水、勺、海绵、水桶、肛表。若冰槽降温备不脱脂棉球及凡士

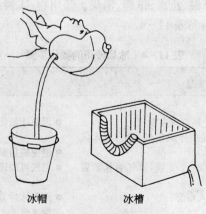
冰帽　　　　冰槽
图 11-15　冰帽、冰槽

林纱布。③实施：见表 11-5。

表 11-5　冰帽使用的操作步骤

操作步骤	注意事项与说明
1. 备冰　同冰袋法	
2. 核对解释　携用物至患者床旁，核对床号、姓名，并向患者解释操作的目的和方法	● 确认患者，取得合作
3. 降温 ◆ 冰帽降温 　将患者的头部置于冰帽内，后颈部、双耳廓垫海绵；排水管放在水桶内 ◆ 冰槽降温 　将患者的头部置于冰槽内，双耳塞不脱脂棉球，双眼覆盖凡士林纱布	● 防止枕后、外耳冻伤 ● 防止冰水流入耳内，保护角膜 ● 时间不超过 30 min，防止发生继发效应
4. 观察　观察冷疗的效果及患者的反应，每 30 min 测量一次肛温	● 注意观察皮肤的颜色 ● 肛温应维持在 33℃左右，不可低于 30℃，以防心室纤颤等并发症出现 ● 冰帽或冰槽内的冰块融化后，应及时更换或添加
5. 操作后处理 （1）冰帽的处理同冰袋；冰槽将冰水倒空以备使用 （2）洗手，记录使用的部位、时间、效果及反应	

（3）冷湿敷：①目的：降温、止痛、止血、消炎。②用物：盆内盛冰水、弯盘、纱布、敷布 2 块、钳子 2 把、凡士林、棉签、橡胶单、治疗巾、干毛巾，必要时备屏风。③实施：见表 11-6。

表 11-6　冷湿敷操作步骤

操作步骤	注意事项与说明
1. 核对解释　洗手，携用物至患者床旁，核对床号、姓名，并向患者解释操作的目的和方法	● 确认患者，取得合作
2. 患者准备　指导或协助患者取适当卧位，暴露受敷部位，下垫橡胶单和治疗巾，受敷部位涂凡士林后盖一层纱布	● 必要时用屏风遮挡 ● 保护床单位 ● 保护皮肤免受过冷的刺激
3. 冷敷 （1）将敷布浸入冰水盆中，两手各持一把镊子将浸在冰水盆中的敷布拧干（图 11-16），抖开，折叠后放于受敷部位 （2）每 3~5 min 更换一次敷布，持续冷敷 15~20 min；用于降温时，则于冷湿敷 30 min 后测量体温，降至 38℃以下停用	● 敷布须浸透，拧至不滴水为止 ● 高热患者敷于前额 ● 保证冷敷效果，防止发生继发效应
4. 观察　观察冷疗的效果及患者的反应	● 注意观察皮肤的颜色
5. 操作后处理 （1）冷敷结束后，擦干冷敷部位及凡士林，撤掉橡胶单、治疗巾及纱布 （2）协助患者取舒适体位，整理床单位 （3）整理其他用物，清洁、消毒后备有 （4）洗手，记录使用的部位、时间、效果及反应	● 如冷敷部位为开放性伤口，须按无菌技术处理伤口

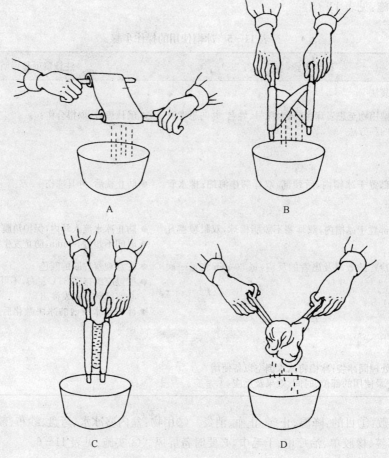

图 11-16 拧 敷 布 法

(4) 温水擦浴或乙醇擦浴:①目的:为高热患者降温。②用物:大毛巾、小毛巾、热水袋及套、冰袋及套、衣裤、盆(内放 32～34℃温水 2/3 或 30℃的 25%～35%乙醇 200～300 ml)、屏风、便器。对于新生儿及血液病高热患者禁忌乙醇擦浴。③实施:见表 11-7。

表 11-7 温水擦浴或乙醇擦浴操作步骤

操作步骤	注意事项与说明
1. 核对解释 洗手,戴口罩,携用物至患者床旁,核对床号、姓名,并向患者解释操作的目的和方法	● 确认患者,取得合作
2. 准备 (1) 关闭门窗,屏风遮挡 (2) 揭开盖被,协助患者排空大小便尿(必要时) (3) 冰袋置于头部,热水袋放在足底	● 防止着凉,保护患者隐私 ● 头部置冰袋,以助降温并防止头部充血而致头痛;热水袋置足底,以促进足底血管扩张利于散热,并减轻头部充血,增加患者舒适感
3. 擦拭 (1) 协助患者脱去上衣,将大毛巾垫于擦拭部位下,小毛巾浸入温水或乙醇中,拧至半干,缠于手上成手套状,以离心方向擦拭	● 保护床单位毛巾套擦拭有舒适感 ● 毛巾套擦拭有舒适感

（续表）

操作步骤	注意事项与说明
（2）先擦拭双上肢，患者取仰卧位，从近侧颈部开始，沿手臂外侧擦至手背，再从腋下沿手臂内侧擦至手心，重复数次；擦拭毕，用大毛巾擦干皮肤；更换小毛巾，以同法擦拭对侧	
（3）再擦拭腰背部，患者取侧卧位，露出背部，下垫大毛巾；更换小毛巾，用同样手法从颈部向下擦拭全背；再用大毛巾擦干皮肤，更换上衣，协助患者仰卧	
（4）最后擦拭双下肢，患者取仰卧位，协助患者脱去近侧裤腿，露出下肢，下垫大毛巾；更换小毛巾，自髂骨处沿腿外侧擦至足背，再自腹股沟沿腿内侧擦至内踝，再自股下经腘窝擦至足跟；重复数次，擦拭毕用大毛巾擦干皮肤；更换小毛巾，以同法擦拭对侧；全部擦拭完毕，更换裤子	
（5）每侧部位（四肢、腰背部）擦拭 3 min，全过程不超过 20 min	● 防止时间过长，产生继发效应 ● 擦至腋窝、肘窝、手心、腹股沟、腘窝处稍用力并延长停留时间，以促进散热 ● 禁忌擦拭胸前区、腹部、后颈、足底部，这些部位对冷的刺激较敏感，可引起不良反应
4. 观察 观察治疗的效果及患者的反应	● 在擦拭中，如患者出现寒战、面色苍白、脉搏及呼吸异常等情况，停止擦拭，及时处理
5. 操作后处理 （1）擦拭完毕，取下热水袋，盖好盖被，整理床单位及用物 （2）洗手，记录擦浴时间、效果及患者反应	● 擦拭 30 min 后测体温，将降温后的体温记录在体温单上，若体温降至 39℃ 下，取下头部冰袋

（5）化学制冷袋的使用：化学制冷袋是采用化学吸热反应原理制造的一种便携式快速制冷化学产品。它的主要技术特征是在两个密封的塑料袋中分别装有两种能够发生吸热反应的化学物质。使用时，将两种化学物质充分混匀，3 min 后化学袋的温度降为 0℃，在化学制冷袋外用毛巾包裹，置于需要冷敷的部位。因化学制冷袋的温度较低，使用中应每 10～15 min 更换一次冷敷部位，及时观察皮肤颜色，避免发生冻伤。

（6）冰毯机的使用：医用冰毯全身降温仪（简称冰毯机）降温法是利用半导体制冷原理，将水箱内蒸馏水冷却，然后通过主机工作与冰毯内的水进行循环交换，促使毯面接触皮肤进行散热，达到降温目的。冰毯机采用计算机自动控制，操作简便，不但可以控制患者体温的降温速度，而且具有降温效果持久而恒定，不易反弹的特点。冰毯机全身降温法分单纯降温法及亚低温治疗法两种。单纯降温法适用于高热及其他降温效果不佳的患者；亚低温治疗适用于重型颅脑损伤。

使用时冰毯铺于患者肩部到臀部，不要触及颈部，以免因副交感神经兴奋而引起心跳过缓。毯上不铺任何隔热用物，以免影响效果，可用单层吸水性强的床单，及时吸除因温差存在产生的水分，床单一旦浸湿，要及时更换，以免引起患者的不适。及时擦干冰毯周围凝聚的水珠，以免影响机器的正常运转，防止漏电发生。使用冰毯降温时应密切监测患者体温、心率、呼吸、血压变化，每半小时测量一次。定时翻身擦背，以每小时翻身 1 次为宜，避免低温下皮肤受压，血流循环速度减慢，局部循环不良，产生压疮。密切观察患者情况，如发生寒战、面色苍白、皮肤青紫等时应立即停止使用。

（四）热疗法

1. 作用

（1）减轻深部组织充血：用热使皮肤血管扩张、血流量增加，由于全身的循环血量的重新分布，使深部组织血流量减少，从而减轻深部组织的充血与肿胀。

（2）促进炎症的消散或局限：用热使局部血管扩张，血液循环加速，促进毒素和废物排出组织；同时，白细胞数量增多，吞噬能力和新陈代谢增强，使机体局部或全身的抵抗能力、修复能力增强，因此在炎症早期，用热可促进炎性渗出物的吸收和消散；在炎症后期，用热可促进白细胞释放出蛋白溶解酶，溶解坏死组织，加速炎症过程，促进化脓，使炎症局限。

（3）减轻疼痛：用热可以降低痛觉神经的兴奋性，改善血液循环，加速致痛物质的排出，并促进炎性渗出物的吸收，解除其对神经末梢的刺激和压迫，从而起到缓解疼痛的作用。同时，用热还可以松弛肌肉，增强结缔组织的延展性，增加关节的活动度，因此可以解除肌肉痉挛和关节强直所引起的疼痛。

（4）促进伤口愈合：用热可使局部组织新陈代谢增加，血管扩张，血流量增加，使组织得到更多的氧及营养物质，促进肉芽组织增生，加速伤口愈合。

（5）保暖、促进舒适：在体表用热后使皮肤血管扩张，促进血液循环，将热带至全身，使体温升高，患者感到舒适。适用于年老体弱、早产儿、危重患者及末梢循环不良的患者。

2. 禁忌

（1）未明确诊断的急腹症：用热术在减轻疼痛的同时，也可以掩盖病情的真相，耽误治疗，还可能促进炎症发展，引起腹膜炎。

（2）面部危险三角区感染：该处血管丰富，面部静脉无静脉瓣，且与颅内海绵窦相连，用热后可使血管扩张，血流量增多，导致细菌及毒素进入血液循环，促进炎症扩散，造成颅内感染或败血症。

（3）软组织挫伤、扭伤早期：软组织挫伤、扭伤后 48 h 内禁用热疗，因为热疗可促进血液循环，促使血管扩张、通透性增高，加重皮下出血和肿胀，使损伤和疼痛加剧。

（4）脏器出血：用热后可使局部血管扩张，增加血流量，增强毛细血管的通透性，从而加重出血。

（5）急性炎症：如中耳炎、牙龈炎、细菌性结膜炎等，用热可使局部温度升高，有利于细菌繁殖和分泌物增多，加重病情。

（6）恶性病变部位：用热后可同时促进正常细胞与异常细胞的新陈代谢，从而加重病情。同时血液循环增强，有利于肿瘤的扩散及转移。

此外，金属移植部位、皮肤湿疹、孕妇、出血倾向及心、肝、肾功能不全的患者也不应使用热疗法，麻痹、感觉异常的患者用热应慎重。

3. 方法　热疗法根据作用方式可分为干热疗法和湿热疗法。因为水的传导力及渗透力强，所以湿热较干热的效应强。使用湿热疗法时的温度应比干热疗法时的温度低。干热疗法包括热水袋和烤灯；湿热疗法包括热湿敷、热水坐浴、温水浸泡等。

（1）热水袋的使用：①目的：保暖、舒适、解痉、镇痛。②用物：热水袋及布套、水温计、量杯、热水、毛巾。③实施：见表 11 - 8。

表 11 - 8　热水袋使用的操作步骤

操作步骤	注意事项与说明
1. 准备热水袋	
（1）检查热水袋有无破损，热水袋及塞子是否合适	
（2）准备热水，测量水温并调节到 60～70℃	● 对老年人、小儿、昏迷、末梢循环不良、麻醉未清醒等患者，水温应调至 50℃，以防发生烫伤
（3）将热水袋放平，去塞，一手持热水袋袋口的边缘，另一手灌入热水至 1/2～2/3 满	● 边灌边提高热水袋以防热水外溢 ● 热水袋灌得过满，会使热水袋膨胀变硬，降低其对身体的顺应度，影响舒适
（4）将热水袋逐渐放平，排出袋内空气后拧紧塞子	● 排尽空气，防止影响热传导
（5）用毛巾擦干热水袋外壁水迹，倒提抖动，检查热水袋无漏水后放入布套内	● 严格检查热水袋有无漏水现象 ● 装入布套可避免热水袋直接与患者皮肤接触，并可吸收潮气

（续表）

操作步骤	注意事项与说明
2. 核对解释 洗手,戴口罩,携用物至患者床旁,核对床号、姓名,并向患者解释操作的目的和方法	● 确认患者并取得合作
3. 放置 （1）将热水袋放置所需部位,袋口朝身体外侧 （2）不超过 30 min;用于保暖,可持续使用	● 避免烫伤 ● 意识不清、感觉迟钝的患者使用热水袋时,应再包一块大毛巾或放于两层毯之间,并定时检查局部皮肤情况,以防烫伤 ● 防止产生继发效应 ● 如为保暖应及时更换热水
4. 观察 观察治疗的效果及患者的反应	● 注意观察皮肤的颜色,若出现皮肤潮红、疼痛,应停止使用,并在局部皮肤上涂凡士林,以保护皮肤 ● 严格执行交接班制度,并叮嘱患者及其家属不得自行调节热水袋水温
5. 操作后处理 （1）热水袋撤掉后,协助患者取舒适体位,整理好床单位 （2）将热水袋倒空,倒挂晾干后吹气旋紧塞子,热水袋布套清洁后备用 （3）洗手,记录时间、使用的部位、效果及患者的反应	 ● 以防热水袋两层橡胶粘连

（2）烤灯：①目的：消炎、镇痛、解痉、促进创面干燥、结痂及肉芽组织生长。②用物：鹅颈灯或红外线灯,必要时备有色眼镜、屏风。③实施：见表 11-9。

表 11-9 烤灯使用操作步骤

操作步骤	注意事项与说明
1. 核对解释 洗手,戴口罩,携用物至患者床旁,核对床号、姓名,并向患者解释操作的目的和方法	● 根据需要选用不同功率的灯泡,并检查烤灯能否正常使用;胸、腹、腰、背部选用 500～1 000 W;手足部选 250 W,亦可用鹅颈灯（40～60 W） ● 确认患者,取得合作
2. 暴露 指导或协助患者取适当卧位,暴露患处,必要时用屏风遮挡	● 保护患者隐私 ● 覆盖患者身体其他部位以保暖
3. 照射 （1）将烤灯对准患处,调节灯距、温度,一般灯距为 30～50 cm,温热适宜 （2）照射时间为 20～30 min	● 可用手试温,调节灯距,防止烫伤 ● 照射前胸、面颈部应戴有色眼镜或用纱布遮盖患者眼睛保护 ● 以防产生继发效应
4. 观察 观察治疗的效果及患者的反应	● 观察有无过热、心慌、头晕感觉及皮肤反应,皮肤出现桃红色红斑为合适剂量,若出现紫红应停止照射,并涂凡士林保护皮肤
5. 操作后处理 （1）照射完毕,协助患者穿好衣服并取舒适体位,整理好床单位 （2）清理用物,烤灯放回原处备用 （3）洗手,记录治疗时间、使用的部位、距离、效果及患者的反应	

（3）热湿敷：①目的：解痉、消炎、消肿、止痛。②用物：长钳子2把、敷布2块、凡士林、纱布、棉签、橡胶单、治疗巾、塑料纸、棉垫、盆内盛热水、水温计、热水瓶或热源，必要时备热水袋、屏风、换药用物。③实施：见表11-10。

表 11-10 热湿敷操作步骤

操作步骤	注意事项与说明
1. **核对解释** 洗手，戴口罩，携用物至患者床旁，核对床号、姓名，并向患者解释操作的目的和方法	● 确认患者，取得合作
2. **患者准备** 指导或协助患者取适当卧位，暴露受敷部位，下垫橡胶单和治疗巾，受敷部位涂凡士林后盖一层纱布	● 必要时用屏风遮挡，保护患者隐私 ● 保护床单位 ● 涂凡士林范围要大于热敷面积，以保护皮肤免于烫伤
3. **热湿敷** （1）将敷布浸入热水中，双手各持一把钳子将浸在热水中的敷布夹起，拧至不滴水（同冷湿敷拧敷布法） （2）抖开敷布，折叠后置于患处，依次盖上塑料纸、棉垫 （3）3～5 min 更换一次敷布，热敷持续 15～20 min	● 热水温度为 50～60℃ ● 可用热源或及时更换盆内热水来维持水温 ● 将敷布放在手腕内侧试温，以无烫感为宜 ● 保湿、保温，以维持热敷效果 ● 治疗部位不忌受压者，可在棉垫上加热水袋，以维持热度 ● 如患者有烫感，可掀起敷布一角散热 ● 有伤口、疮面或结痂，按无菌技术操作进行热敷 ● 以防产生继发效应
4. **观察** 观察治疗的效果及患者的反应	● 观察皮肤颜色，全身情况，以防烫伤
5. **操作后处理** （1）热敷完毕，撤去橡胶单、治疗巾和纱布，擦去凡士林，局部保暖，协助患者穿好衣服并取舒适体位，整理好床单位 （2）整理好其他用物，清洁，消毒后放回原处备用 （3）洗手，记录时间、热敷的部位、效果及患者反应	● 热敷使局部皮肤血管扩张，如不注意保暖，易受凉感冒；面部热敷后，嘱患者过 30 min 后再外出

（4）热水坐浴：①目的：消炎、消肿、止痛，用于会阴、肛门疾病及手术后。②用物：坐浴椅（图11-17）、消毒坐浴盆、热水、水温计、无菌纱布、大浴巾、药液（遵医嘱），必要时备屏风、换药用物。③实施：见表11-11。

图 11-17 坐 浴 椅

表 11 - 11　热水坐浴操作步骤

操作步骤	注意事项与说明
1. **核对解释**　洗手,戴口罩,携用物至患者床旁,核对床号、姓名,并向患者解释操作的目的和方法,嘱患者排空二便、洗手。	● 确认患者,取得合作 ● 若有伤口,坐浴盆及药液均须无菌;女患者经期、妊娠后期、产后不足 2 周、阴道出血和盆腔急性炎症期不宜坐浴,以免引起感染 ● 嘱患者先排尿排便,是因为热水可刺激肛门、会阴部,易引起排尿、排便反射
2. **准备** (1) 调节水温,并配制药液,倒入无菌坐浴盆内至 1/2 满,将盆置于坐浴椅上 (2) 屏风遮挡	● 水温 40～45℃ ● 根据医嘱配制药液,若为高锰酸钾溶液,其溶液为 1∶5 000 ● 保护患者隐私
3. **坐浴** (1) 嘱患者将裤脱至膝盖处,协助患者慢慢坐入浴盆内,用大浴巾盖住患者大腿部 (2) 坐浴 15～20 min,随时调节水温	● 便于操作 ● 需使臀部完全泡入水中;若患者一开始不适应水温,可用纱布蘸水清洗外阴部,待适应后,再坐入浴盆中 ● 防止患者着凉 ● 添加热水时,嘱患者臀部偏离浴盆,以免烫伤
4. **观察**　观察治疗的效果及患者的反应	● 坐浴时,由于受热面积大,血管扩张引起血液重新分布作用明显,加上坐姿的重力作用,使回心血量减少,容易引起头晕、乏力、心慌等症状;一旦患者有以上主诉,应立即停止坐浴,扶患者上床休息
5. **操作后处理** (1) 坐浴完毕,用纱布擦干臀部,协助患者穿好裤子,卧床休息,整理好床单位 (2) 整理好其他用物,坐浴盆清洁、消毒后放回原处备用。 (3) 洗手,记录坐浴的时间、效果及患者反应	

　　(5) 温水浸泡:①目的:消炎、镇痛、清洁、消毒创口,用于手、足、前臂、小腿部感染。②用物:长镊子、纱布、热水、药液(遵医嘱)、浸泡盆(根据浸泡部位选择),必要时备换药用物。③实施:见表 11 - 12。

表 11 - 12　温水浸泡操作步骤

操作步骤	注意事项与说明
1. **核对解释**　洗手,戴口罩,携用物至患者床旁,核对床号、姓名,解释操作目的和方法	● 确认患者并取得合作
2. **准备** (1) 配制药液,倒入浸泡盆内至 1/2 满,调节水温 (2) 暴露患处,取坐姿	● 水温 43～46℃
3. **浸泡**　将肢体慢慢放入浸泡盆中,必要时用长镊子夹纱布轻擦创面,使之清洁,浸泡时间 30 min	● 使患者逐渐适应水温 ● 防止发生继发效应
4. **观察**　观察治疗的效果及患者的反应	● 皮肤有无发红、疼痛等

（续表）

操作步骤	注意事项与说明
5. 操作后处理 （1）浸泡完毕，用纱布擦干浸泡部位，有伤口者行换药；协助患者卧床休息，整理好床单位 （2）整理好用物，清洁、消毒后放回原处备用 （3）洗手，记录浸泡的时间、部位、效果及患者反应	

（6）化学加热袋的使用：化学加热袋是大小不等的密封的塑料袋，内盛两种化学物质，使用时，将化学物质充分混合，使袋内的两种化学物质发生反应而产热。化学加热袋最高温度可达76℃，平均温度为56℃，可持续使用2 h左右。化学加热袋使用方法与热水袋相同，一定要加布套或包裹后使用。因为化学加热袋在袋内两种化学物质反应初期热温不足，以后逐渐加热并有一高峰期，温度可达70℃以上，此时要注意防止烫伤。必要时可加双层包裹使用。对老年人、小儿、昏迷、感觉麻痹的患者不宜使用化学加热袋。

（7）电热垫热敷：电热垫能持续供热，质轻，顺应性好，外有绝缘防水层，使用安全、方便。电热垫通常有高、中、低3种温度的设定，可根据需要进行温度调节。使用时，用布套套住电热垫以吸收潮气，盖于或裹于需热敷的部位即可。但使用时须注意不可将电热垫敷在湿敷料上，也不可用别针固定电热垫，以防电路短路引起触电。此外也不可让患者躺在电热垫上，以免身体重量压迫影响散热，并出现烫伤。

第二节 脉 搏

在每个心动周期中，由于心脏节律性的收缩和舒张，动脉内的压力也会发生周期性的变化，这种周期性的压力变化可引起动脉血管发生有节律的搏动，称为动脉脉搏（arterial pulse），简称脉搏（pulse）。

一、正常脉搏及生理变化

（一）脉搏的产生原因

当心脏收缩时，左心室将血射入主动脉，由于主动脉的弹性作用和外周阻力作用，使动脉血压升高，管壁随之扩张；当心脏舒张时，动脉血压下降，动脉管壁弹性回缩。这种动脉管壁随着心脏的舒缩而周期性的扩张与收缩就形成了动脉脉搏。搏动沿动脉系统传播，如波浪式向前推进，可以用手指在人体的皮肤表面触及浅表动脉的搏动。因此，脉搏是左心室及主动脉搏动的延续，通过测量脉搏可以了解心脏的动力状态、心率、心律、心排血量、动脉的可扩张性及外周阻力，在临床中，测量脉搏简便易行，是观察病情的重要方法之一。

（二）正常脉搏及生理变化

1. **脉率** 脉率是每分钟脉搏的次数。正常情况下，脉率与心率一致，脉率是心率的指示。正常成人脉率在安静、清醒的情况下为60～100 次/min。脉率可受许多生理因素的影响，如年龄、性别、体型等，并在一定范围内发生变化。一般新生儿、幼儿的脉率较快，到成人逐渐减慢，老年时稍微增快（表11 - 13）；同年龄的女性脉率较男性稍快；身材细高者比矮胖者脉率慢；进食、运动和情绪激动时可使脉率暂时增快，禁食、休息、睡眠、镇静、麻醉时则会减慢。

表 11 - 13　各年龄组脉率的正常范围及平均脉率

年龄	正常范围（次/min）		平均脉率（次/min）	
出生～1 个月	70～170		120	
1～12 个月	80～160		120	
1～3 岁	80～120		100	
3～6 岁	75～115		100	
6～12 岁	70～110		90	
	男	女	男	女
12～14 岁	65～105	70～110	85	90
14～16 岁	60～100	65～105	80	85
16～18 岁	55～95	60～100	75	80
18～65 岁	60～100		72	
65 岁以上	70～100		75	

2. **脉律**　脉律是指脉搏的节律性，反映的是心搏的节律。正常脉律均匀而规则，间隔时间相等。但正常儿童、青少年和部分成年人中，可出现脉律随呼吸改变，即吸气时增快、呼气时减慢，称为窦性心律不齐，一般无临床意义。

3. **脉搏的强弱**　脉搏的强弱是触诊时血液流经血管的一种感觉，反映的是血流冲击血管壁力量强度的大小，也称为脉量。脉搏的强弱取决于动脉充盈度和周围血管的阻力，即与心搏出量、脉压大小有关，也与动脉壁的弹性有关。

4. **脉搏的紧张度**　脉搏的紧张度与血压的高低有关。检查时，可将示指、中指和无名指的指腹置于桡动脉上，近心端手指用力按压阻断血流使远心端手指触不到脉搏，通过施加压力的大小判断脉搏的紧张度。

5. **动脉壁的情况**　触诊时可感觉到的动脉壁性质。正常动脉壁是光滑、柔软、富有弹性的。

二、异常脉搏的评估

（一）脉率异常

1. **速脉**　速脉（tachycardia）是指成人在安静状态下脉率超过 100 次/min，常见于高热、甲状腺功能亢进、心力衰竭、贫血、大出血、休克、心肌炎等患者。一般体温每升高 1℃，成人脉率约增加 10 次/min。正常人可有窦性心动过速，为一过性的生理现象。

2. **缓脉**　缓脉（bradycardia）是指成人在安静状态下脉率少于 60 次/min，常见于颅内高压、房室传导阻滞、甲状腺功能减退等，服用某些药物如地高辛、利血平、普萘洛尔等患者也可出现缓脉。正常人如运动员，也会出现生理性的窦性心动过缓。

（二）节律异常

1. **间歇脉**　在一系列正常规则的脉搏中，出现一次提前而较弱的脉搏，其后有一较正常延长的间歇（代偿间歇），称间歇脉（intermittent pulse）。其发生机制是心脏异位起搏点过早地发生冲动而引起的心脏搏动提早出现。如果每隔一个正常搏动后出现一次期前收缩，称二联律；每隔两个正常搏动后出现一次收缩,则称三联律。间歇脉常见于各种器质性心脏病或洋地黄中毒等患者。正常人在过度疲劳、精神兴奋、体位改变时也偶尔出现间歇脉。

2. **脉搏短绌** 在单位时间内脉率少于心率,称为脉搏短绌(pulse deficit)。其特点是听诊时,心律完全不规则,心率快慢不一,心音强弱不等;触诊时,可感觉到脉搏细数,极不规则。发生机制是由于异位起搏点引起心肌收缩力强弱不等,有些心排血量少的搏动可以产生心音,但不能引起周围血管搏动,造成脉率低于心率。常见于心房纤颤的患者。

(三)强弱异常

1. **洪脉** 心排血量增加,外周动脉阻力较小,动脉充盈度和脉压较大时,脉搏强大有力,称为洪脉(full pulse)。常见于高热、甲状腺功能亢进、主动脉瓣关闭不全等患者。

2. **细脉** 当心排血量减少,外周动脉阻力增加,动脉充盈度降低时,脉搏细弱无力,称为细脉(small pulse)。常见于心功能不全、大出血、休克、主动脉狭窄、全身衰竭等患者,是一种危险脉象。

3. **交替脉** 交替脉(alternating pulses)是指节律规则而强弱交替的脉搏。是由左心室收缩力强弱交替所致,为左心室衰竭的重要体征之一,提示心肌损害。常见于高血压性心脏病、急性心肌梗死和主动脉瓣关闭不全等患者。

4. **水冲脉** 脉搏骤起骤落,犹如潮水涨落,故名水冲脉(water hammer pulse)。主要是由于收缩压升高,舒张压降低,使脉压差增大所致。常见于主动脉瓣关闭不全、先天性动脉导管未闭、甲状腺功能亢进、严重贫血等患者。检查者握紧患者手腕掌面,将其前臂高举过头部,可明显感知桡动脉犹如水冲的急促而有力的脉搏冲击。

5. **奇脉** 当平静吸气时,脉搏明显减弱甚至消失的现象称奇脉(paradoxical pulse),常见于心包积液和缩窄性心包炎,是心包填塞的重要体征之一。其产生机制是由于左心室排血量减少所致。当有心脏压塞或心包缩窄时,吸气时一方面由于右心舒张受限,回心血量减少而影响右心排血量,右心室排入肺循环的血量减少,另一方面肺循环受吸气时胸腔负压的影响,肺血管扩张,致使肺静脉回流入左心房血量减少,因而左室排血也减少。所以吸气时脉搏减弱,甚至不能触及。

6. **重搏脉** 正常脉搏波在其下降支中有一重复上升的脉搏波(降中波),但比脉搏波的上升支低,不能触及。在一些病例情况下,此波增高可触及,称重搏脉(dicrotic pulse)。常见于伤寒、一些长期性热病和肥厚性梗阻性心肌病。

7. **无脉** 无脉(pulseless)即脉搏消失,常见于严重休克及多发性大动脉炎,前者由于血压测不到,故触不到脉搏,必须马上行抢救;后者系某一部位动脉闭塞而致相应部位脉搏消失。

(四)动脉壁异常

正常动脉用手指压迫时,其远端动脉管不能触及,若仍能触到者,提示动脉硬化。动脉硬化主要是因为动脉壁的弹性纤维减少,胶原纤维增多。早期动脉硬化表现为动脉壁变硬,失去弹性,呈条索状;严重时动脉迂曲,甚至呈结节状,诊脉有如按在琴弦上。

三、测量脉搏的技术

(一)测量脉搏的部位

浅表、靠近骨骼的大动脉都可以作为测量脉搏的部位(图11-18)。临床中,测量脉搏最常用的部位是桡动脉,因其方便且患者乐于接受。若怀疑患者心脏骤停或休克时,应选择大动脉,如颈动脉、股动脉为诊脉点。

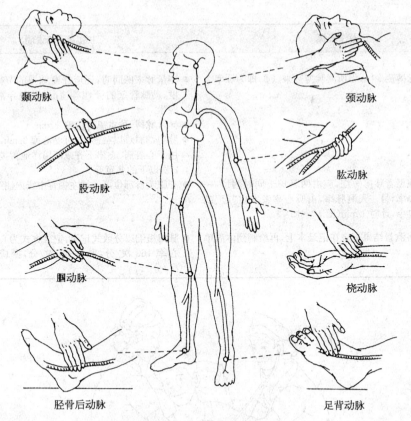

颞动脉

颈动脉

股动脉

肱动脉

腘动脉

桡动脉

胫骨后动脉

足背动脉

图 11-18　常用诊脉部位

(二) 测量脉搏的方法(以桡动脉为例)

1. 目的

(1) 判断脉搏有无异常。

(2) 动态监测脉搏变化,间接了解心脏情况。

(3) 协助诊断,为预防、治疗、康复、护理提供依据。

2. 用物　表(有秒针)、记录本、笔,必要时备听诊器。

3. 实施　见表 11-14。

表 11-14　测量脉搏操作步骤

操作步骤	注意事项与说明
1. **核对解释**　洗手,戴口罩,携用物至患者床旁,核对患者姓名、床号,向患者解释,并了解其前 30 min 的活动情况	● 确认患者并取得合作 ● 若测量脉搏前患者有剧烈活动、紧张、恐惧、哭闹等,应休息 15~30 min 后再测量,以免影响测量结果
2. **体位**　患者取卧位或坐位,手腕伸展,手臂放在舒适位置	● 偏瘫患者应选择健侧测量
3. **测量**　护士以示指、中指、无名指的指端按压在桡动脉处,按压力量适中,以能清楚触及动脉搏动为宜	● 勿用拇指诊脉,因拇指小动脉的搏动易与患者的脉搏相混淆 ● 压力太大阻断脉搏搏动,压力太小感觉不到脉搏搏动

（续表）

操作步骤	注意事项与说明
4. 计数 （1）正常脉搏测 30 s，将所测脉搏数乘以 2，即为脉率	● 测量脉率的同时，还应注意脉搏的节律、强弱、紧张度、动脉管壁的弹性等情况，发现异常要及时报告医生 ● 异常脉搏、危重患者应测 1 min ● 脉搏细弱难以触诊时，可测心率 1 min 代替脉率，常用于心脏病、心律不齐或使用洋地黄类药物的患者、2 岁以下的儿童等
（2）若发现患者脉搏短绌，应由两名护士同时测量，一人听心率，另一人测脉率，由听心率者发出"起"或"停"口令，计时 1 min（图 10 - 19）	● 心脏听诊部位可选择左锁骨中线内侧第 5 肋间处
5. 记录　先将测量结果记录在记录本上，再绘制到体温单上	● 脉搏短绌以分数式记录，记录方式为心率/脉率。如心率 160 次/分，脉率 60 次/分，则应写成 160/60 次/分

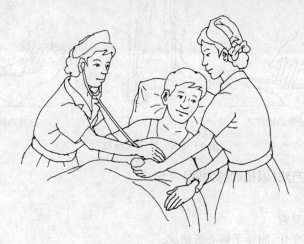

图 11 - 19　脉搏短绌测量法

第三节　血　压

　　血压（blood pressure，BP）是指血管内流动着的血液对于单位面积血管壁的侧压力。血压分为动脉血压、静脉血压、毛细血管压，一般所说的血压指的是动脉血压，如无特别注明，均指肱动脉的血压。

　　在一个心动周期中，动脉血压发生着周期性的变化。心室收缩时，主动脉压急剧升高，至收缩中期达最高值，此时的动脉血压称收缩压。心室舒张时，主动脉压下降，至舒张末期达动脉血压的最低值，此时的动脉血压称舒张压。收缩压和舒张压的差值称为脉搏压，简称脉压。一个心动周期中每一瞬间动脉血压的平均值称为平均动脉压，约等于舒张压与 1/3 脉压之和。

一、正常血压及生理变化

（一）血压的形成

　　循环系统内的血液充盈、心脏射血和外周阻力，以及主动脉与大动脉的弹性储器作用是形成动脉血压的基本条件。

1. **循环系统内的血液充盈** 循环系统中有足够的血量充盈,是动脉血压形成的前提。循环系统中,血液充盈的程度用循环系统平均充盈压来表示,成人约为 0.93 kPa(7 mmHg)。

2. **心脏射血和循环系统的外周阻力** 在心动周期中,由于血管内存在外周阻力,心室收缩释放的能量可分为两部分,一部分用于推动血液流动,成为血液的动能;另一部分则形成对血管壁的侧压,并使血管壁扩张,这部分能量形成势能,形成较高的收缩压。

3. **主动脉和大动脉的弹性储器作用** 心室舒张时,射血停止,主动脉和大动脉管壁发生弹性回缩,将一部分贮存的势能转变为推动血液的动能,使血液在血管中继续向前流动,同时维持一定高度的舒张压。

由此可见,循环系统内有足够的血液充盈是形成血压的前提,心脏射血和外周阻力是形成血压的基本因素;同时大动脉的弹性储器作用对血压的形成也有重要的作用,可缓冲血压的大幅波动。

(二)影响血压形成的因素

1. **心脏每搏输出量** 在心率和外周阻力不变时,如果每搏输出量增大,则心缩期射入主动脉的血量增多,动脉管壁所受的张力也随之增加,收缩压明显升高。由于血压升高,血流速度就加快,大动脉内增加的血量大部分可在心舒期流向外周。到舒张期末,大动脉内存留的血量与搏出量增加之前相比,增加并不很多,舒张压升高,但幅度较小,因而脉压增大。反之,每搏输出量减少,则收缩压降低,脉压减少。因此,一般情况下,收缩压的高低主要反映心脏每搏输出量的多少。

2. **心率** 若其他因素不变时,心率加快时,则心舒期缩短,在心舒期内从外周回流的血量减少。心舒期末主动脉内存留的血量增多,舒张压升高。主动脉内存留血量的增多使收缩期动脉内的血量增多,收缩压也相应升高。但由于血压的升高可使血流速度加快,因此在心缩期内可有较多的血液流至外周,故收缩压的升高不如舒张压的升高显著,脉压减小。反之,心率减慢时,主要表现为舒张压降低幅度比收缩压降低的幅度大,脉压增大。因此,心率主要影响舒张压。

3. **外周阻力** 心排血量不变而外周阻力增加时,心舒期血流流向外周的速度减慢,存留在主动脉中的血量增多,舒张压升高。在此基础上收缩压也相应升高,但由于血压升高使血流速度加快,使收缩期动脉内血量的增加不多,因此,收缩压升高不如舒张压升高明显,故脉压也相应减小。一般情况下,舒张压的高低主要反映外周阻力的大小。外周阻力的改变主要是由于骨骼肌和腹腔器官阻力血管口径的改变引起的。另外,血液黏滞度也影响外周阻力。

4. **主动脉和大动脉的弹性储器作用** 由于主动脉和大动脉的弹性储器作用,可使动脉血压的搏动幅度明显减小。随着年龄的增长,动脉管壁硬化,弹性储器作用也随之降低,其缓冲动脉血压的作用逐渐减弱,故收缩压升高,舒张压降低,脉压增大。

5. **循环血量和血管系统容量的比例** 正常情况下,循环血量和血管容量是相适应的,血管系统充盈程度的变化不大。如发生循环血量减少,而血管系统容量不变,或者循环血量不变而血管系统容量增加,都会造成血压下降。

上述这些因素可单独发生变化,影响动脉血压;也可同时发生改变,形成各种因素的相互作用,综合地影响血压的结果。

(三)血压的生理变化

1. **正常血压** 临床上常以肱动脉测量的血压值为准。正常成人在安静状态下的血压范围为:收缩压 90~140 mmHg(12.0~18.6 kPa),舒张压 60~90 mmHg(8.0~12.0 kPa),脉压 30~40 mmHg(4.0~5.3 kPa),平均动脉压 100 mmHg(13.3 kPa)左右。

压强的国际标准计量单位是帕(Pa),但帕的单位较小,故血压数值常用千帕(kPa)表示,但传统习惯常以毫米汞柱(mmHg)为单位。其换算公式为 1 mmHg=0.133 kPa,1 kPa=7.5 mmHg。

2. 生理变化

(1) 年龄:随着年龄的增长,血压也随之升高,但收缩压比舒张压升高更显著(表 11-15)。

表 11-15　各年龄组的血压平均值

年龄	血压(mmHg)	年龄	血压(mmHg)
1个月	84/54	14～17 岁	120/70
1 岁	95/65	成年人	120/80
6 岁	105/65	老年人	140～160/80～90
10～13 岁	110/65		

(2) 性别:青春期前男女之间血压差异较小,女性在更年期前血压略低于男性,更年期后男女血压差别不大。

(3) 昼夜节律及睡眠:通常清晨血压最低,然后逐渐升高,至傍晚血压最高。过度劳累或睡眠不佳时,血压稍增高。

(4) 环境:高温环境时,血管扩张,血压下降;寒冷时,血管收缩,血压升高。所以血压在冬天高于夏天,洗热水澡易使血压下降。

(5) 体型:体型高大及肥胖者血压较高。

(6) 体位:立位血压高于坐位血压,坐位血压高于卧位血压,这与重力引起的代偿机制有关。对于长期卧床、贫血或者在使用某些降压药物的患者,若是从卧位改变成立位时,可出现收缩压明显地下降、头晕、心慌、昏厥等体位性低血压的表现。

(7) 身体部位:一般右上肢比左上肢血压高 10～20 mmHg,因为右侧肱动脉来自主动脉弓的第一大分支的无名动脉,而左侧肱动脉来自主动脉的第三大分支左锁骨下动脉,右侧比左侧消耗的能量少,所以血压较高;下肢血压比上肢血压高 20～40 mmHg,是因为股动脉管径较粗,血流大。左右下肢的血压基本相等。若两上肢血压相差 20 mmHg 以上,见于多发性动脉炎、先天性动脉畸形、血栓闭塞性脉管炎等。若下肢血压等于或低于上肢血压,应考虑主动脉缩窄或血胸腹主动脉型大动脉炎。

此外,情绪激动、紧张、吸烟、剧烈运动可使血压升高,饮酒、摄盐过多、药物对血压也有影响。

二、异常血压的评估

(一) 高血压

1999 年 2 月世界卫生组织和国际高血压联盟(WHO/ISH)在其制定的高血压治疗指南中将高血压(hypertension)定义为:未服用抗高血压药的情况下,成人收缩压≥140 mmHg 和(或)舒张压≥90 mmHg。

高血压可分为原发性高血压和继发性高血压两大类。高血压绝大多数是原发性的,病因不明,仅约 5% 继发于其他疾病,是其他疾病的一种临床表现,称为继发性高血压。高血压的发病率高,常常造成心、脑、肾等重要脏器的损害,是动脉粥样硬化和冠心病的重要危险因素,也是心力衰竭的重要原因,因此是重点防治的疾病之一。

目前采用 1999 年世界卫生组织与国际高血压联盟制定的高血压标准(表 11-16)。

表 11-16　高血压的分级（WHO/ISH）

分　级	收缩压（mmHg）	舒张压（mmHg）
理想血压	＜120	＜80
正常血压	＜130	＜90
正常高值	130～139	85～89
1 级高血压（轻度）	140～159	90～99
亚组：临界高血压	140～149	90～94
2 级高血压（中度）	160～179	100～109
3 级高血压（重度）	≥180	≥110
单纯收缩压高血压	≥140	＜90
亚组：临界收缩期高血压	140～149	＜90

（二）低血压

收缩压低于 90 mmHg，舒张压低于 60 mmHg，称低血压（hypotension）。常见于严重病症，如大量失血、休克、心肌梗死、急性心力衰竭等。患者会出现明显的血容量不足的表现，如脉搏细速、心悸、头晕等。低血压也可有体质的原因，患者自诉一贯血压偏低，一般无症状。

（三）脉压异常

1. **脉压增大**　脉压＞40 mmHg，称为脉压增大，常见于甲状腺功能亢进、主动脉瓣关闭不全、主动脉硬化等。

2. **脉压减小**　脉压＜30 mmHg，称为脉压减小，多见于心包积液、主动脉瓣狭窄、心力衰竭等。

三、测量血压的技术

测量血压的方法有两种：直接测量和间接测量。直接测量法是经皮穿刺将导管由周围动脉送至主动脉，导管末端接监护测压系统，自动显示血压值。此法优点是可直接测量主动脉内压力，不受周围动脉舒缩的影响，测得的血压数值准确，又可直接观察压力波形；缺点是需用专门设备，技术要求高，且为有创方式，故仅适用于危重、疑难病例。间接测量法即袖带加压法，以血压计测量。它是根据血压通过狭窄的血管形成涡流时发出响声而设计的，因这种方法简便易行，适用于任何患者，故在临床上广泛应用，但因易受周围动脉舒缩的影响，数值有时不够准确。间接测量法是护理人员必须掌握的基本技术，本节也主要介绍这种测量技术。

（一）血压计的种类和构造

1. **汞柱式血压计**　又称水银血压计，由输气球、压力活门、袖带和测压计组成（图 11-20）。汞柱式血压计又分台式和立式两种。通过输气球可以向袖带的气囊充气，压力活门可以调节压力的大小。袖带是由内层长方形扁平的橡胶气囊和外层布套组成。WHO/ISH 对袖带长度与宽度都有明确规

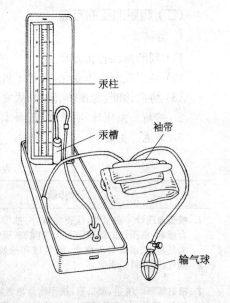

汞柱

汞槽

袖带

输气球

图 11-20　汞柱式血压计

定,其宽度为 13～15 cm,长度为 30～35 cm,上臂粗大和肥胖者袖带宽度应大于 20 cm。因为袖带过宽测出的血压值往往偏低,袖带过窄测出的血压值往往偏高。在橡胶袋上有两根橡胶管,其中一根与输气球相连,另一根与测压计相连。测压计有一个固定的玻璃管,玻璃管内可充汞。在玻璃管的两侧标有刻度,一侧是 0～300 mmHg,每一小格代表 2 mmHg;另一侧是 0～40 kPa,每一小格代表 0.5 kPa。玻璃管的上端与大气相通,下端与汞槽相通。汞柱式血压计测得的数值较准确,但其体积较大,而且玻璃管部分容易破裂。

2. 无液血压计　无液血压计又称弹簧表式血压计(图 11-21)。由输气球、压力活门、袖带和压力计组成。袖带与圆形表盘(即压力计)相连,表盘上标有刻度,指针指示血压的数值。这种血压计携带方便,但可信度较差。

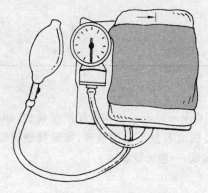

图 11-21　无液血压计

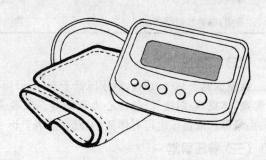

图 11-22　电子血压计

3. 电子血压计　电子血压计是利用现代电子技术与血压间接测量原理进行血压测量的医疗设备。电子血压计有臂式(图 11-22)、腕式之分,其特点是能够在数秒内得到收缩压、舒张压、脉搏等的数值,操作简便,清晰直观,不用听诊器,可避免因测量者听觉不灵敏、噪音干扰等造成的误差,但其准确性较差。电子血压计不适用于严重心律不齐或心力衰竭者、术后重症监护患者、手臂过细或过短的婴幼儿等。

(二)测量血压的方法

1. 目的
(1) 判断血压有无异常。
(2) 动态监测血压变化,间接了解循环系统的功能状况。
(3) 协助诊断,为预防、治疗、康复、护理提供依据。
2. 用物　血压计、听诊器、记录本、笔。
3. 实施　见表 11-17。

表 11-17　测量血压操作步骤

操作步骤	注意事项与说明
1. **检查血压计**　测量前,检查血压计:袖带的宽窄是否适合患者、血压计的玻璃管有无裂隙、玻璃管上端是否和大气相通、水银有无漏出、输气球和橡胶管有无老化、漏气,听诊器是否完好	● 若袖带太宽,测得的血压值偏低;袖带太窄,测得的血压值偏高
2. **核对解释**　洗手,戴口罩,携用物至患者床旁,核对患者姓名、床号,向患者解释,了解其测量前情况	● 确认患者并取得合作

操作步骤	注意事项与说明
	● 若患者在测量前有运动、洗澡、吸烟、进食、情绪激动、紧张等，须休息 30 min 后再测量，避免测得血压值偏高 ● 对需密切观察血压的患者，应做到四定：定时间、定部位、定体位、定血压计

3. 测量血压

◆ 肱动脉

（1）协助患者取舒适的坐位或仰卧位，使被测肢体（肱动脉）与心脏处于同一水平，坐位时被测手臂位置平第四肋，卧位时被测手臂位置平腋中线 | ● 偏瘫、肢体外伤或手术的患者测量健侧，因患侧肢体肌张力减低和血液循环障碍，不能真实反映血压变化
● 若肱动脉高于心脏水平，测得血压值偏低；反之，则偏高 |

（2）卷衣袖，充分露出手臂，肘臂伸直并稍外展，掌心向上 | ● 必要时脱袖，以免衣袖过紧影响血流，影响血压测量值的准确性 |

（3）放平血压计于被测上臂旁，开启汞槽开关，驱尽袖带内的空气，将袖带平整地缠于上臂中部，下缘距离肘窝 2～3 cm，松紧以能插入一指为宜 | ● 袖带过紧使血管在未充气前已受压，导致测得的血压值偏低；袖带过松使橡胶袋呈球状，以致有效的测量面积变窄，导致测得的血压值偏高；袖带不平整也使测得的血压值偏高 |

（3）戴好听诊器，先触及肱动脉搏动，将听诊器的胸件放在肱动脉搏动最明显处，用一手稍加固定（图 11-23） | ● 胸件的整个膜面都要与皮肤紧密接触，注意不可压得太重；胸件勿塞入袖带内，以免局部受压较大和听诊时出现干扰声 |

（4）另一手握输气球，关闭气门，充气至肱动脉搏动音消失，再升高 20～30 mmHg(2.6～4.0 kPa) | ● 肱动脉搏动消失表示袖带内压大于心脏收缩压，血流被阻断
● 充气不可过猛、过快，以免水银溢出和患者不适；充气不足或充气过度都会影响测量结果 |

（5）以每秒 4 mmHg(0.5 kPa)左右的速度缓慢放气，同时双眼平视汞柱所指刻度并注意肱动脉搏动音的变化 | ● 放气太慢，使静脉充血，舒张压偏高；放气太快，来不及听诊到正确血压读数
● 视线保持与汞柱弯月面同一水平，视线高于汞柱弯月面，读数偏低；反之，则偏高 |

（6）在听诊器听到第一声搏动音时，汞柱所指刻度为收缩压读数；当搏动音突然变弱或消失时，汞柱所指刻度为舒张压读数 | ● 第一声搏动音出现表示袖带内压力降至与心脏收缩压相等，血流通过阻断的肱动脉
● WHO 规定动脉搏动音的消失作为判断标准
● 发现血压听不清或异常时，应重测；重测时，将袖带内气体驱尽，待水银柱降至"0"点，稍等片刻后，再测量；一般连测 2～3 次，取其最低值，必要时双侧肢体对照 |

◆ 腘动脉

（1）患者取仰卧、俯卧或侧卧位，露出大腿部 | ● 腘动脉与心脏处于同一水平
● 必要时脱一侧裤子，暴露大腿，以免过紧影响血流，影响血压测量值的准确性 |

（2）将下肢袖带缠于大腿下部，其下缘距腘窝 3～5 cm；将听诊器胸件置于腘动脉搏动处 | |

（3）其余操作同肱动脉 | |

4. 整理血压计　测量结束后，排尽袖带内余气，拧紧气门，整理袖带，放入盒内；血压计盒盖右倾 45°，使汞全部流回槽内，关闭汞槽开关，盖上盒盖，平稳放置 | ● 输气球应放于盒内固定处，避免玻璃管被压碎而致汞漏出 |

5. 操作后处理

（1）协助患者取舒适体位，整理床单位

（2）记录，用分式表示，即收缩压/舒张压 mmHg(kPa)，如：130/90 mmHg | ● 当舒张压变音与消失音之间有差异时，两读数都应记录，即收缩压/舒张压/消失音 mmHg(kPa)，如：130/90/70 mmHg
● 腘动脉测得的血压，记录时应注明下肢血压 |

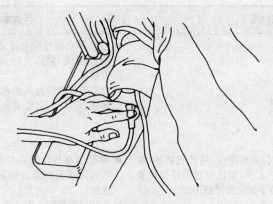

图 11-23　听诊器胸件放置的部位

第四节　呼　吸

机体与外界环境之间的气体交换过程称为呼吸(respiration)。通过呼吸,机体从外界环境摄取新陈代谢所需要的氧气,排出代谢所产生的二氧化碳。因此,呼吸是维持机体生命活动所必需的基本生理过程之一,一旦呼吸停止,生命也将终结。机体由于各种原因导致的功能紊乱或器质性病变都会对呼吸产生不同程度的影响,呼吸的形态也会随着疾病的种类、进程等而发生变化。因此,护士应该学会正确地观测呼吸,及时地发现患者健康状态的变化,为疾病的诊断、治疗和护理提供依据,同时能够熟练、准确地应用与呼吸相关的各项技术,改善患者呼吸状况,并满足其需要。

一、正常呼吸及生理变化

(一)呼吸过程

呼吸过程是由外呼吸、气体运输、内呼吸 3 个相互关联的环节组成的(图 11-24)。

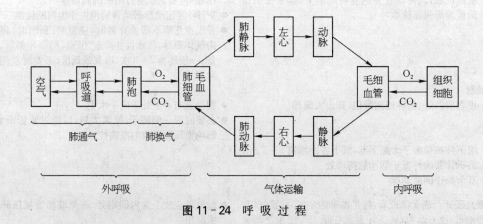

图 11-24　呼　吸　过　程

1. **外呼吸**　外呼吸即肺呼吸,是指外界环境与血液之间在肺部进行的气体交换。外呼吸包括肺通气和肺换气两个过程。肺通气是肺与外界环境之间气体交换的过程。实现肺通气相关的结构包括呼吸道、肺泡和胸廓等。呼吸道是气体进出的通道,肺泡是气体交换的场所,胸廓节律性的运动是肺通气的原动力。肺换气是肺泡与肺毛细血管血液之间的气体交换过程。肺换气的交换方式是通过分压差扩散实现的,即气体从高分压处向低分压处扩散。如肺泡内的氧分压高于静脉血氧分压,并且肺泡内二氧化碳分压低于静脉的二氧化碳分压,则肺泡内的 O_2 进入毛细血管,而毛细血管内的 CO_2 进入肺泡,交换的结果是静脉血变为动脉血。

2. 气体运输 气体运输是由循环的血液将 O_2 从肺运输到组织以及将 CO_2 从组织运输到肺的过程,也可看成是肺与组织之间的气体交换过程。

3. 内呼吸 内呼吸是血液与组织、细胞之间的气体交换过程。其交换方式与肺换气相似,交换的结果是动脉血变为静脉血,体循环毛细血管的血液从组织中获得 CO_2,释放 O_2。

(二)呼吸运动

呼吸肌的收缩和舒张引起的胸廓节律性扩大和缩小称为呼吸运动,胸廓扩大称为吸气运动,而胸廓缩小则称为呼气运动。主要吸气肌为膈肌和肋间外肌,主要呼气肌为肋间内肌和腹肌;此外,还有一些辅助吸气肌,如胸锁乳突肌等。

1. 呼吸运动的过程 平静呼吸时,吸气运动是由膈肌和肋间外肌的收缩而实现的,是一个主动过程;呼气运动是一个被动过程,是由膈肌和肋间外肌舒张所致。用力吸气时,膈肌和肋间外肌加强收缩,辅助吸气肌也参与收缩,使胸廓和肺的容积进一步扩大,更多的气体吸入肺内;此时呼气运动也是一个主动过程,除吸气肌舒张外,还有呼气肌参与收缩。

2. 呼吸运动的形式 呼吸运动可分为腹式呼吸和胸式呼吸两种形式。膈肌的收缩和舒张可引起腹腔器官位移,造成腹部的起伏,这种以膈肌舒缩活动为主的呼吸运动称为腹式呼吸。肋间外肌收缩和舒张时主要表现为胸部的起伏,因此,以肋间外肌舒缩活动为主的呼吸运动称为胸式呼吸。一般情况下,成年人的呼吸运动呈腹式和胸式混合式呼吸,只有在胸部或腹部活动受限时才会出现某种单一形式的呼吸运动。在婴幼儿,肋骨倾斜度小,位置趋于水平,主要呈腹式呼吸。

(三)呼吸运动的调节

1. 中枢性调节 产生和调节呼吸运动的神经元称为呼吸中枢,呼吸中枢广泛分布于中枢神经系统内,包括大脑皮质、间脑、脑桥、延髓和脊髓等,但它们在呼吸运动的调节过程中起着不同的作用。脑干的延髓和脑桥产生基本的呼吸节律,大脑皮层可控制随意的呼吸运动。

2. 化学性调节 血液、组织液或脑脊液中的 O_2、CO_2、H^+ 对呼吸运动的调节是一种反射性活动,称为化学感受性反射。CO_2 是调节呼吸运动最重要的生理性化学因素。当动脉血液中二氧化碳分压($PaCO_2$)降低时,呼吸运动会减弱甚至停止;当 $PaCO_2$ 升高时,呼吸会加深、加快;当 $PaCO_2$ 升高至一定水平时,抑制中枢神经系统包括呼吸中枢的活动,引起呼吸困难、头痛、头晕,甚至昏迷,出现 CO_2 麻醉。动脉血液中 H^+ 浓度升高时,呼吸运动加深、加快,肺通气量增加;H^+ 浓度降低时,呼吸运动受到抑制,肺通气量降低。动脉动脉血氧分压(PaO_2)降低时,呼吸加深、加快,肺通气量增加。

3. 反射性调节

(1)肺牵张反射:由肺扩张或萎陷引起的吸气抑制或兴奋的反射称为肺牵张反射。当肺扩张时,抑制吸气活动,促使吸气转换为呼气;当肺萎陷时,增强吸气活动或促进呼气转换为吸气。其生理意义是使吸气不致过长、过深,促使吸气转换为呼气。

(2)呼吸肌本体感受性反射:呼吸肌是骨骼肌,骨骼肌中存在着本体感受器肌梭。当肌梭受到牵张刺激时,可反射性引起所在的骨骼肌收缩,这种反射属于本体感受性反射。呼吸肌本体感受性反射参与正常呼吸运动的调节,呼吸肌负荷增加时能发挥较明显的作用。

(3)防御性呼吸反射:主要的防御性呼吸反射包括咳嗽反射和喷嚏反射。位于喉、气管和支气管黏膜的感受器受到刺激时,可引起咳嗽反射;位于鼻黏膜的感受器受到刺激时,可引起喷嚏反射。防御性呼吸反射可起到排除呼吸道刺激物和异物,保护呼吸道的作用。

(四) 呼吸的生理变化

1. 正常呼吸 正常成年人在安静状态下的呼吸频率为 16～20 次/min,节律规则、平稳、均匀无声、不费力气。呼吸与脉搏的比例为 1:4。正常男性和儿童的呼吸以腹式呼吸为主,女性以胸式呼吸为主。

2. 生理变化

(1) 年龄:年龄越小,呼吸频率越快。

(2) 性别:同年龄的女性比男性呼吸频率稍快。

(3) 活动:剧烈运动时为适应增高的机体代谢的需要,肺通气量增大,呼吸加深加快;休息和睡眠时呼吸较缓慢。

(4) 情绪:紧张、恐惧、害怕等强烈的情绪变化会引起呼吸系统的活动改变,引起呼吸加快或屏气。

(5) 环境:环境温度升高可使呼吸加深加快。此外,人处于气压增高、氧气稀薄的环境,呼吸也会代偿性地加深加快。

(6) 血压和体温:血压变动幅度较大时,可反射性影响呼吸,血压升高,呼吸减弱减慢;血压降低,呼吸加强加快。此外,体温对呼吸也会造成影响,体温上升,如发热,呼吸频率会随之加快;体温过低,呼吸也会受到抑制,变得缓慢。

二、异常呼吸的评估

(一) 异常呼吸形态的评估

1. 频率异常

(1) 呼吸过速:成人呼吸频率超过 24 次/min,称为呼吸过速(tachypnea)。常见于发热、疼痛、贫血、甲状腺功能亢进及心力衰竭等。一般体温升高 1℃,呼吸大约增加 4 次/min。

(2) 呼吸过缓:成人呼吸频率低于 10 次/min,称为呼吸过缓(bradypnea)。常见于颅内高压、麻醉剂或镇静剂过量等。

2. 深度异常

(1) 深度呼吸:又称库斯莫氏(Kussmaul's)呼吸,是一种呼吸深大而规则的呼吸,常见于糖尿病酮症酸中毒和尿毒症酸中毒。

(2) 浅快呼吸:是一种浅表而不规则的呼吸,有时呈叹息样。常见于呼吸肌麻痹、肺部疾病、胸膜、胸壁疾病或外伤,如肺炎、胸膜炎、胸腔积液、气胸、肋骨骨折等,也可见于濒死患者。

3. 节律异常

(1) 潮式呼吸:又称陈-施(Cheyne-Stokes)呼吸,是一种由浅慢逐渐变为深快,然后再由深快转为浅慢,随之出现一段呼吸暂停后,又开始如上变化的周期性呼吸,其形态犹如潮水起伏。潮式呼吸周期可长达 30 s 至 2 min,暂停期可持续 5～30 s。

(2) 间断呼吸:又称毕奥(Biots)呼吸,表现为有规律呼吸几次后,突然停止一段时间,又开始呼吸,如此反复交替。

以上两种周期性呼吸节律变化的机制是由于呼吸中枢的兴奋性降低,使调节呼吸的反馈系统失常。只有缺氧严重,二氧化碳潴留至一定程度时,才能刺激呼吸中枢,促使呼吸恢复和加强;当积聚的二氧化碳呼出后,呼吸中枢又失去有效的兴奋性,使呼吸又再次减弱进而暂停。这种呼吸节律的变化多发生于中枢神经系统疾病,如脑炎、脑膜炎、颅内压增高及某些中毒,如糖尿病酮中毒、巴比妥中毒等。间断呼吸较潮式呼吸更为严重,预后多不良,常在临终前发生。

(3) 叹气样呼吸:表现为在一段浅快的呼吸节律中有一次深大呼吸,常伴有叹息声。多见于神经衰弱、精神紧张的患者,反复发作是临终前的表现。

正常呼吸与异常呼吸的呼吸形态及特点见表 11-18。

表 11 - 18　正常呼吸与异常呼吸的呼吸形态及特点

呼吸名称	呼吸形态	特点
正常呼吸	吸气　呼气	规则、平稳
呼吸过速		规则、快速
呼吸过缓		规则、缓慢
深度呼吸		深而大
潮式呼吸		潮水般起伏
间断呼吸		呼吸和呼吸暂停交替出现

4. 声音异常

（1）蝉鸣样呼吸：吸气时产生的一种高调的似蝉鸣样的音响。常见于喉头水肿、喉头异物等。

（2）鼾声呼吸：呼吸时发出的一种粗大的鼾声，是由于气管或支气管内有较多的分泌物聚积所致，多见于昏迷或神经系统疾病的患者。

5. 形式异常

（1）胸式呼吸减弱，腹式呼吸增强：正常女性以胸式呼吸为主。由于肺或胸膜疾病如肺炎、重症肺结核等，或胸壁疾病如肋骨骨折等，均可使胸式呼吸减弱，腹式呼吸增强。

（2）腹式呼吸减弱，胸式呼吸增强：正常男性和儿童以腹式呼吸为主。由于腹膜炎、大量腹水、肝脾极度肿大及妊娠晚期时，膈肌向下运动受限，则腹式呼吸减弱，胸式呼吸增强。

（二）常见的呼吸系统症状和体征

1. 呼吸困难　呼吸困难（dyspnea）是指患者主观感到空气不足、呼吸费力，客观上表现呼吸运动用力，严重时可出现张口呼吸、鼻翼扇动、端坐呼吸、甚至发绀、呼吸辅助肌参与呼吸运动，并且可有呼吸频率、深度、节律的改变。临床上可分为以下几种。

（1）吸气性呼吸困难：主要特点表现为吸气显著困难，吸气时间延长，严重者吸气时可见"三凹征"，表现为胸骨上窝、锁骨上窝和肋间隙明显凹陷，三凹征的出现主要是由于呼吸肌极度用力，胸腔负压增加所致。常见于喉部、气管、大支气管的狭窄与阻塞。

（2）呼气性呼吸困难：主要特点表现为呼气费力、呼气缓慢、呼吸时间明显延长。主要是由于肺泡弹性减弱和（或）小支气管的痉挛或炎症所致。常见于慢性支气管炎（喘息型）、慢性阻塞性肺气肿、支气管哮喘等。

（3）混合性呼吸困难：主要特点表现为吸气、呼气均感费力、呼吸频率增快、深度变浅，主要是由于肺或胸膜腔病变使肺呼吸面积减少导致换气功能障碍所致。常见于重症肺炎、重症肺结核、大面积肺栓塞（梗死）、弥漫性肺间质疾病、大量胸腔积液、气胸、广泛性胸膜增厚等。

2. 咳嗽、咳痰　咳嗽是呼吸道黏膜受刺激引起的一种防御动作，通过咳嗽可排出呼吸道内的异物及分泌物。咳痰是借助支气管黏膜上皮纤毛运动、支气管平滑肌的收缩及咳嗽反射，将呼吸道分泌物从口腔排出体外的动作。咳嗽无痰或痰量较少，称为干性咳嗽；咳嗽伴有痰液，称为湿性咳嗽。

护士应了解患者咳嗽的频率、性质、节律、音色、发生时间、与体位关系等,还应观察痰液的色、质、量、气味和有无肉眼可见的异常物质等,必要时留取痰标本。

3. 咯血   咯血是指下呼吸道和器官病变出血经口咳出。根据咯血量临床分为痰中带血、少量咯血(<100 ml/d)、中等量咯血(100~500 ml/d)或大量咯血(>500 ml/d,或一次 300~500 ml),评估咯血量时应充分考虑到患者吞咽、呼吸道残留的血液,以及混合的唾液、痰等因素。

4. 胸痛   胸痛主要由胸部疾病、少数由其他部位的病变所致,常见于胸膜炎、自发性气胸、肺炎、肺癌、胸膜肿瘤、支气管炎等。护士评估时应注意胸痛的部位、性质、持续时间、影响因素和伴随症状等。

5. 发绀   发绀是由于血液中还原血红蛋白增多,使皮肤、黏膜等部位呈蓝紫色,在口唇、鼻尖、颊部等处比较明显。

三、测量呼吸的技术

1. 目的
(1) 判断呼吸有无异常。
(2) 动态监测呼吸变化,了解患者呼吸功能情况。
(3) 协助诊断,为预防、治疗、康复、护理提供依据。
2. 用物   表(有秒针)、记录本、笔,必要时备棉花。
3. 实施   见表 11 - 19。

表 11 - 19   测量呼吸的操作步骤

操作步骤	注意事项与说明
1. 核对 洗手,戴口罩,携用物至患者床旁,核对床号、姓名	● 确认患者
2. 体位 协助患者取舒适体位,并使其放松,观察患者的表情、肤色(尤其注意有无发绀)及胸、腹的起伏状况	● 尽量去除影响呼吸的生理因素,患者精神放松,保持自然呼吸状态
3. 测量 (1) 在测量脉搏后,护士将手仍放在患者的诊脉部位,似诊脉状,观察患者胸或腹部的起伏,或是在测量心率后,听诊器继续放置于患者胸部,接着观察呼吸	● 由于呼吸受意识控制,计数呼吸时应避免患者察觉,引起紧张 ● 女性以胸式呼吸为主,男性和儿童以腹式呼吸为主 ● 幼儿因测量肛温哭闹而影响呼吸,因此应先测呼吸,再测其他生命体征
(2) 观察患者的胸腹起伏,一起一伏(即一吸一呼)为一次,计数 30 s,所得数值乘以 2,即为呼吸频率;同时观察呼吸的节律、深度、音响、形式及有无呼吸困难 (3) 危重、呼吸微弱的患者,可用少许棉花置于患者鼻孔前,观察棉花被吹动的次数,计数 1 min	● 异常呼吸患者或婴儿应测 1 min ● 准确评估患者呼吸的整体状况,为协助诊断、治疗、护理提供依据
4. 记录 将测量结果先记录在记录本上,再绘制在体温单上	● 将测量结果与以往数值相比较,及时了解病情的动态变化,若发现异常情况,立即联系医生做进一步处理

四、改善呼吸功能的技术

(一) 呼吸训练的技术

1. 深呼吸   深呼吸训练可以用于克服肺通气不足。指导患者用鼻缓慢深吸气,然后用嘴缓慢呼气。训练的时间和频率可根据患者的病情而定,一般每日训练4次,每次5~10 min。

2. 腹式呼吸　腹式呼吸训练可用于慢性阻塞性肺病患者,通过训练有助于降低呼吸频率,增加潮气量、肺泡通气量,减少功能残气量,并增加咳嗽、咳痰能力,缓解呼吸困难症状,改善换气功能。具体方法如下:指导患者取立位、坐位或平卧位,初学时以半卧位容易掌握。两膝半屈或膝下垫小枕,使腹肌放松。两手分别放于前胸部和上腹部;用鼻缓慢吸气时,膈肌最大限度下降,腹肌松弛,腹部手感向上抬起,胸部手在原位不动,抑制胸廓运动;呼气时,腹肌收缩,腹部手感下降,帮助膈肌松弛,膈肌随腹腔内压增加而上抬,增加呼气潮气量。同时可配合缩唇呼气法,每天进行训练,时间由短到长,经反复训练,可习惯于平稳而缓慢的腹式呼吸。

3. 缩唇呼吸　指导患者呼气时腹部内陷,胸部前倾,将口唇缩小(呈吹口哨样),尽量将气呼出,以延长呼气时间,同时口腔压力增加,传至末梢气道,避免小气道过早关闭,改善肺泡有效通气量。吸气和呼气时间比为1:2或1:3,尽量深吸慢呼,每分钟7~8次,每次10~20 min,每天训练2次。

(二) 清除呼吸道分泌物的护理技术

1. 有效咳嗽　咳嗽是一种常见的防御性反射,通过有效咳嗽可以将呼吸道内的异物或分泌物排出,达到清洁和维持呼吸道通畅的目的。因此,应指导患者掌握有效咳嗽的方法:①患者取坐位或半卧位,屈膝,身体稍前倾,双手抱膝或环抱一个枕头,有助于膈肌上升。②进行数次深而慢的腹式呼吸,深吸气末屏气,然后缩唇,缓慢地通过口腔尽可能呼气。③再深吸一口气后屏气3~5 s(对于有伤口的患者,护理人员应将双手压在切口的两侧),然后患者的腹肌收缩,两手抓紧支持物,用力做爆破性咳嗽,将痰咳出。在病情允许的情况下,增加患者的活动量,可以使痰液松动,便于排出。

2. 叩击　用手叩击患者的胸背部,借助震动,使分泌物松动,从而更有利于分泌物的排出。叩击的手法是:操作者将手背隆起,手掌中空,手指弯曲,拇指紧靠示指,形成背隆掌空状,手腕部放松,有节奏地自上而下、由外向内轻轻叩击,力度以患者不感到疼痛为宜(图11-25),叩击时发出一种空而深的拍击声则表明手法正确。边叩击边嘱患者咳嗽。注意不可在裸露的皮肤、肋骨以下、脊柱、乳房等部位叩打,同时应避开拉链、纽扣等部位。若合并有气胸、肋骨骨折时禁做叩击。

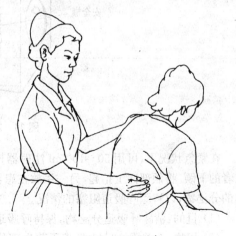

图 11-25　叩击

3. 胸壁震颤　胸壁震颤常紧跟叩击后进行。操作者将手置于欲引流的胸廓部位,手掌向下,两手重叠或并排放置,吸气时手掌随胸廓扩张慢慢抬起,不施加任何压力,在整个呼气期手掌紧贴胸壁,施加一定压力并作轻柔的上下抖动,即快速收缩和松弛手臂和肩膀,患者吸气时,停止震颤,每个治疗部位震颤5次,每次震颤结束后,嘱患者咳嗽以排出痰液。在操作过程中,应注意力量应适中,安排在餐后2 h或餐前30 min完成,避免治疗中呕吐。

4. 体位引流　体位引流是将患者置于特殊体位,借助重力的作用使肺与支气管内的分泌物流入大气管并咳出体外的方法。具体实施过程如下:①根据病变部位采取相应的体位。原则上患肺位于高处,其引流的支气管开口向下,便于分泌物借助重力作用流入大支气管和气管排出。病变位于上叶者,取坐位或健侧卧位;病变位于中叶者,取仰卧位稍向左侧;病变位于舌叶者,取仰卧位稍向右侧;病变位于下叶尖段者,取俯卧位。②嘱患者间断深呼吸并尽力咳痰,同时护理人员应叩击相应部位,以提高引流效果。③痰液较黏稠时,可给予雾化吸入、祛痰药等。④每日实施2~4次,每次15~30 min,宜选择在空腹时进行。⑤监测引流液的色、质、量;观察患者的反应,若出现面色苍白、头晕、出冷汗、血压下降等,应立即停止引流。⑥体位引流主要适用于支气管扩张、肺脓肿等有大量脓痰的患者,对呼吸功能不全、有明显呼吸困难和发绀者、近1~2周内曾有大咯血史、严重心血管疾病及年老体弱者禁用。

5. 吸痰术(aspiration of sputum) 吸痰术是利用机械吸引的方法,经口、鼻腔、人工气道将呼吸道内的分泌物吸出,以保持呼吸道通畅的一种治疗手段。主要适用于年老体弱、危重、昏迷、麻醉未清醒等无力咳嗽、排痰患者。

临床上常用的吸痰装置有中心吸引器和电动吸引器两种。

目前各大医院均设有中心负压吸引装置,吸引管道连接到各病房床单位,使用时连接上吸痰导管,打开开关即可。

电动吸引器由马达、偏心轮、气体过滤器、压力表、安全瓶、贮液瓶组成(图11-26)。接通电源后,马达带动偏心轮,在瓶内产生负压,将痰液吸出。

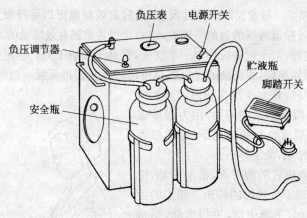

图 11-26 电动吸引器

在紧急状况下,可用50~100 ml注射器连接吸痰管吸痰;还可行口对口吸痰,操作者一手放在患者的下颌,将颌部向上抬起,另一手放在患者的前额,使头向后仰并捏着鼻孔,口对口吸出呼吸道内的分泌物,以解除呼吸道阻塞的情况。

(1)目的:清除呼吸道分泌物,保持呼吸道通畅;促进呼吸功能,改善肺通气;预防并发症。

(2)用物:有盖罐2只(1只盛无菌生理盐水,1只盛放已消毒的吸痰管数根)、弯盘、消毒纱布、无菌血管钳或镊子、电动吸引器或中心吸引器、试管(内盛有消毒液)、玻璃接管,必要时备压舌板、张口器、舌钳等。

(3)实施:见表11-20。

表 11-20 吸痰术操作步骤

操作步骤	注意事项与说明
1. 核对解释 洗手,戴口罩,携用物至患者床旁,核对床号、姓名,向患者及家属解释吸痰的目的、方法及操作过程中可能出现的问题	● 只有在患者呼吸道有分泌物积聚时或听见痰鸣音,肺部有湿啰音,呼吸音低,呼吸频率加快,或排痰不畅时需进行吸痰 ● 确认患者,消除紧张情绪并取得良好的合作
2. 准备 (1)接通电源,打开开关,检查吸引器性能,调节负压	● 一般成人 40.0~53.3 kPa(300~400 mmHg);儿童<40.0 kPa

(续表)

操作步骤	注意事项与说明
(2) 检查患者口、鼻腔,取下活动义齿	● 若口腔吸痰有困难,可由鼻腔吸引;昏迷患者可用压舌板或张口器帮助开口
(3) 患者头转向一侧,面向操作者	
(4) 用玻璃接管将吸痰器与吸痰管连接起来,试吸少量生理盐水	● 检查吸痰管是否通畅,同时润滑导管前端
3. 吸痰 (1) 一手反折吸痰管末端,另一手用无菌血管钳持吸痰管前端插入口咽部(10~15 cm);先吸口咽部的分泌物,再吸气管内的分泌物	● 不可带负压管插管,以免损伤呼吸道或口腔黏膜 ● 若气管切开吸痰,注意无菌操作,先吸气管切开处,再吸口(鼻)部
(2) 放松吸痰管末端,由深部左右旋转、向上提拉吸痰管,吸尽痰液	● 吸痰动作应轻柔,每次吸引时间<15 s,以免造成缺氧 ● 每根吸痰管只用一次,不可反复上下提插 ● 痰液黏稠时,可配合叩击、雾化吸入
(3) 吸痰管退出时,用生理盐水抽吸	● 以免分泌物阻塞吸痰管
4. 观察 观察气道是否通畅;患者的反应,如面色、呼吸、心率、血压等;吸出痰液的性状及量	● 根据患者情况,必要时重复吸引,如一次未吸尽,隔3~5 min重吸,应每次更换吸痰管
5. 操作后处理 (1) 吸痰毕,关闭吸引器,取下吸痰管和负压管,处理一次性用物,清洗和消毒重复使用的用物,为下次吸引作准备	● 吸痰用物每班更换 ● 贮液瓶内吸出液应及时倾倒,不得超过2/3
(2) 拭净患者脸部分泌物,协助患者取舒适体位,整理床单	
(3) 洗手,记录吸引的情况,分泌物的量和性状,记录患者吸引前后的呼吸情况	

(三) 氧气吸入术

氧气是人类生存必不可少的物质。当组织供氧不足或用氧障碍时,会引起组织代谢、功能以致形态结构发生异常变化,这一病理过程称为缺氧。氧气吸入术(oxygen-inhalation)是常用的改善呼吸的技术之一,是通过给氧,以提高动脉血氧分压(PaO_2)和动脉血氧饱和度(SaO_2),增加动脉血氧含量(CaO_2),纠正各种原因引起的缺氧状态,促进组织新陈代谢,维持机体生命活动的一种治疗方法。

1. **缺氧的分类和氧气疗法的适应证**

(1) 低张性缺氧:由于吸入气体氧分压过低,外呼吸功能障碍,静脉血分流入动脉血引起的缺氧。主要特点是 PaO_2、SaO_2、CaO_2 均低于正常,组织供氧不足。常见于高山病、慢性阻塞性肺气肿、先天性心脏病等。

(2) 血液性缺氧:指由于血红蛋白质或量的改变,导致血氧含量降低或血红蛋白结合的氧不易释放所引起的组织缺氧。常见于贫血、一氧化碳中毒、高铁血红蛋白血症等。

(3) 循环性缺氧:由于组织血流量减少引起的组织供氧不足。常见于休克、心力衰竭、动脉粥样硬化等。

(4) 组织性缺氧:由于组织细胞利用氧障碍所致。主要是因为细胞中毒、细胞损伤、呼吸酶合成障碍等。常见于氰化物中毒、大量放射线照射等。

在以上4种类型中,氧疗对低张性缺氧(除静脉血分流入动脉外)的效果最好。因低张性缺氧的患者 PaO_2 及 SaO_2 明显低于正常,吸氧可使 PaO_2 及 SaO_2 增高,血氧含量增多,使组织的供氧增加。

此外,氧疗对心功能不全、休克、严重贫血、一氧化碳中毒等患者也有一定的疗效。

2. **缺氧程度的判断** 缺氧程度的判断是是否需要给氧的重要依据。对缺氧程度的判断,除依据临床表现外,主要根据血气分析中 PaO_2 及 SaO_2 的结果。

(1) 轻度低氧血症:$PaO_2 > 6.67\ kPa(50\ mmHg)$,$SaO_2 > 80\%$,无发绀,一般不需给氧。如有呼吸困难,可给予低流量、低浓度(氧流量 $1 \sim 2\ L/min$)氧气吸入。

(2) 中度低氧血症:$PaO_2\ 4 \sim 6.67\ kPa(30 \sim 50\ mmHg)$,$SaO_2\ 60\% \sim 80\%$,有发绀,呼吸困难,需氧疗。

(3) 重度低氧血症:$PaO_2 < 4\ kPa(30\ mmHg)$,$SaO_2 < 60\%$,显著发绀、呼吸极度困难,出现三凹征,神志昏迷,是氧疗的绝对适应证。

当患者 PaO_2 低于 $50\ mmHg$ 均应给氧,慢性阻塞性肺疾患并发冠心病患者 $PaO_2 < 60\ mmHg$ 时即需给氧。

3. **供氧装置** 供氧装置有氧气筒和中心供氧装置。

(1) 氧气筒供氧装置(图 11-27)

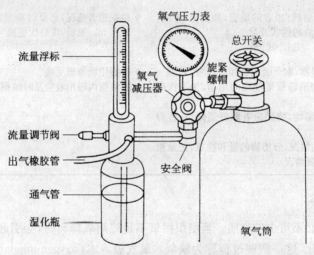

图 11-27 氧气筒及氧气表装置

1) 氧气筒:氧气筒为圆柱形无缝钢筒,标准的氧气筒充满氧气时,筒内氧气压力可达 $14.7\ mPa$($150\ kg/cm^2$),容纳 $6\,000\ L$ 的氧气。氧气筒的顶部有一总开关,可控制氧气的进出。使用时,将总开关向逆时针方向旋转 $1/4$ 周,即可放出足够的氧气;不用时,向顺时针方向将总开关旋紧。氧气筒颈部的侧面有一气门,是氧气自筒内输出的途径,通过此气门可将压力表与氧气筒相连。

2) 氧气表:氧气表由压力表、减压器、流量表、湿化瓶及安全阀组成。压力表可显示筒内氧气的压力或量,从表上的指针能测知筒内氧气的压力,以 $mPa(kg/cm^2)$ 表示。压力越大说明氧气贮存量越多。减压器是一种弹簧自动减压装置,将来自氧气筒内气体的压力减至 $0.2 \sim 0.3\ mPa(2 \sim 3\ kg/cm^2)$,使流量平稳,保证安全,便于使用。流量表用来测量每分钟氧气的流出量,流量表内有浮标,当氧气通过流量表时,即将浮标吹起,从浮标所指示的刻度,可知每分钟氧气的流出量。湿化瓶内装 $1/3 \sim 1/2$ 满的蒸馏水或灭菌水,通气管浸入水中,起到对氧气进行湿化的作用,湿化瓶的出口与鼻导管相连。急性肺水肿患者可选用 $20\% \sim 30\%$ 乙醇作为湿化液,以降低肺泡内泡沫的表面张力,扩大气体与肺泡壁接触面积而使气体易于弥散,改善气体交换。当氧流量过大、压力过高时,安全阀内部活塞自行上推,过多的氧气由四周小孔流出,以保证安全。

一般常将氧气表装在氧气筒上,以备急用。装表的具体方法是:①吹尘:将氧气筒置于氧气架上,打开总开关,使少量气体流出,随即迅速关上总开关,达到避免灰尘进入氧气表、清洁的目的。②接流量表:将氧气表稍向后倾斜置于氧气筒气门上,将氧气表的旋紧螺口与氧气筒气门处的螺丝接头衔接,用手按顺时针方向初步旋紧,再用扳手拧紧,使氧气表直立于氧气筒旁。③连接湿化瓶:连接通气管和湿化瓶。④检查:确认流量表处于关闭状态,打开氧气筒总开关,再打开流量表调节阀开关,检查有无漏气、氧气流出是否通畅,然后关闭流量表调节阀开关,备用。

卸表时操作如下:①用扳手将总开关旋紧,打开流量调节阀开关,放出余气,再关调节阀,卸下湿化瓶。②一手拿表,一手用扳手将表的螺帽以逆时针方向旋转,然后再用手放松,将表卸下。

氧气筒内的氧气供应时间可按下列公式计算:

$$可供应时间=\frac{[压力表压力-5(kg/cm^2)]\times 氧气筒容积(L)}{1\ kg/cm^3\times\ 氧流量(L/min)\times 60\ min}$$

(2) 中心供氧装置:医院的氧气可由供应站集中供给,氧气管道通至各个病房、门诊、急诊。供应站有总开关,各用氧单位配有氧气表,需要要用氧时,打开流量表开关即可使用。

4. 氧浓度与氧流量

(1) 氧浓度和氧流量的换算:氧流量指调节的供患者使用的氧气的流量,单位为L/min。根据患者状况和用氧途径调节氧流量的大小。由于氧气的渗漏及与大气的混合,氧流量并不完全等于患者实际吸入的氧的浓度。更精确的描述氧气用量的方法可用吸入气体的百分比表示,即吸氧浓度。氧浓度即氧在空气中的百分比。护士必须密切按医嘱进行氧流量监控,必须掌握氧流量与氧浓度的换算方法。

$$吸氧浓度(\%)=21+4\times 氧流量(L/min)$$

(2) 给氧浓度:氧气在空气中的浓度为20.93%。根据给氧浓度的高低,可分为:①低浓度给氧:吸入氧浓度低于35%。②中浓度给氧:吸入氧浓度为35%~60%。③高浓度给氧:吸入氧浓度高于60%。

5. 氧疗的方法

(1) 鼻导管法:有单侧鼻导管法和双侧鼻导管法两种。①单侧鼻导管法:需将鼻导管从一侧鼻腔插入至鼻咽部(图11-28)。此法节省氧气,但对鼻腔黏膜刺激性大,患者不易耐受,而且鼻导管容易被分泌物阻塞,需每8 h更换导管1次,因而目前在临床已不太常用。②双侧鼻导管法:是将双侧鼻导管插入鼻孔内约1 cm处,固定稳妥即可(图11-29)。这种方法操作简单,相对比较舒适,患者容易接受,因此,是目前临床中常用的给氧方法之一。

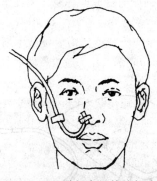

图 11-28　单侧鼻导管给氧法

图 11-29　双侧鼻导管给氧法

(2) 鼻塞法:鼻塞是一种用塑料制成的球状物,有单侧和双侧两种,使用时将鼻塞塞入一侧鼻孔

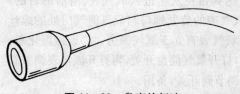

图 11-30 鼻塞给氧法

鼻前庭内即可(图 11-30)。此法刺激性小,患者感觉较舒适,且使用方便,临床使用广泛,但对于鼻腔阻塞者治疗效果较差。

鼻导管和鼻塞法的给氧浓度均只能达到 40%~50%,氧流量一般<6 L/min。

(3)漏斗法:以漏斗代替鼻导管连接通气管,调节流量 4~6 L/min,将漏斗置于患者口鼻处 1~3 cm,用绷带设法固定。此法使用较简便,且无导管刺激黏膜的缺点,但耗氧量较大,多用于婴幼儿或气管切开术后的患者。

(4)面罩法:将面罩置于患者的口鼻部,氧气自下端输入,呼出的气体从面罩两侧孔排出(图 11-31)。由于口、鼻都能吸入氧气,治疗效果较好,且对气道黏膜刺激小,适用于病情较重、血氧分压明显下降者。其缺点是饮食、咳痰时需要去掉面罩,中断给氧。需要注意的是,面罩给氧时必须要有足够的氧流量,一般氧流量在 6~8 L/min。

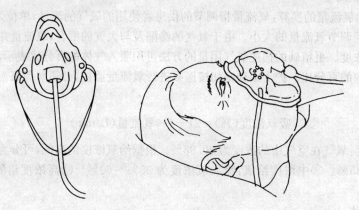

图 11-31 面罩给氧法

(5)氧气头罩法:将患者的头部置于氧气头罩内,罩上有多个小孔,可以保持罩内一定的氧浓度、温度和湿度(图 11-32)。头罩和颈部之间要留有一定的空隙,防止二氧化碳潴留。此法主要用于小儿。

(6)氧气枕法:氧气枕是一长方形橡胶枕,枕的一角连有橡胶管,其上有调节器可以调节氧气流量,氧气枕内充入氧气,连接上湿化瓶、导管后即可使用(图 11-33)。此法适用于家庭氧疗或危重患者的转运途中,可用氧气枕临时替代氧气装置供氧。

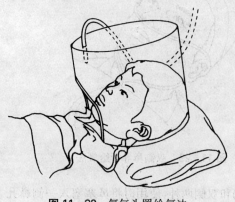

图 11-32 氧气头罩给氧法

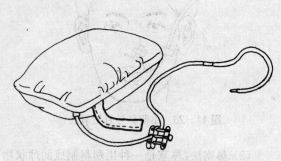

图 11-33 氧气枕给氧法

6. 氧气吸入术的操作

（1）目的：纠正各种原因造成的缺氧状态，促进组织新陈代谢，维持机体生命活动。

（2）用物：中心供氧装置或氧气筒供氧装置，给氧装置（按需准备），治疗盘内备通气管、棉签、胶布、玻璃接管、小药杯（内盛冷开水）、安全别针、弯盘、纱布，输氧卡及笔。

（3）实施：见表 11 - 21。

表 11 - 21　氧气吸入术的操作步骤

操作步骤	注意事项与说明
1. **核对解释**　核对医嘱，包括用氧方法及流量；洗手，备齐用物，携至患者床旁，核对床号、姓名，解释用氧的目的、方法及安全用氧的有关知识	● 给氧要根据医嘱 ● 确认患者，取得合作
2. **连接**　连接给氧装置，将通气管与湿化瓶的出口相连；打开氧气开关，检查设备功能是否正常，管道有无漏气	
3. **给氧** ◆ 单侧鼻导管给氧 　（1）选择较通畅的一侧鼻孔，并用湿棉签清洁该侧鼻孔，备胶布 2 根 　（2）将鼻导管与通气管上的玻璃接头连接，先开流量调节阀（小开关），确定氧气流出通畅后，调节至所需氧流量 　（3）测量鼻导管插入长度，一般为鼻尖至耳垂的 2/3（图 11 - 34） 　（4）湿润鼻导管，将鼻导管蘸水，自所选择侧鼻孔轻轻插入至鼻咽部 　（5）如无呛咳等刺激性症状，即用胶布将鼻导管固定于鼻翼及面颊部，用安全别针固定通气管于床单上 ◆ 双侧鼻导管给氧 将鼻导管鼻塞部轻轻插入患者双侧鼻腔，再将导管环绕患者耳部向下放置，根据情况调整其松紧度 ◆ 鼻塞给氧 擦净鼻腔，将鼻塞连接通气管，调节氧流量，将鼻塞塞入鼻孔内 ◆ 面罩给氧 将面罩置于患者口鼻部，用松紧带固定，再将氧气接于氧气进口上，调节氧流量 ◆ 中心供氧装置给氧 　（1）装流量表：将流量表接头插进墙上氧气出口，向外轻轻下拉接头，证实已接紧，查看接头是否漏氧气，将湿化瓶接到流量表上 　（2）导管接于湿化瓶出口处的小孔接头上 　（3）连接不同的给氧装置，调节氧流量	● 检查鼻腔有无肿痛破损、分泌物阻塞、生理性异常及通气障碍 ● 可将导管放入洁净水中看有无气泡溢出，或将管口靠近手背感觉有无气流流出，来检查氧气流出是否通畅 ● 先调节好流量再插鼻导管，以免一旦出错，大量氧气进入呼吸道，引起肺部组织损伤 ● 一般轻度缺氧 1～2 L/min，中度缺氧 2～4 L/min，重度缺氧 4～6 L/min，小儿 1～2 L/min ● 持续给氧者，每班更换鼻导管，双侧鼻腔交替插管 ● 松紧适度，以免太紧引起皮肤破损 ● 鼻塞大小适宜，以恰能塞满鼻孔为宜；置于鼻前庭，切勿深塞 ● 面罩给氧流量至少为 6 L/min，以避免重复吸气 ● 若有氧气逸出，拔出接头后重新插入
4. **记录**　给氧时间、氧流量、患者的反应	

（续表）

操作步骤	注意事项与说明
5. **观察** 给氧期间注意观察患者病情、用氧后的效果、有无出现氧疗副作用,氧气设备工作状态是否良好、供氧管道是否通畅、有无漏气	● 遵循用氧的安全,严格按照操作规程进行,切实做到"四防",防火、防油、防热、防震。即氧气筒应安置在阴凉处,周围严禁烟火和易燃品,氧气表及螺旋处不可抹油,搬运时避免倾倒和震动,以防引起爆炸 ● 如中途需要改变流量,应先分离导管和湿化瓶连接处,调好流量后再接上
6. **停止用氧** 停用氧气时,先取下给氧装置,再关流量调节阀	● 防止操作不当,引起肺组织损伤
7. **操作后处理** 　(1) 协助患者取舒适体位,整理床单位 　(2) 卸表,用物处理	● 若有胶布痕迹,用松节油擦拭 ● 一次性用物消毒后集中处理;橡胶管、湿化瓶等定期消毒更换,防止交叉感染 ● 氧气筒内的氧气不可全部用尽,压力表上指针降至0.5 mPa(5 kg/cm²)时,即不可再用,以防灰尘进入筒内,再次充氧引起 ● 对未用或已用空的氧气筒,应分别标明"满"或"空"的字样,便于及时调换,并避免急用时影响抢救
(3) 记录停止用氧时间及用氧后呼吸改善的情况	

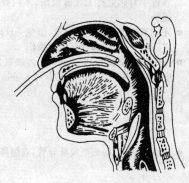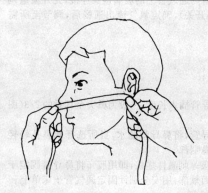

图 11－34　单侧鼻导管插入长度

　　7. 氧疗的副作用　当氧气浓度高于 60%、持续时间超过 24 h,可能出现氧疗的副作用。常见的副作用如下。

　　(1) 氧中毒:吸入 0.5 个大气压以上的氧对任何细胞都有毒性作用,可引起氧中毒。吸入 1个大气压左右的氧 8 h 后,患者可出现肺型氧中毒,表现为胸骨下不适、进行性呼吸困难、恶心、呕吐、干咳、烦躁不安,继之以肺实质的改变,如肺泡壁增厚、出血、肺不张,晚期表现为肺实质纤维化及多脏器功能受损。吸入 2～3 个大气压以上的氧,可在短时间内引起脑型氧中毒。患者出现视觉和听觉障碍,恶心、抽搐、晕厥等神经症状,严重者可昏迷、死亡。预防的关键措施是避免长时间、高浓度氧气吸入,在常压下,吸入 60% 以下的氧是安全的,60%～80% 的氧吸入时间不能超过 24 h,100% 的氧吸入时间不能超过 4～12 h,给氧期间应监测血气分析,及时观察氧疗效果和副作用。

　　(2) 肺不张:患者吸入高浓度氧气后,肺泡内的氮气被大量置换,一旦气道被异物阻塞,肺泡内的氧气被肺循环血液迅速吸收,引起吸入性肺不张。表现为烦躁、呼吸及心率加快,血压升高,甚至出现呼吸困难、发绀、昏迷。预防措施是控制吸入氧气的浓度,鼓励患者多咳嗽,经常变换体位,加强排痰。

（3）呼吸道分泌物干燥：氧气是一种干燥气体，直接吸入后会引起呼吸道黏膜干燥，分泌物黏稠，不易咳出。因此，在氧气吸入前一定要先湿化再吸入，以减轻刺激作用。

（4）晶状体后纤维组织增生：仅见于新生儿，尤其是早产儿。在早期出现的视网膜血管收缩是可逆转的，若持续数小时，视网膜血管不可逆转地收缩、纤维化，甚至失明。因此应控制氧浓度和吸氧时间。

（5）呼吸抑制：见于 II 型呼吸衰竭（PaO_2 降低、$PaCO_2$ 升高）患者，由于 $PaCO_2$ 长期处于高水平，呼吸中枢失去了对二氧化碳的敏感性，呼吸的调节主要依靠缺氧对外周化学感受器的刺激来维持，吸入高浓度氧气后，解除了缺氧对呼吸的刺激，使呼吸中枢抑制加重，甚至停止呼吸。因此，对于此类患者应给予低浓度、低流量（$1 \sim 2$ L/min）氧气吸入，维持 PaO_2 在 8 kPa 即可。

五、痰及咽拭子标本采集术

痰液是气管、支气管和肺泡所产生的分泌物。正常人痰液很少，呈清水样，只有当呼吸道黏膜和肺泡受刺激时，分泌物增多，痰量增加。在病理情况下，如肺炎、支气管扩张、结核等，不仅痰量增加，其性质和成分也会发生变化。

（一）痰标本采集术

常用的痰标本检查有常规痰标本、痰培养标本、24 h 痰标本 3 种。

1. 目的

（1）常规痰标本：检查痰液中的细菌、寄生虫卵和癌细胞。

（2）痰培养标本：检查痰液中的致病菌。

（3）24 h 痰标本：检查 24 h 痰量，观察痰的性状，协助诊断。

2. 用物

（1）常规痰标本：痰盒。

（2）痰培养标本：无菌痰盒、漱口溶液。

（3）24 h 痰标本：大容量广口痰盒。

（4）不能自行排痰者：集痰器、吸痰用物（吸痰器、吸痰管）、手套。痰培养标本所需用物必须无菌。

3. 实施 见表 11 - 22。

表 11 - 22 痰标本采集术操作步骤

操作步骤	注意事项与说明
1. 准备 准备用物，核对医嘱、检验单上的姓名、床号、住院号、检验项目，选择适当标本容器，并在容器外贴上相应标签	● 避免发生差错，标本损坏
2. 核对解释 携带用物到患者床旁，核对患者床号、姓名，解释操作目的及过程	● 确认患者，取得合作
3. 收集痰标本 ◆ 常规标本 （1）能自行留痰者：嘱患者晨起未进食前漱口，深呼吸数次后用力咳出气管深处的痰液（晨起第一口痰）于痰盒内，并盖好痰盒	● 收集痰液时间宜选择在清晨，因此时痰液量较多，痰内细菌也较多，以提高阳性率 ● 去除口腔中的杂质 ● 深呼吸可帮助痰液咳出 ● 如查癌细胞，应立即送检，或用 95% 乙醇或 10% 甲醛固定后送检

（续表）

操作步骤	注意事项与说明
（2）不能自行排痰者：协助患者取适当的体位，自下而上、由外向内叩击患者背部，带好手套后，集痰器分别连接吸引器和吸痰管（图11-35），按吸痰法将痰吸入集痰器内，盖好	● 使痰液松动 ● 戴手套，注意自我保护 ● 集痰器开口高的一端接吸引器，低的一端接吸痰管
◆ 痰培养标本 晨起后未进食前先用漱口液漱口，再用清水漱口，深呼吸数次后用力咳出气管深处的痰液于无菌痰盒内，盖好；不能自行排痰者，可用无菌吸痰法吸取	● 清除口腔杂菌 ● 注意无菌操作，避免污染标本，影响检查结果
◆ 24 h 痰标本 在大容量广口痰盒内加少量清水，注明留痰起止时间，嘱患者从晨起（7am）未进食前漱口后第一口痰开始留取，次日晨（7am）未进食前漱口后第一口痰作为结束	● 水在计算总量时扣除 ● 嘱患者不可将唾液、漱口水、鼻涕等混入痰标本
4. 洗手记录	● 防止交叉感染 ● 记录痰液的量及性状，24 h 痰标本应记录总量
5. 及时送检	

接吸引管

接吸痰管

图 11-35　集痰器吸痰

（二）咽拭子标本采集术

1. **目的**　从咽部和扁桃体取分泌物做细菌培养或病毒分离，以协助诊断和治疗。
2. **用物**　无菌咽拭子培养管、酒精灯、火柴、消毒压舌板、手电筒。
3. **实施**　见表11-23。

表 11-23　咽拭子标本采集术操作步骤

操作步骤	注意事项与说明
1. 准备　准备用物，核对医嘱、检验单上的姓名、床号、住院号、检验项目，在培养管外贴上相应标签	● 避免发生差错，标本损坏
2. 核对解释　携带用物到患者床旁，核对患者床号，姓名，解释操作目的及过程	● 确认患者，取得合作
3. 采集标本　点燃酒精灯，嘱患者张口发"啊"音，暴露咽喉；用培养管内的消毒长棉签擦拭两侧腭弓、咽、扁桃体上的分泌物	● 必要时可用压舌板将舌下压 ● 动作轻快，棉签不要触及其他部位，保证所留取标本的准确性 ● 作真菌培养时，须在口腔溃疡面取分泌物

（续表）

操作步骤	注意事项与说明
4. 消毒　在酒精灯火焰上消毒试管口及塞子,然后将棉签插入试管中,塞紧	● 防止标本污染,影响检验结果
5. 洗手,记录,送检	

复 习 题

【A型题】

1. 以口腔温度为标准,体温过低的范围是：　　　　　　　　　　　　　　　　（　　）
A. 35℃以下
B. 35～36℃
C. 36.6～37.5℃
D. 37.3～38℃
E. 38.1～38.5℃

2. 退热期体温下降时,因大量出汗最易出现：　　　　　　　　　　　　　　（　　）
A. 体温过低
B. 虚脱
C. 皮肤潮湿
D. 呼吸加快
E. 畏寒

3. 下列哪种患者适宜测量口温：　　　　　　　　　　　　　　　　　　　　（　　）
A. 昏迷
B. 患儿
C. 口鼻手术
D. 呼吸困难
E. 肛门手术

4. 高热患者的护理措施,下列哪项不妥：　　　　　　　　　　　　　　　　（　　）
A. 密切观察病情变化
B. 每天测体温2次
C. 冰袋冷敷头部
D. 口腔护理每天2～3次
E. 鼓励多饮水

5. 发热中,体温上升期不可能出现的表现是：　　　　　　　　　　　　　　（　　）
A. 皮肤苍白
B. 出冷汗
C. 畏寒
D. 体温上升
E. 体内产热大于散热

6. 除哪种情况外,能引起体温过低：　　　　　　　　　　　　　　　　　　（　　）
A. 早产儿
B. 新生儿硬肿症
C. 晕厥
D. 全身衰竭
E. 濒死状态

7. 不可用于浸泡体温计的消毒液是：　　　　　　　　　　　　　　　　　　（　　）
A. 1%消毒灵
B. 碘伏
C. 0.1%过氧乙酸
D. 70%乙醇
E. 2%戊二醛

8. 消毒体温计的过氧乙酸溶液应：　　　　　　　　　　　　　　　　　　　（　　）
A. 每日更换
B. 每周更换
C. 隔周更换
D. 每周更换2次
E. 每月更换1次

9. 检查体温计准确性的水温应是：　　　　　　　　　　　　　　　　　　　（　　）
A. 30℃
B. 32℃
C. 33℃
D. 37℃
E. 40℃

10. 测量直肠温时,体温计一般需要插入的深度是：　　　　　　　　　　　　（　　）
A. 1～2 cm
B. 2～3 cm
C. 3～4 cm
D. 4～5 cm
E. 5～6 cm

11. 若患者咬破体温计时,须立即给予：　　　　　　　　　　　　　　　　　（　　）
A. 糖水
B. 淀粉糊
C. 生理盐水
D. 豆浆
E. 清除口腔内的玻璃碎屑

12. 下列哪种疾病可采用热疗： （ ）

    A. 腰痛   B. 急腹症   C. 牙痛

    D. 脑外伤   E. 鼻翼处感染

13. 面部危险三角区感染病灶不宜作热敷的理由是： （ ）

    A. 皮肤细嫩易烫伤   B. 易引起鼻出血   C. 易造成颅内感染

    D. 加速病灶化脓   E. 使局部疼痛加重

14. 使用热水袋热敷时，将水温调至： （ ）

    A. 40～50℃   B. 50～60℃   C. 60～70℃   D. 70～80℃   E. 80～90℃

15. 红外线烤灯治疗灯距为： （ ）

    A. 10～20 cm   B. 15～30 cm   C. 20～30 cm   D. 30～50 cm   E. 40～60 cm

16. 冷热疗法的共同的作用为： （ ）

    A. 控制出血   B. 加速炎症进程   C. 减轻疼痛

    D. 降低体温   E. 解除肌肉痉挛

17. 为防止出现继发效应，持续用冷或用热一段时间后，应间隔： （ ）

    A. 30 min   B. 60 min   C. 90 min   D. 120 min   E. 150 min

18. 脑水肿患者宜选用的疗法为： （ ）

    A. 冰袋   B. 温水擦浴   C. 冰槽   D. 冰囊   E. 酒精擦浴

19. 乙醇擦浴时不宜擦拭： （ ）

    A. 侧颈、上肢   B. 腋窝、腹股沟   C. 前胸、腹部

    D. 臀部、下肢   E. 手掌、腘窝

20. 间歇脉多见于： （ ）

    A. 发热   B. 房室传导阻滞   C. 洋地黄中毒

    D. 休克   E. 大出血

21. 代谢性酸中毒的呼吸表现为： （ ）

    A. 蝉鸣样   B. 费力呼吸   C. 叹息样

    D. 深而规则的大呼吸   E. 呼吸和呼吸暂停交替出现

22. 测量脉搏错误的方法是： （ ）

    A. 用示指、中指和无名指端诊脉

    B. 患者剧烈活动应休息 30 min 后测量

    C. 异常脉搏需要测量 1 min

    D. 脉搏短绌患者先测量心率，后测量脉搏

    E. 偏瘫患者选择健侧肢体测量

23. 房室传导阻滞患者的脉搏是： （ ）

    A. 间歇脉   B. 缓脉   C. 三联律   D. 细脉   E. 速脉

24. 正常成人安静状态下脉搏为： （ ）

    A. 50～70 次/min   B. 60～100 次/min   C. 70～110 次/min

    D. 80～110 次/min   E. 80～120 次/min

25. 属于节律异常的脉搏是： （ ）

    A. 速脉   B. 细脉   C. 丝脉   D. 缓脉   E. 洪脉

26. 下列除哪一项情况外，可使呼吸速率增快： （ ）

    A. 发热   B. 疼痛   C. 缺氧   D. 贫血   E. 脑出血

27. 呼吸缓慢是指成人每分钟呼吸少于： （ ）

　　A. 10 次　　　　　　B. 12 次　　　　　　C. 14 次　　　　　D. 16 次　　　　　E. 18 次

28. 呼吸和呼吸暂停交替出现称为：　　　　　　　　　　　　　　　　　　　　　　　　（　　）
　　A. 陈-施呼吸(潮式呼吸)　　　　B. 毕奥呼吸(间断呼吸)　　　　C. 库氏呼吸(深大呼吸)
　　D. 浮浅式呼吸　　　　　　　　E. 鼾声呼吸

29. 蝉鸣样呼吸见于：　　　　　　　　　　　　　　　　　　　　　　　　　　　　　（　　）
　　A. 颅内感染　　　　　　　　B. 安眠药中毒　　　　　　　　C. 呼吸中枢衰竭
　　D. 喉头异物　　　　　　　　E. 肺炎

30. 测量血压时,当听到第一声搏动时,袖带内压力：　　　　　　　　　　　　　　　　（　　）
　　A. 等于心脏收缩压　　　　　B. 大于心脏收缩压　　　　　　C. 小于心脏收缩压
　　D. 等于心脏舒张压　　　　　E. 小于心脏舒张压

31. 易导致血压测量值偏高的因素有：　　　　　　　　　　　　　　　　　　　　　　（　　）
　　A. 肢体位置过高　　　　　　B. 袖带过紧　　　　　　　　　C. 袖带过宽
　　D. 袖带过松　　　　　　　　E. 在高温环境中

32. 测量血压的注意事项中错误的一项是：　　　　　　　　　　　　　　　　　　　　（　　）
　　A. 血压计要定期检查　　　　　　　　　　B. 打气不可过猛
　　C. 听不清时应立即重测　　　　　　　　　D. 偏瘫病员应在健侧肢体测量
　　E. 用后袖带内空气要放尽

33. 测量血压时,袖带下缘距肘窝的距离应为：　　　　　　　　　　　　　　　　　　（　　）
　　A. 1~2 cm　　　　B. 2~3 cm　　　　C. 3~4 cm　　　　D. 4~5 cm　　　　E. 5~6 cm

34. 脉压增大常见于下列哪项疾病：　　　　　　　　　　　　　　　　　　　　　　　（　　）
　　A. 心包积液　　　　　　　　B. 缩窄性心包炎　　　　　　　C. 主动脉关闭不全
　　D. 低血压　　　　　　　　　E. 主动脉狭窄

35. 正确测量血压的方法应除外下列哪一项：　　　　　　　　　　　　　　　　　　　（　　）
　　A. 测量前患者需休息片刻　　　　　　　　B. 袖带松紧以能放入一指为宜
　　C. 袖带下缘应距肘窝 2~3 cm　　　　　　D. 听诊器胸件置于肘窝距肱动脉 2 cm
　　E. 放气以每秒 4 mmHg 的速度使汞柱缓慢下降

36. 为患者测血压时嘱其坐位时使肱动脉：　　　　　　　　　　　　　　　　　　　　（　　）
　　A. 平第 3 肋软骨与心脏在同一水平上　　　　B. 平第 4 肋软骨与心脏在同一水平上
　　C. 平腋中线与心脏在同一水平上　　　　　　D. 平腋后线与心脏在同一水平上
　　E. 平腋前线与心脏在同一水平上

37. 在氧气筒上安装氧气表前,先开总开关的目的是：　　　　　　　　　　　　　　　（　　）
　　A. 检查氧气筒是否漏气　　　　　　　　　B. 检查氧气筒内有无氧气
　　C. 检查氧气筒内压力大小　　　　　　　　D. 检查总开关是否失灵
　　E. 清洁气门处,防止灰尘进入氧气表内

38. 患者停止吸氧时,首先做哪项处理：　　　　　　　　　　　　　　　　　　　　　（　　）
　　A. 关总开关　　　　　　　　B. 关流量表　　　　　　　　　C. 取下鼻导管
　　D. 分离鼻导管　　　　　　　E. 放出余氧

39. 面罩法给氧的流量是：　　　　　　　　　　　　　　　　　　　　　　　　　　　（　　）
　　A. 1~2 L/min　　　　　　　B. 3~4 L/min　　　　　　　　C. 4~5 L/min
　　D. 6~8 L/min　　　　　　　E. 9~10 L/min

40. 吸入氧气超过多大浓度、多长时间可致氧中毒：　　　　　　　　　　　　　　　　（　　）
　　A. >30%,吸入 48~72 h　　　　　　　　　　B. >40%,吸入 48~72 h

C. >50%,吸入 24 h   D. >60%,吸入 24 h

E. >70%,吸入 24 h

41. 鼻导管给氧,氧流量 3 L/min,氧浓度为: (   )

    A. 25%   B. 29%   C. 33%   D. 37%   E. 41%

42. 小儿吸痰时,负压不超过: (   )

    A. 20 kPa   B. 30 kPa   C. 40 kPa   D. 50 kPa   E. 60 kPa

43. 电动吸引器吸痰时,下列操作哪项错误: (   )

    A. 先检查吸引器性能   B. 患者头转向操作者

    C. 边插管边吸引   D. 左右旋转,向上提出

    E. 口腔吸痰有困难可由鼻腔吸引

44. 查痰中癌细胞,固定标本所采用的溶液是: (   )

    A. 5%甲酚溶液   B. 5%苯酚溶液   C. 95%乙醇

    D. 0.2%氯石灰溶液   E. 40%甲醛溶液

45. 咽拭子霉菌培养时,须在何处取标本: (   )

    A. 口腔溃疡面   B. 咽   C. 扁桃体   D. 声带   E. 上颌

46. 李女士,36 岁,发热 1 周,体温持续在 39.2~40.0℃,入院后诊断为伤寒。可能的热型是:

                                                           (   )

    A. 弛张热   B. 稽留热   C. 间歇热

    D. 不规则热   E. 回归热

47. 患者李某,肺炎菌球性肺炎,口温 40℃,脉搏 120 次/分,口唇干燥,下列护理措施哪项不妥:

                                                            (   )

    A. 卧床休息   B. 测体温每 4 小时 1 次   C. 鼓励饮水

    D. 冰袋放在头顶、足底处   E. 每日口腔护理 2~3 次

48. 张先生,就诊时突感胸闷心悸,护士为其测脉时发现每隔 2 个正常搏动后出现 1 次过早搏动,此现象为: (   )

    A. 不整脉   B. 二联律   C. 三联律

    D. 间歇律   E. 缓脉

49. 患儿男,3 岁,昏迷 1 周,四肢冰冷用热水袋保暖,下列可采用的水温是: (   )

    A. 48℃   B. 55℃   C. 62℃   D. 70℃   E. 80℃

50. 患者吴某,56 岁,患肺心病伴呼吸衰竭。临床表现为呼吸困难,并伴有精神、神经症状,给氧方法应: (   )

    A. 低流量、低浓度持续给氧   B. 低流量间断给氧

    C. 乙醇湿化给氧   D. 加压给氧

    E. 高浓度、高流量持续给氧

51. 护士为患者丁某测量脉搏后,其手仍置于患者桡动脉部位是为了: (   )

    A. 便于看表计时   B. 表示对患者的安抚

    C. 转移患者的注意力便于测量呼吸   D. 测脉搏,计呼吸节律

    E. 复核脉搏的准确性

52. 护士小王为一垂危患者田某测量呼吸,其呼吸微弱,不易观察,此时小王应采取的观察方法是:

                                                            (   )

    A. 耳朵贴近患者口鼻处,听其呼吸声响

    B. 手背置于患者鼻孔前,以感觉气流

C．手按胸腹部,观察其起伏次数

D．测脉率除以 4,为呼吸次数

E．用少许棉花置患者鼻孔前,观察棉花飘动次数

53．一位 3 岁患儿,不慎将一粒花生米误入气管,出现三凹征,其呼吸困难的类型是： （ ）

A．吸气性呼吸困难   B．呼吸性呼吸困难   C．混合性呼吸困难

D．浅表性呼吸困难   E．节律性呼吸困难

54．张先生,60 岁,主诉头晕,测血压为 155/93 mmHg。此患者处于： （ ）

A．高血压   B．临界高血压

C．低血压   D．收缩压正常,舒张压高

E．收缩压舒张压均在正常范围内

【填空题】

1．成人安静时脉率超过_____次/min,称为速脉;低于_____次/min,称为缓脉。

2．绌脉是指单位时间内脉率_____心率。

3．测量脉搏时,不可用拇指诊脉,是因为拇指_____易与患者的_____混淆。

4．正常成人安静时,呼吸脉率为_____次/min,超过_____次/min,称为呼吸增快;低于_____次/min,称为呼吸缓慢。

5．测量血压时,袖带过宽测得的血压偏_____、袖带过窄测得的血压偏_____;袖带过紧测得的血压偏_____、袖带过松测得的血压偏_____。

6．当患者的动脉血氧分压低于_____时,应给予吸氧。

7．临床上常用的收集痰标本分 3 种：_____、_____和_____。

8．足底用冷可使末梢血管收缩而影响散热或反射性地引起一过性的_____。

9．软组织损伤或扭伤早期,即_____h 内,如局部用热疗可促进血液循环,从而加重皮下出血、肿胀和疼痛。

【名词解释】

1．稽留热   2．弛张热   3．间歇脉   4．脉搏短绌   5．潮式呼吸   6．间断呼吸   7．高血压   8．低血压   9．继发效应

【简答题】

1．说明绌脉的特点。如何准确测量?

2．写出测量脉搏的 5 个部位。

3．患者杨某,男,40 岁,一周来持续高热,每天的体温在 39～40℃,24 h 内体温波动在 1℃以内,脉率为 108 次/min 至 120 次/min,呼吸在 24 次/min 左右,意识清楚,面色潮红,口唇干裂,食欲不振。请问患者的发热程度属于哪一级? 发热的热型是什么? 应如何护理?

4．简述冷、热疗的禁忌证。

5．比较各种给氧方法的优缺点及适用范围。

6．归纳血压值产生误差的可能原因和预防措施。

第十二章
饮食与营养

导　学

内容及要求

　　饮食与营养包括5个部分内容,饮食与健康、医院饮食、营养状况的评估、患者的一般饮食护理、特殊饮食护理。

　　饮食与健康主要介绍人体对营养的需要、饮食、营养与健康的关系、饮食、营养与疾病痊愈的关系。在学习中,应熟悉人体对热能的需求、各种主要营养素的生理功能及正常供给量;了解饮食、营养与健康及疾病痊愈的关系。

　　医院饮食主要介绍医院饮食的3大类别:基本饮食、治疗饮食及试验饮食。在学习中,应重点掌握医院饮食的类别和每类饮食的主要种类、基本饮食和治疗饮食的饮食原则和用法;熟悉采用试验饮食的临床意义及使用方法。

　　营养状况的评估主要介绍对影响因素、饮食状况、身体状况及辅助检查的评估。在学习中,应熟悉影响饮食与营养的因素、身体状况评估的内容及方法;了解饮食状况及辅助检查的评估内容。

　　患者的一般饮食护理主要介绍患者饮食过程中护理要点,包括帮助患者建立良好的饮食习惯、患者进食前、进食时及进食后的护理。在学习中,应熟悉对患者饮食过程中的一般护理措施。

　　特殊饮食护理主要介绍管饲饮食(鼻饲术)、要素饮食和胃肠外营养。在学习中,应重点掌握鼻饲术的目的、操作过程、要点及注意事项;熟悉要素饮食、胃肠外营养的适用对象、使用方法和护理要点;了解这3种特殊饮食可能引起的并发症。

重点、难点

饮食与营养这一章的重点是第二节医院饮食和第五节特殊饮食护理中的鼻饲术。其难点是能为不同疾病的患者确定正确的饮食种类、饮食原则及用法；能正确熟练进行鼻饲术的操作。

专科生的要求

专科层次的学生对饮食、营养与健康及疾病痊愈的关系、要素饮食和胃肠外营养作一般了解即可。

- 饮食与健康
- 医院饮食
- 营养状况的评估
- 患者的一般饮食护理
- 特殊饮食护理

饮食是人的基本需求，营养是人体吸收和利用食物或营养物质的过程，包括摄取、消化、吸收和体内利用等。饮食与营养和健康与疾病有非常重要的关系。人类需要合理的饮食与营养来保证正常生长发育和活动能力，维持机体各种生理功能，促进组织修复，提高机体免疫力。不良的饮食与营养会导致人体各种营养物质失衡，容易诱发疾病的产生。机体患病时，通过合理的调配饮食和适宜的供给途径来适应病理情况下机体对营养的需求，以达到治疗或辅助治疗的目的，促进患者早日康复。因此，护理人员应掌握饮食与营养的相关知识，正确评估患者的营养状况及需要，制定科学合理的饮食治疗计划，并采取有效技术满足患者的饮食和营养需要。

第一节 饮食与健康

人体为了维持生命和健康，保证正常的生长发育和活动，预防疾病及促进疾病的康复，每天必须通过饮食获得一定数量的热能和营养素。护理人员需掌握人体对热能及营养素的需要，并正确认识饮食、营养与健康及疾病的关系，才能满足患者在疾病康复过程中的营养需求，达到恢复健康、促进健康的目的。

一、人体对营养的需要

（一）热能

人体进行各种生命活动所需要消耗的能量称为热能，由食物内的化学潜能转化而来。热能的单位通常以焦耳（J）表示，营养学上常用兆焦（MJ）表示。人体的主要热能来源是糖类，其次是脂肪，蛋白质，所以这类物质又称为"产热营养素"。它们的产热量分别为：糖类 16.7 kJ/g(4 kcal/g)，脂肪 37.6 kJ/g(9 kcal/g)，蛋白质 16.7 kJ/g(4 kcal/g)。

人体对热能的需要量视年龄、性别、劳动量、环境等因素的不同而各异。根据中国营养学会的推荐标准，我国成年男子的热能供给量为 10.0~17.5 MJ/d，成年女子为 9.2~14.2 MJ/d。

（二）营养素

营养素是食物中能被人体消化、吸收和利用，具有供给能量、构成机体及调节和维持生理功能作用的物质。人体所需的营养素有 6 大类：蛋白质、脂肪、糖类、维生素、矿物质和水。

各种营养素的生理功能、主要来源及每日供给量见表 12-1。

表 12 - 1　各种营养素的功能、来源与供给量

营养素	生理功能	来源	每日供给量
蛋白质	参与构成和修补人体细胞、组织；构成酶、激素、免疫物质等；维持血浆胶体渗透压；供给热能	肉、水产、蛋、乳及豆类	男性：80 g 女性：70 g 占膳食总热量 10%～14%
脂肪	提供及储存能量；构成机体组织；供给必需脂肪酸；维持体温，保护脏器；促进脂溶性维生素的吸收	食用油、肉类及坚果类等	占膳食总热能 20%～30%
糖类	供给热能；构成机体组织；保肝解毒	谷类、薯类、根茎类、豆类、食糖、水果等	占膳食总热能 60%～70%
维生素			
脂溶性			
VitA	维持正常夜视功能；维护皮肤及黏膜健康；增强机体免疫功能；促进生长发育；过量可致中毒	动物肝脏、奶制品、禽蛋类、胡萝卜、绿叶蔬菜、水果等	男性：800 μgRE 女性：700 μgRE （视黄醇当量）
VitD	调节钙磷代谢，促进钙磷吸收，过量会中毒	鱼肝油、海鱼、动物肝脏、蛋黄等；日光照射体内转化	5 μg
VitE	抗氧化作用，保持红细胞完整性；参与 DNA、辅酶 Q 的合成	植物油、谷类、坚果类、绿叶蔬菜等	14 mg α - TE（α - 生育酚当量）
VitK	参与凝血因子的合成	肠道菌群合成；绿色蔬菜、动物肝脏等	20～100 μg
水溶性			
VitB$_1$	构成辅酶 TPP；参与糖代谢过程；影响某些氨基酸与脂肪代谢；调节神经生理活动，维持心脏、神经及肌肉的正常功能	动物内脏、肉类、豆类、花生及未过分精细加工的谷类等	男性：1.4 mg 女性：1.3 mg
VitB$_2$	构成体内多种氧化酶，激活 VitB$_6$，与体内铁代谢有关	动物内脏、乳类、蛋类、豆类、新鲜绿色蔬菜等	男性：1.4 mg 女性：1.2 mg
VitB$_6$	参与多种酶系代谢（尤其是氨基酸代谢）	禽类、动物肝脏、鱼类及豆类	1.2 mg
VitB$_{12}$	形成辅酶；提高叶酸利用率；促进红细胞发育和成熟	肉类、鱼类、禽类、蛋类、贝壳类	2.4 μg
VitC	促进胶原、抗体合成；参与胆固醇代谢；防治坏血病，保护细胞膜；治疗贫血，促进铁吸收	新鲜蔬菜和水果	100 mg
叶酸	参与各种代谢，促进红细胞生成以及 RNA、DNA、蛋白质的合成	绿叶蔬菜、肝、肾、蛋、牛肉、菜花及土豆等	400 μgRE（膳食叶酸当量）
矿物质			
钙	构成骨骼和牙齿；维持肌肉、神经的正常兴奋性；激活凝血酶和其他酶	乳及乳制品、大豆、芝麻酱、小虾米、海带、骨粉、蛋壳粉	800 mg
磷	构成骨骼、牙齿、软组织的重要成分；调节能量释放；参与多种酶、辅酶的合成；调节酸碱平衡	广泛存在于动植物食品中	700 mg

（续表）

营养素	生理功能	来　源	每日供给量
铁	构成血红蛋白、肌红蛋白、细胞色素 A 的成分；与红细胞形成和成熟有关；促进抗体的产生及药物在肝脏的解毒	动物内脏、动物全血、肉类及鱼类、绿色蔬菜	男性：15 mg 女性：20 mg
碘	参与甲状腺素合成，若缺乏可致克汀病（呆小病）或地方性甲状腺肿	海产品、海盐	150 μg
锌	参与构成多种酶；促进生长发育和组织再生；促进食欲；促进 VitA 代谢；参与免疫功能	海产品、肉类、乳类、蛋类及坚果类	男性：15 mg 女性：11.5 mg
水	构成人体组织；运送代谢物产物和营养物质；调节体温；溶解营养素和代谢物；维持消化、吸收功能	代谢产生的水、食物中含有的水、饮料水	2～3 L

注：本表主要营养素供给量采用 2001 年中国营养学会正式发布的"中国居民膳食营养素参考摄入量 DRIs"中成年人中度劳动的标准。

（三）膳食纤维

膳食纤维是指能抗人体小肠消化吸收的而在人体大肠能部分或全部发酵的可食用的植物性成分、碳水化合物及其相类似物质的总和。膳食纤维分为非水溶性和水溶性纤维两大类。纤维素、半纤维素和木质素是 3 种常见的非水溶性纤维，存在于植物细胞壁中；而果胶和树胶等属于水溶性纤维，则存在于自然界的非纤维性物质中。

膳食纤维可延迟胃的排空，产生饱腹感，避免进食过量，并对促进消化和排泄固体废物有着举足轻重的作用。适量地补充纤维素，可使肠道中的食物增大变软，促进肠道蠕动，从而加快了排便速度，防止便秘，预防大肠癌。另外，纤维素还可以调节血糖，有助于预防糖尿病；可以减少消化过程对脂肪的吸收，从而降低血液中胆固醇、甘油三脂的水平，预防胆结石，对高血压、心脑血管疾病也有一定的防治作用。

膳食纤维主要分布于全谷类食物、植物的根、茎、叶、花、果、种子中。个体每天膳食纤维的摄入量应达到 25～30 g。

二、饮食、营养与健康的关系

饮食是人体摄取营养素的根本途径，合理的饮食、均衡的营养是人体维持健康的基本条件之一。饮食不当、营养不足或过剩都可能引发疾病。因此，饮食和营养对维持机体的健康有非常重要的作用。

（一）促进生长发育

科学的饮食、合理的营养对人体的身体和精神发育都起着决定性的作用，是维持生命活动的重要物质基础。某些营养素缺乏可影响机体的身心发育。

（二）构成机体组织

各种营养素是构成机体组织的物质基础，如蛋白质是构成人体细胞的重要成分；糖类参与构成神经组织；脂类是构成细胞膜的重要成分；维生素参与合成酶和辅酶；钙、磷是构成骨骼的主要成分等。

（三）提供能量

糖、脂肪、蛋白质作为人体的产热营养素，在体内氧化可提供能量，供给人体进行各种生命活动。

(四) 调节人体功能

神经系统、内分泌系统及各种酶的共同调节完成人体的功能活动,而各种营养素是构成上述调节系统的物质基础。任何一种人体所需营养素的缺乏都会影响机体的正常功能和新陈代谢等生命活动的正常进行,如铁是构成血红蛋白的成分,且与红细胞形成和成熟有关,缺乏可导致缺铁性贫血。此外,适量的蛋白质、水和矿物质中的各种离子对机体内环境的稳定有非常重要的调节作用,可以帮助稳定体液、酸碱度、电解质、渗透压等的平衡,而人体的代谢活动正需要一个较为恒定内环境才能顺利进行。

三、饮食、营养与疾病痊愈的关系

人体患病时常有不同程度的代谢变化和营养不良,需要特定的饮食及营养来辅助治疗疾病、促进康复。

(一) 补充额外损失和消耗的营养素

疾病和创伤使机体处在应激状态,可引起代谢的改变,出现营养素或热能的消耗增加以及某些特定营养素的额外损失。若能及时、有针对性地调整营养素的摄入,进行饮食治疗,可有效改善这一状态,增强机体抵抗能力,促进疾病痊愈和创伤组织修复愈合。如大面积烧伤患者能量消耗增加,水分、蛋白质大量丢失,因此,给予高热量、高蛋白饮食并保证足够水分的摄入,可有效改善机体的营养状态,促进伤口愈合。

(二) 辅助诊断和治疗疾病

根据诊断的需要,通过试验饮食可以辅助临床诊断,如隐血试验饮食可辅助诊断消化道出血性疾患。而根据疾病的特点,采取相应的饮食治疗方案和饮食配方,可以增强机体抵抗力,促进组织修复和代谢功能的恢复,甚至对于某些疾病,饮食治疗已成为重要的治疗手段之一。通过调整食物组成,控制某些营养素的摄入量,可以减轻脏器负担,控制疾病的发展。如糖尿病患者必须控制糖类的摄入量;心力衰竭、水钠潴留的患者应限制水与钠的摄入量。某些情况下,患者还需要特殊的饮食营养和支持,如要素饮食、胃肠外营养等,为其他治疗(如手术、化疗等)和疾病恢复创造有利的条件。

■■ 第二节 医 院 饮 食

医院饮食可以分为 3 大类:基本饮食、治疗饮食及试验饮食,分别适应不同的病情需要。

一、基本饮食

基本饮食(basic diets)是医院中一切膳食的基本烹调形式,它包括普通饮食、软质饮食、半流质饮食及流质饮食 4 种(表 12 - 2),其他各种膳食均由此 4 种基本膳食变化而来。

表 12 - 2 医院基本饮食

类别	适用范围	饮食原则	用 法
普通饮食	消化功能正常、无饮食限制、体温正常、病情较轻或者恢复期的患者	易消化、无刺激性食物;保证能量充足、营养均衡,食物美观可口;限制油煎、坚硬、胀气食物及强刺激调味品;与健康人饮食相似的一般食物均可	每日 3 餐,总热能为 9.20 ～ 10.88 MJ/d(2 200 ～ 2 600 kcal/ d),蛋白质 70～90 g/d

（续表）

类别	适用范围	饮食原则	用　法
软质饮食	咀嚼困难、胃肠功能紊乱、老人及幼儿、术后恢复期的患者	同上，食物碎、软、烂、少油腻、少粗纤维、无刺激性、易消化，如面条、馒头、切碎煮熟的菜及肉等	每日 3～4 餐，总热能为 9.20～10.04 MJ/d(2 200～2 400 kcal/d)，蛋白质约 60～80 g/d
半流质饮食	中等发热、咀嚼与吞咽困难、口腔和胃肠道疾患及术后患者	少食多餐，主食定量；无刺激、容易咀嚼和吞咽；营养素齐全，膳食纤维含量少；食物呈半流体状，如米粥、面条、馄饨、肉末、菜末、豆腐等(胃肠功能紊乱者禁用含纤维素或易引起胀气的食物，如牛奶，豆浆)	每日 5 餐，主食≤300 g/d，总热能为 7.53 MJ/d(1 800 kcal/d)左右，蛋白质 50～70 g/d
流质饮食	高热、口腔疾病、各种大手术后、吞咽困难、急性胃肠道疾病、病情危重、全身衰竭患者	食物呈液体样，易吞咽消化，如牛奶、豆浆、米汤、菜汁、果汁等；因所含热量及营养素不足，故只能短期使用，通常辅以肠外营养以补充热量和营养	每日 6～7 餐，每 2～3 h 一次，每餐液体量 200～250 ml，总热能为 3.35 MJ/d(800 kcal/d)左右，浓流质可达 6.69 MJ/d(1 600 kcal/d)，蛋白质 40～50 g/d

二、治疗饮食

治疗饮食(therapeutic diets)是指根据疾病治疗的需要，在基本饮食基础上，适当调整总热能和营养素，以达到治疗或辅助治疗目的的一类饮食(表 12 - 3)。

表 12 - 3　医院治疗饮食

类别	适用范围	饮食原则及用法
高热能饮食	热能消耗较高的患者，如结核、大面积烧伤、肝脏疾病、甲状腺功能亢进、体重不足及产妇	基本饮食的基础上加餐 2 次，可进食牛奶、鸡蛋、蛋糕、巧克力等；总热量为 12.55 MJ/d(3 000 kcal/d)
高蛋白饮食	长期消耗性疾病(如结核病)、烧伤、恶性肿瘤、大手术前后、肾病综合征、营养不良、贫血、低蛋白血症、孕妇、哺乳期妇女等	基本饮食基础上增加富含蛋白质的食物，如肉类、鱼类、乳类、蛋类、豆类等优质蛋白；供给量为 1.5～2.0 g/(kg·d)，总量不超过 120 g/d；总热量为 10.46～12.55 MJ/d(2 500～3 000 kcal/d)
低蛋白饮食	限制蛋白质摄入的患者，如急性肾炎、尿毒症、肝昏迷等	成人饮食中蛋白质的摄入量＜40 g/d，视病情可减至 20～30 g/d；肾功能不全者应摄入动物性蛋白，忌用豆制品；肝昏迷者应以植物蛋白为主
低脂肪饮食	肝胆胰疾患、高脂血症、动脉硬化、冠心病、肥胖症及腹泻等患者	少油、禁用肥肉、奶油、蛋黄、动物脑、煎炸食物，高脂血症和动脉硬化者不必限制植物油(椰子油除外)；脂肪总量＜50 g/d，肝胆胰疾患者＜40 g/d，尤其要限制动物脂肪摄入量
低胆固醇饮食	高胆固醇血症、动脉硬化、高血压、冠心病等患者	限制高胆固醇食物如蛋黄、动物脏器、鱼籽、肥肉、动物油等；摄入胆固醇的总量＜300 mg/d
低盐饮食	急慢性肾炎、高血压、充血性心力衰竭、腹水及各种原因所致的水钠潴留患者	成人每日食盐总量＜2 g，不包含食物中自然存在的氯化钠，禁食腌制食品，如咸菜、皮蛋、火腿、咸肉、香肠、虾米等
无盐低钠饮食	同适用低盐饮食但水肿较重者	无盐饮食指除食物中自然含钠量外，不放食盐烹饪，饮食中含钠量＜0.7 g/d。低钠饮食除无盐外，还须控制食物中自然存在的钠盐含量在

（续表）

类别	适用范围	饮食原则及用法
		0.5 g/d 以下。二者均禁止食用腌制品及含钠高的食物和药物，如含碱食品（油条、挂面、汽水等）、苏打、碳酸饮料等
高膳食纤维饮食	便秘、肥胖症、糖尿病、高脂血症等患者	选用含纤维素多的食物，如韭菜、芹菜、卷心菜、粗粮及豆类等，多食水果，多饮水
少渣或无渣饮食	腹泻、肠炎、伤寒、痢疾、食管胃底静脉曲张、咽喉部及胃肠道术后、直肠肛门手术后等患者	禁用或限用含纤维素多的食物如粗粮、竹笋、韭菜等，不用坚硬带碎骨的食物

除表 12-3 中列举出的 9 种常见治疗饮食外，临床还常为糖尿病患者和溃疡病患者提供相应的饮食。

糖尿病饮食：需要根据患者身高、体重、性别、年龄和具体病情计算出总热量。糖类占 50％～60％，蛋白质占 15％～20％，脂肪占 20％～25％，按早餐 1/5，午餐、晚餐各 2/5 计算食谱。每餐均应进食含脂肪、蛋白质的食物，多选用含纤维高的食物，如粗粮饮食，未加工的豆类，蔬菜及水果等；禁食纯糖，如蔗糖、蜂蜜、巧克力、蛋糕等；避免饮酒，减少油脂，调味清淡。

溃疡病饮食：选用能减少胃酸分泌、中和胃酸、维持胃肠上皮细胞的抗酸能力并能恢复患者良好营养状态、无刺激易消化的饮食，应少量多餐。避免食用辛辣食物及饮用含有咖啡因的饮料，避免饮酒、吸烟。进餐时应细嚼慢咽，避免进餐前后做剧烈运动。

三、试验饮食

试验饮食（test diets）亦称诊断饮食，指在特定时间内，通过对饮食内容的调整来协助诊断疾病和确保实验室检查结果正确性的一种饮食。

（一）胆囊造影饮食

适用于需行造影检查胆囊及胆管的形态和功能，以诊断有无胆囊、胆管、肝胆管疾病的患者。检查前一日中午患者进食高脂肪餐，以刺激胆囊收缩和排空，有助于造影剂进入胆囊；晚餐进食无脂肪、低蛋白、高糖类的清淡饮食，晚餐后服造影剂，服药后需禁食水、禁烟至次检查日上午。检查当日早晨禁食，第一次摄 X 线片后，如果胆囊显影良好，进食高脂肪餐，如油煎荷包蛋 2 只或巧克力等高脂肪方便餐，要求脂肪含量 25～50 g，30 min 后进行第二次摄 X 线片观察。

（二）隐血试验饮食

用于大便隐血试验的准备，以协助诊断有无消化道出血。试验期为 3 天，试验期间禁止食用易造成隐血试验结果假阳性的食物，如动物肝脏、肉类、动物血、含铁丰富的药物或食物、绿色蔬菜等，可进食牛奶、豆制品、白菜、土豆、冬瓜、粉丝、米饭、面条、馒头等。第 4 天留取患者粪便作隐血试验。

（三）肌酐试验饮食

用于协助检查、测定肾小球的滤过功能。试验期为 3 天，试验期间禁食肉类、鱼类、禽类，忌饮咖啡和茶。全天主食在 300 g 以内，限制蛋白质的摄入，蛋白质总的摄入量＜40 g/d，以排除外源性肌酐的影响。蔬菜，水果，植物油不限，热量不足可以添加藕粉或含糖的点心等。第 3 天测尿肌酐清除率及血肌酐含量。

（四）尿浓缩功能试验饮食

用于检查肾小管的浓缩功能。试验期为 1 天，控制全天饮食中的水分，总量在 500～600 ml。可进食含水分少的食物,如米饭、面包、馒头、土豆、豆腐干等。烹调时尽量不加水或少加水,避免食用过甜、过咸或含水量多的食物。蛋白质的供给量为 $1 g/(kg \cdot d)$。

(五) 甲状腺[131]I 试验饮食

用于协助同位素测定甲状腺功能,排除外源性摄入碘对检查结果的干扰,明确诊断。试验期为 2 周,试验期间禁食含碘食物,如海带、海蜇、紫菜、鱼、虾、加碘食盐等,禁止使用一切影响甲状腺功能的药物,且不得使用碘做局部消毒,2 周后做[131]I 功能测定。

第三节　营养状况的评估

营养评估是对患者进行科学合理的饮食护理的重要组成部分,是通过全面了解患者的营养状况,评估膳食组成,了解和掌握患者现存的或潜在的营养问题,有助于护士选择适当的饮食治疗和护理方案,改善患者的营养状况,使患者尽早恢复健康。

一、影响因素的评估

(一) 生理因素

1. 年龄　年龄不仅影响个人对食物的喜好,而且影响每日所需的食物量和特殊营养素的需要。如婴幼儿生长的速度快,需要高蛋白、高维生素、高矿物质及高热量饮食;幼儿及学龄前期儿童生长速度减慢,需要的热能减少,但蛋白质需要量增加,并应确保摄入充足的脂肪酸,以满足神经系统及大脑的发育;老年人代谢率下降,因此对于能量的需要量也下降,但是对于维生素、矿物质(特别是钙)的需要量却保持不变。不同年龄阶段的患者对食物质地的选择也有差异,如婴幼儿咀嚼功能及消化功能尚未完善,老年人咀嚼及消化功能减退,应给予软质易消化食物。不同年龄阶段的患者可有不同饮食的喜好。

2. 活动量　各种活动是能量代谢的主要因素,活动强度不同,热能的消耗程度也就不同。日常活动量大的人所需的热能及营养素一般高于活动量小的人。

3. 身高和体重　一般情况下,体格强壮、高大的人对营养素的需求量较高。

4. 特殊生理状况　怀孕与哺乳期妇女营养需求量明显增加,并会有饮食习惯的改变。

(二) 心理因素

1. 食欲　食欲是指个体想要并期待进食的一种心理反应。它可引起选择食物,满足后个体会产生愉快的体验。影响食欲的因素很多,其中饿感是一个最基本的因素。

2. 感官因素　各种感官因素(包括视、听、味、嗅等)均可影响机体的饮食和营养需要,如食物的色、香、味等会影响人们对食物的选择及摄入。

3. 情绪状态　焦虑,恐惧,忧郁,悲哀等不良情绪都会引起交感神经兴奋,抑制胃肠道蠕动及消化液的分泌,使人食欲降低,引起进食过少、偏食、厌食等;轻松,愉快的心理状态则会促进食欲。某些患者在不正常的心理状态下也会出现进食的欲望,是一种心理疾病。

4. 个人喜好　个人对食物的喜好各有不同,它受味觉、对味道的偏爱、家庭文化背景、宗教传统等因素的影响。随着环境的变动,个人对食物的喜好可发生全部或局部的变化。

(三) 病理因素

1. 疾病影响　许多疾病可使机体对饮食和营养的需要发生改变,主要表现为对热能和营养素的需要发生改变,摄取、消化、吸收、排泄的障碍,进食形态的异常,焦虑、悲哀等不良情绪以及疼痛等因素对食欲的影响。

2. 药物的影响　患病后用药会影响患者的饮食和营养。有的药物可以增加食欲,如类固醇类、胰岛素类药物;有的药物可以降低食欲,如非肠溶性红霉素、氯贝丁酯等;有的药物可影响营养素的吸收,如苯妥英钠会干扰维生素 D 的吸收和代谢,引起钙的吸收不足等;有的药物可影响营养素的排泄,如异烟肼使 VitB₆ 排泄增加;有的药物可杀灭肠道内正常菌群,如磺胺类药物可使 VitK 在肠内的合成发生障碍。

3. **食物过敏和不耐受** 人对某些特定食物的过敏反应常与免疫因素有关,例如有的患者对鱼、虾等海产品过敏,引起腹泻、荨麻疹、哮喘、呼吸困难等过敏反应,对营养的摄入和吸收造成影响。人对食物的不耐受性一般是由于体内某种特定酶遗传缺陷而引起,因而对特定食物产生习惯性厌恶,如空肠的乳糖酶缺乏引起机体对乳制品不耐受,食用后易发生腹泻。

(四) 社会因素

1. **饮食习惯** 指个体或群体在一定生活环境中逐渐形成的、自己特定的选择食物和餐具、进餐时间和方式等的习惯。饮食习惯受许多因素的影响,如对营养知识的了解、家庭饮食习惯、经济条件、地域、民族、宗教信仰、文化习俗等。不同地域和气候环境会影响人们对食物的选择,并可由此形成特定的饮食文化,如我国南方许多地区喜食辣味;北方许多地区饮食偏咸;有的地区喜食腌制品等。不同宗教信仰的人对食物的种类、制作及进食的时间、方式等常有特殊的要求,如佛教徒很少摄入动物性食品,可能会导致某些营养素的缺乏。现在生活方式的改变,家庭的小型化及工作的高效率、快节奏使得接受快餐、速食食品的人越来越多,导致营养不均衡。

2. **经济状况** 经济状况的好坏直接影响人们对食物的购买力和饮食习惯。经济状况好,能够满足人对饮食的需求,但应注意营养过剩的发生;反之则要注意营养不良。

3. **饮食环境** 进餐环境整洁、空气新鲜、无不良刺激、餐具洁净等均可促进食欲。此外人们常喜欢用聚餐的方式来交流情感,因此一些住院患者单独用餐会出现食欲不佳而影响进食,护士应注意为其创造温馨舒雅的进食环境。

4. **营养知识** 正确掌握和理解营养知识有助于人们摄入平衡的饮食和营养。如果患者不能够充分掌握每日需要量和食物的营养成分等基本知识,生活中存在关于饮食营养的误区,就可能出现不同程度的营养失调。

二、饮食状况的评估

(一) 一般饮食形态

主要包括用餐时间的长短,进食的方式,摄入食物的种类及量,饮食是否规律,是否使用补品及其种类、剂量、服用时间,有无食物过敏史,有无特殊喜好或厌恶的食物等。

(二) 食欲

评估患者食欲有无改变,若有改变,应注意查找和分析原因。

(三) 影响因素

有无其他影响营养需要和饮食摄入的因素,如咀嚼不便、口腔疾患等。

三、身体状况的评估

(一) 体格检查

通过对患者的外貌,皮肤,毛发,指甲,骨骼和肌肉等方面的评估可初步确定患者的营养状况(表12-4)。

表 12 - 4　不同营养状况的临床征象

项目	营养良好	营养不良
外貌	发育良好、精神状态佳、有活力	发育不良、消瘦、倦怠、疲劳、缺乏兴趣
皮肤	有光泽、弹性良好	无光泽、干燥、弹性差、肤色苍白或色素沉着
指甲	坚实、光滑、粉色	变脆、粗糙、无光泽
毛发	浓密、有光泽	干燥、无光泽、稀疏、易脱落
口唇	饱满、柔润、无裂口	肿胀、口角干裂、发炎
肌肉骨骼	皮下脂肪丰满、肌肉结实有弹性、骨骼无畸形	皮下脂肪菲薄、肌肉松弛无力、肋间隙及锁骨上窝凹陷，肩胛骨及髂骨突出

(二) 人体测量

人体测量是一种非侵入性技术,目的是量化身体成分的变化,通过个体的生长发育情况了解其营养状况。测量的内容包括体重、身高、头围、胸围、小腿围、上臂围以及一些特殊部位的皮褶厚度。其中最常用的是身高、体重、皮褶厚度和上臂围。

1. 身高及体重测算　身高和体重是综合反映生长发育及营养状况的最重要的指标。准确评估患者的当前体重和标准体重是很有必要的,标准体重提供的是对个体应有的体重范围的估计。

(1) 标准体重的计算公式:

男性:标准体重＝[身高(cm)－100]×0.9

女性:标准体重＝[身高(cm)－100]×0.85

(2) 实测体重占标准体重的百分比计算公式:

$$体重减少的百分比＝\frac{实测体重－标准体重}{标准体重}×100\%$$

百分数在±10％为正常范围;增加 10％～20％为过重,超过 20％为肥胖,减少 10％～20％为消瘦,低于 20％为明显消瘦。

近年来还采用体重和身高的比例来衡量体重是否正常,称为体重指数(BMI),即体重(kg)/[身高(m)]^2 的比值。根据 WHO 的标准,体重指数≥25 为超重,≥30 为肥胖,<18.5 为消瘦;中国标准为≥24 为超重,≥28 为肥胖。

2. 皮褶厚度　皮褶厚度又称皮下脂肪厚度,能反映体内脂肪的储藏情况,对判断消瘦和肥胖有重要意义。测量部位为三头肌部,即左上臂背侧中点上 2 cm 处;肩胛下部,即左肩胛下角下方 2 cm 处;腹部,即距脐左侧 1 cm 处。测量时用皮褶计,测定 3 次,取平均值。肱三头肌皮褶厚度最常用,标准值为男 12.5 mm,女 16.5 mm。实测数据较同年龄的正常值少 35％～40％为重度消耗,25％～34％为中度消耗,24％以下为轻度消耗。皮下脂肪厚度的评估及测量有助于早期确定脂肪组织的存积情况,从而为改变生活方式和饮食习惯提供依据。

3. 上臂围　上臂围可快速反映人体肌蛋白贮存和消耗的情况,也可反映热能代谢的情况。一般采用测量上臂中点位置的周长的方法,我国男性上臂围平均为 27.5 cm。

四、辅助检查的评估

实验室检查可以测定人体内各种营养素水平,为营养评估提供客观数据。有许多因素可以影响实验室检查结果,这些因素包括液体平衡、肝肾功能及现存的疾病。常用于研究营养状况的实验室检查项目包括血清蛋白质水平、尿素氮、肌酐及淋巴计数。血清蛋白质水平可反映身体内脏器官蛋白质存储量;尿素氮和尿肌酐可反映体内蛋白质代谢与氮平衡状况;免疫功能不全是脏器蛋白质不足的重要指标之一,可借助淋巴细胞计数来评定,当蛋白质缺乏时,淋巴细胞总数会相应减少。

第四节　患者的一般饮食护理

护理人员应根据对患者营养状况的评估,结合疾病的特点,与医生、营养师共同协商,为患者制定有针对性的营养计划,帮助患者摄入足够能量及合理的营养素,促进其康复。护士在满足患者营养需要的过程中承担了指导者、协调者、护理计划的实施者及直接提供饮食护理的多种重要角色。

一、帮助患者建立良好的饮食习惯

良好的饮食习惯对维护患者的健康起着非常重要的作用,护士在教育患者养成良好的饮食习惯方面发挥关键作用。

由于饮食习惯不同或缺乏营养知识,患者可能对改变饮食习惯难以接受,需要护士耐心解释调整饮食的原因及重要意义,让患者了解改变既往饮食习惯对获得和维持健康的必要性,明确可选用和不宜选用的食物及进餐次数等,取得患者配合。饮食指导时应在对患者饮食评估的基础上,尽量以患者的饮食习惯为基本框架,根据患者的年龄、疾病种类、个人喜好及经济状况等指导患者合理饮食,用一些容易接受的食物代替限制的食物,以使患者容易适应改变后的饮食习惯。良好的饮食教育能使患者理解并愿意遵循饮食计划。

二、患者进食前的护理

(一)进食环境的准备

良好的进食环境可以使患者心情愉快,增加食欲。患者的用餐环境应以清洁、卫生、整齐、空气新鲜、气氛轻松愉快为原则。

(1) 去除一切不良气味及不良视觉印象。整理床单位,收拾床旁桌椅及床上不需要的物品。去除不良气味,开窗通风。

(2) 暂停非紧急的治疗护理,特别是令人感到不愉快或不舒适的治疗。

(3) 如有病危或呻吟的患者,可用屏风遮蔽。

(4) 多人进餐可增进患者食欲,如有条件可安排患者在病室餐厅集体进餐,或鼓励同病室患者共同进餐。

(二)患者的准备

患者感觉舒适将有助于增进患者食欲,因此护士应协助患者进行相应的准备工作。

(1) 解除或减轻造成患者不舒适的因素。疼痛的患者应给予适当的止疼措施;敷料包扎固定过紧、过松者给予适当调整;高热者给予降温,使患者感觉舒适,适合进餐。

(2) 减轻患者的心理压力。对于焦虑,忧郁的患者给予心理指导,进餐时可以播放轻松的音乐。条件允许时,可允许家人陪伴其共同进餐。

(3) 给予饮食营养卫生的健康教育。在患者原有认识的基础上进行针对性的饮食营养知识教育,如特殊饮食的意义及要求、科学饮食和合理营养的作用及方法等。

(4) 协助患者进行就餐准备。协助患者洗手、清洁口腔,必要时给予口腔护理,以促进患者食欲。进食前询问患者是否需要大小便,需要时协助其去卫生间。对于不能如厕的患者,饭前半小时给予便器排尿或排便,使用后及时移去,通风换气。

(5) 协助患者采取舒适的进餐姿势。如病情允许,可协助患者下床进食。不便下床者,可安排坐位或半坐卧位,放置床上桌及餐具。卧床患者安排侧卧位或仰卧位(头转向一侧),并给予适当支托。

(6) 取得患者同意,将治疗巾或餐巾围于患者胸前,以保护衣服和被单的清洁,并让患者做好进食的准备。

三、患者进食时的护理

(一) 及时分发食物

护理人员洗手,衣帽整洁。根据饮食单上不同的饮食种类,协助配餐员准确无误地分发食物。掌握好当日当餐的特殊饮食要求,如禁食或限量等,并仔细核对,防止差错。对访客带来的食物,需经护士检查,符合治疗护理原则方可食用。

(二) 鼓励患者进食

经常巡视,观察进食情况,督促治疗饮食及试验饮食的实施,并检查落实情况。征求患者对饮食的意见,及时反馈给营养室。进食期间及时、有针对性地解答患者有关饮食方面的问题,教育、纠正不良饮食习惯及违规饮食行为。鼓励患者自行进食,并协助将餐具、食物放到易取处,必要时护士可给予帮助。

(三) 协助患者进食

(1) 对不能自己进食的患者,应根据患者的进食习惯如进食方法与次序等耐心喂食。喂食要求耐心,每次喂食量及速度适中,可按患者的情况和要求而定,不要催促患者。温度适宜,防止烫伤。饭和菜、固体和液体食物应轮流喂食,为避免呛咳,应将患者头部稍垫高并偏向一侧,流质饮食可以用吸管吸食。

(2) 对双目失明患者或双眼被遮盖的患者,除遵循上述喂食要求外,还应告知喂食内容以增加进食的兴趣,促进消化液的分泌。如果患者要求自己进食,可按时钟平面图放置食物,并告知方向、食品名称,利于患者按顺序取用食物,如,6点放饭,9点放汤,菜放在12点、3点的位置等。

(四) 特殊患者的进食

(1) 对禁食或限量饮食者应告知原因,以取得配合,在床尾挂上标记,并做好交班。

(2) 对于需要增加饮水量的患者,应向患者说明大量饮水的目的和重要性。嘱咐患者在白天的饮水量为一天总量的3/4,以免夜间饮水过多,排尿次数增加影响睡眠。患者无法一次大量饮水时,可以少量多次饮水,并注意改变液体种类,以保证液体的摄入。

(3) 对限制饮水患者,护理人员应向患者及家属说明限水的目的及饮水量,以取得患者及家属的配合,患者床边应该有限水标志,如果患者口干,可以用湿棉球湿润口唇,如病情许可,也可在口渴严重时采取含冰块及酸梅等方法刺激唾液分泌以止渴。

(五) 及时处理患者进食过程中的特殊问题

1. 恶心　可暂停进食,并嘱患者进行深呼吸以缓解。
2. 呕吐　协助患者的头部偏向一侧,防止呕吐物吸入气管;提供盛装呕吐物的容器;尽快清除呕吐物,更换污染的衣物被服,开窗通风;协助患者漱口或进行口腔护理;征求患者意见是否愿意继续进食,不愿继续者,将食物保存好,待愿意进食时给予患者;观察呕吐物的性质、量、色和气味,并做好记录。
3. 呛咳　指导患者吃饭时应细嚼慢咽,不要边进食边说话。呛咳出现时,可为患者拍背。如有较大异物进入喉部和气管,应及时取出。

四、患者进食后的护理

(1) 及时撤去餐具,整理床单位、督促和协助患者洗手、漱口或进行口腔护理,使患者感到清洁舒适。

（2）餐后根据需要做好记录，如进食的种类、数量、患者进食过程和进食后的反应等，以评价患者的进食是否满足营养需求。

（3）对暂时禁食或者延迟进食的患者应做好交接班。

▨▨ 第五节　特殊饮食护理

营养问题常常会在一些疾病情况下出现，如病情危重、存在消化道功能障碍、艾滋病、癌症、代谢性疾病、肝肾疾病等，为了保证患者营养素的摄取、消化、吸收，保持组织器官的结构与功能，促进康复，临床上常根据患者的不同情况采用不同的特殊饮食护理。

一、管饲饮食

管饲饮食（tube feeding）是指对于胃肠功能正常的患者，通过管道将食物、水分及药物注入胃内的方法，是临床中提供和补充营养极为重要的方法之一。根据导管插入的途径，可分为口胃管、鼻胃管、鼻肠管、空肠造瘘管及胃造瘘管。

鼻饲术（nasogastric gavage）是将导管经鼻腔插入胃肠道，从管内输注流质食物、水分和药物，以维持患者营养和治疗需要的技术。鼻饲术是实施管饲饮食最常用的方法，本节主要以鼻饲术为例讲解管饲饮食的操作方法。

（一）目的

为下列不能经口进食的患者供给食物和药物，维持患者营养和治疗需要。

（1）昏迷及病情危重患者。

（2）口腔手术患者或口腔疾患的患者，上消化道肿瘤引起吞咽困难的患者。

（3）早产儿、拒绝进食患者及不能张口患者（如破伤风）。

食管、胃底静脉曲张的患者及食管癌、食管梗阻的患者禁止使用鼻饲术。

（二）用物

1. **无菌鼻饲包内备**　治疗碗、止血钳、镊子、压舌板、纱布、普通胃管或硅胶胃管、50 ml 注射器、治疗巾。

2. **治疗盘内备**　棉签、液体石蜡、胶布、别针、夹子或橡胶圈、手电筒、听诊器、弯盘、鼻饲液（38～40℃）、温开水适量、水温计。按需要准备漱口或口腔护理用物及松节油。

（三）实施（表 12-5）

表 12-5　鼻饲术操作步骤

操作步骤	注意事项与说明
1. 核对解释　洗手，戴口罩，备齐用物，携至患者床旁，根据医嘱查对患者的床号及姓名，向患者解释操作目的、过程及配合方法	● 确认患者，避免差错事故发生，取得合作
2. 安置体位　根据病情，帮助患者取半卧位或坐位，无法坐起者取右侧卧位，头颈部自然伸直；将治疗巾围于患者颌下，弯盘放在便于取用处	● 半卧位或坐位可减少胃管通过鼻咽部时的呕吐反射，使胃管易于插入，如果患者呕吐，也可防止窒息 ● 根据解剖原理，右侧卧位使胃管易于进入胃内 ● 头向后仰便于胃管沿咽后壁下行，以免误入气管 ● 治疗巾可防止污染患者的衣服

（续表）

操作步骤	注意事项与说明
3. 清洁鼻腔 观察鼻腔,选择通畅一侧,用棉签清洁鼻腔,有义齿者取下义齿	● 观察鼻腔可了解有无鼻腔疾患,如鼻中隔偏曲、鼻甲肥大、鼻息肉等,如有鼻腔疾患,应选择健侧 ● 清洁鼻腔使鼻腔通畅,便于插管 ● 取下义齿可防止脱落误吞
4. 标记润滑胃管 （1）备胶布 2～3 条 （2）打开胃管包,用纱布和镊子夹持胃管,用空注射器注入少量空气 （3）测量胃管插入的长度,并作一标记 （4）用液状石蜡润滑胃管的前端,用血管钳夹闭胃管尾端	● 固定胃管用 ● 以防手弄污胃管 ● 检查胃管是否通畅 ● 自鼻尖经耳垂至剑突或前额发际至剑突的距离,也可参照胃管上刻度,以保证插入胃管的长度达到胃内,一般成人插入长度为 45～55 cm ● 减少插入时的摩擦力 ● 防止胃内容物多时返流
5. 插胃管 （1）左手持纱布托住胃管,右手持镊子夹住胃管前端,沿选定侧鼻孔轻轻插入 （2）插入至 10～15 cm(咽喉部)时,嘱患者做吞咽动作,同时顺势将胃管向前推进,至预定长度;插管中如出现恶心、呕吐,可暂停插入,嘱患者深呼吸或张口呼吸 （3）昏迷患者插管时,去枕平卧、头向后仰,当胃管插入约 15 cm 时,左手将患者头部托起,使下颌靠近胸骨柄,将胃管沿后壁滑行缓缓插入至预定长度(图12-1)	● 插管时手法要轻、慢,尤其应注意避开鼻中隔前下部的"易出血区",镊子尖端勿触及鼻黏膜,以免损伤出血 ● 吞咽动作可帮助胃管顺利进入食管并且减轻患者不适;必要时,可让患者饮少量温开水帮助胃管进入食管 ● 以降低迷走神经兴奋性.减轻胃肌收缩 ● 插管动作轻柔,避免损伤食管黏膜,尤其在通过食管3 个狭窄处(食管入口处、平气管分叉处、食管通过膈肌处)时 ● 如果发现患者出现咳嗽、呼吸困难或脸色发绀等现象,表明胃管误入气管,应立即拔出胃管,休息片刻再重新插入 ● 插入不畅应检查口腔,观察胃管是否盘在口咽部,可将胃管抽回一小段,再小心插入 ● 头向后仰便于胃管沿咽后壁下行,以免误入气管 ● 下颌靠近胸骨柄可增大咽喉部通道的弧度,便于胃管顺利通过会厌部;颈椎骨折患者禁用此法
6. 验证胃管是否在胃内 ①用注射器抽吸胃内容物,能抽出胃液;②向管内注入 10 ml 空气,用听诊器在胃部可听到气过水声;③将胃管末端置于盛水碗内,无气泡逸出	
7. 固定 确认胃管在胃内后,用胶布将胃管固定在鼻翼及面颊部	● 防止胃管移动或滑出
8. 灌注食物 （1）接注射器于胃管末端,先回抽见有胃内容物抽出,再注入少量温开水 （2）遵医嘱缓慢灌入鼻饲液或药物,每次用注射器抽吸鼻饲液时,应反折胃管末端 （3）鼻饲毕,应再次注入少量温水	● 确定胃管在胃内,了解有无胃潴留及导管堵塞 ● 温开水可湿润管腔,防止食物粘附于管壁 ● 一次鼻饲量不超过 200 ml,间隔不少于 2 h ● 反折以防止导管内容物返流或空气进入造成腹胀 ● 避免灌入速度过快,避免鼻饲液过冷过热,避免灌入空气 ● 药片应研碎溶解后注入;新鲜果汁与奶液应分别灌入,以免产生凝块 ● 冲净胃管,以避免食物积存于管腔中干结变质,造成胃肠炎或堵塞管腔

（续表）

操作步骤	注意事项与说明
9. 处理胃管末段　将胃管末端反折，用纱布包好并用橡皮筋或夹子夹紧，用别针把胃管固定于大单、枕旁或患者衣领处	● 防止灌入食物反流 ● 防止胃管脱出
10. 操作后处理 　（1）帮助患者清洁口腔、鼻腔，整理床单位，嘱患者维持原卧位 20～30 min 　（2）洗净注射器，放入治疗盘内，用纱布盖好备用 　（3）洗手，记录	● 保持口腔干净及湿润，增加舒适感 ● 维持原卧位以防呕吐 ● 鼻饲用物应每日更换消毒 1 次 ● 长期鼻饲者，应给予口腔护理和蒸汽吸入，2 次/d ● 阻止微生物的传播 ● 记录鼻饲时间、种类及量、患者反应、胃潴留情况等
11. 拔管 　（1）弯盘置于患者颌下，夹紧胃管末端置于弯盘内，轻轻揭去固定的胶布 　（2）用纱布包裹近鼻孔处胃管，嘱患者深呼吸，在患者呼气时拔管，边拔管边用纱布擦胃管，到咽喉处快速拔出 　（3）置胃管于弯盘中，移出患者视线外 　（4）清洁患者口、鼻、面部，擦去胶布痕迹，协助患者漱口，取舒适卧位，整理床单位，清理用物 　（5）洗手，记录	● 用于停止鼻饲或长期鼻饲需要更换胃管时 ● 长期鼻饲者应每周更换胃管；晚间拔管，次晨再从另一侧鼻孔插入 ● 防止拔管时管内液体反流 ● 至咽喉部时快速拔出胃管，以免液体滴入气管 ● 以免弄污被单和对患者的感官刺激 ● 维持患者个人卫生，可用松节油擦去胶布痕迹 ● 记录拔管时间和患者反应

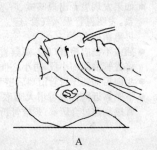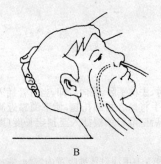

图 12-1　昏迷患者插管示意

（四）管饲饮食常见的并发症

1. **误吸**　是致命性的并发症，可由胃排空延迟、营养管插入位置不当或移位、呕吐等引起。护士应将营养管妥善固定，防止脱出及移位。每次管饲前及接班时均应检查管道的位置，以确定有无移位。根据情况采取合适的体位，伴有意识障碍、胃排空迟缓、经鼻胃管或胃造瘘管输注营养液的患者应取半卧位。及时估计胃内残留量，如果残留量大于 100 ml，应延迟或暂停输注，以防胃潴留引起反流而致误吸。若患者突然出现呛咳、呼吸急促或咳出类似营养液的痰液，怀疑有管道移位并致误吸的可能，应立即停止输注，将患者置于右侧卧位并将床头放低，立即通知医生。

2. **机械并发症**　与营养管质地、粗细和管的位置有关，常出现鼻咽部和食管黏膜损伤，营养管堵塞等。长期留置营养管的注意保护皮肤、黏膜；避免营养管扭曲、受压、打结；为避免管道堵塞，注意定期冲洗导管。

3. **胃肠道并发症**　是最多见的并发症，包括恶心、呕吐、腹胀、腹痛、腹泻、便秘、倾倒综合征等。

其中腹泻最为常见,主要原因包括营养液渗透压高、营养液温度过低、输液过快、营养液被细菌污染等。应严格按医嘱控制营养液量、浓度和输注速度,一般由少量、低浓度开始输入,速度宜慢;控制好营养液的温度;无菌配制营养液,现用现配,每日更换输注用品。

4. 代谢性并发症 包括高渗性脱水、高血糖、氮质血症、电解质及微量元素异常、肝功能异常等。应准确记录患者的液体出入量;观察尿量、尿比重的变化及生命体征;定期测体重;定期测量血糖、尿糖、血尿素氮、血电解质、血浆蛋白等实验室指标,及时评估患者全身情况,发现并发症及时处理。

二、要素饮食

要素饮食(elemental diets)又称元素饮食,是一种人工精制、营养素齐全、由无渣小分子物质组成的水溶性营养合成剂。其特点是营养价值高,营养成分明确、全面、平衡,不含纤维素,不需消化即可直接被小肠吸收,为人体提供热能及营养。

(一) 目的

要素饮食在临床营养治疗中可保证危重患者的能量及氨基酸等营养素的摄入,促进伤口愈合,改善患者营养状况,以达到治疗及辅助治疗的目的。适用于严重烧伤及创伤等高代谢、手术前后需要营养支持、消化吸收不良、消化道瘘、肿瘤及营养不良的患者。

要素饮食不能用于 3 个月内婴儿及消化道出血患者;胃切除术后、糖尿病和胰腺疾病患者应慎用。

(二) 用法

依据患者的病情需要,将粉状的要素饮食按比例添加水,为患者调配出适宜浓度和剂量,可以通过口服、鼻饲、经胃或空肠造瘘口滴入的方法供给患者。常用剂量一般为 6.8～8.4 MJ/d,多适用于营养不良患者;最大剂量可达 12.6～16.7 MJ/d,用于超高代谢和消化道瘘患者;辅助剂量最小为 2.09 MJ/d 左右,用于慢性疾病和恶性肿瘤患者的放疗、化疗期间,以辅助治疗。

1. 口服 口服剂量 50 ml/次,渐增至 100 ml/次,6～10 次/d,适用于病情较轻且能经口进食的患者。因要素饮食口味欠佳,口服时患者不易耐受,因此临床很少使用,可以在应用时添加桔子汁、菜汤等适量调味。

2. 分次注入 将配制好的要素饮食或现成制品用注射器通过鼻胃管注入胃管内,每日 4～6 次,每次 250～400 ml,主要用于非危重、经鼻胃管或造瘘管行胃内喂养的患者。此方法操作方便,但易引起恶心、呕吐、腹胀、腹泻等胃肠道症状。

3. 间歇滴注 将配制好的要素饮食或现成制品放入有盖吊瓶内,经输注管缓慢注入,每日 4～6 次,每次 400～500 ml,每次输注持续时间 30～60 min,大多数患者可以耐受。

4. 连续滴注 装置与间歇滴注相同,在 12～24 h 内持续滴入要素饮食,或用输液泵保持恒定滴速,多用于经空肠喂养的危重患者。

(三) 护理要点

(1) 每一种要素饮食的具体营养成分、浓度、用量、滴入速度,应根据患者的具体病情,由临床医师、责任护士和营养师共同商议而定。应用的原则一般是由低、少、慢开始,逐渐增加,待患者耐受后,再稳定配餐标准、用量和速度。

(2) 严格执行无菌操作原则,所有器具、导管均需灭菌后使用。

(3) 已配制的溶液应存放于 4℃ 冰箱中暂存,24 h 内用完,以免变质。

(4) 要素饮食的口服温度一般为 38℃ 左右,鼻饲及造瘘口注入时的温度宜为 41～42℃。要素饮食不能高温蒸煮,但可在输注管末段用热水袋适当加温,保持温度,减少发生腹泻、腹痛、腹胀。

（5）要素饮食滴注前后都需要用温水或生理盐水冲净管腔，以防食物堵塞管腔而腐败变质。

（6）滴注过程中经常巡视患者，如出现恶心、呕吐、腹胀、腹泻等症状，应及时查明原因，按需要调整速度、温度；反应严重者需暂停滴注。

（7）应用要素饮食期间需要定期测量体重，并观察尿量、大便次数及性状，检查血糖、尿糖、血尿素氮、电解质、肝肾功能等指标，做好营养评估。长期使用者注意补充维生素和矿物质。

（8）要素饮食停用时需逐渐减量，骤停易引起低血糖反应。

三、胃肠外营养

胃肠外营养（parenteral nutrition，PN）是根据患者需要，通过周围静脉或中心静脉输入患者所需要的全部能量及营养素、包括氨基酸、脂肪、各种维生素、电解质和微量元素的一种营养支持方法。若全部营养素都通过胃肠外途径补充则称全胃肠外营养（total parenteral nutrition，TPN）。

（一）目的

用于各种原因引起的不能从胃肠道摄入营养、胃肠道需要充分休息、消化吸收障碍以及超高代谢等患者，保证热量及营养素的摄入，从而维持机体新陈代谢，促进患者康复。

因胃肠外营养治疗所需费用较大，技术要求高，且有并发败血症的危险，对于胃肠道功能正常、能获得足够能量营养的患者，不宜使用胃肠外营养；尚有部分消化道可被利用的患者则应试用要素饮食来代替胃肠外营养。患者伴有严重水电解质紊乱、酸碱失衡、出凝血功能紊乱或休克时应暂缓使用胃肠外营养，待内环境稳定后再考虑胃肠外营养。

（二）应用方法

可采用经周围静脉或中心静脉插管插入上腔静脉而进行静脉输入营养液的方式。若输入高渗营养液，宜选用中心静脉，以免高渗液刺激静脉内膜导致静脉炎和血栓形成。目前临床上常采用经颈内静脉、锁骨下静脉、颈外静脉等将导管送入上腔静脉的方法。

输注方法主要有全营养混合液输注及单瓶输注两种。全营养混合液输注，即将每日所需的营养物质在无菌条件下按次序混合输入由聚合材料制成的输液袋或玻璃容器后再输注的方法。这种方法热氮比例平衡、多种营养素同时进入人体内而增加节氮效果；同时简化输液过程，节省时间；另外可以减少污染并降低代谢性并发症的发生。在无条件进行全营养混合液输注时，可单瓶输注。此法由于各营养素非同步进入机体而造成营养素的浪费，另外易发生代谢性并发症。

（三）常见并发症

患者在应用胃肠外营养的过程中，可能发生的并发症如下。

1. **静脉穿刺置管并发症** 主要有气胸，血胸，血管、神经、胸导管损伤，空气栓塞，导管栓塞、移位、扭曲或折断，血栓性静脉炎等。

2. **感染性并发症** 一般为穿刺部位感染和导管性感染。感染主要源于导管、营养液的污染及置管过程中护理不周所致。

3. **代谢性并发症** 包括高血糖症、低血糖症、高脂血症、低磷血症、肝功能异常、酸碱平衡紊乱等。其中以高血糖症和低血糖症最为严重，主要由营养液输注速度、浓度不当或突然停用引起。

（四）护理要点

胃肠外营养患者的护理应达到3个目标：防止感染；维护好胃肠外营养输注系统；防止发生代谢、水、电解质平衡方面的并发症。

（1）严格执行静脉穿刺置管和配制营养液时的无菌操作。所有用具均应灭菌后方能使用。营养大袋及输液导管每日更换1次。

（2）穿刺置管及导管的护理

1) 穿刺置管前做好患者及家属解释工作,说明操作的目的及配合方法,以取得理解与合作。

2) 备齐穿刺用物,做好局部皮肤清洁,必要时备皮。

3) 穿刺置管时,严格无菌操作,防止污染。护士应准确选择穿刺部位,熟悉穿刺部位的组织解剖结构,熟练掌握正确的穿刺技术,嘱患者勿紧张、勿过度呼吸或深呼吸,防止发生气胸、血胸、神经损伤等。

4) 置管后妥善固定导管,局部用敷料或手术贴膜封闭,避免导管受压、扭曲或滑脱。

5) 静脉穿刺部位每天消毒、更换敷料一次,观察穿刺部位有无红肿、渗液等感染征象,每周做1次细菌培养。

6) 输液装置各部分连接要牢固,防止液体中断、滴空和接管脱落,输液结束应立即旋紧导管塞。

7) 避免经导管输入其他液体、药物及输血,也不得经此导管采血、测中心静脉压。

8) 保持输液通畅,输液结束时,可用肝素稀释液封管,以防导管内血栓形成。

9) 如发现患者有恶心、心慌、出汗、胸闷及寒颤、高热等症状时,应及时查明原因,报告医生,给予相应处理。

(3) 营养液的输注护理

1) 输注前,护士按医嘱准备营养液,注意查对。营养液应无菌配制,储存于 4℃ 冰箱内备用,存放不得超过 24 h。

2) 为避免输入液体过冷,须在输注前半个小时取出营养液,置室温下复温后再输。

3) 合理控制输液速度,按量均匀输入,防止过快或过慢,最好使用输液泵。

4) 输液过程中加强巡视,注意液体滴入情况,是否通畅,有无液体中断或导管脱出等情况发生。

(4) 监测:使用过程中要对患者进行严密的实验室监测,每日记录出入水量,观察血常规、电解质、血糖、氧分压、尿糖、血浆蛋白及尿生化等情况,根据患者体内代谢的动态变化及时调整营养液配方。

复 习 题

【A 型题】

1. 维生素 K 的主要功能是: ( )

    A. 促进细胞发育成熟   B. 参与糖代谢   C. 改善微循环

    D. 促进凝血功能   E. 抗氧化的作用

2. 下列不属于治疗饮食的是: ( )

    A. 低脂肪饮食   B. 高脂肪饮食   C. 低蛋白饮食   D. 高蛋白饮食   E. 高热量饮食

3. 流质饮食适用于: ( )

    A. 高热、口腔疾患患者   B. 老年、幼儿   C. 无消化道疾患患者

    D. 咀嚼不便患者   E. 疾病恢复期患者

4. 下列哪种疾病宜给低蛋白饮食: ( )

    A. 冠心病   B. 肺结核   C. 高血压病   D. 严重贫血   E. 肾功能衰竭

5. 大便隐血试验饮食可选择的食物有: ( )

    A. 肉类   B. 肝类   C. 动物血   D. 豆制品   E. 绿色蔬菜

6. 下列哪类患者应该给予鼻饲饮食: ( )

    A. 婴幼儿   B. 经常呕吐者   C. 拒绝进食者   D. 食欲低下者   E. 拔牙者

7. 胃管喂食时,成人一般插管深度为: ( )

A. 14～16 cm　　　B. 20～30 cm　　　C. 45～55 cm　　　D. 60～70 cm　　　E. 80～90 cm

8. 鼻饲操作错误的操作方法是：　　　　　　　　　　　　　　　　　　　　　　　（　　）

A. 鼻饲量每次不超过 200 ml　　　　　　　　　　B. 鼻饲前检查胃管是否通畅

C. 注入少量温开水,证实胃管是否在胃内　　　　D. 药片研碎溶解后灌入

E. 拔管应夹紧胃管末端再拔出

9. 插胃管时如出现呛咳、发绀,应给予：　　　　　　　　　　　　　　　　　　　（　　）

A. 立即拔出胃管　　　　　　B. 嘱患者深呼吸　　　　　　C. 指导患者作吞咽动作

D. 稍停片刻再插　　　　　　E. 请患者坚持一下

10. 为昏迷患者插鼻饲管至 15 cm 时应将其头部托起,目的是：　　　　　　　　　　（　　）

A. 使喉管肌肉放松便于插入　　　　　　　　　B. 增大咽喉部通道的弧度

C. 以免损伤食管黏膜　　　　　　　　　　　　D. 防止胃管盘曲在口腔中

E. 避免患者恶心

11. 要素饮食的特点不包括：　　　　　　　　　　　　　　　　　　　　　　　　（　　）

A. 营养素全面　　　　　　　　　　　　　　　B. 不需要消化也可以吸收

C. 可以纠正低蛋白血症　　　　　　　　　　　D. 适应于胃肠道瘘和晚期癌症

E. 所有营养素为天然合成

12. 方某,患高胆固醇血症,护士要求他每天饮食进食的胆固醇不超过：　　　　　　（　　）

A. 100 mg　　　　B. 200 mg　　　　C. 300 mg　　　　D. 400 mg　　　　E. 500 mg

【填空题】

1. 产热营养素是指_____、_____和_____。

2. 医院饮食的种类有_____、_____和_____三大类。

3. 医院常用的基本饮食有_____、_____、_____和_____。

【名词解释】

1. 基本饮食　　**2.** 治疗饮食　　**3.** 试验饮食　　**4.** 管饲饮食　　**5.** 鼻饲术　　**6.** 要素饮食

7. 胃肠外营养

【简答题】

1. 简述验证胃管在胃内的方法。

2. 王先生,76 岁,因脑出血致深度昏迷,入院后医嘱给鼻饲饮食,护士在为其插管时需要注意些什么？拔管时注意些什么？

3. 比较管饲饮食、要素饮食、胃肠外营养,说出它们适用的对象、禁忌证、使用方法和护理要点。

第十三章
排　泄

导　读

内容及要求

本章主要包括两个部分的内容,排便的护理和排尿的护理。

排便的护理主要介绍与排便有关的解剖与生理、排便的评估、排便异常的护理及与排便有关的护理技术。在学习过程中,应重点掌握排便异常的护理及与排便有关的各项护理技术;熟悉排便的评估;了解与排便有关的解剖与生理。

排尿的护理主要介绍与排尿有关的解剖与生理、排尿的评估、排尿异常的护理、与排尿有关的护理技术。在学习过程中,应重点掌握排尿异常的护理、与排尿有关的各项护理技术;熟悉排尿的评估;了解与排尿有关的解剖与生理。

重点、难点

本章重点为排便异常的护理、排尿异常的护理及灌肠术、导尿术及导尿管留置术。其难点为异常排便、异常排尿的评估与护理措施及各种灌肠术、导尿术及导尿管留置术的实施和注意事项。

专科生要求

专科层次的学生对于与排便有关的解剖与生理、与排尿有关的解剖与生理、口服高渗溶液替代清洁灌肠法、简易通便术做一般了解即可。

- 排便的护理
- 排尿的护理

　　排泄是机体将新陈代谢所产生的废物排出体外的生理活动过程,是人体的基本生理需要之一,是维持生命的必要条件。机体可经皮肤、呼吸道、消化道及泌尿道进行排泄,其中排便和排尿是排泄的主要形式。很多因素可以直接或间接影响机体的排泄活动,不同个体的排泄活动及其影响因素也各不相同。当患者因疾病导致自理能力下降或缺乏,或者由于相关保健知识的缺乏,致使患者无法正常进行排便及排尿活动时,护理人员应理解、尊重患者,给予必要的指导和协助,满足患者排泄的需要,促进患者的舒适及疾病的康复。

第一节 排便的护理

一、与排便有关的解剖与生理

(一)大肠的解剖

大肠是机体参与排便运动的主要器官,全长 1.5～1.8 m,起自回肠末端,止于肛门,共分为盲肠、结肠、直肠、肛管 4 个部分,其中结肠又分为升结肠、横结肠、降结肠和乙状结肠 4 个部分。直肠全长 10～14 cm,有两个弯曲,骶曲和会阴曲。肛管是位于直肠与肛门之间的部分,长约 4 cm,为肛门内外括约肌所包绕,主要作用为协助和控制排便。其中肛门内括约肌是平滑肌,可协助排便,但对控制排便作用不大;而肛门外括约肌是横纹肌,对控制排便具有重要作用。

(二)排便的生理

食物经口进入胃和小肠,经过消化吸收之后,食物的残渣储存于大肠内,除部分水分被大肠吸收,剩余均经过细菌的发酵和腐败作用成为粪便。粪便在大肠中停留的时间越长,水分被吸收越多,粪便就会越干结。

废物从大肠排出的过程称之为排便。排便是一个反射动作。正常人的直肠除排便前和排便时,通常没有粪便。当肠蠕动将粪便推进直肠,刺激直肠壁内的感受器,其神经冲动经盆神经和腹下神经传至脊髓腰骶段的初级排便中枢,同时上传到大脑皮层,引起便意和排便反射。在条件允许的情况下,通过神经控制,发生降结肠、乙状结肠、直肠、肛提肌收缩,肛门内、外括约肌舒张;此外腹肌、膈肌的收缩使腹内压增加,也同时达到促进排便的作用。

排便活动受大脑皮层的控制,意识可以加强或抑制排便。经过一段时间的训练后,机体便可以自主排便。正常人的直肠对粪便的压力刺激有一定阈值,达到此阈值即可产生便意。如果经常有意识地遏制便意,会使直肠逐渐失去对粪便压力刺激的敏感性,加之粪便在人肠内停留过久,水分吸收过多而干结,造成排便困难,这是便秘发生的最常见原因之一。

二、排便的评估

粪便的形状与性质通常可以反映整个消化系统的功能状态。所以,通过对患者排便活动及其粪便的有效观察,有助于对消化道疾患的及早发现、诊断和鉴别,并有助于选择适宜的治疗和护理措施。此外,许多因素可以影响肠道的活动,导致排便功能的异常,护士应熟悉这些因素,以明确患者排便方面存在的健康问题,在有效分析相关因素的基础上,采取正确的护理措施满足患者排便需要。

(一)影响排便因素的评估

排便可以受到生理、心理、社会文化、饮食、活动、病理等多种因素的影响,护理人员需完整收集资料,进行准确评估。

1. 年龄　2～3 岁以下的婴幼儿由于神经肌肉系统发育不完全,不能控制排便;老年人随着年龄的增加,胃肠蠕动减慢,容易发生便秘。

2. 个人排泄习惯　日常生活中每个个体都会有自己的排便习惯,如固定的排便时间、排便常用的姿势(坐位或蹲位)、使用某种固定的便具及排便时从事某些活动(如阅读),这些个人习惯一旦受到影响,极有可能会干扰排便活动的正常进行,甚至会引起排便障碍。

3. 心理因素　心理因素是影响排便的重要因素。个体精神抑郁容易导致身体活动减少,肠蠕动减慢,造成便秘;而紧张焦虑的情绪则容易使迷走神经兴奋,肠蠕动增强,引起吸收不良,导致腹泻。

4. 社会文化因素　是指影响个体排便的观念及习惯。现代社会,排便成为个人隐私的观念已经被绝大多数的社会文化所接受。患者因排便需要不得不向医务人员及他人寻求帮助时,常常因为自感丧失隐私而压抑排便的需要,从而导致排便功能的异常。

5. 饮食与活动　摄入富含膳食纤维的食物(如粗粮、蔬菜、水果等)可以促进肠蠕动,有利于排便。液体摄入不足或丢失较多(如排尿、出汗)时,导致粪便干硬而不易排出。活动可以维持肌肉组织的张力,促进肠道蠕动,利于维持正常的排便功能,各种原因所导致患者的活动减少、长期卧床等都可以因肌张力减低而导致患者出现排便困难。

6. 疾病因素　腹部及会阴部伤口的疼痛,可抑制患者的便意;肠道感染时,肠蠕动增加,可导致腹泻;神经系统受损时,可导致患者出现排便失禁。

7. 治疗及检查因素　有些药物可以起到治疗或预防便秘及腹泻的作用,如缓泻剂刺激肠蠕动,可用于治疗便秘,但如果剂量及用法不正确,则可由于过分刺激肠蠕动,引起排便次数增加,使患者产生不适。有些药物则可能干扰患者排便的正常形态,如长期使用抗生素,干扰肠内正常菌群的功能,可以造成腹泻;大剂量使用镇静剂可导致便秘;手术时使用的麻醉药物,可以使肠蠕动暂停,造成排气排便停止。

(二) 粪便的评估

1. 排便的次数　排便是机体的基本需要,次数可因人而异,一般情况下,成人每日排便 1～3 次,婴幼儿为每日 3～5 次。成人每日排便次数超过 3 次或每周少于 3 次,视为排便异常,如腹泻、便秘。

2. 排便量　排便量的多少与膳食的种类数量、摄入液体量、大便次数及消化器官的功能等有关,一般情况下,正常成年人每日平均排便量为 100～300 g。进食含有膳食纤维量较多的食物时,如水果、蔬菜、粗粮等,排便量增多;当较多食用相对精细的食物时,如少纤维、高蛋白的食物,机体的排便量则较少且质地细腻。消化系统功能紊乱的患者,如腹泻、肠梗阻等,也可出现排便量的改变。

3. 形状与软硬度　正常人的粪便为成形软便,类似直肠的直径。消化不良或急性肠炎时,排便次数增多,呈糊状或水样便;便秘时,粪便干结坚硬,呈栗子样;直肠、肛门狭窄或肠道部分梗阻时,粪便可呈扁条状或带状。

4. 颜色　正常成年人的粪便呈黄褐色或棕黄色,婴儿的粪便为黄色或金黄色。粪便的颜色受摄入食物及药物种类的影响,如进食大量绿叶蔬菜可使粪便呈暗绿色;摄入动物血制品及铁剂,可使粪便呈无光黑色。排除以上因素的影响,当粪便颜色出现改变时,应考虑消化系统病理变化的存在,如柏油样便可见于上消化道出血;暗红色便可见于下消化道出血;粪便表面黏有鲜血或排便后有鲜血滴出,可见于肛裂或痔疮出血;白陶土色便提示胆道阻塞;果酱样便可见于阿米巴痢疾或肠套叠;白色"米泔水"样便可见于霍乱、副霍乱。

5. 内容物　粪便的主要成分为食物残渣,此外还包括脱落的大量肠上皮细胞、细菌及机体代谢后的废物,如胆色素的衍生物和钙、镁、汞等盐类。粪便中含极少量黏液,肉眼不易观察。粪便中混入或粪便表面附有血液、脓液或肉眼可见的黏液,常见于消化道的感染、出血或肠癌等;有肠道寄生虫的患者,粪便中常可检出寄生虫的成虫或虫卵,如蛔虫、蛲虫等。

6. 气味　正常情况下,粪便的气味是由于蛋白质和细菌分解发酵而产生,受膳食种类的影响而异,肉食者气味较重,素食者则较轻。严重腹泻的患者粪便呈恶臭味;消化吸收不良的患者粪便呈酸臭味;上消化道出血的患者,粪便为柏油样便,呈腥臭味;下消化道溃疡、出血及恶性肿瘤的患者粪便可呈腐臭味。

(三) 排便活动的评估

1. **便秘** 便秘(constipation)是指正常排便形态发生改变,排便的次数减少,粪质干硬且排便不畅、困难。

(1) 原因:常见的原因包括:①发生某些器质性或功能性疾病,如中枢神经系统功能障碍导致神经冲动传导受阻。②排便习惯不良,如常常抑制便意。③不合理的饮食结构,如饮食中缺乏膳食纤维、饮水量不足。④排便时间或活动受到限制。⑤长期卧床或活动量减少。⑥滥用缓泻药物、栓剂或灌肠,导致正常排便反射减退。⑦药物使用不合理。⑧强烈的情绪反应,如焦虑、情绪消沉。⑨各种直肠、肛门手术。

(2) 症状和体征:腹痛、腹胀、食欲不佳、消化不良、舌苔变厚、乏力、头痛等。触诊腹部硬实紧张,有时可触及包块,肛诊可触及粪块。

2. **粪便嵌塞** 粪便嵌塞(fecal impaction)是指粪便持久滞留并堆积在直肠内,坚硬不能排出。常发生于慢性便秘的患者。

(1) 原因:便秘未能得到及时解除,粪便滞留于肠道内,水分持续被肠道吸收,粪便在肠道内不断堆积,最终形成又大又硬的粪块,不能排出。

(2) 症状和体征:患者腹部胀痛,食欲差,直肠肛门部疼痛,尽管反复产生排便冲动,但却不能将粪便排出,十分痛苦。体征上,可见肛门处可有少量液化的粪便渗出。

3. **腹泻** 腹泻(diarrhea)是指正常的排便形态发生改变,频繁地排出松散、不成形的粪便,甚至是水样便。腹泻是消化道消化、吸收和分泌功能紊乱的表现。任何原因引起肠蠕动增加,肠内容物迅速通过胃肠道,水分和营养物质不能及时在肠道内吸收;同时肠黏膜受到刺激,肠液分泌增加,最终导致粪便变得稀薄。暂时的腹泻是机体的一种保护性反应,可以帮助机体排出刺激物质及有害物质。但长时间的严重腹泻,则可导致机体内大量水分及胃液的丧失,造成水电解质和酸碱平衡的紊乱,并可由于吸收障碍而导致机体营养不良。

(1) 原因:①饮食不当或食物过敏。②肠道感染或某些肠道疾患。③消化系统发育不完善。④情绪紧张、焦虑。⑤药物的不良反应或使用泻剂过量。⑥某些内分泌疾病,如甲亢等。

(2) 症状和体征:腹痛、肠痉挛、恶心、呕吐、疲乏,肠鸣音亢进而活跃,有急于排便的需要并难以控制。排便次数增多,粪便松散或呈液体样,可出现颜色、气味等方面的改变。

4. **排便失禁** 排便失禁(fecal incontinence)是指肛门括约肌不受意识的控制,不自主地排便。

(1) 原因:神经肌肉系统的病变或损伤,如瘫痪;胃肠道的疾患;情绪失调、精神障碍等。

(2) 症状和体征:患者不自主地排出粪便。

5. **肠胀气** 肠胀气(flatulence)是指肠道内积聚有过量气体,不能排出。正常情况下,胃肠道内仅有150 ml左右的气体,胃内气体可通过口腔嗝出,肠道内的气体,其中有部分被小肠吸收,其余的则通过肛门排出,不会引起不适感。

(1) 原因:食入过多的产气性食物;吞入大量的空气;肠蠕动减少;肠道梗阻及肠道手术等。

(2) 症状和体征:腹部膨隆、胀满,叩诊呈鼓音。患者可产生痉挛性疼痛、腹胀、呃逆,严重时肠胀气压迫膈肌和胸腔,可出现气急、呼吸困难的症状。

三、排便异常的护理

(一) 便秘患者的护理

在排除了器质性疾病引起便秘的基础上,可采用以下护理措施解除及缓解患者的便秘。

1. **健康教育** 帮助患者及家属认识到维持正常排便习惯的重要性,并获得有关排便的知识。

2. **协助患者重建正常的排便习惯** 指导患者选择固定的适合自身排便的时间,理想排便的时间是饭后,以早餐后最佳(此时的胃结肠反射最强);教导患者不可随意使用缓泻剂及灌肠等方法。

3. 合理安排膳食　多食用蔬菜、水果及粗粮等富含膳食纤维的食物,适量食用油脂。多饮水,病情允许的条件下,每日饮水量不得少于2 000 ml。餐前饮用适量热饮,也可适当选择具有轻泻作用的饮料,如梅子汁等,以促进肠道蠕动,刺激排便反射。

4. 鼓励患者适当运动　有针对性地制定适合患者的活动计划,并协助患者有计划地执行,如散步、慢跑、做广播体操、打太极拳等。卧床患者可以选择进行床上活动,指导患者进行增强腹肌及盆底肌肉的运动,增强肠蠕动,促进排便。

5. 提供适宜的排便环境　当患者有便意时,护士应提供私密的环境及充裕的排便时间,合理调整查房、治疗和进餐时间,以免受到干扰。排便时,可为患者拉床帘或遮挡屏风,请探视者暂时回避,开窗通风,必要时打开收音机和电视机,并喷洒空气清新剂除臭,以减轻患者的顾虑,避免精神紧张。

6. 选择适当的排便体位　病情允许的条件下,最好协助患者采取坐位或蹲位排便,以促进腹肌收缩,增加腹压,可在床旁置椅子或厕所装扶手。若患者在床上使用便器排便,如无特别禁忌,取坐位或抬高床头为佳,借助重力作用增加腹压,促进排便。对于必须绝对卧床的患者,应有计划地训练其床上使用便器。

7. 腹部按摩　排便时以单手或双手的示指、中指、无名指重叠沿结肠解剖部位,从右向左作环状按摩,以刺激肠蠕动,促进降结肠的内容物向下移动,同时增加腹内压,促进排便。此外,以指端轻压肛门后端也可起到促进排便的作用。

8. 遵医嘱给予口服缓泻药物　缓泻剂可增加粪便中的水分,促进肠蠕动,加快内容物在肠道内的运行,起到导泻的作用。缓泻药物的选择需依据患者的病情及特点,慢性便秘的患者可选择蓖麻油、大黄、番泻叶等,老年及儿童便秘患者应选择作用缓和的缓泻剂。但应注意缓泻剂只适合短期应用,以缓解或解除便秘,长期使用或滥用可使结肠对缓泻剂的强烈刺激形成依赖性,反而会导致慢性便秘发生。

9. 使用简易通便剂　常用开塞露、甘油栓等,其作用机制为通过软化粪便、润滑肠壁、刺激肠蠕动而促进排便。

10. 灌肠　以上方法均无效时,可遵医嘱给予灌肠。

(二)粪便嵌塞患者的护理

(1)早期可使用栓剂、口服缓泻剂,以达到润肠通便的目的。

(2)必要时先为患者进行油类保留灌肠,2~3 h后再进行清洁灌肠。

(3)灌肠无效后可进行人工取便,应遵医嘱执行。操作者戴好手套,以涂有润滑剂的示指缓慢插入患者的直肠内,触及到硬物时,注意其大小和硬度,机械破碎粪块,逐一取出。人工取便可刺激迷走神经,心脏病、脊椎受损的患者应慎用,如患者出现心悸、头晕等不适,应立即停止操作。

(三)腹泻患者的护理

1. 去除病因　如为肠道感染引起,应遵医嘱给予抗生素治疗。

2. 卧床休息　以减少肠蠕动及体力的消耗,同时注意加强腹部保暖。

3. 饮食护理　鼓励患者多饮水,酌情给予低脂、少渣、清淡的流质或半流质饮食,以促进吸收,减少刺激。腹泻严重时可暂禁食。

4. 遵医嘱给药　遵医嘱给予止泻剂、抗感染药物,口服补盐液或静脉输液以维持水和电解质的平衡。

5. 保护肛周皮肤　保持皮肤清洁干燥,每次便后用软纸轻擦肛门,温水清洗,必要时在肛门周围涂油膏、润肤霜等保护局部的皮肤。

6. 密切监测病情　观察排便的次数和粪便的性质,及时记录,需要时可留取标本送验。疑为传染性疾病的患者,应按肠道隔离原则进行护理。

7. 心理支持　腹泻是令人窘迫的经历,护士应注意对患者的情感支持,将清洁的便器放于患者易于取用处,并及时应答患者的呼叫。及时更换被粪便污染的衣裤、床单、被套,及时处理使用后的便器,维护患者自尊,以免异味和不良的感观使患者感到不适。

(四) 排便失禁患者的护理

1. 心理护理　排便失禁的患者心理压力较大,容易出现紧张、窘迫感,常感自卑,希望得到他人的配合和理解。护理人员应了解患者的心态,尊重患者人格,给予安慰和鼓励,帮助患者树立信心,使其能够配合治疗和相关护理。

2. 皮肤护理　床上铺橡胶单(或塑料单)及中单,保持床铺清洁、干燥、平整;每次便后用温水洗净肛周及臀部皮肤,保持皮肤的清洁干燥,按需在肛门周围涂搽软膏做好皮肤保护,避免发生破损及感染。加强骶尾部皮肤的观察,定时按摩受压部位,以预防压疮。

3. 帮助患者重建控制排便的能力　了解患者排便的时间及规律,观察患者排便前的表现,定时给予便器;如患者排便无规律,应酌情定时给患者使用便器,以试行排便,促使患者能按时自己排便;与医生协调应用栓剂或灌肠,以促进定时排便;教会患者进行肛门括约肌及盆底部肌肉收缩锻炼的方法,嘱患者取立位、坐位或卧位均可,试作排便的动作,先缓慢收缩肌肉,再慢慢放松,每次 10 s 左右,连续进行 10 次,每次锻炼时间 20~30 min,每日可进行数次,以患者不感觉疲乏为宜。

4. 保持病室整洁　定时开窗通风换气,去除室内不良的气味,保持室内空气的清新;及时更换污染的衣裤、被单,避免对皮肤的刺激,促进患者舒适。

(五) 肠胀气患者的护理

1. 去除容易引发肠胀气的因素　为患者制定营养合理、易消化的饮食,少食或勿食豆类、糖类等产气性食物,嘱患者少饮碳酸类饮料;养成细嚼慢咽的良好饮食习惯;积极治疗引起肠胀气的肠道疾患。

2. 促进患者排气　鼓励并协助患者适当活动,促进肠蠕动,如病情允许可协助患者下床活动、慢走、散步等,卧床的患者可经常更换卧位或进行床上活动;轻微胀气的患者可行腹部热敷、按摩、针刺疗法;严重胀气的患者,可遵医嘱给予药物治疗或进行肛管排气。

四、与排便有关的护理技术

(一) 灌肠术

灌肠术(enema)是指将一定量的液体通过肛管,由肛门经直肠灌入结肠,以帮助患者清洁肠道、排便、排气或由肠道供给药物或营养,达到确定诊断和治疗目的的技术。

根据灌肠的目的不同,可以分为保留灌肠和不保留灌肠。不保留灌肠又可依据灌入的液体量的不同,分为大量不保留灌肠和小量不保留灌肠。为达到彻底清洁肠道的目的而反复使用大量不保留灌肠的方法,则称为清洁灌肠。

1. 大量不保留灌肠

(1) 目的:①软化和清除粪便,驱除肠内积气。②清洁肠道,为肠道手术及检查或分娩做准备。③稀释并清除肠道内的有害物质,减轻中毒。④灌入低温灌肠液,为高热患者降温。

(2) 禁忌证:消化道出血、急腹症、妊娠、严重心血管疾病等患者禁忌灌肠。

(3) 用物

1) 治疗车上层备:消毒灌肠筒一套(全长 120 cm 的橡胶管、玻璃接管,筒内盛灌肠溶液)、消毒肛管、弯盘、血管钳(或液体调节开关)、润滑剂、卫生纸、棉签、手套、橡胶单及治疗巾、水温计。

2) 治疗车下层备:便器、便巾。

3) 另备输液架、屏风。

4）灌肠溶液：常用 0.1‰～0.2‰肥皂液、生理盐水。肥皂液能稀释软化粪便，并刺激肠蠕动，使粪便易于排出，但肝昏迷患者灌肠时禁用肥皂液，以减少氨的产生和吸收。充血性心力衰竭及水钠潴留的患者则禁用生理盐水，以减少钠的吸收。

成年人每次灌肠的溶液量为 500～1 000 ml，小儿 200～500 ml。溶液的温度以 39～41℃为宜，降温时用 28～32℃，中暑患者可使用 4℃生理盐水。

（4）实施：见表 13-1。

表 13-1　大量不保留灌肠操作步骤

操作步骤	注意事项与说明
1. 核对解释 （1）备齐用物，携至患者的床前，核对患者的床号、姓名，向患者解释操作目的和方法 （2）关闭门窗，屏风遮挡，调解合适的室温，保证操作时光线充足	● 确认患者，取得配合 ● 根据患者情况，正确选择灌肠溶液，准确掌握灌肠液的温度、浓度和量 ● 尊重患者，保护隐私，使患者舒适
2. 安置体位 （1）协助患者取左侧卧位，双腿屈曲，臀部移至床沿，退裤子至膝部；不能自我控制排便的患者可取仰卧位，臀下垫便器 （2）将橡胶单及治疗巾垫于患者臀下，盖好盖被，只暴露臀部，置弯盘于臀旁	● 左侧卧位使乙状结肠和降结肠处于下方，利用重力的作用，使灌肠液顺利流入乙状结肠和降结肠，增强灌肠效果 ● 保持床单位清洁，防止患者受凉，维护患者自尊
3. 挂灌肠筒　挂灌肠筒于输液架上，灌肠筒内的液面距肛门 40～60 cm	● 保证一定的灌注压力及速度，灌肠筒高度越高，灌肠压力越大，灌肠液流入速度也越快，溶液不易保留且容易造成肠道损伤 ● 为伤寒患者灌肠时，灌肠筒内液面不得高于肛门 30 cm，灌肠液量不可超过 500 ml
4. 连接润滑肛管　连接肛管，在肛管前端涂好润滑剂，排尽管内气体，见有灌肠液流出，即用血管钳夹闭橡胶管	● 润滑剂可以使肛管易于插入，且避免引起疼痛和损伤 ● 排气以防止灌肠时气体进入直肠
5. 插肛管　用左手垫卫生纸，轻轻分开臀裂，暴露肛门口，嘱患者张口深慢呼吸，用右手持肛管轻轻将其插入患者的直肠 7～10 cm	● 深呼吸可促使肛门外括约肌放松，转移注意力，方便插入肛管 ● 小儿插入长度为 4～7 cm ● 插管时动作轻柔，顺应直肠生理解剖结构，勿使用暴力，以免损伤黏膜；如插入受阻，可退出少许，旋转肛管再缓缓插入
6. 灌入溶液 （1）固定肛管，松开血管钳，开放橡胶管，使溶液缓缓流入（图 13-1） （2）观察灌肠筒内液面下降的速度和患者反应，如患者感觉腹胀或有便意，告知患者是正常反应，嘱患者张口深呼吸，放松腹肌，减轻腹压，并适当降低灌肠筒的高度，减轻灌入溶液的压力，减慢流速，或暂停片刻，再继续缓慢灌肠；如液面下降过慢或停止，多是由于肛管前端孔道被粪块阻塞，可前后旋转移动肛管或挤捏肛管	● 一般流入 1 000 ml 需 16～17 min ● 减慢流速或暂停可缓解肠痉挛，避免溶液过早被排出 ● 使堵塞的粪块脱落 ● 如患者出现脉速、面色苍白、出冷汗、剧烈腹痛、心慌气促，应立即停止灌肠并及时与医生联系，给予相应处理

（续表）

操作步骤	注意事项与说明
7. 拔管 待溶液即将流尽时,应及时夹闭橡胶管,用左手持卫生纸轻轻压住肛门,右手用卫生纸包裹住肛管轻轻拔出,将其放入弯盘,擦净患者肛门	● 不要等液体完全流尽,以免空气进入肠道 ● 用卫生纸轻压住肛门是为了避免拔管时灌肠液和粪便随肛管流出
8. 排便 (1) 协助患者取舒适卧位,嘱患者尽可能保留灌肠液5～10 min后再排便	● 保证灌肠液可以在肠内有足够的作用时间,利于粪便充分软化,容易排出 ● 降温灌肠,应将液体保留30 min,排便后30 min为患者测量体温并记录
(2) 酌情扶助患者上厕所,或协助卧床患者床上使用便器排便,将呼叫器、卫生纸置于患者易于取用的地方	
9. 操作后处理 (1) 排便后,及时将便器取出,清洁肛门,协助患者将裤子穿好,整理床单位,开窗通风 (2) 观察患者粪便的性状,必要时留取标本送检 (3) 消毒处理相关用物 (4) 洗手,记录灌肠液的种类、保留时间、排出粪便的量、色、性状以及症状是否缓解	● 确保患者的舒适、安全,保持病室的整洁 ● 防止病原体的传播 ● 灌肠结果的记录方法:灌肠的缩写符号为"E";如灌肠后排便一次记为 1/E;灌肠后无大便记为 0/E;如自行排便一次,灌肠后又排便一次记为 $1^1/E$

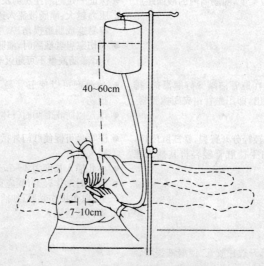

40～60cm

7～10cm

图 13-1　大量不保留灌肠

2. 小量不保留灌肠

（1）目的:适用于腹部或盆腔手术后的患者、危重患者、孕妇、小儿、年老体弱者,软化粪便,解除便秘,排除肠道内积气,减轻腹胀。

（2）用物

1）治疗车上层备:消毒注洗器或小容量灌肠筒、量杯、消毒肛管、温开水 5～10 ml、弯盘、血管钳（或液体调节开关）、润滑剂、棉签、卫生纸、橡胶单及治疗巾、水温计。

2）治疗车下层备便器、便巾;另备屏风。

3）灌肠溶液:常用的灌肠溶液为"1、2、3"溶液（50%硫酸镁 30 ml、甘油 60 ml、温开水 90 ml）;油剂(甘油或液体石蜡 50 ml,加等量温开水)。

(3) 实施:见表 13-2。

表 13-2　小量不保留灌肠操作步骤

操作步骤	注意事项与说明
1. 准备工作同大量不保留灌肠 1~2	
2. 连接润滑肛管　用注洗器抽吸灌肠液,连接肛管,将肛管前端涂好润滑剂,排尽管内气体,夹管	● 减少插管时的阻力,减轻对肠道黏膜的刺激 ● 防止气体进入直肠
3. 插肛管　左手垫卫生纸分开臀裂,暴露肛门,嘱患者深呼吸,右手持肛管轻轻插入患者直肠 7~10 cm	● 促使患者放松,方便插入肛管
4. 灌入溶液　固定肛管,松开血管钳,缓慢注入溶液,注毕夹管,取下注洗器再次抽吸灌肠溶液,松夹后再进行灌注,如此反复,将所备灌肠液全部灌注完毕为止(图 13-2);如使用小容量灌肠筒,筒内液面距肛门的高度应小于 30 cm	● 注入时不可过快过猛,以免刺激肠黏膜,引起排便反射,使溶液难以保留 ● 每次更换注洗器时,要防止空气进入肠道,引起患者腹胀
5. 拔管　注入温开水 5~10 ml,抬高肛管尾端,使管内溶液全部灌入,夹管或将肛管反折,同大量不保留灌肠的方法拔管,擦净肛门	● 避免拔管时空气进入肠道内,引起腹胀
6. 排便　协助患者取舒适卧位,嘱患者尽可能保留灌肠液10~20 min 后再排便,其余同大量不保留灌肠	● 利于粪便充分软化
7. 操作后处理同大量不保留灌肠	

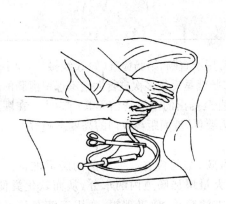
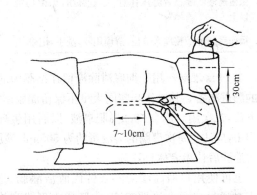

7~10cm

30cm

图 13-2　小量不保留灌肠

3. **保留灌肠**

(1) 目的:将药液自肛门灌入直肠或结肠内并保留,通过肠黏膜的吸收,以达到治疗疾病的目的,常用于治疗肠道感染、镇静、催眠等。

(2) 用物

1) 治疗盘内备:量杯(内盛灌肠溶液)、肛管(20 号以下)、注洗器或小容量灌肠桶、血管钳(或液体调节开关)、润滑剂、卫生纸、棉签、温开水 5~10 ml。

2) 治疗盘外备:弯盘、手套、橡胶单及治疗巾、水温计、小垫枕;另备屏风。

3) 灌肠溶液:剂量及药物遵医嘱准备,常用溶液为具有镇静、催眠作用的 10% 水合氯醛;肠道感染可选 0.5%~1% 新霉素、2% 黄连素及其他抗生素溶液。药物剂量遵医嘱,灌肠溶液量不超过

200 ml,溶液温度38℃。

(3) 实施:见表13-3。

表13-3 保留灌肠操作步骤

操作步骤	注意事项与说明
1. 准备工作同大量不保留灌肠	● 保留灌肠适宜在晚间睡眠前进行,此时患者活动减少,利于药液的保留和吸收 ● 肛门、直肠、结肠等手术后及排便失禁的患者不宜作保留灌肠
2. 安置体位 (1) 嘱患者先排便排尿 (2) 根据患者的病情选取不同的卧位 (3) 将橡胶单及治疗巾、小垫枕垫于患者臀下,使臀部抬高10 cm,为患者盖好被子,仅将臀部暴露出来	● 减轻腹压,清洁肠道,利于药物在肠腔内保留、吸收 ● 慢性细菌性痢疾的患者,病变多位于乙状结肠和直肠处,取左侧卧位;阿米巴痢疾的患者,病变多位于回盲部,则取右侧卧位。 ● 防止床单位污染;垫高臀部,可防止药液溢出 ● 为患者保暖,维护患者的隐私
3. 插管注液 带好手套,注洗器抽吸灌肠液后连接肛管,润滑肛管前端,排气,夹管,显露肛门,轻轻插入15~20 cm;固定肛管,松开血管钳,缓慢注入药液	● 为减少对肠道的刺激,使药液可在肠道内保留较长时间,以利肠黏膜对药液的吸收,宜选择较细肛管,插入宜深,注入药液速度慢,量少,压力宜低,液面距肛门不超过30 cm
4. 拔管 药液注入完毕,再向内注入5~10 ml温开水,抬高肛管的尾端,使管内溶液全部注入,夹管;拔出肛管,用卫生纸轻轻揉按肛门片刻,擦净肛门	● 利于药液全部注入肠腔
5. 保留药液 嘱患者卧床休息,尽量忍耐,保留药液1 h以上	● 使药液充分吸收
6. 操作后处理 整理床单位,清理用物,洗手,记录	

4. 清洁灌肠 用于彻底清除滞留在结肠中的粪便,常用于直肠、结肠检查(如X线摄片)和手术前的肠道准备。其操作步骤同大量不保留灌肠术,清洁灌肠就是反复多次进行大量不保留灌肠的一种方法,首次用0.1%~0.2%肥皂液,以后用生理盐水,直至排出的溶液清洁无粪质为止。在灌肠过程中,应注意每次灌肠的溶液量约为500 ml,灌肠时压力要低,液面距离肛门的高度不超过40 cm,每次灌肠后让患者休息片刻。

也可使用口服高渗溶液来替代清洁灌肠,适用于直肠、结肠检查及手术前的肠道准备。其原理是通过口服高渗性溶液,在肠道内形成高渗环境,大量增加肠道内的水分,从而软化粪便、刺激肠道蠕动,加速排便,达到清洁肠道的作用。这种方法简单,效果理想,常用溶液有甘露醇和硫酸镁。

(1) 甘露醇法:患者术前3日给予半流质饮食,术前1日进流质饮食,术前1日下午2时开始口服甘露醇溶液1 500 ml(20%的甘露醇500 ml+5%的葡萄糖1 000 ml混匀),在2小时内服完。

(2) 硫酸镁法:患者术前3日给予半流质饮食,每晚口服50%的硫酸镁10~30 ml。术前1日进流质饮食,术前1日下午2时至4时,口服25%的硫酸镁溶液200 ml(50%的硫酸镁100 ml+5%的葡萄糖盐水100 ml混匀),然后口服温开水1 000 ml。

上述两种方法,一般在服后15~30 min即可反复自行排便,2~3 h内可排便2~5次。在此过程中,护士需注意服药速度不宜过快,以免呕吐;观察患者的一般情况、排便次数及粪便性质,如排便呈液状、无粪块,即表示已达到肠道清洁的目的。

(二) 简易通便术

简易通便术是一种采用通便剂帮助患者排便的技术。这种方法简单易行、经济有效,通过护士指导,患者和家属即可自行完成,常用于久病卧床、年老体弱及小儿等患者。常用的通便剂由高渗液和润滑剂制成,如开塞露、甘油栓和肥皂栓等,其原理是吸收水分、软化粪便、润滑肠壁、刺激肠蠕动,以达到促进排便的作用。

(1) 开塞露法:由50%甘油或小量山梨醇制成,装于塑料容器内,成人用量20 ml,小儿10 ml。使用时,取下塑料容器顶端的帽盖,先挤出少许药液润滑开口处。如开塞露为无盖密封型,则将封口端剪去,剪口应为圆形、光滑、无棱角,避免损伤肛门及直肠黏膜。患者取左侧卧位,嘱其作排便动作,以放松肛门括约肌,将开塞露前端颈部完全插入肛门,注意动作轻柔,然后将药液全部挤入直肠内,然后退出,嘱患者忍耐保留5~10 min后再排便(图13-3)。

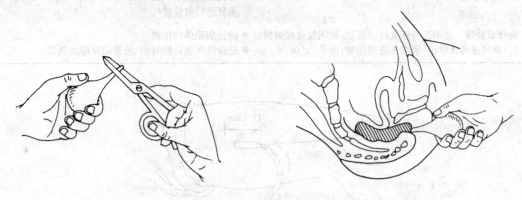

图13-3 开塞露简易通便术

(2) 甘油栓法:由甘油和硬脂酸制成,为无色透明或半透明栓剂,呈圆锥形,密封于塑料袋内冷藏。使用时,操作者戴手套或手垫纱布,捏住栓剂底部,嘱患者张口呼吸,将其轻轻插入肛门至直肠,用示指推入6~7 cm,并用纱布抵住轻轻按揉,嘱患者保留5~10 min后再排便。

(3) 肥皂栓法:将普通的肥皂削成圆锥形制成,长3~4 cm,底部直径约1 cm。使用时,操作者戴手套,将削好的肥皂栓蘸热水后插入肛门,其余同甘油栓法。若患者有肛门黏膜溃疡、肛裂、肛门部剧痛,则不宜使用肥皂栓为患者通便。

(三) 肛管排气法

1. **目的** 将肛管从肛门插入直肠,以排除患者肠内积气,减轻腹胀。

2. **用物** 治疗盘内备消毒肛管(26号)、玻璃接管、橡胶管、玻璃瓶(内盛水3/4满,瓶口系带)、润滑剂、棉签、别针、橡皮圈、胶布、卫生纸、弯盘;另备屏风。

3. **实施** 见表13-4。

表13-4 肛管排气法操作步骤

操作步骤	注意事项与说明
1. 核对解释 (1) 备齐用物,携至患者的床前,核对患者的床号、姓名,向患者解释操作目的和方法	● 确认患者,取得配合
(2) 关闭门窗,屏风遮挡	● 尊重患者,保护隐私,使患者舒适
2. 安置体位 协助患者的取侧卧位或平卧位,盖好盖被, 暴露肛门	● 利于肠腔内气体的排出 ● 注意为患者保暖,维护患者隐私

（续表）

操作步骤	注意事项与说明
3. 连接排气装置 将玻璃瓶系于床边，橡胶管一端插入玻璃瓶内液面下，另一端与肛管连接	● 防止气体进入直肠，加重腹胀程度；利于观察气体的排出情况
4. 插管 润滑肛管前端，嘱患者张口呼吸，轻轻插入直肠15～18 cm，用胶布固定肛管于患者臀部，橡胶管要留出足够长度，用别针固定在床单上（图13-4）	● 长度应足够满足患者翻身需要，便于患者活动
5. 观察 观察排气情况，如有气体排出时，瓶中可见水泡	● 如瓶内气泡很少或没有，考虑是排气不畅，可帮助患者更换体位或按摩腹部，以促进气体排出
6. 拔管 肛管保留时间不超过20 min，拔出肛管，清洁肛门，取下手套	● 保留时间过长会减弱肛门括约肌的反应，甚至导致肛门括约肌永久性松弛，必要时可间隔2～3 h后再重复进行肛管排气
7. 操作后处理 协助患者恢复舒适卧位，询问腹胀缓解情况；整理患者床单位，消毒并清理用物；洗手，记录	● 防止病原体的传播 ● 记录排气执行的时间、患者的反应及效果

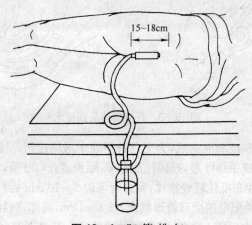

图 13-4 肛管排气

（四）粪便标本采集术

粪便标本的检验结果有助于评估患者消化系统的功能，利于疾病的诊断和治疗。根据不同的检验目的，标本的留取方法也不尽相同，其结果与留取的方法密切相关。粪便标本可分为4种：常规标本、培养标本、隐血标本、寄生虫或虫卵标本。

1. 目的

（1）常规标本：检查粪便一般性状、颜色、混合物及寄生虫等。

（2）培养标本：检查粪便中的致病菌。

（3）隐血标本：检查粪便内肉眼不能察觉的微量血液。

（4）寄生虫及虫卵标本：检查寄生虫成虫、幼虫及虫卵。

2. 用物

（1）常规标本：标本容器（如蜡纸盒、小瓶、塑料盒）、检便匙或竹签、清洁便器。

（2）培养标本：无菌培养管或无菌蜡纸盒、无菌检便匙或竹签、消毒便器。

（3）隐血标本：同常规标本。

（4）寄生虫及虫卵标本：带盖容器或便器、检便匙或竹签、透明胶带和载玻片（用以查找蛲虫）。

3. 实施 见表 13 - 5。

表 13 - 5　粪便标本采集术操作步骤

操作步骤	注意事项与说明
1. 准备　准备用物,核对医嘱、检验单上的姓名、床号、住院号、检验项目,选择适当标本容器,并在容器外贴上相应标签	● 避免发生差错,标本损坏
2. 核对解释　携带用物到患者床旁,核对患者床号,姓名,解释操作目的并取得患者的合作;屏风遮挡,嘱患者排便前先排尿	● 便于操作,确认患者 ● 避免粪便标本中混入尿液,影响检验的结果
3. 收集粪便标本 ◆ 常规标本 　(1) 嘱患者排便于清洁的便器内 　(2) 用检便匙取粪便中央或黏液脓血部分 5 g(约蚕豆大小),置于标本容器内送检 ◆ 培养标本 　(1) 嘱患者排便于消毒便器内 　(2) 用无菌检便匙取粪便中央或黏液脓血部分,2~5 g,置于无菌标本容器内,塞紧瓶塞及时送检 ◆ 隐血标本　留取方法同常规标本 ◆ 寄生虫及虫卵标本 　(1) 检查寄生虫卵时,嘱患者排便于清洁便器内,用检便匙取粪便中央或有黏液脓血的部分,5~10 g,置于标本容器内送检 　(2) 查阿米巴原虫时,先用热水将便器加温至接近人体体温,排便后连同便器在 30 min 内送检 　(3) 检查蛲虫时,在患者睡前或清晨未起床排便前,将透明胶带贴于肛门周围处;取下后将粘有虫卵的胶带面粘贴于载玻片上,或将其对合后立即送检	● 如患者排出为水样便则取 15~30 ml 盛于容器中送验 ● 确保检验结果为非污染菌 ● 如患者无便意,可用无菌长棉签蘸取无菌生理盐水,由肛门插入 6~7 cm,顺同一方向轻轻旋转后退出,将棉签置于无菌培养管内,将瓶塞塞紧 ● 饮食注意事项详见第十二章饮食与营养 ● 服驱虫剂或作血吸虫孵化检查时,应留取全部粪便,及时送验 ● 加温是因为阿米巴原虫在低温下可失去活力而难以找到 ● 及时送检以防止阿米巴原虫死亡 ● 标本采集的前几天不可给患者服用油质、钡剂或含有金属的泻剂,防止金属制剂影响阿米巴虫卵或包囊的显露 ● 蛲虫在午夜或清晨时会爬到肛门处产卵 ● 有时需连续数天进行标本的采集
4. 操作后处理　将用物按常规消毒处理,洗手,记录	● 防止病原体传播

第二节　排尿的护理

一、与排尿有关的解剖与生理

(一) 与排尿有关的解剖

泌尿系统由肾脏、输尿管、膀胱、尿道组成,其功能对于机体健康的维持至关重要。

1. 肾脏　肾脏为成对的实质性器官,位于脊柱的两侧,第 12 胸椎至第 3 腰椎之间,紧贴腹后壁,居腹膜后方,呈蚕豆状,右肾略低于左肾。肾实质由 170 万~240 万个肾单位组成,每个肾单位又包括肾小球和肾小管两个部分。血液通过肾小球的滤过作用先生成原尿,再通过肾小管的重吸收和分泌的作用产生终尿,经肾盂排向输尿管。

肾脏的主要功能是生成尿液,排泄机体的代谢终产物(如尿素、肌酐、尿酸等含氮物质)、过剩的盐类、有毒物质及药物；调节水、电解质和酸碱平衡，以维持机体内环境的相对稳定。除此之外，肾脏也是一个内分泌器官，可以合成并分泌促红细胞生成素、前列腺素、激肽类物质等。

2. 输尿管　输尿管是连接于肾脏和膀胱之间的细长肌性管道，左右各一。正常成年人输尿管全长为25～30 cm，有3个生理性狭窄，分别位于起始部、跨入骨盆入口缘及穿膀胱壁处，这些狭窄经常是结石容易嵌顿的部位。输尿管的生理功能为通过输尿管的蠕动及重力的作用，将尿液从肾脏运输至膀胱，此时的尿液为无菌。

3. 膀胱　膀胱是有伸展性的肌性囊状器官，位于小骨盆内，耻骨联合后方，主要的生理功能是储存尿液和排尿。其大小、形状和位置均随其充盈程度而变化。膀胱空虚时，顶部不超过耻骨联合的上缘；充盈时，顶部可超过耻骨联合，且膀胱前壁与腹前壁贴合，所以可在耻骨上行膀胱的腹膜外手术或耻骨上膀胱穿刺。膀胱肌层由纵横交错的3层平滑肌组成，称膀胱逼尿肌，机体排尿活动依靠此肌肉的收缩协助完成。一般情况下，当膀胱内储存的尿液达到300～500 ml时，机体才会产生尿意。

4. 尿道　尿道是尿液由膀胱排出体外的管道，由膀胱的尿道内口开始，末端开口于体表称为尿道外口。尿道内口周围有平滑肌环绕，形成膀胱括约肌（内括约肌）；尿道穿过尿生殖膈处有横纹肌环绕，形成尿道括约肌（外括约肌）。临床上将尿道分为两部分，穿过尿生殖膈的部分称为前尿道，未穿过的称之为后尿道。男性与女性的尿道有很大差别。女性尿道长4～5 cm，与男性尿道相比具有短、直、粗的特点，富于扩张性，尿道外口位于阴蒂的下方，与阴道口、肛门相邻，较男性尿道容易发生尿道感染。男性尿道长18～20 cm，有3个狭窄，分别是尿道内口、膜部和尿道外口；两个弯曲，分别为耻骨下弯和耻骨前弯。耻骨下弯固定、没有变化，而耻骨前弯则可随阴茎的位置不同而变化，如将阴茎向上提起一定角度，可使耻骨前弯消失。尿道的主要生理功能是将尿液自膀胱排出体外，此外，男性尿道与生殖系统也有密切关系。

（二）排尿的生理

尿液在肾脏的生成是连续不断的过程，而膀胱排尿则为间歇进行的。当尿液在膀胱内的储存达到一定量时，才可引起机体反射性的排尿，最后使尿液经过尿道排出体外。

排尿活动是受到大脑皮质控制的反射活动，膀胱内尿液的充盈量超过500 ml时，膀胱壁上的牵张感受器受到压力的刺激而兴奋，冲动沿盆神经传入位于脊髓骶段的排尿反射初级中枢，冲动同时到达脑干及大脑皮质的排尿反射高级中枢，使机体产生排尿欲。条件允许的情况下，排尿反射进行，冲动沿盆神经传出后引起逼尿肌发生收缩，内括约肌松弛，尿液进入后尿道。尿液刺激尿道的感受器，再次使冲动沿盆神经传导至脊髓骶段的排尿反射初级中枢，加强排尿，同时反射性抑制阴部神经，膀胱外括约肌松弛，尿液被强大的膀胱内压驱出。排尿时，腹肌、膈肌、尿道海绵体肌的收缩均有助于尿液的排出。

因排尿反射受大脑皮层控制，若环境不适宜，排尿反射则将受到抑制。小儿的大脑发育不完善，对排尿反射初级中枢的控制能力比较弱，因此小儿排尿次数较多，而且容易发生夜间遗尿的现象。

二、排尿的评估

（一）影响排尿因素的评估

正常情况下，排尿可受意识支配，无痛、无障碍，可自主随意地进行，但排尿的进行也可受到很多因素的影响。

1. 年龄和性别因素　婴儿大脑发育尚不完善，排尿活动由反射作用产生，不受意识控制，2～3岁以后才能自我控制；老年人因膀胱肌肉的张力下降，可出现尿频症状；孕期妇女可因激素和解剖结构的改变而影响排尿活动，如妊娠期妇女，可由于增大的子宫压迫膀胱导致排尿次数增多；女性月经前可有液体潴留，尿量减少，行经开始后，尿量增加。

2. 饮食与气候　液体摄入量的多少可对尿量及排尿频率产生很大影响。一般情况下,排尿量与液体摄入量呈正比,食用大量含水量高的水果、蔬菜等也可增加水分的摄入量,使尿量增多。此外,摄入液体的种类也可对排尿产生影响,如咖啡、茶及酒类饮料具有利尿作用;含盐量较高的饮料及食物可导致机体水钠潴留,尿量减少。天气炎热、气温高时,人体呼吸加快,大量出汗,血浆晶体渗透压升高,引起抗利尿激素分泌增多,促进肾脏重吸收功能,使尿液浓缩、尿量减少。天气寒冷时,机体外周血管收缩,使循环血量增加,体内水分相对增加,抗利尿激素分泌受到抑制,使尿量增加。

3. 排尿习惯　排尿的时间常与个体的日常作息有关,如某些人习惯起床或睡前进行排尿;排尿时习惯采取的姿势,有助于排尿反射活动的进行,一旦姿势改变,排尿就可能受阻;此外,儿童期的排尿训练对于成年后的排尿形态也会产生影响。

4. 社会文化因素　在现代社会中,排尿应在隐蔽、适宜的场合进行已经成为一种社会规范,被绝大多数的社会文化所接受。当个体在缺乏隐蔽的环境中,就会产生诸多压力,致使排尿活动无法顺利进行。

5. 心理因素　当机体处于紧张、焦虑、恐惧的情绪下,可引起尿频、尿急或排尿困难的症状。同时,排尿也受到暗示的影响,任何视觉、听觉及其他身体感觉的刺激均可引起排尿反射的增强或抑制,如听见流水声可刺激某些人产生尿意。

6. 疾病因素　神经系统的损伤及病变,可使排尿反射的神经传导及排尿的意识控制出现障碍,以致尿失禁;肾脏的病理变化可使尿液的生成出现障碍,导致出现少尿或无尿;泌尿系统的肿瘤、结石或狭窄可导致尿潴留的发生。此外,老年男性因前列腺肥大压迫尿道,也可发生排尿的困难。

7. 治疗及检查因素　因外科手术导致机体发生失血、失液,如果补液不足,则可使机体处于脱水状态,发生少尿;手术过程中使用的麻醉药物或术后的疼痛,亦可使患者的排尿形态发生改变,导致发生尿潴留。某些药物可直接影响排尿,如利尿剂可阻碍肾小管的重吸收作用而使尿量增加;止痛药及镇静药物可影响神经的传导而干扰排尿。因手术及检查,可能导致输尿管、膀胱、尿道损伤、水肿及不适,发生排尿型态的改变。

(二)尿液的评估

1. 尿量和次数　尿量是反应肾脏功能的重要指标之一,尿量与排尿的次数可以受多方面因素的影响而发生变动。一般情况下,成人每日排尿 3~5 次,夜间 0~1 次,每次尿量为 200~400 ml,24 h 尿量为 1 000~2 000 ml,平均约为 1 500 ml。常见的尿量和次数的异常包括以下几种情况:

(1)多尿:24 小时尿量超过 2 500 ml 为多尿。正常生理情况下,多尿常见于饮用大量的液体、妊娠;病理情况下,可见于糖尿病、尿崩症以及肾小管浓缩功能不全的患者。

(2)少尿:24 小时尿量少于 400 ml 或每小时的尿量少于 17 ml 为少尿,常见于发热、液体摄入少、休克及心、肝、肾脏功能衰竭的患者。

(3)无尿或尿闭:是指 24 小时尿量少于 100 ml 或 12 小时内无尿,常见于急性肾衰竭、严重休克及药物中毒等患者。

2. 颜色　正常新鲜尿液因尿色素与尿胆原呈淡黄色或者深黄色。尿液浓缩时,可见尿少且颜色深。尿液的颜色常受到食物及药物的影响,如进食大量的胡萝卜或食用核黄素时,尿液颜色可呈深黄色。疾病因素所致的尿液颜色改变常见于以下几种情况。

(1)血尿:血尿颜色的深浅,与尿液中所含红细胞的量多少有关,可呈红色或棕色。当尿液中所含红细胞的量较多时,可呈洗肉水色。血尿多发生于急性肾小球肾炎、输尿管结石、泌尿系统的肿瘤、结核及感染等疾病。

(2)血红蛋白尿:呈酱油色或浓红茶色,主要由于各种原因导致血管内大量红细胞被破坏,使尿液中含有血红蛋白所致,常见于血型不合的输血所致的溶血、恶性疟疾、阵发性睡眠性血红蛋白尿。

(3)胆红素尿:呈黄褐色或深黄色,振荡后产生的泡沫也为黄色,常见于阻塞性黄疸和肝细胞性黄疸。

（4）乳糜尿：呈乳白色，因尿液中含有淋巴液所致，常见于丝虫病。

3. 透明度 正常的新鲜尿液是澄清、透明的，放置后可有微量絮状沉淀物出现，主要是黏蛋白、核蛋白、盐类及上皮细胞凝结而成。当尿液中尿盐的含量高时，新鲜尿液可出现混浊，但经加热、加碱或加酸处理后，尿盐可发生溶解，尿液重新变为澄清。若尿中有大量的脓细胞、红细胞、上皮细胞以及黏液、管型、细菌或炎性渗出物时，排出的新鲜尿液即呈现出白色絮状物沉淀，且经加酸、加碱、加热处理混浊度依然不改变，此种尿液称为脓尿，常见于泌尿系统的感染。蛋白尿不影响尿液的透明度，但是振荡可以产生较多且不易消失的泡沫。

4. 酸碱度 正常尿液的 pH 为 5～7，呈弱酸性。尿液的酸碱度可受到食物种类的影响，如进食大量蔬菜，可导致尿液呈碱性；而进食大量肉类时，尿液则呈酸性。酸中毒的患者尿液可呈强酸性，严重呕吐的患者尿液可呈强碱性。

5. 比重 尿液比重主要取决于肾脏的浓缩功能。正常尿液的比重在 1.015～1.025，通常情况下，尿比重与尿量成反比。如果尿比重固定在 1.010 左右时，常提示肾功能的严重障碍。

6. 气味 正常尿液的气味来自于尿内的挥发性酸。久置后，因尿素分解产生氨，故有氨臭味。如新鲜尿液即有氨臭味，则提示泌尿系统有感染；糖尿病酮症酸中毒时，因尿液中含有丙酮，可产生烂苹果味。

（三）排尿活动的评估

1. 膀胱刺激征 主要表现为尿频、尿急、尿痛，且每次尿量少。尿频指单位时间内的排尿次数增多；尿急为患者突然间有强烈的尿意而不能够控制，需要立即排尿，是由膀胱三角或后尿道的刺激造成排尿反射活动特别强烈所致；尿痛为排尿过程中出现的膀胱区及尿道的疼痛感，主要是由病损处受到刺激所致。膀胱刺激征产生的主要原因为膀胱和尿道感染及机械性刺激（如结石）。

2. 尿潴留 尿潴留（urine retention）是指尿液大量存留于膀胱内不能自主排出。由于膀胱高度膨胀，容积可达 3 000～4 000 ml，患者主诉下腹胀痛，排尿困难；体检可见耻骨上膨隆，可扪及囊样包块，甚至可达脐部，叩诊呈实音，有压痛。尿潴留的常见原因有。

（1）机械性梗阻：膀胱颈部或尿道处的梗阻性病变，如前列腺肥大、肿瘤压迫尿道，造成排尿受阻。

（2）动力性梗阻：膀胱尿道无器质性梗阻，主要由排尿功能障碍引起，常见于因麻醉、疾病、外伤等导致排尿中枢活动障碍或受抑制，而不能形成排尿反射。

（3）其他：各种原因所致的不能用力排尿（如会阴部有伤口）、不习惯的排尿方式（如卧床排尿），某些不良的心理因素（如焦虑、窘迫）等均可导致排尿无法及时进行，膀胱过度充盈使其收缩无力，最终导致尿潴留发生。

3. 尿失禁 尿失禁（urine incontinence）是指排尿失去意识控制或不受意识控制，尿液不自主的流出。尿失禁可以分为以下 3 类。

（1）真性尿失禁：即膀胱内完全不能贮存尿液，稍一些存尿，便不自主地流出，膀胱始终处于空虚状态，患者表现为持续滴尿。主要原因为脊髓初级排尿中枢与大脑皮质间的联系受损，膀胱逼尿肌出现无抑制性收缩，常见于昏迷、截瘫患者；由于手术、分娩导致的膀胱括约肌或是支配括约肌的神经损伤，造成括约肌的功能不良；膀胱阴道瘘等。

（2）假性尿失禁：也称为充溢性尿失禁，即膀胱内储存部分尿液，但充盈达到一定压力时便不自主溢出少量尿液。当膀胱内压力下降，排尿则立即停止，但是膀胱仍旧处于胀满而不能排空的状态。主要原因为脊髓初级排尿中枢受到抑制，膀胱充盈，内压增高，迫使少量尿液溢出。

（3）压力性尿失禁：即当咳嗽、打喷嚏、运动时，腹肌收缩，使腹内压升高，导致不自主地有少量尿液排出。主要原因为膀胱括约肌张力下降、盆底肌肉及韧带松弛、肥胖，多见于中老年女性。

三、排尿异常的护理

（一）尿潴留患者的护理

应分析尿潴留发生的原因，如是机械性梗阻所致，应积极治疗原发病，解除病因，并提供对症的护理措施。如是其他原因引起，可采取以下措施进行护理：

1. 心理护理　针对患者的心态给予解释和安慰，消除其紧张、焦虑的情绪。

2. 提供隐蔽的排尿环境　患者排尿时，可使用隔帘或屏风遮挡，请无关人员回避，适当调整治疗及护理的时间，使患者安心排尿。

3. 调整体位和姿势　酌情协助卧床患者取适合排尿的体位，如可将患者的上身略抬高或扶助患者坐起，尽量使患者以其习惯的姿势进行排尿。对于需绝对卧床或某些手术的患者，应事先有计划地训练患者进行床上排尿，以免术后因排尿姿势改变而导致尿潴留。

4. 利用条件反射诱导排尿　如可以让患者听流水声或者用温水冲洗患者会阴部；采用针刺中极、曲骨、三阴交穴或艾灸关元、中极穴等方法，刺激患者排尿。

5. 热敷、按摩　通过热敷、按摩下腹部，促进肌肉放松，达到促进排尿的目的。病情允许的条件下，护士可将手置于患者腹部，轻轻推揉膀胱 10～20 次，使腹肌放松，然后再用手掌自膀胱向尿道方向推移按压，力量由轻到重逐渐增加，切忌强力按压，以免发生膀胱破裂；另一手掌按压关元、中极穴，促进排尿。

6. 药物应用　必要时，可根据医嘱给予肌内注射卡巴可等药物。

7. 导尿　经上述处理仍然无效，患者尿潴留没有缓解时，可根据医嘱采用导尿术。

（二）尿失禁患者的护理

1. 心理护理　尿失禁患者心理压力较大，常感到精神苦闷、丧失自尊、自卑，护士应尊重患者人格，给予安慰和鼓励，使其树立信心，积极配合治疗和护理。

2. 皮肤护理　注意保持患者的皮肤清洁干燥，在床上铺橡胶单或塑料单及中单，也可以使用尿垫或一次性的纸尿裤。常用温水清洗会阴部的皮肤，勤换床单、尿垫及衣裤。定时按摩受压的部位，以预防压疮的发生。

3. 外部引流　可采取接尿装置进行尿液引流。女性患者可采用女式尿壶紧贴患者外阴部接取尿液；男性患者可用尿壶接尿，或用阴茎套连接集尿袋接取尿液，此种方法只适宜短时间采用，每天定时将阴茎套和尿壶取下，清洗会阴部及阴茎，并将局部暴露于空气当中，促进干爽，注意观察局部的皮肤和黏膜有无红肿、破损。

4. 摄入适量液体　病情允许的条件下，指导患者多饮水，每日摄入液体应达到 2 000～3 000 ml，因为多饮水能够促进排尿反射，并可预防泌尿道感染。但注意入睡前应限制饮水，以减少夜间的尿量，以免影响患者夜间的休息。

5. 训练排尿功能　向患者和家属说明排尿功能训练的目的、方法和注意事项，取得配合。观察患者的排尿反应，定时给患者使用便器，开始时每隔 1～2 h 给便器一次，夜间可每隔 4 h 给予便器一次，以后可逐渐延长间隔时间，以帮助患者建立规律的排尿习惯，促进排尿功能的恢复。使用便器时，为加强效果，也可配合用手按压患者的膀胱，促进排尿，但应注意力度要适宜。

6. 增强肌肉的力量　指导患者进行骨盆底部肌肉的锻炼，以增强患者控制排尿的能力，盆底肌肉的锻炼方法同排便失禁患者的训练方法。此外，还可以进行间断排尿的训练，即在每次排尿时停顿或减缓尿流，并在任何能诱发尿失禁的动作（如咳嗽、弯腰）之前收缩盆底肌，从而达到抑制不稳定的膀胱收缩、减轻排尿紧迫感、频率和溢尿量的目的。如病情允许，可鼓励并协助患者下床行走，或在床上进行抬腿运动，以增强腹肌力量，帮助控制排尿活动。

7. 留置导尿　对于长期尿失禁患者,可采取留置导尿的方法,即可避免尿液对皮肤的刺激,防止皮肤破溃,又可通过定时夹闭尿管、定时放尿的方法,训练并重建膀胱储存尿液的功能。

四、与排尿有关的护理技术

(一) 导尿术

导尿术(catheterization)是指在严格无菌操作下,用导尿管经尿道插入膀胱引出尿液的方法。导尿术容易引发医源性感染,如操作过程中由于操作不当造成尿道或膀胱黏膜的损伤、导尿物品被污染及违反无菌原则等均可导致泌尿系统的感染,所以为患者进行导尿时必须严格遵守无菌技术操作原则。

1. 目的

(1) 为尿潴留患者引流尿液,以减轻痛苦。

(2) 协助临床诊断,如留取中段尿标本作细菌培养;检查残余的尿液、测量膀胱的容量及压力;进行尿道或膀胱造影等。

(3) 为膀胱肿瘤患者进行膀胱腔内的化疗。

2. 用物

(1) 无菌导尿包:内含 10 号和 12 号导尿管各 1 根、血管钳(或镊子)2 把、小药杯内置棉球 4 个、液体石蜡棉球瓶、洞巾、弯盘、纱布 2 块、有盖标本瓶或试管。也可使用一次性导尿包。导尿管的种类主要有单腔导尿管(用于一次性导尿)、双腔导尿管(用于留置导尿)、三腔导尿管(用于膀胱内滴药及膀胱冲洗)。后两者均有一个气囊,可用于导尿管头端在膀胱内的固定,防止脱落。

(2) 外阴消毒包:内置治疗碗(内盛棉球数只)、血管钳(或镊子)2 把、无菌手套(左手)、弯盘、纱布(男患者导尿用)。

(3) 其他:治疗车、治疗盘、无菌持物钳、无菌手套、弯盘、消毒溶液、小橡胶单及治疗巾(或一次性尿垫)、浴巾、便器及便巾、屏风。

3. 实施　见表 13-6。

表 13-6　导尿术操作步骤

操作步骤	注意事项与说明
1. 准备　洗手,备齐用物,携至患者床前	● 仔细检查导尿包是否过期,有无潮湿、污染及破损,确保无菌操作的进行
2. 核对解释　核对患者的床号、姓名,向患者解释操作目的和方法,关闭门窗,屏风遮挡	● 确认患者,取得合作 ● 尊重患者,保护患者的隐私,使患者感到舒适放松
3. 外阴清洗　嘱患者清洗外阴部,或由护士协助	● 保持外阴部清洁,减少尿路逆行感染的机会
4. 导尿　根据男、女患者尿道的生理解剖特点进行导尿 ◆ 女患者导尿术 (1) 松开床尾盖被,协助患者脱下对侧裤腿,盖于近侧腿部,盖好浴巾,用盖被盖好对侧腿;协助患者取仰卧位,两腿屈膝分开略向外展,暴露外阴 (2) 将橡胶单及治疗巾垫于患者的臀下,将弯盘置于近患者外阴处;打开外阴消毒包,将治疗碗取出,放于患者两腿之间、弯盘之后,倒消毒溶液浸湿碗内棉球 (3) 初步消毒外阴:操作者左手戴好手套,右手持血管钳夹消毒溶液棉球,依次擦拭阴阜、大阴唇;左手分开大阴唇,依次对小阴唇、尿道口进行消毒,污棉球置于弯盘内;消毒结束后,将手套脱下置于治疗碗内,移至治疗车下层,弯盘移至床尾处	● 注意保暖,防止受凉,同时尽量减少暴露,减轻患者窘迫感 ● 利于操作 ● 保护患者床单位不被污染 ● 消毒顺序由外向内,自上而下 ● 每只棉球仅限用一次 ● 夹取棉球时应夹棉球的中央,使棉球裹住钳尖,避免消毒时损伤黏膜

（续表）

操作步骤	注意事项与说明
（4）在患者的两腿之间按无菌操作技术打开导尿包,用无菌持物钳取小药杯,使其显露,将消毒液倒入药杯内浸湿棉球	● 在打开无菌导尿包的过程中,嘱患者保持姿势,勿移动肢体,以防污染无菌区
（5）戴无菌手套,铺洞巾,按操作顺序排列无菌用物	● 使洞巾与治疗巾的内层形成相连扩大的无菌区域,利于无菌操作的实施,避免污染
（6）选择合适的导尿管,成人一般选 10～12 号,小儿选 8～10 号,用润滑剂润滑其前端	● 过细的导尿管可发生尿液自尿道口漏出,过粗的导尿管容易损伤尿道黏膜,引起患者疼痛 ● 润滑导尿管前端,以减少插管时的阻力、减轻对尿道黏膜的刺激和损伤
（7）消毒尿道口:用左手拇指和示指分开并固定小阴唇,右手持血管钳夹消毒液棉球,依次擦拭消毒尿道口、小阴唇,最后在尿道口处加强消毒一次;污染的棉球、使用过的血管钳及小药杯置于床尾的弯盘内	● 消毒顺序为内-外-内,由上向下,每只棉球限用一次 ● 消毒尿道口时,需稍停留片刻,使消毒液充分发挥消毒效果
（8）左手仍固定小阴唇保持不动,右手将无菌弯盘移于洞巾口旁,嘱患者张口深呼吸,右手用另一血管钳夹持导尿管对准尿道口,轻稳插入尿道 4～6 cm,见有尿液流出后再向内插入 1～2 cm,松开固定小阴唇的左手,下移固定导尿管,将尿液引流至弯盘内(图 13-5)	● 继续固定小阴唇,可避免尿道口受污染,又可充分暴露尿道口,便于插管;左手松动视为尿道口可疑污染 ● 深呼吸有助于转移患者注意力,使腹肌与尿道括约肌松弛,利于插管 ● 插管时动作轻柔,防止损伤尿道黏膜 ● 老年女性尿道口回缩,插管时应注意仔细观察辨认,以防误入阴道;为女性患者进行导尿时,若导尿管误入阴道,应立即更换导尿管重新插入
◆ 男患者导尿术	● 男性尿道长而弯曲,且存在 3 个狭窄,必须根据解剖特点进行导尿,否则可能导致尿道损伤及导尿失败
（1）协助患者取仰卧位,脱下裤子至膝部,露出外阴部,两腿平放略分开;上身和腿部分别用被子及浴巾盖好	
（2）将橡胶单及治疗巾垫于患者的臀下,弯盘置于患者右腿外侧;同女患者导尿,打开外阴消毒包,准备消毒液棉球	
（3）初步消毒外阴:左手戴好手套,右手持血管钳夹消毒溶液棉球,依次擦拭阴阜、阴茎、阴囊;左手用无菌纱布裹住阴茎略提起,将包皮向后推,显露尿道口,右手夹消毒液棉球自尿道口由内向外旋转擦拭消毒尿道口、龟头、冠状沟,并注意包皮和冠状沟;污染棉球置于弯盘内	● 每只棉球限用一次,确保消毒部位不受污染 ● 消毒方向由阴茎根部向尿道口进行 ● 包皮和冠状沟处易藏污垢,需注意仔细擦拭,以防感染
（4）在患者两腿之间打开导尿包,倒消毒液,戴手套,铺洞巾,润滑导尿管前端	
（5）消毒尿道口:左手用纱布包住阴茎,将包皮向后推露出尿道口,右手用血管钳夹消毒液棉球,如前法依次旋转擦拭消毒尿道口、龟头、冠状沟,污染的棉球、血管钳及小药杯置于床尾的弯盘内	
（6）左手固定阴茎,并向上提起,使之与腹壁成 60°(图 13-6),右手将弯盘放于洞巾旁,嘱患者张口深呼吸,右手用另一血管钳夹持导尿管对准尿道口,轻轻插入尿道 20～22 cm,见有尿液流出后再向内插入约 2 cm,将尿液引流至弯盘内	● 阴茎上提至一定角度,可使耻骨前弯消失,便于插管 ● 插管动作应轻柔,男性尿道有三个狭窄,插管时会遇到阻力,通过时切忌过快过猛,防止损伤尿道黏膜;当插入受阻时,应稍停片刻,嘱患者深呼吸,使肌肉放松,再徐徐插入,切忌暴力
7. 引流尿液　弯盘内盛装的尿液达 2/3 满时,用血管钳将导尿管末端夹住,将尿液倒入便器内,再将导尿管打开继续放尿	● 观察患者的反应并注意询问患者的感受 ● 如尿液引流不畅,可用手轻轻按压膀胱,帮助膀胱排空

（续表）

操作步骤	注意事项与说明
	● 对于膀胱高度膨胀且又极度虚弱的患者,首次放尿量不可超过 1 000 ml。因大量放尿,可使腹腔内压力急剧下降,血液大量滞留于腹腔血管内,导致患者出现血压突然下降而虚脱;此外,膀胱突然减压,引起膀胱黏膜急剧充血,而发生血尿
8. 留取标本 如需作尿培养,用无菌标本瓶或试管接取中段尿液约 5 ml,盖好瓶盖,放于合适处	● 避免尿液洒出或被污染
9. 拔管整理 (1) 导尿结束后,夹管,轻轻拔出导尿管置于弯盘内,撤下洞巾,擦净外阴,脱下手套,置于导尿包内,包好撤去 (2) 撤下患者臀下的治疗巾和小橡胶单,协助患者穿好裤子,取舒适卧位,整理床单位,撤去屏风 (3) 清理用物,测量尿量,将尿标本贴好标签送检 (4) 洗手,记录	● 将撤下的导尿包、小橡胶单及治疗巾、床尾弯盘均放于治疗车下层 ● 及时将标本送检,防止污染 ● 记录导尿的时间、尿量、尿液的颜色及性状、患者的反应等

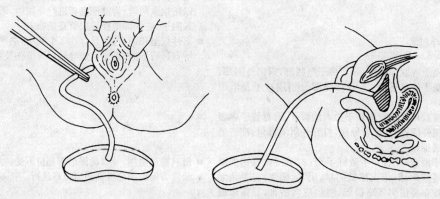

图 13-5 女患者导尿

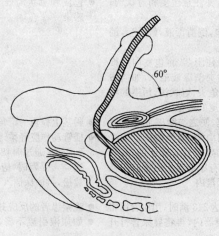

图 13-6 男患者导尿

（二）导尿管留置术

导尿管留置术（retention of catheterization）是指在导尿后，将导尿管保留在患者膀胱内，继续引流尿液的方法。

1. 目的

（1）抢救危重、休克患者时，需要准确记录每小时的尿量，测量尿比重，以密切观察病情变化。

（2）盆腔内器官手术前引流尿液，排空膀胱，使其保持空虚状态，以避免术中误伤膀胱。

（3）某些泌尿系统疾病手术后留置导尿管，便于持续引流和冲洗，同时亦可减轻手术切口处的张力，有利于愈合。

（4）昏迷、截瘫及会阴部有伤口的患者，留置导尿管可以保持会阴部的清洁干燥。

（5）尿失禁的患者进行留置导尿，不仅可以保持会阴部清洁干燥，还可以此来进行膀胱功能的训练。

2. 用物　同导尿术用物的准备，此外还需另备无菌硅胶气囊导尿管（16～18 号），10 ml 无菌注射器、无菌生理盐水 10 ml、无菌集尿袋、橡皮圈、安全别针。如使用的导尿管无气囊，则需另备一段宽胶布及备皮用物。

3. 实施　见表 13-7。

表 13-7　导尿管留置术操作步骤

操作步骤	注意事项与说明
1. **核对解释**　备齐用物，携至患者床前，核对患者的床号、姓名，向患者解释操作目的和方法；关闭门窗，屏风遮挡	● 确认患者，取得合作 ● 保护患者隐私，使患者舒适放松
2. **清洁外阴**　嘱患者清洗外阴，或由护士协助，如需使用胶布固定导尿管，则按外科备皮法剃去阴毛	● 清洗外阴，减少尿路逆行感染的机会 ● 剃去阴毛以便于粘贴胶布固定导尿管
3. **导尿**　同导尿术操作	● 严格无菌操作，避免发生泌尿系统感染
4. **固定**　夹住导尿管末端，脱去手套，固定导尿管 ◆ 女患者留置导尿管胶布固定法 　将一块长 12 cm 宽 4 cm 的胶布的上 1/3 固定于阴阜上，将下 2/3 剪成三条，将中间的一条螺旋粘贴于导尿管上，剩余两条分别交叉固定粘贴于对侧大阴唇上（图 13-7） ◆ 男患者留置导尿管胶布固定法 　在一块长 12 cm 宽 2 cm 胶布一端的 1/3 处，两侧各剪一个小口，折叠成无胶面，做成蝶形胶布；将 2 条蝶形胶布分别粘贴于阴茎两侧，再取两条细长的胶布以大半环形（开口向上）加固蝶形胶布；在距尿道口 1 cm 处用胶布环形固定蝶形胶布的折叠端于导尿管上（图 13-8） ◆ 硅胶气囊导尿管固定法 　同导尿术方法插入导尿管，见尿液流出后，再插入 7～10 cm，向气囊内注入 5～10 ml 的无菌生理盐水，轻拉导尿管有阻力感则说明导尿管已固定于膀胱内（图 13-9）	● 女性尿道较短，易发生尿管的滑出，应妥善固定 ● 不可将有黏性的胶布面直接粘贴于龟头上，因为龟头表皮非常薄且极敏感，贴胶布可造成龟头表皮损伤，引起患者不适 ● 加固蝶形胶布时，不可作封闭环形固定，以免影响阴茎的血液循环，导致阴茎发生充血、水肿甚至坏死 ● 硅胶导尿管与组织的相容性好，刺激性小，导尿管前端气囊注入一定量气体或液体时，可将导尿管固定于膀胱内，不容易滑出 ● 气囊注水膨胀后不可卡在膀胱下口（尿道内口），以免压迫膀胱内壁，造成黏膜损伤，使患者感到不适
5. **连接集尿袋**　移开洞巾，将导尿管末端与集尿袋引流管接头处相连，用橡皮圈和安全别针将集尿袋的引流管固定于床单上并开放导尿管（图 13-10）	● 引流管应预留足够的长度，以防患者翻身造成牵拉，导致尿管脱出 ● 别针固定需稳妥安全，以防对患者造成伤害 ● 集尿袋固定高度应低于膀胱水平，防止尿液反流，引发泌尿系统的感染

（续表）

操作步骤	注意事项与说明

6. 操作后处理

（1）协助患者穿裤，取舒适卧位，整理床单位，撤去屏风

（2）清理用物，洗手，记录

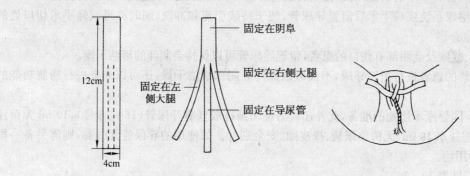

图13-7 女患者留置导尿管胶布固定法

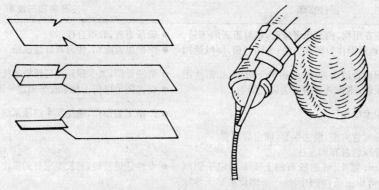

图13-8 男患者留置导尿管胶布固定法

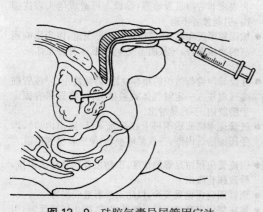

图13-9 硅胶气囊导尿管固定法

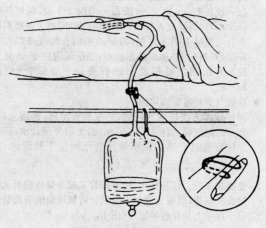

图13-10 集尿袋的应用

4. 留置导尿管患者的护理

(1) 告知患者及其家属留置导尿管的目的、意义及其护理方法,使其认识到预防泌尿道感染的重要性,鼓励其主动参与护理活动。

(2) 向患者及其家属说明摄取足够液体及适量活动对预防泌尿系统感染的重要性,每天应维持尿量在 2 000 ml 以上,以达到对尿道的自然冲洗作用,减少尿路感染和结石的发生。

(3) 保持引流通畅,导尿管应妥善放置,避免受压、扭曲、堵塞,以致造成观察、判断病情失误及泌尿系统的感染。

(4) 防止泌尿系统发生逆行感染:①保持尿道口的清洁,女性患者用消毒液棉球擦拭外阴及尿道口;男性患者用消毒液棉球擦拭尿道口、龟头及包皮,每日 1~2 次。②及时排空集尿袋内的尿液,并准确记录尿量,集尿袋每日更换一次,集尿袋及引流管的位置不可超过膀胱,以防发生尿液反流,导致感染。③每周更换导尿管一次,硅胶导尿管可酌情延长更换周期。

(5) 患者离床活动时,导尿管和集尿袋应妥善安置,防止导管脱落,应将导尿管的远端用胶布固定于大腿上,同时避免挤压集尿袋。

(6) 采用间歇性夹管方式,训练患者膀胱的反射功能。夹闭导尿管,每 4 h 开放 1 次,使膀胱定时充盈、排空,以促进膀胱功能的恢复。

(7) 注意观察患者尿液的情况,若发现尿液出现混浊、沉淀、结晶时,应作膀胱冲洗,每周进行一次尿常规检查。

(三) 膀胱冲洗术

膀胱冲洗(bladder irrigation)是将溶液经导尿管灌入到膀胱内,再借用虹吸原理将灌入的液体引流出来的方法。

1. 目的

(1) 对留置导尿管的患者,保持尿液引流的通畅,预防感染。

(2) 前列腺、膀胱手术后的患者,借此清除膀胱内的血凝块、细菌、黏液等异物,降低感染发生的概率。

(3) 治疗某些膀胱疾病,如膀胱肿瘤、膀胱炎等。

2. 用物

(1) 开放式膀胱冲洗术:无菌治疗盘内置治疗碗 2 个、镊子 1 把、70%的乙醇棉球数个、纱布 2 块;无菌膀胱冲洗器、弯盘;治疗车下层备便器及便巾。

(2) 密闭式膀胱冲洗术:无菌治疗盘内置治疗碗 1 个、镊子 1 把、70%的乙醇棉球数个、无菌膀胱冲洗装置 1 套;启瓶器、输液调节器、输液架、输液瓶套;治疗车下层备便器及便巾。

(3) 常用冲洗溶液:生理盐水、3%硼酸液、洗必泰溶液、0.02%呋喃西林溶液、0.1%新霉素溶液。溶液温度为 38~40℃;若为前列腺肥大摘除术后患者,应选用 4℃左右生理盐水灌洗。

3. 实施 见表 13-8。

表 13-8 膀胱冲洗术操作步骤

操作步骤	注意事项与说明
1. 准备 洗手戴口罩,准备物品和冲洗溶液,携至患者床前	● 按医嘱备冲洗液,严格查对,避免差错,仔细检查溶液的质量,观察有无混浊、变色、沉淀、杂质等 ● 冬季时,应将溶液加温至 38~40℃,以免低温刺激膀胱,引起痉挛,导致患者不适
2. 核对解释 核对患者的床号、姓名,向患者解释操作目的和过程	● 确认患者,取得合作

（续表）

操作步骤	注意事项与说明
3. 导尿 按导尿管留置术插入导尿管并固定；如原来已有留置导尿管的患者，应检查留置导尿管的固定情况；排空膀胱	● 可降低膀胱内压力，便于药液滴入并与膀胱壁充分接触，同时可以保持有效浓度
4. 冲洗膀胱 ◆ 开放式膀胱冲洗术 　（1）分开导尿管与集尿袋引流管接头连接处，消毒导尿管口及引流管接头，分别用无菌纱布包裹 　（2）取膀胱冲洗器抽吸冲洗液，接导尿管，缓缓注入膀胱 　（3）注入 200～300 ml 后，取下冲洗器，让冲洗液自动流出至弯盘内，或轻轻抽吸 　（4）如此反复冲洗，直至流出液澄清为止	● 防止导尿管和引流管接头污染 ● 避免压力太大，引起患者不适 ● 抽吸时不宜用力过猛，吸出的液体不得再注入膀胱内 ● 如流出量小于注入量，可能为血块或脓块阻塞导尿管，可增加冲洗次数或更换导尿管，不可用力回抽，以免造成黏膜损伤
◆ 密闭式膀胱冲洗术 　（1）用启瓶器启开冲洗液瓶的铝盖中心部分，常规消毒瓶塞后，打开膀胱冲洗装置，将冲洗导管的针头插入瓶塞，将冲洗液瓶倒挂于输液架上，排气后关闭导管 　（2）分开导尿管与集尿袋引流管接头连接处，消毒导尿管口及引流管接头，将导尿管和引流管分别与"Y"形管的两个分管连接，"Y"形管的主管与冲洗导管相连接 　（3）夹闭引流管，开放冲洗管，使溶液滴入膀胱，调节滴速；患者出现尿意或滴入 200～300 ml 溶液后，关闭冲洗管，开放引流管，将冲洗液全部引流出来以后，再关闭引流管 　（4）按需要量，反复如此进行冲洗，每天冲洗 3～4 次，每次 500～1000 ml	● 用原装密封瓶插入冲洗导管进行膀胱冲洗 ● 严格无菌操作，防止污染接口 ● 应用三腔导尿管时，可免用"Y"形管 ● 瓶内液面距床面约 60 cm，以便产生一定压力，压力不够液体无法顺利滴入膀胱；滴速一般为 60～80 滴/min，不可过快，以免导致患者出现强烈尿意，迫使冲洗液由尿道管侧溢出尿道外 ● 如滴入治疗用药，须在膀胱内保留 30 min 后再引流出体外 ● "Y"形管须低于耻骨联合，以便引流彻底 ● 冲洗过程中注意仔细询问患者的感受，观察患者的反应以及引流液的性状 ● 若患者出现不适或有出血情况发生，则应立即停止冲洗，并及时与医生联系
5. 冲洗后处理 　（1）冲洗完毕，将冲洗管取下，消毒导尿管口和引流管接头并连接，清洁外阴部，固定好导尿管 　（2）协助患者取舒适卧位，整理床单位，清理用物 　（3）洗手，记录膀胱冲洗执行的时间、冲洗液的名称、冲洗量、引流量、引流液性质及冲洗过程中患者的反应等	● 减少外阴部细菌数量，以防感染 ● 如是注入药物，可根据治疗需要，注射完毕即拔除导管

（四）尿标本采集

尿液的组成及性状不仅与泌尿系统的疾病密切相关，还受机体各个系统功能状态的影响，可反映机体的代谢状况。临床上采集尿标本作化学、物理、细菌学等检查，以了解患者病情、协助临床诊断、观察疗效。尿标本可分为三种：常规标本、培养标本、12 h 或 24 h 尿标本。

1. 目的

（1）尿常规标本：检查尿液的色泽、透明度、有无细胞及管型，测定比重，并作尿蛋白及尿糖定性检测。

（2）尿培养标本：通过导尿术或留取中段尿法采集未被污染的尿标本，用作细菌学检查。

（3）12 h 或 24 h 尿标本：用于尿的定量检查，如钠、钾、氯、17-羟类固醇、17-酮类固醇、肌酐、肌酸、尿糖定量或尿浓缩查结核杆菌检查等。

2. 用物

（1）尿常规标本：容量为 100 ml 的标本容器，必要时可备便器或尿壶。

（2）尿培养标本：有盖无菌培养试管、无菌纱布、无菌棉签、无菌手套、消毒溶液、1：5 000 高锰酸钾溶液，长柄试管夹、酒精灯、火柴、便器及便巾、屏风。必要时可备导尿包。

（3）12 h 或 24 h 尿标本：容量为 3 000～5 000 ml 的集尿瓶、防腐剂（根据检验项目而定）。

3. 实施 见表 13-9。

表 13-9 尿标本采集操作步骤

操作步骤	注意事项与说明
1. 准备 准备用物，核对医嘱、检验单上的姓名、床号、住院号、检验项目，选择适当标本容器，并在容器外贴上相应标签	● 避免发生差错，标本损坏
2. 核对解释 携带用物到患者床旁，核对患者床号、姓名，解释操作目的及过程	● 确认患者，取得合作
3. 收集尿标本 ◆ 常规尿标本 （1）能够自理的患者，将标本容器给予患者，嘱患者将晨起第一次尿留于容器内，除尿比重测定需留取 100 ml 尿液外，其余检验项目均留取 30～50 ml 尿液即可	● 晨尿的浓度较高，且未受饮食的影响，故检验结果较准确 ● 不可将粪便混入尿液中，以免造成尿液变质 ● 女性患者月经期不宜留取尿标本，以免影响检验结果的准确性 ● 不可将卫生纸丢进便器中
（2）对于无法自行留尿的患者，予以协助：昏迷或尿潴留患者可通过导尿术留取标本；已有留置导尿的患者可在集尿袋下放引流口处收集尿液；行动不便的患者可协助床上排尿于便器或尿壶中，再将尿液收集至标本容器中；婴儿及尿失禁的患者可使用尿套或尿袋协助收集尿液	
◆ 尿培养标本 （1）中段尿留取法 ① 屏风遮挡，协助患者取适宜卧位，放好便器 ② 按导尿术清洁并消毒外阴	● 保护患者隐私 ● 防止外阴部的细菌对尿标本产生污染，消毒方向由上至下，每次应用一个棉球 ● 如会阴部分泌物过多，应先进行会阴部的清洁或冲洗后，再行消毒
③ 以长试管夹夹住无菌试管，在酒精灯火焰上消毒试管口和盖子；嘱患者排尿，弃去前段尿，接取 5～10 ml 中段尿；再次燃烧消毒试管口和盖子，迅速盖紧试管，将酒精灯熄灭	● 用酒精灯燃烧消毒，以防杂菌污染标本 ● 应在患者膀胱充盈（有尿意）时进行，患者应持续不停顿排尿，前端尿可起到尿道冲洗的作用 ● 留取标本时勿触及容器口，标本也不可倒置，以免受污染
④ 清洁外阴部，协助患者穿裤，整理床单位，清理用物	● 促进患者的舒适
（2）导尿术留取法 按导尿术插入导尿管引流尿液，留取尿标本（具体操作方法见本章导尿术）	● 适用于昏迷患者

（续表）

操作步骤	注意事项与说明
◆ 12 h 或 24 h 尿标本 　(1) 在集尿瓶上的检验单附联上注明标本留取的起止日期和时间 　(2) 嘱患者在晨 7 时或晚 7 时排空膀胱，弃去尿液，然后开始留尿，至次晨 7 时留取最后一次尿液，将 12 h 或 24 h 的全部尿液均留于集尿瓶中送检	● 留 12 h 尿标本时间是晚上 7 时至次晨 7 时；留 24 h 尿标本时间是早晨 7 时至次晨 7 时 ● 留尿前弃去的那次尿液是检查前产生并储存于膀胱内的，故不应留取 ● 应保证在医嘱规定时间内留取，确保检验结果的准确性 ● 不得将粪便及手纸等杂物混于尿液中 ● 应将集尿瓶放于阴凉处，并根据检验要求在瓶内添加防腐剂（表 13 - 10），避免尿液久置变质
4. 操作后处理　洗手，记录，标本及时送验，将用物按常规消毒处理	● 确保检验结果的准确性 ● 防止交叉感染

表 13 - 10　常用防腐剂的作用及用法

名称	作　用	用　法
甲醛	防腐、固定尿中有机成分；常用于尿爱迪计数	24 h 尿液加 40％甲醛 1～2 ml
浓盐酸	防腐、防止尿中激素被氧化；常用于 17 - 羟类固醇、17 - 酮类固醇	24 h 尿液加 5～10 ml
甲苯	防腐、保持尿液的化学成分不变；常用于尿蛋白定量、尿糖定量、钠、钾、氯、肌酸、肌酐	每 100 ml 尿液加 0.5％～1％甲苯 2 ml，第一次尿液倒入后，再加入甲苯，使之形成薄膜覆盖于尿液的表面，以防止细菌污染

复 习 题

【A 型题】

1. 以下不会对排便造成影响的是：　　　　　　　　　　　　　　　　　　　　（　）
   A. 年龄　　　　　B. 饮食　　　　　C. 性别　　　　　D. 心理因素　　　　E. 生活习惯

2. 排便失禁患者的护理重点是：　　　　　　　　　　　　　　　　　　　　　（　）
   A. 保护臀部，防止发生压疮　　　　　　　　B. 鼓励患者多饮水
   C. 观察记录粪便性质、颜色、量　　　　　　D. 给予患者高蛋白饮食
   E. 认真观察排便时患者的心理反应

3. 肝昏迷患者灌肠时，不宜选用：　　　　　　　　　　　　　　　　　　　　（　）
   A. 温开水　　　　B. 肥皂水　　　　C. 等渗盐水　　　D. 碳酸氢钠　　　E. 等渗冰盐水

4. 大量不保留灌肠过程中，如患者感觉腹胀、有便意，处理方法是：　　　　　　（　）
   A. 挤捏肛管，嘱患者忍耐片刻　　　　　　　B. 停止灌肠，通知医生
   C. 抬高灌肠筒高度，快速灌入　　　　　　　D. 稍转动肛管，观察流速
   E. 降低灌肠筒高度，嘱患者深呼吸

5. 行保留灌肠时，以下说法错误的是：　　　　　　　　　　　　　　　　　　（　）
   A. 注入速度要慢　　　　　　　　　　　　　B. 灌肠前嘱患者先排便
   C. 肛管要细，插入要深　　　　　　　　　　D. 根据病变部位选取适当体位

E．嘱患者保留 30 min 再排便

6. 1、2、3 灌肠溶液的正确配方是： （　　）

A．30％硫酸镁 30 ml,甘油 60 ml,温开水 90 ml　　　　B．33％硫酸镁 30 ml,甘油 60 ml,温开水 90 ml

C．50％硫酸镁 30 ml,甘油 60 ml,温开水 90 ml　　　　D．50％甘油 30 ml,温开水 60 ml,硫酸镁 90 ml

E．55％甘油 30 ml,硫酸镁 60 ml,温开水 90 ml

7. 多尿是指每昼夜尿量超过： （　　）

A．1 500 ml　　　　B．1 600 ml　　　　C．1 800 ml　　　　D．2 000 ml　　　　E．2 500 ml

8. 糖尿病患者排出的尿液呈烂苹果味,因其中含有： （　　）

A．乙酸　　　　B．乙醛　　　　C．丙酮　　　　D．丙酮酸　　　　E．草酰乙酸

9. 下列有关正常尿液叙述错误的是： （　　）

A．24 h 尿量 2 000 ml　　　　B．尿呈淡黄色　　　　C．尿比重 1.015

D．正常尿液呈弱碱性　　　　E．夜间排尿 0～1 次

10. 下列影响患者排尿因素中错误的是： （　　）

A．前列腺增生引起排尿困难　　　　B．情绪紧张引起尿急尿频

C．进食含钠盐多的食物引起尿量减少　　　　D．气温升高尿量增多

E．饮酒和喝茶后尿量增多

11. 解除尿潴留,用温水冲洗会阴的目的是： （　　）

A．防止尿路感染　　　　B．利用条件反射促进排尿　　　　C．使患者感觉舒适

D．缓解尿道痉挛　　　　E．减轻紧张分散注意力

12. 护理尿潴留的患者时,下列措施错误的是： （　　）

A．用温水冲洗会阴部　　　　B．给予利尿剂　　　　C．热水袋热敷下腹部

D．行导尿术尿　　　　E．酌情让患者坐起排尿

13. 成年女性导尿尿管插入： （　　）

A．2～3 cm　　　　B．4～6 cm　　　　C．7～8 cm　　　　D．7～9 cm　　　　E．9～10 cm

14. 成年男性导尿尿管插入： （　　）

A．12～14 cm　　　　B．14～16 cm　　　　C．16～18 cm　　　　D．18～20 cm　　　　E．20～22 cm

15. 为尿潴留患者首次导尿时,放出尿量不应超过： （　　）

A．500 ml　　　　B．800 ml　　　　C．1 000 ml　　　　D．1 500 ml　　　　E．2 000 ml

16. 为女患者导尿第一次消毒外阴的顺序为： （　　）

A．自上而下,由内向外　　　　B．自下而上,由内向外

C．自上而下,由外向内　　　　D．自下而上,由外向内

E．自上而下,由内向外,尿道口再加强消毒一次

17. 男患者导尿时,提起阴茎与腹壁成 60°是使： （　　）

A．耻骨下弯消失　　　　B．耻骨前弯消失　　　　C．耻骨下弯扩大

D．耻骨前弯扩大　　　　E．膀胱颈肌肉松弛

18. 为女患者导尿时,导尿管误入阴道时应立即： （　　）

A．嘱患者休息片刻再插　　　　B．更换导尿管,重新插入

C．拔出导尿管,重新插入　　　　D．重新更换导尿包后再插

E．重新消毒外阴,重新插入

19. 留置导尿患者采用下列哪种方法训练膀胱功能： （　　）

A．按摩膀胱　　　　B．听流水声　　　　C．锻炼盆底肌肉

D．间歇性夹管　　　　E．针刺关元、中极穴

20. 下列患者导尿后不需留置的是： （   ）

A．会阴部损伤 　　　　B．昏迷患者尿失禁 　　　　C．测量膀胱压力

D．输尿管手术后 　　　　E．盆腔内器官手术前

21. 前列腺肥大摘除术后的患者，膀胱冲洗所用冲洗液为： （   ）

A．3％硼酸 　　　　B．0.1％苯扎溴铵 　　　　C．0.1％新霉素

D．0.02％呋喃西林 　　　　E．0.9％氯化钠

22. 进行膀胱冲洗时，冲洗液瓶应距离床面： （   ）

A．30 cm 　　　B．40 cm 　　　C．60 cm 　　　D．80 cm 　　　E．90 cm

23. 患者女性，32岁，今晨在腰麻下行子宫肌瘤切除术，术前护士为其插导尿管。插导尿管的目的是： （   ）

A．保护肾脏 　　　　B．避免术中出现尿失禁 　　　　C．便于切除肿瘤

D．避免术中出现尿潴留 　　　　E．避免术中误伤膀胱

24. 李某，患慢性阿米巴痢疾，用2％黄连素灌肠治疗，下列护理措施错误的是： （   ）

A．在晚间睡眠前灌入 　　　　　　　　　B．灌入后保留1 h以上

C．灌肠前患者先排便 　　　　　　　　　D．肛管插入肛门15～20 cm

E．灌肠时患者取左侧卧位

【填空题】

1. 大量不保留灌肠常采用的灌肠液是_____和_____。成人每次用量_____ml，小儿_____ml。溶液温度一般为_____℃，降温时_____℃，中暑用_____℃。

2. 灌肠的缩写符号为_____，如灌肠后排便一次，则用_____表示；如灌肠后无排便，则用_____表示；如自行排便一次，灌肠后排便一次，则用_____表示。

3. 清洁灌肠是反复多次_____的一种方法，第一次用_____，以后用_____，直到排出液清洁无粪质为止。

4. 肝昏迷的患者，禁忌_____灌肠，以减少氨的产生和吸收；伤寒患者，溶液量不得超过_____ml，压力要_____；充血性心力衰竭或钠潴留的患者，禁忌用_____灌肠。

5. 尿失禁可分为_____、_____和_____。

6. 对膀胱高度膨胀且又极度虚弱的患者，第一次放尿不应超过_____ml，否则易引起_____和_____。

7. _____、_____、_____和_____等患者禁忌灌肠。

【名词解释】

1. 便秘 　　**2.** 排便失禁 　　**3.** 灌肠术 　　**4.** 少尿 　　**5.** 无尿 　　**6.** 尿潴留 　　**7.** 膀胱刺激征

8. 尿失禁 　　**9.** 导尿术

【简答题】

1. 说明男女患者导尿时应注意哪些问题。

2. 灌肠过程中可能出现哪几种情况？应如何处理？

3. 留置导尿的患者如何预防逆行性感染？

4. 膀胱冲洗过程中应注意哪些问题？

第十四章
给 药

导 学

内容及要求

本章包括5个部分的内容,给药的基本知识,口服给药术,注射术,其他给药术和药物过敏试验。

给药的基本知识主要介绍病区药物的管理、给药的原则、给药的途径、影响药物作用的因素。在学习过程中应重点掌握给药原则;熟悉病区药物管理、给药途径及影响药物作用的因素。

口服给药术主要介绍口服给药的目的、用物和实施。在学习的过程中应重点掌握口服给药术的目的和操作方法;熟悉其注意事项。

注射术主要介绍注射原则、注射用物、药液吸取术的方法及注意事项、各种注射术的目的、注射部位、实施操作等。在学习的过程中应重点掌握注射原则、药物抽吸术的方法及各种注射术的目的、部位、方法、注意事项;熟悉注射药物、小儿头皮静脉注射法和股静脉注射法;了解动脉注射法及微量注射泵的应用。

其他给药术主要介绍吸入术(超声雾化吸入术、氧气雾化吸入术、手压式雾化器雾化吸入术);滴入术和栓剂给药术。在学习的过程中应重点掌握超声雾化吸入术;熟悉氧气雾化吸入术;了解手压式雾化器雾化吸入术、滴入术和栓剂给药术。

药物过敏试验主要介绍青霉素、头孢菌素、链霉素、破伤风抗毒素、普鲁卡因及碘过敏试验的皮试液的配置及皮试方法,结果的判断,过敏反应的处理等。在学习的过程中应重点掌握青霉素过敏试验法与过敏反应的处理;熟悉链霉素、头孢菌素、破伤风抗毒素、普鲁卡因过敏试验及碘过敏试验的有关内容。

重点、难点

本章重点是第一节中给药的原则、第二节口服给药术、第三节注射术；第四节的超声雾化吸入术、第五节的青霉素过敏试验。其难点是青霉素过敏反应的发生机制。

专科生的要求

专科层次的学生对动脉注射法、微量注射泵的应用、吸入术(除外超声雾化吸入术)、滴入术和栓剂给药术、青霉素过敏反应的发生机制作一般了解即可。

- 给药的基本知识
- 口服给药术
- 注射术
- 其他给药术
- 药物过敏试验

给药即药物治疗,是临床常用的一种治疗方法,药物在预防、诊断和治疗疾病中起着重要的作用。护士是给药的直接执行者,也是用药过程的监护者,为了保证合理、准确、安全、有效地给药,护士必须熟练掌握有关药物的药理学知识,熟练掌握正确的给药方法和技术,准确评估患者用药后的疗效和反应,指导患者合理用药,防止和减少不良反应,并认真做好药品的管理工作,确保临床用药安全、有效。

第一节 给药的基本知识

一、病区药物管理

(一) 药物的种类

1. **内服药** 分为固体剂型和液体剂型,前者包括片剂、丸剂、散剂、胶囊等,后者包括溶液、酊剂和合剂等。

2. **注射药** 包括溶液、油剂、混悬液、结晶、粉剂等。

3. **外用药** 包括软膏、溶液、酊剂、粉剂、搽剂、洗剂、滴剂、栓剂、涂膜剂等。

4. **新型制剂** 包括粘贴敷片、胰岛素泵、植入慢溶药片等。

由于药物的制剂不同,生物利用度不同,药物作用的强度和速度也不同,一般情况下,注射液>溶解剂>散剂>颗粒剂>胶囊>片剂。

(二) 药物的领取

药物的领取方法各医院规定不一,大致包括以下几种。

1. **病区** 病区内设有药柜,存放少量且固定基数的常用药物,以供临时急用(如常用的退烧药、止痛药、安眠药等)。由专人负责,按期进行领取和补充,以确保药物的正常使用。剧毒药、麻醉药,病区内有固定基数,患者用后及时开处方领取,补充原基数。患者使用的贵重药或特殊药,凭医生处方单独领取,个人专用。

2. **中心药房** 医院设有中心药房,是各病区日间领取住院患者用药之处。病区护士每天把药盘和小药卡一起送中心药房,由中心药房摆放一天用药,每天3~4次,病区护士取回后再次核对,按时分发给患者。

3. **计算机联网管理** 患者用药从医生开出医嘱,到处理医嘱、药物计价、登账、药物消耗结算等均经由计算机处理,提高管理效率,节约人力。

（三）药物的保管

1. **药柜放置**　药柜应放在通风、干燥、光线明亮处,避免阳光直射,保持整洁,专人负责,定期检查药品质量,以确保安全。

2. **药品放置**　柜内所有药品应按照内服、外用、注射、剧毒等分类放置。注意药物的有效期,按顺序排列,计划使用,避免浪费。贵重药、麻醉药、剧毒药应有明显标记,加锁保管,专人负责,使用专本登记,并实行严格的交班制度。

3. **标签明显**　药瓶上应贴有明显的标签,标签使用按内服药为蓝色边,外用药为红色边,剧毒药为黑色边设置。标签上的药名用中英文对照书写,并标明浓度、剂量、规格,字迹要清晰,标签如有脱落或辨认不清及时处理。

4. **定期检查**　药品质量须有保证,药物应按规定定期检查,如有沉淀、混浊、异味、潮解、霉变等情况,或已过期失效,均不可使用。

5. **根据药品性质分类保存**

（1）易挥发、潮解或风化的药物:应装瓶,盖紧,如乙醇、过氧乙酸、碘酊、糖衣片、酵母片等。

（2）易氧化和遇光变质的药物:口服药应装在有色瓶中盖紧,放在阴凉处,如维生素C、氨茶碱等;针剂应放在有黑纸遮光的纸盒内,如盐酸肾上腺素等。

（3）易被热破坏的某些生物制品、抗生素等:如抗毒血清、疫苗、胎盘球蛋白、青霉素皮试液等,根据其性质和对贮藏条件的要求,分别置于干燥阴凉(约20℃)处或冷藏于2~10℃的冰箱中保存。

（4）易燃、易爆的药物:如乙醇、乙醚、环氧乙烷等,应单独存放,密闭瓶盖置于阴凉处,并远离明火,以防意外。

（5）各类中药:均应放于阴凉干燥处,芳香性药品应密盖保存。

（6）患者个人专用的特种药物:应单独存放,并注明床号、姓名。

二、给药原则

给药原则是一切用药的总则,必须严格遵守。

（一）根据医嘱给药

给药属于非独立性的护理操作,必须严格根据医嘱给药。医嘱必须清楚、准确,对有疑问的医嘱,护士应及时向医生提出,切不可盲目执行,也不可擅自更改医嘱。

（二）严格执行查对制度

护理人员在执行药疗时,务求应认真做到"三查七对"。

三查:药物治疗操作前、操作中、操作后查(查七对的内容)。

七对:对床号、姓名、药名、浓度、剂量、用法、时间。

同时,护理人员还要注意检查药物的性质,对怀疑有变质或已超过有效期的药物,应立即停止使用。

（三）安全正确给药

（1）做到给药的"5个准确",即将准确的药物,按准确的剂量,用准确的途径,在准确的时间内给予准确的患者。因此护理人员应认真查对,合理掌握给药的次数和时间,兼顾药物的特性和人体的生理节奏,以维持有效的血药浓度和发挥最大的药效为准则;同时还要掌握正确的给药方法,熟练而准确地为患者实施操作,这是护士能胜任给药工作的基本要求。

（2）药物备好后应及时分发使用,避免因久置引起药物污染或药效降低。

（3）给药前应向患者解释,以取得合作,并给予相应的用药指导,提高患者自我合理用药的能力。对易发生过敏反应的药物,使用前应了解过敏史,按要求做好过敏试验,结果为阴性方可使用,同时在使用过程中加强观察。

(四) 密切观察反应

给药后应观察药物的治疗作用和不良反应,并做好记录。护士应熟练运用有关药物的药理知识,观察并记录用药后的反应,持续评估药物的疗效,及时发现药物的不良反应,及时调整用药方案,保证患者用药安全。

三、给药的途径

给药途径通常根据药物的性质、剂型、机体组织对药物的吸收情况和治疗需要而定。常用的给药途径有口服给药、注射给药(皮下注射、肌内注射、静脉注射、动脉注射)、舌下含化、呼吸道给药(吸入)、直肠给药、皮肤黏膜用药(外敷)等。

药物吸收速度除了动静脉注射药液直接进入血液循环(速度最快)外,其他药物均有一个吸收的过程,吸收速度由快到慢的顺序是:吸入＞舌下含化＞直肠给药＞肌内注射＞皮下注射＞口服＞皮肤。

四、给药次数和时间间隔

为了维持血液中有效的药物浓度,保证药物有效和无毒,应根据药物的半衰期来确定给药次数和间隔时间。医疗护理工作常用外文缩写来表示用药次数和时间间隔。医院常用的外文缩写见表 14-1。

表 14-1　医院常用的外文缩写和中文译意

外文缩写	中文译意	外文缩写	中文译意
Co	复方	AU	双耳
Liq	液体	kg	公斤、千克
Mist	合剂	g	克
Ol	油	mg	毫克
Pulv	粉剂	μg	微克
Syr	糖浆剂	b	磅
Tr	酊剂	L	升
ml	毫升	qm	每晨 1 次
IU, iu	国际单位	qn	每晚 1 次
u	单位	qh	每小时 1 次
prn	必要时(长期)	q6h	每 6 小时 1 次
sos	需要时(限用 1 次)	bid	每日 2 次
qd	每日 1 次	tid	每日 3 次
qod	隔日 1 次	qid	每日 4 次
Caps	胶囊	biw	每周 2 次
Tab	片剂	12n	中午 12 点
Pil	丸剂	12mn	午夜 12 点
Ung	软膏	am	上午
Ext	浸膏	pm	下午
Lot	洗剂	ac	饭前
aa	各	pc	饭后
gtt	滴、滴剂	Hs	临睡前
ad	加至	St	即刻
Rp、R	处方、请取	Dc	停止
OD	右眼	ID	皮内注射
OS	左眼	H	皮下注射
OU	双眼	IM 或 im	肌内注射
AD	右耳	IV 或 iv	静脉注射
AS	左耳		

医院常用的给药时间与安排见表14-2。

表 14-2　医院常用给药时间安排表

给药时间缩写	给药时间安排
qm	6:00
qd	8:00
bid	8:00,16:00
tid	8:00,12:00,16:00
qid	8:00,12:00,16:00,20:00
q2h	6:00,8:00,10:00,12:00……
q3h	6:00,9:00,12:00,15:00……
q4h	8:00,12:00,16:00,20:00……
q6h	8:00,14:00,20:00,2:00（次晨）
qn	20:00

五、影响药物作用的因素

药物的治疗效果不仅与药物本身的性质与剂量有关,而且也与机体内外因素的影响有关,为了保证每位患者都能达到最佳的效果,又能够把不良反应减至最低,护士必须掌握可能影响药物作用的各种因素。

(一)药物的因素

1. **药物剂量**　剂量指用药量。药物的剂量大小与效应强弱之间呈一定关系,药物必须达到一定的剂量才能产生效应。一般而言,在一定范围内,剂量越大,药物在体内的浓度越高,作用也就会越强;剂量减小,其作用也就会减弱。临床上规定的药物的治疗剂量或有效剂量,是指能对机体产生明显效应而不引起毒性反应的剂量,也是适用于大多数人使用的常用量,当药物超过有效剂量,就会产生中毒反应。使用安全范围小的药物时,护士应特别注意观察其中毒反应,如洋地黄类药物。有些药物还必须注意单位时间内进入机体的药量,特别要控制静脉滴注时的速度,如氯化钾溶液,一旦静脉滴注速度过快,就会造成单位时间内进入机体的药量过大,引起毒性反应。

2. **药物剂型**　不同剂型的药物由于吸收量与速度不同,从而影响药物作用的快慢和强弱。一般注射药物比口服药物吸收快,因而作用往往较为显著。其中口服制剂中,溶液比片剂、胶囊容易吸收。

3. **给药途径与时间**　不同的给药途径可以影响药物的吸收和分布,从而影响药物效应的强弱和起效快慢。在某些情况下,不同的给药途径还会使药物作用产生质的不同,如硫酸镁口服会产生导泻和利胆作用,而注射给药却产生镇静和降压作用。合理安排用药时间对药物的疗效起重要的影响,为了提高疗效和降低毒副作用,不同药物各自有不同的用药时间。其给药的间隔应以药物的半衰期作为参考依据,尤其是抗生素类药物更应注意维持药物在血中的有效浓度。若肝功能不良时,肝药酶活性降低,使药物代谢速度变慢,造成药物作用延长或增强,半衰期延长,可适当调整给药间隔时间,给药间隔时间短易导致蓄积中毒。

4. **联合用药**　联合用药是指为了达到治疗目的而采取的两种或两种以上药物同时或先后应用,其目的是增强疗效,避免或减轻药物的不良反应。联合用药可产生药物之间或机体与药物之间的相互作用,导致药物的吸收、分布、生物转化、排泄等各方面的相互干扰,从而改变药物的效应与毒性。若联合用药后使原有的效应增强称为协同作用,如异烟肼和乙胺丁醇合用能增强抗结核作用,乙胺丁醇还可以延缓异烟肼耐药性的产生。若联合用药后使原有的效应减弱称为拮抗作用,如维生素C与磺胺类药物合用,会使药效降低。因此,药物的相互作用已成为合理用药内容的重要组成部分,护士应根据用药情况,从药效学、药动学及机体情况等方面分析,判断联合用药是否合理,并指导患者安全合理用药。

（二）机体的因素

1. 生理因素

（1）年龄与体重：一般药物用量与体重呈正比。但儿童和老人对药物的反应与成人不同，除了体重因素外，还与生长发育和机体的功能状态有关。儿童时期各个器官和组织正处于发育、生长时期，年龄越小器官和组织的发育越不完全。药物使用不当可引起器官和组织发育障碍，甚至发生严重的不良反应，造成后遗症。例如儿童血脑屏障和脑组织发育不完善，对中枢抑制药和中枢兴奋药非常敏感，使用吗啡极容易出现呼吸抑制，而应用尼可刹米、氨茶碱等又容易出现中枢兴奋而致惊厥。老年人的组织器官及其功能随着年龄的增长而出现生理衰退，肝、肾功能的减退使得药物代谢和排泄速率相应减慢，对药物的耐受性降低，且常伴有老年性疾病，因而对药物的敏感性增高。因此，儿童和老年人的剂量应以成人剂量为参考酌情减量。

（2）性别：男女性别不同对药物的反应一般无明显的差异。但女性在用药时应注意"三期"，即月经期、妊娠期和哺乳期对药物作用的影响。在月经期和妊娠期，子宫对泻药、子宫收缩药及刺激性强的药物较敏感，容易造成月经量过多、痛经、早产或流产。在妊娠期，用药需特别注意，某些药物可以通过胎盘进入胎儿体内，对胎儿生长发育和活动造成影响，如甲氨蝶呤易引起流产、胎儿畸形（无脑儿、腭裂），苯巴比妥可能会引起兔唇等。某些药物可通过乳腺排泌进入婴儿体内引起中毒，因此，妇女在哺乳期用药也应特别谨慎。

（3）营养状况：患者的营养状况也能影响药物的作用，营养不良者，对药物的作用较敏感，对药物的毒性反应的耐受性也较差。

2. 病理因素　疾病可以影响机体对药物的敏感性，也可改变药物的体内代谢过程，从而影响药物的疗效。肝、肾功能是影响药物作用的重要因素。肝脏是机体进行解毒和药物代谢的重要器官。肝功能不良者，药物的吸收、分布、代谢和排泄等环节都会受到不同程度的影响。主要是肝功能不良时，肝药酶活性降低，使得药物代谢速度变慢，造成药物作用延长或增强，半衰期延长。因此，如安定、苯巴比妥等主要在肝脏代谢的药物要减量、慎用或禁用。同样，肾功能减退时，主要经肾脏排泄的药物消除变慢，药物半衰期延长，药物蓄积体内，致使药物作用增强，甚至产生毒性反应。某些主要经肾脏排泄的药物，如氨基糖苷类抗生素、四环素类抗生素等应减少剂量或适当延长给药间隔时间，避免引起蓄积中毒。

3. 心理因素

（1）精神状态：患者的精神状态可以在一定程度上影响药物的效应。乐观、愉快的情绪能使药物更好地发挥疗效；若患者有悲观、失望、抑郁、恐惧、焦虑等不良情绪，会很大程度影响药物疗效，甚至还可加重疾病。

（2）对药物的信赖程度：患者对药物的信赖程度可以影响药物的疗效。患者认为某药对他不起作用，会觉得疗效不高，可能会采取不配和的态度，以致将药物拣出后偷偷扔掉。相反，患者对药物信赖则可以提高疗效，甚至使某些本无活性的药物起到一定的"治疗作用"。

（3）医护人员的态度和语言：在患者接受药物治疗时，医护人员的语言可影响患者的情绪及对药物的信赖程度。因此，医护人员应重视心理护理和语言沟通的技巧在药物治疗中的作用，在药物治疗的同时给予患者情感上的满足。

（三）饮食的影响

1. 干扰药物吸收，降低疗效　如服用铁剂时，与茶水、高脂饮食、咖啡、蛋类、牛乳、植物纤维同时服用，均不利于铁的吸收，因为茶叶中的鞣酸与铁形成铁盐妨碍吸收；脂肪抑制胃酸分泌，也影响铁的吸收。补钙时不宜同时服用大量的菠菜，菠菜中含有大量的草酸，形成草酸钙，影响疗效。

2. 促进药物吸收,增强疗效 如酸性食物可以增加铁剂的溶解度,促进铁的吸收,因此在服用铁剂时,维生素 C、肉类、氨基酸、枸橼酸、琥珀酸均有利于铁的吸收。又如高脂饮食可以促进脂溶性维生素的吸收(A、D、E),因而维生素 A、D、E 宜餐后服用,以增强疗效。

3. 改变尿液的 pH,影响疗效 如氨苄西林在酸性尿液中杀菌力强,因此以此治疗泌尿系统感染时宜多吃荤食,使尿液偏酸,增强抗菌作用;而应用头孢菌素、氨基糖苷类、磺胺类药物时,宜多吃素食,以碱化尿液,增强抗菌效力。

▓▓ 第二节 口服给药术

口服给药(administering oral medication)是将药物经口服后,被胃肠道黏膜吸收进入血液循环,而起到局部治疗或全身治疗作用的方法。口服给药因其给药途径最方便,且较安全、用药经济、剂型简单,因而是临床最常用的给药方法。但因口服给药药物吸收较慢,产生疗效的时间较长,故不适用于急救,此外对意识不清、呕吐不止、禁食等患者也不宜用此法给药。

在实施口服给药时,首先要进行药物准备。目前医院中常采用的药物准备类型有两种:病区摆药和中心药房摆药。病区摆药是由病区护士在病区负责准备自己病区患者的所需药品。中心药房摆药是由中心药房统一负责全院各病区住院患者日间的领取用药,病区护士每天上午于查房后,把药盘及药卡一起送到中心药房,由药房专人负责将一日的药物全部摆好、核对,病区护士取回后,在发药前再核对一次,然后分发给患者。相比较病区摆药,中心药房具有可节约药品,集中使用,避免积压浪费,减少用药差错,减轻病房取药、退药、保管等繁琐工作的优点。

一、目的

协助患者遵照医嘱安全、正确的服下药物,以达到减轻症状、治疗疾病、维持正常生理功能、协助诊断和治疗疾病的目的。

二、用物

药柜(内有各种药物);药盘、药杯、量杯、药匙、滴管、研钵、包药纸;服药本、小药卡、治疗巾、湿纱布、发药盘或发药车、饮水管、水壶(内盛温开水)。

三、实施(表 14-3)

表 14-3 口服给药操作步骤

操作步骤	注意事项与说明
1. 备齐用物	
2. 备药	
(1) 根据服药本查看药柜的药物是否齐全	● 及时添加药柜内的药物
(2) 洗手,戴口罩,取出药盘等物品放于适宜的位置	
(3) 核对药卡与服药本,按照床号顺序将小药卡插入药盘内,放好药杯	● 严格执行查对制度
(4) 对照服药本上的床号、姓名、药名、剂量、浓度、时间进行配药	
(5) 根据不同的药物剂型采取不同的取药方法	● 先备固体药,再备水剂与油剂 ● 一个患者的药摆好后,再摆第二个患者的药,以免混淆

（续表）

操作步骤	注意事项与说明
◆ 固体药　用药匙取药。一手取药瓶,瓶签朝向自己,核对;另一手用药匙取出所需药量,放入药杯时再核对,将药瓶放入药柜时第三次核对	● 使用单一剂型包装的药品,则在发药给患者时拆开包装 ● 不同固体药倒入同一药杯 ● 粉剂、含化片用纸包好,放入药杯
◆ 液体药 ① 检查药液的性质 ② 将药液摇匀 ③ 打开瓶盖,将瓶盖内面朝上放置 ④ 一手持量杯,拇指置于所需刻度,并使其刻度与视线平;另一手将药瓶有瓶签的一面向上,倒药液至所需刻度处(图 14-1) ⑤ 将药液倒入药杯 ⑥ 药液不足 1 ml 或油剂,先在药杯内倒入少许温开水,用滴管吸取所需药液量,滴管尖与药液水平面成45°,将药液滴入药杯内	● 若有变质,立即更换 ● 避免药液内溶质沉淀而影响给药浓度 ● 保持瓶盖内面清洁 ● 防止倒药液时沾污瓶签 ● 量杯刻度与药液水平面同高,保证药量准确 ● 以免药液粘附于杯壁,影响服用剂量 ● 1 ml 以 15 滴计算,吸药时勿将药液吸入橡皮球内,保证药量准确;若药液不宜稀释时,可将药液滴于饼干或面包上,嘱患者及时服下 ● 不同药液应倒入不同药杯内,配另一种药液时,洗净量杯,以免更换药液时发生化学反应
⑦ 用纱布擦净瓶口,将药瓶放回原处 (6) 摆药完毕,将物品放回原处,并根据服药本重新核对一次,盖上治疗巾	● 发药前需经另一人核对,方可发给患者,确保备药准确无误

3. 发药

(1) 洗手,携带服药本、备温开水,送药至患者床前	● 发药前评估患者,若遇特殊检查或术前禁食者,暂不发药 ● 需碾碎的药物,可将药物放在研钵内碾碎,以药匙盛入药杯内
(2) 核对床号、姓名、药名、剂量、浓度、时间、方法、床卡	● 称呼患者全名或让患者自己说出姓名,得到准确应答后方可给患者发药,以免错误 ● 同一患者的药物应一次取离药车;不同患者的药物,不可同时取离药车,以免发生差错
(3) 协助患者坐起,向患者或家属解释服药的目的及注意事项	
(4) 倒温开水或使用吸水管,帮助患者服药,确认服下后方可离开;危重患者服药时应喂服,鼻饲患者应将药粉用水溶解后,从胃管灌入,再以少量温开水冲胃管	● 需吞服的药物通常用 40~60℃温开水送下,不要用茶水服药 ● 若患者不在病室或因故暂不能服药,应将药物带回保管,适时再发或交班 ● 发药时应看患者服下(特别是麻醉药、催眠药及抗肿瘤药物),收回药杯后方可离开 ● 增加或停用某药,应及时告诉患者;当患者有疑问时,应重新核对,无误后再发药 ● 缓释片、肠溶片、胶囊吞服时不可嚼碎;舌下含片应放于舌下或两颊黏膜与牙齿之间待其溶化
(5) 根据药物特性进行用药指导	● 某些刺激食欲的健胃药,宜在饭前服 ● 助消化药及对胃肠道有刺激的药物应在饭后服 ● 催眠药在睡前服,驱虫药宜在空腹或半空腹时服用 ● 对呼吸道黏膜起安抚作用的止咳剂,服后不宜立即饮水,以免稀释药物,降低疗效;若同时用多种药物,应最后服止咳糖浆 ● 对牙齿有腐蚀作用或使牙齿染色的药物,如酸类和铁剂,服用时避免与牙齿接触,应用吸管吸服后漱口以保护牙齿

（续表）

操作步骤	注意事项与说明
	● 磺胺类药物服药后多饮水,以免因尿少时易析出结晶堵塞肾小管
	● 服强心苷类药物前先测脉率(心率)及其节律,脉率低于每分钟60次或节律不齐时应暂停服用,并告知医生
（6）药杯放回时再核对一次	● 确保药物准确无误
4. 操作后处理　协助患者取舒适卧位,整理床单位;整理药盘,清洁消毒药杯,小药卡放回药柜;洗手,记录	● 使患者舒适,便于休息 ● 防止交叉感染 ● 观察服药后反应,有异常与医生联系

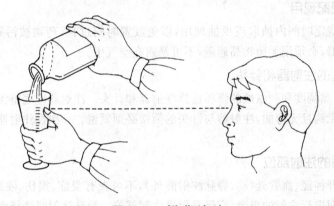

图14-1　倒药液法

▉▉ 第三节　注　射　术

注射术(injection)是将一定量的无菌药液或生物制品用无菌注射器注入体内,使其达到预防、诊断、治疗目的的技术。注射给药的主要特点是药物吸收快,血药浓度迅速升高,吸收的量也较准确,因而适用于需要药物迅速发挥作用、因各种原因不能经口服给药、某些药物易受消化液影响而失效或不能经胃肠道黏膜吸收的情况。但注射给药可造成组织一定程度的损伤,引起疼痛,产生感染等并发症;又由于药物吸收快,某些药物的不良反应出现迅速,加大了处理难度。根据患者治疗的需要,常用的注射术有皮内注射、皮下注射、肌内注射、静脉注射及动脉注射。

一、注射原则

注射原则是执行一切注射术都必须遵守的原则,执行护士必须严格遵守。

（一）严格执行查对制度

严格执行"三查七对",确保药物准确无误给患者。仔细检查药物质量,如发现药液有变质、沉淀、混浊、药物超过有效期、安瓿或密闭瓶有裂痕、密闭瓶盖有松动等现象则不能应用。同时注射多种药物时,要注意药物的配伍禁忌。

（二）严格遵守无菌操作原则

注射场所要清洁,无尘埃飞扬,符合无菌操作的基本要求。操作者在注射前必须洗手,戴口罩,衣帽整洁,注射后也应洗手。注射用物必须保持无菌。

注射部位按要求进行皮肤消毒。常用的方法如下。

1. 皮肤常规消毒方法 用无菌棉签蘸取2%碘酊,以注射点为中心,由内向外螺旋式旋转涂擦,消毒范围直径在5 cm以上,待干(约20 s)后,用70%乙醇以同样的方法脱碘,乙醇挥发后即可注射。

2. 皮肤安尔碘消毒方法 用无菌棉签蘸取安尔碘消毒液,以注射点为中心,由内向外螺旋式旋转涂擦两遍,待干后即可注射。

(三)严格执行消毒隔离制度,预防交叉感染

注射时要做到一人一套物品,即注射时要做到一人一副注射器,一人一根止血带,一人一个小棉枕。所有用过的物品,按消毒隔离制度处理,对一次性物品应按规定处理,不可随意丢弃。将用过的注射器针头和输液器针头按损伤性废弃物处理,拧下后放锐器盒中盖严,盛满后集中处理;注射器空管与活塞分离、输液管毁型后集中装在医用垃圾袋中,按感染性废弃物处理。

(四)药液应现配现用

注射药液应在规定时间内抽取或现抽现用,以免放置时间过长,药物被污染或药物效价降低。已抽取药液的注射器,必须用无菌物品遮盖,不可暴露在空气中。

(五)选择合适的注射器和针头

根据药物剂量、黏稠度和刺激性的强弱选择注射器和针头。注射器应完整无裂缝,不漏气;针头要锐利、型号合适、无钩且无弯曲,注射器与针头的衔接必须紧密。一次性注射器的包装应密封并在有效期内使用。

(六)选择合适的注射部位

注射部位应避开神经、血管处(动、静脉注射除外),不可在有炎症、损伤、硬结、瘢痕或皮肤受损处进针。对需要长期进行注射的患者,应经常更换注射部位。静脉注射时选择血管应由远心端到近心端。

(七)注射前排尽空气

注射前必须排尽注射器内空气,特别是动静脉注射,以免空气进入血管引起空气栓塞。排气时要注意避免浪费药液。

(八)注药前检查回血

进针后、推注药液前,抽动注射器活塞,检查有无回血。静脉、动脉注射必须见回血后方可注入药液。皮下、肌内注射如有回血,则应拔出针头重新进针,不可将药液注入血管内。

(九)应用无痛注射技术

(1)解除患者思想顾虑,分散其注意力,做好解释与安慰,使患者身心放松。

(2)采取适当的体位与姿势,以利肌肉放松,便于进针。

(3)注射时做到"二快一慢",即进针、拔针快,推药速度缓慢并均匀。

(4)如需同时注射数种药物,一般应先注射刺激性较弱的药物,然后注射刺激性较强的药物,以减轻疼痛。注射刺激性较强的药物时,宜选用粗长的针头,而且进针要较深,以免引起疼痛和硬结。

二、注射用物

(一)注射盘

注射盘,亦称基础治疗盘,指放置注射用物的治疗盘,置于治疗车上层,常规放置以下物品:无菌持物镊(放在无菌容器内)、皮肤消毒液(2%碘酊、75%乙醇,或安尔碘)、无菌棉签、砂轮、弯盘、启瓶器、小棉枕等。

（二）注射器及针头（图 14 - 2）

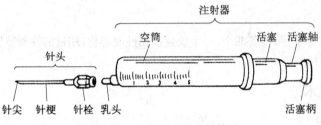

图 14 - 2　注射器及针头结构图

1. 注射器　注射器由空筒和活塞两部分组成。空筒前端为乳头，空筒上有刻度；活塞用于推药，属于无菌区域，活塞后部有活塞轴和活塞柄。在使用过程中注射器乳头部、空筒内壁、活塞体应保持不被污染，不得用手触摸。

注射器有各种大小不同型号，如 1 ml、2 ml、5 ml、10 ml、20 ml、30 ml、50 ml 等（表 14 - 4）。对像艾滋病这类传染性疾病的患者可选用安全注射器，即其使用后，活塞、针头与针筒无法分开。

表 14 - 4　注射器的规格及主要用途

规　格	主要用途
1 ml	皮内注射、注射小剂量药液
2 ml、5 ml	皮下注射、肌内注射、静脉采血
10 ml、20 ml、30 ml、50 ml、100 ml	静脉注射或作各种穿刺

2. 针头　通常是不锈钢制品，由针尖、针梗和针栓 3 个部分组成。在使用时，除针栓外壁，其他部分应保持无菌，防止被污染。一般针头有两种包装：一种是与注射器连接在一起的包装，使用方便；另一种是个别包装，除可以较有弹性地选择合适的针头外，在针头污染时，亦可方便更换。常用的针头型号及用途见表 14 - 5。

表 14 - 5　针头的规格及主要用途

型号	针径/mm	针长/mm	主要用途
4₁/₂号	0.45	16	皮内注射
5 号	0.50	20	皮内注射、皮下注射
6 号	0.60	30	肌内注射、静脉注射
7 号	0.70	32	肌内注射、静脉注射
8 号	0.80	33	静脉注射
9 号	0.90	40	静脉注射
12 号	1.20	38	输血、采血及进行各种穿刺
16 号	1.60	38	输血、采血及进行各种穿刺

（三）注射药液

按医嘱准备。

（四）注射本或注射卡

根据医嘱单准备注射本或注射卡,作为注射给药的依据。

（五）污物桶

一般放置在治疗车下层,准备两个:一个放置损伤性废弃物(用过的注射器针头),另一个放置感染性废弃物(用过的注射器)。

三、药液吸取术

操作方法见表14-6。

表14-6 药液吸取术操作步骤

操作步骤	注意事项与说明
1. 查对准备 洗手,戴口罩,铺盘,按医嘱查对药物	● 严格执行无菌操作原则;在治疗盘内铺无菌治疗巾
2. 吸取药液 ◆ 自安瓿内吸取药液 (1) 消毒及折断安瓿:将安瓿尖端药液弹至体部,用消毒液消毒安瓿及砂轮后,在安瓿颈部划一锯痕,重新消毒,拭去细屑后折断安瓿 (2) 抽吸药液:持注射器,将针头斜面向下放入安瓿内的液面下,持活塞柄,抽动活塞,吸尽药液(图14-3、图14-4) ◆ 自密封瓶内吸取药液 (1) 除去铝盖中心部分,常规消毒瓶塞,待干 (2) 注射器内吸入与所需药液等量的空气,将针头穿过瓶盖中心刺入瓶内,将空气注入 (3) 倒转药瓶,使针头在液面下,稍抽动活塞柄,药液即会流入注射器内,待吸到所需药量后,以示指固定针栓,拔出针头(图14-5)	● 安瓿颈部若有蓝色标记,则不须划痕,用消毒液消毒颈部后,折断 ● 避免用力过度而捏碎安瓿上段 ● 针头不可触及安瓿外口,针尖斜面向下,有利于吸取药液 ● 抽药时不可触及活塞体部和针梗,以免污染药液 ● 增加瓶内压力,便于吸药 ● 注射器刻度面向操作者,针尖须在液面内,以免吸入空气,影响药量的准确 ● 结晶或粉剂,用无菌氯化钠溶液或专用溶剂充分溶解后抽吸 ● 混悬液摇匀后立即抽吸,黏稠油剂可稍加温或双手对搓药瓶后再抽吸(遇热变质的药液不可加温),应选用口径较粗的针头
3. 排尽空气 将针头垂直向上,轻拉活塞,使针头内的药液完全流入注射器内,并使气泡聚集在乳头口,稍推活塞,驱出气体	● 如注射器乳头偏向一侧,排气时,应使注射器乳头向上倾斜,使气泡集中于乳头根部,驱出气体
4. 保持无菌 排气毕,将安瓿或药瓶套在针头上,再次核对无误后放入无菌巾内备用	● 也可套针头套,但是须将安瓿瓶或药瓶放于一边,以便查对

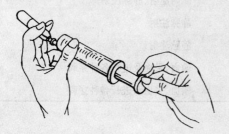

图14-3 自小安瓿内吸药法

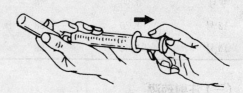

图14-4 自大安瓿内吸药法

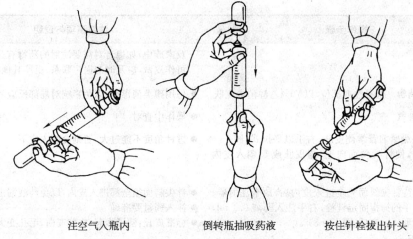

注空气入瓶内　　　　　　倒转瓶抽吸药液　　　　　按住针栓拔出针头

图 14－5　自密封瓶内吸药法

四、常用注射术

(一) 皮内注射术

皮内注射术(intradermic injection，ID)是将少量药液或生物制品注射于表皮和真皮之间的技术。

1. 目的

(1) 各种药物过敏试验，以观察有无过敏反应。

(2) 预防接种。

(3) 局部麻醉的起始步骤。

2. 用物

(1) 注射盘一套。

(2) 1 ml 注射器，针头($4\frac{1}{2}$～5 号)，注射单或医嘱单。

(3) 药液：按医嘱准备。

(4) 如为药物过敏试验，另备 0.1％盐酸肾上腺素和注射器。

3. 部位

(1) 药物过敏试验：常选用前臂掌侧下段。因该处皮肤较薄，易于注射，且此处皮肤颜色较淡，易于辨认局部反应。

(2) 预防接种：常选用上臂三角肌下缘部位注射。

(3) 局部麻醉：在需局部麻醉的部位。

4. 实施　见表 14－7。

表 14－7　皮内注射术操作步骤

操作步骤	注意事项与说明
1. 准备　洗手，戴口罩，在治疗室按医嘱吸取药液，放入已铺好治疗巾的注射盘内	● 严格执行查对制度和无菌操作的原则
2. 核对解释　携用物到患者床旁，核对，向患者解释操作的目的和方法	● 确认患者，取得合作 ● 做药物过敏试验前，应详细询问患者用药史、过敏史

(续表)

操作步骤	注意事项与说明
	及家族史,如患者对需要注射的药物有过敏史,则不可作皮试,应及时与医生联系,更换其他的药物
3. 选择部位,消毒 选择注射部位,以70%乙醇消毒皮肤	● 忌用碘类消毒剂,以免影响对局部反应的观察
4. 再次核对,排气	● 操作中查对
5. 穿刺 左手绷紧前臂掌侧皮肤,右手以平执式(图14-6)持注射器,使针尖斜面向上,与皮肤成5°刺入皮内(图14-7)	● 进针角度不能过大,否则会刺入皮下
6. 注射药液 待针尖斜面完全进入皮内后,放平注射器。用绷紧皮肤手的拇指固定针栓,右手注入药液0.1 ml,使局部隆起形成一皮丘(图14-8)	● 针尖斜面须全部进入皮内,以免药液漏出 ● 注入药量要准确 ● 标准皮丘:圆形隆起,皮肤变白,毛孔变大
7. 拔针 注射完毕,迅速拔出针头,勿按压针眼	● 嘱患者不可用手拭去药液和按压皮丘,以免影响观察结果 ● 应嘱患者在20 min内不可离开病房,不可剧烈活动,如有不适立即告知医务人员
8. 再次核对,整理 再次核对,清理用物,整理床单位,协助患者取舒适卧位	● 操作后查对,确保无误
9. 观察记录 按时观察反应,并记录	● 20 min后观察结果 ● 将过敏试验的结果记录在病历上,阳性用红笔标记"+",阴性用蓝笔或黑笔标记"-" ● 若需做对照试验,在另一前臂的相同部位注入0.1 ml生理盐水作对照

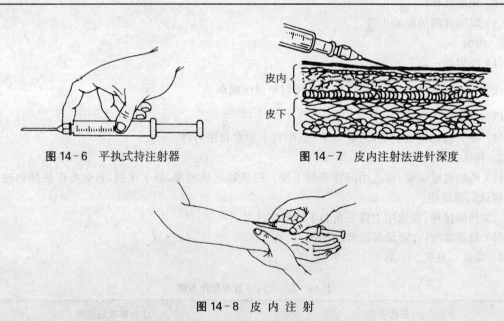

图14-6 平执式持注射器　　图14-7 皮内注射法进针深度

图14-8 皮内注射

(二) 皮下注射术

皮下注射术(hypodermic injection,H)是将少量药液或生物制品注入皮下组织的技术。

1. 目的

(1) 需在一定时间内产生药效,而不能或不宜口服给药时。

（2）预防接种。

（3）局部麻醉用药。

2. 用物

（1）注射盘一套。

（2）1～2 ml 注射器，针头（$5\frac{1}{2}$～6 号），注射单或医嘱单。

（3）药液：按医嘱准备。

3. 部位　上臂三角肌下缘、两侧腹壁、后背、大腿前侧和外侧（图 14-9）。

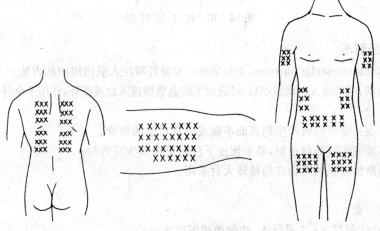

图 14-9　皮下注射部位

4. 实施　见表 14-8。

表 14-8　皮下注射术操作步骤

操作步骤	注意事项与说明
1. **准备**　洗手，戴口罩，在治疗室按医嘱吸取药液，放入已铺好治疗巾的注射盘内	● 对皮肤有刺激作用的药物一般不作皮下注射
2. **核对解释**　携用物到患者床旁，核对，向患者解释操作的目的和方法	● 确认患者，取得合作
3. **选择部位，消毒**　选择注射部位，常规消毒或安尔碘消毒皮肤，待干	
4. **再次核对，排气**	● 操作中查对
5. **穿刺，注射**　左手绷紧局部皮肤（过瘦者捏起皮肤），右手以平执式持注射器，示指固定针栓，针尖斜面向上，与皮肤呈 30°～40°，快速刺入皮下，进针约 1/2 或 2/3（图 14-10），松开左手，抽动活塞，如无回血，缓慢推注药液	● 进针不宜过深，针头刺入角度不宜超过 45°，以免刺入肌层 ● 三角肌下缘注射时，针头稍向外侧，免伤神经 ● 药液小于 1 ml，需用 1 ml 注射器 ● 经常注射者，应更换注射部位，建立轮流更换注射部位的计划，这样可达到在有限的注射部位，吸收最大药量的效果
6. **拔针**　注射毕，用无菌干棉签轻压针刺处，快速拔针	● 按压片刻至不出血为止，以减轻疼痛、防止药液外溢
7. **再次核对，整理记录**　再次核对，整理床单位，协助患者取舒适卧位，清理用物，洗手，记录	● 操作后查对，确保无误

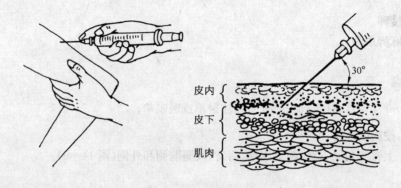

图 14-10 皮下注射法

（三）肌内注射术

肌内注射术（intramuscular injection，IM）是将一定量药液注入肌肉组织的方法。人体肌肉组织有丰富的毛细血管网，药液注入肌肉组织后，可通过毛细血管壁进入血液循环，作用于全身，起到治疗作用。

1. 目的

（1）给予需在一定时间内产生药效而不能或不宜口服的药物。

（2）药物不能或不宜静脉注射，要求比皮下注射更快发生疗效时。

（3）注射刺激性较强的药物或药量较大时采用。

2. 用物

（1）注射盘一套。

（2）2～5 ml 注射器、6～7 号针头、注射单或医嘱本。

（3）药液：按医嘱准备。

3. 部位　一般选择肌肉丰富且距大血管和神经较远处。如臀大肌、臀中肌、臀小肌、股外侧肌及上臂三角肌，其中最常用的部位是臀大肌。

（1）臀大肌注射定位法：注射时要注意避免损伤坐骨神经。臀大肌注射的定位方法有两种：①十字法：即从臀裂顶点向左或向右划一水平线，然后从髂嵴最高点作一垂直线，将一侧臀部分为四个象限，其外上象限避开内角为注射区（图 14-11）。②联线法：取髂前上棘至尾骨作一联线，其外上 1/3 处为注射部位（图 14-12）。2 岁以下的婴幼儿不宜选用臀大肌注射，因其臀大肌尚未发育好，注射有损伤坐骨神经的危险。

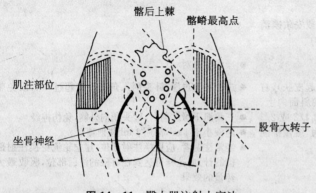

图 14-11　臀大肌注射十字法

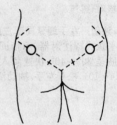

图 14-12　臀大肌注射联线定位法

（2）臀中肌、臀小肌注射定位法：该处神经、血管较少，且脂肪组织也较薄，成人和儿童均适用于注射，故目前使用日趋广泛。其定位方法有两种：①构角法：以示指尖和中指尖分别放于髂前上棘和

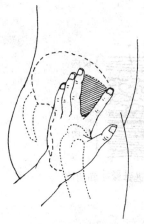

图 14-13 臀中肌、臀小肌
注射定位法

髂嵴下缘处,这样在髂嵴、示指和中指之间构成一个三角形区域,注射部位在示指和中指构成的角内(图 14-13)。②三指法:是以患者的手指的宽度为标准,在髂前上棘外侧三横指处。

(3)股外侧肌注射定位法:此处肌肉丰富、大血管及神经较少、药物吸收快,对于臀部肌肉较不发达者,如瘦弱者或儿童,是理想的注射部位。注射部位为大腿中段外侧,成人可以取髋关节下10 cm至膝关节上 10 cm 的范围,宽约 7.5 cm。注射时,患者可取坐位或仰卧微屈膝的姿势。

(4)上臂三角肌注射定位法:该注射部位位于上臂外侧,肩峰突起下 2~3 横指处(肩峰突起下 2.5~5 cm)。此处寻找容易,且不需暴露患者。但此处肌肉层较薄,沿肱骨有桡、尺神经及肱动脉分布,只能做小剂量注射。另外婴儿、儿童的三角肌肌肉发育尚不健全,最好避免此处注射。

4. 实施 见表 14-9。

表 14-9 肌内注射术操作步骤

操作步骤	注意事项与说明
1. 准备 洗手,戴口罩,在治疗室按医嘱吸取药液,放入已铺好治疗巾的注射盘内	● 严格执行查对制度和无菌技术操作原则
2. 核对解释 携用物到患者床旁,核对,向患者解释操作的目的和方法	● 确认患者,取得合作
3. 摆体位 协助患者取合适的体位,可取下列体位:①侧卧位:上腿伸直,下腿稍弯曲。②俯卧位:足尖相对,足跟分开。③坐位:便于操作,但坐位要稍高。④仰卧位:常用于危重及不能翻身的患者	● 使臀部肌肉松弛,便于注射
4. 选择部位,消毒 选择注射部位,常规消毒或安尔碘消毒皮肤,待干	● 对需要长期注射者,应交替更换注射部位,并选用细长针头,以减少或避免硬结的发生;如因长期多次注射出现局部硬结时,可采用热敷、理疗等方法或外敷活血化瘀的中药如蒲公英、金黄散等。
5. 再次核对,排气	● 操作中查对
6. 穿刺,注射 (1)以左手拇指和示指错开并绷紧局部皮肤,右手以执笔式持注射器(图 14-14),用前臂带动腕部力量,将针头迅速垂直刺入,深度约为针梗的 2/3(2.5~3 cm)(图 14-15)	● 切勿将针梗全部刺入,以防针梗从根部衔接处折断,难以取出 ● 消瘦者及患儿,进针深度酌减 ● 若针头折断,应嘱患者保持局部与肢体不动,用止血钳夹住断端取出,如全部埋入肌肉,须请外科医生诊治
(2)松开左手,抽动活塞,观察无回血后,固定针头,以匀速缓慢推药,同时注意观察患者的表情及反应(图 14-16)	● 确保未刺入血管内,若有回血,酌情处理,如拔出少许或进针少许再试抽,一定要无回血方可推药
7. 拔针 注药毕,左手用无菌干棉签轻压进针处,快速拔针,并继续按压片刻	● 减轻疼痛,防止药液外溢与渗出
8. 再次核对,整理记录 再次核对,整理床单位,协助患者取舒适卧位,清理用物,洗手,记录	● 操作后查对

图 14-14 执笔式持注射器

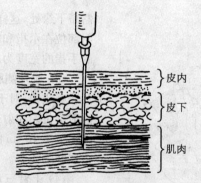

图 14-15 肌内注射进针深度和角度

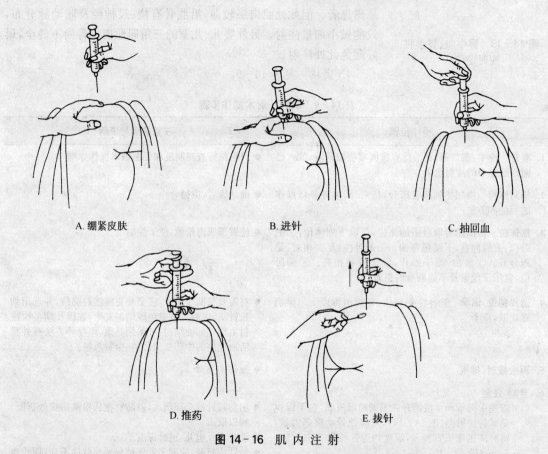

A. 绷紧皮肤　　　　　　　　B. 进针　　　　　　　　C. 抽回血

D. 推药　　　　　　　　E. 拔针

图 14-16 肌 内 注 射

5. 病区内集中进行肌内注射　在同一时间为多个患者进行肌内注射,可节约人力和时间。具体步骤如下。

(1) 治疗车上层放注射盘、治疗本、铺有无菌巾的治疗盘、治疗碗一只(内盛有消毒液的擦手小毛巾)、注射小牌。治疗车的下层放一盛有消毒液的容器,用以浸泡注射后的注射器,另一容器放置擦手后的小毛巾。

(2) 根据注射单吸取药液,针梗插入安瓿或密封瓶内,放于无菌盘中,活塞柄对准注射小牌,将余下的安瓿放于注射器后面,以便查对,最后盖上治疗巾。

(3) 另一人核对无误后,按床号顺序准确地进行注射。每为一位患者注射后,操作者均应用消毒液小毛巾消毒双手,再为下一个患者注射,以免交叉感染。

(4) 全部注射完毕,再次核对无误后,清理消毒用物。

6. **留置气泡技术**　留置气泡技术用于肌内注射,其方法用注射器抽吸适量药液后,再吸入 0.2～0.3 ml 的空气。注射时,气泡在上,当全部药液注入后,再注入空气。这种方法可确保在注射时将药物完全注入肌肉组织,而不留在注射器死腔中(每种注射器的死腔量的多少依针头的长度、号码及注射器大小来决定,其范围为 0.07～0.3 ml。留置气泡技术可以保证药量准确,防止拔针时药液渗入皮下组织引起刺激,产生疼痛,并可将药液限制在注射肌肉局部,而利于组织的吸收。但是在注射过程中,注意该气泡要留于注射器内,勿注入肌肉层。

(四) 静脉注射与采血术

静脉注射与采血术(intravenous injection, IV, and blood sampling)自静脉注入无菌药液或自静脉抽取血标本的技术。

1. **目的**

(1) 静脉注射:①需迅速发挥药效,尤其在治疗急重症时。②药物不宜口服、皮下或肌内注射,只适宜经静脉给药。③诊断性检查,由静脉注入药物,如为肝、肾等 X 线摄片。④输液或输血。⑤静脉营养治疗。

(2) 静脉血标本的采集:①全血标本:测定血沉及血液中某些物质如血糖、尿素氮、肌酐、尿酸、肌酸、血氨的含量。②血清标本:测定肝功能、血清酶、脂类、电解质等。③血培养标本:培养监测血液中的病原菌。

2. **用物**

(1) 注射盘一套。

(2) 注射器(规格视药量或采血量而定)、6～9 号针头或头皮针、注射小垫枕、输液贴(必要时备)、止血带、注射单或医嘱单。

(3) 药液:按医嘱准备。

(4) 采集血标本时另备:标本容器(试管、三角烧瓶或密封瓶等)、酒精灯、火柴、无菌手套(必要时)、无菌纱布(必要时)。

3. **部位**

(1) 四肢浅静脉:上肢常用肘部浅静脉(贵要静脉、肘正中静脉、头静脉)、腕部及手背静脉;下肢常用大隐静脉、小隐静脉及足背静脉(图 14-17)。

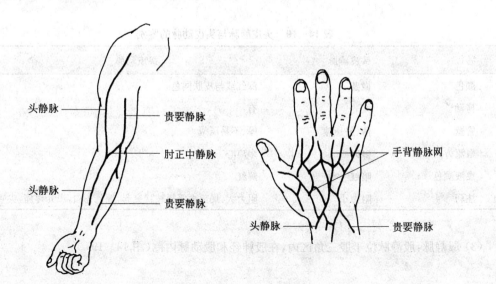

头静脉　　贵要静脉
　　　　肘正中静脉
头静脉　　贵要静脉
　　　　　　　　　手背静脉网
　　　　　　头静脉　　贵要静脉

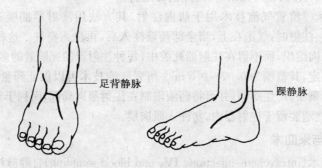

图 14-17 四肢浅静脉

(2) 头皮静脉：小儿头皮静脉极为丰富，分支甚多，互相沟通交错成网，且静脉表浅易见，易于固定，方便患儿肢体活动，尤其在冬天选用头皮静脉，患儿不易着凉，故患儿静脉注射多采用头皮静脉。常用的头皮静脉有额静脉、颞浅静脉、耳后静脉、枕静脉等(图 14-18)。

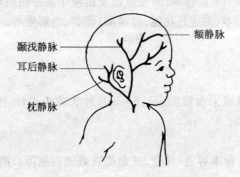

图 14-18 小儿头皮静脉分布示意图

在进行小儿头皮静脉注射时，需要注意头皮静脉和头皮动脉的鉴别(表 14-10)。

表 14-10 头皮静脉与头皮动脉的鉴别

特征	头皮静脉	头皮动脉
颜色	微蓝	深红或与皮肤同色
搏动	无	有
管壁	薄、易压瘪	厚、不易压瘪
血流方向	多向心	多离心
血液颜色	暗红	鲜红
注药	阻力小	阻力大，局部血管树枝状突起，颜色苍白，患儿疼痛，尖叫

(3) 股静脉：股静脉位于股三角区内，在股神经和股动脉内侧(图 14-19)。

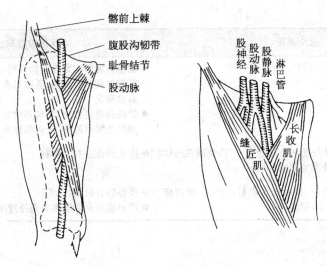

图 14 - 19　股动、静脉解剖位置

4. 实施

(1) 四肢静脉注射术：见表 14 - 11。

表 14 - 11　四肢静脉注射术操作步骤

操作步骤	注意事项与说明
1. 准备　洗手,戴口罩,在治疗室按医嘱吸取药液,放入已铺好治疗巾的注射盘内	● 严格执行三查七对制度和无菌技术操作原则
2. 核对解释　携用物到患者床旁,核对,向患者解释操作的目的和方法	● 确认患者,取得合作
3. 选择静脉　选择合适的静脉,以手指探明静脉走向及深浅,在穿刺部位的肢体下垫小枕	● 选择粗直、弹性好、不易滑动、易于固定的静脉,避开关节和静脉瓣 ● 对需要长期静脉注射者,应有计划地由小到大,由远心端到近心端选择静脉
4. 扎止血带　在穿刺部位的上方(近心端)约 6 cm 处扎紧止血带	● 止血带末端向上,以防污染无菌区域 ● 使静脉回流受阻,远心端静脉充盈,利于穿刺
5. 消毒　局部皮肤常规消毒或安尔碘消毒两次,待干。若为上肢注射,嘱患者握拳	
6. 再次核对,排气　查对,接头皮针头并排尽空气	● 操作中查对
7. 穿刺　以左手拇指绷紧静脉下端的皮肤,使其固定,右手持针,使其针尖斜面向上,并与皮肤成 15°～30°,在静脉上方或侧方刺入皮下,再沿静脉走向潜行刺入(图 14 - 20)	● 穿刺者务必沉着,如未见回血,切勿乱刺,可平稳地将针头退回至刺入口下方,略改变方向,重新进行穿刺;一旦出现局部血肿,应立即松开止血带,拔出针头,按压局部,另选其他静脉重新注射 ● 注射对组织有强烈刺激性的药物,应另备抽有生理盐水的注射器和头皮针,注射穿刺成功以后,先注入少量生理盐水,证实针头确实在静脉内,再取下注射器(针头留置)调换另一抽有药液的注射器进行推药,以免药液外溢而致使组织坏死
8. 两松一固定　见回血,表明针头已进入静脉,可再顺静脉推进少许,松开止血带,嘱患者松拳,用输液贴固定针头	

（续表）

操作步骤	注意事项与说明
9. 缓慢注入药液（图14-21）	● 根据患者的年龄及药物性质,掌握注入药物的速度,并随时和患者沟通,听取患者主诉,观察局部情况及病情变化 ● 推注药液过程中,若局部疼痛、肿胀、抽吸无回血,提示针头滑出静脉,应拔出针头,更换部位,重新注射
10. 拔针 注射毕,将干棉签放于穿刺点上方,快速拔出针头,用干棉签按压片刻或嘱患者屈肘	● 防止渗血和皮下血肿
11. 再次核对,整理 查对,协助患者取舒适卧位,整理床单位,清理用物,洗手,记录	● 操作后查对,确保无误 ● 严格按照消毒隔离原则处理用物

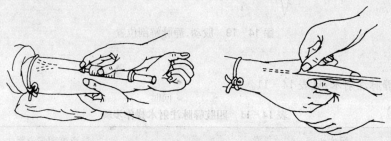

图14-20 静脉注射进针法

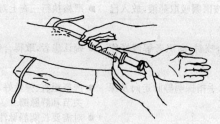

图14-21 静脉注射推药法

（2）静脉采血术：见表14-12。

表14-12 静脉采血术操作步骤

操作步骤	注意事项与说明
1. 准备 洗手,戴口罩,准备用物,核对医嘱、检验单上的姓名、床号、住院号、检验项目,选择适当标本容器,并在容器外贴上相应标签	● 避免发生差错,标本损坏 ● 采集标本的量、时间、方法必须正确 ● 生化检查,应在清晨空腹时采血,此时血液中的各种化学成分处于相对恒定状态,检验结果较为准确,因此应事先通知患者
2. 核对解释 携带用物到患者床旁,核对患者床号、姓名,解释操作目的并取得患者的合作	● 确认患者,取得合作
3. 选择静脉,消毒 协助患者取舒适的体位,在穿刺部位的肢体下方垫一小枕,在穿刺部位上方6 cm处扎紧止血带,常规消毒皮肤,待干,嘱患者握拳	● 一般取肘部浅静脉为采血点 ● 扎止血带使静脉充盈 ● 严禁在输液、输血的针头处抽取血标本,如必须采血,最好在对侧肢体采集,防止因含有其他溶液而影响检验结果

（续表）

操作步骤	注意事项与说明
4. 穿刺,抽血 按静脉注射术将针头刺入静脉,如见回血,证明针头已入静脉,抽动活塞,抽血至所需量	● 一般血培养取血 5 ml,对亚急性细菌性心内膜炎患者,为了提高培养阳性率,采血量增至 10～15 ml
5. 拔针 抽血毕,松开止血带,嘱患者松拳,迅速拔出针头,用干棉签按压穿刺点上方,嘱患者屈肘按压进针点片刻	● 防止渗血和皮下血肿
6. 注入标本 立即取下针头,将血液注入标本容器 (1) 血培养标本:注入密封瓶时,先除去铝盖中心部,消毒瓶盖,更换无菌针头后,将血液注入瓶内,轻轻摇匀;若培养瓶为三角烧瓶,则先将纱布松开,取出塞子,迅速在酒精灯火焰上消毒瓶口,然后取下针头,将血液注入瓶内,轻轻旋转摇匀,再将瓶口、瓶塞消毒后塞好,扎紧封瓶的纱布	● 血标本应注入无菌容器内,不可混入消毒剂、防腐剂、药物,以免影响检验结果 ● 标本应在使用抗生素前采集,如已经使用,应在检验单上注明
(2) 全血标本:取下针头,将血液沿管壁缓慢注入盛有抗凝剂的试管内,轻轻摇匀,使得血液和抗凝剂充分混匀	● 勿将泡沫注入 ● 防止血液凝固
(3) 血清标本:取下针头,将血液沿管壁缓慢注入干燥试管内	● 避免振荡,以免红细胞破裂溶血 ● 同时抽取不同种类的血标本时,应先将血液注入血培养瓶,然后注入抗凝管,最后注入干燥管
7. 整理送检 采血完毕,协助患者取舒适卧位,整理床单位,处理用物;将血标本连同化验单及时送检,洗手,记录	● 及时送检,以免影响检验结果 ● 特殊标本注明采集时间

（3）小儿头皮静脉注射术:见表 14-13。

表 14-13　小儿头皮静脉注射术操作步骤

操作步骤	注意事项与说明
1. 准备,核对解释 同四肢静脉注射	● 严格执行三查七对制度和无菌技术操作原则
2. 选择静脉,消毒	● 患儿取仰卧位和侧卧位,必要时剃去注射部位的头发
3. 再次核对,排气	● 操作中查对
4. 穿刺,注射 由助手固定患儿的头部,术者一手拇指、示指固定静脉两端,另一手持头皮针小柄,沿静脉向心方向,针头与皮肤成 15°～20°,在静脉上方或侧方刺入皮下,再沿静脉走向潜行刺入静脉,见回血后推药少许,如无异常,用输液贴固定针头,缓慢推注药液	● 注射过程中注意约束患儿,防止其抓、拽注射部位 ● 注药过程中要试抽回血,以检查针头是否仍在静脉内,如局部疼痛或肿胀隆起,抽吸无回血,提示针头已经滑出静脉,应拔出针头,更换部位,重新注射 ● 应用刺激性药物,可先推注少量生理盐水,无异常,再换上药物注射
5. 拔针 注射毕,拔出针头,按压局部	
6. 再次核对,整理 同四肢静脉注射	

（4）股静脉注射与采血术:常用于急救时加压输液、输血或采集血标本（表 14-14）。

表 14-14　股静脉注射与采血术操作步骤

操作步骤	注意事项与说明
1. 准备,核对解释　同四肢静脉注射	● 严格执行三查七对制度和无菌技术操作原则,防止感染
2. 摆体位,消毒手　协助患者取仰卧位,下肢伸直略外旋外展(必要时臀下垫以砂袋,以充分暴露局部),确定注射部位,常规消毒局部皮肤,待干;同时消毒术者的左手示指和中指	
3. 再次核对,排气	● 操作中查对
4. 穿刺,注射或抽血　用左手示指在腹股沟扪及股动脉搏动最明显的部位并予固定(或以髂前上棘和耻骨结节连线中点作为股动脉的定位),右手持注射器,针头与皮肤成90°或45°,在股动脉内侧0.5 cm处刺入,抽动活塞或慢慢边抽边上提注射器,见抽出暗红色回血,提示针头已进入股静脉,固定针头,根据需要注射药物或采集血标本	● 若抽出血液为鲜红色,即提示刺入股动脉,应立即拔出针头,用无菌纱布紧压穿刺处5~10 min,直到无出血为止
5. 拔针　注射完毕,拔出针头,局部用无菌纱布加压止血3~5 min,然后用胶布固定。确认无出血,方可离开	● 以免引起出血或形成血肿
6. 再次核对,整理　同四肢静脉注射	

5. 静脉注射失败的常见原因

(1) 刺入过浅,或静脉滑动,针头未刺入血管内。临床判断:抽吸无回血,推注药液局部隆起,疼痛(图14-22a)。

(2) 针头(尖)未完全进入血管内,针头斜面部分在血管内,部分尚在皮下。临床判断:可抽吸到回血,但推注药液可有局部隆起,疼痛(图14-22b)。

(3) 针头(尖)刺破对侧血管壁,针头斜面部分在血管内,部分在血管外。临床判断:抽吸有回血,推注少量药液,局部可无隆起,但因为部分药液溢出到深层组织,患者有痛感(图14-22c)。

(4) 针头(尖)穿透对侧血管壁,针头刺入过深,穿透下面的血管壁。临床判断:抽吸无回血,注入药液局部无隆起,患者主诉疼痛(图14-22d)。

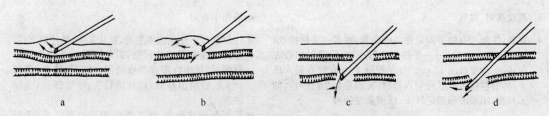

a　　　　　　　b　　　　　　　c　　　　　　　d

图 14-22　静脉穿刺失败的常见原因

6. 特殊患者的静脉穿刺要点

(1) 肥胖患者:皮下脂肪较厚,静脉较深,静脉显露不明显,但相对固定。注射时,可先扎上止血带,找到合适的静脉,摸清其走向后放松止血带;常规消毒皮肤后扎上止血带,并消毒左手示指指头,用该指摸准静脉位置,右手持注射器与针头,稍加大进针角度(为30°~40°),顺静脉走向从血管的正面刺入。

(2) 消瘦患者:皮下脂肪少,静脉较滑动,但静脉较明显,穿刺时需固定静脉的上下端,正面或侧面刺入。

（3）水肿患者：可按肢体浅静脉走行的解剖位置，先用手指按压局部，将皮下组织间液暂时推开，使血管形态显露后迅速进针。

（4）脱水患者：因静脉充盈不良致使穿刺困难。可作局部热敷、按摩，使血管扩张、充盈后再进针。

（5）老年患者：因老年人皮下脂肪较少，血管易滑动且脆性较大，针头难以刺入或容易穿破血管。注射时，可先以一手示指和拇指分别置于穿刺段静脉上下端，固定静脉后再沿其走向穿刺，注意穿刺时用力勿过猛。

7. 微量注射泵的应用　微量注射泵是将小剂量药液持续、均匀、定量注入人体静脉的注射装置。临床上常用于 ICU 或 CCU 的液体药剂连续低流量注射；持续输入镇痛镇静药物、抗癌剂或抗凝剂；早产儿或新生儿营养剂的连续注射；低流量注射、输血；各种激素的连续注射。

使用注射泵时，除了按照静脉注射的用物准备外，另需要备注射泵、注射泵延长管、抽吸 5～10 ml 生理盐水的注射器。操作方法如下。

（1）将抽吸药液的注射泵与泵管相连，妥善固定于注射泵上。

（2）打开电源，按医嘱调整好注射速度和注射时间。

（3）将抽吸生理盐水的注射器和头皮针相连，消毒皮肤，穿刺静脉，穿刺成功后用胶布妥善固定头皮针。

（4）分离注射器和头皮针，将注射泵延长管和头皮针连接，按"开始"键启动注射泵，开始推注药液。

（5）药液推注完毕，机器自动停止，按"停止"键，拔针，按压。

（6）取出注射器，关闭注射泵，切断电源。

（7）按消毒隔离原则处理用物。

（8）在使用注射泵的过程中，应观察患者的反应和药液输入情况。

（五）动脉注射与采血术

动脉注射与采血术（arterial injection and blood sampling）是自动脉内注入无菌药液或抽取血标本的技术。

1. 目的

（1）动脉注射：①抢救重度休克，经动脉加压输入血液，以迅速增加有效血容量。②用于施行某些特殊检查，如脑血管造影、下肢动脉造影等。③施行某些治疗，如经动脉注射抗癌药物作区域性化疗。

（2）动脉血标本的采集：采集动脉血标本，作血液气体分析。

2. 用物

（1）注射盘一套。

（2）注射器（规格视药量或采血量而定）、6～9 号针头、无菌纱布、无菌手套、注射单或医嘱单。

（3）药液：按医嘱准备。

（4）采集血标本时另备：标本容器、肝素适量、无菌软木塞或橡胶塞、酒精灯（必要时）、火柴（必要时）。

3. 部位　穿刺点选择动脉搏动最明显处。采集动脉血标本常用桡动脉、股动脉；区域性化疗时，头面部疾患选用颈总动脉，上肢疾患选用锁骨下动脉或肱动脉，下肢疾患选用股动脉。

4. 实施　见表 14-15。

表 14-15 动脉注射与采血术操作步骤

操作步骤	注意事项与说明
1. **准备** 洗手,戴口罩,在治疗室按医嘱吸取药液,放入已铺好治疗巾的注射盘内	● 有出血倾向者,慎用动脉穿刺
2. **核对解释** 携用物到患者床旁,核对,向患者解释操作的目的和方法	● 确认患者,消除紧张情绪,以取得合作
3. **选择注射部位** 根据病情需要选择注射部位,协助患者取适当的体位,暴露穿刺部位 (1) 桡动脉穿刺点位于掌侧腕关节上 2 cm,动脉搏动明显处 (2) 股动脉穿刺点位于腹股沟处动脉搏动明显处。穿刺时,患者取仰卧位,下肢稍屈膝外展,以充分暴露穿刺部位	● 新生儿宜选择桡动脉穿刺,因股动脉穿刺垂直进针时易损伤髋关节。 ● 严格执行无菌技术,以防感染
4. **消毒** 常规消毒皮肤,范围大于 5 cm,待干	
5. **二次核对**	● 操作中查对
6. **穿刺,注射或抽血** 术者立于穿刺侧,术者戴无菌手套或常规消毒术者左手示指和中指,在已消毒的范围内摸到欲穿刺动脉的搏动最明显处,固定动脉于两指间,右手持注射器,在两指间垂直或与动脉走向呈 40°刺入动脉,见有鲜红色回血,右手固定穿刺针的方向与深度,左手以最快的速度注射药液或抽取血液至所需量	● 如为采集血标本,穿刺前先抽吸肝素 0.5 ml,湿润注射器管腔后弃去余液,以防血液凝固 ● 注意针头固定,防止针尖在管腔内移动而损伤血管内壁,造成血管栓塞 ● 推注药液过程中要严密注意观察患者局部情况与病情变化 ● 血气分析一般采血 0.5～1 ml
7. **拔针** 操作完毕,迅速拔出针头,局部用无菌纱布加压止血 5～10 min	● 以免出血或形成血肿
8. **隔绝空气** 采血作血气分析时,针头拔出后立即刺入软木塞以隔绝空气,然后用手搓动注射器以使血液和肝素混匀,避免凝血	● 注射器内不可留空气,若标本中混入空气,将影响检验结果
9. **再次核对,整理** 核对,协助患者取舒适卧位,整理床单位,处理用物,将血标本连同化验单及时送检,洗手,记录	● 操作后查对

第四节 其他给药术

一、吸入术

雾化吸入术(nebulization)是应用雾化装置将水分或药液分散成细小的雾滴以气雾状喷出,使其悬浮在空气中,经鼻或口由呼吸道吸入,以达到湿化呼吸道黏膜、祛痰、解痉、抗炎等目的。吸入药物除了对呼吸道局部产生作用外,还可通过肺组织吸收而产生全身性疗效。由于雾化吸入用药具有奏效快、药物用量较小、不良反应较轻的优点,故应用日渐广泛。常用的雾化吸入术有超声雾化吸入、氧气雾化吸入、手压式雾化器雾化吸入术。

(一)超声波雾化吸入术

超声波雾化吸入术是利用超声波声能产生高频震荡,将药液变成细微雾滴,随着吸入的空气散布在气管、支气管、细支气管、终末细支气管和肺泡而发挥疗效。

1. 超声雾化器

(1) 构造(图 14-23):①超声波发生器:通电后可输出高频电能,其面板上有电源开关和雾量调节的旋钮,指示灯及定时器。②水槽和晶体换能器:水槽盛蒸馏水,水槽下方有一晶体换能器,接受发生器输出的高频电能,将其转化为超声波声能。③雾化罐与透声膜:雾化罐盛药液,其底部是半透明的透声膜,声能可以透过此膜与罐内药液作用,产生雾滴喷出。④螺纹管和口含嘴(或面罩)。

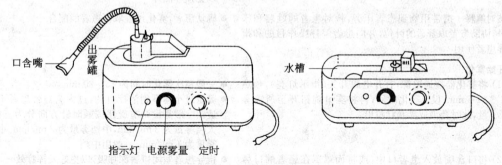

口含嘴　出雾罐　水槽

指示灯　电源雾量　定时

图 14 - 23　超声雾化器

(2) 作用原理:超声波发生器通电后输出的高频电能通过水槽底部的晶体换能器转化为超声波声能,声能震动并透过雾化罐底部的透声膜作用于罐内的药液,使液体表面张力破坏而成为细微雾滴喷出,通过导管随患者的深吸气而进入呼吸道。

(3) 作用特点:雾滴小而均匀(直径$<5\ \mu m$);雾量大小可以调节;治疗效果好(药液随着深而慢的吸气可以被吸到终末细支气管及肺泡);患者感到温暖、舒适(雾化器电子部分产热,能对雾化药液轻度加温)。

2. 目的

(1) 湿化气道:常用于呼吸道湿化不足、痰液黏稠、气道不畅者,也可作为气管切开术后常规治疗手段。

(2) 控制呼吸道感染:消除炎症、减轻呼吸道黏膜水肿、稀释痰液、帮助祛痰。

(3) 改善通气功能:解除支气管痉挛,保持呼吸道通畅。

(4) 预防呼吸道感染:如在胸科手术前后应用。

3. 常用药物

(1) 控制呼吸道感染,消除炎症:常用抗生素,如庆大霉素、卡那霉素等。

(2) 解除支气管痉挛:常用氨茶碱、沙丁胺醇等。

(3) 稀释痰液,帮助祛痰:常用 α 糜蛋白酶等。

(4) 减轻呼吸道黏膜水肿:常用地塞米松等。

4. 用物　超声雾化器、药液(按医嘱备)、水温计、冷蒸馏水、灭菌注射用水、弯盘。

5. 实施　见表 14 - 16。

表 14 - 16　超声波雾化吸入术操作步骤

操作步骤	注意事项与说明
1. **雾化器准备**　洗手,检查雾化器,将雾化器主机和各附件及管道正确连接,在水槽内加冷蒸馏水,约 250 ml,液面高度约 3 cm	● 使用前检查雾化器各个部件是否完好,有无松动等异常现象 ● 因水槽底部的晶体换能器及雾化罐底部的透声膜质脆易碎,在操作及清洗的过程中,动作要轻柔,以免损坏 ● 水槽内水量要浸没雾化罐底部的透声膜 ● 水槽内无水时,不可开机工作,以免烧毁机芯

(续表)

操作步骤	注意事项与说明
2. 药物准备 核对药物,将药液用灭菌注射用水稀释至30~50 ml,倒入雾化罐内	• 严格执行三查七对 • 水槽和雾化罐内禁忌加入温水、热水或生理盐水,以免损坏晶片
3. 核对解释 携带用物到患者床旁,核对患者的姓名和床号,协助患者取舒适的卧位,并向患者解释操作目的和指导患者使用	• 确认患者,雾化过程取得患者的配合
4. 开始雾化 (1) 将雾化器接通电源,打开电源开关(指示灯亮),预热3~5 min;设定雾化时间;再将雾量旋钮开至所需雾量,此时药液成雾滴状喷出	• 一般每次雾化时间为15~20 min • 雾量过小达不到治疗目的,过大会导致患者不舒适。一般雾量调节旋钮按顺时针方向分为三档:大档雾量为3 ml/min,中档雾量为2 ml/min,小档雾量为1 ml/min,一般用中档
(2) 将口含嘴放入患者口中(或将面罩罩在患者的口鼻上),指导患者做深呼吸	• 指导患者紧闭口唇深呼吸,以更好发挥疗效 • 在使用过程中,要始终保持水槽中有足够的蒸馏水,温度不超过50℃,必要时调换蒸馏水,换水时关闭机器 • 有时患者干稠的分泌物经湿化而膨胀,使原来部分阻塞的支气管被完全阻塞以至咳不出痰,可予拍背助痰排出,必要时使用吸痰
5. 结束雾化 治疗完毕,取下口含嘴或面罩,先关雾化开关,再关电源开关	• 以免损坏电子管 • 连续使用雾化器时,中间需间隔30分钟
6. 整理 擦干患者面部,协助其取舒适卧位,清理用物,将口含嘴、螺纹管浸泡消毒后,再洗净晾干备用,洗手,记录	• 倒净水槽内的余水,用细纱布轻轻吸干压电晶体片;倒净雾化罐内剩余药液,用温开水冲洗干净 • 预防交叉感染 • 如为某一患者专用,每次用完后以冷开水冲净即可,待疗程结束后再行消毒

(二)氧气雾化吸入术

氧气雾化吸入术是利用一定压力的氧气或空气产生高速的气流,使药液形成雾状,随着吸气进入呼吸道而产生疗效的方法(图14-24)。

1. **作用原理** 氧气雾化吸入器也称射流式雾化器,是借助高速气流通过毛细管并在管口产生负压,将药液由临近的小管吸出;所吸出的药液又被毛细管口高速的气流撞击成细小的雾滴,形成气雾喷出。

2. **目的** 消炎、减轻支气管痉挛、稀释痰液、减轻咳嗽,临床上常用于支气管炎、支气管扩张、支气管哮喘、肺炎、肺脓肿、肺结核、肺源性心脏病等患者。

3. **用物** 氧气雾化吸入器、氧气装置一套(不用湿化瓶)、无菌生理盐水、弯盘、药液(按医嘱准备)。

4. **实施** 见表14-17。

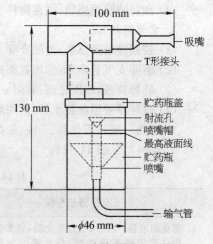

图14-24 氧气雾化吸入器

表 14 - 17　氧化雾化吸入术操作步骤

操作步骤	注意事项与说明
1. 准备　洗手,检查氧气雾化吸入器,按医嘱抽取药液,用蒸馏水或生理盐水溶解或稀释药物至 5 ml,注入雾化器	● 使用前检查雾化器连接是否完好,有无漏气等异常现象 ● 严格执行三查七对
2. 核对解释　携带用物到患者床旁,核对患者的姓名和床号,向患者解释操作目的和指导患者使用	● 确认患者,取得患者合作,确保治疗顺利进行
3. 正确连接　协助患者取舒适的体位并漱口,将雾化器的进气口接在氧气装置的输出管(不用湿化瓶),调节氧流量	● 氧气湿化瓶内勿放水,以免液体进入雾化吸入器内使药液稀释 ● 一般氧气流量为 6~8 L/min,气流不可太大,以免损坏雾化器颈部
4. 雾化,吸入 (1) 有药雾形成后,指导患者手持雾化器,将吸嘴放入口中紧闭嘴唇深吸气,用鼻呼气 (2) 持续雾化吸入,直至药物吸入完毕,取下雾化器,关闭氧气开关	● 深长吸气,使药液能充分到达细支气管和肺部,屏气 1~2 s,再轻松呼气,可提高治疗效果 ● 如患者感到疲劳,可关闭氧气,休息片刻,再行吸入 ● 操作中,严禁接触烟火和易燃品,保证用氧安全
5. 整理　治疗完毕,协助患者清洁口腔,并取舒适卧位,整理床单位,清理用物,洗手,记录	● 一次性雾化吸入器用后按规定消毒处理备用

(三) 手压式雾化器雾化吸入术

手压式雾化吸入术是利用拇指按压雾化器顶部,使药液从喷嘴喷出,形成雾滴作用于口腔及咽部、气管、支气管黏膜而被其吸收的治疗方法。

1. **目的**　主要通过吸入拟肾上腺素类药、氨茶碱或沙丁胺醇等支气管解痉药,改善通气功能,适用于支气管哮喘、喘息性支气管炎的对症治疗。

2. **实施**　见表 14 - 18。

表 14 - 18　手压式雾化吸入术操作步骤

操作步骤	注意事项与说明
1. 准备　遵医嘱准备手压式雾化吸入器	● 使用前检查雾化器是否完好,有无松动等异常情况
2. 核对解释　携带用物到患者床旁,核对患者的姓名和床号,向患者解释操作目的和指导患者使用	● 确认患者,取得患者合作,确保治疗顺利进行
3. 雾化　协助患者取舒适体位,取下雾化器保护盖,将雾化器倒置,接口端放入双唇间,平静呼吸,吸气开始时按压气雾瓶顶部,使之喷雾,深吸气、屏气、呼气,反复 1~2次	● 紧闭嘴唇,尽可能延长屏气时间(最好能坚持 10 s 左右),然后呼气 ● 每次 1~2 喷,两次使用间隔不少于 3~4 h ● 观察雾化吸入的效果,当疗效不满意时,不随意增加或减少用量或缩短用药间隔时间,以免加重不良反应
4. 整理　雾化结束,取出雾化器,协助患者清洁口腔,取舒适卧位,整理床单位,清理用物,洗手,记录	● 喷雾器使用后放在阴凉干燥处(30℃以下)保存,其塑料外壳应定期用温水清洁

二、滴入术

(一) 目的

滴入术是将药液滴入眼、耳、鼻等处,以达到局部或全身的治疗作用,或作某些诊断检查。

(二) 用物

治疗盘、医嘱单、滴管或盛有药液的滴瓶、消毒干棉球罐、治疗碗及浸有消毒液的小毛巾、治疗巾、药液(按医嘱准备)。

(三) 实施 (表14-19)

表14-19 滴入术操作步骤

操作步骤	注意事项和说明
1. 准备 洗手,按医嘱准备药液	● 严格执行查对制度,用药前仔细检查药物有无变色、沉淀;认真核对瓶签、姓名及左、右侧
2. 核对解释 携带用物到患者床旁,核对患者床号、姓名,并向患者解释操作目的及过程	● 确认患者,并取得患者的合作
3. 给药 ◆ 滴眼药术 (1) 协助患者取仰卧位或坐位,头略后仰,操作者站在患者身旁或身前 (2) 用干棉球拭去眼分泌物,嘱患者眼向上看 (3) 左手取一干棉球置于欲滴入药液侧眼的下眼睑处,并用示指固定上眼睑,拇指将下眼睑轻轻向下牵拉 (4) 右手持滴瓶或滴管,以小指固定于患者前额上 (5) 将药液滴入结膜下穹隆中央一滴;涂眼药膏者,则将眼药膏挤入下穹隆约1 cm左右长度,最后以旋转方式将药膏膏体离断	● 将药液滴入结膜囊,具有杀菌、消炎、扩瞳、缩瞳、收敛、麻醉等作用 ● 同时吸干眼泪 ● 双眼滴(涂)药时,应先好眼后患眼,先病轻眼后病重眼;如双眼无差异,则一般先右眼后左眼,以免滴错 ● 向下牵拉下眼睑,以暴露出结膜下穹隆部 ● 以免滴瓶晃动,刺伤眼睛 ● 滴瓶口距眼睑1～2 cm,不可过远,以免药液滴下时压力过大;也不可过近,以免滴管触及患者眼睛而被污染 ● 正常结膜囊容量是0.02 ml,故滴入药液一滴即可,以免药液外溢 ● 角膜是眼结构中最敏感的部位,故不可将药液直接滴在角膜上 ● 易沉淀的混悬液应摇匀后再滴,以免影响药效 ● 若眼药水与眼药膏同时用时,应先滴药水,后涂药膏 ● 若数种药物同时使用,必须间隔2～3 min,并先滴刺激性弱的药,后滴刺激性强的药
(6) 轻提上眼睑,覆盖眼球,并嘱患者闭双眼,转动眼球 (7) 以干棉球拭去外溢的药水,并用棉球压迫泪囊区2～3 min	● 使药液充满整个结膜囊 ● 以免某些药液经泪囊留至鼻腔被吸收引起全身反应 ● 角膜有溃疡、眼部有外伤或眼球术后,滴药后不可压迫眼球,也不可拉高上眼睑。
◆ 滴鼻药术 (1) 嘱患者先排除鼻内分泌物,清洁鼻腔 (2) 协助患者取舒适的体位 　仰头位:在患者肩下垫枕,使得患者头垂直后仰或头悬垂于床缘,前鼻孔向上 　侧头位:嘱患者向患侧卧,肩下垫枕,使得头侧向患侧并下垂 (3) 操作者手持一干棉球,一手指轻推鼻尖,暴露鼻腔。另一手持滴瓶距鼻孔2 cm处向鼻孔滴入药液,每侧2～3滴 (4) 轻捏鼻翼或嘱患者头部略向两侧轻轻摇动 (5) 保持原位3～5 min,然后捏鼻坐起	● 将药液滴入鼻腔,起到消炎、减轻鼻塞等症状的作用 ● 适用于单侧鼻窦炎或伴有高血压者 ● 侧头位应将药液滴入下方鼻孔 ● 滴管不可触及鼻孔,以免污染药液 ● 使药液分布均匀并到达鼻窦口,充分发挥作用
◆ 滴耳药术 (1) 协助患者侧卧,患耳向上;或取坐位,头偏向一侧肩部,使得患耳向上;用小棉签清洁外耳道	● 使药液滴入耳道,发挥作用 ● 若是软化耵聍则不用清洁耳道

（续表）

操作步骤	注意事项和说明
（2）操作者一手持干棉球，向后上方轻提患者耳廓，以拉直外耳道	● 3 岁以下的小儿，则向后下方牵拉耳垂
（3）另一手持滴管，手腕固定在患者额头上，将药液自外耳孔顺耳后壁缓缓滴入 3～5 滴，并轻提耳廓或在耳屏上加压，使空气排出，药液易于流入；将棉球塞入外耳道口	● 防止患者移动时滴管不慎插入耳道造成损伤 ● 勿将药液直接滴在耳鼓膜上 ● 若两耳均须滴药，应先滴一侧，过 5 min 后再滴另一侧 ● 若有昆虫类异物进入耳道，可选用油液，滴后 2～3 min 便可取出 ● 如为外耳道耵聍栓塞时滴药，目的在于软化耵聍，每次滴药量可稍多些，以不溢出外耳道为度；滴药后可能会引起耳部发胀不适，应向患者做好解释；滴药 3～4 天后应予洗出，时间不可过长以免刺激外耳道；两侧均有者不宜同时进行
（4）嘱患者保持原位 3～5 min	● 使药液保留在耳道内
（5）用干棉球拭去外流的药液	● 耳内不必擦拭
4. 整理记录 观察滴药后患者的反应，整理床单位，清理用物，洗手，记录	

三、栓剂给药术

栓剂给药术是将药物栓剂塞入身体腔道内，缓慢融化，由黏膜吸收，达到局部和全身治疗的效果。常用的栓剂有直肠栓剂、阴道栓剂。栓剂是药物与适宜基质制成的供腔道给药的固体制剂，其熔点为 37℃左右，插入体腔后栓剂缓慢融化而产生疗效。

1. 目的

（1）直肠插入甘油栓，软化粪便，利于排出。

（2）栓剂中有效成分被直肠黏膜吸收，而达到全身治疗的作用，如解热镇痛栓剂。

（3）自阴道插入栓剂，以起到局部治疗的作用，如插入消炎、抗菌药物治疗阴道炎。

2. 用物

（1）治疗巾或橡胶单、弯盘、清洁的指套或手套、卫生纸、置入器（阴道给药用）。

（2）治疗单或医嘱单。

（3）栓剂：按医嘱备。

3. 实施 见表 14-20。

表 14-20 栓剂给药术操作步骤

操作步骤	注意事项与说明
1. 准备 洗手，按医嘱准备药物	● 严格执行查对制度
2. 核对解释 携带用物至患者床旁，核对患者床号、姓名，并向患者解释操作目的及过程，遮蔽患者	● 确认患者，取得患者的信任与合作 ● 注意保护患者的隐私
3. 给药 ◆ 直肠栓剂插入法 （1）协助患者取侧卧位，膝部弯曲，暴露肛门	
（2）戴上指套或手套	● 避免污染手指
（3）将栓剂插入肛门，并用示指将栓剂沿着直肠壁向脐部方向送入 6～7 cm	● 嘱患者张口深呼吸，使肛门括约肌松弛 ● 必须插到肛门内括约肌以上，并确定栓剂靠在直肠黏膜上；若插入粪块，则不起作用

操作步骤	注意事项与说明
（4）置入栓剂后，保持侧卧位 15 min，若栓剂滑脱出肛门外，应予重新插入	● 防止栓剂滑脱或融化后渗出肛门外
（5）协助患者穿衣裤，取舒适体位，整理床单位	● 不能下床者，将便盆、卫生纸、呼叫器等放于患者易取之处 ● 如患者自己愿意操作，可以教其方法，以便自行操作
（6）清理用物，洗手，记录	● 注意观察药物疗效
◆ 阴道栓剂插入法	
（1）协助患者取屈膝仰卧位，双腿外展暴露会阴部，铺橡胶单或治疗巾于会阴下	
（2）一手戴上指套或手套取出栓剂	● 避免污染手指
（3）以示指或置入器将栓剂沿阴道下后方轻轻送入 5 cm，至阴道穹隆	● 必须确定阴道口后方可置药，避免误入尿道 ● 成年女性阴道长约 10 cm，故必须置入 5 cm 以上深度，以防滑出
（4）嘱患者至少平卧 15 min，以利于药物扩散到整个阴道，利于药物吸收	● 确保用药效果
（5）取出橡胶单或治疗巾，脱下手套或指套放于弯盘内，协助患者穿好衣裤，取舒适卧位，整理床单位	
（6）清理用物，洗手，记录	● 注意观察药物疗效 ● 如患者自己愿意操作，可以教其方法，以便自行操作

第五节 药物过敏试验

药物可以治疗疾病，但有过敏体质的人在使用某些药物时，可引起不同程度的过敏反应，甚至发生过敏性休克，如不及时抢救，可危及生命。

药物过敏反应是异常的免疫反应，其基本原因在于抗原抗体的相互作用，细胞活性介质的释放。药物作为一种抗原，进入机体后，有些个体体内会产生特异性抗体（IgE、IgG 及 IgM），使 T 淋巴细胞致敏，当再次应用同类药物时，抗原抗体在致敏淋巴细胞上作用，引起过敏反应。其特点如下。

1. 通常不发生在首次用药 药物过敏反应的发生需要有一致敏阶段，即过敏源的获得来源于过敏发生前的多次药物接触，因此，药物过敏反应通常不发生在首次用药，一般在再次用药后发病。

2. 与正常的药理反应或毒性无关 药物过敏反应是在用法、用量都正常的情况下发生的不正常反应，其临床表现与正常药理反应或毒性反应无关。

3. 过敏的发生与个体体质有关 具体见相关章节。

4. 仅发生于少数过敏性体质的人 对大多数应用该药的人来讲，这种反应不具有普遍性。但是对一些高度敏感的人，应用极少量药物或稍微与之接触，也可能引起严重反应。因此，药物过敏反应，并非正常药理作用的加重，而是药物作用在性质上的反常，是一些特异体质的人对某些药物"质"的过敏，而不是"量"的中毒。

为了合理使用药物，防止过敏反应的发生，在使用致敏性高的药物前，应询问患者用药史、过敏史，家族史并作药物过敏试验。在作过敏试验的过程中，要求准确配置药液，严格掌握操作方法，认真观察反应，正确判断结果，并对可能发生过敏反应者事前做好急救准备，以及熟知抢救措施。

一、青霉素过敏试验

青霉素是从青霉菌培养液中获取的一种具有抗菌作用的药物，它主要用于革兰阳性球菌、阴性球菌和螺旋体感染的治疗。因其疗效高，而毒性较低，是目前常用的抗生素之一。但青霉素较易发生过敏反应,其发生率在各种抗生素中最高,为 3%~6%。青霉素过敏反应可以发生于任何年龄组,其中以青壮年为多见。对青霉素过敏的人接触本药后,不论任何给药途径(注射、口服、外用等)、任何剂量、任何制剂(钾盐、钠盐、长效、半合成青霉素等),均可发生过敏反应。因此,在使用各种剂型的青霉素制剂前,必须先做过敏试验,试验结果为阴性方可用药。

(一)青霉素过敏反应发生的机制

青霉素过敏反应是抗原和抗体在致敏细胞上相互作用而引起。青霉素不具有抗原性,其降解产物青霉噻唑酸和青霉烯酸为半抗原,进入机体后与蛋白质或多肽分子结合形成全抗原,抗原刺激机体产生相应抗体(即 IgE),使机体处于致敏状态。IgE 粘附于某些组织,如皮肤、鼻、咽、声带、支气管黏膜等处微血管周围的肥大细胞及血液中的嗜碱性粒细胞表面,当人体再次接触相同的变应原时,变应原与上述细胞表面的 IgE 特异性结合,释放出一系列生物活性介质,如组胺、激肽、白三烯等血管活性物质,引起毛细血管扩张、血管壁通透性增加、平滑肌收缩和腺样体分泌增多。临床上可表现为荨麻疹、哮喘、喉头水肿,严重时可引起窒息、血压下降或过敏性休克。

青霉素过敏反应多发生在曾用过青霉素或接触过青霉素者,但临床上也有首次用药即发生严重过敏反应者,则很可能与患者在以往生活中,通过其他方式接触过与青霉素有关的变应原成分有关,如青霉素降解产物可经空气吸入而致敏、皮肤丝状菌以及空气中的某些真菌可能产生青霉素样物质。

(二)青霉素过敏反应的预防

青霉素过敏反应,尤其是过敏性休克,直接威胁患者的生命,因此预防青霉素过敏反应的发生是重中之重。

(1)青霉素过敏试验前应详细询问患者的用药史、药物过敏史,家族过敏史,对有青霉素过敏史者应禁止做过敏试验,对有其他药物过敏史或变态反应疾病史者应慎用。

(2)试验结果阳性者,禁用青霉素,并在医嘱单、病历、体温单、床头卡、注射卡、门诊卡上醒目地标明"青霉素阳性",同时告知本人及家属。

(3)曾用过青霉素停药 3 日后再次用药者,或使用中更换药物批号时,必须重新做过敏试验。

(4)青霉素水溶液应现配现用。青霉素水溶液极不稳定,放置时间过长除药物被污染或药物效价降低外,还可分解产生各种致敏物质引起过敏反应。配置试验液或稀释青霉素的等渗生理盐水应专用。

(5)护士应加强责任心,严格执行三查七对,并在青霉素皮内试验及注射前备好急救药物和设备,如盐酸肾上腺素注射液、氧气等,以防万一。首次注射后需要观察 30 min,注意局部和全身反应,倾听患者主诉(很多严重的药物过敏反应发生于药物注射后 5~15 min 内)。

(三)青霉素过敏试验法

青霉素过敏试验通常以 0.1 ml(含青霉素 20~50 u)的试验液皮内注射,根据皮丘的变化及全身情况来判断试验结果,过敏试验结果阴性方可使用青霉素治疗。

1. 目的　通过青霉素过敏试验,确定患者对青霉素是否过敏,以作为临床应用青霉素治疗的依据。

2. 用物

(1)基础治疗盘一套、1 ml 注射器、2~5 ml 注射器,$4\frac{1}{2}$~5 号、6 号针头,生理盐水、青霉素药液。

(2)0.1%盐酸肾上腺素、急救车(备常用抢救药物)、氧气等。

3. 实施

(1)皮内试验液的配制:以每毫升含 200~500 u 的青霉素 G 等渗盐水,以 0.1 ml(含 20~50 u)

为注入标准。各地对注入剂量的规定不一，以 20 U 或 50 U 为例，具体配置方法如下：①40 万 u 青霉素瓶内注入 2 ml 生理盐水，稀释为每毫升含青霉素 G 20 万 u。②取上液 0.1 ml 加生理盐水至 1 ml，每毫升含青霉素 G 2 万 u。③取上液 0.1 ml 加生理盐水至 1 ml，每毫升含青霉素 G 2 000 u。④取上液 0.1 ml 或 0.25 ml 加生理盐水至 1 ml，每毫升含青霉素 G 200 u 或 500 u。每次配制时均需将溶液彻底混匀。

（2）试验方法：于患者前臂掌侧下段皮内注射青霉素皮内试验液 0.1 ml（含青霉素 20 或 50 u），20 min 后观察，判断并记录试验结果。

（3）皮内试验结果判断：①阴性：皮丘大小无改变，周围不红肿，无红晕，无自觉症状，无不适表现。②阳性：局部皮丘隆起增大，并出现红晕硬块，直径大于 1 cm，或周围出现伪足，有痒感，严重时可有头晕、心慌、恶心，甚至发生过敏性休克。

4. 注意事项

（1）患者不宜在空腹时进行青霉素皮内试验或药物注射，因个别患者于空腹时注射药物，会发生眩晕、恶心等反应，易与过敏反应相混淆。

（2）做皮内试验期间，严禁患者离开病室，密切观察患者反应。

（3）皮试观察期间，应告知患者和家属不可用手拭去药液和按压皮丘；20 min 内不可离开、不可剧烈活动；如有不适及时告知医务人员。

（4）试验结果为可疑阳性时，应作对照试验。可疑阳性的表现为皮丘不扩大，周围有红晕，但直径小于 1 cm；或局部皮试结果为阴性，但患者有胸闷、头晕等全身症状。对可疑阳性的患者，应在对侧前臂相同部位皮内注射 0.1 ml 生理盐水作对照试验，如出现同样结果，说明前者不是阳性。确认青霉素皮试结果阴性方可使用。

（四）青霉素过敏反应及处理

1. 青霉素过敏反应的临床表现

（1）过敏性休克：过敏性休克是青霉素过敏反应中最严重的，且较为多见，可危及生命，约占过敏反应的 10%～40%。过敏性休克属于 I 型变态反应，发生率为 5～10 人/万人，特点是反应迅速、强烈、消失快。多在用药后 5～20 min 内，甚至在用药后数秒内发生，既可发生于青霉素皮内过敏试验过程中，也可发生于初次肌内注射时（皮内过敏试验结果阴性），甚至也有极少数患者发生于连续用药的过程中。

临床表现包括：①呼吸道阻塞症状：由于喉头水肿、支气管痉挛和肺水肿引起，表现为胸闷、气促、哮喘、呼吸困难、发绀、窒息，伴濒危感。②循环衰竭症状：由于周围血管扩张导致有效循环血量不足引起，表现为面色苍白、冷汗、发绀、烦躁不安、脉细弱、血压急剧下降甚至测不到。③中枢神经系统症状：由脑组织缺氧引起，表现为头晕眼花、四肢麻木、意识丧失、抽搐、大小便失禁等。

（2）血清病型反应：属于 III 型变态反应，亦称免疫复合物型变态反应。它的发生遵循 III 型变态反应的发展规律，即参与变态反应的抗体是 IgG 或 IgM，病变发生的基础是免疫复合物（中等大小可溶性免疫复合物）的形成、激活补体，趋化中性粒细胞引起吞噬反应，并在一定条件下导致组织损伤。一般于用药后 7～12 d 发生症状，临床表现和血清病相似，有发热、关节肿痛、皮肤发痒、荨麻疹、全身淋巴结肿大、腹痛等。血清病型反应一般预后良好，只要停用药物，多能自行缓解，必要时可用抗组胺类药。

（3）各器官或组织的过敏反应：①皮肤过敏反应：主要有瘙痒、荨麻疹，严重者发生剥脱性皮炎。②呼吸道过敏反应：可引起哮喘或使原有的哮喘病发作。③消化系统过敏反应：可引起过敏性紫癜，以腹痛和便血为主要症状。

2. 青霉素过敏性休克的急救与处理　对过敏性休克的处理必须迅速及时，分秒必争，就地急救。

（1）立即停药，协助患者平卧，保暖，报告医生，就地抢救。

（2）立即皮下注射 0.1％盐酸肾上腺素 0.5～1 ml，病儿酌减。如症状不缓解，可每隔 30 min 皮下或静脉注射该药 0.5 ml，直至脱离危险。盐酸肾上腺素是抢救过敏性休克的首选药物，具有收缩血管、增加外周阻力、提升血压，兴奋心肌、增加心输出量及松弛支气管平滑肌的作用。

（3）给予氧气吸入，改善缺氧症状。呼吸受抑制时，肌内注射尼可刹米（可拉明）或洛贝林（山梗菜碱）等呼吸兴奋剂。急性喉头水肿窒息时，可行气管插管或气管切开术。如出现呼吸停止，应立即进行口对口的人工呼吸，并准备插入气管导管控制呼吸，或借助人工呼吸机被动呼吸。

（4）抗过敏：根据医嘱，立即给予地塞米松 5～10 mg 静脉注射或氢化可的松 200～400 mg 加入 5％～10％葡萄糖溶液 500 ml 静脉滴注。应用抗组胺类药，如肌内注射异丙嗪（非那根）25～40 mg 或苯海拉明 20～40 mg。

（5）补充血容量：静脉滴注 10％葡萄糖溶液或平衡液扩充血容量。如血压下降不回升，可用低分子右旋糖酐，必要时可用多巴胺、间羟胺（阿拉明）等升压药物。

（6）纠正酸中毒。

（7）如发生心脏骤停，立即行胸外心脏按压术，同时施行人工呼吸等急救措施。

（8）密切观察患者体温、脉搏、呼吸、血压、尿量及其他病情变化，并做好病情动态记录，不断评价治疗与护理的效果，为进一步处置提供依据。

二、头孢菌素（先锋霉素）过敏试验

（一）头孢菌素过敏反应的原因

头孢菌素是一类高效、低毒、应用广泛的抗生素。因可引起过敏反应，故用药前需做皮肤过敏试验。过敏反应的机制与青霉素相似，主要由于抗原与抗体的相互作用而引起。有人提出头孢菌素与青霉素化学结构不同，两者的抗原性质也就不一样，所以有些患者尽管对青霉素是高敏的，却能耐受头孢菌素。但亦有人认为头孢菌素与青霉素具有共同的 β-内酰胺结构，当药物进入机体后可以和蛋白结合成为抗原而致敏，故两者可能存在部分交叉过敏，对青霉素过敏的患者有 10％～30％对头孢菌素过敏，而对头孢菌素过敏患者绝大多数对青霉素过敏。

（二）头孢菌素皮内试验法

1. 皮内试验液的配制　皮内试验液以含先锋霉素 500 μg/ml 的生理盐水溶液为标准，具体配制方法如下。

（1）取先锋霉素 0.5 g，加生理盐水 2 ml，稀释为每毫升含先锋霉素 250 mg。

（2）取上液 0.2 ml 加生理盐水至 1 ml，每毫升含先锋霉素 50 mg。

（3）取上液 0.1 ml 加生理盐水至 1 ml，每毫升含先锋霉素 5 mg。

（4）取上液 0.1 ml 加生理盐水至 1 ml，每毫升含先锋霉素 500μg。

每次配置时均需将溶液彻底混匀。

或者也可以采用另一种配制方法：取先锋霉素 0.5 g，加生理盐水 10 ml，稀释为每毫升含先锋霉素 50 mg；取上液 0.1 ml 加生理盐水至 10 ml，稀释为每毫升含先锋霉素 500 μg 即得。

2. 皮内试验方法　取皮内试验液 0.1 ml（含 50 μg），皮内注射，20 min 后观察结果。

3. 其余　同青霉素。

（三）注意事项

（1）头孢菌素类药物皮内试验前应详细询问患者的用药史、药物过敏史和家族过敏史。凡既往使用头孢菌素类药物发生过敏性休克者，不得再做过敏试验。

（2）凡初次用药、停药 3 天后再用以及更换批号时，均需按常规做过敏试验；皮内试验液必须临用时配置,浓度和剂量必须准确。

（3）皮试阴性者,用药后仍有发生过敏的可能性,故在用药期间应密切观察。遇有过敏的情况,应立即停药并通知医生,处理方法同青霉素过敏。试验结果阳性者,禁用头孢菌素类药物,并在医嘱单、病历、体温单、床头卡、注射卡、门诊卡上加以注明,同时告知患者本人及家属。

（4）头孢菌素类药物可致交叉过敏,凡使用某一种头孢菌素有过敏现象者,一般不可再使用其他品种。

（5）如患者对青霉素类过敏,且病情确实需要使用头孢菌素类药物时,一定要在严密观察下做头孢菌素类药物过敏试验,并做好抗过敏性休克的急救准备。

（6）严密观察患者反应,首次注射后需要观察 30 min,注意局部和全身反应,倾听患者主诉,并做好急救准备工作。

三、链霉素过敏试验

链霉素主要对革兰阴性细菌及结核杆菌有较强的抗菌作用。由于链霉素本身的毒性作用及其所含杂质(链霉素胍和二链霉胺)具有释放组胺的作用,可导致皮疹、发热、荨麻疹、血管性水肿等过敏反应。链霉素过敏性休克虽较青霉素低,但死亡率很高,故在使用链霉素前,应做过敏性试验。

（一）链霉素过敏试验法

1. 用物　除了准备链霉素制剂、5％氯化钙或 10％葡萄糖酸钙外,其他用物同青霉素过敏试验法。

2. 皮内试验液的配制　皮内试验液为 2 500 u/ml 的链霉素等渗盐水,皮内试验的剂量为 0.1 ml(含 250 u),具体配制方法如下。

（1）链霉素 1 瓶为 1 g(100 万 u),用生理盐水 3.5 ml 溶解后为 4 ml,每 ml 含链霉素 0.25 g(25 万 u)。

（2）取上液 0.1 ml 加生理盐水至 1 ml,每毫升含链霉素 2.5 万 u。

（3）取上液 0.1 ml 加生理盐水至 1 ml,每毫升含链霉素 2 500 u。

每次配制时均需将溶液彻底混匀。

3. 皮内试验方法　取链霉素皮内试验液 0.1 ml(含 250 u)做皮内注射,20 min 后判断皮试结果。

4. 结果判断　同青霉素。

（二）链霉素过敏反应的临床表现及处理

链霉素过敏反应的临床表现与青霉素过敏反应大致相同,但较少见。轻者表现为发热、皮疹、荨麻疹,重者表现为过敏性休克。链霉素的毒性反应比过敏反应更常见、更严重,可出现全身麻木、肌肉无力、抽搐、眩晕、耳鸣、耳聋等症状。

链霉素过敏反应的急救措施同青霉素。另外患者若有抽搐,可用 10％葡萄糖酸钙(亦可选择氯化钙)静脉缓慢推注,小儿酌情减量;因钙离子可与链霉素结合,从而减轻链霉素的过敏症状。若患者有肌肉无力、呼吸困难,宜用新斯的明 0.5～1 mg 皮下注射,必要时可给予 0.25 mg 静脉注射。

四、破伤风抗毒素（TAT）过敏试验

（一）过敏反应的原因

破伤风抗毒素(tetanus antitoxin,TAT)是用破伤风类毒素免疫马血清经物理、化学方法精制而成,能中和患者体液中的破伤风毒素。常在救治破伤风患者时应用,有利于控制病情发展,并常用于有破伤风潜在危险的外伤患者,作为被动免疫的预防注射。

　　破伤风抗毒素对人体而言是一种异种蛋白,具有抗原性,注射后也容易出现过敏反应。主要表现为发热、速发型或迟缓型血清病。反应一般不严重,但偶尔可见过敏性休克。抢救不及时可导致死亡。因此用药前应先作过敏试验,结果阴性,方可把所需剂量一次注射完。破伤风抗毒素是一种特异性抗体,没有可以代替的药物,皮试结果即使阳性,仍需考虑使用,但是要采用脱敏注射法,注射过程要密切观察,一旦发现异常,立即采取有效的处理措施。

　　以前曾用过破伤风抗毒素,间隔超过 1 周再使用者,还需重作皮内试验。

(二) TAT 过敏试验

　　1. TAT 皮内试验液的配制　取每支 1 ml 含 1 500 u 的破伤风抗毒素药液,用 1 ml 注射器抽取 0.1 ml,加生理盐水稀释到 1 ml,每 ml 含 150 u TAT 即得。

　　2. 试验方法　取破伤风抗毒素试验液 0.1 ml(含 15 u),做皮内注射,20 min 后观察结果。

　　3. 皮内试验结果判断

　　(1) 阴性:局部皮丘无变化,全身无异常反应。

　　(2) 阳性:局部皮丘红肿,硬结直径大于 1.5 cm,红晕超过 4 cm,有时出现伪足或有痒感。全身过敏性反应与青霉素过敏反应相类似,以血清病型反应多见。

　　如皮试结果为阴性,可把所需剂量一次肌内注射;当试验结果不能肯定时,应在另一手的前臂内侧用生理盐水做对照试验。对照试验为阴性者,可将余液 0.9 ml 做肌内注射。对试验结果为阳性者,须用脱敏注射法。

　　4. 阳性患者脱敏注射法　若遇 TAT 皮内试验呈阳性反应时,可采用小剂量多次脱敏注射疗法。其机制是小量抗原进入体内后,同吸附于肥大细胞或嗜碱性粒细胞上的 IgE 结合,使其逐步释放出少量的组胺等活性物质。而机体本身有一种组胺酶释放,它可使组胺分解,不致对机体产生严重损害,因此临床上可不出现症状。经过多次小量的反复注射后,可使细胞表面的 IgE 抗体大部分,甚至全部被结合而消耗掉,最后大量注射 TAT(抗原)时,便不会发生过敏反应。脱敏注射步骤见表 14-21。但这种脱敏只是暂时的,经过一定的时间后,IgE 可再产生而重建致敏状态,故日后如再用 TAT,还需重做皮内试验。

表 14-21　破伤风抗毒素脱敏注射法

次数	TAT(ml)	生理盐水(ml)	注射法
1	0.1	0.9	肌内注射
2	0.2	0.8	肌内注射
3	0.3	0.7	肌内注射
4	余量	稀释到 1 ml	肌内注射

　　每隔 20 min 肌内注射 1 次,每次注射后均需密切观察,直到完成总剂量注射(TAT 1 500 u)为止。在脱敏注射过程中,如发现患者有面色苍白、气促、发绀、荨麻疹、头晕等不适或过敏性休克时,应立即停止注射并配合医生进行抢救。如过敏反应轻微,待症状消退后,酌情将注射的次数增加,剂量减少,在密切观察患者的情况下,使得脱敏注射顺利完成。

　　也可以将 1 ml 破伤风抗毒血清用生理盐水稀释至 10 ml,分别以 1 ml、2 ml、3 ml、4 ml 作 4 次肌内注射。

　　5. 其余　同青霉素。

五、普鲁卡因过敏试验

　　普鲁卡因又称奴夫卡因,为常用局部麻醉药,主要用于浸润麻醉、神经阻滞麻醉、蛛网膜下腔阻滞麻醉(腰麻)。偶可发生轻重不一的过敏反应。凡首次应用普鲁卡因,或注射普鲁卡因青霉素者均须做过敏试验。

皮内试验方法:取 0.25% 普鲁卡因液 0.1 ml 做皮内注射,20 min 后观察试验结果并记录。其结果的判断和过敏反应的处理同青霉素过敏试验及过敏反应的处理。

六、碘过敏试验

碘造影剂是临床上常用的 X 线造影剂之一,常用于肾脏、胆囊、膀胱、支气管、心血管、脑血管等造影,此类药物也可发生过敏反应。为了避免发生过敏反应,凡首次用药者应在碘造影前 1～2 日做过敏试验,结果为阴性时方可做碘造影检查。

(一)试验方法

1. 口服法　口服 5%～10% 碘化钾 5 ml,每日 3 次,共 3 日,观察结果。

2. 皮内注射法　取碘造影剂 0.1 ml 作皮内注射,20 min 后观察结果。

3. 静脉注射法　取碘造影剂(30% 泛影葡胺)1 ml,于静脉内缓缓注射,5～10 min 后观察结果。

在静脉注射造影剂前,必须先行皮内注射术,然后再行静脉注射术,如为阴性方可进行碘剂造影。

(二)结果判断

1. 口服法　口服后有口麻、头晕、心慌、恶心、呕吐、荨麻疹等症状为阳性。

2. 皮内注射法　局部有红肿、硬块,直径超过 1 cm 为阳性。

3. 静脉注射法　观察有无全身反应,如有血压、脉搏、呼吸和面色等改变为阳性。

有少数患者虽然过敏试验为阴性,但在注射碘造影剂时也会发生过敏反应,故造影时仍需备好急救药品。过敏反应的处理同青霉素过敏反应的处理。

复 习 题

【A 型题】

1. 药物保管原则错误的是: （　）
   A. 药柜应放在光线明亮处　　　　　　　B. 药瓶上应有明显标签
   C. 麻醉药应放在易取处　　　　　　　　D. 内服药、外用药应分类保管
   E. 专人负责、定期检查

2. 剧毒药的保管方法是: （　）
   A. 专人保管,定期检查　　　　　　　　B. 单独存放,注明有效期
   C. 定期领取,按量使用　　　　　　　　D. 加锁保管,列入交班内容
   E. 放冰箱内保存

3. 药瓶上的标签规定哪项是错的: （　）
   A. 内服药—蓝色边　　　　　　　　　　B. 外用药—红色边
   C. 剧毒药—黑色边　　　　　　　　　　D. 药名应用中文,不可用外文
   E. 瓶签上要标明药名、浓度和剂量

4. 不符合给药原则的是: （　）
   A. 给药时间、剂量要准确　　　　　　　B. 注意观察用药不良反应
   C. 给药时应严格三查七对　　　　　　　D. 给药中要经常观察疗效

E．发生过敏的药物应暂时停用

5．护士执行给药原则中，下列哪项是最重要的： （　　）
　　A．遵医嘱给药　　　　　　　　　　B．给药途径要准确
　　C．给药时间要准确　　　　　　　　D．注意用药的不良反应
　　E．给药中要经常观察疗效

6．发挥药效最快的给药途径是： （　　）
　　A．口服　　　　B．皮下注射　　　C．吸入　　　　D．静脉注射　　　E．外敷

7．给口服药的方法中，下列哪项是错的： （　　）
　　A．查对服药本和小药卡　　　　　　B．按床号、姓名、时间排序
　　C．按药名、浓度、剂量配药　　　　D．先配水剂，后配固体药
　　E．配完药再重新查对一次

8．指导患者服止咳糖浆正确方法是： （　　）
　　A．服药后要漱口　　B．不宜饮水　　C．应多饮水　　D．饭前服　　E．饭后服

9．刺激食欲的健胃药适宜的服药时间是： （　　）
　　A．am　　　　　　B．pm　　　　　C．ac　　　　　D．pc　　　　　E．hs

10．正确的取药方法是： （　　）
　　A．药液不足1 ml用量杯取药　　　　B．油剂药不应在药杯中加温开水
　　C．不同的水剂可放在同一药杯内　　D．倒水剂药后用湿纱布擦净瓶口
　　E．先取水剂药后取片剂药

11．超声雾化罐内放入药液稀释至： （　　）
　　A．2～5 ml　　　B．6～10 ml　　　C．10～20 ml　　D．20～30 ml　　E．30～50 ml

12．氧气雾化吸入法原理是利用： （　　）
　　A．负压作用　　　　　　B．正压作用　　　　　　C．虹吸作用
　　D．空吸作用　　　　　　E．高速气流作用

13．做超声雾化吸入时，一般不常用下列哪种药物： （　　）
　　A．舒喘灵　　　　B．庆大霉素　　　C．α-糜蛋白酶　　D．地塞米松　　E．青霉素

14．下列哪一项不符合注射原则： （　　）
　　A．注射前护士必须洗手，戴口罩　　B．做好"三查""七对"
　　C．选择合适的部位，防止损伤神经和血管　　D．注射部位消毒范围大于5 cm
　　E．注射时进针推药要快，拔针慢

15．注射部位皮肤消毒的方法： （　　）
　　A．从左至右涂擦5 cm以上　　　　　B．从外向中心旋转涂擦直径5 cm以上
　　C．从中心向外旋转涂擦5 cm以上　　D．从上至下涂擦5 cm以上
　　E．从近侧向远侧涂擦5 cm以上

16．从安瓿中吸取药液的操作哪项是错的： （　　）
　　A．核对检查　　　　　　B．消毒瓶颈，锯瓶颈再消毒，折断
　　C．针头斜面放入安瓿内的液面下，吸药　　D．吸药时手握住活塞
　　E．药液抽吸不余、不漏、不污染

17．注射部位皮肤消毒的直径为： （　　）
　　A．2 cm　　　　　B．3 cm　　　　C．4 cm　　　　D．5 cm　　　　E．10 cm

18．注射时防止差错事故发生的关键是： （　　）
　　A．严格掌握无菌操作原则　　　　　B．选择合适的注射部位

C. 选择合适的注射器及针头　　　　　　　　　D. 坚持"三查七对"

E. 注意药物配伍禁忌

19. 各种注射法操作的共同点是：　　　　　　　　　　　　　　　　　　　　（　　）

A. 皮肤消毒　　B. 吸药方法　　C. 持针姿势　　D. 进针角度　　E. 进针深度

20. 接种卡介苗的部位及方法是：　　　　　　　　　　　　　　　　　　　　（　　）

A. 股外侧肌，皮下注射　　　　　　　　　　　B. 三角肌，肌内注射

C. 三角肌下缘，皮内注射　　　　　　　　　　D. 三角肌下缘，皮下注射

E. 前臂掌侧下段，皮内注射

21. 皮内注射试敏时，下述步骤哪项是错误的：　　　　　　　　　　　　　　（　　）

A. 皮肤试验在前臂掌侧下缘　　　　　　　　　B. 作皮肤试验前必须询问过敏史

C. 注射部位皮肤忌用碘酊消毒　　　　　　　　D. 进针时针头与皮肤呈 5°

E. 拔针后用棉签轻按针刺处

22. 若需皮下注射胰岛素 8 u，下列哪项是错误的：　　　　　　　　　　　　（　　）

A. 选用 2 ml 注射器　　　　　　　　　　　　B. 进针部位三角肌下缘

C. 针头与皮肤呈 30°～40°进针　　　　　　　 D. 抽吸无回血后推药液

E. 注射毕，用干棉签轻压进针处，快速拔针

23. 臀大肌注射时，应避免刺伤：　　　　　　　　　　　　　　　　　　　　（　　）

A. 臀部动脉　　B. 臀部静脉　　C. 坐骨神经　　D. 臀部淋巴　　E. 骨膜

24. 2 岁以下的婴儿肌内注射时，最好选用：　　　　　　　　　　　　　　　（　　）

A. 臀大肌　　　　　　　　B. 上臂三角肌　　　　　　　C. 臀中肌、臀小肌

D. 股外侧肌　　　　　　　E. 前臂外侧肌

25. 关于臀大肌注射联线定位法以下哪项是正确的：　　　　　　　　　　　　（　　）

A. 髂嵴和尾骨联线的外上 1/3 处　　　　　　 B. 髂嵴和尾骨联线的下 1/3 处

C. 髂前上棘和尾骨联线的下 1/3 处　　　　　 D. 髂前上棘和尾骨联线的中 1/3 处

E. 髂前上棘和尾骨联线的外上 1/3 处

26. 静脉注射操作中下述不妥的是：　　　　　　　　　　　　　　　　　　　（　　）

A. 长期注射者由远端到近端选择血管　　　　　B. 在穿刺部位上方 2 cm 处扎止血带

C. 进针时针头与皮肤呈 20°　　　　　　　　　D. 在静脉上方或侧方进针

E. 拔针后用干棉签按压穿刺点

27. 静脉注射时扎止血带的部位应在穿刺点上方何处：　　　　　　　　　　　（　　）

A. 2 cm　　　　B. 4 cm　　　　C. 6 cm　　　　D. 8 cm　　　　E. 10 cm

28. 抢救青霉素过敏性休克患者时，首选的药物为：　　　　　　　　　　　　（　　）

A. 盐酸异丙嗪　　　　　　B. 苯肾上腺素　　　　　　　C. 盐酸肾上腺素

D. 异丙肾上腺素　　　　　E. 去甲肾上腺素

29. 对接受青霉素治疗的患者，如果停药几天以上，必须重新做过敏试验：　（　　）

A. 1 天　　　　B. 2 天　　　　C. 3 天　　　　D. 4 天　　　　E. 5 天

30. 青霉素过敏性休克在抢救时首先采取的措施是：　　　　　　　　　　　　（　　）

A. 立即通知医生抢救

B. 静脉注射 0.1% 盐酸肾上腺素 1 ml

C. 立即停药，平卧，皮下注射 0.1% 盐酸肾上腺素

D. 立即吸氧，胸外心脏按压

E. 氢化考的松静脉输液

31. 不宜做青霉素过敏试验的患者是：（　　）
　　A. 首次用青霉素者　　　　　　　　　　B. 停药 3 天
　　C. 使用中更换批号　　　　　　　　　　D. 已知患者有青霉素过敏史者
　　E. 以往皮试阴性者,使用过青霉素治疗者

32. 青霉素过敏试验的试验液每毫升含青霉素：（　　）
　　A. 500 u　　　B. 1 000 u　　　C. 5 000 u　　　D. 10 000 u　　　E. 20 000 u

33. 青霉素过敏性休克时当喉头水肿影响呼吸时应立即：（　　）
　　A. 准备人工呼吸　　　　　B. 使用人工呼吸机　　　　　C. 注射尼克刹米
　　D. 注射山梗茶碱　　　　　E. 准备气管插管或行气管切开术

34. 破伤风抗毒素脱敏注射下列哪种方法是正确的：（　　）
　　A. 分 2 次量,平均每隔 20 分钟注射 1 次
　　B. 分 3 次量,平均每隔 20 分钟注射 1 次
　　C. 分 4 次量,平均每隔 20 分钟注射 1 次
　　D. 分 4 次量,注射量由少到多,平均 20 分钟注射 1 次
　　E. 分 4 次量,注射量由少到多,平均 10 分钟注射 1 次

35. 关于破伤风抗毒素,下述错误的是：（　　）
　　A. 是一种异性蛋白　　　　　　　　　　B. 具有抗原性
　　C. 注射后可引起机体过敏反应　　　　　D. 过敏试验阳性者应禁用
　　E. 可治疗破伤风

【填空题】

1. 药物可以分为 _____、_____、_____ 及新型制剂等类型。

2. 服用磺胺类药物后宜多饮水,以免因尿液不足而致 _____,引起 _____ 堵塞。

3. 健胃及增进食欲的药物,宜 _____ 服,对胃黏膜有刺激的药物,宜 _____ 服。

4. 肌内注射常选用_____,且距_____和_____较远处。

5. 如需长期静脉给药者,为了保护静脉,应有计划地由_____到_____,由_____端到_____端,有次序地选择血管进行注射。

6. 老年患者皮下脂肪少,静脉_____且_____。针头难以刺入或易穿破血管对侧。注射时,用手指分别固定穿刺静脉_____,再沿静脉走向穿刺。

7. 动脉注射常选用的动脉是 _____ 和 _____。

8. 经动脉做区域性化疗时,头面部疾患者选用_____,上肢疾患者选用 _____ 或_____。

9. 青霉素皮试阳性表现,局部皮丘_____,出现红晕硬块,直径大于_____ cm,或周围出现伪足,有痒感,严重时可出现 _____。

10. 超声雾化吸入的特点是雾滴_____,药量可随深而慢的吸气到达_____和_____。

【简答题】

1. 叙述用药的总则。
2. 在给患者服用复方甘草合剂时,如何对患者进行指导？
3. 请回答三查七对一注意的内容。
4. 臀大肌注射如何定位？
5. 简述静脉注射常见的失败原因。
6. 常用的静脉注射的部位有哪些？

7. 引起注射疼痛的原因很多,如何做到无痛注射?

8. 青霉素皮试液应如何配置? 如何观察青霉素皮内试验的结果?

9. 青霉素过敏性休克有哪些临床症状?

10. 说明超声雾化和氧气雾化吸入法的原理及操作方法,各自的目的,各适用于哪些患者,对患者应做哪些指导?

11. 归纳各种皮试液的浓度。

【病例分析题】

1. 患者王某,男性,40岁。体温39℃,诊断为化脓性扁桃体炎。医嘱给予肌内注射青霉素80万单位,每6h一次,护士在做青霉素皮试后5 min,患者突然感到胸闷、气促、面色苍白、出冷汗。体格检查:脉搏细弱,血压90/60 mmHg,呼之不应。请问患者是什么情况? 如何急救?

2. 某患者破伤风抗毒素皮内试验后,出现局部皮丘红肿,直径1.6 cm,全身无不适反应,请问应如何处理?

第十五章
静脉输液与输血

导　学

内容及要求

　　静脉输液与输血包括两部分内容,静脉输液和静脉输血。

　　静脉输液主要介绍静脉输液的原理及目的、常用溶液及作用、临床输液原则、常用输液部位、常用静脉输液术、输液速度及时间的计算、常见输液故障及排除方法、常见输液反应及护理、输液微粒污染及输液泵的应用。其中常用的静脉输液术包括周围静脉输液术、静脉留置针输液术、颈外静脉和锁骨下静脉穿刺置管输液术。在学习中,应重点掌握周围静脉输液术、静脉留置针输液术、输液速度及时间的计算、常见输液故障及排除方法、常见输液反应及护理;熟悉静脉输液的原理及目的、常用溶液及作用、临床输液原则、常用输液部位、颈外静脉和锁骨下静脉穿刺置管输液术、输液微粒污染;了解输液泵的应用。

　　静脉输血主要介绍静脉输血的目的及原则、血液制品的种类、静脉输血的适应证与禁忌证、血型及交叉配血试验、静脉输血的方法、自体输血和成分输血、常见输血反应及护理。在学习中,应重点掌握静脉输血的目的、方法、常见输血反应及护理;熟悉静脉输血的原则、适应证与禁忌证、血液制品的种类;了解血型及交叉配血试验、自体输血和成分输血。

重点、难点

　　静脉输液与输血的重点是第一节静脉输液中的常用静脉输液术、常见输液故障及排除方法、常见输液反应及护理和第二节静脉输血中的静脉输血的方法、常见输血反应及护理。其难点是对各种静脉输液反应和输血反应的判断及处理,以及熟练进行各种静脉输液和输血技术

■ 静脉输液
■ 静脉输血

静脉输液与输血是临床上用于纠正人体水、电解质及酸碱平衡失调，恢复内环境稳定并维持机体正常生理功能的重要治疗措施。正常情况下，人体内水、电解质、酸碱度均保持在恒定的范围内，以维持机体内环境的相对平衡状态，保证机体正常的生理功能。但在疾病和创伤时，水、电解质及酸碱平衡会发生紊乱。通过静脉输液与输血，可以迅速、有效地补充机体丧失的体液和电解质，增加血容量，改善微循环，维持血压。此外，通过静脉输注药物，还可以达到治疗疾病的目的。因此，护理人员必须熟练掌握有关输液、输血的理论知识和操作技能，以便在治疗疾病、保证患者安全和挽救患者生命过程中发挥积极、有效的作用。

■ 第一节　静脉输液

静脉输液（intravenous infusion）是将大量无菌溶液或药物直接输入静脉的治疗方法。对于静脉输液，护理人员的主要职责是遵医嘱建立静脉通道，监测输液过程，输液完毕后的处理。同时，还要了解治疗目的、输入药物的种类和作用、预期效果、可能发生的不良反应及处理方法。

一、静脉输液的原理及目的

（一）静脉输液的原理

静脉输液是利用大气压和液体静压形成的输液系统内压高于人体静脉压的原理将液体输入静脉内。

（二）静脉输液的目的

（1）补充水分及电解质，预防和纠正水、电解质及酸碱平衡紊乱。常用于各种原因引起的脱水、酸碱平衡失调患者，如腹泻、剧烈呕吐、大手术后的患者。

（2）增加循环血量，改善微循环，维持血压及微循环灌注量。常用于严重烧伤、大出血、休克等患者。

（3）供给营养物质，促进组织修复，增加体重，维持正氮平衡。常用于慢性消耗性疾病、胃肠道吸收障碍及不能经口进食（如昏迷、口腔疾病）的患者。

（4）输入药物，治疗疾病。如输入抗生素控制感染；输入解毒药物达到解毒作用；输入脱水剂降低颅内压等。

二、静脉输液的常用溶液及作用

（一）晶体溶液

晶体溶液的分子量小，在血管内存留时间短，对维持细胞内外水分的相对平衡具有重要作用，可有效纠正体液及电解质平衡失调。常用的晶体溶液如下。

1. **葡萄糖溶液** 用于补充水分及热量,减少蛋白质消耗,防止酮体产生,促进钠(钾)离子进入细胞内。每克葡萄糖在体内氧化可产生 16.480 J(4cal)的热量。葡萄糖进入人体后,迅速分解,一般不产生高渗作用,也不引起利尿作用。临床常用的溶液有 5%葡萄糖溶液和 10%葡萄糖溶液。

2. **等渗电解质溶液** 用于补充水分和电解质,维持体液和渗透压平衡。体液丢失时往往伴有电解质的紊乱,血浆容量与血液中钠离子水平密切相关,缺钠时,血容量往往也下降。因此,补充液体时应兼顾水与电解质的平衡。常用的等渗电解质溶液包括 0.9%氯化钠溶液、复方氯化钠溶液(林格氏等渗溶液)和 5%葡萄糖氯化钠溶液。

3. **碱性溶液** 用于纠正酸中毒,调节酸碱平衡失调。

(1) 碳酸氢钠(NaHCO$_3$)溶液:NaHCO$_3$ 进入人体后,解离成钠离子和碳酸氢根离子,碳酸氢根离子可以和体液中剩余的氢离子结合生成碳酸,最终以二氧化碳和水的形式排出体外。此外,NaHCO$_3$ 还可以直接提升血中二氧化碳结合力。其优点是补碱迅速,且不易加重乳酸血症。但需注意的是,NaHCO$_3$ 在中和酸以后生成的碳酸(H$_2$CO$_3$)必须以二氧化碳(CO$_2$)的形式经肺呼出,因此对呼吸功能不全的患者,此溶液的使用受到限制。临床常用的碳酸氢钠溶液的浓度有 4%和 1.4%两种。

(2) 乳酸钠溶液:乳酸钠进入人体后,可解离为钠离子和乳酸根离子,钠离子在血中与碳酸氢根离子结合形成碳酸氢钠。乳酸根离子可与氢离子生成乳酸。但值得注意的是,某些情况下,如休克、肝功能不全、缺氧、右心衰竭患者或新生儿,对乳酸的利用能力相对较差,易加重乳酸血症,故不宜使用。临床上常用的乳酸钠溶液的浓度有 11.2%和 1.84%两种。

4. **高渗溶液** 用于利尿脱水,可以在短时间内提高血浆渗透压,回收组织水分进入血管,消除水肿,同时可以降低颅内压,改善中枢神经系统的功能。临床上常用的高渗溶液有 20%甘露醇、25%山梨醇和 25%～50%葡萄糖溶液。

(二)胶体溶液

胶体溶液分子量大,其溶液在血管内存留时间长,能有效维持血浆胶体渗透压,增加血容量,改善微循环,提高血压。临床上常用的胶体溶液如下。

1. **右旋糖酐溶液** 为水溶性多糖类高分子聚合物。常用溶液有中分子右旋糖酐和低分子右旋糖酐两种。中分子右旋糖酐(平均相对分子量为 7.5 万左右)有提高血浆胶体渗透压和扩充血容量的作用;低分子右旋糖酐(平均相对分子量为 4 万左右)的主要作用是降低血液黏稠度,减少红细胞聚集,改善血液循环和组织灌注量,防止血栓形成。

2. **代血浆** 作用与低分子右旋糖酐相似,其扩容效果良好,输入后可使循环血量和心输出量显著增加,在体内停留时间较右旋糖酐长,且过敏反应少,急性大出血时可与全血共用。常用的代血浆有羟乙基淀粉(706 代血浆)、氧化聚明胶、聚乙烯吡咯酮等。

3. **血液制品** 输入后能提高胶体渗透压,扩大和增加循环血容量,补充蛋白质和抗体,有助于组织修复和提高机体免疫力。常用的血液制品有 5%白蛋白和血浆蛋白等。

(三)静脉高营养液

高营养液能提供热量,补充蛋白质,维持正氮平衡,并补充各种维生素和矿物质。主要成分包括氨基酸、脂肪酸、维生素、矿物质、高浓度葡萄糖或右旋糖酐以及水分。凡是营养摄入不足或不能经由消化道供给营养的患者均可使用静脉插管输注高营养溶液的方法来维持营养的供给。常用的高营养液包括复方氨基酸、脂肪乳等。

三、临床输液原则

输入溶液的种类和量应根据患者体内水、电解质及酸碱平衡紊乱的程度来确定,通常遵循以下原则。

1. "先晶后胶、先盐后糖"原则 补充血容量通常先采用晶体溶液（平衡溶液），但因晶体溶液扩容作用短暂，只能维持1h左右，而胶体溶液分子量大，不易透过血管壁，扩容作用持久，因此在查明患者情况的基础上，应尽快补充胶体溶液。

2. "先快后慢"原则 早期输液速度应快，以初步纠正体液失衡，待病情基本稳定后逐步减慢。一般在开始的4～8h内输入补液总量的1/3～1/2，余量24～48h内补足。但此原则不是绝对的，应根据药物的性质、患者的病情、年龄以及心肺肾功能调节输液速度。

3. "宁少勿多"原则 补液过程中，应注意监测患者的病情，特别要注意每小时尿量及尿比重，以估计补液量是否充足适当。当尿量达到30～40ml/h，比重为1.018时，说明补液量适当。

4. "补钾四不宜"原则 输液后，当尿量增加到40ml/h时，则需要适当补钾。静脉补钾时应注意不宜过浓（浓度不超过0.3%），不宜过快（成人30～40滴/min），不宜过多（成人每日不超过5g；小儿0.1～0.3g/kg），不宜过早（见尿后补钾）。输液过程中应严格掌握输液速度，随时观察患者的反应，并根据患者的病情变化及时做出相应的调整。

四、常用输液部位

输液时应根据患者的年龄、神志、体位、病情状况、病程长短、溶液种类、输液时间、静脉情况或即将进行的手术部位等情况来选择穿刺的部位。常用的输液部位如下。

1. 周围浅静脉 周围浅静脉是指分布于皮下的肢体末端的静脉。上肢常用的浅静脉有肘正中静脉、头静脉、贵要静脉、手背静脉网。手背静脉网是成人患者输液时的首选部位；肘正中静脉、贵要静脉和头静脉可以用来采集血标本、静脉推注药液或作为经外周中心静脉插管（PICC）的穿刺部位。

下肢常用的浅静脉有大隐静脉、小隐静脉和足背静脉网，但下肢的浅静脉不作为静脉输液时的首选部位，因为下肢静脉有静脉瓣，容易形成血栓。小儿常用足背静脉，但成人不主张用足背静脉，因其容易引起血栓性静脉炎。

2. 头皮静脉 由于头皮静脉分布较多，互相沟通，交错成网，且表浅易见，不宜滑动，便于固定，因此，常用于小儿的静脉输液。较大的头皮静脉有颞浅静脉、额静脉、枕静脉和耳后静脉。

3. 锁骨下静脉和颈外静脉 常用于进行中心静脉插管。需要长期持续输液或需要静脉高营养的患者多选择此部位。将导管从锁骨下静脉或颈外静脉插入，远端留置在右心室上方的上腔静脉。

护理人员在为患者进行静脉输液前要认真选择合适的穿刺部位。在选择穿刺部位时要注意以下几个问题：第一，因为老年人和儿童的血管脆性较大，应尽量避开易活动或凸起的静脉，如手背静脉。第二，穿刺部位应避开皮肤表面有感染、渗出的部位，以免将皮肤表面的细菌带入血管。第三，避免使用血管透析的端口或瘘管的端口进行输液。第四，如果患者需要长期输液，应注意有计划地更换输液部位，以保护静脉。通常静脉输液部位的选择应从远心端静脉开始，逐渐向近心端使用。

五、常用静脉输液术

（一）周围静脉输液术

1. 目的 同"静脉输液的目的"。

2. 用物

（1）治疗盘内备：注射盘一套、弯盘、液体及药物（按医嘱准备）、加药用注射器及针头、无菌纱布、止血带、止血钳（视需要而定）、胶布、治疗巾、小垫枕、瓶套、砂轮、开瓶器、输液器一套、输液卡。

（2）治疗盘外备：小夹板、棉垫及绷带（必要时）、输液泵（必要时）、洗手毛巾、污物缸、输液架、锐器收集器。

3. **实施**　见表 15 - 1。

表 15 - 1　周围静脉输液术操作步骤

操作步骤	注意事项与说明
1. 核对检查药物　核对药液瓶签（药名、浓度、剂量和时间），检查药液的质量	● 根据医嘱严格执行查对制度，避免差错事故发生 ● 检查药液是否过期，瓶盖有无松动，瓶身有无裂痕，将输液瓶上下摇动 2 次，对光检查药液有无浑浊、沉淀及絮状物等
2. 填写、粘贴输液卡　根据医嘱填写输液卡，并将填好的输液卡倒贴于输液瓶上	● 注意输液卡勿覆盖输液瓶原有的标签
3. 加药　套上瓶套，用开瓶器启开输液瓶铝盖的中心部分，常规消毒瓶塞，按医嘱加入药物，根据病情需要有计划地安排输液顺序	● 消毒范围至铝盖下端瓶颈部 ● 加入的药物应合理分配，并注意药物之间的配伍禁忌
4. 插输液器　检查输液器质量，无问题后取出输液器，将输液管和通气管针头同时插入瓶塞直至针头根部，关闭调节器	● 检查输液器是否过期，包装有无破损 ● 插入时注意保持无菌
5. 核对解释　携用物至患者床旁，核对患者床号、姓名，再次查对所用药液，向患者解释输液的目的、配合方法及注意事项，嘱患者排尿，取合适体位，再次洗手	● 操作前查，保证将正确的药物给予正确的患者，避免差错事故的发生 ● 向患者解释，取得合作；先排尿以避免输液后如厕不便
6. 排气 （1）将输液瓶挂于输液架上 （2）将穿刺针的针柄夹于两手指之间，倒置茂菲滴管，并挤压滴管使输液瓶内的液体流出；当茂菲管内的液面达到滴管的 1/2～2/3 满时，迅速转正滴管，打开调节器（或止血钳），使液平面缓慢下降，直至排尽导管和针头内的空气（图 15 - 1） （3）将输液管末端放入输液器包装袋内，置于治疗盘中	● 输液前排尽输液管及针头内的气体，防止发生空气栓塞 ● 高度适中，保证液体压力超过静脉压，以促使液体进入静脉 ● 如茂菲滴管下端的输液管内有小气泡不易排除时，可以轻弹输液管，将气泡弹至茂菲滴管内 ● 保证输液装置无菌
7. 选择穿刺部位　铺治疗巾，将小垫枕置于穿刺肢体下，在穿刺点上方 6 cm 处扎止血带，选择穿刺部位	● 根据选择静脉的原则选择穿刺部位 ● 注意使止血带的尾端向上 ● 止血带的松紧度以能阻断静脉血流而不阻断动脉血流为宜 ● 如果静脉充盈不良，可以采取下列方法：按摩血管；嘱患者反复进行握、松拳几次；用手指轻拍血管
8. 消毒皮肤　按常规消毒穿刺部位的皮肤，待干，备胶布 3～4 条	● 保证穿刺点及周围皮肤的无菌状态，防止感染
9. 再次核对	● 操作中查对
10. 静脉穿刺　嘱患者握拳，再次排气，取下护针帽，按静脉注射法穿刺，见回血后，将针头与皮肤平行再进入少许	● 再次排气以确保穿刺前滴管下端输液管内无气泡；注意排液于弯盘内 ● 沿静脉走行进针，防止刺破血管；见回血后再进针少许可以使针头斜面全部进入血管

（续表）

操作步骤	注意事项与说明
11. 固定 一手固定针柄，一手松开止血带，嘱患者松拳，打开调节器，待液体滴入通畅、患者无不舒适后，用无菌纱布覆盖针眼并用胶布固定，再将针头附近的输液管环绕后固定（图 15-2），必要时用夹板固定关节	● 固定可防止由于患者活动导致针头刺破血管或滑出血管外 ● 覆盖穿刺部位以防污染 ● 将输液管环绕后固定可以防止牵拉输液针头
12. 调节滴速 根据患者年龄、病情及药液的性质调节输液滴速	● 通常情况下，成人 40～60 滴/min，儿童 20～40 滴/min ● 对有心、肺、肾疾病的患者、老年患者、婴幼儿以及输注高渗、含钾或升压药液的患者，要适当减慢输液速度；对严重脱水、心肺功能良好者可适当加快输液速度
13. 最后一次查对	● 操作后查对
14. 操作后处理 （1）撤去治疗巾，取出止血带和小垫枕，整理床单位，协助患者取舒适卧位 （2）对患者及家属进行健康教育，呼叫器放于患者易取处 （3）整理用物，洗手，记录	 ● 嘱患者不可自行随意调节输液滴速，注意保护输液部位，不可按压、扭曲输液导管，告知患者一旦出现异常应及时使用呼叫器 ● 在输液卡上记录输液的时间、滴速、患者的全身及局部状况，并签全名
15. 巡视 输液过程中要加强巡视，倾听患者主诉，观察输液部位状况，及时处理输液故障，并填写输液巡视卡。注意观察下列情况： （1）滴入是否通畅，针头或输液管有无漏液，针头有无脱出、阻塞或移位，输液管有无扭曲、受压 （2）有无溶液外溢，注射局部有无肿胀或疼痛 （3）密切观察患者有无输液反应	 ● 保持输液通畅，避免针头堵塞及滑出 ● 有些药物如甘露醇、去甲肾上腺素等外溢后会引起局部组织坏死，如发现上述情况，应立即停止输液并通知医生予以处理 ● 如患者出现心悸、畏寒、持续性咳嗽等情况，应立即减慢或停止输液，并通知医生，及时处理
16. 更换液体 如果多瓶液体连续输入，则在第一瓶液体输尽前开始准备第二瓶液体 （1）核对第二瓶液体，确保无误 （2）除去第二瓶液体铝盖中心部分，常规消毒 （3）确认滴管中的高度至少 1/2 满，拔出第一瓶内的通气管和输液导管，迅速插入第二瓶内 （4）检查滴管液面高度是否合适、输液管中有无气泡，待点滴通畅后方可离去	● 持续输液应及时更换输液瓶，以防空气进入导致空气栓塞 ● 更换输液瓶时，注意严格无菌操作，防止污染 ● 对需要 24 h 持续输液者，应每日更换输液器，更换时应严格无菌操作
17. 输液完毕后的处理 （1）确认全部液体输入完毕后，关闭输液器，轻揭胶布，用无菌干棉签或无菌小纱布轻压穿刺点上方，快速拔针，局部按压 1～2 min（至无出血为止） （2）协助患者适当活动穿刺肢体，并协助取舒适卧位 （3）整理床单位，清理用物 （4）洗手，做好记录	● 输液完毕后及时拔针，以防空气进入导致空气栓塞 ● 拔针时勿用力按压局部，以免引起疼痛；按压部位应稍靠皮肤穿刺点以压迫静脉进针点，防止皮下出血

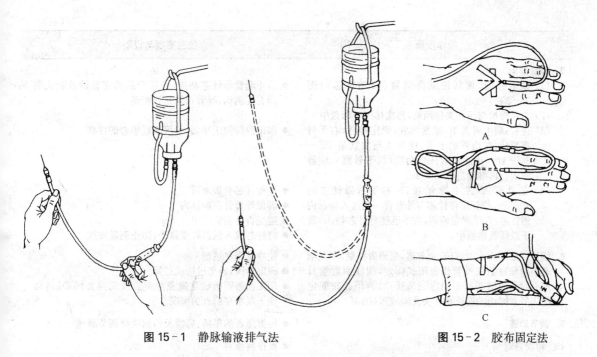

图 15-1 静脉输液排气法　　　　　　　图 15-2 胶布固定法

（二）静脉留置针输液术

1. 目的　静脉留置针又称套管针,作为头皮针的换代产品,已成为临床输液的主要工具。静脉留置针可用于静脉输液、输血、动脉及静脉抽血等。它具有以下优越性:保护静脉,减少因反复穿刺造成的痛苦和血管损伤;保持静脉通道畅通,利于抢救和治疗。因此静脉留置针对需长期输液、静脉穿刺较困难的患者特别适用。

2. 用物　同周围静脉输液术,另备静脉留置针、无菌透明敷贴、封管液(无菌生理盐水或稀释肝素溶液)。

3. 实施　见表 15-2。

表 15-2　静脉留置针输液术操作步骤

操作步骤	注意事项与说明
1. 同周围静脉输液术 1～6	
2. 连接留置针与输液器 (1) 打开静脉留置针及肝素帽外包装 (2) 手持外包装将肝素帽对接在留置针的侧管上 (3) 将输液器连接肝素帽	● 打开外包装前注意检查有效期、有无破损及型号 ● 连接时注意严格无菌操作
3. 排气　打开调节器,将套管针内的气体排于弯盘中,关闭调节器,将留置针放回留置针盒内	
4. 选择穿刺部位　铺治疗巾,将小垫枕置于穿刺肢体下,在穿刺点上方 10～15 cm 处扎止血带	● 选择弹性好、走向清晰、避开关节的四肢静脉,便于置管
5. 消毒皮肤　按常规消毒穿刺部位的皮肤,备胶布及透明胶布,并在透明胶布上写上日期和时间	● 保证穿刺点及周围皮肤的无菌状态,防止感染 ● 标记日期和时间,为更换套管针提供依据
6. 再次核对	● 操作中查对

操作步骤	注意事项与说明
7. 静脉穿刺 (1) 取下针套,旋转松动外套管(转动针芯)(图 15-3) (2) 右手拇指与示指夹住两翼,再次排气于弯盘中 (3) 进针:嘱患者握拳,绷紧皮肤,固定静脉,右手持留置针,在血管的上方,使针头与皮肤呈 15°~30°进针。见回血后压低角度(放平针翼),顺静脉走行再继续进针 0.2 cm (4) 送外套管:左手持 Y 接口,右手后撤针芯约 0.5 cm,持针座将针芯与外套管一起送入静脉内 (5) 撤针芯:左手固定两翼,右手迅速将针芯抽出,放于锐器收集器中	● 防止套管与针芯粘连,检查产品的完整性及针头斜面有无倒钩,导管边缘是否粗糙 ● 固定静脉便于穿刺,并可减轻患者的疼痛 ● 避免针芯刺破血管 ● 确保外套管在静脉内 ● 避免将外套管带出 ● 将针芯放入锐器收集器中,防止刺破皮肤
8. 固定 松开止血带,打开调节器,嘱患者松拳,用无菌透明敷贴对留置针管作密闭式固定,用注明置管日期和时间的透明胶布固定三叉接口,再用胶布固定插入肝素帽内的输液器针头及输液管(图 15-4)	● 使静脉恢复通畅 ● 固定牢固,避免过松或过紧 ● 用无菌透明敷贴是避免穿刺点及周围被污染,而且便于观察穿刺点的情况
9. 调节滴速	● 根据患者的年龄、病情及药物性质调节滴速
10. 再次查对	● 操作后查对
11. 操作后处理 (1) 撤去治疗巾,取出止血带和小垫枕,整理床单位,协助患者取舒适卧位 (2) 将呼叫器放于患者易取处 (3) 整理用物,洗手,记录	 ● 在输液卡上记录输液的时间、滴速、患者的全身及局部状况,并签全名
12. 巡视 在使用留置针的过程中,经常巡视,检查穿刺部位,及时发现早期并发症	● 注意保护有留置针的肢体,尽量避免肢体下垂,以防血液回流阻塞 ● 静脉留置针可以保留 3~5 天,最好不要超过 7 天
13. 封管 输液完毕,需要封管 (1) 拔出输液器针头 (2) 常规消毒静脉帽的胶塞 (3) 用注射器向静脉帽内注入封管液	● 封管可以保证静脉输液管道的通畅,并可以将残留的刺激性药液冲入血流,避免刺激局部血管 ● 若使用可来福接头,则不需封管(因其能维持正压状态) ● 边推注边退针,直至针头完全退出为止,确保正压封管 ● 常用的封管液有:①无菌生理盐水,每次用 5~10 ml,每隔 6~8 h 重复冲管一次。②稀释肝素溶液,每毫升生理盐水含肝素 10~100 u,每次用量 2~5 ml
14. 再次输液的处理 (1) 常规消毒静脉帽胶塞 (2) 将静脉输液针头插入静脉帽内完成输液	
15. 输液完毕后的处理 (1) 关闭调节器 (2) 揭开胶布及无菌敷贴 (3) 用无菌干棉签或无菌小纱布轻压穿刺点上方,快速拔出套管针,局部按压至无出血为止 (4) 协助患者适当活动穿刺肢体,并协助取舒适卧位 (5) 整理床单位,清理用物 (6) 洗手,做好记录	● 输液完毕及时拔针,以防空气进入导致空气栓塞 ● 拔针时勿用力按压局部,以免引起疼痛;按压部位应稍靠皮肤穿刺点以压迫静脉进针点,防止皮下出血

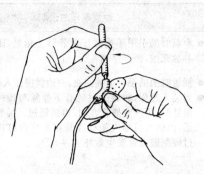

图 15-3 旋转松动外套管

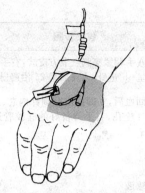

图 15-4 静脉留置针固定法

(三) 颈外静脉穿刺置管输液术

颈外静脉是颈部最大的浅静脉,由下颌后静脉和耳后静脉汇合形成,在下颌角后方垂直下降,越过胸锁乳头肌后缘,于锁骨上方穿过深筋膜,最后汇入锁骨下静脉。颈外静脉行径表浅且位置恒定,易于穿刺。适用于需长期输液而周围静脉不宜穿刺者,周围循环衰竭而需测中心静脉压者以及长期静脉内滴注高浓度、刺激性强的药物或行静脉内高营养治疗的患者。

1. 目的 同"静脉输液的目的",此外还可用于测量中心静脉压。

2. 用物

(1) 同周围静脉输液术。

(2) 无菌穿刺包:内装穿刺针 2 根(长约 6.5 cm,内径 2 mm,外径 2.6 mm)、硅胶管 2 条(长 25～30 cm,内径 1.2 mm,外径 1.6 mm)、5 ml 和 10 ml 注射器各 1 个、6 号针头 2 枚、平针头 1 个、尖头刀片 1 个、镊子 1 把、无菌纱布 2～4 块、洞巾 1 块、弯盘 1 个。

(3) 另备:无菌生理盐水、1%普鲁卡因注射液、无菌手套、无菌敷贴、0.4%枸橼酸钠生理盐水或肝素稀释液。

3. 实施 见表 15-3。

表 15-3 颈外静脉穿刺置管输液术操作步骤

操作步骤	注意事项与说明
1. 同周围静脉输液术 1～6	
2. 选择体位 协助患者去枕平卧,头偏向一侧,肩下垫一薄枕	● 使患者头低肩高,颈部伸展平直,充分暴露穿刺部位
3. 选择穿刺点并消毒 术者立于床头,选择穿刺点,常规消毒皮肤	● 取下颌角与锁骨上缘中点连线的上 1/3 处颈外静脉外缘为穿刺点(图 15-5) ● 穿刺点的位置不可过高或过低,过高因近下颌角而妨碍操作,过低则易损伤锁骨下胸膜及肺尖而导致气胸
4. 开包铺巾 打开无菌穿刺包,戴无菌手套,铺洞巾	● 布置一个无菌区,便于操作
5. 局部麻醉 由助手协助,术者用 5 ml 注射器抽吸 1%普鲁卡因,在穿刺部位行局部麻醉;用 10 ml 注射器吸取无菌生理盐水,以平针头连接硅胶管,排尽空气备用	● 备插管时用
6. 穿刺 (1) 先用刀片尖端在穿刺点上刺破皮肤做引导	● 减少进针时皮肤阻力

（续表）

操作步骤	注意事项与说明
（2）术者左手绷紧穿刺点上方皮肤,右手持穿刺针与皮肤呈45°进针,入皮后呈25°沿静脉方向穿刺	● 穿刺时助手用手指按压颈静脉三角处,阻断血流时静脉充盈,便于穿刺
7. 插管 见回血后,立即抽出穿刺针内芯,左手拇指用纱布堵住针栓孔,右手持备好的硅胶管送入针孔内10 cm左右	● 插管时由助手一边抽回血,一边缓慢注入生理盐水 ● 当插入过深,较难通过锁骨下静脉与颈外静脉汇合角处时,可改变插管方向,再试通过。插管动作要轻柔,以防盲目插入使硅胶管在血管内打折或硅胶管过硬刺破血管发生意外
8. 接输液器输液 （1）确定硅胶管在血管内后,缓慢退出穿刺针 （2）再次抽回血,注入生理盐水,检查导管是否在血管内 （3）确定无误后,移开洞巾,接输液器输入备用液体	● 如输液不畅,应观察硅胶管有无弯曲,是否滑出血管外
9. 固定 用无菌敷贴覆盖穿刺点并固定硅胶管;硅胶管与输液管接头处用无菌纱布包扎并用胶布固定在颌下	● 固定要牢固,防止硅胶管脱出
10. 同周围静脉输液术步骤12~16	● 输液过程中加强巡视,如发现硅胶管内有回血,应及时用0.4%枸橼酸钠生理盐水冲注,以免血块阻塞硅胶管
11. 暂停输液的处理 （1）暂停颈外静脉输液时,可用0.4%枸橼酸钠生理盐水1~2 ml或肝素稀释液2 ml注入硅胶管进行封管;用无菌静脉帽塞住针栓孔;再用安全别针固定在敷料上 （2）每天更换穿刺点敷料,用0.9%过氧乙酸溶液擦拭消毒硅胶管,常规消毒局部皮肤	● 防止血液凝集在输液管内 ● 若硅胶管内已发生凝血,应用注射器抽出血凝块,再注入药液;或边抽边拔管,切忌将血凝块推入血管 ● 防止感染;潮湿后要立即更换 ● 因乙醇可使硅胶管老化,故勿用乙醇擦拭 ● 注意观察局部有无红肿
12. 再行输液 如需再次输液,取下静脉帽,消毒针栓孔,接上输液装置即可	● 每天输液前要先检查导管是否在静脉内
13. 输液完毕的处理 （1）停止输液时,硅胶管末端接上注射器,边抽吸边拔出硅胶管,局部加压数分钟,用75%乙醇消毒穿刺局部,无菌纱布覆盖 （2）同周围静脉输液术步骤17(2)~(4)	● 边抽吸边拔管可防止残留的小血块和空气进入血管,形成血栓 ● 拔管动作应轻柔,避免折断硅胶管

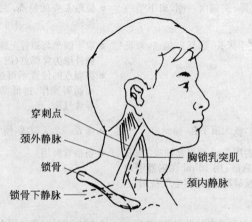

穿刺点
颈外静脉
锁骨
锁骨下静脉

胸锁乳突肌
颈内静脉

图 15-5 颈外静脉穿刺点示意

(四) 锁骨下静脉穿刺置管输液术

锁骨下静脉自第一肋外缘处续腋静脉,位于锁骨后下方,向内至胸锁关节后方与颈内静脉汇合成无名静脉,左右无名静脉汇合成上腔静脉入右心房。此静脉较粗大,成人的管腔直径可达 2 cm,位置虽不很表浅,但常处于充盈状态,周围还有结缔组织固定,使血管不易塌陷,也较易穿刺,硅胶管插入后可以保留较长时间。此外,锁骨下静脉距离右心房较近,血量多,当输入大量高浓度或刺激性较强的药物时,注入的药物可以迅速被稀释,对血管壁的刺激性较小。

锁骨下静脉穿刺置管输液法适用于下列患者:①长期不能进食或丢失大量液体,需补充大量高热量、高营养液体及电解质的患者。②各种原因所致的大出血,需迅速输入大量液体,以纠正血容量不足或提升血压的患者。③需较长时间接受化疗的患者(输入刺激性较强的抗癌药物)。④需测定中心静脉压或需要紧急放置心内起搏导管的患者。

1. 目的　同"静脉输液的目的",并可用于测量中心静脉压、紧急放置心内起搏导管。

2. 用物

(1) 同周围静脉输液术。

(2) 无菌穿刺包:内有穿刺针(20 号) 2 枚、硅胶管 2 条、射管水枪 1 个、平针头(8~9 号) 2 个、5 ml 注射器 1 个、纱布 2 块、镊子 1 把、结扎线 1 卷、弯盘 1 个、无菌洞巾 2 块。

(3) 另备:1%普鲁卡因注射液、0.4%枸橼酸钠生理盐水、1%甲紫、无菌手套、无菌敷贴。

3. 实施　见表 15 - 4。

表 15 - 4　锁骨下静脉穿刺置管输液术

操作步骤	注意事项与说明
1. 同周围静脉输液术步骤 1~6	● 同密闭式静脉输液
2. 选择体位　协助患者去枕平卧,头偏向一侧,肩下垫一薄枕	● 使患者头低肩高,充分暴露穿刺部位
3. 选择穿刺点并消毒　术者立于床头,选择穿刺点,并用 1%甲紫标记进针点及胸锁关节;常规消毒皮肤	● 穿刺点位于胸锁乳突肌的外侧缘与锁骨所形成的夹角的平分线上,距顶点 0.5~1 cm 处(图 15 - 6) ● 体外标记进针点和方向可避免覆盖洞巾后不易找到事先确定的位置,以提高穿刺的成功率并避免发生气胸等并发症
4. 开包铺巾　打开无菌穿刺包,戴无菌手套,铺洞巾	● 布置一个无菌区,便于操作
5. 备水枪及硅胶管　准备好射管水枪及硅胶管,并抽吸 0.4%枸橼酸钠生理盐水,连接穿刺针头(图 15 - 7)	● 备穿刺射管用
6. 局麻　由助手协助,术者用 5 ml 注射器抽吸 1%普鲁卡因在预定穿刺部位行局部麻醉	
7. 穿刺　将针头指向胸锁关节,与皮肤呈 30°~40°进针,边进针边抽回血,直至穿刺成功	● 试穿锁骨下静脉,以探测进针方向、角度和深度 ● 通过胸锁筋膜有落空感时,继续进针
8. 射管 (1) 术者持射管水枪,按试穿方向刺入锁骨下静脉,同时抽回血,如抽出暗红色血液,表明进入锁骨下静脉 (2) 嘱患者屏气,术者一手按住水枪的圆孔及硅胶管末端,另一手快速推动活塞,硅胶管即随液体进入锁骨下静脉	● 准确掌握进针方向,避免过度向外偏移而刺破胸膜造成气胸 ● 射管时推注水枪应迅速,使水枪内压力猛增,方可将管射出 ● 射管时应压住水枪圆孔及硅胶管末端,以免将硅胶管全部射入体内 ● 一般射入长度:左侧 16~19 cm,右侧 12~15 cm

（续表）

操作步骤	注意事项与说明
（3）压住穿刺针顶端，将针退出，待针头退出皮肤后，将硅胶管轻轻从水枪中抽出	● 退针时，切勿来回转动针头，以防针头斜面割断硅胶管；穿刺针未退出血管时，不可放开按压圆孔处的手指，防止硅胶管吸入
9. 连接输液器输液 将已备好的输液器导管连接平针头插入硅胶管内，进行静脉输液	● 滴注中，注意巡视观察，若发现硅胶管内有回血，需及时用0.4％枸橼酸钠生理盐水冲注，以免血块阻塞硅胶管
10. 固定 常规消毒后用无菌敷贴覆盖穿刺点并固定硅胶管；在距离穿刺点约1 cm处，将硅胶管缝合固定在皮肤上，覆盖无菌纱布并用胶布固定	● 固定要牢固，防止硅胶管脱出 ● 缝合两针，两个结间距为1 cm
11. 同周围静脉输液术步骤12～16	● 同密闭式静脉输液 ● 如输注不畅，可用急速负压抽吸，不能用力推注液体，以防将管内的凝血块冲入血管形成栓子 ● 输液不畅可能与下列情况有关：硅胶管弯曲受压或滑出血管外；头部体位不当；固定硅胶管的线结扎过紧；出现上述情况应及时处理
12. 暂停输液的处理 （1）暂停锁骨下静脉输液时，可用0.4％枸橼酸钠生理盐水1～2 ml或肝素稀释液2 ml注入硅胶管进行封管；用无菌静脉帽塞住针栓孔；再用无菌纱布覆盖固定	● 防止血液凝集在输液管内
（2）每天更换穿刺点敷料，用0.9％过氧乙酸溶液擦拭消毒硅胶管，常规消毒局部皮肤	● 防止感染 ● 因乙醇可使硅胶管老化，故勿用乙醇擦拭 ● 注意观察局部有无红肿
13. 再行输液 如需再次输液，取下静脉帽，消毒针栓孔，接上输液装置即可	● 每天输液前要先检查导管是否在静脉内
14. 输液完毕的处理 （1）停止输液时，硅胶管末端接上注射器，边抽吸边拔出硅胶管，局部加压数分钟，用75％乙醇消毒穿刺局部，无菌纱布覆盖 （2）同周围静脉输液术步骤17（2）～（4）	● 边抽吸边拔管可防止残留的小血块和空气进入血管，形成血栓 ● 拔管动作应轻柔，避免折断硅胶管

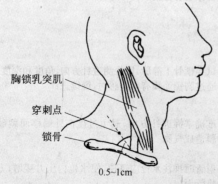

图15-6 锁骨下静脉穿刺点示意

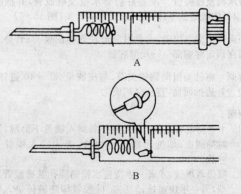

图15-7 射管水枪
A. 有孔水枪 B. 无孔水枪

六、输液速度及时间的计算

在输液过程中,每毫升溶液的滴数称为该输液器的点滴系数。目前常用静脉输液器的点滴系数有 3 种分别为 10、15 和 20。静脉点滴的速度和时间可按下列公式计算。

(1) 已知每分钟滴数与输液总量,计算输液所需用的时间。

$$输液时间(小时) = \frac{液体总量(ml) \times 点滴系数}{每分钟滴数 \times 60(分钟)}$$

例如,患者需输入 2 000 ml 液体,每分钟滴数为 50 滴,所用输液器的点滴系数为 15,请问需用多长时间输完?

$$输液时间(小时) = \frac{2\,000 \times 15}{50 \times 60} = 10\ 小时$$

(2) 已知输入液体总量与计划所用的输液时间,计算每分钟滴数。

$$每分钟滴数 = \frac{液体总量(ml) \times 点滴系数}{输液时间(分钟)}$$

例如,某患者需输液体 1 500 ml,计划 10 小时输完。已知所用输液器的点滴系数为 20,求每分钟滴数。

$$每分钟滴数 = \frac{1\,500 \times 20}{10 \times 60} = 50\ 滴$$

七、常见输液故障及排除方法

(一) 溶液不滴

1. 针头滑出血管外　液体注入皮下组织,可见局部肿胀并有疼痛。处理:将针头拔出,另选血管重新穿刺。

2. 针头斜面紧贴血管壁　妨碍液体顺利滴入血管。处理:调整针头位置或适当变换肢体位置,直到点滴通畅为止。

3. 针头阻塞　一手捏住滴管下端输液管,另一手轻轻挤压靠近针头端的输液管,若感觉有阻力,松手又无回血,则表示针头可能已阻塞。处理:更换针头,重新选择静脉穿刺。切忌强行挤压导管或用溶液冲注针头,以免凝血块进入静脉造成栓塞。

4. 压力过低　由于输液瓶位置过低或患者肢体抬举过高或患者周围循环不良所致。处理:适当抬高输液瓶或放低肢体位置。

5. 静脉痉挛　由于穿刺肢体暴露在冷的环境中时间过长或输入的液体温度过低所致。处理:局部进行热敷以缓解痉挛。

(二) 茂菲滴管液面过高

(1) 滴管侧壁有调节孔时,可先夹紧滴管上端的输液管,然后打开调节孔,待滴管内液体降至露出液面,见到点滴时,再关闭调节孔,松开滴管上端的输液管即可。

(2) 滴管侧壁没有调节孔时,可将输液瓶取下,倾斜输液瓶,使插入瓶内的针头露出液面,待滴管内液体缓缓下流至露出液面,再将输液瓶挂回输液架上继续点滴。

(三) 茂菲滴管内液面过低

(1) 滴管侧壁有调节孔时,先夹紧滴管下端的输液管,然后打开调节孔,待滴管内液面升至所需高度(一般为 1/2～2/3 滴管高度)时,再关闭调节孔,松开滴管下端的输液管即可。

(2)滴管侧壁无调节孔时,可先夹紧滴管下端的输液管,用手挤压滴管,迫使输液瓶内的液体下流至滴管内,当液面升至所需高度(一般为 1/2～2/3 滴管高度)时,停止挤压,松开滴管下端的输液管即可。

(四)输液过程中,茂菲滴管内液面自行下降

输液过程中,如果茂菲滴管内的液面自行下降,应检查滴管上端输液管与滴管的衔接是否松动、滴管有无漏气或裂隙,必要时更换输液器。

八、常见输液反应及护理

(一)发热反应

1. 原因 因输入致热物质引起。多由于输液瓶清洁灭菌不彻底,输入的溶液或药物制品不纯、消毒保存不良,输液器消毒不严或被污染,输液过程中未能严格执行无菌操作所致。

2. 临床表现 多发生于输液后数分钟至 1 小时。患者表现为发冷、寒战、发热。轻者体温在38℃左右,停止输液后数小时内可自行恢复正常;严重者初起寒战,继之高热,体温可达 40℃以上,并伴有头痛、恶心、呕吐、脉速等全身症状。

3. 护理

(1)预防:①输液前认真检查药液的质量,输液用具的包装及灭菌日期、有效期。②严格无菌操作。

(2)处理:①发热反应轻者,应立即减慢点滴速度或停止输液,并及时通知医生。②发热反应严重者,应立即停止输液,并保留剩余溶液和输液器,必要时送检验科做细菌培养,以查找发热反应的原因。③对高热患者,应给予物理降温,严密观察生命体征的变化,必要时遵医嘱给予抗过敏药物或激素治疗。

(二)循环负荷过重反应(急性肺水肿)

1. 原因

(1)由于输液速度过快,短时间内输入过多液体,使循环血容量急剧增加,心脏负荷过重引起。

(2)患者原有心肺功能不良,尤多见于急性左心功能不全者。

2. 临床表现 患者突然出现呼吸困难、胸闷、咳嗽、咯粉红色泡沫样痰,严重时痰液可从口、鼻腔涌出。听诊肺部布满湿啰音,心率快且节律不齐。

3. 护理

(1)预防:输液过程中,密切观察患者情况,注意控制输液的速度和输液量,尤其对老年人、儿童及心肺功能不全的患者更需慎重。

(2)处理:①出现上述表现,应立即停止输液并迅速通知医生,进行紧急处理。如果病情允许,可协助患者取端坐位,双腿下垂,以减少下肢静脉回流,减轻心脏负担。同时安慰患者以减轻其紧张心理。②给予高流量氧气吸入,一般氧流量为 6～8 L/min,以提高肺泡内压力,减少肺泡内毛细血管渗出液的产生。同时,湿化瓶内加入 20%～30%的乙醇溶液,以减低肺泡内泡沫表面的张力,使泡沫破裂消散,改善气体交换,减轻缺氧症状。③遵医嘱给予镇静剂、平喘、强心、利尿和扩血管药物,以稳定患者紧张情绪,扩张周围血管,加速液体排出,减少回心血量,减轻心脏负荷。④必要时进行四肢轮扎。用橡胶止血带或血压计袖带适当加压四肢以阻断静脉血流,但动脉血仍可通过。每5～10 min 轮流放松一个肢体上的止血带,可有效地减少回心血量。待症状缓解后,逐渐解除止血带。⑤此外,静脉放血 200～300 ml 也是一种有效减少回心血量的最直接的方法,但应慎用,贫血者应禁忌采用。

（三）静脉炎

1. 原因

（1）主要原因是长期输注高浓度、刺激性较强的药液，或静脉内放置刺激性较强的塑料导管时间过长，引起局部静脉壁发生化学炎性反应。

（2）也可由于在输液过程中未能严格执行无菌操作，导致局部静脉感染。

2. 临床表现

沿静脉走向出现条索状红线，局部组织发红、肿胀、灼热、疼痛，有时伴有畏寒、发热等全身症状。

3. 护理

（1）预防：严格执行无菌技术操作，对血管壁有刺激性的药物应充分稀释后再应用，放慢点滴速度，并防止药液漏出血管外。同时，有计划地更换输液部位，以保护静脉。

（2）处理：①停止在此部位静脉输液，并将患肢抬高、制动。局部用50%硫酸镁或95%乙醇溶液行湿热敷，每日2次，每次20分钟。②超短波理疗，每日1次，每次15~20 min。③中药治疗。将如意金黄散加醋调成糊状，局部外敷，每日2次，具有清热、止痛、消肿的作用。④如合并感染，遵医嘱给予抗生素治疗。

（四）空气栓塞

1. 原因

（1）输液导管内空气未排尽；导管连接不紧，有漏气。

（2）拔出较粗的、近胸腔的深静脉导管后，穿刺点封闭不严密。

（3）加压输液、输血时无人守护；液体输完未及时更换药液或拔针，均有发生空气栓塞的危险。

进入静脉的空气，随血流（经上腔静脉或下腔静脉）首先被带到右心房，然后进入右心室。如空气量少，则随血液被右心室压入肺动脉并分散到肺小动脉内，最后经毛细血管吸收，因而损害较小。如空气量大，空气进入右心室后阻塞在肺动脉入口，使右心室内的血液（静脉血）不能进入肺动脉，因而从机体组织回流的静脉血不能在肺内进行气体交换（图15-8），引起机体严重缺氧而死亡。

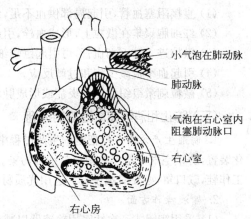

小气泡在肺动脉

肺动脉

气泡在右心室内阻塞肺动脉口

右心室

右心房

图15-8 空气在右心室内阻塞肺动脉入口

2. 临床表现

患者感到胸部异常不适或有胸骨后疼痛，随即发生呼吸困难和严重的紫绀，并伴有濒死感。听诊心前区可闻及响亮的、持续的"水泡声"。心电图呈现心肌缺血和急性肺心病的改变。

3. 护理

（1）预防：①输液前认真检查输液器的质量，排尽输液导管内的空气。②输液过程中加强巡视，及时添加药液或更换输液瓶。输液完毕及时拔针。加压输液时应安排专人在旁守护。③拔出较粗的、近胸腔的深静脉导管后，必须立即严密封闭穿刺点。

（2）处理：①如出现上述临床表现，应立即将患者置于左侧卧位，并保持头低足高位。该体位有助于气体浮向右心室尖部，避免阻塞肺动脉入口（图15-9）。随着心脏的舒缩，空气被血液打成泡沫，可分次小量进入肺动脉内，最后逐渐被吸收。②给予高流量氧气吸入，以提高患者的血氧浓度，纠正缺氧状态。③有条件时可使用中心静脉导管抽出空气。④严密观察患者病情变化，如有异常及时对症处理。

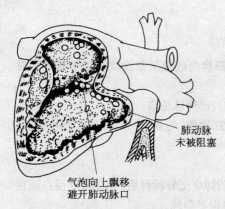

图 15-9 置患者于左侧头低足高卧位，使气泡避开肺动脉入口

肺动脉未被阻塞

气泡向上飘移避开肺动脉口

九、输液微粒污染

输液微粒(infusion particle)是指输入液体中的非代谢性颗粒杂质，其直径一般为 $1\sim15\ \mu m$，少数较大的输液微粒直径可达 $50\sim300\ \mu m$。输入溶液中微粒的多少决定着液体的透明度，因此，可由此判断液体的质量。输液微粒污染是指在输液过程中，将输液微粒带入人体，对人体造成严重危害的过程。

（一）输液微粒的来源

（1）药液生产制作工艺不完善，混入异物与微粒，如水、空气、原材料的污染等。

（2）溶液瓶、橡胶塞不洁净，液体存放时间过长，玻璃瓶内壁和橡胶塞被药液浸泡时间过久，腐蚀剥脱形成输液微粒。

（3）输液器及加药用的注射器不洁净。

（4）输液环境不洁净，切割安瓿，开瓶塞、加药时反复穿刺橡胶塞导致橡胶塞撕裂等，均可导致微粒进入液体内，产生输液微粒污染。

（二）输液微粒污染的危害

输液微粒污染对机体的危害主要取决于微粒的大小、形状、化学性质以及微粒堵塞血管的部位、血流阻断的程度及人体对微粒的反应等。肺、脑、肝及肾脏等是最容易被微粒损害的部位。输液微粒污染对机体的危害如下。

（1）直接阻塞血管，引起局部供血不足，组织缺血、缺氧，甚至坏死。

（2）红细胞聚集在微粒上，形成血栓，引起血管栓塞和静脉炎。

（3）微粒进入肺毛细血管，可引起巨噬细胞增殖，包围微粒形成肺内肉芽肿，影响肺功能。

（4）引起血小板减少症和过敏反应。

（5）微粒刺激组织而产生炎症或形成肿块。

（三）防止和消除微粒污染的措施

1. 制剂生产方面　严把制剂生产过程中的各个环节，如改善车间的环境卫生条件，安装空气净化装置，防止空气中悬浮的尘粒与细菌污染。严格执行制剂生产的操作规程，工作人员要穿工作服、工作鞋、戴口罩，必要时戴手套。选用优质材料，采用先进工艺，提高检验技术，确保药液质量。

2. 输液操作方面

（1）采用密闭式一次性医用输液器以减少污染机会。

（2）输液前认真检查液体的质量，注意其透明度、有效期以及溶液瓶有无裂痕、瓶盖有无松动、瓶签字迹是否清晰等。

（3）净化治疗室空气。有条件者可采用超净工作台进行输液前的配液准备工作或药物的添加。

（4）在通气针头或通气管内放置空气过滤器，防止空气中的微粒进入液体中。

（5）严格执行无菌技术操作，遵守操作规程。药液应现用现配，避免污染。

（6）净化病室内空气。有条件的医院在一般病室内也安装空气净化装置，减少病原微生物和尘埃的数量，创造洁净的输液环境。

十、输液泵的应用

输液泵是机械或电子的输液控制装置，它通过作用于输液导管达到控制输液速度的目的。常用于需要严格控制输液速度和药量的情况,如应用升压药物、抗心律失常药物以及婴幼儿的静脉输液或静脉麻醉时。

(一)输液泵的分类及特点

按输液泵的控制原理,可将输液泵分为活塞型注射泵与蠕动滚压型输液泵两类,后者又可以分为容积控制型(ml/h)和滴数控制型(滴/min)两种。

1. 活塞型注射泵 其特点是输注药液流速平稳、均衡、精确,速率调节幅度为 0.1 ml/h,而且体积小、充电系统好、便于携带,便于急救中使用。多用于危重患者、心血管疾病患者及患儿的治疗和抢救。也应用于注入需避光的或半衰期极短的药物。

2. 蠕动滚压型输液泵

(1) 容积控制型输液泵:只测定实际输入的液体量,不受溶液的浓度、黏度及导管内径的影响,输注剂量准确。速率调节幅度为 1 ml/h,速率控制范围为 1~90 ml/h。实际工作中只需选择所需输液的总量及每小时的速率,输液泵便会自动按设定的方式工作,并能自动进行各参数的监控。

(2) 滴数控制型输液泵:利用控制输液的滴数调整输入的液体量,可以准确计算滴数,但因滴数的大小受输注溶液的黏度、导管内径的影响,故输入液量不够精确。

(二)输液泵的使用方法

输液泵的种类很多,其主要结构与功能大致相同。现以 JMS-OT-601 型(图 15-10)为例简单介绍输液泵的使用方法。

(1) 将输液泵固定在输液架上。

(2) 接通电源,打开电源开关。

(3) 按常规排尽输液管内的空气。

(4) 打开"泵门",将输液管呈"S"形放置在输液泵的管道槽中,关闭"泵门"。

(5) 设定每毫升滴数以及输液量限制。

(6) 按常规穿刺静脉后,将输液针与输液泵连接。

(7) 确认输液泵设置无误后,按压"开始/停止"键,启动输液。

(8) 当输液量接近预先设定的"输液量限制"时,"输液量显示"键闪烁,提示输液结束。

(9) 输液结束时,再次按压"开始/停止"键,停止输液。

(10) 按压"开关"键,关闭输液泵,打开"泵门",取出输液管。

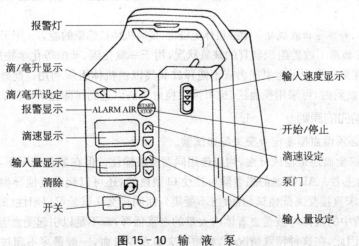

图 15-10 输 液 泵

(二) 使用输液泵的注意事项

（1）护士应了解输液泵的工作原理，熟练掌握其使用方法。

（2）在使用输液泵控制输液的过程中，护士应加强巡视。如输液泵出现报警，应查找可能的原因，如有气泡、输液管堵塞或输液结束等，并给予及时的处理。

（3）对患者进行正确的指导。

1）告知患者，在护士不在场的情况下，一旦输液泵出现报警，应及时打信号灯求助护士，以便及时处理出现的问题。

2）患者、家属不要随意搬动输液泵，防止输液泵电源线因牵拉而脱落。

3）患者输液肢体不要剧烈活动，防止输液管道被牵拉脱出。

4）告知患者，输液泵内有蓄电池，患者如需如厕，可以打信号灯请护士帮忙暂时拔掉电源线，返回后再重新插好。

■ 第二节　静脉输血

静脉输血（blood transfusion）是将全血或成分血如血浆、红细胞、白细胞或血小板等通过静脉输入体内的方法。输血是急救和治疗疾病的重要措施之一，在临床上广泛应用。

近年来，输血理论与技术发展迅速，无论是在血液的保存与管理、血液成分的分离，还是在献血员的检测以及输血器材的改进等方面，都取得了明显的进步，为临床安全、有效、节约用血提供了保障。

一、静脉输血的目的及原则

(一) 输血的目的

1. 补充血容量　增加有效循环血量，改善心肌功能和全身血液灌流，提升血压，增加心输出量，促进循环。用于失血、失液引起的血容量减少或休克患者。

2. 纠正贫血　增加血红蛋白含量，促进携氧功能。用于血液系统疾病引起的严重贫血和某些慢性消耗性疾病的患者。

3. 补充血浆蛋白　增加蛋白质，改善营养状态，维持血浆胶体渗透压，减少组织渗出和水肿，保持有效循环血量。用于低蛋白血症以及大出血、大手术的患者。

4. 补充各种凝血因子和血小板　改善凝血功能，有助于止血。用于凝血功能障碍（如血友病）及大出血的患者。

5. 补充抗体、补体等血液成分　增强机体免疫力，提高机体抗感染的能力。用于严重感染的患者。

6. 排除有害物质　改善组织器官的缺氧状况，用于一氧化碳、苯酚等化学物质中毒。因为上述物质中毒时，血红蛋白失去了运氧能力或不能释放氧气以供机体组织利用。此外，溶血性输血反应及重症新生儿溶血病时，可采用换血法；也可采用换血浆法以达到排除血浆中的自身抗体的目的。

(二) 静脉输血的原则

（1）输血前必须做血型鉴定及交叉配血试验。

（2）无论是输全血还是输成分血，均应选用同型血液输注。但在紧急情况下，如无同型血，也可选用 O 型血输给患者。AB 型血的患者除可接受 O 型血外，还可以接受其他异型血型的血（A 型血和 B 型血），但要求直接交叉配血试验阴性（不凝集），而间接交叉试验可以阳性（凝集）。因为输入的量少，输入的血清中的抗体可被受血者体内大量的血浆稀释，而不足以引起受血者的红细胞的凝集，故不出现反应。因此，在这种特殊情况下，必须一次输入少量血，一般最多不超过 400 ml，且要放慢输入速度。

（3）患者如果需要再次输血，则必须重新做交叉配血试验，以排除机体已产生抗体的情况。

二、血液制品的种类

（一）全血

全血指采集的血液未经任何加工而全部保存备用的血液。全血可分为新鲜血和库存血两类。

1. 新鲜血　指在4℃常用抗凝保养液中保存一周的血液，它基本上保留了血液的所有成分，可以补充各种血细胞、凝血因子和血小板。适用于血液病患者。

2. 库存血　库存血在4℃环境下可以保存2~3周。库存血虽含有血液的所有成分，但其有效成分随保存时间的延长而发生变化。其中，白细胞、血小板和凝血酶原等成分破坏较多。含保存液的血液pH为7.0~7.25，随着保存时间延长，葡萄糖分解，乳酸增高，pH逐渐下降。此外，由于红、白细胞逐渐破坏，细胞内钾离子外溢，使血浆钾离子浓度升高，酸性增强。因此，大量输注库存血会导致酸中毒和高血钾的发生。库存血适用于各种原因引起的大出血。

（二）成分血

1. 血浆　是全血经分离后所得到的液体部分。主要成分是血浆蛋白，不含血细胞，无凝集原。无需做血型鉴定和交叉配血试验，可用于补充血容量、蛋白质和凝血因子。血浆可分为以下4种。

（1）新鲜血浆：含所有凝血因子，适用于凝血因子缺乏的患者。

（2）保存血浆：适用于血容量及血浆蛋白较低的患者。

（3）冰冻血浆：在−30℃的环境下保存，有效期为1年，使用前需将其放在37℃的温水中融化，并于6h内输入。

（4）干燥血浆：是将冰冻血浆放在真空装置下加以干燥制成的，有效期为5年，使用时可加适量的等渗盐水或0.1%枸橼酸钠溶液溶解。

2. 红细胞　可增加血液的携氧能力，用于贫血、失血多的手术或疾病，也可用于心功能衰竭的患者补充红细胞，以避免心脏负荷过重。一般以100 ml为一个单位，每个单位红细胞可以增加血球容积约4%。红细胞包括以下3种。

（1）浓缩红细胞：是新鲜血经离心或沉淀去除血浆后的剩余部分。适用于携氧功能缺陷和血容量正常的贫血患者。

（2）洗涤红细胞：红细胞经生理盐水洗涤数次后，再加适量生理盐水，含抗体物质少，适用于器官移植术后患者及免疫性溶血性贫血患者。

（3）红细胞悬液：提取血浆后的红细胞加入等量红细胞保养液制成。适用于战地急救及中小手术者。

3. 白细胞浓缩悬液　新鲜全血离心后而成的白细胞，于4℃环境下保存，48h内有效。新鲜全血离心后如添加羟乙基淀粉注射液，可增加粒细胞的获得率。用于粒细胞缺乏伴严重感染的患者。

4. 血小板浓缩悬液　全血离心所得，22℃环境下保存，24h内有效。用于血小板减少或功能障碍性出血的患者。

5. 各种凝血制剂　可有针对性地补充某些凝血因子的缺乏，如凝血酶原复合物等，适用于各种原因引起的凝血因子缺乏的出血性疾病。

（三）其他血液制品

1. 白蛋白制剂　从血浆中提纯而得，能提高机体血浆蛋白及胶体渗透压。临床上常用5%的白蛋白制剂，用于治疗由各种原因引起的低蛋白血症的患者，如外伤、肝硬化、肾病及烧伤等。

2. 纤维蛋白原　适用于纤维蛋白缺乏症和弥散性血管内凝血（DIC）患者。

3. 抗血友病球蛋白浓缩剂　适用于血友病患者。

三、静脉输血的适应证与禁忌证

(一) 静脉输血的适应证

1. **各种原因引起的大出血** 为静脉输血的主要适应证。一次出血量<500 ml时,机体可自我代偿,不必输血。失血量在500~800 ml时,需要立即输血,一般首选晶体溶液、胶体溶液或少量血浆增量剂输注。失血量>1 000 ml时,应及时补充全血或血液成分。值得注意的是,血或血浆不宜用做扩容剂,晶体结合胶体液扩容是治疗失血性休克的主要方案。血容量补足之后,输血目的是提高血液的携氧能力,此时应首选红细胞制品。

2. **贫血或低蛋白血症** 输注浓缩红细胞、血浆、白蛋白。

3. **严重感染** 输入新鲜血以补充抗体和补体,切忌使用库存血。

4. **凝血功能障碍** 输注相关血液成分。

(二) 静脉输血的禁忌证

静脉输血的禁忌证包括:急性肺水肿、充血性心力衰竭、肺栓塞、恶性高血压、真性红细胞增多症、肾功能极度衰竭及对输血有变态反应者。

四、血型及交叉配血试验

(一) 血型与红细胞凝集

血型通常是指红细胞膜上特异性抗原的类型。若将血型不相容的两个人的血液滴加在载玻片上并使之混合,则红细胞可凝集成簇,这个现象称为红细胞凝集。在补体的作用下,凝集的红细胞破裂,发生溶血。当输入与患者血型不相容的血液时,其血管内可发生红细胞凝集和溶血反应,甚至可危及患者的生命。

红细胞凝集的实质是抗原-抗体反应。由于红细胞膜上的特异性抗原(一些特异蛋白质或糖脂)能促使红细胞凝集,在凝血反应中起抗原作用,故又称为凝集原。能与红细胞膜上的凝集原起反应的特异性抗体则称为凝集素。凝集素为 γ 一球蛋白,存在于血浆中。

根据红细胞所含的凝集原不同,可把人的血型分成若干类型。迄今为止,世界上已经发现了25个不同的红细胞血型系统,然而与临床关系最密切的是 ABO 血型系统和 Rh 血型系统。

1. **ABO 血型系统** 人的红细胞内含有 A、B 两种类型的凝集原,根据红细胞内所含凝集原的不同,将人的血液分为 A、B、AB 和 O 型。红细胞膜上仅含有 A 凝集原者,为 A 型血;仅含 B 凝集原者,为 B 型血;同时含 A、B 两种凝集原者,为 AB 型血;既不含 A 也不含 B 凝集原者,为 O 型血。不同血型的人的血清中含有不同的抗体,但不会含有与自身红细胞抗原相应的抗体。在 A 型血者的血清中只含有抗 B 抗体(凝集素);B 型血者的血清中只含有抗 A 抗体(凝集素);O 型血者的血清中含有抗 A 和抗 B 两种抗体(凝集素);而 AB 型血者的血清中不含抗体(凝集素),这也是 AB 型血的人可以接受任何血型的血液的原因(表 15-5)。

表 15-5 ABO 血型系统

血型	红细胞膜上的抗原(凝集原)	血清中的抗体(凝集素)
A	A	抗 B
B	B	抗 A
AB	A、B	无
O	无	抗 A+抗 B

血型系统的抗体包括天然抗体和免疫性抗体两类。ABO 血型系统存在天然抗体。新生儿的血液尚无 ABO 血型系统的抗体,出生后 2～8 个月开始产生,8～10 岁时达高峰。天然抗体多属 IgM,分子量大,不能通过胎盘。因此,血型与胎儿血型不合的孕妇,体内的天然 ABO 血型抗体一般不能通过胎盘到达胎儿体内,不会使胎儿的红细胞发生凝集破坏。免疫性抗体是机体接受了自身所不存在的红细胞抗原的刺激而产生的。免疫性抗体属于 IgG 抗体,分子量小,能够通过胎盘进入胎儿体内。因此,若母体过去因外源性 A 或 B 抗原进入体内而产生免疫性抗体,则与胎儿 ABO 血型不合的孕妇可因母体内免疫性血型抗体进入胎儿体内而引起胎儿红细胞的破坏,发生新生儿溶血病。

2. Rh 血型系统

(1) Rh 血型系统的抗原与分型:人类红细胞除了含有 A、B 抗原外,还有 C、c、D、d、E、e 6 种抗原,称为 Rh 抗原(也称为 Rh 因子)。Rh 抗原只存在于红细胞上。因 D 抗原的抗原性最强,故临床意义最为重要。医学上通常将红细胞膜上含有 D 抗原者称为 Rh 阳性,而红细胞膜上缺乏 D 抗原者称为 Rh 阴性。

(2) Rh 血型系统的分布:在我国各族人群中,汉族和其他大部分民族的人 Rh 阳性者约为 99%,Rh 阴性者仅占 1% 左右。在有些民族的人群中,Rh 阴性者较多,如塔塔尔族为 15.8%,苗族为 12.3%,布依族和乌兹别克族为 8.7%。在这些民族居住的地区,Rh 血型的问题应受到特别重视。

(3) Rh 血型的特点及临床意义:与 ABC 血型系统不同,人的血清中不存在抗 Rh 的天然抗体,只有当 Rh 阴性者在接受 Rh 阳性者的血液后,才会通过体液性免疫产生抗 Rh 的免疫性抗体,通常于输血后 2～4 个月血清中抗 Rh 的抗体水平达到高峰。因此,Rh 阴性的受血者在第一次接受 Rh 阳性血液的输血后,一般不产生明显的输血反应,但在第二次或多次再输入 Rh 阳性的血液时,即可发生抗原-抗体反应,输入的红细胞会被破坏而发生溶血。

Rh 血型系统与 ABO 血型系统之间的另一个不同点是抗体的特性。Rh 系统的抗体主要是 IgG,因其分子较小,能通过胎盘。当 Rh 阴性的孕妇怀有 Rh 阳性的胎儿时,Rh 阳性胎儿的少量红细胞或 D 抗原可以进入母体,使母体产生免疫性抗体,主要是抗 D 抗体。这种抗体可以透过胎盘进入胎儿的血液,使胎儿的红细胞发生溶血,造成新生儿溶血性贫血,严重时可导致胎儿死亡。由于通常只有在妊娠末期或分娩时才有足量的胎儿红细胞进入母体,而母体血液中的抗体的浓度是缓慢增加的,因此 Rh 阴性的母体怀有第一胎 Rh 阳性的胎儿时,很少出现新生儿溶血的情况;但在第二次妊娠时,母体内的抗 Rh 抗体可进入胎儿体内而引起新生儿溶血。因此,当 Rh 阴性的母亲分娩出 Rh 阳性的婴儿后,必须在分娩后 72 小时内注射抗 Rh 的 γ 蛋白,中和进入母体内的 D 抗原,避免 Rh 阴性的母亲致敏,从而预防第二次妊娠时新生儿溶血的发生。

(二) 血型鉴定和交叉配血试验

为了避免输入不相容的红细胞,献血者与受血者之间必须进行血型鉴定和交叉配血试验。血型鉴定主要是鉴定 ABO 血型和 Rh 因子,交叉配血试验是检验其他次要的抗原与其相应抗体的反应情况。

1. 血型鉴定

(1) ABO 血型鉴定:通常是采用已知的抗 A、抗 B 血清来检测红细胞的抗原并确定血型。若被检血液在抗 A 血清中发生凝集,而在抗 B 血清中不发生凝集,说明被检血液为 A 型;若被检血液在抗 B 血清中发生凝集,而在抗 A 血清中不发生凝集,说明被检血液为 B 型;若被检血液在抗 A 血清和抗 B 血清中均凝集,说明被检血液为 AB 型;若被检血液在抗 A 血清和抗 B 血清中均不凝集,则被检血液为 O 型(表 15-6)。

表 15 - 6　ABO 血型鉴定

血型	与抗 A 血清的反应(凝集)	抗 B 血清
A	+	-
B	-	+
AB	+	+
O	-	-

　　ABO 血型也可以采用正常人的 A 型和 B 型红细胞作为指示红细胞,检查血清中的抗体来确定血型。

　　(2) Rh 血型鉴定:Rh 血型主要是用抗 D 血清来鉴定。若受检者的红细胞遇抗 D 血清后发生凝集,则受检者为 Rh 阳性;若受检者的红细胞遇抗 D 血清后不发生凝集,则受检者为 Rh 阴性。

　　2. 交叉配血试验　为了确保输血安全,输血前除做血型鉴定外,还必须做交叉配血试验,即使在 ABO 血型系统相同的人之间也不例外。交叉配血试验包括直接交叉配血试验和间接交叉配血试验。

　　(1) 直接交叉配血试验:用受血者血清和供血者红细胞进行配合试验,检查受血者血清中有无破坏供血者红细胞的抗体。检验结果要求绝对不可以有凝集或溶血现象。

　　(2) 间接交叉配血试验:用供血者血清和受血者红细胞进行配合试验,检查供血者血清中有无破坏受血者红细胞的抗体。

　　如果直接交叉和间接交叉试验结果都没有凝集反应,即交叉配血试验阴性,为配血相合,方可进行输血(表 15 - 7)。

表 15 - 7　交叉配血试验

	直接交叉配血试验	间接交叉配血试验
供血者	红细胞	血清
受血者	血清	红细胞

五、静脉输血的方法

(一) 输血前的准备

　　1. 备血　根据医嘱认真填写输血申请单,并抽取患者静脉血标本 2 ml,将血标本和输血申请单一起送血库作血型鉴定和交叉配血试验。采血时禁止同时采集两个患者的血标本,以免发生混淆。

　　2. 取血　根据输血医嘱,护士凭提血单到血库取血,并和血库人员共同认真做好"三查八对"。三查:查血液的有效期、血液的质量以及血液的包装是否完好无损。八对:对姓名、床号、住院号、血袋(瓶)号(储血号)、血型、交叉配血试验的结果、血液的种类、血量。核对完毕,确认血液没有过期,血袋完整无破漏或裂缝,血液分为明显的两层(上层为浅黄色的血浆,下层为暗红色的红细胞,两者边界清楚,无红细胞溶解),血液无变色、浑浊,无血凝块、气泡或其他异常物质,护士在交叉配血试验单上签字后方可提血。

　　3. 取血后注意事项　血液自血库取出后,勿剧烈震荡,以免红细胞破坏而引起溶血。库存血不能加温,以免血浆蛋白凝固变性而引起不良反应。如为库存血,需在室温下放置 15～20 min 后再输入。

　　4. 核对　输血前,需与另一个护士再次进行核对,确定无误并检查血液无凝块后方可输血。

5. 知情同意　输血前,应先取得患者的理解并征求患者的同意,签署知情同意书。

(二)静脉输血术

目前临床均采用密闭式输血法,密闭式输血法有间接静脉输液法和直接静脉输液法两种。

1. 目的　详见输血的目的。

2. 用物

(1)间接静脉输血法:同周围静脉输液术,仅将一次性输液器换为一次性输血器(滴管内有滤网,可去除大的细胞碎屑和纤维蛋白等微粒,而血细胞、血浆等均能通过滤网;静脉穿刺针头为9号针头)。

(2)直接静脉输血法:同静脉注射,另备50 ml注射器及针头数个(根据输血量多少而定)、3.8%枸橼酸钠溶液、血压计袖带。

(3)生理盐水、血液制品(根据医嘱准备)、一次性手套。

3. 实施

(1)间接输血法:将抽出的血液按静脉输液法输给患者的方法(表15-8)。

表15-8　间接输血法操作步骤

操作步骤	注意事项与说明
1. 再次检查核对　将用物携至患者床旁,与另一位护士一起再次核对和检查	● 严格执行查对制度,避免差错事故的发生 ● 按取血时的"三查八对"内容逐项进行核对和检查,确保无误
2. 建立静脉通道　按静脉输液法建立静脉通道,输入少量生理盐水	● 在输入血液前先输入少量生理盐水,冲洗输血器管道
3. 摇匀血液　以手腕旋转动作将血袋内的血液轻轻摇匀	● 避免剧烈震荡,以防止红细胞破坏
4. 连接血袋进行输血　戴手套,打开储血袋封口,常规消毒或用安尔碘消毒开口处塑料管,将输血器针头从生理盐水瓶上拔下,插入输血器的输血接口,缓慢将储血袋倒挂于输液架上	● 戴手套是为了医务人员自身的保护
5. 控制和调节滴速　开始输入时速度宜慢,观察15 min左右,如无不良反应后再根据病情及年龄调节滴速	● 开始滴速不要超过20滴/min ● 成人一般40～60滴/min,儿童酌减
6. 操作后处理 (1)撤去治疗巾,取出止血带和小垫枕,整理床单位,协助患者取舒适卧位 (2)将呼叫器放于患者易取处 (3)整理用物,洗手,记录	 ● 告知患者如有不适及时使用呼叫器通知护士 ● 在输血卡上记录输血的时间、滴速、患者的全身及局部情况,并签全名
7. 续血时的处理　如果需要输入2袋以上的血液时,应在上一袋血液即将滴尽时,常规消毒或用安尔碘消毒生理盐水瓶塞,然后将针头从储血袋中拔出,插入生理盐水瓶中,输入少量生理盐水,然后再按与第一袋血相同的方法连接血袋继续输血	● 两袋血之间用生理盐水冲洗是为了避免两袋血之间发生反应 ● 输完血的血袋要保留,以备出现输血反应时查找原因
8. 输血完毕后的处理 (1)用上述方法继续滴入生理盐水,直到将输血器内的血液全部输入体内再拔针 (2)同周围静脉输液术步骤17	 ● 最后滴入生理盐水是保证输血器内的血液全部输入体内,保证输血量准确 ● 同周围静脉输液术 ● 记录的内容包括:输血时间、种类、血量、血型、血袋号(储血号),有无输血反应

（2）直接输血法：是将供血者的血液抽出后立即输给患者的方法（表 15-9）。适用于无库血而患者又急需输血及婴幼儿的少量输血时。

表 15-9　直接输血法操作步骤

操作步骤	注意事项与说明
1. 准备卧位　请供血者和患者分别卧于相邻的两张床上，露出各自供血或受血的一侧肢体	● 方便操作
2. 核对　认真核对供血者和患者的姓名、血型及交叉配血结果	● 严格执行查对制度，避免差错事故发生
3. 抽取抗凝剂　用备好的注射器抽取一定量的抗凝剂	● 避免抽出的血液凝固 ● 一般 50 ml 血中需加入 3.8% 枸橼酸钠溶液 5 ml
4. 抽、输血液 （1）将血压计袖带缠于供血者上臂并充气 （2）选择穿刺静脉，常规消毒皮肤 （3）用加入抗凝剂的注射器抽取供血者的血液，然后立即行静脉注射将抽出的血液输给患者	● 使静脉充盈，易于操作 ● 压力维持在 13.3 kPa(100 mmHg) 左右 ● 一般选择粗大静脉，常用肘正中静脉 ● 抽、输血液时需三人配合：一人抽血，一人传递，另一人输注，如此连续进行 ● 从供血者血管内抽血时不可过急过快，并注意观察其面色、血压等变化，并询问有无不适 ● 推注速度不可过快，随时观察患者的反应 ● 连续抽血时，不必拔出针头，只需更换注射器，在抽血间期放松袖带，并用手指压迫穿刺部位前端静脉，以减少出血
5. 输血完毕后的处理 （1）输血完毕，拔出针头，用无菌纱布块按压穿刺点至无出血 （2）同周围静脉输液术步骤 17(2)～(4)	● 同周围静脉输液术 ● 记录的内容包括：输血时间、血量、血型、有无输血反应

六、自体输血和成分输血

（一）自体输血

自体输血是指术前采集患者体内血液或手术中收集自体失血，经过洗涤、加工，在术后或需要时再输回给患者本人的方法，即回输自体血。自体输血是最安全的输血方法。

1. 优点

（1）无需做血型鉴定和交叉配血试验，不会产生免疫反应，避免了抗原抗体反应所致的溶血、发热和过敏反应。

（2）节省血源。

（3）避免了因输血而引起的疾病传播。

2. 适应证与禁忌证

（1）适应证：①胸腔或腹腔内出血，如脾破裂、异位妊娠破裂出血者。②估计出血量在 1 000 ml 以上的大手术，如肝叶切除术。③手术后引流血液回输，一般仅能回输术后 6 h 内的引流血液。④体外循环或深低温下进行心内直视手术。⑤患者血型特殊，难以找到供血者时。

（2）禁忌证：①胸腹腔开放性损伤达 4 h 以上者。②凝血因子缺乏者。③合并心脏病、阻塞性肺部疾患或原有贫血的患者。④血液在术中受胃肠道内容物污染。⑤血液可能受癌细胞污染者。

⑥有脓毒血症和菌血症者。

3. 形式　自体输血有下列 3 种形式。

(1) 术前预存自体血：对符合条件的择期手术的患者，在术前抽取患者的血液，并将其放于血库在低温下保存，待手术时再输还给患者。一般于手术前 3～5 周开始，每周或隔周采血一次，直至手术前 3 天为止，以利机体应对因采血引起的失血，使血浆蛋白恢复正常水平。

(2) 术前稀释血液回输：于手术日手术开始前采集患者血液，并同时自静脉输入等量的晶体或胶体溶液，使患者的血容量保持不变，并降低了血中的红细胞压积，使血液处于稀释状态，减少了术中红细胞的损失。所采集的血液在术中或术后输给患者。

(3) 术中失血回输：在手术中收集患者血液，采用自体输血装置，抗凝和过滤后再将血液回输给患者。多用于脾破裂、输卵管破裂，血液流入腹腔 6 h 内无污染或无凝血者。自体失血回输的总量应限制在 3 500 ml 以内，大量回输自体血时，应适当补充新鲜血浆和血小板。

(二) 成分输血

1. 成分输血的概念　成分输血是指输入血液的某种成分。它是根据患者的需要，使用血液分离技术，将新鲜血液快速分离成各种成分，然后根据患者需要，输入一种或多种成分。由于患者很少需要输入血液的所有成分，因此只输入其身体所需要的血液成分是十分有意义的。这种疗法又称"血液成分疗法"，起到一血多用、减少输血反应的作用。

通常一份血可以分离出一种或多种成分，输给不同的患者，而一个患者可接受来自不同供血者的同一成分，这样可以发挥更大的临床治疗作用。随着现代科学技术的发展，根据血液各种成分的不同比重，将其分离提纯已变得很容易。多数情况下，患者输入所需的特定成分血比输入全血更合适。特定的成分血如红细胞、血小板、血浆、白细胞、白蛋白和凝血制剂等常被用于血液中缺乏这些成分的患者。这种现代输血技术，无论从医学生理学理论或从免疫学角度均体现出极大的优越性，是输血领域中的新进展。

2. 成分输血的特点

(1) 成分血中单一成分少而浓度高，除红细胞制品以每袋 100 ml 为一单位外，其余制品，如白细胞、血小板、凝血因子等每袋规格均以 25 ml 为一单位。

(2) 成分输血每次输入量为 200～300 ml，即需要 8～12 单位(袋)的成分血，这意味着一次给患者输入 8～12 位供血者的血液。

3. 成分输血的注意事项

(1) 某些成分血，如白细胞、血小板等(红细胞除外)，存活期短，为确保成分输血的效果，以新鲜血为宜，且必须在 24 h 内输入体内(从采血开始计时)。

(2) 除血浆和白蛋白制剂外，其他各种成分血在输入前均需进行交叉配血试验。

(3) 成分输血时，由于一次输入多个供血者的成分血，因此在输血前应根据医嘱给予患者抗过敏药物，以减少过敏反应的发生。

(4) 由于一袋成分血液只有 25 ml，几分钟即可输完，故成分输血时，护士应全程守护在患者身边，进行严密的监护，不能擅自离开患者，以免发生危险。

(5) 如患者在输成分血的同时，还需输全血，则应先输成分血，后输全血，以保证成分血能发挥最好的效果。

七、常见输血反应及护理

输血是具有一定危险性的治疗措施，会引起输血反应，严重者可以危及患者的生命。因此，为了保证患者的安全，在输血过程中，护士必须严密观察患者，及时发现输血反应的征象，并积极采取有效的措施处理各种输血反应。

(一) 发热反应

发热反应是输血反应中最常见的反应。

1. **原因** 发生发热反应的原因如下。

(1) 由致热原引起,如血液、保养液或输血用具被致热原污染。

(2) 多次输血后,受血者血液中产生白细胞和血小板抗体,当再次输血时,受血者体内产生的抗体与供血者的白细胞和血小板发生免疫反应,引起发热。

(3) 输血时没有严格遵守无菌操作原则,造成污染。

2. **临床表现** 可发生在输血过程中或输血后1~2 h内,患者先有发冷、寒战,继之出现高热,体温可达38~41℃,可伴有皮肤潮红、头痛、恶心、呕吐、肌肉酸痛等全身症状,一般不伴有血压下降。发热持续时间不等,轻者持续1~2 h即可缓解,缓解后体温逐渐降至正常。

3. **护理**

(1) 预防:严格管理血库保养液和输血用具,有效预防致热原,严格执行无菌操作。

(2) 处理:①反应轻者减慢输血速度,症状可以自行缓解。②反应重者应立即停止输血,密切观察生命体征,给予对症处理(发冷者注意保暖、高热者给予物理降温),并及时通知医生。③必要时遵医嘱给予解热镇痛药和抗过敏药,如异丙嗪或肾上腺皮质激素等。④将输血器、剩余血连同贮血袋一并送检。

(二) 过敏反应

1. **原因**

(1) 患者为过敏体质,对某些物质易引起过敏反应。输入血液中的异体蛋白质与患者机体的蛋白质结合形成全抗原而使机体致敏。

(2) 输入的血液中含有致敏物质,如供血者在采血前服用过可致敏的药物或进食了可致敏的食物。

(3) 多次输血的患者,体内可产生过敏性抗体,当再次输血时,抗原抗体相互作用而发生输血反应。

(4) 供血者血液中的变态反应性抗体随血液传给受血者,一旦与相应的抗原接触,即可发生过敏反应。

2. **临床表现** 过敏反应大多发生在输血后期或即将结束输血时,其程度轻重不一,通常与症状出现的早晚有关。症状出现越早,反应越严重。

(1) 轻度反应:输血后出现皮肤瘙痒,局部或全身出现荨麻疹。

(2) 中度反应:出现血管神经性水肿,多见于颜面部,表现为眼睑、口唇高度水肿。也可发生喉头水肿,表现为呼吸困难,两肺可闻及哮鸣音。

(3) 重度反应:发生过敏性休克。

3. **护理**

(1) 预防:①正确管理血液和血制品。②选用无过敏史的供血者。③供血者在采血前4 h内不宜吃高蛋白和高脂肪的食物,宜用清淡饮食或饮糖水,以免血中含有过敏物质。④对有过敏史的患者,输血前根据医嘱给予抗过敏药物。

(2) 处理:根据过敏反应的程度给予对症处理。①轻度过敏反应,减慢输血速度,给予抗过敏药物,如苯海拉明、异丙嗪或地塞米松,用药后症状可缓解。②中、重度过敏反应,应立即停止输血,通知医生,根据医嘱皮下注射1:1 000肾上腺素0.5~1 ml或静脉滴注氢化可的松或地塞米松等抗过敏药物。③呼吸困难者给予氧气吸入,严重喉头水肿者行气管切开。④循环衰竭者给予抗休克治疗。⑤监测生命体征变化。

(三) 溶血反应

溶血反应是受血者或供血者的红细胞发生异常破坏或溶解引起的一系列临床症状。溶血反应是最严重的输血反应,分为血管内溶血和血管外溶血。

1. 血管内溶血

(1) 原因:①输入了异型血液:供血者和受血者血型不符而造成血管内溶血,反应发生快,一般输入 10~15 ml 血液即可出现症状,后果严重。②输入了变质的血液:输血前红细胞已经被破坏溶解,如血液贮存过久、保存温度过高、血液被剧烈震荡或被细菌污染、血液内加入高渗或低渗溶液或影响 pH 值的药物等,均可导致红细胞破坏溶解。

(2) 临床表现:轻重不一,轻者与发热反应相似,重者在输入 10~15 ml 血液时即可出现症状,死亡率高。通常可将溶血反应的临床表现分为以下 3 个阶段。

第一阶段,受血者血清中的凝集素与输入血中红细胞表面的凝集原发生凝集反应,使红细胞凝集成团,阻塞部分小血管。患者出现头部胀痛,面部潮红,恶心、呕吐,心前区压迫感,四肢麻木,腰背部剧烈疼痛等反应。

第二阶段,凝集的红细胞发生溶解,大量血红蛋白释放到血浆中出现黄疸和血红蛋白尿(尿呈酱油色),同时伴有寒战、高热、呼吸困难、发绀和血压下降等。

第三阶段,一方面,大量血红蛋白从血浆进入肾小管,遇酸性物质后形成结晶,阻塞肾小管。另一方面,由于抗原、抗体的相互作用,又可引起肾小管内皮缺血、缺氧而坏死脱落,进一步加重了肾小管阻塞,导致急性肾衰竭,表现为少尿或无尿,管型尿和蛋白尿,高血钾症、酸中毒,严重者可致死亡。

(3) 护理

1) 预防:①认真做好血型鉴定与交叉配血试验。②输血前认真查对,杜绝差错事故的发生。③严格遵守血液保存规则,不可使用变质血液。

2) 处理:一旦发生输血反应,应进行以下处理:①立即停止输血,并通知医生。②给予氧气吸入,建立静脉通道,遵医嘱给予升压药或其他药物治疗。③将剩下的余血、患者血标本和尿标本送化验室进行检验。④双侧腰部封闭,并用热水袋热敷双侧肾区,解除肾小管痉挛,保护肾脏。⑤碱化尿液:静脉注射碳酸氢钠,增加血红蛋白在尿液中的溶解度,减少沉淀,避免阻塞肾小管。⑥严密观察生命体征和尿量,插入导尿管,检测每小时尿量,并做好记录。若发生肾衰竭,行腹膜透析或血液透析治疗。⑦若出现休克症状,应进行抗休克治疗。⑧心理护理:安慰患者,消除其紧张、恐惧心理。

2. 血管外溶血 多由 Rh 系统内的抗体(抗 D、抗 C 和抗 E)引起。临床常见 Rh 系统血型反应中,绝大多数是由 D 抗原与其相应的抗体相互作用产生抗原抗体免疫反应所致。反应的结果使红细胞破坏溶解,释放出的游离血红蛋白转化为胆红素,经血液循环至肝脏后迅速分解,然后通过消化道排出体外。Rh 阴性患者首次输入 Rh 阳性血液时不发生溶血反应,但输血 2~3 周后体内即产生抗 Rh 因子的抗体。如再次接受 Rh 阳性的血液,即可发生溶血反应。Rh 因子不合所引起的溶血反应较少见,且发生缓慢,可在输血后几小时至几天后才发生,症状较轻,有轻度的发热伴乏力、血胆红素升高等。对此类患者应查明原因,确诊后,尽量避免再次输血。

(四) 与大量输血有关的反应

大量输血一般是指在 24 h 内紧急输血量相当于或大于患者总血容量。常见的与大量输血有关的反应有循环负荷过重的反应、出血倾向及枸橼酸钠中毒等。

1. 循环负荷过重 即肺水肿,其原因、临床表现和护理同静脉输液反应。

2. 出血倾向

(1) 原因:长期反复输血或超过患者原血液总量的输血,由于库存血中的血小板破坏较多,使凝血因子减少而引起出血。

(2) 临床表现：表现为皮肤、黏膜瘀斑,穿刺部位大块淤血或手术伤口渗血。

(3) 护理：①短时间输入大量库血时,应密切观察患者的意识、血压、脉搏等变化,注意皮肤、黏膜或手术伤口有无出血。②严格掌握输血量,每输库血 3～5 个单位,应补充 1 个单位的新鲜血。③根据凝血因子缺乏情况补充有关成分。

3. 枸橼酸钠中毒反应

(1) 原因：大量输血使枸橼酸钠大量进入体内,如果患者的肝功能受损,枸橼酸钠不能完全氧化和排出,而与血中的游离钙结合使血钙浓度下降。

(2) 临床表现：患者出现手足抽搐,血压下降,心率缓慢。心电图出现 Q-T 间期延长,甚至心跳骤停。

(3) 护理：遵医嘱常规每输库血 1 000 ml,静脉注射 10％葡萄糖酸钙 10 ml,预防发生低血钙。

(五) 其他

如空气栓塞,细菌污染反应,体温过低以及通过输血传染各种疾病(病毒性肝炎、疟疾、艾滋病)等。因此,严格把握采血、贮血和输血操作的各个环节,是预防上述输血反应的关键。

复 习 题

【A 型题】

1. 静脉输液的目的不包括： （　）

　　A. 纠正体内水、电解质及酸碱失衡　　　　B. 增加血红蛋白,纠正贫血

　　C. 补充营养,维持能量　　　　　　　　　D. 输入药物,治疗疾病

　　E. 增加循环血量,维持血压

2. 具有改善微循环作用的溶液是： （　）

　　A. 低分子右旋糖酐　　　　B. 0.9％氯化钠　　　　C. 50％葡萄糖

　　D. 复方氯化钠　　　　　　E. 浓缩白蛋白

3. 使用静脉留置输液法的适应证是： （　）

　　A. 输血　　　　　　　　　　　　　　　　B. 长期输液且静脉穿刺困难者

　　C. 一次输入液体量大　　　　　　　　　　D. 有静脉炎的患者

　　E. 小儿患者

4. 使用输液泵输液的最主要目的是： （　）

　　A. 控制输液速度　　　　B. 减少静脉炎的发生率　　　　C. 控制急性肺水肿

　　D. 减轻患者不适　　　　E. 输液更安全

5. 输入下列哪种溶液时速度宜慢： （　）

　　A. 低分子右旋糖酐　　　　B. 5％葡萄糖溶液　　　　C. 升压药物

　　D. 抗生素　　　　　　　　E. 生理盐水

6. 颈外静脉输液,最佳穿刺点在： （　）

　　A. 下颌角与锁骨上缘中点联线下 1/3 处　　　　B. 下颌角与锁骨下缘中点联线下 1/3 处

　　C. 下颌角与锁骨下缘中点联线上 1/3 处　　　　D. 下颌角与锁骨上缘中点联线上 1/3 处

　　E. 下颌角与锁骨上缘中点联线中 1/3 处

7. 茂菲滴管内液面自行下降时应考虑为： （　）

　　A．患者肢体位置不当　　　　　　　　B．茂菲滴管有裂隙

　　C．输液的液面受压力过大　　　　　　D．输液胶管太粗,滴速过快

　　E．针头处漏水

8. 因针头堵塞导致输液故障,正确的处理方法是:　　　　　　　　　　　　　　（　　）

　　A．调整肢体位置　　　　　B．挤压输液管　　　　　　C．抬高输液瓶

　　D．局部血管热敷　　　　　E．更换针头重新穿刺

9. 输液过程中,发生循环负荷过重时,使用乙醇湿化给氧的目的是:　　　　　　（　　）

　　A．乙醇能降低肺泡内泡沫的表面张力　　　　B．乙醇可扩张血管

　　C．乙醇可收缩血管　　　　　　　　　　　　D．乙醇可增加心脏收缩力量

　　E．乙醇可溶解呼吸道内的分泌物

10. 静脉输液发生空气栓塞时,造成患者死亡的原因是空气阻塞了:　　　　　　（　　）

　　A．上腔静脉入口　　　　B．下腔静脉入口　　　　　C．肺动脉入口

　　D．肺静脉入口　　　　　E．主动脉入口

11. 对手术过程中出血量较多者,可采用哪种输血方法:　　　　　　　　　　　　（　　）

　　A．术中失血回输法　　　　B．自身储备回输法　　　　C．成分输血

　　D．输全血　　　　　　　　E．输入大量血浆

12. 大量输入库存血后容易出现:　　　　　　　　　　　　　　　　　　　　　　（　　）

　　A．碱中毒和低血钾症　　　B．碱中毒和高血钾　　　　C．酸中毒和低血钾症

　　D．酸中毒和高血钾　　　　D．高血钠和低血钾症

13. 下列关于输血操作,做法错误的是:　　　　　　　　　　　　　　　　　　　（　　）

　　A．输血前需准备好输血器　　　　　　B．输血前需2个护士共同查对

　　C．输血前需将血液加温　　　　　　　D．输血完毕,需输入少量生理盐水

　　E．输血前,要向患者解释清楚输血的作用

14. 大量输血引起的皮肤黏膜瘀点或瘀斑,其相关原因是:　　　　　　　　　　（　　）

　　A．输入的血液中凝血因子少　　　　　B．过敏反应

　　C．溶血反应　　　　　　　　　　　　D．发热反应

　　E．贫血

15. 患者王某,55岁,因进不洁食物引起腹泻、呕吐,需输液治疗。为纠正水和电解质失调,可给予下

　　列哪种溶液:　　　　　　　　　　　　　　　　　　　　　　　　　　　　　（　　）

　　A．复方氯化钠　　　　　　B．右旋糖酐　　　　　　　C．20%甘露醇

　　D．白蛋白　　　　　　　　E．25%葡萄糖溶液

16. 女性,21岁,因再生障碍性贫血入院。根据医嘱此患者须长时间静脉用药。依据合理使用静脉

　　的原则,护士在选择血管时应注意:　　　　　　　　　　　　　　　　　　　（　　）

　　A．由近心端到远心端　　　　B．由远心端到近心端　　　　C．先粗大后细小

　　D．先细直后弯曲　　　　　　E．先上后下

17. 某患者,20岁,心肺功能良好,因腹泻而严重脱水,给予大量补液,护士应将滴速调节为:（　　）

　　A．20滴/min　　　B．30滴/min　　　C．40滴/min　　　D．50滴/min　　　E．60滴/min

18. 某患者,当日需输入500 ml液体,从早上8点半开始输液,50滴/min,问几小时输完(注:每ml

　　相当于15滴):　　　　　　　　　　　　　　　　　　　　　　　　　　　　（　　）

　　A．10点　　　　B．10点半　　　　C．11点　　　　D．11点半　　　　E．12点

19. 林先生,34岁,因肺炎入院,按医嘱给予红霉素静脉滴注,用药5天后,输液部位组织红、肿、灼

　　热、疼痛沿静脉走向出现条索状红线,下列护理措施错误的是:　　　　　　　（　　）

A. 用 50％硫酸镁热湿敷　　　B. 局部超短波理疗　　　C. 患肢放低并制动

D. 经常更换输液部位　　　E. 防止药液溢出血管

20. 某患者,慢性支气管炎,给予抗生素治疗,在输液过程中突然出现呼吸困难,气促、咳嗽、咯粉红色泡沫样痰,该患者可能出现了: （　　）

A. 循环负荷过重　　　B. 哮喘　　　C. 肺源性心脏病

D. 慢性支气管炎急性发作　　　E. 心力衰竭

21. 患者女性,24 岁,输血 15 分钟后感觉头胀,四肢麻木,腰背部剧痛,脉细弱,血压下降,下列处理措施中错误的是: （　　）

A. 热水袋敷腰部　　　　　　　　B. 观察血压、尿量

C. 取血标本和余血送检血型鉴定和交叉试验　　　D. 减慢输血速度

E. 立即通知医生

22. 患者姚某,输大量库血后心率缓慢,手足抽搐、血压下降。患者可能出现了: （　　）

A. 出血倾向　　　B. 溶血反应　　　C. 发热反应

D. 过敏反应　　　E. 枸橼酸钠中毒反应

【填空题】

1. 输液时,"三松"包括松_____、_____、嘱患者松拳。

2. 输液时,一般成人的滴速是_____,小儿_____。

3. 发生空气栓塞时,应置患者于_____和_____位。

4. 取血时的"三查"指的是查_____、血液的质量以及血液的包装是否完好无损,"八对"指的是对患者的姓名、床号、住院号、_____、血型、_____、血液的种类、血量。

5. 输入两袋以上血液时,两袋血之间需输入少量_____。

6. 输血反应包括发热反应、_____、_____和大量输血后反应。

7. 溶血时,出现_____尿,是由于凝集的红细胞发生溶解,大量_____散布到血浆中所致。

【名词解释】

1. 静脉输液　　2. 静脉输血　　3. 成分输血

【简答题】

1. 进行颈外静脉、锁骨下静脉穿刺插管时,如何去确定穿刺部位?

2. 输液中如遇到溶液不滴,常由哪些原因引起? 如何处理?

3. 为确保输血的安全有效,你认为操作中应注意什么?

4. 某患者,在一个诊所输液时,感到发冷,寒颤,测体温 39.0℃,问:该患者可能出现了什么输液反应? 可能由什么原因引起? 如何处理?

【病例分析题】

1. 某患者,女,慢性支气管炎 30 年,以腹泻为主诉入院,给予大量补液,在输液过程中,患者突然出现呼吸困难,气促、咳嗽、咯粉红色泡沫样痰,问:该患者可能出现了什么输液反应? 如何处理? 针对此患者,如何预防该输液反应的发生?

2. 刘某,女,49 岁,入院时主述:月经增多 2 年。住院诊断:①子宫肌瘤。②继发性贫血。③高血压病。住院后经过:6 月 12 日住院准备手术,配 B 型血 200 ml,于 6 月 17 日上午输血,在输血过程

中,患者有发冷、寒战、发热等反应,暂时停输,下午1时加氢化可的松100 mg继续输血,下午4时输完,未出现反应。当晚患者感到腰背痛,小便一次,约50 ml,略带红色。6月18日下午3时在硬膜外麻醉下行子宫及双侧附件切除术。术前放置导尿管,膀胱内无尿,术中发现切口易渗血,腹腔中有少量血性渗出液。患者多汗,血压80/50 mmHg,再配血时发现血型为O型,证明一天前误输B型血200 ml,造成肾功能损害,5时40分手术完毕,立即组织抢救小组进行抢救。

问:① 该患者出现了什么输血反应?

② 出现腰背痛、尿略带红色、无尿的机制分别是什么?

③ 护理原则是什么?

④ 如何预防此类事故的发生?

第十六章

病情观察和危重患者的抢救和护理

■ 病情观察
■ 危重患者的抢救和护理
■ 常用抢救技术

导　学

内容及要求

病情观察和危重患者的抢救和护理包括 3 个部分的内容,病情观察、危重患者的抢救和护理、常用抢救技术。

病情观察主要介绍病情观察的定义、意义、方法、内容。在学习中,应重点掌握病情观察的定义、病情观察的方法;熟悉一般情况、意识状态、瞳孔、呕吐物的观察内容;了解生命体征的观察、特殊检查或药物治疗的观察。

危重患者的抢救和护理主要介绍抢救工作的组织管理及抢救准备、危重患者的支持性护理。在学习中,应重点掌握危重患者的支持性护理;熟悉抢救工作的组织管理;了解抢救设备的管理。

常用抢救技术主要介绍基本生命支持技术、洗胃术、人工呼吸器。在学习中,应重点掌握上述操作的适应证、禁忌证、实施步骤及实施要点;熟悉操作的注意事项。

重点、难点

病情观察和危重患者的抢救和护理的重点是第一节病情观察的内容、第三节基本生命支持技术的实施步骤及实施要点。其难点是危重患者的支持性护理、人工呼吸器等。

专科生的要求

专科层次的学生对病情观察中特殊检查、药物治疗的观察、人工呼吸器仅做一般了解即可。

病情观察是护理工作的一项重要内容,也是护理活动必不可少的技巧。护士和患者接触最密切,接触的时间最长,因而也最容易观察到患者病情变化的早期征兆。护士及时、准确地观察患者病情变化可以为诊断、治疗、护理和预防并发症提供重要依据,因此,在护理实践过程中,护士需要合理运用理论知识和护理技巧,敏锐、细致地观察并了解病情,以及时、准确地掌握或预见病情变化,采取必要的护理措施,为患者赢得抢救时间,有效提高医疗护理质量,更好地为患者服务。

危重患者病情严重而复杂,病情变化快,随时可能出现生命危险,抢救质量直接关系到患者的生命和生存质量。因此,在抢救过程中,护士需要具备良好的急救意识、应变能力和抢救技能,牢固掌握急救的基本理论、基本知识和基本技能,与医生有效配合,保证抢救工作的顺利进行。

▦ 第一节　病　情　观　察

一、病情观察的定义及意义

(一)病情观察的定义

病情观察是护士在护理工作中运用视、听、嗅、触等感觉器官及辅助工具(如血压计、听诊器、体温计、叩诊锤等)来了解患者的生理、病理变化及心理反应的认知过程。病情观察是基础护理工作的重要内容,是为患者提供有效的护理服务的基本保证,因此护士应该有目的地使用各种感觉器官,合理运用辅助仪器,获取患者病情的准确资料,提高观察效果,为患者的科学治疗和护理提供依据,促进并维护患者的健康。

(二)病情观察的意义

病情观察可以为疾病的诊断、治疗和护理提供科学依据;可以帮助判断疾病的发展趋向和转归,在患者的诊疗和护理过程中做到心中有数;可以及时了解治疗效果和用药反应;可以有助于及时发现危重症患者病情变化的征象等,以便采取有效措施及时处理,防止病情恶化,挽救患者生命。

二、病情观察的方法

病情观察的方法包括直接病情观察法和间接病情观察法。

直接病情观察法是护理人员运用视、听、触、嗅等感觉器官观察患者的方法。如通过视觉,可以观察到患者全身的一般状态和体征(年龄、发育、营养、面容、肢体活动等)、身体各部位的情况(皮肤、黏膜、肌肉、骨骼等)、分泌物、排泄物的颜色、性质和内容等;通过听觉,可以观察到患者说话的声音、啼哭音,辨别心音、呼吸音、肠鸣音、痰鸣音等异常变化;通过触觉,可以检查身体各部位的情况是否有异常,如温度、湿度、弹性、波动、光滑度、柔软度、外形等;通过嗅觉,可以辨别患者的皮肤、黏膜、呼吸道、胃肠道、呕吐物、排泄物、分泌物等异常气味与疾病之间的关系。

间接病情观察法是通过与医生、家属、亲友的交流、床边和书面交接班、阅读病历、检验报告、会诊报告及其他相关资料,来获取有关病情的信息,也可借助仪器,提高观察的效果,如心电监护仪等。

三、病情观察的内容

(一)一般情况的观察

1. 发育　发育状态以年龄、智力和体格成长状态(如身高、体重、第二性征)之间的关系进行综合评价。发育正常时,其年龄与智力、体格的成长状态处于均衡一致,第二性征与年龄相称。一般成人发育正常的指标包括:头部的长度为身高的 $1/7 \sim 1/8$;胸围为身高的 $1/2$;双上肢展开后,左右指端的距离与身高基本一致;坐高等于下肢的长度。

正常的发育与种族、遗传、内分泌、营养状况、生活条件、体育锻炼等内外因素密切相关。如在发育成熟前,出现垂体前叶功能亢进,生长激素分泌过多,可致体格异常高大,称为巨人症;如发生垂体功能减退,可致体格异常矮小,称为垂体性侏儒症。如在发育成熟后,出现垂体功能亢进,可致肢端肥大症。

2. **营养** 个体的营养状态与食物的摄入、消化、吸收和代谢等因素密切相关,也受心理、社会、环境等因素的影响,其状态可作为评定健康和疾病程度的标准之一。可根据皮肤、毛发、皮下脂肪、肌肉的情况进行营养状态的综合判断和评价,此外测量一定时间内体重的变化也是观察营养状态的方法之一。临床上通常用良好、不良、中等 3 个等级对营养状态进行描述。相关内容详见第十二章饮食与营养。

3. **面容与表情** 面容是指面部呈现的状态,表情是在面部或姿态上思想感情的表现。健康人表情自然,双目有神,神态安怡;当个体患有某些疾病并发展到一定程度时,可出现特征性的面容与表情,对疾病的诊断有帮助。通过视诊即可确定患者的面容和表情,临床上常见的典型面容改变有以下几种。

(1) 急性病容:面色潮红,兴奋不安,呼吸急促,表情痛苦,可伴有鼻翼煽动,口唇疱疹等。多见于急性感染性疾病,如肺炎球菌肺炎、疟疾、流行性脑脊髓膜炎、急腹症等。

(2) 慢性病容:面容憔悴,面色晦暗或苍白,目光暗淡、无神。常见于慢性消耗性疾病,如恶性肿瘤、肝硬化、严重结核病等。

(3) 贫血面容:面色苍白、唇舌色淡,表情疲惫。见于各种原因所致的贫血。

(4) 肝病面容:面颊瘦削,面色晦暗,额部、鼻背、双颊有褐色色素沉着。见于慢性肝脏疾病。

(5) 肾病面容:面色苍白,眼睑、颜面浮肿,舌色淡,舌缘有齿痕。见于慢性肾脏疾病。

(6) 甲状腺功能亢进面容:面容惊愕,眼裂增宽,眼球凸出,瞬目减少,目光炯炯,兴奋不安,烦躁易怒。

(7) 二尖瓣面容:面色晦暗、双颊紫红、口唇发绀。

(8) 满月面容:面圆如满月,皮肤发红,常伴痤疮,女性可有胡须生长。见于肾上腺皮质功能亢进症及长期应用糖皮质激素者。

(9) 脱水面容:面颊瘦削,面容苍白或晦暗,表情淡漠,眼窝凹陷,颧弓及鼻梁隆起,唇干,皮肤干燥松弛,双目无神。见于严重腹泻、呕吐、失血等患者。

(10) 面具面容:面部呆板,无表情,似面具样,是面部表情肌活动受抑制所致。见于震颤麻痹、脑血管疾病、脑萎缩、脑炎等。

4. **体位** 是指患者在卧位时身体所处的状态,常见体位有自主体位、被动体位、强迫体位。体位对某些疾病的诊断具有一定意义。如急性腹膜炎的患者,为减轻腹肌紧张而采取强迫仰卧位,且双腿常屈曲;破伤风的患者,颈部及脊柱肌肉强直,头部极度后仰,胸腹前凸,背过伸,呈角弓反张位。

5. **姿势与步态**

(1) 姿势:是指举止的状态,健康成人躯干端正、肢体活动灵活适度。患者因疾病的影响,可出现姿势的改变。

(2) 步态:指走路时所表现的姿态,健康人的步态受年龄影响有不同表现,如小孩喜欢急行或小跑,青壮年步伐矫健,老年人小步慢行。当患某些疾病时患者的步态可发生改变,并具有一定的特征性。常见的典型异常步态有蹒跚步态、醉酒步态、共济失调步态、慌张步态、跨阈步态、剪刀步态、间歇性跛行、偏瘫步态等。

6. **皮肤与黏膜** 皮肤与黏膜的改变既可能是其本身的病变,也可能是某些全身性疾病的一种表现。检查以视诊为主,有时需配合触诊,主要应观察皮肤黏膜的颜色、温度、湿度、弹性、有无出血、水肿、皮疹、皮下结节、囊肿等情况。如贫血患者,其口唇、结膜、指甲苍白;热性疾病、阿托品中毒的患者,皮肤发红;肺心病、心力衰竭等缺氧患者,其口唇、颧部、鼻尖、耳廓、肢端等部位发绀;胆道梗阻、溶血性疾病的患者巩膜、软腭黏膜、皮肤黄染;肝病、肾上腺皮质功能减退的患者皮肤色素沉着;休克患者皮肤湿冷;严重脱水、慢性消耗性疾病的患者皮肤弹性差;心性水肿可表现为下肢和全身水肿;肾性水肿多于晨起出现眼睑、颜面水肿;出血性疾病、重症感染患者皮肤黏膜出现瘀点、紫癜、瘀斑、血肿。

（二）生命体征的观察

生命体征包括体温、脉搏、呼吸和血压4项。它们作为衡量机体身心状况的指标，是机体内在活动的一种客观反映，在患者病情观察中占重要地位，护士应密切观察，并贯穿于护理的全过程。正常情况下生命体征在一定范围内变化很小，相对稳定。但在病理状况下，生命体征变化最为敏感。相关内容详见第十一章生命体征。

（三）意识状态的观察

意识状态是高级神经中枢功能活动的综合表现，是对环境的知觉状态。正常人意识清晰，思维活动正常，语言准确，对周围刺激反应灵敏。但当大脑高级中枢神经活动功能受损时，便发生意识障碍。意识障碍是指个体对外界环境刺激缺乏正常反应的一种精神状态，表现为对自身及外界环境的认识、感觉、知觉、记忆、思维、定向力、情感等精神活动不同程度的异常改变。意识障碍可有下列不同程度的表现：

1. **嗜睡**　是最轻度的意识障碍，是一种病理性倦睡。在安静环境下患者处于持续睡眠状态，但能被言语或轻度刺激唤醒，醒后能正确、简单而缓慢地回答问题和做出各种反应，但反应迟钝，当停止刺激后又很快入睡。

2. **意识模糊**　意识障碍的程度较嗜睡深，患者保持简单的精神活动，但反应迟钝，思维缓慢，注意力、记忆力、理解力都有困难，语言不连贯，对时间、地点、人物的定向力完全或部分发生障碍，可有错觉、幻觉、躁动不安、思维紊乱、精神错乱。

3. **昏睡**　是接近于人事不省的意识状态。患者处于病理性熟睡状态，不易唤醒。压迫眶上神经、摇动身体等强刺激可被唤醒，醒后能睁眼看人，但缺乏表情，回答问题时语言含糊不清或答非所问，定向力也可丧失，停止刺激后即又进入熟睡状态。

4. **昏迷**　是最严重的意识障碍，在临床上表现为意识丧失，运动、感觉和反射等功能障碍，以及难以苏醒等，按其程度可分为以下3种。

（1）浅昏迷：意识大部分丧失，无自主运动，对周围事物及声、光刺激无反应，对强烈疼痛刺激（如压迫眶上神经）可有痛苦表情或肢体退缩等防御反应。生理反射（角膜反射、瞳孔对光反射、眼球运动、吞咽反射）可存在。脉搏和血压无明显改变，大小便可有潴留或失禁。

（2）中度昏迷：患者对周围事物及各种刺激均无反应，对于强烈刺激可出现防御反射。角膜反射减弱、瞳孔对光反射迟钝，眼球无转动。呼吸、脉搏、血压可有改变。

（3）深度昏迷：患者意识全部丧失，全身肌肉松弛，对各种刺激全无反应。深、浅反射均消失，有时可出现病理反射。呼吸、脉搏不规则，血压可下降，大小便失禁。

此外，谵妄是一种以兴奋性增高为主的高级神经中枢急性活动失调状态。患者在意识模糊的基础上，出现精神症状，表现为急性精神运动兴奋状态、定向力丧失、感觉错乱、幻觉、错觉、躁动不安、言语杂乱。常见于急性感染的发热期，也可见于某些药物中毒（如颠茄类药物中毒）、肝性脑病等代谢障碍、循环障碍或中枢神经系统疾病等。有些谵妄的患者可以康复，有些则发展为昏迷状态。

（四）瞳孔的观察

瞳孔为危重患者的重要监测项目，可提示中枢神经的一般功能状况。检查时要注意瞳孔大小、形状，双侧是否等大、等圆，对光反射是否敏捷，调节与辐辏反射是否存在。

1. **瞳孔的形状、大小和对称性**　正常瞳孔呈圆形，位置居中，边缘整齐，双侧等大等圆。在自然光线下，直径一般为3～4 mm，调节反射两侧相等。引起瞳孔大小改变的因素很多，在生理情况下，婴幼儿及老年人瞳孔较小，青少年瞳孔较大；在光亮处瞳孔较小，精神兴奋或在暗处瞳孔扩大。瞳孔的形状改变常因眼部疾患引起的，如瞳孔呈椭圆形，常见于青光眼、眼内肿瘤等；呈不规则形，常见于虹膜粘连。在病理情况下,瞳孔的大小可出现以下变化。

(1) 瞳孔缩小:瞳孔缩小指的是直径小于 2 mm,如果瞳孔直径小于 1 mm 称为针尖样瞳孔。单侧瞳孔缩小常可提示同侧小脑幕裂孔疝早期;双侧瞳孔缩小,见于有机磷农药、毒蕈中毒或是氯丙嗪、吗啡、毛果云香碱等药物过量。

(2) 瞳孔扩大:瞳孔直径大于 5 mm 称为瞳孔扩大。瞳孔扩大常见于颅内压增高、颅脑损伤、颈交感神经刺激、视神经萎缩、颠茄类药物中毒、阿托品、可卡因等药物反应等,双侧瞳孔散大并伴有对光反射消失为濒死状态的表现。

(3) 瞳孔大小不等:常提示有颅内病变,如脑外伤、脑肿瘤、脑疝等。双侧瞳孔不等大,且变化不定,可能为中枢神经和虹膜的神经支配障碍;如瞳孔不等大且伴有对光反射减弱或消失以及神志不清,常为中脑功能损害的表现。

2. 对光反射 正常情况下,瞳孔对光反应灵敏,在光亮处瞳孔收缩,昏暗处瞳孔扩大。如果瞳孔大小不随光线刺激的变化而变化时,称瞳孔对光反射消失。瞳孔对光反射迟钝或消失,见于危重或昏迷患者;两侧瞳孔散大并伴对光反射消失见于濒死状态的患者。

3. 调节与辐辏反射 嘱患者注视 1 m 外评估者的手指,然后将手指逐渐移近眼球约 10 cm 处,正常人瞳孔缩小,称为调节反射,同时双侧眼球向内聚合,称为辐辏反射。甲状腺功能亢进时辐辏反射减弱;动眼神经功能受损时,睫状肌和双眼内直肌麻痹,调节和辐辏反射均消失。

(五) 排泄物、呕吐物及引流液

排泄物包括尿、粪、汗、痰液等,注意观察其量、色、味、性状,必要时收集标本送检(详见相关章节)。

呕吐是指胃内容物经口吐出体外的一种复杂反射动作。呕吐可将胃内有害物质吐出,具有一定保护作用,但剧烈频繁的呕吐会引起水电解质及酸碱平衡紊乱、营养障碍等情况。应注意观察呕吐发生的次数、与进食的关系,有无相关诱因和伴随症状,以及呕吐物的性状、量、颜色、气味等,必要时记录并收集标本送检。如颅内压增高的患者呕吐呈喷射状;幽门梗阻的患者呕吐常在夜间发生,呕吐物为隔夜宿食,且呕吐量超过胃容量;急性大出血呕吐物呈鲜红色,陈旧性出血呈咖啡色,胆汁反流呈黄绿色,胃内滞留时间较长呈暗灰色;普通的呕吐物呈酸味,胃内出血呈碱味,食物在胃内停留时间较长呈腐臭味,肠梗阻呈粪臭味。

引流液包括胸腔引流液、腹腔引流液、肝胆引流液、胃肠减压吸出液等,应注意观察各种引流液的量、颜色、性质的变化以及引流管是否通畅。

(六) 心理状态的观察

患者在治疗过程中常担心预后、医务人员的治疗水平及家庭的态度,产生恐惧、焦虑的心理,应采取针对性的心理护理。对患者心理状态的观察,应从患者对健康的理解、对疾病的认识、处理和解决问题的能力、对疾病和住院的反应、价值观、信念等方面来观察其语言和非语言行为、思维能力、认知能力、情绪状态、感知情况等是否处于正常,是否出现记忆力减退、思维混乱、反应迟钝、语言、行为异常情况及有无焦虑、恐惧、绝望、抑郁等情绪反应。

(七) 特殊检查或药物治疗的观察

1. 特殊检查和治疗后观察 在临床上,常会对未明确诊断的患者,进行一些常规和特殊专科检查,如冠状动脉造影、胆囊造影、胃镜、腹腔镜检查、腰穿、胸穿、腔穿、骨穿等;危重患者常进行一些治疗,如吸氧、输血、吸痰、手术等,这些检查和治疗均会产生不同程度的创伤,护士应重点了解检查和治疗前后的注意事项,密切观察患者的生命体征,倾听患者的主诉,防止并发症的发生。

2. 特殊药物治疗患者的观察 观察药物反应是对患者病情观察的主要内容。护士应注意观察其疗效、副作用及毒性反应。

（八）自理能力

观察患者的活动能力、耐力及生活自理能力，根据患者能否自己完成进食、行走、上下床、个人清洁卫生等日常活动以及自理程度和自理需要不同，分别提供不同程度的帮助。

▓ 第二节　危重患者的抢救和护理

危重患者是指那些病情严重，随时可能发生生命危险的患者，故需要严密而连续的病情观察和全面的监护与治疗。这类患者病情危重，症状复杂且变化多端，对危重患者的急救是医疗护理工作的一项紧急任务，在抢救前应做好组织上、物品上、技术上、心理上的充分准备。护士在对危重患者的急救过程中应头脑机警、当机立断、分秒必争、全力以赴。对危重症患者急救医疗体系是由院外急救、急诊急救、重症监护3个部分组成的，这3个组成部分相互衔接、环环相扣、自成体系，在急救工作中发挥着重要作用。

一、抢救工作的组织管理及抢救准备

（一）抢救工作的组织管理

抢救工作也是一项系统化的工作，对抢救工作的组织管理是使抢救工作及时、准确、有效的保证。

1. 成立责任明确的抢救小组　在接到抢救任务时，应立即成立有专人负责的抢救小组，严密的科学管理制度，统一指挥，互相配合，争分夺秒，以便迅速进行抢救。一般可分为全院性和科室（病区）性抢救两种。全院性抢救一般用于食物中毒、洪水、地震等突发事件，由院长全面部署，各科室服从分配，参与抢救工作。科室内的抢救常见于危重患者的病情变化，一般由科主任、护士长负责组织指挥，各级医务人员必须听从指挥，各尽其职，护士是抢救小组的重要成员，在抢救过程中要严肃、认真、沉着、冷静，动作迅速准确。护士可在医生未到之前，根据病情需要，予以适当的应急处理，如止血、吸氧、吸痰、人工呼吸、胸外心脏按压、建立静脉通道等。

2. 制定抢救方案和抢救护理计划　根据患者情况，全面部署、制定方案，明确分工，密切配合，护士应参与抢救方案的制定，明确抢救措施与程序，使危重患者能及时、迅速得到抢救。护理人员应根据患者的情况和抢救方案制定出抢救护理计划，及时、准确地找出主要护理问题，明确护理诊断与预期目标，根据问题的轻重缓急，采取正确、有效的护理措施，解决患者现存的或潜在的健康问题。

3. 做好核对工作及抢救记录　各种急救药物须经两人核对，核对正确方可使用。执行口头医嘱时，须向医生复述一遍，双方确认无误后方可执行，抢救完毕需及时由医生补写医嘱和处方。抢救中各种药物的空安瓿、输液空瓶、输血空瓶（袋）等应集中放置，以便统计和查对。一切抢救工作均应按要求做好记录，要求字迹清晰、及时准确、详细全面，且注明执行时间与执行者。

4. 严格执行交接班制度　认真做好危重症患者的各项护理措施的交接班工作，保证抢救和护理措施的落实。

5. 安排护士参加医生组织的查房、会诊、病例讨论　护士要熟悉危重患者的病情、重点监测项目及抢救过程，做到心中有数，以便更好地配合治疗和护理。

6. 抢救室内抢救器械和药品管理及日常维护　急救药品、器械及设备要配备齐全，严格执行"五定"制度，即定数量、定点安置、定专人管理、定期消毒灭菌、定期检查维修，保证抢救时的使用。抢救室内物品一律不得外借，抢救物品使用后，要及时清理，归还原处，并检查和补充，值班护士班班交接，并作记录。护士还应熟悉抢救器械的性能、使用方法、保养方法，并保持清洁、整齐，同时能排除一般故障，保证急救物品的完好，以保证应急使用，利于抢救工作的顺利进行。如抢救的为传染病患者,应按传染病要求进行消毒、处理,严格控制交叉感染。

(二)抢救设备的管理

1. 抢救室 是抢救危重患者的场所,设备应齐全,由专职人员负责抢救工作。急诊室要有单独抢救室;病区抢救室宜设置在靠近护士办公室的单独房间内。抢救室要宽敞、明亮、安静、整洁、光线充足,并应有严密的科学管理制度,一切非工作人员未经许可禁止入内。

2. 抢救床 最好选用能升降的活动床,必要时另备木板一块,作胸外心脏按压时使用。

3. 抢救车

(1) 各种急救用药:各类急救药品可根据需要备 3~5 支,有醒目的标志,以便使用时一目了然,随手可取。常用急救药品包括中枢兴奋药、升压药、强心药、抗心律失常药、血管扩张药、纠正酸碱和电解质失衡药、止血药、止痛镇静药、抗惊厥药、抗过敏药、解毒药、激素类药、脱水剂等(表 16-1)。

表 16-1 常用急救药品

类别	药物
中枢兴奋药	尼可刹米(可拉明)、山梗菜碱 (洛贝林)等
升压药	去甲肾上腺素、盐酸肾上腺素、异丙肾上腺素、间羟胺、多巴胺等
降压药	利血平、肼屈嗪、硫酸镁注射液等
强心剂	去乙酰毛花苷(西地兰)、毒毛旋花子苷 K 等
抗心律失常药	利多卡因、维拉帕米、普鲁卡因酰胺等
血管扩张药	甲磺酸酚妥拉明、硝酸甘油、硝普钠、氨茶碱等
止血药	安特诺新(安络血)、酚磺乙胺(止血敏)、维生素 K_1、氨甲苯酸(止血芳酸)、垂体后叶素、鱼精蛋白等
止痛镇静药	哌替啶(杜冷丁)、苯巴比妥(鲁米那)、氯丙嗪(冬眠灵)、吗啡等
解毒药	阿托品、解磷定、氯磷定、亚甲蓝(美蓝)、二巯丙醇、硫代硫酸钠等
抗过敏药	异内嗪(非那根)、苯海拉明、扑尔敏、阿斯咪唑等
抗惊厥药	地西泮(安定)、异戊巴比妥(阿米妥钠)、苯巴比妥钠、硫喷妥钠、苯妥英钠、硫酸镁等
脱水利尿药	20%甘露醇、25%山梨醇、尿素、呋塞米(速尿)、依他尼酸(利尿酸)等
碱性药	5%碳酸氢钠、11.2%乳酸钠
激素类	氢化可的松、地塞米松、垂体后叶素
其他	生理盐水、各种浓度的葡萄糖溶液、右旋糖酐-40(右旋糖酐 40%葡萄糖液)、右旋糖酐-70(右旋糖酐 70%葡萄糖液)、平衡液、10%葡萄糖酸钙、氯化钾、氯化钙、羟甲基淀粉(代血浆)、盐酸纳洛酮(产科、儿科必备)等

(2) 急救用无菌物品:各种无菌急救包("八包":腰穿包、心穿包、胸穿包、腹穿包、静脉切开包、气管切开包、缝合包、导尿包)、各种注射器及针头(包括心内注射用长针头)、输液器、输血器、开口器、压舌板、舌钳、全套气管插管、牙垫、各种型号的医用橡胶手套、各种型号吸痰管、吸氧管、胃管、导尿管、无菌治疗巾、无菌棉签、无菌敷料、胸腔引流瓶、皮肤消毒用物等。

(3) 一般用物:治疗盘、血压计、听诊器、喉镜、手电筒、止血带、输液架、氧气枕、冰帽、输血加压器、绷带、夹板、宽胶布、玻璃接头、火柴、酒精灯、多头电源插座等。

4. 急救器械 氧气筒及给氧装置或中心供氧系统,电动吸引器或中心负压吸引装置,"五机"(电除颤器、心电监护仪、心电图机、呼吸机、电动洗胃机),心脏起搏器,简易呼吸器等。

二、危重患者的支持性护理

危重患者病情重而复杂,变化快,随时可能发生生命危险,护士应全面、认真、缜密地观察病情,判断疾病的转归。危重患者身体极度衰弱,抵抗力差,护士应加强各方面的护理,预防并发症,减轻患者痛苦,促进早日康复,必要时应设专人护理;危重患者可能出现焦虑、恐惧、绝望、烦躁、消沉等情绪,因此护士应注意观察患者的心理反应,做好心理护理。护士应将观察结果、治疗经过、护理措施详细记录于护理记录单上,以作为医务人员在进一步诊疗、护理时的参考。

(一)严密观察病情变化

护士必须严密观察患者的意识状态,瞳孔大小、对光反射,肢体活动,生命体征,肤色等情况,并随时了解心、肺、肾、肝等重要脏器的功能及治疗后的反应与效果,及时分析和判断病情变化的原因。如出现呼吸与心跳骤停,要立即通知医生,正确地采取有效的救治措施,积极配合抢救,以免贻误抢救时机。

(二)保持呼吸道通畅

对清醒患者应鼓励定时做深呼吸,并轻拍背部以助分泌物咳出;长期卧床患者应经常给予变换体位,以防坠积性肺炎;昏迷患者常因咳嗽、吞咽反射减弱或消失,呼吸道分泌物及唾液积聚喉头而引起呼吸困难,甚至窒息,故应使患者头偏向一侧,及时吸出呼吸道分泌物并清理呕吐物,保持呼吸道通畅。并通过有效咳嗽、雾化吸入、吸痰等方法,预防分泌物淤积,坠积性肺炎及肺不张。

(三)加强基础护理

1. 眼睛护理　眼睑不能自行闭合的患者,由于瞬目减少,可给予红霉素眼膏涂敷,或盖生理盐水纱布,以防角膜干燥而致角膜溃疡或并发结膜炎。

2. 口腔护理　保持口腔清洁,对不能经口腔进食的患者应做好口腔护理,防止口腔局部炎症、溃疡。

3. 皮肤护理　危重患者因受长期卧床、大小便失禁、大量出汗及营养不良等因素的影响,容易发生压疮,故应加强皮肤护理,定时翻身变换体位,保持床单位的清洁和患者皮肤的清洁、干燥,预防皮肤感染和压疮等并发症的发生。

4. 肢体活动　病情允许时,应尽早安排并协助患者进行被动关节活动,每日2~3次,如肢体的伸屈、内收、外展、内旋、外旋等活动,同时做好按摩,以促进血液循环,增加肌肉张力,帮助恢复功能,预防肌肉萎缩、关节强直、肌腱、韧带退化、静脉血栓形成。

(四)补充营养和水分

危重患者分解代谢增强,机体消耗大,对不能进食者,可采用鼻饲或胃肠外营养,对大量引流或额外体液丧失等水分损失较多的患者应补充足够的水分。

(五)维持排泄功能

对发生尿潴留的患者,可采取诱导排尿的方法帮助其排尿,以减轻他们的痛苦,必要时可在无菌操作下导尿。对发生便秘的患者,可用缓泻剂或灌肠法协助其排便,必要时护士可戴手套帮助取出粪便。

(六)保持引流管通畅

危重患者身上常放置各种引流管,如导尿管、胃管、胸腔引流管等,护士应将各管妥善固定,安全放置,防止堵塞、扭曲、脱落,注意引流液的量、颜色、性状等方面的改变。

(七)确保患者安全

对意识障碍、谵妄、躁动的患者要注意安全,合理使用保护具,以防止坠床摔伤,同时还要注意维持患者的舒适。对牙关紧闭、抽搐的患者，可用牙垫或开口器放于上下齿之间，以免因咀嚼肌痉挛而咬伤舌头，同时室内光线宜暗，工作人员动作要轻，避免因外界刺激引起进一步抽搐。

(八) 做好心理护理

危重患者常会表现出各种心理问题，在抢救危重患者生命的同时，护士要有较强的心理护理意识，鼓励患者表达引起其不安的因素，努力做好心理护理。护士应尽量多陪伴患者，并通过语言及非语言行为与患者进行有效的沟通和交流。在实施各种护理操作之前，应将目的和操作方法向患者说明，以取得信任和合作。根据患者的心理表现，区别其轻重缓急，有的放矢地解除患者的心理障碍。

▓ 第三节　常用抢救技术

抢救的目的就是挽救生命，护理人员面对急危重症患者，能否及时准确地作出判断和救护，直接关系到患者的安危和抢救的成败。因此护理人员必须熟练掌握必要的急救知识和常用急救技术，能在紧急情况下对患者实施及时、准确的救治和监护，这对提高抢救成功率和降低病死率、致残率起到极其重要的作用。常用的抢救技术主要包括基础生命支持技术、氧气吸入术、吸痰术、洗胃术等，其中氧气吸入术和吸痰术详见第十一章生命体征中的相关内容，本节主要介绍基础生命支持技术和洗胃术的相关知识和操作。

一、基础生命支持技术

心跳、呼吸骤停是临床最紧急、最危险的情况，因血液循环停止，导致全身组织严重缺血、缺氧和代谢障碍，及时正确地进行基础生命支持技术(basic life support, BLS)是抢救心脏骤停等急危重症患者的基本措施。一旦发生呼吸、心搏骤停，应当立即实施基础生命支持。基础生命支持开始得越早，存活率越高，预后越好。常温下，心脏停搏 3 s 即可出现头晕，10～15 s 出现意识丧失，60 s 后呼吸停止、大小便失禁；4～6 min 后大脑发生不可逆的损伤。大量实践证明，若能在心脏骤停 4 min 内开始进行基础生命支持，并于 8 min 内进行进一步生命支持(advanced life support, ALS)，患者的生存率可达 43%，因此，对心脏停搏、呼吸骤停患者的抢救应当在 4 min 内进行基础生命支持。根据 2000 年美国心脏协会颁布的《国际心肺复苏指南 2000》的标准，基础生命支持技术主要包括：开放气道、人工呼吸、胸外心脏按压(循环支持)和除颤。

(一) 适应证

1. **呼吸骤停**　很多原因可造成呼吸骤停，包括溺水、卒中、气道异物阻塞、吸入烟雾、会厌炎、药物过量、电击伤、窒息、创伤，以及各种原因引起的昏迷。原发性呼吸停止后，心脏仍可在数分钟内得到已氧合的血液供应，大脑及其他脏器也同样可得到数分钟的血供，此时，尚未出现循环停止的征象。当呼吸骤停或自主呼吸不足时，保证气道通畅，进行人工通气非常重要，可防止心脏发生停搏。值得注意的是，叹息样呼吸虽然呼吸没有停止，但其性质属于无效呼吸，不能与有效的呼吸动作相混淆。

2. **心脏骤停**　除了上述能引起呼吸骤停并进而引起心脏骤停的原因外，还包括急性心肌梗死、严重的心律失常(如室颤)、重型颅脑损伤、心脏或大血管破裂引起的大失血、药物或毒物中毒、严重的电解质紊乱(如高血钾、低血钾)等。心脏骤停时血液循环停止，各重要脏器失去氧气供给，如不能在数分钟内恢复血供，大脑等生命重要器官将发生不可逆的损害。

(二) 心脏、呼吸骤停的判断

(1) 意识突然丧失：发生于心室停搏后 15 s 内，咳嗽反射或对刺激的反应消失，轻摇、轻拍、大声呼喊时患者均无反应。

(2) 大动脉搏动消失:颈动脉、股动脉搏动消失。因颈动脉表浅,且颈部易暴露,一般作为判断的首选部位。颈动脉位于气管与胸锁乳突肌之间,可用示指、中指指端先触及气管正中,男性可先触及喉结,然后将手指滑向颈外侧气管与肌群之间的沟内,触摸有无搏动。股动脉位于股三角区,可于腹股沟韧带稍下方触摸有无搏动。由于动脉搏动可能缓慢、不规律,或微弱不易触及,因此,触摸脉搏一般不少于 5~10 s。确认摸不到颈动脉或股动脉搏动,即可确定心搏停止。

(3) 呼吸停止:可伴随短暂、不规则的喘息,或叹息样呼吸,随即呼吸停止。应在保持气道开放的情况下进行判断。可通过用耳朵贴近患者的口鼻听有无呼气声,或用面颊部靠近患者的口鼻部感觉有无气体逸出,同时脸转向患者胸腹部观察有无起伏。

(4) 瞳孔散大:多出现在心室停搏后 45 s 内,1~2 min 后瞳孔固定,有些患者可始终无瞳孔散大现象,同时药物对瞳孔的改变也有一定影响。

(5) 皮肤苍白或发绀:一般以口唇和指甲等末梢处最明显。

(6) 心尖搏动及心音消失:听诊无心音。心电图表现为心室颤动或心室停顿,偶尔呈缓慢而无效的心室自主节律(心电-机械分离)。

(7) 伤口不出血。

心脏骤停时虽可出现上述多种临床表现,但其中以意识突然丧失和大动脉搏动消失这两项最为重要,故仅凭这两项即可作出心脏骤停的判断,并立即开始实施 BLS 技术。由于 BLS 开始的迟早与成活率的关系密切,必须分秒必争,切忌为了确诊而反复听心音、摸大动脉搏动、量血压或做心电图等,在临床工作中更不能等心脏骤停的各种表现均出现后再行诊断。

(三) BLS 的程序

BLS 是一系列的操作技术,包括判断技能和一系列的支持/干预技术:判断患者反应、启动急救医疗服务(emergency medical services,EMS)系统,实施心肺复苏(cardiopulmonary resuscitation,CPR)中的 ABC(airway,开放气道;breath,人工呼吸;circulation,循环支持)和"D"(defibrillation,除颤)。

1. 目的

(1) 促进患者建立循环、呼吸功能。

(2) 保证中枢神经系统、心脏及其他重要脏器的血液供应。

2. 用物

治疗盘内放血压计、听诊器、纱布或指套,必要时备一木板、脚踏凳,除颤仪器。

3. 实施 见表 16-2。

表 16-2 BLS 程序操作步骤

操作步骤	注意事项与说明
1. 判断 (1) 轻轻摇动患者,同时呼叫其姓名或高声喊叫"喂!你怎么了"	● 如无反应即可判断为意识丧失
(2) 用示指、中指指端先触及气管正中,男性可先触及喉结,然后将手指滑向颈外侧气管与肌群之间的沟内,触摸颈动脉有无搏动,时间 5~10 s	● 颈动脉位置靠近心脏,容易反映心搏的情况,此外颈部容易暴露,便于触摸 ● 检查时间不宜超过 10 s ● 触摸颈动脉不能用力过大,且两侧不能同时进行,以免颈动脉受压,妨碍头部血液供应 ● 若意识丧失同时伴有颈动脉搏动消失,即可判定为心跳骤停

（续表）

操作步骤	注意事项与说明
2. 呼救/启动 EMS 系统 （1）立即呼救 （2）如在院外，应立即拨打急救电话，启动急诊医疗救护系统	● 在实施 CPR 同时进行 ● 招呼最近的响应者协助抢救，因为一个人做心肺复苏无法坚持较长时间，且劳累后动作不准确，影响复苏效果 ● 由协助者电话呼救，在电话中讲明地点、回电号码、患者病情和治疗简况，急救者不可离开患者去呼救
3. 安置心肺复苏体位 正确的抢救体位是仰卧于硬板床或地上，如仰卧于软床上的患者，其肩背下需垫心脏按压板，去枕、头后仰	● 现场无危险一般应就地实施抢救 ● 患者头、颈、躯干平直无扭曲，双手放于躯干两侧 ● 如患者面部向下摔倒时，应小心转动患者，使患者全身各部位呈一个整体转动，并注意保护颈部，可以用一手托住颈部，另一手扶着肩部，使其平稳地转动至仰卧位
4. 心前区捶击 （1）右手握空心拳，小鱼际肌侧朝患者胸壁，距胸壁20～25 cm，垂直向下捶击心前区（即胸壁下段）1～2次，每次1～2 s （2）观察心电图及大动脉搏动情况	● 在心脏骤停 1.5 min 内心脏的应激性最高，此时捶击可使心脏复跳，主要用于心电监测有室颤或目击心脏骤停者，婴幼儿禁用 ● 力量中等，捶击次数最多不超过 2 次 ● 若无变化，立即进行 CPR
5. 开放气道 （1）松解患者领扣、上衣、领带、围巾、腰带，必要时脱下患者的衣服，以免妨碍进一步抢救 （2）清除口中异物、呕吐物等：用指套或指缠纱布清除口腔中液体分泌物；清除固体异物时，一手按压下颌，另一手示指做钩状挖出异物 （3）手法开放气道 ◆ 仰头抬颏法 抢救者一手置于患者前额使头部后仰，另一只手的示指与中指置于下颌骨近下颏或下颌角处，抬起下颏，使下颏尖、耳垂与地面垂直，使舌根离开咽后壁以畅通气道（图16-1） ◆ 仰头抬颈法 抢救者一手抬起患者颈部，另一手以小鱼际部位置于患者前额，使其头后仰 25°～45°（图16-2） ◆ 托颌法 抢救者位于患者头的上方，双手置于与患者躯体同一水平处，将双手的第2、3、4指放在患者下颌缘处，向前上方抬起下颌，同时用掌根部及腕部使头后仰（图16-3）	● 有义齿者应取下，以免脱落坠入气道 ● 气管内的异物阻塞，可一手抵患者正中线脐部稍上，另一手置该手上，迅速向上方猛压患者腹部。该法能抬高膈肌压缩肺部排出足量的空气，形成人工咳嗽，使气道内异物移动、排出，实施时应注意避免损伤腹腔内脏器 ● 心跳骤停后，患者下颌、颈和舌等肌肉松弛，可发生舌后坠、会厌下垂而阻塞气道，手法开放气道可解除舌后坠、畅通呼吸道，是进行人工呼吸的首要步骤 ● 手指不要压迫患者颈前部、颏下软组织深处，以防压迫气道 ● 不要使颈部过度伸展 ● 若疑有颈椎损伤者，不能使用仰头抬颈法，以免进一步加重颈椎损伤 ● 适于有颈部损伤者
6. 判断呼吸 在畅通呼吸道以后，通过"一看、二听、三感觉"的方法判断患者有无自主呼吸。即维持开放气道位置，用耳贴近患者口鼻，头部侧向患者胸部，眼睛观察患者胸部有无起伏，面部感觉患者呼吸道有无气体排出，耳听患者呼吸道有无气流通过的声音（图16-4）	● 整个判断呼吸的过程要在 5 s 左右完成 ● 有呼吸者，注意保持气道通畅；无呼吸者，立即进行人工呼吸

（续表）

操作步骤	注意事项与说明
7. 人工呼吸	● 人工呼吸是借助抢救者用力呼气的力量，使气体被动吹入肺泡，通过肺的间歇性膨胀，以达到维持肺泡通气和氧合作用；同时人工呼吸时，抢救者呼气的氧气含量可达到18%，二氧化碳的含量约2%，只要抢救者能高度通气，呼气中的氧气足以维持患者生命所需的氧气浓度
◆ 口对口人工呼吸法(图16-5)	● 是现场急救最简便、有效的首选方法
(1) 在保持呼吸道通畅和患者口部张开的位置下，抢救者用按于前额一手的拇指与示指，捏闭患者的鼻孔(捏紧鼻翼下端)	● 以防止吹进的气体从鼻孔漏出
(2) 深吸一口气后，用双唇在患者口唇外缘包绕封住患者的嘴部(要将患者的口部完全包住)，用力向患者口内吹气，直至患者胸部上抬	● 为防止交叉感染，可在患者口鼻盖一单层纱布或用口对口呼吸专用面罩 ● 吹气要求快而深，每次以患者胸部上抬为准；成人每次吹气时间一般持续 2 s 以上，吹气量为700～1 000 ml，既可提供足够的氧合，又可防止肺泡破裂及胃胀气 ● 婴幼儿每次吹气时间持续1.5～2 s，抢救者可用口将患儿口鼻均包紧再吹气
(3) 吹气完毕后，松开捏鼻的手，抢救者立即与患者口部脱离，稍抬头，侧转换气，观察患者胸部	● 患者借助重力和肺的弹性回缩作用完成呼气，此时患者胸部向下塌陷，有气流从口鼻排出，表明通气适当
(4) 按上述步骤反复进行	● 吹气频率为10～12 次/min ● 如患者有微弱呼吸，吹气时应注意与患者的自主呼吸同步进行。即在患者吸气时，救护者辅以用力吹气，患者呼气时，救护者松开口鼻，以利气体排出 ● 复苏开始时，先连续快速吹气4次，可使患者肺部充分换气及维持一个呼吸道内正压，随即触摸患者的颈动脉，如有搏动而仍无呼吸，则继续进行人工呼吸；如无搏动，则应在人工呼吸的同时立即进行胸外按压
◆ 口对鼻人工呼吸法	● 用于不能经患者的口进行通气者，如牙关紧闭、口部严重外伤者
(1) 用仰头抬颏法保持气道通畅，同时用抬颏的手将患者口部捂紧	● 防止吹气时气体由口鼻逸出
(2) 用双唇包住患者鼻部，同口对口人工呼吸法吹气	● 吹气时用劲要大，时间要长，以克服鼻腔阻力
(3) 停止吹气后，将捂住口的手松开，使患者被动呼气，其余同口对口人工呼吸法	● 均匀缓缓吹气，以防止气体进入胃部，引起胃膨胀
8. 胸外心脏按压	● 复苏时，人工循环的建立方法有胸外按压和胸内心脏按压两种，现场急救多采用胸外按压。此法可在任何场合进行，已经推广普及，效果亦被公认，为现场急救时最实用、最有效的心脏复苏方法 ● 胸外心脏按压技术是指用人工的方法对胸骨下部分连续地、有节奏地按压，这种按压使胸内压力广泛增大，促使血液在血管内流动，并使人工呼吸后带有新鲜空气的血液从肺部血管流向心脏，再流经动脉，供给全身主要脏器，以维持重要脏器的功能 ● 严重胸廓畸形、广泛性肋骨骨折、血气胸、心脏压塞、心脏外伤等禁忌胸外心脏按压
(1) 抢救者紧靠患者，站在或跪于患者的一侧	● 抢救者可根据身高和患者位置，采取脚踏凳或跪式等不同体位，确保按压力垂直作用于患者胸骨

（续表）

操作步骤	注意事项与说明
（2）按压胸骨中下 1/3 交界处：首先以示指、中指沿患者肋弓处向中间滑移；在两侧肋弓交点处寻找胸骨下角，以切迹作为定位标志；将示指及中指两指横放在胸骨下角上方，示指上方的胸骨正中部即为按压区；以另一手的掌根部紧贴示指上方，放在按压区；将定位之手取下，将掌根重叠放于另一手背上，两掌相叠时手指向上翘起或者相互交叉锁住，避免手指接触患者胸壁（图 16-6）	● 按压部位必须准确，太低可能伤及腹部脏器或引起胃内容物返流，太高会伤及大血管，偏离胸骨则可能引起骨折 ● 婴儿心脏位置较成人稍高，按压部位在胸骨中部，以防损伤肝脏。可以用手掌托住婴儿头枕部，躯干置前臂上进行按压
（3）两臂位于患者胸骨正上方，双肘关节伸直，双肩位于两手的正上方，利用上半身重量垂直下压 3～5 cm，然后迅速放松，解除压力，使胸骨自然复位	● 按压力度适当，过轻达不到效果，过重易造成损伤；不能冲击式猛压，垂直用力向下时不应左右摆动 ● 放松时定位的手掌根部不应离开胸骨定位点，以免再次按压时呈拍击状和按压点错位造成骨折，但应尽量放松，使胸骨不受任何压力 ● 儿童施行胸外按压时只用单手按压，婴儿则用拇指或 2～3 个手指尖向下按压 1～2 cm
（4）反复进行	● 按压时应随时注意有无肋骨或胸骨骨折 ● 成人按压频率为 80～100 次/min；婴幼儿为 100～120 次/min ● 按压与放松时间之比为 1∶1
（5）同时配合人工呼吸	● 吹气时暂停按压胸部 ● 无论单人还是双人心肺复苏，按压与人工呼吸之比为 15∶2 ● 换人操作时，应在按压、吹气间隙进行，抢救中断时间也不超过 5～7 s ● 复苏过程中要注意观察患者的自主呼吸和心跳是否恢复，一般进行 4 个按压/通气周期后再次检查循环体征，如仍无循环体征，继续进行 CPR
9. 除颤 判断患者发生室颤或心脏骤停，快速应用除颤器或自动体外除颤仪对患者进行电除颤	● 引起心脏骤停最常见的致命性心律失常是室颤，约占 80%，治疗其最有效的方法是电除颤，随着时间流失除颤的成功率会减少或消失，每延迟 1 min 成功率下降 7%～10%，尽早除颤是抢救心脏骤停患者的关键环节

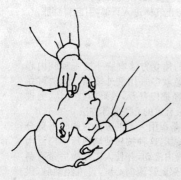

图 16-1 仰头抬颏开放气道法

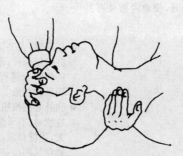

图 16-2 仰头抬颈开放气道法

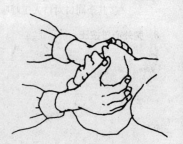

图 16-3 托颌开放气道法

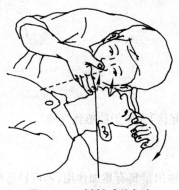

图16-4　判断呼吸方法

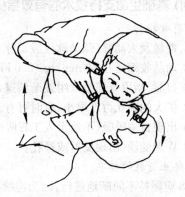

图16-5　口对口人工呼吸法

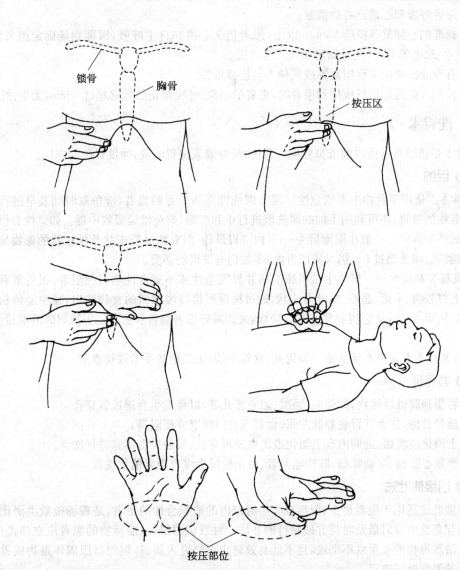

图16-6　胸外按压法

（四）基础生命支持技术的有效指标和终止标准

1. 有效指标

（1）能触及大动脉（颈动脉或股动脉）搏动。

（2）动脉收缩压在 60 mmHg（8.0 kPa）以上。

（3）口唇、指甲等部位紫绀逐渐消退，肤色转红润。

（4）扩大的瞳孔再度缩小，有时可有对光反射。

（5）出现自主呼吸（不给予人工呼吸时，仍可看到胸廓起伏，面颊仍能感到气流）。

（6）昏迷变浅，出现反射或挣扎。

2. 终止抢救的标准

BLS 应坚持不间断地进行，因为连续的心外按压，对心输出量具有累加作用，不可轻易作出停止复苏的决定，只有符合下列条件者，现场抢救人员方可考虑终止抢救。

（1）患者呼吸和心跳已有效恢复。

（2）标准的心肺复苏持续 30 min 以上，患者仍无心搏和自主呼吸，医师到场确定患者已死亡。但对于溺水、触电等情况，此时间限制应适当延长。

（3）有专业医师接手承担复苏或其他人员接替抢救。

（4）救护人员到达现场或接到患者时，患者的心跳、呼吸停止已远远超过 6 min，无生命迹象。

二、洗胃术

洗胃术是将洗胃管由口腔或鼻腔插入胃内，反复灌入洗胃溶液，冲洗胃腔的方法。

（一）目的

1. 解毒 适用于食物中毒或急性口服非腐蚀性毒物中毒的患者，应争取时间及早进行急救洗胃，减少毒物的吸收，还可利用不同的灌洗液进行中和解毒，避免继续吸收中毒。如急性有机磷农药中毒、安眠药中毒等。一般在服毒后 4～6 h 内洗胃最佳，但有些呈粉末状及颗粒状的毒物易嵌于胃黏膜的皱襞里，即使超过 6 h 仍可滞留胃内，多数仍有洗胃的必要。

2. 减轻胃黏膜水肿 胃或十二指肠溃疡并发完全性或不完全性幽门梗阻者，饭后常有滞留现象，引起上腹胀满、不适、恶心、呕吐等症状，通过洗胃可将胃内潴留的食物洗出，减少潴留物对胃黏膜的刺激，从而消除或减轻胃黏膜水肿与炎症，进而减轻患者痛苦和症状。但洗胃时溶液量应少，压力要低。

3. 为某些手术或检查做准备 如胃部、食管下端、十二指肠手术或检查前。

（二）禁忌证

（1）吞服强腐蚀性毒物，如强酸、强碱、浓来苏儿等，以免发生食道或胃穿孔。

（2）插管禁忌，如食管胃底静脉曲张、食管或贲门狭窄或梗阻等。

（3）上消化道溃疡、近期内有上消化道出血及胃穿孔、胃癌患者不宜进行洗胃。

（4）严重心脏病、主动脉瘤、肺功能差者、血小板减少症等患者慎用洗胃。

（三）口服催吐法

口服催吐法适用于服毒量少、服毒在 2 小时以内的清醒合作的患者，是现场抢救由消化道进入的毒物引起急性中毒时最及时且方便易行的办法。对意识清醒、口服毒物的患者应立即进行催吐，虽然此法清除毒物的效果常不彻底，且不能有效防止毒物进入肠道，但对口服固体毒物或胃内有食物时催吐效果常胜于洗胃。

1. 用物

（1）治疗盘内备：量杯（或水杯）、压舌板、水温计、弯盘、塑料围裙或橡胶单（防水布）。

　　(2) 洗胃溶液：根据毒物性质准备拮抗性溶液(表 16-3)，毒物性质不明时，可备温开水或等渗盐水，量为 10 000～20 000 ml，温度 25～38℃。

　　(3) 水桶 2 只(一只盛洗胃液，一只盛污水)。

　　(4) 必要时备洗漱用物(取自患者处)。

表 16-3　常用毒物中毒的洗胃溶液和禁忌药物

毒物种类	常用洗胃液	禁忌药物
酸性物	镁乳、蛋清水、牛奶①	强酸药液
碱性物	5%醋酸、白醋、蛋清水、牛奶	强碱药液
氰化物	3%过氧化氢溶液②引吐后，1∶15 000～1∶20 000 高锰酸钾洗胃	
敌敌畏	2%～4%碳酸氢钠、1%盐水、1∶15 000～1∶20 000 高锰酸钾洗胃	
1605、1059、4049(乐果)	2%～4%碳酸氢钠洗胃	高锰酸钾③
敌百虫(美曲磷脂)	1%盐水或清水洗胃，1∶15 000～1∶20 000 高锰酸钾	碱性药物④
DDT(灭害灵)、666	温开水或生理盐水洗胃，50%硫酸镁导泻	油性泻药
酚类、煤酚类	50%硫酸镁导泻、温开水、植物油洗胃至无酚味为止，洗胃后多次服用牛奶、蛋清保护胃黏膜	液体石蜡
苯酚	1∶15 000～1∶20 000 高锰酸钾洗胃	
巴比妥类(安眠药)	1∶15 000～1∶20 000 高锰酸钾洗胃，硫酸钠⑤导泻	硫酸镁导泻
异烟肼	1∶15 000～1∶20 000 高锰酸钾洗胃，硫酸钠导泻	
灭鼠药(磷化锌)	1∶15 000～1∶20 000 高锰酸钾洗胃，0.5%硫酸铜洗胃；0.5%～1%硫酸铜溶液⑥每次 10 ml，每 5～10 min 口服一次，并用压舌板刺激舌根催吐	鸡蛋、牛奶、脂肪及其他油类食物⑦

注：①蛋清水、牛奶等可粘附于黏膜或创面上，从而起到保护作用，并可减轻患者疼痛。②氧化剂可将化学性毒物氧化，改变其性能，从而减轻或去除其毒性。③1605、1059、4049(乐果)等，禁用高锰酸钾洗胃，否则可氧化成毒性更强的物质。④敌百虫遇碱性药可分解出毒性更强的敌敌畏，其分解过程随碱性的增强和温度的升高而加速。⑤巴比妥类药物采用碱性硫酸钠导泻，是利用其在肠道内形成的高渗透压，阻止肠道水分和残存的巴比妥类药物的吸收，促使其尽早排出体外。硫酸钠对心血管和神经系统没有抑制作用，不会加重巴比妥类药物的毒性。⑥磷化锌中毒时，口服硫酸铜可使其成为无毒的磷化铜沉淀，阻止吸收，并促使其排出体外。⑦磷化锌易溶于油类物质，故忌用脂肪性食物，以免促使磷的溶解吸收。

　　2. 实施　见表 16-4。

表 16-4　口服催吐法操作步骤

操作步骤	注意事项与说明
1. 准备　备齐用物，携至床边	
2. 核对解释　核对患者的床号、姓名，解释催吐及洗胃的目的和方法	● 消除患者及家属紧张情绪，取得合作 ● 对患者进行针对性心理护理，耐心有效地进行劝导，注意保护患者隐私，必要时屏风遮挡 ● 有活动义齿的患者，取下义齿
3. 安置体位　患者取坐位，胸前围好围裙，置污物桶于患者座位前或床旁	● 防止衣物被污染

（续表）

操作步骤	注意事项与说明
4. 口服催吐 （1）嘱患者自饮大量洗胃液，然后自呕或（和）用手指、压舌板刺激咽后壁或舌根部引起呕吐 （2）反复进行自饮、呕吐，直到吐出的液体澄清无味为止	● 每次饮入量约为 500 ml，儿童酌减，至患者感到饱胀为度 ● 吐出的液体澄清无味表示毒物已基本洗净 ● 要注意饮水量与吐出量大致相等
5. 整理记录 协助患者漱口、擦脸，必要时更衣；嘱患者卧床休息，整理床单位；清理用物，记录	● 记录洗胃液名称及量、呕吐物颜色和气味、患者主诉，必要时留取标本送检

（四）胃管洗胃术

是将胃管由鼻腔或口腔插入胃内，用大量溶液进行冲洗的方法。根据使用的动力不同，可分为漏斗胃管洗胃术、电动吸引器洗胃术和自动洗胃机洗胃术。

1. 用物

（1）治疗盘内置：无菌洗胃包（内有胃管、镊子、纱布）、塑料围裙或橡胶单、治疗巾、检验标本瓶或试管、棉签、弯盘、胶布、水温计、液体石蜡、量杯、50 ml 注射器、听诊器、手电筒，必要时备压舌板、开口器、牙垫、舌钳、毛巾。

（2）洗胃溶液（同口服催吐法）。

（3）水桶 2 只，分别盛洗胃液、污水。

（4）漏斗胃管洗胃术另备漏斗洗胃管。

（5）电动吸引器洗胃术另备：电动吸引器（包括安全瓶及 5 000 ml 容量的贮液瓶），Y 型三通管、调节夹或止血钳、输液瓶、输液架、输液导管、输液器。

（6）全自动洗胃机洗胃术另备全自动洗胃机。

2. 实施 见表 16 - 5。

表 16 - 5 胃管洗胃术操作步骤

操作步骤	注意事项与说明
1. 准备 备齐用物，配制洗胃液，携至床边	● 当中毒物质不明时，应先抽取患者胃内容物，立即送检，然后用温开水或生理盐水洗胃，待毒物性质明确后，再采用合适的洗胃溶液 ● 吞服强酸、强碱等腐蚀性物质后禁忌洗胃，可按医嘱给予药物或迅速给予物理性对抗剂，如牛奶、蛋清、豆浆、米汤等，以保护胃黏膜 ● 如遇病情危重者，应先进行维持呼吸、循环的抢救，再行洗胃术
2. 核对解释 核对患者的床号、姓名，解释胃插管及洗胃的目的、方法及配合	● 消除患者及家属紧张情绪，取得合作 ● 对患者进行针对性心理护理，耐心有效地进行劝导，注意保护患者隐私，必要时屏风遮挡 ● 有活动义齿的患者，取下义齿，防止脱落误吞
3. 安置体位 患者取合适卧位，解开上衣纽扣，松解裤带，患者胸前围好防水围裙，置弯盘于口角旁，污物桶置于床头下方	● 中毒较轻的清醒患者取坐位或半坐位，头转向一侧，以免液体误入气管内；中毒较重者取左侧卧位，此体位有助于减慢胃排空，延缓毒物进入十二指肠的速度

操作步骤	注意事项与说明
4. 插管洗胃 ◆ 漏斗胃管洗胃术 （1）同鼻饲术由口腔插入漏斗胃管约 55～60 cm,证实胃管在胃内,用胶布固定	● 插管动作轻、稳、准,尽量减少对患者的刺激 ● 不合作者由鼻腔插管 ● 昏迷者插管取平卧位,头偏向一侧,用压舌板、开口器从白齿处撑开口腔,置牙垫于上下磨牙之间,防止患者咬住胃管,如有舌后坠,可用舌钳将舌拉出,将胃管由口腔插至患者咽部,然后按昏迷患者胃插管术继续插入至胃内
（2）置漏斗低于胃部水平位置,挤压橡胶球,抽尽胃内容物	● 利用挤压橡胶球所形成的负压作用抽出胃内容物 ● 必要时留取第一次标本送检
（3）举漏斗高过头部 30～50 cm,将洗胃液缓缓倒入漏斗内 300～500 ml,儿童酌减,当漏斗内尚余少量溶液时,迅速将漏斗降低至胃部位置以下,并倒于污水桶,挤压橡皮球将胃内容物吸出(图16-7)	● 利用虹吸原理,引出胃内容物 ● 洗胃液温度应适当(25～38℃),过高血管扩张,促进毒物吸收;过低可导致胃痉挛 ● 一次灌入量以 300～500 ml 为宜。如量过多,可使胃内压上升,促使毒物流入肠内,加快毒物吸收;可引起液体反流、误吸或导致窒息;胃突然扩张还会使迷走神经兴奋,引起反射性心跳骤停。灌入量过少则洗胃溶液不能与胃内容物充分混合,不利于彻底洗胃,还可延长洗胃时间 ● 如引流不畅可挤压橡胶球加压吸引(先将橡胶球前端胃管反折,然后压闭橡胶球,再放开反折的胃管)
（4）胃内溶液流完后,再抬高漏斗,如此反复灌洗,直至洗出液体澄清无味为止 ◆ 电动吸引器洗胃术	● 每次灌注量和洗出量基本相等,否则导致胃潴留 ● 是利用负压吸引原理洗出胃内容物和毒物的方法,能迅速有效地清除毒物,节省人力,并能准确计算洗胃的液体量
（1）接通电源和地线,检查吸引器功能	● 防止电击危险 ● 检查两只过滤瓶与管道接头是否密封并换清水,确保负压吸引效果
（2）输液管与 Y 形管的主管相连,洗胃管末端及吸引器的贮液瓶的引流管分别与 Y 形管的两个分支相连接,夹紧输液管,检查各连接处有无漏气,将洗胃溶液倒入输液瓶内,夹闭输液管,挂于输液架上(图16-8)	● 夹闭输液管,储液瓶和胃管相通,此时开动吸引器可吸出胃内容物;夹闭引流管,松开输液管,使之与胃管相通,可向胃内灌入洗胃液
（3）同漏斗胃管洗胃术将洗胃管插入胃内,确定在胃内后固定	
（4）开动吸引器,吸出胃内容物	● 负压保持在 13.3 kPa 左右,以免损伤胃黏膜 ● 必要时将吸出物送检
（5）关闭吸引器,夹闭贮液瓶的引流管,开放输液管,使溶液流入胃内 300～500 ml	● 洗胃液温度和一次灌入量同漏斗胃管洗胃术
（6）夹闭输液管,开放贮液瓶的引流管,开动吸引器,吸出灌入的液体	● 每次吸出的液体量应小于灌注量 100～200 ml,以防止负压损伤胃黏膜
（7）反复灌洗,直至洗出液澄清无味 ◆ 全自动洗胃机洗胃术(图16-9)	● 是利用电磁泵作为动力源,通过自控电路的控制,使电磁阀自动转换,分别完成向胃内冲洗药物和吸出胃内容物的洗胃过程
（1）接通电源,检查机器功能 （2）插洗胃管,证实胃管在胃内后固定 （3）将已配好的洗胃溶液放入塑料桶内,将 3 根橡胶管分别和洗胃机的药管(进液管)、胃管和污水管(出液管)口连接,将药管另一端放入洗胃溶液桶内(管口必须在液面以下),污水管的另一端放入	

（续表）

操作步骤	注意事项与说明
空塑料桶内。胃管另一端和已插好的患者洗胃管相连接，调节药量及流速大小 （4）接通电源，按"手吸"键，吸出胃内容物，再按"自动"键，机器对胃进行自动冲洗，直至洗出液为澄清无味	● 冲洗时，"冲"红灯亮；吸引时，"吸"红灯亮 ● 先吸出胃内容物，再按"自动"键，否则会使灌入量过多，造成胃潴留 ● 必要时，将吸出物送检 ● 如发现食物堵塞管道，水流缓慢、不流或发生障碍时，可交替按"手冲"和"手吸"键，重复冲洗数次，直到管路通畅，再按"手吸"键，吸出胃内残留液体后，按"自动"键，恢复自动洗胃，继续进行洗胃
（5）洗胃完毕，将药管、胃管、污水管同时放入清水中，按"清洗"键，机器自动清洗各管后，将各管同时取出，待机器内水完全排尽后，按"停机"键关机	● 防止污物堵塞或腐蚀各管腔
5. 观察　洗胃过程中随时注意洗出液体的性质、颜色、气味、量；患者的反应、面色、脉搏、呼吸和血压的变化；有无洗胃并发症出现	● 如患者有腹痛、休克、洗出液呈血性，应立即停止洗胃，与医生联系，采取相应的急救措施 ● 洗胃的并发症包括：大量低渗液体洗胃所致水中毒、水电解质紊乱、急性胃扩张、昏迷患者误吸、迷走神经反射性心跳骤停等
6. 拔管　洗胃后反折胃管末端，拔出	● 洗胃完毕，可根据病情从胃管内注入解毒剂、活性炭、导泻药等再拔管 ● 防止管内液体误吸入气管
7. 整理记录　协助患者漱口或给予口腔护理、洗脸，帮助患者取舒适卧位，整理床单位，整理用物，洗手，记录洗胃溶液的名称及量，洗出液的性质、气味、颜色、量及患者的反应	● 防止口腔炎症、糜烂，促进患者舒适 ● 口服毒物的患者洗胃后应彻底洗澡、洗头、更换衣服，以清除污染皮肤的呕吐物内的毒物 ● 幽门梗阻患者洗胃时，宜在饭后 4～6 h 或空腹时进行，洗胃前应先尽量抽出胃内容物以免堵塞胃管，每次要记录胃内潴留量，便于了解梗阻程度；胃内潴留量＝洗出量－灌入量

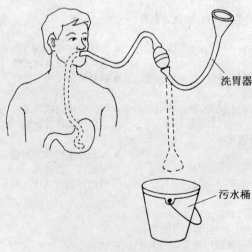

图 16-7　漏斗胃管洗胃术

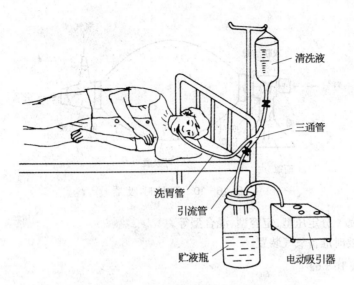

图 16 - 8　电动吸引器洗胃术

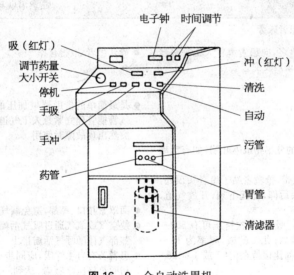

图 16 - 9　全自动洗胃机

三、人工呼吸器

人工呼吸器是进行人工呼吸最有效的方法之一,可通过人工或机械装置产生通气,对无呼吸患者进行强迫通气,对通气障碍的患者进行辅助呼吸,达到增加通气量,改善通气和换气功能,减轻呼吸功能的消耗。常用于各种原因所致的呼吸停止或呼吸衰竭的抢救及麻醉期间的呼吸管理。

(一) 目的

(1) 维持和增加机体通气量。

(2) 纠正威胁生命的低氧血症。

(二) 用物

1. 简易呼吸器　由呼吸囊、呼吸活瓣、面罩及衔接管组成(图 16 - 10)。

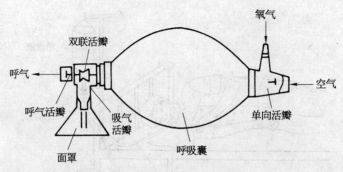

图16-10　简易呼吸器

2. 人工呼吸机　分定压型、定容型、混合型等。

3. 其他　必要时准备氧气装置。

(三)实施(表16-6)

表16-6　人工呼吸器操作步骤

操作步骤	注意事项与说明
1. 准备　备齐用物,携至患者床旁	
2. 核对解释　核对床号、姓名,向患者解释人工呼吸器的使用目的、方法、注意事项及配合要点	● 确认患者,取得合作
3. 辅助呼吸 ◆ 简易呼吸器	● 是最简单的借助器械加压的人工呼吸装置,在未行气管插管建立紧急人工气道的情况下或辅助呼吸机突然出现故障时使用
(1) 清除患者呼吸道内的分泌物或呕吐物,如有活动义齿应取下	
(2) 解开领口、领带及腰带,抢救者站于患者头顶处,使患者平卧去枕、头后仰,托起下颌,开放气道,扣紧面罩	● 面罩紧扣口、鼻部,避免漏气
(3) 用手有规律地挤压呼吸囊,一次挤压可有500~1 000 ml空气进入肺内,儿童酌减,频率为16~20 次/min,吸、呼时间比保持在1∶1或1∶1.5	● 使空气或氧气通过吸气活瓣进入患者肺部,放松时,肺部气体随呼气活瓣排出 ● 患者若有自主呼吸,应同步挤压呼吸囊,即患者吸气初顺势挤压呼吸囊,达到一定潮气量后完全松开气囊,使患者自行完成呼气动作 ● 挤压呼吸囊用力要均匀,避免用力过猛使气体进入胃内,引起腹胀和呕吐
◆ 人工呼吸机 (1) 接通电源,调节呼吸机各个预置参数,开机,检查呼吸机的连接和性能	● 用于各种呼吸功能不全、需要辅助呼吸的患者 ● 参数选择见表16-7。
(2) 呼吸机与患者气道紧密相连	● 可采用面罩法(适用于神志清楚、能合作并间断使用呼吸机的患者)、气管插管法(适用于神志不清的患者)、气管切开法(适用于长期使用呼吸机的患者)
(3) 观察病情及呼吸机运行情况	● 观察通气量是否合适,胸部是否随机械呼吸而起伏,两侧胸廓运动是否对称,双肺是否闻及对称的呼吸音;注意呼吸机工作是否正常,有无漏气,管路连接处有无脱落;观察神志、脉搏、呼吸、血压、尿量、心肺情况及原发病情等变化,定期进行血气分析和电解质测定

（续表）

操作步骤	注意事项与说明
（4）根据需要调节呼吸机各参数	● 参数的调节主要依据动脉血气分析指标,其次应兼顾患者的心脏功能和血流动力学状况,并尽可能避免肺组织气压伤
4. 停止辅助呼吸 根据医嘱停止辅助呼吸,做好核对,分离面罩或拔出气管内插管,撤离简易呼吸器或呼吸机	● 指征:患者神志清楚,引起呼吸困难的原因解除,呼吸困难的症状消失,能够自主呼吸且咳嗽有力,缺氧完全纠正;肺功能良好,血气分析基本正常;心功能良好,循环稳定;无威胁生命的并发症
5. 整理记录 帮助患者取舒适卧位,整理床单位,整理用物,洗手,记录使用人工呼吸器的参数、时间、效果及患者的反应	● 简易呼吸器容易发生活瓣漏气,应定期检查、保养、维修 ● 每次应用的呼吸器的螺纹管、大小接头及雾化器、气囊、面罩等应做好消毒处理,避免交叉感染

表 16-7 呼吸机常用参数设置

项 目	数 值
呼吸频率(R)	10～16 次/min
潮气量(VT)	10～15 ml/kg(通常 600～800 ml)
分钟通气量(MV)	8～10 L/min
吸/呼(I/E)	1∶1.5～2
通气压力(CPAP)	<25 cmH$_2$O
呼气末正压(PEEP)	0.49～0.98 kPa(渐增)
吸气氧浓度(FiO$_2$)	30%～40%(一般应<60%)

复 习 题

【**A 型题**】

1. 为成人胸外按压时应使胸骨下陷: （ ）

   A. 1～2 cm   B. 2～3 cm   C. 3～4 cm   D. 3～5 cm   E. 5～6 cm

2. 有机磷中毒患者的瞳孔: （ ）

   A. 双侧扩大   B. 双侧缩小   C. 双侧大小不等

   D. 单侧扩大固定   E. 双侧同向偏斜

3. 下列哪项**不是**实施人工呼吸前应做的准备工作: （ ）

   A. 将患者安置在空气流通处,仰卧   B. 解开患者的领口和腰带

   C. 取出活动的义齿   D. 清除呼吸道分泌物和异物

   E. 头下垫一软枕,将头偏向一侧

4. 胸外心脏按压频率是: （ ）

   A. 40～60 次/min   B. 60～80 次/min   C. 80～100 次/min

   D. 100～120 次/min   E. 120～140 次/min

5. 进行心肺复苏时,人工呼吸和胸部按压的次数比为: （ ）

   A. 2∶12   B. 2∶13   C. 2∶14   D. 2∶15   E. 2∶20

6. 正常人瞳孔在自然光线下,直径一般为: （　　）

A. 1～2 mm　　　　B. 2～3 mm　　　　C. 3～4 mm　　　　D. 4～5 mm　　　　E. 5～6 mm

7. 患者意识全部丧失,全身肌肉松弛,对各种刺激全无反应,深、浅反射均消失,大小便失禁,这属于哪种意识障碍: （　　）

A. 浅昏迷　　　　B. 中度昏迷　　　　C. 深度昏迷　　　　D. 昏睡　　　　E. 意识模糊

8. 患者服毒后洗胃的最佳时间是: （　　）

A. 6 h 以内　　　　　　　　B. 8 h 以内　　　　　　　　C. 10 h 以内

D. 12 h 以内　　　　　　　　E. 24 h 以内

9. 为成年人洗胃时,每次灌入洗胃液量为: （　　）

A. 100～200 ml　　　　　　B. 200～300 ml　　　　　　C. 300～500 ml

D. 500～700 ml　　　　　　E. 800～1 000 ml

10. 患者呈谵妄状态,可表现出下列哪项症状: （　　）

A. 语无伦次,躁动不安　　　　B. 意识丧失,肌肉松弛　　　　C. 语言减少,感觉迟钝

D. 表情冷漠,反应迟钝　　　　E. 沉默寡言,表情淡漠

11. 下列哪项是患者处于浅昏迷状态时的表现: （　　）

A. 自主运动丧失　　　　　　B. 生理反射均消失　　　　　　C. 全身肌肉松弛

D. 呼吸不规则　　　　　　　E. 对任何刺激无反应

12. 用人工呼吸器,吸呼时比应为: （　　）

A. 1∶(0.5～1)　　B. 1∶(0.5～2)　　C. 1∶(1.0～3)　　D. 1∶(1.5～2)　　E. 1∶(1.5～3)

13. 给成年人用简易呼吸器挤压一次入肺的空气量为: （　　）

A. 200～300 ml　　　　　　B. 300～400 ml　　　　　　C. 400～500 ml

D. 500～1 000 ml　　　　　　E. 1 000～1 500 ml

14. 以兴奋性增高为主的高级神经中枢急性活动失调状态称为: （　　）

A. 意识模糊　　　　B. 嗜睡　　　　C. 谵妄　　　　D. 昏睡　　　　E. 昏迷

15. 呕吐的内容物呈腐臭味常见于下列哪种疾病的患者: （　　）

A. 有机磷中毒　　　　　　　B. 糖尿病酮症酸中毒　　　　　C. 幽门梗阻

D. 气性坏疽　　　　　　　　E. 尿毒症

【填空题】

1. 心肺复苏最初的处置顺序包括 A、B、C 3 个步骤,分别是 A _____ , B _____ , C _____ 。

2. 人工呼吸吹气频率成人约为 _____ 次/min。

3. 洗胃的目的是 _____ 、_____ 、_____ 。

【名词解释】

1. 病情观察　　**2.** BLS

【简答题】

1. 简述危重患者的支持性护理措施。

2. 简述呼吸、心搏骤停的临床表现。

3. 简述 BLS 的有效指标。

第十七章
临终护理

导 学

内容及要求

临终护理包括5个部分内容,临终护理概述、临终关怀、临终患者的护理、临终患者家属及居丧期家属的护理、尸体护理。

临终护理概述主要介绍濒死与死亡的定义、死亡的标准、死亡过程的分期。在学习中,应重点掌握死亡过程各期的表现;熟悉濒死与死亡的定义及脑死亡的标准。

临终关怀主要介绍临终关怀的概念、意义、发展历史、研究对象和内容、特点、基本原则、理念、组织形式、与传统治疗的差异及活动标准。在学习中,应重点掌握临终关怀的概念、意义、基本原则和理念;熟悉其研究对象和内容、特点、组织形式;了解临终关怀的发展史、与传统治疗的差异及活动标准。

临终患者的护理主要介绍了临终患者的生理变化、心理变化及对其进行的身心护理。在学习中,应重点掌握临终患者的生理变化及其心理变化各期的表现;熟悉满足患者生理及心理需要的护理措施。

临终患者家属及居丧期家属的护理主要介绍临终患者家属及丧亲者的心理反应和护理。在学习中,应重点掌握临终患者家属及丧亲者各阶段的心理变化;熟悉针对其特点所采取的护理措施。

尸体护理主要介绍尸体护理的目的、用物及实施。在学习中,应熟悉尸体护理的目的及具体操作方法。

重点、难点

临终护理这一章的重点是第一节临终护理概述、第二节临终关怀和第三节临终患者的护理。其难点是临终患者的生理变化及其心理变化各期的表现。

- 临终护理概述
- 临终关怀
- 临终患者的护理
- 临终患者家属及居丧期家属的护理
- 尸体护理

　　人生都要经历从生到死的过程。死亡作为一种不可避免的客观存在，是每个人都无法抗拒的命运。临终是人生必然的发展阶段，在人生的最后旅途中最需要的是关爱和帮助。护理人员在临终护理中发挥着重要的作用，所以应掌握相关的理论知识和技能，了解患者身心两方面的反应，帮助临终患者减轻痛苦，提高生存质量，树立正确的死亡观，使他们正确面对死亡，并能安详、无痛苦、有尊严、平静地接受死亡；同时护士也需对临终患者家属给予疏导和安慰，以保持其身心健康。

■■ 第一节　临终护理概述

　　临终护理应以死亡学的知识为基础。护理人员只有熟悉和掌握濒死与死亡的概念、死亡的标准、死亡过程的分期及各分期不同的特征，才能更好地在情感上支持、行为上关怀临终患者，为临终患者提供优质的人性化的护理服务。

一、濒死与死亡的定义

（一）濒死的定义

　　濒死是临终的一种状态。从医学角度解释，濒死就是在接受治疗性或缓和性医疗后，虽意识清醒，但病情迅速恶化，各种现象显示生命即将终结。西方学者苏洛钱（Sorochan）认为，濒死为即将达到死亡的生命过程。

　　卡斯腾巴姆（Kastenbaum）认为濒死开始为患者已经确认将要死亡的事实，此信息已传达给患者，并为患者所接受，已无其他方法可以维持或延续患者的生命。

　　濒死阶段和整个生命过程相比是很短暂的，和几十年的生存经历相比，也不过是几个月、几天、几小时甚至是几分钟。这个阶段又称为"死程"，原则上属于死亡的一部分，但由于其有可逆性，故不属于死亡，但在死亡学中却占有重要地位，因此濒死生理、濒死心理及濒死体验等一直是医护工作者、临终关怀学家和死亡学家所关注和研究的对象。

（二）死亡的定义

　　传统的死亡概念是指心肺功能的停止。美国布拉克法律辞典将死亡定义为："血液循环全部停止及由此导致的呼吸、心跳等身体重要生命活动的终止。"即死亡是指个体的生命功能的永久终止。

二、死亡的标准

　　将心跳呼吸的永久性停止作为判断死亡的标准在医学上已经沿袭了数千年，但心跳、呼吸停止的人并非必死无疑，在临床上可以通过及时有效的心脏起搏、心内注射药物和心肺复苏等技术使部分人恢复心跳而使其生命得以挽救。心脏移植术的开展使得心脏死亡理论不再对整体死亡构成威胁；人工呼吸机的应用，使停止呼吸的人也可能再度恢复呼吸，由此可见，心跳和呼吸的停止已失去作为死亡标准的权威性。为此，各国医学家一直在探讨死亡的新定义和新的判断标准。目前一般认为死亡是指机体作为一个整体的功能的永久停止,但这并不意味各器官组织均同时死亡。随着现代医学科学的进展和科学实践的进一步开展,近年来医学专家探索出了新的死亡定义及标准。

(一)国外的脑死亡标准

1968年,在世界第22次医学大会上,美国哈佛医学院特设委员会发表报告,提出了新的死亡概念,即脑死亡(brain death)。脑死亡又称全脑死亡,包括大脑、中脑、小脑和脑干的不可逆死亡。不可逆的脑死亡是生命活动结束的象征。其诊断标准有以下4点。

(1)无感受性和反应性:对刺激完全无反应,即使剧痛刺激也不能引出反应。

(2)无运动、无呼吸:观察1 h后撤去人工呼吸机3 min仍无自主呼吸。

(3)无反射:瞳孔散大、固定,对光反射消失;无吞咽反射;无角膜反射;无咽反射和跟腱反射。

(4)脑电波平坦。

上述4条标准24 h内多次复查后结果无明显变化,并应当排除两种情况,即体温过低(<32.2℃)和巴比妥类药物等中枢神经系统抑制剂的影响,其结果才有意义。同年,WHO建立了国际医学科学组织委员会,也提出了类似脑死亡的4条诊断标准:①对环境失去一切反应,完全无反射和肌肉活动;②停止自主呼吸;③动脉压下降;④脑电图平直。

(二)我国的脑死亡标准(草案)

20世纪90年代末,中华医学会组织召开了我国脑死亡标准(草案)专家研讨会,提出了脑死亡的判断标准。近年来,一般均以枕骨大孔以上全脑死亡作为脑死亡的标准。只有脑死亡才是人的实质性死亡。脑死亡应该符合以下6条标准。

(1)自主呼吸停止,需要不停地进行人工呼吸:由于脑干是心跳呼吸的中枢,脑干死亡以心跳呼吸停止为标准。但脑干死亡后的一段时间里还有微弱的心跳,而呼吸必须依靠人工维持。

(2)不可逆性深昏迷:无自主性的肌肉活动;对外界刺激毫无反应,但此时脊髓反射仍可存在。

(3)脑干神经反射消失:包括瞳孔对光反射、角膜反射、咳嗽反射及吞咽反射等均消失。

(4)脑电图呈平直线。

(5)脑血液循环完全停止:经脑血管造影或经颅脑多普勒超声诊断呈脑死亡图形。

(6)脑死亡的诊断必须持续12 h以上:如果符合以上各条标准,而且这种状态经过12 h的反复检查都相同,就可以诊断脑死亡。

死亡的概念正在逐渐从心跳、呼吸的停止过渡到中枢神经系统功能的完全丧失,这是医学界一次意义重大的观念转变,现在用脑死亡作为判断死亡的标准已被世界各国医学界、社会伦理学界认可。但脑死亡的判断是一个严肃、细致和专业技术性很强的过程,按脑死亡标准对患者实施脑死亡的诊断,必须依靠具有专业特长的医生根据病情及辅助检查结果,并依据法律规定来做出。

三、死亡过程的分期

大量医学科学和临床资料表明,死亡不是生命的骤然结束,而是一个从量变到质变的过程。医学上一般将死亡分为3期:濒死期、临床死亡期及生物学死亡期。

(一)濒死期

濒死期又称临终期,是临床死亡前主要生命器官功能极度衰弱,逐渐趋向停止的时期。此期的主要特点是中枢神经系统脑干以上部位的功能处于深度抑制状态或丧失,而脑干功能依然存在。表现为意识模糊或丧失,各种反射减弱或逐渐消失,肌张力减退或消失,循环系统功能减退,心跳减弱,血压下降,患者表现为四肢发绀,皮肤湿冷,呼吸系统功能进行性减退,表现为呼吸微弱,出现潮式呼吸或间断呼吸,代谢障碍,肠蠕动逐渐停止,感觉消失,视力下降。各种迹象表明生命即将终结,是死亡过程的开始阶段。但某些猝死患者可不经过此期而直接进入临床死亡期。

（二）临床死亡期

临床死亡期是临床上判断死亡的标准,此期中枢神经系统的抑制过程已由大脑皮层扩散到皮层以下部位,延髓处于极度抑制状态。表现为心跳、呼吸完全停止,各种反射消失,瞳孔散大,但各种组织细胞仍有微弱而短暂的代谢活动。此期一般持续 5～6 min,若得到及时有效的抢救治疗,生命有复苏的可能。若超过这个时间,大脑将发生不可逆的变化。但大量的临床资料证明,在低温条件下,临床死亡期可延长至 1 h 或更久。

（三）生物学死亡期

生物学死亡期是指全身器官、组织、细胞生命活动停止,也称细胞死亡。此期从大脑皮层开始,整个中枢神经系统及各器官新陈代谢完全停止,并出现不可逆变化,整个机体无任何复苏的可能。随着生物学死亡期的进展,相继出现尸冷、尸斑、尸僵及尸体腐败等现象。

1. 尸冷 是死亡后最先发生的尸体现象。死亡后因体内产热停止,散热继续,故尸体温度逐渐下降,称尸冷。死亡后尸体温度的下降有一定规律,一般情况下死亡后 10 h 内尸温下降速度约为每小时 1℃,10 h 后为每小时 0.5℃,大约 24 h,尸温与环境温度相同。测量尸温常以直肠温度为标准。

2. 尸斑 死亡后由于血液循环停止及地心引力的作用,血液向身体的最低部位坠积,皮肤呈现暗红色斑块或条纹状,称尸斑。一般尸斑出现的时间是死亡后 2～4 h,最易发生于尸体的最低部位。若患者死亡时为侧卧位,则应将其转为仰卧位,以防脸部颜色改变。

3. 尸僵 尸体肌肉僵硬,关节固定称为尸僵。三磷酸腺苷(ATP)学说认为死后肌肉中 ATP 不断分解而不能再合成,致使肌肉收缩,尸体变硬。尸僵首先从小块肌肉开始,表现为先从咬肌、颈肌开始,向下至躯干、上肢和下肢。尸僵一般在死后 1～3 h 开始出现,4～6 h 扩展到全身,12～16 h 发展至最硬,24 h 后尸僵开始减弱,肌肉逐渐变软,称为尸僵缓解。

4. 尸体腐败 死亡后机体组织的蛋白质、脂肪和碳水化合物因腐败细菌作用而分解的过程称为尸体腐败。常见表现有尸臭、尸绿等,一般死后 24 h 先在右下腹出现,逐渐扩展至全腹,最后波及到全身。

第二节 临终关怀

每个人都会面临生老病死,死亡是人的自然回归,临终是生命结束前的必经之路,但对人类而言无论如何是一件重要而痛苦的事,因为它不仅意味着与亲人、家庭及整个社会的永久分离,而且在临终过程中人们会遇到难以想象的痛苦与折磨。

自第二次世界大战以后,科技的迅速发展,新仪器、新的科技手段的发现改变了传统的医疗方法,如何延长人的生命逐渐成了医疗的重点。个人的生死大事也由传统的寿终正寝被带到了医院。

在现行的医疗模式中,一般只重视利用各种仪器、药物及其他医疗手段延续患者的生命。但对于晚期癌症及其他的患绝症的患者而言,目前尚无有效的治疗方法,疾病治愈的希望非常渺茫,一般延续生命的医疗方法,不仅未能带来治疗的希望,反而更增加了患者心身的痛苦与不适,剥夺了患者生命的最后尊严与生活质量。因此,科技的进步也许能延长人的生命,但却无法消除死亡带给人们的恐惧与悲伤,而临终关怀则提供了满足患者临终前所需要的服务。

对护士而言,在护理死亡已成为临终患者不可避免的事实时,如何减轻患者的痛苦与不适,如何根据患者及家属的意愿,满足患者的生理、社会心理及精神的需要是其要做的主要工作。因此,临终关怀护理强调生命活动的整体性。提供临终关怀服务的医务人员,特别是护理人员,应重视患者的个人需要与感受,对不同的服务对象,提供不同的临终关怀服务。

一、临终关怀的概念和意义

（一）临终关怀的概念

19 世纪以来出现的临终关怀是实现人生临终健康的一种重要方式,也是医学人道主义精神的具体体现,是贯穿生命末端全程的立体卫生服务项目。临终关怀作为一种社会文化现象,越来越被社会认可和重视,享受临终关怀是人的一项基本权利。

临终关怀的英文为 hospice,这个词源于中世纪时代人们对朝圣者或旅游者提供的重新补充体力的驿站,后引申为专门收容患不治之症者的场所。Hospice 又译为临终关怀中心或医院,即为生命垂危的患者建立的医疗中心。临终关怀中心与一般的医院不同。一般的医院所关注的是如何使患者的生命延长,免于死亡,所采用的医疗及护理手段为手术、药物及护理等。而临终关怀中心所采取的主要手段为照顾及关怀日益衰竭的临终患者;对临终患者进行姑息治疗,以减轻患者的疼痛,控制其他症状或缓解患者生理及心理上的痛苦;为患者提供咨询及安慰服务;与患者及家属讨论死亡的意义、本质、权利及如何面对死亡等问题,以消除患者及家属对死亡的恐惧及焦虑,维持临终患者生命最后阶段的尊严,使患者安详平静的死亡。

临终关怀是一种人性化的关怀理念,希望通过提供临终关怀的人对生命、对死亡及生活价值的认识,来协助晚期癌症及其他患绝症的患者,使他们在生命的最后阶段得到支持、安慰及鼓舞,使患者在濒死悲哀的过程中重新燃起生命信心与勇气,平静地面对现实。因此,临终关怀是为临终患者及其家属提供生理、心理和社会全面支持与照护的医疗保健服务。

临终关怀的含义包括:①临终关怀是一种为临终患者在生命的最后阶段所提供的特殊服务,是对临终患者及家属所提供的一种全面的照护,包括医疗、护理以及其他健康服务,以满足患者及家属的身体、生理、社会文化及精神的需要。增强人们对临终生理、心理状态的适应能力,其目的是使临终患者的生命质量得以提高,能够舒适、无痛苦、有尊严地走完人生的最后旅程,并能同时维护家属的身心健康。②临终关怀是一门以临终患者的生理、社会心理发展和为临终患者及其家属提供全面照护的实践规律为研究对象的新兴学科。临终关怀又可分为:临终医学、临终护理学、临终心理学、临终关怀伦理学、临终关怀社会学、临终关怀管理学等分支学科。

临终关怀的宗旨包括 3 个方面:以照护为主、尊重患者的权利与尊严、重视患者的生命质量。在临终患者生命的最后阶段,当死亡不可避免时,对患者应着重于减轻痛苦,满足其生理、心理、社会文化及感情精神等多方面的照护。尊重其人格的尊严及价值,根据患者的意愿,提供适合其安全、舒适、生活方式的照护。

（二）临终关怀的意义

1. **对临终患者的意义**　通过对临终患者实施全面照料,使他们的生命得到尊重,疾病症状得以控制,生命质量得到提高,使其在临终时能够无痛苦、安宁、舒适地走完人生的最后旅程。

2. **对患者家属的意义**　能够减轻死者家属的精神痛苦,并可以帮助他们接受亲人死亡的现实,顺利度过居丧期,尽快适应亲人去世的生活,缩短悲伤过程。还可以使家属的权利和尊严得到保护,获得情感支持,保持身心健康。

3. **对医学的意义**　临终关怀是以医学人道主义为出发点,以提高人的生命质量为服务宗旨的医学人道主义精神和生物、心理、社会医学模式的具体体现。作为一种新的医疗服务项目,是对现行医疗服务体系的补充。

4. **对社会的意义**　临终关怀能反映人类文化的时代水平,它是非物质文化中的信仰、价值观、伦理道德、审美意识、宗教、风格习惯、社会风气等的集中表现。从优生到优死的发展是人类文明的重要标志。

二、临终关怀的发展历史

(一)国外临终关怀的发展历史

临终关怀的历史发展,在西方可追溯到中世纪西欧修道院为重病濒死的朝圣者、旅游者所提供的照护。

临终关怀作为卫生领域的一门新学科,始于20世纪60年代。1967年7月,英国的桑德斯博士首次在英国东南方的希登汉创办了圣克里斯多弗临终关怀医院,对临终患者提供各种全面的专业化服务,使患者能在临终关怀中心得到温暖体贴的照护。从此以后,世界各国尤其是欧美等发达国家的医务工作者一直致力于临终关怀的研究及临床实践,取得了令人瞩目的成就。

1974年,美国康涅狄克州的纽黑文临终关怀中心开始接受临终患者,到目前为止,在美国已有2 000家各种类型、规模不一的临终关怀中心或医院。

据不完全统计,世界上目前已有60多个国家和地区开展了临终关怀服务,在英国有300家以上,在美国、加拿大、南非、荷兰、印度、瑞士、挪威、以色列、印度、新西兰、印度尼西亚、马来西亚、新加坡、泰国、日本及中国的香港、台湾等都开展了临终关怀的实践与研究。

从世界范围来讲,临终关怀的研究在西方一些发达国家,如美国、英国、日本等都很成熟,对死亡的教育已经普及并深入人心,临终关怀已经发展成了一门独立的学科。

(二)我国临终关怀的发展历史

死亡是每个人都将面临的问题,任何人也无法逃避,但预期的死亡,常会给人带来莫大的压力,人们焦虑、恐惧是因为那是未知的世界,人们忧伤、哀愁、痛苦是因为将面临永久的分离。在中国传统的文化及风俗习惯中,大家都忌讳谈到死亡,当死亡来临时,其实双方心里都清楚,但为了避免对方的焦虑不安,彼此都言不由衷,因而留下了许多遗憾及悲哀。

从另一方面来说,中国古老传统的儒家文化观念使生命神化而恐惧死亡观点根深蒂固,人们对死亡及濒死的态度持否认及不接受的态度。因而,人们对死亡的态度是回避。具体表现为对死亡的讳莫如深及寿终正寝,而且离死亡越近忌讳越重,完全对死亡采取恐惧回避的态度。而临终关怀的发展也因此而受到影响。

中国的临终关怀历史可以追溯到两千多年前的春秋战国时期人们对老者和濒死者的关怀和照顾。临终关怀在中国的最初意义是指尽量满足临终者的需要,使他们尽量没有遗憾地、无牵无挂地离开人世,如将他远方的亲人召回相见,或说上几句宽慰的话,或尽量满足他的各种吃穿要求等。这样的临终关怀,往往只局限于家庭对临终者的照顾或仅仅是出于一种生前尽孝的伦理观念,并未完全解决临终者的实际问题,忽视了临终者在心理、感情及精神等方面的需要,如内心的焦虑、沮丧、恐惧及绝望等。

临终关怀与安乐死的目的虽然都是在医疗上为无能为力的患者在死亡前,尽可能地减少其躯体及精神上的痛苦,但两者在概念上存在着本质的区别。安乐死强调死的尊严,停止生命。而临终关怀的意义则在于让患者活得有尊严、延长生命、注重家属及患者的内心体验及感受,使临终患者有尊严地、舒适地度过生命最后阶段的艰苦历程,安静而庄严地离开人世。

我国临终关怀的正规研究及实践始于20世纪80年代末。1988年7月中国天津医科大学率先成立了天津临终关怀研究中心,在我国首先开展了临终关怀的研究与实践,使该中心成为国内临终关怀的培训及教育中心。同年10月,上海建立了中国第一所临终关怀医院——南汇护理院,使临终关怀在我国迈出了可喜的一步。

1992年5月26日,天津召开了首届东西方临终关怀国际研讨会,全国有28个省市自治区的医护人员及有关专家学者参加了会议,与国外专家一起交流了经验,提高了我国临终关怀的水平。与会者认为,临终关怀是对临终患者的完善照护,不仅体现对人格尊严的维护,而且在一定程度上可以减轻家庭及单位的负担,也是解放社会生产力的一部分内容,是一种有百利而无一害的善举。此后,各地也陆续开办了临终关怀医院或临终关怀病房。如天津胸科医院、肿瘤医院、北京松堂医院、南京鼓楼安怀医院、河北荣校医院临终关怀病房等40余所临终关怀医院或病房相继建立,受到了社会、患者及家属的欢迎。

虽然如此,但临终关怀对我国的许多医务工作者来说仍是一个陌生的概念。在我国,常常可以看到这种情况,一些身患绝症,将不久于人世的患者去大城市的一流医院就医,而被拒之门外,使患者不得不返回当地的医院。这不是医务工作者不讲人情,而是现在许多医院确实不具备条件来照顾及关怀临终患者。因此,临终关怀在我国还处于刚刚起步的艰难阶段,中国目前还缺乏相应的人力、物力及其他保障体系以建立相应的临终关怀机构。因此,仍然需要政府及社会各界的共同努力,借鉴西方发达国家的先进经验,以建立适合中国国情的临终关怀机构。

三、临终关怀研究的对象和内容

临终关怀作为一门新兴的独立学科,有其特定的研究内容和对象。

(一)研究对象

临终关怀的特定研究对象是临终患者,主要是以晚期癌症患者为主体的;它是以探讨临终患者及其家属的需求,以及如何为其提供全面照护的实践规律为研究对象的。对临终患者实施临终关怀,目的在于减轻患者的疼痛和心理上的焦虑、不安及痛苦,解除患者对死亡的恐惧和不安,正确认识自己生命的价值;满足患者的生理、心理及精神需要,使患者在有限的生命的最后岁月中,沐浴在充满人性温情的气氛中,安详、舒适而有尊严地离开人世,以达到逝者无憾,生者无愧的目的。

(二)研究内容

1. 临终患者的需要　包括生理、社会心理、精神文化等多方面的需求。

2. 临终患者的全面照护　包括患者的生活护理、心理护理、症状的处理,特别是疼痛的控制问题,以及尽量满足患者的各种社会需要,如完成未尽的心愿、解决同事间未了的事宜、事业及家庭上未解决的问题等。

3. 临终患者的家属需求　包括家属对临终患者的医护要求、患者的心理需求及提供居丧服务等方面的需求。

4. 临终患者家属的照护　主要是为其提供情感的支持。

5. 死亡的教育问题　死亡教育是实施临终关怀的一项重要的内容,包括对临终患者及其家属的死亡教育问题,其目的在于帮助减少濒死患者对死亡的恐惧,使患者及家属能学会准备死亡、面对死亡、接受死亡,从而使患者感到自己的生命活得庄严、死得有尊严。对临终患者家属进行死亡教育的目的在于帮助他们适应患者病情最后的变化和死亡,缩短悲痛过程,减轻悲痛程度,认识自身继续生存的价值和意义。

死亡教育的内容涉及很多领域,如死亡标准、死亡价值、死亡态度、死亡心理、死亡时机、死亡地点、死亡的方式选择以及死后居丧服务等。

6. 临终关怀的模式　从每个国家的社会文化背景出发,采取不同模式更好地开展临终关怀工作。目前世界上常见的临终关怀模式包括以患者为中心的服务模式、以家庭为单位的服务模式、集体合作性质的服务模式及非盈利性的服务模式。

7. 临终关怀的基本原则与特点　临终关怀医院或病房与普通医院或病房相比较,具有什么样的特点,应遵循什么样的医护原则等。

8. 临终关怀的组织管理与实施　主要包括采用何种组织管理方式,以满足适合国情的临终关怀服务管理体系。目前国内外常见的临终关怀组织结构大致有以下几类：独立的临终关怀医院、临终关怀中心、普通医院内的临终专科病区或病房等。

9. 临终关怀服务人员的组成与培训　包括人员的选配、资历审查、专业培训等。

10. 临终关怀与其他学科的关系　如临终关怀与医学、护理学、社会学、生物学等的关系。

四、临终关怀的特点与基本原则

（一）临终关怀的特点

临终关怀医院或病房与一般的普通病房或医院相比，有以下特点。

（1）临终关怀医院或病房收住的主要对象是临终患者，其中大部分是晚期癌症患者或患有类似疾病心身备受病痛折磨的人，这些人比一般病房或医院的患者更需要关怀与心身的照顾。

（2）临终关怀医院实施的是以临终患者为中心的整体照护，它不以治疗疾病为主，而是支持患者、控制患者的症状、减轻患者的痛苦、姑息治疗及对患者进行全面的照护。

（3）临终关怀医院重视患者的尊严与价值，真正体现了对患者的人道主义关怀。它不以延长患者的生存时间为主，而以提高临终患者临终阶段的生命质量为宗旨。尽可能地了解及满足患者的各种需要，特别是控制患者的疼痛等症状，尽可能地使患者处于舒适的状态。并能理解患者的各种心理需求，应用相应的心理照护方法，给予患者心理上的支持，使患者正视现实、摆脱死亡的恐惧、认识生命的价值及其弥留之际生存的社会意义，使患者在有限的时光内，安详、舒适地度过人生的最后时光，临终时保持人的尊严与价值。

（4）临终关怀医院或病房充满了家庭式的温暖、关怀与爱抚。它既为患者提供服务，又为患者的家庭提供有关服务。除了多方面满足患者的需要外，又注重对临终者亲友的关怀、帮助与安慰，使他们及时从悲哀与痛苦中解脱出来。

（5）临终关怀病房实行 24 h 的全天候服务。无论何时，出现何种情况，只要患者需要，医护人员都应为患者提供服务。

（二）临终关怀的基本原则

1. 以照护为主的原则　临终患者的治疗与护理，不以延长患者的生命为主，而以对患者的全面照护为主，以提高患者临终阶段的生命质量，维护患者临终时作为人的尊严与价值。

2. 全方位照护的原则　主要包括对临终患者生理、心理、社会等方面的全面照护与关心；为患者及家属提供 24 h 全天候服务；既照顾患者，又关心患者的家属；既为患者生前提供服务，又为患者死后提供丧葬服务等。

3. 人道主义原则　对临终患者提供更多的爱心、关怀、同情与理解，尊重他们做人的权利与尊严，这既包括尊重他们选择生的权利，也包括尊重他们选择死的权利。

4. 适度治疗原则　一般临终患者的基本需要有 3 个，保存生命、解除痛苦及无痛苦的死亡。既然临终患者保存生命无望，因此，治疗一般不以延长生命为主，而以解除或减少患者的痛苦为主。

五、临终关怀的理念和组织形式

（一）临终关怀的理念

1. 以照料为中心　临终关怀是针对各种疾病晚期，治疗不再生效，生命即将结束者进行的照护，一般在死亡前 3~6 个月实施临终关怀。对这些患者不是通过治疗疾病使其免于死亡，而是通过对其全面的身心照料，提供临终前适度的姑息性治疗，控制症状，减轻痛苦，消除焦虑、恐惧，获得心理、社会支持，使其得到最后的安宁。因此，临终关怀是从以治愈（cure）为主的治疗转变为以对症为主的照料（care）。

2. 维护人的尊严和权利 实行人道主义,使临终患者在人生的最后历程同样得到热情的照顾和关怀,体现生命的价值、生存的意义和尊严。医护人员应注意维护和保持患者人的价值、尊严和权利,在临终照料中应允许患者保留原有的生活方式,尽量满足其合理要求,维护患者个人隐私和权利,鼓励患者参与医护方案的制定等。尊重生命的尊严及濒死患者的权利,充分体现了临终关怀的宗旨。

3. 提高临终患者生命质量 临终关怀不以延长临终者的生存时间为目的,而以提高临终阶段的生存质量为宗旨。对濒死患者的生命质量的照料是临终关怀的重要环节,减轻痛苦使生命品质得到提高,给临终患者提供一个安适的、有意义的、有希望的生活,在可控制的病痛下与家人共度温暖生活,使患者在人生的最后阶段能够体验到人间的温情。

4. 接纳死亡,加强死亡教育 临终关怀将死亡视为生命的一部分,承认生命是有限的,死亡是一个必然的过程。虽然医务人员已经尽力对患者进行了治疗和护理,但仍不可避免地有患者因疾病不能治愈而死亡。临终关怀强调把健康教育和死亡教育结合起来,从正确理解生命的完整与本质入手,完善人生观,增强健康意识,教育临终患者把生命的有效价值和生命的高质量两者真正统一起来,善始善终,以健全的身心走完人生的旅途。

5. 提供全面、整体照护 也就是全方位、全程服务。包括对临终患者的生理、心理、社会等方面给予关心和照护,为患者提供 24 h 护理服务,照护时也要关心患者家属,既为患者提供生前照护又为死者家属提供居丧照料。

(二) 临终关怀的组织形式

当前,世界范围内临终关怀的服务形式呈现多样化、本土化的特点。英国的临终关怀服务以住院照料方式为主,即注重临终关怀院的发展。美国则以家庭临终关怀服务为主,即开展社区服务。我国正在探索符合我国国情的临终关怀服务方式,从目前发展状况来看,以临终关怀病房的形式较为普遍。

1. 独立的临终关怀院 具有医疗、护理设备,一定的娱乐设施,家庭化的危重病房设置,提供适合临终关怀的陪护制度,并配备一定数量和质量的专业人员,为临终患者提供临终服务,如上海南汇护理院。

2. 综合性医院附设临终关怀病房 为临终患者提供医疗、护理、生活照料。如北京中国医学科学院肿瘤医院的"温馨病房"。临终关怀病房分为综合病种的临终关怀病房和专为癌症患者设立的临终关怀病房。

3. 居家式临终关怀 也称为居家照护,临终患者不愿意离开自己的家,也可以得到临终关怀。医护人员根据临终患者的病情每日或每周进行数次访视,并提供临终照料。在医护人员的指导下,由患者家属做基本的日常照料,在家里照顾患者,使他们能感受到亲人的关心和体贴,从而减轻生理上和心理上的痛苦,最后安宁舒适地离开人间。

4. 癌症患者俱乐部 这是一个具有临终关怀性质的群众性自发组织,而不是医疗机构。其宗旨是促进癌症患者互相关怀、互相帮助,愉快地度过生命的最后历程。

六、临终关怀与传统治疗的差异

临终关怀的实质是提高患者尚存生命的质量为中心,保持患者的尊严,包括止痛、基础护理、心理护理及改善环境以利舒适,并对患者家属给予关怀。临终关怀的重要内容是控制症状、支持性治疗与护理,是对临终期提供不同于其他时期的特殊服务,是医学、护理学、社会学、法律学、伦理学、心理学、宗教及社会各个机构共同参与的一项综合性服务。与传统的医疗相比,临终关怀具有特殊的意义。

(1)临终关怀认为死亡是人生的一个过程,护理患者和家属尽可能在平静和安宁中度过,鼓励患者和家属参与治疗和疼痛、症状的管理。

（2）临终关怀强调患者的潜在能力，认为缓解疼痛和其他症状的管理是患者和家属强烈的欲望。

（3）提供个体化的护理，既提供症状管理的治疗，又根据个人的需要利用镇痛剂调节疼痛。

（4）把患者和家属作为护理对象，患者死亡后继续为家属提供特别的护理。

（5）由相对固定的人员持续地护理一个患者。

（6）有更多的时间为患者服务，给予尊重人格、沟通和支持的时间。

七、临终关怀活动的标准

美国临终关怀协会(NHO)和美国议员合同评价委员会(JCAH)于 1986 年制定了如下临终关怀活动的标准：①临终关怀活动由专业人员来完成。②临终关怀提供持续的护理。③临终关怀提供居家护理。④临终关怀应保管医疗记录文件。⑤临终关怀应有控制机构。⑥临终关怀应管理和维持行政业务。⑦临终关怀应及时了解和掌握资源的利用情况。⑧临终关怀应确立临终关怀质量检查制度。

第三节　临终患者的护理

临终关怀的目标是使临终患者人生最后的生命质量得以提高，能够无痛苦、舒适、安详、有尊严地走完自己人生的最后旅程。在临终关怀中，除了满足患者的各种生理需要及免除痛苦的需要外，也要用很大一部分精力满足临终患者及其家属的心理需求。从而使临终患者能够在最后有限的生命时限中，平静地接受死亡，从容安排好自己的生活及后事，使患者在生存的时候有良好的生活质量，在死的时候也能保持人的尊严。

一、临终患者的生理变化

（一）面部外观表现

（1）面部呈贫血貌，面部肌肉松软，双颊肌随呼吸而起伏活动。

（2）脸部结构改变，导致假牙无法带上。

（3）面部出现死容，又称希氏面容，这是由于面部肌肉失去张力且贫血而造成的。其特征为额头皮肤粗糙、脸部呈绿色、死灰色、铅灰色、或黑色、眼眶凹陷、眼睛可能半睁或凝视、鼻子削瘦尖锐、耳朵冰凉等。

（二）皮肤的变化

（1）皮肤苍白、寒冷、或全身冷汗，四肢冰凉或湿冷。

（2）四肢发绀且有斑点，或呈斑驳颜色。

（3）皮肤干燥，易发生损伤或压疮。

（三）呼吸系统

由于肺部的改变，肺泡吸收氧气的功能减低、呼吸肌肉的收缩作用消失、脑部呼吸中枢功能丧失等原因，均可发生呼吸困难，其症状如下。

（1）呼吸速率变快或变慢。

（2）呼吸深度变浅或变深。

（3）鼻翼扇动，身体其他部位的肌肉收缩，以辅助呼吸，因此会出现肩部及头部抬起，胸部肌肉强烈收缩，张口呼吸等。

（四）循环系统

（1）因循环减慢,体温降至正常范围以下。

（2）脉搏快而不规则,四肢脉搏逐渐变弱直至消失,最后心尖搏动消失。

（3）血压逐渐降低,直至无法测到。

（4）由于循环功能降低,氧气不足,还原血红素增加,有发绀现象。

（5）血液可能会流入体内组织或腔隙中,引起休克等。

（五）中枢神经系统

（1）心智意识状态可能会有很大的差异,从完全清醒至完全昏迷,死亡前的意识状态可能会出现嗜睡、木僵或昏迷。

（2）可能会出现定向力障碍,并失去与现实世界的接触。患者可能会生活或沉浸在过去的时光中,与周围社会完全失去联系。

（六）消化系统及泌尿生殖系统

（1）食欲不振或厌食,同时合并有恶心,呕吐,终末吞咽反射及呕吐反射消失。

（2）由于体液减少,发生脱水现象,使尿量减少,且次数增加。

（3）肠蠕动减少,有胃胀现象。

（4）便秘或腹泻,有时会有大小便失禁。

（七）肌肉骨骼系统

肌张力逐渐降低且松弛,患者无法移动,无法保持一种防护性或舒适的姿势。

（八）感知觉系统

（1）视力逐渐模糊到完全失明。

（2）听力为最后受影响的感官,许多人在死亡的前一刻仍有听觉。

二、临终患者的心理变化

死亡是一种个人的体验,当生命逐渐迈进死亡的门槛时,患者由于对生的渴求和对死的恐惧,其心理体验是十分复杂的。各种心理、文化、社会、精神、医疗、社会及生理上的需要交织成复杂的脉络体系,使患者产生了各种欲理还乱的复杂情结。而且每个人由于自己的社会文化背景、年龄、性别、信仰等方面的不同而表现出不同的心态。

库伯勒·罗丝博士是美国的精神病学家,她用两年的时间,经过对 400 多名临终患者的观察及调查研究,写出了《死亡与濒死》一书,此书描述了临终患者所经历的 5 个阶段的典型的心理过程。

1. 否认期　此期患者一般可能拒绝接受自己将死的事实,并且相信其中可能发生了某种错误,最典型的反应可能是:"不,不是我,那不是真的!"此时患者尚未准备好去接受自己疾病的严重程度,因此否认是患者的一种心理防卫性表现,以潜意识来保护自己。此时患者无法承认任何有关疾病的情况说明或解释,也无法处理与此有关的任何问题或做出任何决定。此期的持续时间因人而异,可能持续几小时、几天、几周或者更长的时间。有些患者可能会持续的否认直至死亡。

2. 愤怒期　此期的患者往往表现为生气及愤怒,常会怨恨地认为:"为什么? 为什么是我?"且常对那些健康,充满生命活力的人心怀怨恨与嫉妒,并对他们极易谴责、挑剔及抱怨。如对自己的亲属、照顾者及医护人员百般挑剔,使这些人员有时会产生逃避患者的念头。

3. 协议期　此时患者的愤怒心理逐渐消失了,他们通常能接受自己已患不治之症的事实。但患者从心理上为了使生命延长,会与命运讨价还价,认为自己有好的行为,就可能出现奇迹,自己的生命可能延长。因此,他们变得和善,乞求神或上帝能宽恕自己,并自己做出许多承诺作为交换条件,以期望自己能真的多活些时间,完成自己的未竟事业。讨价还价的反应实际上是一种延续死亡的企图,是人的生命本能和生存欲望的体验。同时也包含儿童时期做好事有好报,可以得到奖励等生活体验,以及人对生命最后期限的自我模糊认识。此期患者与命运的磋商常是一种自我心灵的对话。患者在此时还抱有一定的希望,也积极配合各种治疗与护理。

4. 抑郁期 当患者自知协议无效,认识到自己会永远失去自己所热爱的生活、家庭、工作、地位及宝贵的生命时,患者的气愤及暴怒会被一种巨大的失落感所代替。患者会有沮丧、忧郁、哀伤等心理反应,表现为哭泣及哀伤,可能会出现退缩,愿意自己独处或希望有一两位自己喜欢的人留在身边,此期持续的时间相对较长。

5. 接受期 接纳死亡的现象或多或少地存在于一个人最后的生命过程中,在此阶段,患者不会心灰意冷,更不会抱怨命运,但会向他人表达曾经历过的生活感受,如回忆起许多失去的朋友及往事。患者一般表现得很平静,会同别人一起完成自己尚未完成的工作,准备接受死亡。没有害怕、忧虑及痛苦,情绪平和、镇定,并对自己未完成的事情进行交代。

虽然罗斯提出的理论清楚地描述了临终患者的心理变化,但这5个阶段并无明显的分界线,且不是每个临终患者都会经历相同阶段的心理过程,一般这5个阶段的心理过程因每个患者情况的不同而有所差异。有时在极端的时间内,患者可能有两三种心理反应同时出现,也可能会重复发生。而且有些患者可能会停留在某一心理阶段,且个人所经历的各个阶段的时间有一定的差异。

三、临终患者的身心护理

(一) 满足生理及身体的需要

1. 改善呼吸功能

(1) 保持室内空气新鲜,定时通风换气。

(2) 神志清醒者可采用半坐卧位;昏迷者可采用仰卧位头偏向一侧或侧卧位,防止呼吸道分泌物误入气管引起窒息或肺部并发症。

(3) 保持呼吸道通畅:拍背协助排痰,应用雾化吸入,必要时使用吸引器吸出痰液。

(4) 根据呼吸困难程度给予氧气吸入,纠正缺氧状态,改善呼吸功能。

2. 减轻疼痛

(1) 观察:护士应注意观察患者疼痛的性质、部位、程度、持续时间及发作规律。

(2) 稳定情绪、转移注意力:护理人员应采用同情、安慰、鼓励等方法与患者进行沟通交流,稳定患者情绪,并适当引导使其转移注意力,从而减轻疼痛。

(3) 协助患者选择减轻疼痛的最有效方法:若患者选择药物止痛,可采用 WHO 推荐的三阶梯疗法控制疼痛。注意观察用药后的反应,把握好用药的阶段,选择恰当的剂量和给药方式,达到控制疼痛的目的。

(4) 使用其他止痛的方法:临床上常选用音乐疗法、按摩、放松术,外周神经阻断术、针灸疗法、生物反馈法等。

3. 促进患者舒适

(1) 维持良好、舒适的体位:建立翻身卡,定时翻身,避免局部长期受压,促进血液循环,防止压疮发生。对有压疮发生倾向的患者,应尽量避免采用易产生剪切压力的体位。

(2) 加强皮肤护理:对于大小便失禁者,注意会阴、肛门周围的皮肤清洁,保持干燥,必要时留置导尿管;大量出汗时,应及时擦洗干净,勤换衣裤,并保持床单位清洁、干燥、平整、无渣屑。

(3) 加强口腔护理:护士每天要仔细检查患者的口腔黏膜是否干燥或疼痛,观察是否有可提示念珠菌感染的特征性的粘连白斑和成片红色的粗糙黏膜。在晨起、餐后和睡前协助患者漱口,保持口腔清洁卫生;口唇干裂者可涂石蜡油;有溃疡或真菌感染者酌情涂药;口唇干燥者可适量喂水,也可用湿棉签湿润口唇或用湿纱布覆盖口唇。对于口腔卫生状况较差并且感觉有明显疼痛者,可用稀释的利多卡因和洗必泰含漱剂清洗口腔。

（4）保暖：患者四肢冰冷不适时,应加强保暖,必要时给予热水袋,水温应低于50℃,防止烫伤。

4. 加强营养,增进食欲

（1）主动向临终患者及家属解释恶心、呕吐的原因,以减轻其焦虑心理,获得心理支持。

（2）依据患者的饮食习惯调整饮食,尽量创造条件增加患者的食欲。注意食物的色、香、味,尝试新的花样,少量多餐。应给予高蛋白、高热量、易于消化的饮食,并鼓励患者多吃新鲜的水果和蔬菜。

（3）创造良好的进食环境,稳定患者情绪。

（4）给予流质或半流质饮食,便于患者吞咽,必要时采用鼻饲或完全胃肠外营养,保证患者的营养供给。

5. 减轻感知觉改变的影响

（1）提供舒适的环境：临终患者所居住的环境应安静,空气新鲜,保持通风,有一定的保暖设施,适当的照明,以避免临终患者因视觉模糊产生害怕、恐惧心理,增加其安全感。

（2）眼部的护理：对神志清醒的临终患者的眼部护理,可以用清洁的温湿毛巾将眼睛的分泌物和皮屑等从内眦向外眦进行清洁。为防止交叉感染应使用两条毛巾或一条毛巾的不同部位,分别擦洗双眼。对有分泌物黏着结痂的眼睛,可用温湿毛巾或棉球、纱布等浸生理盐水或淡盐水进行湿敷,直至黏结的分泌物或痂皮变软后,再轻轻将其洗去。注意勿损伤皮肤、黏膜和结膜,并禁忌用肥皂水洗眼。如果患者处于昏迷状态,患者眨眼动作会减少或消失,角膜反射亦会减弱或消失,若长时间眼睑不闭合,会导致眼球干燥,且灰尘或混有微生物的尘埃会落入眼睛,造成结膜溃疡或发炎。因此,对昏迷患者,除清洁眼睛外还要保持眼睛湿润,可以用刺激性小的眼药膏敷在裸露的角膜上,如涂红霉素、金霉素眼膏或覆盖凡士林纱布,以保护角膜,防止角膜干燥发生溃疡或结膜炎。

（3）听觉是临终患者最后消失的感觉,因此,护理人员在与患者交谈时语调应柔和,语言要清晰,也可采用触摸患者的非语言交谈方式,让临终患者感到即使在生命的最后时刻也并不孤独。

6. 观察病情变化

（1）密切观察患者的生命体征、瞳孔、意识状态等。

（2）监测心、肺、脑、肝、肾等重要脏器的功能。

（3）观察治疗反应与效果。

（二）满足心理、感情及精神的需要

1. 告知诊断　目前,绝大多数专家赞成告诉患者其诊断及疾病可能造成的各种严重后果。因为在没有怀疑、欺骗的气氛中,濒死患者、患者亲属及医务人员可能都会感觉比较舒服。如果患者知道了亲人或医务人员有意隐瞒诊断结果时,会产生不信任感。对何时应该告诉患者其诊断结果,应视患者的具体情况而定。一般应在患者能够控制其内心的恐惧、绝望及抑郁时告诉患者,决不可在患者毫无心理准备的情况下,强迫患者接受这样一个残酷的事实。在告诉患者实情时,亲属及医务人员应及时提供心理及感情支持,使患者有机会来冷静地作好下一步的计划。

2. 与患者进行有关死亡的沟通　一般不应该强迫患者谈论有关濒死的问题。但如患者已准备好谈论有关话题时,应该随时能与患者交谈讨论。因为只有患者了解正确的信息,才能知道自己该把握什么和决定如何安排自己的时间、以处理自己未成的事业、修复与别人破裂的关系、立遗嘱及讨论安排身后的丧葬事宜等。在进行有关死亡的沟通时,应注意以下几点。

（1）当患者初次面对其疾病可能致命的事实时,心理上承受着极大的痛苦与困惑。因此,早期的支持性照护,有助于患者更早地适应。

（2）了解患者对死亡的看法及态度,根据患者对死亡的看法为患者提供照护。

（3）对死亡的知觉会使患者产生不同的问题，患者会出现害怕、依赖、被动等心理，应根据患者的具体情况提供照护。

（4）应了解患者的适应机制，并在此基础上提供支持。

（5）与患者及时沟通，促进患者对死亡的认识，包括给患者非侵犯性的支持及关心，并一直陪伴在患者的身旁，避免自己出现身体或情绪上的回避；注意患者言语及非言语的暗示；当谈及死亡时，尽量使用患者的习惯说法；知道并支持患者的希望，不论其是否有道理；并促进患者正常的哀伤过程。

3. 减少患者的忧虑及恐惧　谈论害怕及忧虑可以降低害怕及忧虑的程度。一般常见的害怕经验包括：被隔离、被抛弃、孤单、疼痛、失去控制、失去隐私权、身体受侵犯及挂念重要关系人的一切。一般最令患者害怕的不是临终濒死，而是孤独地面对死亡。因此，为了减少患者的忧虑及害怕，应尽可能让患者的重要关系人陪伴在患者的身旁。此外，应经常与患者接触，以建立患者对照护人员的信心，并使患者感到被关心、重视及照顾。如患者有其特定的宗教信仰，应满足患者的宗教需要，如安排患者与相应的神职人员接触，或为患者举行一定的宗教仪式，满足患者临终前的精神需要，并使患者能安心地接受死亡。

4. 照护患者的亲人及重要关系人　许多临终患者非常关心死后其所爱的人的一切，当对临终患者的重要关系人表示关心与体谅时，患者也会感到安慰；当患者感到自己没有能力去关心安慰自己所爱的人时，别人却给予关心及爱护，患者的内心也会感到自己死亡后的安心。同时，对患者的亲人及重要关系人的关心，也会帮助减少他们面对患者临终时的痛苦与哀伤。

爱的最高礼品是一个人能够照看另一个人通过垂危直到平静的死亡。其实，死亡是对一个生命垂危的患者的一种最终解脱。然而，临终患者的亲属一般不能接受自己的亲人将要离开人世的事实。一般越接近死亡，亲属们越想努力抓住临终患者微弱的生命之光，推迟死亡的到来。因此，负责照护临终患者的人，应该用自己的关切的语言，灵活的专业技巧去支持临终患者及其亲属，使他们能够平静而庄严地面对。

5. 根据患者死亡的不同心理阶段，提供心理支持

（1）否认期：此期患者可能已经知道自己的病情，但不愿从别人的口中加以证实，自己也对之回避。因此，对此期的患者应尽量采取相应的回避态度，不必急于将实情告诉患者。尽量不要破坏患者的防御心理，但也不要有意欺骗患者。尽量让患者抱有一丝生存的希望，或可以以渗透的方法慢慢地告诉患者，或者让患者回避到最后，这要看患者接受的程度如何。同时让患者告知照护人员他所知道的一切情况；与患者交谈时，应尽量使用患者的语言，如"长途旅行"或"远行"。仔细地倾听患者的谈话，保持忠诚、忠实、感兴趣的态度，对患者温和亲切，支持了解，并保持适度的同情心及有希望的态度。整个临终关怀照护小组保持协调一致。让患者有机会谈论自己的想法及感受，并让患者感受到他没有被抛弃。注意关心及支持患者的亲人及重要关系人，使他们也同临终关怀机构人员一起，共同满足患者的需要。

（2）愤怒期：视患者的愤怒、生气为一种健康的适应反应，不要对患者采取任何个人的攻击性或指责性行为。应知道患者的愤怒、生气不是针对照护人员的，而是由于患者对害怕、无助、悲哀的一种发泄。应尽量提供发泄机会，让患者表达及发泄其情感及焦虑。

（3）协议期：协议的过程是一种患者自己内心与命运讨价还价的过程，因而一般不易被别人觉察。此时需要仔细观察患者的行为，并知道患者磋商的目的是准备合作以接受诊断及治疗，希望出现奇迹让自己的生命延长。

（4）忧郁期：忧郁期的反应一般是患者已接受事实，哀伤其生命将走到终点。应允许患者有表达哀伤、失落的机会。有时患者可能会以哭泣表达其哀伤。但有些患者可能会掩盖自己的忧郁及哀伤，尤其是男性，他们很难公开说出自己的哀伤反应，因为他们的社会化形象是"勇敢"。对此类患

者,照护人员应鼓励患者及时表达自己的哀伤与忧郁,使患者能顺利地度过自己的死亡心理适应期。

(5) 接受期:允许患者持冷静、安静及孤立的态度,不要强求患者与其他人接触。继续陪伴患者,并给予适当的支持。

第四节 临终患者家属及居丧期家属的护理

一、临终患者家属的心理反应

家庭中的每一个成员很难面对其中的成员濒临死亡的事实,从患者生病到死亡甚至死后,不仅是患者自己,而且患者的家属,也是一连串的哀伤过程,他们往往和患者一样,会体验到否认、愤怒、协议、忧郁等心理阶段。患者的病情的发展及精神心理变化无时无刻不牵动着家属的情绪及心理变化。同时,由于家属还需要照顾患者,加上经济的付出等,都会对家属的生活、工作及心理情绪产生影响。而有时当患者患绝症的消息首先由医务人员告诉家属时,家属一方面必须忍受心理上的巨大哀伤及震动,另一方面也不想让患者知道其确切的诊断,在患者面前还必须强作欢颜,压制自己的哀伤,不能有丝毫的流露。因此,临终患者的家属在照顾患者的过程中,消耗了大量的体力和精力,精神上也常常受到各种不良因素的刺激,会出现各种各样的心理特征。

(一) 临终抛物曲线

格拉泽及斯博斯(Glaser & Stranss)观察及研究了临终患者家属的心理变化,于1965年提出了临终抛物曲线的学说。临终抛物曲线与患者所经历的临终过程及持续的时间一致,换句话来说,临终抛物曲线的长短、快慢及形式反映了患者的临终过程及所伴随的家属的心理变化。因此,临终抛物曲线可能是很快急转直下,也可能是平缓拖延,或起伏波动。

临终患者临终时间的长短对医护人员及家属照护临终患者的心理影响很大。如果患者死亡的时间与家属预料的一致,患者及亲友可能有一定的心理准备;如果患者的死亡一再拖延,家属的哀痛过久,心理负担加大,反而会感到厌烦,出现心理挫折感,甚至内心气愤,好像患者或上苍有意拖延,造成麻烦;如果患者死得太快,或突然出现意外的死亡,使家属措手不及,心理完全没有任何准备,可能会感觉愧对死者,甚至会责难或怀疑医护人员出现疏忽。由此可见,患者家属的心理表现与患者的临终抛物曲线一致。

(二) 临终患者家属的心理压力及适应过程

凯文纳夫(Kavanaugh)于1975描述了临终患者家属7个阶段的心理变化,震惊、不知所措、情绪反复无常、内疚罪恶感、失落与孤独、解脱及重组生活。

1. 震惊 突然知道自己的亲人患了绝症或离开人间,家属可能首先会有非常震惊的反应。震惊之下,家属可能出现反常的行为,举止及言谈可能出现怪异现象。有时,震惊之下,可能会否认亲人患绝症或临终的事实。

2. 不知所措 震惊过后,家属可能会出现不知所措的反应,行为混乱,常无法做出理性的选择。

3. 情绪反复无常 痛失自己的亲人或亲人将不久于人世,家属可能会有各种各样的心理表现,除了对患者或命运感到气愤、怨恨等情绪反应外,家属自己也可能会有痛苦、挫折及无助的感觉。

4. 内疚罪恶感 家属可能会感到自己对患者患绝症或死亡负有责任,或责备自己以前没有好好地对待患者或死者。

5. 失落与孤独 患者临终或已逝,物在人亡,家属可能会见物忆人,随时随刻出现伤感、难过、哀伤及痛苦等悲伤的情绪。并会有深深的孤独感。

6. 解脱 认清逝者已逝,痛苦折磨已成为过去,尤其在长期照顾一个临终患者以后,家属在患者逝后最初的哀伤后,可能会有解脱的感觉,这种解脱感不仅感到死亡是对患者的解脱,而且是对患者亲属的解脱。

7. 重组生活 个人重新安排自己的生活,寻找自己的生活方向。重组生活的时间长短同家属与逝者的关系、死亡过程的情境及家属本身的性格、社会适应能力有关。

二、临终患者家属的护理

对临终患者家属的护理主要是提供支持。在临终关怀护理中,患者家属既是关怀小组的成员又是被关怀的对象。因为患者是家属的亲人,所以家属也和患者一样遭受痛苦。因此,社区护士应对家属和患者一样理解和照护,促使他们之间相互关爱、和睦。尽可能让家属参与患者的治疗,认真倾听家属对患者照护的意见,同理患者家属的情感,努力解决家属所面临的实际问题。

家属之间的相互支持与帮助也是非常重要的,因此,护士可以将具有类似问题的家庭安排在一起,让他们共同分享情感,从而发挥家属之间的社会支持作用。

护士应理解家属及亲人的悲痛,故在患者弥留之际,应做好以下工作:①安排动员家属陪伴,让家属参与患者护理,以表达家属的全部感情。②向家属说明病情,接受事实,并对他们进行心理疏导和劝说,节哀自重。③让家属与患者讨论患者死亡后的有关事项,如遗产的安排、子女的抚养问题等,使患者安下心来。④与家属共同研究对后事的处理,尽可能满足家属的要求,协助做好善后处理等。

三、丧亲者的心理反应

死者家属即丧亲者,主要指失去父母、配偶、子女者(直系亲属)。居丧期是指患者死亡后 6～12 个月的时间。丧亲者在居丧期的痛苦是巨大的,他们承受痛苦的时间比患者还长,因为多数情况下是家属首先得知病情,其痛苦在患者去世后相当的一段时间都持续存在。这种悲伤的过程对其身心健康、生活、工作均有很大的影响。

(一)丧亲者的心理反应

1964 年安格乐(Engel)提出了悲伤过程 6 个阶段。

1. 冲击与怀疑期 本阶段的特点是拒绝接受丧失,感觉麻木,否认,暂时拒绝接受死亡事件,让自己有充分的时间加以调整,此期在意外死亡事件中表现得最为明显。

2. 逐渐承认期 意识到亲人确已死亡,于是出现空虚、发怒、自责和哭泣等痛苦表现,此期典型特征是哭泣。

3. 恢复常态期 家属带着悲痛的心情着手处理死者的后事,准备丧礼。

4. 克服失落感期 此期是设法克服痛苦的空虚感,但仍不能以新人代替失去的、可依赖支持的人,常常回忆过去的事情。

5. 理想化期 此期死者家属产生想象,认为失去的人是完美的,为过去对已故者不好的行为感到自责。

6. 恢复期 此阶段机体的大部分功能恢复,但悲哀的感觉不会简单消失,常忆起逝者,并永远怀念逝者。恢复的速度受所失去人的重要性、对自己的支持程度、原有的悲哀体验等因素的影响。

据观察,丧亲者经历上述 6 个阶段需要一年左右的时间,但丧偶者可能要经历两年或更久的时间。

(二)影响丧亲者悲伤心理的因素

1. 对死者的依赖程度及亲密度 家属对死者经济上、生活上、情感上的依赖性越强,原有的关系越亲密,家属的悲伤程度越重,亲人死亡之后的调适也越困难。

2. 患者病程的长短　如果死亡适时到来,家属已有预期的思想准备,悲伤程度相对较轻;如果死者是因意外突然死亡,家属心理毫无准备,受到的打击会很大,易产生自责、内疚等心理。

3. 死者的年龄与家人年龄　死者的年龄越轻,家人越易产生惋惜和不舍之情。家属的年龄反映其人格的成熟度,影响其解决、处理后事的能力。

4. 家属的文化水平与性格　文化水平较高的家属能正确地理解死亡,一般能够面对死亡现象。外向性格的家属,因其悲伤能够及时宣泄出来,居丧悲伤期会较短,而性格内向的家属悲伤持续时间则较长。

5. 其他支持系统　家属的亲朋好友、各种社会活动、宗教信仰等能提供支持,对调整哀伤期有一定的作用。

6. 失去亲人后的生活改变　失去亲人后生活改变越大,越难适应新的生活,如中年丧偶、老年丧子等。

四、丧亲者居丧期的护理

患者安宁、有尊严地死去是临终关怀的结果,但并不是终点。临终关怀护理的最终目的是做好家属居丧期的护理。当临终患者逝去之后,社区护士可以通过电话、家访、信件、邀请参加社区活动等形式和家属继续保持联系,抚慰家属,疏导其悲痛并树立其重建生活的信心,同时还要尽可能地对家属所面临的实际问题给予帮助。居丧期护理的主要目的是帮助家属缓解失去亲人后的痛苦和悲伤,直至家属能够适应日常生活和参加社会活动,预防居丧期家属的情感危机和疾病的发生,引导他们开始新的生活。

1. 做好死者的尸体护理　做好尸体护理能够体现护士对死者的尊重,也是对丧亲者心理的极大抚慰。

2. 心理疏导　安慰丧亲者面对现实,鼓励其宣泄感情,陪伴他们并认真聆听他们的倾诉。获知亲人死亡信息后,丧亲者最初的反应是麻木和不知所措,此时护理人员应陪伴、抚慰他们,同时认真地聆听。在聆听时,护士可以握紧他们的手,劝导他们毫不保留地宣泄内心的痛苦。哭泣是死者家属最常见的情感表达方式,是一种很好的舒解内心忧伤情绪的途径,可以协助其表达愤怒情绪和罪恶感,所以应该给予丧亲者一定的时间,并创造适当的环境,让他们能够自由痛快地哭出来。

3. 尽量满足丧亲者的需要　丧亲是人生中最痛苦的经历,护理人员应尽量满足丧亲者的需求,无法做到的需善言相劝,耐心解释,以取得其谅解与合作。

4. 鼓励丧亲者之间相互安慰　需通过观察发现死者家属中的重要人物和“坚强者”,鼓励他们相互安慰,相互给予支持和帮助。应协助丧亲者勇敢面对失去亲人的痛苦,引导他们发挥独立生活的潜能。

5. 协助解决实际困难　患者去世后,丧亲者会面临许多需要解决的家庭实际问题,临终关怀中医护人员应了解家属的实际困难,并积极地提供支持和帮助,如经济问题、子女问题、家庭组合、社会支持系统等,使家属感受到人世间的温情。提出合理的建议,帮助家属做出决策去处理所面对的各种实际问题。但在居丧期不宜引导家属做出重大的决定及生活方式的改变。

6. 协助建立新的人际关系　劝导和协助死者家属对死者做出感情撤离,逐步与他人建立新的人际关系,例如再婚或重组家庭等。这样可以弥补其内心的空虚,并使家属在新的人际关系中得到慰籍,但要把握好时间的尺度。

7. 协助培养新的兴趣,鼓励丧亲者参加各种社会活动　协助丧亲者重新建立新的生活方式,寻求新的经历与感受。要鼓励丧亲者积极参加各种社会活动,因为活动本身就是复原,也是一种治疗。通过活动可以抒发家属内心的郁闷,获得心理的安慰,尽快从悲伤中解脱出来。在疏导悲伤中应该注意家属的文化、信仰、性格、兴趣爱好和悲伤程度、悲伤时间及社会风俗等方面的差异。

8. 对丧亲者的访视　对死者家属要进行追踪式服务和照护,一般临终关怀机构可以通过信件、电话、访视等方式对死者家属进行追踪随访,以保证死者家属能够获得来自医务人员的持续性的关爱和支持。

第五节　尸体护理

尸体护理(postmortem care)是对临终患者实施整体护理的最后步骤,也是临终关怀的重要内容之一。做好尸体护理不仅是对死者人格的尊重,而且有利于家属心灵上的安慰,体现了人道主义精神和崇高的护理职业道德。尸体护理应在确认患者死亡,医生开具死亡诊断书后尽快进行,既可防止尸体僵硬,也可避免对其他患者的不良影响。在实施尸体护理时,护士应以唯物主义死亡观和严肃认真的态度做好每一步骤,尊重死者遗愿,满足家属合理要求,兼顾宗教仪式和特殊风俗等。

一、目的

(1) 使尸体清洁,维护良好的尸体外观,易于辨认。
(2) 安慰家属,减少哀痛。

二、用物

1. 治疗盘内备　血管钳1把、剪刀1把、尸体识别卡3张(表17-1)、松节油、绷带、不脱脂棉球、梳子。

表17-1　尸体识别卡

姓名_____ 住院号_____ 年龄_____ 性别_____	
病室_____ 床号_____ 籍贯_____ 诊断_____	
住址_____	
死亡时间_____年_____月_____日_____时_____分	
	护士签名_____
	_____医院

2. 治疗盘外备　尸单1条、衣裤、鞋、袜等;有伤口者备换药敷料,必要时备隔离衣和手套等;擦洗用具、屏风。

三、实施(表17-2)

表17-2　尸体护理步骤

操作步骤	注意事项与说明
1. 备物填卡　填写尸体识别卡3张,备齐用物至床旁,屏风遮挡	● 物品准备齐全,避免多次进出病室引起家属不安;屏风遮挡以维护死者隐私,减少对同病室其他患者情绪的影响
2. 劝慰家属　请家属暂离病房或共同进行尸体护理	● 若家属不在,应尽快通知家属来院
3. 撤去治疗用物　拔除气管套管或插管,移开呼吸机、除颤仪等急救仪器,去除尸体身上的各种导管	● 便于尸体护理

（续表）

操作步骤	注意事项与说明
4. 安置体位　将床支架放平,使尸体仰卧,头下置一软枕,双臂放于身体两侧,留一层大单遮盖尸体	● 防止面部淤血变色
5. 清洁面部,整理遗容　洗脸,有义齿者代为装上,闭合口、眼;若眼睑不能闭合,可用毛巾湿敷或于上眼睑下垫少许棉花,使上眼睑下垂闭合;嘴不能闭紧者,轻揉下颌或用四头带固定;为死者梳理头发	● 佩戴义齿可避免面部变形,使面部稍显丰满 ● 口、眼闭合,以维持尸体外观,使其符合传统习俗
6. 填塞孔道　用血管钳将棉花垫塞于口、鼻、耳、肛门、阴道等孔道	● 防止体液外溢,但使棉花勿外露 ● 传染病患者的尸体应使用消毒液浸泡的棉球填塞各孔道
7. 清洁全身　脱去衣裤,依次擦净上肢、胸、腹、背、臀及下肢,用松节油或酒精擦净胶布痕迹,有伤口者更换敷料,有引流管者应拔出后缝合伤口或用蝶形胶布封闭并包扎	● 保护尸体清洁,无渗液,维持良好的尸体外观 ● 传染病患者的尸体应使用消毒液擦洗
8. 包裹尸体　为死者穿上衣裤,将一张尸体识别卡系在尸体右手腕部,撤去大单;用单包裹尸体,先用尸单上下两角遮盖头部和脚,再用左右两角将尸体整齐包好;用绷带在胸部、腰部、踝部固定牢固,将第二张尸体识别卡缚在尸体腰前尸单上	● 尸体识别卡可用于识别尸体并避免认错 ● 传染病患者的尸体用尸单包裹后装入不透水的袋中,并作出传染标识
9. 运送尸体　移尸体于平车上,盖上大单,送往太平间,置于停尸屉内或殡仪馆车上的尸箱内,将第三张尸体识别卡放于尸屉外面	● 冷藏,防止尸体腐败
10. 操作后处理 　(1) 清洁、消毒、处理床单位和用物 　(2) 整理病历,完成各项记录,按出院手续办理结账 　(3) 整理患者遗物交家属	● 非传染病患者按一般出院患者方法处理,传染病患者按传染病患者终末消毒方法处理 ● 体温单上记录死亡时间,注销各种执行单(治疗、药物、饮食卡等) ● 若家属不在,应由两人清点后,列出清单,交护士长妥善保管

复 习 题

【A 型题】

1. 目前医学界逐渐开始以哪项内容为死亡的诊断依据:　　　　　　　　（　　）

    A. 瞳孔散大　　　　　　　B. 心跳停止　　　　　　　C. 呼吸停止

    D. 各种反射消失　　　　　E. 脑死亡

2. 下列属于临床死亡期的特征是:　　　　　　　　　　　　　　　　（　　）

    A. 循环衰竭　　　　　　　B. 瞳孔散大　　　　　　　C. 肌张力丧失

    D. 神志不清　　　　　　　E. 心跳减弱

3. 下列属于生物学死亡期的特征是:　　　　　　　　　　　　　　　（　　）

    A. 心搏停止　　　　　　　B. 尸斑出现　　　　　　　C. 呼吸停止

    D. 意识模糊　　　　　　　E. 各种反射消失

4. 下列哪种温度常作为测量尸温的标准:　　　　　　　　　　　　　（　　）

A. 口腔温度　　　B. 腋下温度　　　C. 直肠温度　　　D. 内脏温度　　　E. 皮肤温度

5. 尸斑一般出现在死亡后：　　　　　　　　　　　　　　　　　　　　　　（　　）

A. 2～4 h　　　B. 4～6 h　　　C. 6～8 h　　　D. 8～10 h　　　E. 10～12 h

6. 临终患者最后消失的感觉为：　　　　　　　　　　　　　　　　　　　　（　　）

A. 视觉　　　　B. 触觉　　　　C. 听觉　　　　D. 嗅觉　　　　E. 味觉

7. 希氏面容的表现不包括：　　　　　　　　　　　　　　　　　　　　　　（　　）

A. 双眼半睁呆滞　　　　　　B. 眼眶凹陷　　　　　　　C. 皮肤呈铅灰色

D. 瞳孔散大　　　　　　　　E. 面肌消瘦

8. 临终患者的心理反应阶段最早出现的是：　　　　　　　　　　　　　　　（　　）

A. 否认期　　　B. 接受期　　　C. 协议期　　　D. 忧郁期　　　E. 愤怒期

9. 临终患者对自己的病情抱有希望,并能配合治疗,是哪期的心理反应：　　（　　）

A. 否认期　　　B. 愤怒期　　　C. 协议期　　　D. 抑郁期　　　E. 接受期

10. 尸体料理时头部垫枕头的主要目的是：　　　　　　　　　　　　　　　（　　）

A. 易于辨认　　　　　　　　B. 防止面部淤血变色　　　C. 保持良好姿势

D. 防止胃内容物流出　　　　E. 方便进行尸体料理

11. 临床上进行尸体护理的依据：　　　　　　　　　　　　　　　　　　　（　　）

A. 心脏停止工作　　　　　　B. 意识丧失　　　　　　　C. 瞳孔散大

D. 医生开出死亡诊断书后　　E. 各种反射消失

【填空题】

1. 死亡一般可分为 3 个阶段,即_____、_____和_____。

2. 临终患者经历的五期心理变化是_____、_____、_____、_____和_____。

【名词解释】

1. 濒死　　**2.** 脑死亡　　**3.** 临终关怀

【简答题】

1. 临终关怀的原则是什么？你如何理解？

2. 阐述临终关怀的理念包括哪些内容。

3. 你认为如何对临终患者及其家属提供有效的心理护理？

4. 阐述如何满足临终患者的生理需要。

第十八章
医疗和护理文件记录

导　学

内容及要求

医疗和护理文件记录包括两部分内容,医疗和护理文件的记录及管理要求、护理文件的书写。

医疗和护理文件的记录及管理要求主要介绍记录的重要意义、记录要求、管理要求、病案的排列顺序。在学习中,应重点掌握记录的要求和管理要求;熟悉记录的重要意义;了解病案的排列顺序。

护理文件的书写主要介绍体温单、医嘱单、出入液量记录单、特别护理记录单、病室报告、护理病历的记录内容、记录方法及注意事项。在学习中,应重点掌握体温单的记录、医嘱的种类和处理;熟悉出入液量记录单、特别护理记录单的记录;了解病室报告和各种护理病历表格的书写。

重点、难点

医疗和护理文件记录的重点是各种护理文件的书写。其难点是体温单的记录和各种医嘱的处理。

专科生的要求

专科层次的学生对病案的排列顺序、病室报告及各种护理病历表格作一般了解即可。

- 医疗和护理文件的记录及管理要求
- 护理文件的书写

医疗和护理文件是医院和患者的重要档案资料,也是医疗护理教学、科研及处理医疗纠纷等有关法律事务的主要资料之一。它正确记录了患者在住院期间疾病的诊断、治疗、护理、发展、转归的过程;记录了各项医疗措施的执行以及护理措施落实的情况、病区护理工作概况等。

护理记录是护理人员对患者病情观察和实施护理措施的原始文字记载,是临床护理工作的重要组成部分之一。它作为护士每日工作的一项内容,体现了护理人际沟通的重要方式和护理质量,成为评价医院护理工作与护理管理水平的重要依据之一。为了保证医疗文件的原始性、正确性和完整性,书写必须及时、准确、完整、规范,并妥善保管。虽然目前全国各医院医疗和护理文件记录的方式不尽相同,但遵循的原则是一致的。

第一节　医疗和护理文件的记录及管理要求

医疗和护理文件包括病历、体温单、医嘱单、出入液量记录单、特别护理记录单、病室报告、护理病历等。护士在医疗和护理文件记录和保管中,不仅要认真负责,而且还必须遵守专业技术规范的要求。

一、记录的重要意义

(一) 提供患者的信息资料

医疗和护理文件是对患者病情变化、诊断、治疗和护理全过程进行的客观、全面、系统的科学记载,便于各级医护人员全面、及时、动态地了解患者情况,保证诊疗、护理工作的完整性、连贯性,加强医护之间信息的沟通与交流、合作与协调。

(二) 为诊疗及护理计划的制定提供理论依据

完整的病案记录是诊断、治疗、护理的重要依据,医护人员可利用记录的资料为患者制定诊疗和护理计划,同时护士可根据记录中患者病情基线资料和病情演变资料评价护理计划的有效性和护理的效果。当患者出现危急情况,或再次入院治疗时,都需要根据既往的病案资料加以综合判断分析,才能作出正确处理。

(三) 提供教学与科研资料

完整而客观的医疗和护理文件记录是医学教学的最好教材,一分标准、完整的护理记录可以体现护理理论在实践中的具体应用,同时可为护理教学提供病例讨论和个案分析的素材。医疗和护理记录也是开展科研工作的重要资料,特别是在回顾性研究、流行病学调查等方面更具参考价值。

(四) 提供法律依据

医疗和护理文件记录属合法义件,是法律认可的证据,可作为医疗纠纷、人身伤害事故、保险索赔、遗嘱和伤情查验的证明。因此及时、准确、完整的医疗和护理记录不仅可以有效地维护护士自身的合法权益,也可为患者及其家属提供处理以上相关事件的法律证明。

(五) 提供质量评价依据

完整的医疗、护理记录资料可以较全面地反映医院的医疗护理的质量水平,因此,它是衡量医院医疗护理管理水平的关键指标之一,也可作为医院等级评定、医护人员考核评定的参考资料。

二、记录要求

由于医疗和护理记录是一种法律文件,因此记录者在记录书写过程中必须坚持一定的规范和要求。

(一) 及时

及时记录在患者连续治疗和护理过程中很重要,不得提前、拖延,更不能漏记。记录医疗护理事件一般应按事件发生的时间顺序记录;按照所在医疗机构对医疗护理文件记录的时间间隔要求进行记录。对患者进行评估和实施措施之后应立刻记录,患者的病情越危重越需要保持及时与详尽的记录。抢救危重患者时,如果没时间书写病历,可将抢救中患者的病情变化、抢救措施及落实的时间作扼要的原始记载,有关医护人员应在抢救结束后 6 h 内完成完整的记录。

（二）客观

实事求是记录各种医疗和护理信息是医疗和护理文件记录的基本要求。记录内容应是医护人员所观察和测量到的描述性的客观信息,避免主观臆断。记录患者的主观资料时,应准确地记录患者原始自诉内容,并用引号来显示,同时应补充相应的客观资料。

（三）准确

记录内容必须准确、真实,应按照医疗机构所规定颜色的钢笔书写,使用医学术语、通用的中文和外文缩写、符号及计量单位;字体清晰工整,表述准确,语句通顺,标点正确,不得使用非正式简体字或自造字,不可中英文夹杂叙述;保持书面清洁,有书写错误时,应在错字上划双线删除并在上面签名,不得涂改、刮擦、剪贴或使用修正液等方法掩盖或去除原来的字迹。

（四）完整

医疗护理记录须按照格式要求逐页填全各栏项目。每项记录后不留空白,以防添加。如果有空白,在空白处划线。各项记录须有完整的日期及时间,记录者签署全名,以明确职责。如果患者出现病危、拒绝接受治疗护理、自杀倾向、请假外出等特殊情况,应详细记录并及时汇报、交接班。

（五）简要

记录内容应尽量简明扼要,重点突出,避免笼统、含糊不清或过多修辞,以方便医护人员快速获取所需信息,节约时间。

三、管理要求

鉴于医疗和护理文件在各方面的重要性,因此必须建立严格的管理制度,各级医疗护理人员均应按照管理要求执行。

（1）各种医疗和护理文件按规定放置,记录或使用后必须归放原处。

（2）必须保持医疗和护理文件的清洁、整齐、完整,防止污染、破损、拆散及丢失。

（3）患者及家属、非工作人员不得随意翻阅医疗和护理文件,不得擅自将医疗和护理文件带出病区。若患者、家属或有关代理人和代理机构需复印相关医疗护理文件,必须确认该医疗护理文件为允许复印资料,并要求其按规定履行申请手续,批准后按医疗护理文件复印规程办理。

（4）因教学、科研需要查阅医疗和护理文件,需经医疗机构相关部门同意,阅后立即归还,不得泄露患者的隐私。

（5）严禁任何人涂改、伪造、隐匿、销毁、抢夺、窃取医疗护理文件。

（6）医疗护理文件应妥善保存,各种记录保存期限为:①体温单、医嘱记录单、特别护理记录单作为病历的一部分随病历放置,患者出院后送病案室长期保存。②病室报告本保存 1 年,医嘱本保存 2 年,以备查阅。

四、病案的排列顺序

病案通常按规定的顺序排列,使其规格化、标准化,便于管理和查阅。

（一）住院患者病案排列顺序

（1）体温单。

（2）医嘱单(含长期医嘱单、临时医嘱单)。

（3）入院病历及入院记录。

（4）诊断、治疗计划。

（5）病程记录(包括查房记录、病情记录、术前小结、麻醉记录、手术记录、术后记录等,按病程记录顺序排列)。

（6）会诊记录。

（7）辅助诊断检查报告记录（镜检报告、病理报告、影像报告等，归类并按时间先后顺排）。

（8）护理记录文件（包括特别护理记录单，按时间先后顺排）。

（9）病案首页。

（10）住院证。

（11）门诊病案。

（二）出院（转科、死亡）患者病案排列顺序

（1）病案首页。

（2）住院证（死亡者加死亡报告单）。

（3）出院或死亡记录。

（4）入院病历及入院记录。

（5）诊断、治疗计划。

（6）病程记录（包括查房记录、病情记录、术前小结、麻醉记录、手术记录、术后记录等）。

（7）会诊记录。

（8）辅助诊断检查报告记录（镜检报告、病理报告、影像报告等）。

（9）护理记录文件（包括特别护理记录单）。

（10）医嘱单。

（11）体温单。

门诊病案交还患者或家属保管。

第二节　护理文件的书写

常见的护理文件有：体温单、医嘱单、特别护理记录单、病室交班报告、患者入院护理评估单、护理计划单、护理记录单、患者出院评估单。以上文件一部分与医疗文件密切联系起来而成为病案；另一部分是日常护理工作的记录，是护士交接班、核对工作的依据。

一、体温单

体温单是重要的护理文件，除了记录患者的体温外，还包括脉搏、呼吸以及其他重要情况，如患者的出入院、手术、分娩、转科、死亡等情况，出入量、大小便、血压、体重等资料。通过体温单可以反映患者病情的变化与转归，为预防、治疗和护理提供重要依据，因此，在患者住院期间，将体温单排列为病案的首页，以便于查阅（附1）。

（一）眉栏项目填写

（1）用蓝钢笔填写姓名、科别、病室、床号、住院号、日期、住院日数等项目。

（2）填写"日期"栏时，每页第1日应填写年、月、日，中间以短线连接，如"2009-7-10"，其余6天不填年、月，只填日。如在6天中遇有新的月份或年度开始时，则应填写月、日或年、月、日。

（3）"住院日数"栏从入院日起连续写至出院日，用阿拉伯数字"1、2、3……"表示。

（4）"手术（分娩）后日数"栏用红钢笔填写，以手术（分娩）次日为术后（分娩后）第1日，用阿拉伯数字"1、2、3……"连续写至14日止。若在14日内行第二次手术，则停写第一次手术日数，在第二次手术当日填写Ⅱ-0，依次填写到14日为止。

（二）在40～42℃之间填写

根据患者的具体情况，用红钢笔在40～42℃相应日期和时间栏内纵行填写入院、手术、分娩、转

科、出院和死亡的时间,如"入院——九时","手术——八时三十分"。时间应使用 24 小时时间制。如果时间与体温单上的整点时间不相等时,填写在靠近侧的时间栏内,如"九时入院"应填写在"10"栏内。

(三) 体温、脉搏、呼吸曲线的绘制

每次测得的体温、脉率和呼吸频率数值在相应坐标点上标出,以直线与前次连接,形成曲线图形。标记时要求点圆、线直。

1. 体温曲线的绘制

(1) 体温符号:口温以蓝点"●"表示,腋温以蓝叉"×"表示,肛温以蓝圈"○"表示。将实际测量的度数,用蓝笔绘制于体温单 35～42℃ 的相应时间格内,相邻温度用蓝线相连。体温从 35℃ 至 42℃,每 1 大格为 1℃,每 1 小格为 0.2℃,在 37℃ 处以红横线明显标出,以便辨识。注意体温一律以实际测量所得数值标记,不得为方便将 0.5℃ 加减折算记录。

(2) 高热患者物理或药物降温后半小时应重测体温,测得体温以红圈"○"表示,划在降温前体温的同一纵格内,并用红虚线与降温前体温相连,下次测得体温仍与降温前体温用蓝线相连。

(3) 体温低于 35℃ 时,为体温不升,应在 35℃ 线相应时间纵格内用蓝笔划一蓝点"●",并于蓝点处下划线箭头"↓",长度不超过两小格,并与相邻温度相连。

(4) 若患者拒绝测量体温,在 42～41℃ 填写"拒试"。

(5) 需密切观察体温的患者,如医嘱为"每小时测体温一次",其中是体温单上规定时间测得的体温照常填写,其他时间测得的体温则记录在护理记录单上。

2. 脉率(心率)曲线的绘制

(1) 脉率、心率符号:脉率以红点"●",心率以红圈"○"表示。将实际测量的脉率或心率,用红笔绘制于体温单相应时间格内,相邻脉率或心率以红线相连。脉率从 20 次/min 至 180 次/min,每一大格为 20 次/min,每一小格为 4 次/min,在 80 次/min 处与 37℃ 重叠以红横线明显标出。

(2) 脉搏与体温重叠时,先划体温符号,再用红笔在外划红圈"○",如口腔温度在蓝点外划一红圈表示脉搏。

(3) 脉搏短绌时,相邻脉率或心率用红线相连,在脉率和心率两曲线之间用红笔划直线填满。

(4) 如患者因故未测或需多次测量,处理方法同体温。

3. 呼吸曲线的绘制　呼吸符号以蓝点"●"表示,每一小格为 2 次/min,将实际测量的呼吸次数,用蓝笔绘制于体温单相应时间内,相邻两次呼吸用蓝线相连,在同一平行线上时可以不连线。呼吸不作常规测试,特殊需要时遵医嘱执行。

(四) 底栏填写

底栏的内容包括血压、体重、尿量、大便次数、出入液量、其他等,用蓝钢笔填写。数据用阿拉伯数字记录,一律免写计量单位。

1. 入量　记录前一日 24 h 摄入总量。

2. 大便次数　每 24 h 记录一次,记前一日大便次数,如未排便记录为"0";大便失禁或人工肛门者用"※"表示;灌肠符号以"E"表示,具体记录方法参看第十三章排泄的有关内容。

3. 尿量　记录前一日 24 h 总量。

4. 血压　以分数式记录在相应时间栏内,以 mmHg 计算填入。下肢血压须注明"下"。如一日内连续测量血压,则上午写在前半格内,下午写在后半格内;术前血压写在前面,术后血压写在后面。如每日测量次数大于 2 次,可填写在护理记录单上。

5. 体重　以 kg 计算填入。一般患者入院时,护士应当测量体重并记录在相应时间栏内。住院期间,每周测量一次并记录。凡各种原因不能测体重者,此格内记录"卧床",每页体温单应有一次体

重记载。

6. **其他** 作为机动栏,根据病情需要填写,如记录痰量、引流液量、腹围、特殊用药等,液体以毫升(ml)记录、长度以厘米(cm)记录。

7. **页码** 用蓝钢笔逐页填写。

二、医嘱单

医嘱是医生根据患者病情的需要拟订的各种诊疗的具体措施的书面嘱咐,是护士执行治疗护理等工作的重要依据,也是护士完成医嘱前后的核查依据。各医院医嘱书写的方法不尽相同,有的由医生将医嘱写在医嘱本上,护士按不同医嘱内容分别转抄到医嘱单和各种执行单上;有的则由医生直接写在医嘱单上。目前应用医疗护理文件计算机软件系统处理医嘱日益普及。

(一)医嘱的内容

医嘱的内容包括日期、时间、患者的姓名及床号、护理常规、护理级别、饮食、体位、药物(名称、剂量、浓度、用法等)、各种检查、治疗、术前准备和医生、护士的签名等。

(二)医嘱的种类

1. **长期医嘱** 长期医嘱是指自医生开具医嘱起有效时间在 24 h 以上,执行至医生注明停止医嘱方才失效(附 2)。如一级护理、低蛋白饮食、维生素 C 0.2 g tid。

2. **临时医嘱** 临时医嘱有效时间在 24 h 以内,应在短时间内执行,一般只执行一次(附 3)。有的临时医嘱有限定执行时间,如手术、会诊、检验、X 线摄片及各项特殊检查等;有的需要立即执行,如阿托品 0.5 mg H st。出院、转科、死亡等也列入临时医嘱。需一日内连续应用数次者也可按临时医嘱处理,如测血压、脉搏 q2 h×4。

3. **备用医嘱** 备用医嘱是指根据病情需要执行的医嘱,可分为长期备用医嘱和临时备用医嘱两种。

(1)长期备用医嘱(prn):有效时间在 24 h 以上,在病情需要时才执行,两次执行之间有间隔时间,由医生注明停止时间方为失效。如哌替啶 50 mg IM q6 h prn。

(2)临时备用医嘱(sos):临时备用医嘱为 12 h 内有效,病情需要时才执行,只执行一次,过期尚未执行则自动失效。如哌替啶 50 mg IM sos。

(三)医嘱处理原则

1. **先执行后转抄** 即处理医嘱时,无论是长期医嘱或临时医嘱,应先执行,后转抄到医嘱单上。

2. **先急后缓** 处理多项医嘱时,应首先判断需执行医嘱的轻重缓急,合理、及时地安排执行顺序。

3. **先临时后长期** 需即刻执行的临时医嘱,应立即安排执行。

(四)医嘱的处理方法

1. **长期医嘱** 一般长期医嘱在上午 10 时开出,由医生写在长期医嘱单上,注明日期和时间,在"医生"栏内签全名。护士先将长期医嘱分别转抄至各种执行单上,如口服给药单、注射单、饮食单、治疗单、护理级别单等,并注明具体执行时间,然后在医嘱单签名栏签全名。某些有期限规定的长期医嘱,如测血压 1 次/日×3,按长期医嘱处理,但需同时将其停止日期、时间转抄于长期医嘱记录单及执行单上,以防遗忘。

2. **临时医嘱** 医生将医嘱写在临时医嘱单上。需立即执行的临时医嘱,护士执行后,在"执行者"栏内签全名,并注明执行时间。有限定执行时间的临时医嘱,护士应转抄到临时治疗本或交班记录本上。会诊、手术、检验等各种申请单应及时转送到有关科室。

3. 备用医嘱

(1) 长期备用医嘱:写在长期医嘱单上,按长期医嘱处理,在执行单上需注明"prn"字样,但不需注明执行的具体时间,以此与长期医嘱区别。每当必要时执行后,在临时医嘱记录单内记录 1 次,注明执行时间并签全名,供下一班参考。每次执行前必须了解上次执行的时间。

(2) 临时备用医嘱:写在临时医嘱单上,可暂不执行,待患者需要时执行。日间的备用医嘱仅于日间有效,如未用至下午 7 时自动失效;夜间的备用医嘱仅夜间有效,如夜间未用,至次晨 7 时自动失效。临时备用医嘱执行后,按临时医嘱处理。如过期未执行,护士应在该项医嘱栏内用红钢笔写"未用"二字,并在执行者栏内签全名。

4. 停止医嘱　护士应先在相应的执行单上将此项目注销,并在长期医嘱单上相应医嘱项目的"停止"栏内注明停止日期、时间,并在"护士"一栏签名。

5. 重整医嘱　医嘱调整项目较多,或长期医嘱超过 3 页应重整。重整医嘱时,在原医嘱最后一行下面划一红横线(红线上下均不得有空行),在红线下正中用蓝钢笔写"重整医嘱"。再将红线以上需要继续执行的长期医嘱,按原来日期、时间排列顺序,抄录于红线以下的医嘱单栏内。

凡患者手术、分娩或转科后,也要重整医嘱。即在原医嘱最后一行下面用红钢笔划一横线,以示前面所有医嘱一律作废,同时按停止医嘱处理相应执行单。然后在红线下用红笔写"术后医嘱"、"分娩后医嘱"、"转入医嘱"等,重新开写新医嘱,护士按新开医嘱处理方法处理。

6. 出院、转院医嘱　医生在临时医嘱单上开具医嘱,护士按停止医嘱方法处理相应执行单,通知营养室停止供应膳食。

(五) 医嘱处理注意事项

(1) 抄写及处理医嘱时,思想要集中,做到认真、细致、准确、及时,字迹清楚。

(2) 医嘱必须经医生签全名后才有效。护士一般情况下不执行口头医嘱,除非在抢救、手术过程中。执行时,护士应先复诵一遍,双方确认无误后方可执行。抢救或手术结束后,医生应立即记录和签署所有执行过的医嘱。

(3) 不能机械地处理或执行医嘱,若发现疑问,必须核查清楚后方可执行。

(4) 每项医嘱只包含一个主题,注明下达时间应当具体到分钟。医嘱及执行治疗时间记录以 24 h 计,午夜 12 时后则写第二天的时间,如 0:15。

(5) 医嘱不得涂改、贴盖,需要取消时,应用红色钢笔标注"取消"字样并签名。

(6) 严格执行查对制度。每转抄 1 条医嘱前要仔细查对执行单、医嘱单;转抄后再核对一遍,并注意医嘱内容是否转抄无误。医嘱经转抄、整理后,须经另一人核对、签名后方可执行。每一班都必须查对当天开出的所有医嘱,每周对所有长期医嘱进行总查对一次。每次查对后参与查对者应签全名,以示负责。

(7) 凡需要下一班执行的临时医嘱和临时备用医嘱要交班,并在交班记录上注明。

(8) 如使用医嘱本,则由医生将医嘱写在医嘱本上,由护士按不同类别的医嘱内容分别转抄到医嘱单和相应执行单上。转抄到医嘱单上后,在医嘱本相应医嘱前用蓝钢笔打勾;转抄到执行单上后,在医嘱本相应医嘱前用红钢笔打勾;临时医嘱执行后,在相应医嘱前用铅笔打勾。为了整齐划一,在医嘱本划勾栏中这 3 种勾均有固定的位置,从左至右依次为铅笔勾、红钢笔勾、蓝钢笔勾。所有勾均应划成对等勾"√"。

三、出入液量记录单

正常人液体摄入量与排出量应保持动态平衡。当患者休克、大面积烧伤、大手术后或患有严重心脏病、肾病、肝硬化腹水等疾病时,可能发生液体调节失衡。记录 24 h 摄入和排出的液体量对于动态掌握患者病情变化、协助诊断、决定治疗方案非常重要,因此护士要正确掌握出入液量记录方法

（附 4）。

（一）记录内容

1. 摄入量　包括每日的饮水量、食物含水量、输液量、输血量等。记录要准确，患者饮水或进食时，应使用量杯或固定使用已测定过容量的容器，凡是固体的食物应记录固体单位量，并换算出食物的含水量，如馒头 100 g，44 ml。

2. 排出量　主要为尿量，必要时须单独记录；其次包括大便量、呕吐量、咯血量、痰量、胃肠减压抽出液量、胸腹腔抽出液量、各种引流液量及伤口渗出量等，除大便记录次数外，液体以毫升为单位记录。为准确记录尿量，对昏迷患者、尿失禁患者或需要密切观察尿量的患者，最好留置导尿管；婴幼儿记录尿量，可先测定干尿布重量，然后称湿尿布的重量，两者的差值为尿量；对难以收集的排出量，可根据规定量液体浸湿棉织物的状况进行估计。

（二）记录方法

（1）用蓝钢笔填写出入液量记录单表格的眉栏项目（如床号、姓名、日期等）及页码。

（2）记录均以毫升为单位，但免记计量单位。

（3）记录同一时间的摄入量和排出量，应自同一横线上开始，记录不同时间的摄入量或排出量均应各自另起一行。

（4）日间（7 时至 19 时）用蓝钢笔记录，夜间（19 时至次晨 7 时）用红钢笔记录。

（5）出入量总结，一般每日于 19 时作 12 h 的小结一次、次晨 7 时作 24 h 总结一次。12 h 小结用蓝钢笔书写，24 h 总结用红钢笔书写，并用蓝钢笔将 24 h 总出入量填写到体温单的相应栏内。

（6）不需继续记录出入液量后，记录单无需保存。但若出入液量是与病情变化同时记录在特别护理记录单（护理观察记录单）上的部分，则应随病历存档保留。

四、特别护理记录单

凡危重、大手术后或接受特殊治疗须严密观察病情的患者，应做好特别护理记录，目的是及时了解患者病情变化，观察治疗或抢救后的效果（附 5）。

（一）记录内容

记录内容主要包括患者基本资料，如姓名、年龄、病室、床号、住院号等一般情况，及患者生命体征、意识状态、病情动态变化、出入液量、用药、给予的各项检查、治疗、护理措施及其效果等。危重患者的记录内容应根据其专科特点进行书写。

（二）记录方法

（1）用蓝钢笔填写眉栏各项及页码。

（2）日间（7 时至 19 时）用蓝钢笔记录，夜间（19 时至次晨 7 时）用红钢笔记录。

（3）首次书写特别护理记录单者，须有疾病诊断、目前病情；手术患者应记录何种麻醉、手术名称、术中简况、术后病情、伤口、引流等情况。

（4）及时准确地记录患者病情的动态变化、治疗、护理措施及效果，记录时间应当具体到分钟，每次记录后应签全名。因抢救患者未能及时记录的，应在抢救结束后 6 h 内据实补记所有内容。常规护理（如换床单、晨晚间护理等）不作记录。书写清晰完整，不宜用"患者病情同前"等词语，不宜摘抄医生的记录。

（5）每 12 h、24 h 就患者的总入量、总出量、病情、治疗、护理作小结或总结。12 h 小结用蓝钢笔书写，24 h 总结用红钢笔书写。

（6）患者出院或死亡后，特别护理记录单应随病历存档保留。

五、病室报告

病室报告是由值班护士针对值班期间病室情况及患者病情动态变化、治疗和护理等所书写的书面交班报告。阅读病室报告,接班护士可了解病室全天工作动态、患者的身心状况、继续观察的问题和应实施的护理措施,从而保证护理工作能够连续而有计划地进行。

(一) 交班内容

1. 出院、转出、死亡患者　说明离开时间,转出患者注明转往何院、何科,死亡患者注明抢救过程及死亡时间。

2. 新入院或转入的患者　报告入科时间和状态,患者主诉、主要症状、体征、给予的治疗和护理措施及效果等。

3. 危重患者和有异常情况、特殊检查治疗的患者　报告患者的生命体征、神志、病情动态、特殊的抢救治疗、护理措施及其效果等。生活不能自理者,还应报告生活护理的情况,如口腔护理、压疮护理、饮食护理等。

4. 手术后患者　报告施行何种麻醉、何种手术、手术经过、清醒时间;回病室后情况,包括生命体征、一般情况、切口敷料有无渗血、是否已排尿、排气、各种引流管是否通畅及引流液情况(应准确描述颜色、量、性质等)、输液、输血及镇痛药的应用等。

5. 预手术、预检查和待行特殊治疗的患者　报告将要进行的治疗或检查项目、须注意的事项、术前用药和准备情况等。

6. 产妇　产前应报告胎次、胎心、宫缩及破水情况;产后应报告分娩方式、产程、分娩时间、新生儿情况、出血量、会阴切口和恶露情况、有无排尿等。

病室报告中还应报告上述患者的心理状态和需要接班者重点观察项目及完成的工作事项。应根据不同的患者有所侧重地书写具体内容。晚夜间记录应注明患者睡眠情况。

(二) 书写顺序

1. 用蓝钢笔填写眉栏各项　病室、日期、时间、患者总数、入院、出院、转出、转入、手术、分娩、病危、死亡人数。

2. 根据下列顺序按床号先后书写报告　先写当日离开病室的患者(出院、转出、死亡),再写进入病室的患者(入院、转入),最后写本班重点患者(手术、分娩、危重及有异常情况的患者)。

(三) 书写要求

(1) 必须在经常巡视、全面了解病情的基础上书写。

(2) 书写内容应全面、真实、简明扼要、重点突出、有连贯性、无遗漏。字迹清楚、不得随意涂改。

(3) 日间用蓝钢笔书写,夜间用红钢笔书写。

(4) 填写时,先写床号、姓名、诊断,后报告生命体征并注明测量时间,再简要记录病情、治疗和护理等情况。

(5) 对新入院、转入、手术、分娩患者,在诊断的下方分别用红笔注明"新"、"转入"、"手术"、"分娩",危重患者作红色标记"※"或用红笔注明"危"。每个患者情况记录之间应留有适当空格。

(6) 应在交班前1 h书写,写完后,注明页数并签署全名。

六、护理病历

在临床实施整体护理过程中,有关患者的健康资料、护理诊断、护理目标、护理措施、护理记录和效果评价均有书面记录,这些记录构成了护理病历。

（一）护理病历表格的设计和使用原则

（1）应能及时、准确地反映患者病情、心理状态，避免与医疗记录重复。

（2）体现护理评估、护理诊断、护理计划、护理实施，护士效果评价的内容，能反映护理质量。

（3）书写简便、全面准确、省时省力，符合护理发展的需要，具有实用性和可操作性。

（4）有法律依据作用，有保存、研究、评价价值。

（二）护理病历中的各种表格

各医院护理病历的组成和设计有所不同，一般包括以下几种。

1. 患者入院护理评估表 用于对新入院患者进行初步的护理评估，以了解患者身心状态，找出患者的健康问题，确立护理诊断。记录的主要内容为患者一般情况、简要病史、护理体检、生活状况及自理程度、心理及社会方面状态等。目前国内常以 Gordon 的功能性健康型态理论和马斯洛的人的基本需求理论为框架设计患者入院护理评估表。逐项填写或为选项打勾"√"。入院评估一般在患者入院 2 h 内完成，入院评估记录应在 24 h 内完成。

2. 住院患者护理评估表 为及时、全面掌握患者的情况，护士应对其分管的患者进行评估，可视病情确定每班、每天或数天评估一次，评估内容可根据病种、病情不同而有所不同（附6）。

3. 护理诊断项目表 通过对患者的评估，将确定的护理诊断按主次顺序列于项目表上，出现的新问题及时记入。

4. 护理计划单 是护士对患者实施护理的具体方案。内容包括护理诊断、护理目标、护理措施、效果评价等。

5. 护理记录单 护理记录单是护士运用护理程序的方法，为患者解决问题的记录。内容包括患者的护理诊断、护士所采取的护理措施和执行措施后患者的反应。

6. 健康教育计划和出院指导

（1）健康教育计划：内容可涉及与恢复和促进患者健康有关的各方面的知识与技术。主要包括：①疾病的诱发因素、发生与发展过程。②可采取的治疗护理方案。③有关检查的目的及注意事项。④饮食与活动的注意事项。⑤疾病的预防及康复措施。

（2）出院指导：内容为对患者出院后活动、饮食、服药、伤口、随访等方面进行指导。

目前为节约时间，护理学学者已经编制了标准的护理计划、标准健康教育计划和标准出院指导。护理人员可以参照这些标准文件完成相应护理工作。但应避免机械执行计划，而忽略患者的独特需求的满足。

附1 体 温 单

姓名 张秀娟　入院日期 2009-7-4　科室 胸外科　病室 1　床号 4　住院号数 034572

日　期	2009-7-4	5	6	7	8	9	10
住院日数	1	2	3	4	5	6	7
术后日数			1	2	3	4	5

入　量		1000	2000	2000	2000	2000	
大便（次）	1	0	0	1/E	1	1	0
尿　量		1500	1550	1650	1600	1630	
其　他							
血　压	110/80	115/72					
体　重	50						
皮　试	青霉素（+）·　普鲁卡因（-）						
其　他							

第 1 页

附2 长期医嘱单

姓名_____床号_____科别_____病房_____住院号_____

起始		长 期 医 嘱	医生签字	护士签字	停止		医生签字	护士签字
日期	时间				日期	时间		

附3 临时医嘱单

姓名_____床号_____科别_____病房_____ 住院号_____

起始		临 时 医 嘱	医生签字	执行		护士签字
日期	时间			日期	时间	

附4 出入液量记录单

姓名_____床号_____诊断_____科别_____病房_____住院号_____

日 期	时 间	入量		出量		签 名
		项目	量(ml)	项目	量(ml)	

附5　特别护理记录单

姓名_____床号_____诊断_____科别_____病房_____住院号_____

日期	时间	生命体征				入量		出量		病情观察及处理	签名
		体温 ℃	脉搏 次/min	呼吸 次/min	血压 mmHg	项目	ml	项目	ml		

附6 住院患者护理评估表

姓名＿＿＿＿＿床号＿＿＿＿＿诊断＿＿＿＿＿科别＿＿＿＿＿病房＿＿＿＿＿住院号＿＿＿＿＿

项 目		日 期							
呼吸	A.咳嗽　B.气紧　C.哮喘　D.咳痰困难 E.其他＿＿＿								
循环	A.心悸　B.水肿　C.晕厥　D.高血压 E.低血压　F.其他＿＿＿								
意识	A.正常　B.嗜睡　C.烦躁　D.谵妄 E.昏迷　F.其他＿＿＿								
皮肤	A.完整　B.感染　C.压疮 D.其他＿＿＿								
口腔	A.清洁　B.口臭　C.出血　D.黏膜完整 E.黏膜破溃　F.其他＿＿＿								
排尿	A.正常　B.失禁　C.潴留　D.困难 E.血尿　F.其他＿＿＿								
排便	A.正常　B.未解便　C.便秘　D.腹泻 E.失禁　F.其他＿＿＿								
食欲	A.正常　B.差　C.其他＿＿＿								
活动	A.正常　B.受限　C.其他＿＿＿								
日常生活	A.自理　B.协助　C.其他＿＿＿								
安全	A.易跌伤　B.易坠床　C.易烫伤 D.其他＿＿＿								
舒适	A.轻度疼痛　B.剧烈疼痛　C.不适 D.其他＿＿＿								
睡眠	A.正常　B.紊乱　C.其他＿＿＿								
心理	A.稳定　B.焦虑　C.恐惧　D.抑郁 E.其他＿＿＿								
健康知识	A.了解　B.缺乏　C.其他＿＿＿								
护士签名									

复 习 题

【A 型题】

1. 医疗文件的书写要求不包括：　　　　　　　　　　　　　　　　　　　（　　）
   A．描写生动、形象　　　　B．记录及时、准确　　　　C．内容简明扼要
   D．医学术语确切　　　　　E．记录者签全名

2. 住院期间排在病历首页的是：　　　　　　　　　　　　　　　　　　　（　　）
   A．长期医嘱单　　　　　　B．体温单　　　　　　　　C．病案首页
   D．入院记录　　　　　　　E．病室报告

3. 物理降温后 30 min，所测体温的绘制符号是：　　　　　　　　　　　　（　　）
   A．蓝虚线蓝点　　　　　　B．蓝虚线蓝圈　　　　　　C．红虚线红点
   D．红虚线红圈　　　　　　E．红虚线蓝圈

4. 特别护理记录单不适用于下列何种患者：　　　　　　　　　　　　　　（　　）
   A．重病、大手术　　　　　B．需要严密观察病情　　　C．一般瘫痪患者
   D．特殊治疗　　　　　　　E．需要记录液体出入量

5. 日间用蓝钢笔，夜间用红钢笔书写的表格有：　　　　　　　　　　　　（　　）
   A．体温单　　　B．医嘱单　　　C．病情记录　　　D．病室报告　　　E．入院记录

6. 书写病室报告的顺序是先写何种患者：　　　　　　　　　　　　　　　（　　）
   A．施行手术　　　B．危重　　　C．新入院　　　D．转入　　　E．出院

7. 临时备用医嘱，从医生开写起有效时间为：　　　　　　　　　　　　　（　　）
   A．12 h　　　　B．16 h　　　　C．18 h　　　　D．20 h　　　　E．22 h

8. 施行口头医嘱不妥的是：　　　　　　　　　　　　　　　　　　　　　（　　）
   A．一般情况下不执行　　　　　　　　B．抢救、手术可执行
   C．执行时，护士应向医生复诵一遍　　D．双方确认无误后执行
   E．执行后无异常，不必补写医嘱

9. 执行医嘱的原则哪项错误：　　　　　　　　　　　　　　　　　　　　（　　）
   A．执行中必须认真核对　　　　　　　B．医嘱必须有医生签名
   C．医嘱均需即刻执行　　　　　　　　D．护士执行医嘱后签全名
   E．如有疑问的医嘱，必须查清再执行

10. 王先生因急性心肌梗死入院，医生开出：哌替啶 50 mg IM st。该医嘱属于：（　　）
    A．需在限定时间内执行的临时医嘱　　B．长期备用医嘱
    C．临时备用医嘱　　　　　　　　　　D．需立即执行的临时医嘱
    E．长期医嘱

11. 重整医嘱的方法哪项不妥：　　　　　　　　　　　　　　　　　　　（　　）
    A．重整医嘱由护士书写
    B．在最后一项医嘱下用红笔划一条横线并写"重整医嘱"
    C．抄写完毕由两人核对无误后，填写重整者姓名
    D．将需继续执行的长期医嘱按原医嘱日期顺序抄写
    E．一份医嘱单重整医嘱不可超过 3 次

12. 处理医嘱应先执行：　　　　　　　　　　　　　　　　　　　　　　（　　）
    A．新开出的长期医嘱　　　B．即刻医嘱　　　　　　C．定期执行的医嘱

D. 备用医嘱　　　　　　　E. 停止医嘱

【填空题】

1. 医嘱的种类有_____、_____和_____3种。

2. 临时医嘱的有效时间在_____h以内,一般执行_____次。

3. 书写病室报告的顺序是先填写_____,再写_____,最后写病室内_____。

【简答题】

1. 医疗和护理文件的书写及保管有哪些要求?

2. 哪些患者需作出入液量记录及特别护理记录?为什么?应记录哪些内容?如何记录才能准确无误?

【病例分析题】

1. 刘先生,进行胃大部分切除术,患者下午3时回病室。一般情况稳定,下午8时主诉伤口疼痛难忍,医嘱:哌替啶50 mg IM q6 h prn,半夜12时,患者又主诉伤口疼痛,难以入睡,请问:此属何种医嘱,有何特点?你作为值班护士,将如何处理?

参考答案

第一章

【A型题】

1. A 2. E 3. D 4. E 5. A 6. D 7. C 8. E 9. E

第二章

【A型题】

1. A 2. B 3. D 4. C 5. A 6. A 7. A 8. B 9. B

第三章

【A型题】

1. A 2. A 3. C 4. A 5. D 6. B 7. B 8. D 9. E 10. E 11. B 12. D 13. C 14. C
15. A 16. D 17. D 18. C 19. C 20. C

第四章

【A型题】

1. D 2. D 3. A

第五章

【A型题】

1. B 2. B 3. D 4. A 5. C 6. A 7. E 8. D 9. A 10. C

第六章

【A型题】

1. E 2. A 3. A 4. A 5. E 6. A 7. A 8. D 9. B

第七章

【A型题】

1. C 2. A 3. D 4. A 5. E 6. B 7. C 8. A 9. E 10. D 11. D 12. D 13. D
14. C

第八章

【A型题】
1. A　2. B　3. D　4. B　5. C　6. C　7. E　8. E　9. D　10. E　11. C　12. A　13. D　14. A
15. E　16. C　17. B　18. D　19. E　20. C　21. D　22. A　23. E　24. C　25. A

第九章

【A型题】
1. E　2. D　3. D　4. C　5. D　6. A　7. C　8. C　9. C　10. A　11. B　12. E　13. B　14. D
15. A　16. D　17. E　18. C　19. A　20. D

第十章

【A型题】
1. C　2. C　3. B　4. E　5. A　6. C　7. D　8. B　9. A　10. C　11. D　12. B　13. D　14. E
15. A　16. C　17. D　18. E　19. E　20. B　21. D　22. D　23. D　24. A　25. E　26. D
27. E　28. D　29. E

第十一章

【A型题】
1. A　2. B　3. E　4. B　5. B　6. C　7. E　8. A　9. E　10. C　11. D　12. A　13. C　14. C
15. D　16. C　17. B　18. C　19. C　20. C　21. D　22. D　23. B　24. B　25. B　26. E
27. A　28. B　29. D　30. A　31. D　32. C　33. B　34. C　35. D　36. B　37. E　38. C
39. D　40. D　41. C　42. C　43. C　44. C　45. A　46. B　47. D　48. C　49. A　50. A
51. C　52. E　53. A　54. A

第十二章

【A型题】
1. D　2. B　3. A　4. E　5. D　6. C　7. C　8. C　9. A　10. B　11. E　12. C

第十三章

【A型题】
1. C　2. A　3. B　4. E　5. E　6. C　7. E　8. C　9. D　10. D　11. B　12. B　13. B　14. E
15. C　16. C　17. B　18. B　19. D　20. C　21. E　22. C　23. E　24. E

第十四章

【A型题】
1. C　2. D　3. D　4. E　5. A　6. D　7. D　8. B　9. C　10. D　11. E　12. E　13. E　14. E
15. C　16. D　17. D　18. D　19. B　20. C　21. E　22. A　23. C　24. C　25. E　26. B
27. C　28. C　29. C　30. C　31. D　32. A　33. E　34. D　35. D

第十五章

【A型题】
1. B　2. A　3. B　4. A　5. C　6. D　7. B　8. E　9. A　10. C　11. A　12. D　13. C
14. A　15. A　16. B　17. E　18. C　19. C　20. A　21. D　22. E

第十六章

【A型题】
1. D　2. B　3. E　4. C　5. D　6. C　7. C　8. A　9. C　10. A　11. A　12. D　13. D　14. C
15. C

第十七章

【A型题】
1. E　2. B　3. B　4. C　5. A　6. C　7. D　8. A　9. C　10. B　11. D

第十八章

【A型题】
1. A　2. B　3. D　4. C　5. D　6. E　7. A　8. E　9. C　10. D　11. E　12. B